W0403974

JOSELYN

Geflüster aus anderen Welten

Simone White

Originalausgabe 1. Auflage Februar 2020
Veröffentlicht von Simone White,
Coyright © 2020 Simone White, Pildenau
Redaktion Eva Hörhammer
Gesaltung und Layout Jana Schander
Covergestaltung Oliver Reisinger
Illustrationen Ramona Behrer
Herstellung: Hammerer GmbH, Ried im Innkreis, Österreich

ISBN 978-3-000-64160-2

www.white-simone.de

Innenteil wurde auf umweltfreundlichem Papier produziert.
Alle Rechte der Verbreitung, auch durch Funk, Fernsehen und sonstige Kommunikationsmittel, fotomechanische oder vertonte Wiedergabe sowie des auszugsweisen Nachdrucks vorbehalten.
Dieses Buch wurde mit vektorisierten Grafiken von Freepik.com gestaltet.

Für meine Tochter Aurora
und für die geistige Welt,
Engel und Erzengel.

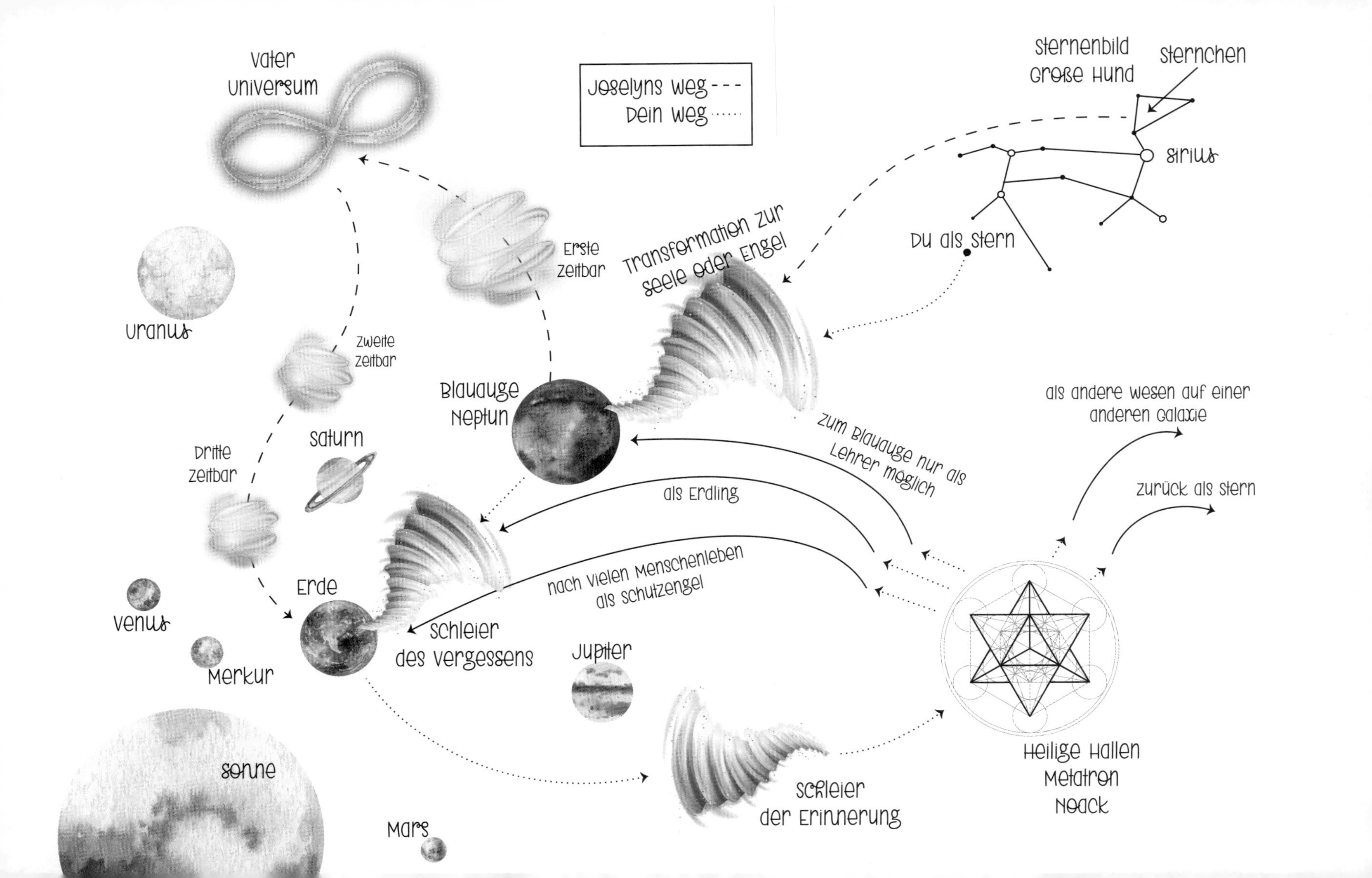
Vater
Universum
Joselyns Weg - - -
Dein Weg ......
Sternenbild
Große Hund
Sternchen
Sirius
Du als Stern
Erste
Zeitbar
Transformation zur
Seele oder Engel
Uranus
Zweite
Zeitbar
Blauauge
Neptun
Saturn
Dritte
Zeitbar
Zum Blauauge nur als
Lehrer möglich
als Erdling
als andere Wesen auf einer
anderen Galaxie
zurück als Stern
nach vielen Menschenleben
als Schutzengel
Erde
Venus
Merkur
Schleier
des Vergessens
Jupiter
Sonne
Mars
Schleier
der Erinnerung
Heilige Hallen
Metatron
Noack

JOSELYN – GEFLÜSTER AUS ANDEREN WELTEN

Drehpunkt

Meditation

Botschaft

Wissen & Weisheit

TEIL 1

EINE REISE BEGINNT ...

GEFLÜSTER AUS ANDEREN WELTEN

Da gibt es dieses besondere Wesen, ein Mädchen namens **Joselyn**, das eine große Gabe besitzt, von der es bis zum jetzigen Zeitpunkt noch nichts ahnt und wissen kann. Sie wächst in einer magischen Feenwelt auf. Sie ist eine Waisen-Feenelfe und wird von **Oberhaupt Kaya** in all den Feenjahren der Zauberei unterrichtet, damit sie irgendwann weise genug ist, um mit ihrer Macht umgehen zu können und um ihre bevorstehende Aufgabe in den drei Welten meistern zu können. Für Joselyn ist es kein leichter Weg, denn sie weiß nicht, wer ihre Eltern sind und sie kennt auch das Gefühl nicht, jemals eine Familie gehabt zu haben oder gar ein Zuhause. Sie versteht vieles noch nicht und hat keine Ahnung, was ihr wirklicher und wahrhaftiger Weg sein kann und wird.

Joselyn ist in dem Glauben, genauso wie alle anderen Feen in der Welt des Blauauges, bei Kaya zu lernen und wie Magie mit Weisheit vereint werden kann. Doch manchmal überkommt sie ein seltsames Gefühl. Sie spürt, dass noch mehr in ihr steckt und das bringt sie zum Nachdenken. Sie ist auf der Suche – es ist die Suche nach ihrem eigenen Weg ins Unbekannte. Ein Geflüster aus ihrem Herzen, es ruft nach ihr. Joselyn ist ein Wirbelwind und ein sehr liebevolles Wesen, sie hat viel Energie für neue Herausforderungen, besonders wenn sie jemanden helfen kann. Sie setzt sich für andere ein, hat immer ein kleines Lächeln in ihrem Gesicht und ist voller positiver Energie. Sie ist mutig, liebt das Abenteuer und besonders verbotene Orte. Sie ist eine kleine Entdeckerin. Sie kennt nichts als das Gute und wird bewusst von allem Bösen ferngehalten. Joselyn kennt das Böse nicht, all die Gefühle, die das Böse mit sich bringt, sind ihr nicht bewusst, bis zu einem gewissen Zeitpunkt…

Sie hat viele besondere Freunde, die sie auf ihren abenteuerlichen Entdeckungen beschützen. Sie hat eine Mission in naher Zukunft. Sie spürt es und sie weiß: Irgendwann werden ihre Fragen beantwortet werden.

Viele Sternenjahre von der Erde entfernt. Von der Erde aus könnt ihr Erdlinge ein Licht, einen Sternenglanz, glitzernd, leuchtend hell und hoch über dem Himmel erkennen. Ein Stern, der größte am Himmel, mit einem Lichterkranz umgeben. Regenbogenfarben umkreisen ihn, ein magisches Licht mit der Zauberkraft des blauen Auges, aus dem Land des blauen Auges. Das ist Joselyns Heimat. Dort leben Wesen, die nicht von der Erde stammen, ihre Hautfarbe ist strahlend schön und hell, mit kristallklaren, hellblauen Augen. Augenbrauen und Lippen schimmern in wunderschönen Blautönen. Es sind friedliche und glücklich lebende Wesen.

Ihr Land wird nach dem Schatz benannt, den sie besitzen und den nur Kaya beherrscht. Der Zauberkristall – das blaue Auge. Diese Kugel besitzt die Macht, in die Zukunft zu blicken und die Erde und andere Planeten in jedem Blickwinkel zu beobachten und zu sehen, was darauf vorgeht.

Die Feenelfen leben nach dem blauen Auge und ihrem Oberhaupt Kaya. Jede Feenelfe geht bei Kaya in den Lehrzauberzirkel. Das ist wie eine Schule, ganz so wie bei dir auf der Erde. Das Land des blauen Auges liegt auf dem blauen Planeten. Ihr Erdlinge nennt ihn Neptun. Er ist der achte Planet des Sonnensystems. Dorthin ist der Weg für dich zu weit. Wir leben im Geheimen, um die Erde zu beschützen. Im Lehrzauberzirkel wird den Blauijanern gelehrt, wie sie ihre Kräfte einsetzten können, um die Erde mit euch Erdlingen vor den dunklen Mächten zu beschützen und um ein Gleichgewicht zwischen dem Planeten Pluto, der die Dunkelheit enthält und dem Stern Sirius, dem Inhaber des Hohen Lichts, herzustellen. Dein Planet Erde und ihr Erdlinge, ihr kennt beides: Dunkel und Hell, Gut und Böse, Schwarz und Weiß, Liebe und Angst, Tag und Nacht. Wir sind eure Schutzengel und Wächter. Wir bewachen und schützen das Gleichgewicht auf der Erde. Das Gleichgewicht der dunklen Mächte gegenüber den guten Mächten.

Ich bin **Noack, das Schicksal**, und ich erzähle dir diese Geschichte, eine wahre Geschichte, die so alt ist wie die Erde selbst. Nun, alles beginnt, ob du es glaubst oder nicht, jetzt genau in diesem Moment.

Kannst du uns spüren? Lass uns in deinem Geist lebendig werden – deiner Fantasie sind keine Grenzen gesetzt. Mach dich bereit! Bereit?

Alles beginnt im Land des blauen Auges...
Joselyn ist mit ihrem **Einhorn Aurora** auf dem Weg zur großen Versammlung auf dem blauen Berg. Kaya, das Oberhaupt der Feenelfen, nimmt mit der mächtigen blauen Kugel Kontakt auf. Heute ist ein Tag der Weissagung. Für dich übersetzt: „Ein Tag der besonderen Botschaften". Das blaue Auge ist wie ein Orakel. Alle haben sich versammelt, auch Joselyns Freunde, die ich dir gerne vorstellen möchte.

Kennst du Fabeltiere? Fabeltiere wie Einhorn, Pegasus, Drache und Meerjungfrauen? Nein, sie sind nicht ausgedacht, sie existieren nicht nur in der Fantasie! Und ja, einige von ihnen gibt es nicht mehr auf der Erde.

Es gab Zeiten, wo sie euch Erdlinge regelmäßig besuchten. Sie reisten durch Dimensionstore im Universum zu euch. Nur an besonderen Tagen, wie zum Beispiel an Energietagen. Energietage werden auch Portaltage genannt. Es ist ungefähr so zu erklären, als würdest du durch ein kleines Loch in der Wand in einen anderen Raum hindurchblicken. An Portaltagen ist das Guckloch so groß, dass die Wesen bequem hindurchreisen können.
Diese Wesen sind Joselyns besondere Freunde. Du musst dir vorstellen, die große Versammlung findet an einer riesigen, kreisrunden Bergkuppel statt. Dort öffnet sich zu bestimmten Sonnen- und Mondzeiten das blaue Auge wie eine Seerose.
Pegasus mit Namen Sorayus, er reitet geschwind durch sein Element, die Luft. Mit großer Energie kann er Joselyn zielgenau dorthin bringen, wo sie gerade gebraucht wird. Er fliegt gerade auf die Kuppel zu. **Ihr Freund, der rote Drache**, ist auch gerade eingetroffen. Ihn nennen alle **Xeron**. Der Drachenfreund hilft Joselyn, er steht für das Element Feuer und ist damit das Symboltier für Mut, Tatendrang und Schöpferkraft. Da die Bergkuppel ein riesiger Wasserfall ist, können auch die **Meerjungfrauen** und **Delphine** an dieser Versammlung teilnehmen. Sie bewachen das blaue Auge. Der Wasserfall versteckt das Innere des Bergs, das blaue Auge hat dort seinen geheimen Platz. Die Seerose besteht aus reinem Gold und Silber und die blaue Kugel ist ein riesiger blauer Kristall aus reinem Saphir. Die Meerjungfrauen und Delphine zählen ebenfalls zu Joselyns Freunden. Sie zeigen ihr ihre tiefen Gefühle und Gedanken, damit sie ihre Herzenswünsche verwirklichen kann. Immer wenn sie Sorgen hat, kommt sie zu ihren Wasserfreunden, um Botschaften zu erhalten.

Oh, übrigens kann Joselyns Einhorn Aurora zu anderen Dimension, also Welten, reisen. Sie bringt Joselyn sicher an ihr Ziel. Das Einhorn kann nicht fliegen wie Sorayus, aber es kann in seinem Element Erde so schnell wie der Wind selbst reiten.

Die **Naturgeister** kommen aus ihren Höhlen und Verstecken, **Blumenelfen** und **Wiesenfeen**, die großen **Riesen** und die kleinen **Trolle** mit den dicken Nasen auch. Ein Rabe setzt sich auf die Schulter von Oberhaupt Kaya und eine weiße Eule nimmt Platz auf **Großmutterbaum Malu**. Sie ist der älteste Baum, Ratgeberin und Beraterin des alten Wissens. Großmutterbaum Malu trägt langes, weißes, silbernes Blätterhaar. Wenn die Nacht anbricht, dann leuchtet Großmutterbaum Malu so hell wie bei dir der Schnee oder das Wasser, wenn das Licht sich darin bricht. Oder wie Neonlicht, so nennt ihr doch das leuchtende Licht im Dunkeln, nicht wahr?

Der alte **Adler Toru** kreist über der Versammlung. Er ist ein Seher für Unsichtbares und Berater der Lüfte für Kaya. Auch der König des Waldes, der **Hirsch Avan**, steht mit seinem Gefolge an der Waldeslichtung bereit. Die Schar der **Seraphim- und Elohim-Engel** umkreist den Kristall mit Kaya zusammen, sie schließen die Augen und warten auf die Öffnung des blauen Auges. Alles wird still und **Mondin Lunaya**, Wegweiserin und Weltenöffnerin, lässt ihr Licht in der Abenddämmerung hell erstrahlen, so dass die silberne goldene Seerose erblühen und sich öffnen kann, um den blauen Saphir hervorzubringen. Joselyn nimmt Platz am Waldesrand auf einer farbenfrohen Regenbogenmauer, um sich aus der Ferne alles genau anschauen zu können. Ihre Feenelfen-Freunde aus dem Lehrzauberzirkel haben es sich auf der großen Blumenwiese am Wasserlauf gemütlich gemacht. Die Abenddämmerung ist magisch und das Licht der Mondin Lunaya ist wunderschön bläulich, silbern schimmernd und bricht sich glänzend im Wasserfall und in den Haaren von Großmutterbaum Malu. Die Haare der Wesen aus dem Land des blauen Auges leuchten in der Nacht wie Sterne, vor allem wenn Mondin Lunaya ihnen ihre Leuchtkraft schenkt. Alles beginnt zu strahlen, auch Blumen, Bäume, Wiesen – ja, alle Wesen. Jeder hat sein ganz eigenes Licht und das zeigt uns, dass wir alle miteinander verbunden sind. Die blaue Kugel, der blaue Saphir, dieser magische Kristall, verbindet uns. Wir sind eine ganz große Familie. Nur Joselyns Haare leuchten nicht. Sie hat rotes, lockiges Haar. Sie weiß nicht, warum ihre Haare anders sind. Sie weiß ja auch noch nicht, dass sie halb Erdling und halb Feenelfe ist, aber das erzähle ich dir alles später.

Nun, wie ich sehe, es beginnt!

Die Seerose öffnet sich. Das ist etwas ganz Besonders, so wie es bei dir Weihnachten oder deine Geburtstage sind. Es ist ein magischer Kristalltag. Der Tag, der bei uns alle hundert Lichtjahre mal vorkommt. Die Wesen vom Land des blauen Auges sind mehrere tausend Lichtjahre alt, aber das ist ihnen nicht anzusehen, sie sind sehr schön und sehen jung aus. Von Großmutterbaum Malu und Oberhaupt Kaya kennt keiner das Alter. Sie sind so alt wie die Zeit und das Universum selbst. Mein Alter ist auch nicht benennbar. Ich bin so alt wie die Unendlichkeit.

Langsam und mit lichtvoller Magie öffnet sich die Seerose. Der blaue Saphir-Kristall schwebt aus der Seerose. Du musst wissen, die Seerose ist riesig und der Kristall ist es auch. Damit du es dir vorstellen kannst: ungefähr so groß wie ein Heißluftballon auf deiner Erde. Er schwebt über die Wasserfallkuppel. Das Licht von Mondin Lunaya hält ihn schwebend in der Luft, ganz anmutig, kristallklar, silbern und strahlend ist sein Licht.

Kaya und die Engel begrüßen die magische Kugel und beginnen zu singen und zu summen. Sie halten sich an den Händen und bilden einen Kreis um den Kristall. Sie schweben in der Luft. Die Engelwesen sind im Vergleich zu dir sehr groß. Ich beschreibe es dir: mindestens dreimal so groß wie ein erwachsener Erdling.

Alle Wesenheiten singen und summen zusammen:

„Namahama Nahama Neij Namahama Neij oeo Neij Shahana Shahana de Seraphim Eleohim Neij"

Nach vielen Wiederholungen des Gesangs steigt plötzlich ein riesiger Lichtstrahl, eine Lichtsäule empor. Es sieht atemberaubend schön aus. Es ist schwer zu beschreiben. Stell es dir wie eine Brücke vor, die in eine andere Welt führt. Dieses Mal öffnet sich das Tor zu deiner Welt, der Erde.

Wir nennen es Regenbogenbrücke oder Dimensionstor, so können wir in deine Welt gelangen. Meistens unsichtbar, damit wir nicht entdeckt werden, um manche von euch Erdlingen nicht in Gefahr bringen zu müssen. Denn ihr Erdlinge seid sehr schreckhaft. Natürlich ist es auch möglich, sichtbar zu reisen. Sichtbar können nur wenige von uns sein. Nicht jeder hat die Zeitqualität und die Kraft, sich in einen Erdling zu verwandeln. Das können nur die großen Meister und Gelehrten. Aber genug erklärt.

Ich kann jetzt erkennen, dass die Regenbogenbrücke ihre Stabilität erreicht hat und die Öffnung sich vollendet. Kaya tritt dem goldenen Lichttor entgegen, dem Eintrittstor in deine Welt. Kaya steht nun davor und wartet auf jemanden. Alle Wesen halten für einen kurzen Moment den Atem an. Keiner weiß, was hier geschieht…

Wer wird aus dem Lichttor kommen und warum sind sie alle hier? Was ist hier los?

Joselyn ist sehr angespannt, sie spürt eine Aufregung. Sie weiß nicht, warum sie so aufgeregt ist. Da ich ihre Unruhe spüre, zeige ich mich Joselyn.

Denn du musst wissen, ich, Noack das Schicksal, der Wanderer zwischen den Welten, bin manchmal unsichtbar und manchmal sichtbar. Nur für diejenigen, die mich sehen dürfen. Ich kann in die Vergangenheit, Gegenwart und Zukunft sehen und reisen, ich bin sozusagen ein Zeitreisender, ein Wächter der verschiedenen Weltentore. Ich besitze eine unendlich große Bibliothek an Weisheit aus verschiedenen Dimensionen, Planeten und Zeitalter. Auch von deiner Erde habe ich alles, was jemals existiert hat und wird, verwahrt. Ich bewache dies sorgfältig. Ich beschützte Joselyn und bin da, wenn sie Hilfe braucht. Ich weiß auch vieles über dich. Ja, über dich! Ich weiß, was du gestern gemacht hast und was dich morgen erwarten wird. Ich bin überall existent und doch nicht wahrnehmbar.

Joselyn ruft: „Oh, Noack, du bist hier, wie wunderbar, ich dachte mir schon, dass du das nicht verpassen möchtest. Wo warst du?" Noack antwortet: „Meine liebe Joselyn, ich bin schon die ganze Zeit hier." „Ach ja, stimmt, du bist da und dort und irgendwo und nirgendwo. Verzeihe mir, die Aufregung lässt mich gerade alles vergessen." Noack fragt: „Warum bist du aufgeregt?" „Ich weiß es selbst nicht, ich fühle, dass etwas kommt, worauf ich schon sehr lange warte und das verunsichert mich. Heute Morgen spürte ich, dass ich klarer bin, damit meine ich, stärker in meiner Magie. Was meinst du Noack, was das ist? Meinst du, das macht der Kristall aus? Was hat es mit der Prophezeiung auf sich? Oder bin ich vielleicht verrückt geworden? Und warum sind wir heute hier? Auf wen wartet Kaya? Und…?"
Noack muss laut lachen: „Halt, halt, bei meiner Magie, so viele Fragen! Langsam, meine liebe Joselyn! Kein Wunder, dass du aufgeregt bist. Das ist unsere Joselyn, wie sie lebt, mit voller Abenteuerlust. Durch deine Fragen hast du im Lehrzauberzirkel schon einigen Gelehrten den Verstand geraubt." Joselyn schmunzelt leise, aber bevor Noack antworten kann, bewegt sich eine fremde Gestalt langsam über die Regenbogenbrücke in Richtung goldenes Lichttor auf Kaya zu. Joselyn fragt: „Was ist das? Wer ist das?" Noack antwortet: „Hab Geduld, meine kleine Joselyn, du wirst es bald erfahren. Alle hier werden es bald erfahren. Ich werde dich jetzt verlassen, jetzt ist es Zeit für mich, an Kayas Seite zu sein." Er dreht sich nochmal um: „Joselyn, dein Herz zeigt dir deinen Weg zu jeder Zeit." „Was meinst du damit, Noack, was ist mein Weg?"
Aber bevor Joselyn eine Antwort von mir bekommt, bin ich schon wieder verschwunden und stehe an Kayas Seite. Ich kann von einer Sekunde auf die andere verschwinden und wieder erscheinen, wo und wann ich möchte. Als Weltenwanderer bin ich überall und nirgends. Joselyn erkennt aus der Ferne am Waldesrand auf ihrer bunten Regenbogenmauer, dass es nicht eine Gestalt ist, sondern sehr viele. Alle sind in weiße Mäntel gehüllt.

Plötzlich ertönen Trompeten aus unserem Land des blauen Auges. Sie dienen zur Begrüßung und sind ein Signal, wenn Reisende aus fernen Welten eingetroffen sind. Kaya scheint die weißen Wesen zu kennen. Sie umarmt eines von ihnen und gibt das Friedenszeichen. Das Friedenszeichen ist eine Begrüßung: Stirn an Stirn, das zeigt die Verbundenheit der Bruder- oder Schwesternschaft.
Kaya dreht sich zu ihrem Volk und verkündet mit lautstarker und sicherer Stimme: „Meine lieben Lichtwesen aus dem Land des blauen Auges, danke für eure Versammlung hier an unserem heiligen Ort zu diesem besonderen Mondzyklus. Heute ist das heilige Lichtjahrhundert Shahana Deju, der alten Weisen aus den unendlichen Weiten des Universums. Wir alle sind Sternenstaub aus den galaktischen Weiten des Universums. Wir wurden erschaffen von dem unendlichen Raum der Liebe, um zu erschaffen die Welten der bedingungslosen Liebe der neuen Zeiten. Wir haben uns in der Vergangenheit verbündet mit Mutter Erde und ihren Priesterinnen des Lichts. Heute an diesem heiligen Tag erneuern wir unser Bündnis mit den Mondpriesterinnen der weißen Schwesternschaft aus Avalon. Die Priesterinnen von Mutter Erde sind gekommen, um zu berichten und sie bringen keine gute Kunde. Sie brauchen unsere Hilfe. Mutter Erde ist schwach, sie stirbt und die Priesterinnen der weißen Schwesternschaft aus Avalon suchen um Hilfe und Rat. Wir alle wissen, dass die Erde ein junger und vor allem lebenswichtiger Planet in unserem Sonnensystem ist. Unsere Energiebahnen sind mit anderen Planeten, auch denen der Erde, verbunden. Wir alle wissen, was dies bedeutet: Die Menschheit und alle Wesenheiten der Erde sind gefährdet, auszusterben oder sogar in kürzester Zeit vernichtet zu sein. Die Dunkelheit, die dunklen Schatten, haben sich über Mutter Erde gelegt. Das Gleichgewicht zwischen Gut und Böse scheint zu schwinden."
Ein unruhiges Flüstern geht durch die Versammelten. Kaya spricht ruhig weiter: „Meine geliebten Lichtwesen aus dem Land des blauen Auges! Schon lange beobachten wir die dunklen Schatten. Wir konnten bis zum heutigen Tag das Gleichgewicht stärken. Aber unser Schutznetz über der Erde wird schwach und wir werden jetzt handeln müssen. Wir sind gefordert. Ihr wurdet ausgebildet, um die Menschheit vor der Dunkelheit zu bewahren, ihr habt euch der Liebe verpflichtet, euch in den Dienst der Liebe gestellt. Jetzt ist es an der Zeit, unsere Mächte nicht mehr von hier aus zu leiten. Jetzt ist die Zeit gekommen, die Erde vor den dunklen Schatten zu verteidigen. Die Herrschaft des Bösen, Jakobus ist sein Name, hat seine Macht ausgenutzt und sie gegen uns verwendet. Die Schattenwesen und ihre Macht nehmen zu und Jakobus möchte die Erde vernichten und damit die Menschheit.
Wenige von uns können als Erdlinge wandeln. Sehr wenige von uns – genau genommen nur zwei der Gelehrten, können ihre Macht auch als Erdling

einsetzen. Noack unser Wächter und ich selbst sind dafür auserwählt worden. Die Prophezeiung spricht von drei, der Dreieinigkeit in sich. Eine Dreieinigkeit der Liebe. Heute ist der Tag. Die Prophezeiung wird es zeigen. Die Priesterinnen haben bereits damit begonnen, die Offenbarung einzuleiten. Das Orakel wird uns zeigen, wem dieses Schicksal bestimmt ist. Wir können die dunklen Schatten nur überwältigen und alles wieder ins Gleichgewicht bringen, wenn wir die bedingungslose Liebe von ihrem dunklen Kern heraus zum Erstrahlen bringen. Die Prophezeiung sagt, dass ein Erdling die Dreieinigkeit vereinen kann und das Böse mit dem Licht bündeln wird.
Wir Gelehrten und Weisen werden uns jetzt bei Großmutterbaum Malu versammeln, um das Orakel zu befragen, unser blaues Auge. Erst im Morgengrauen werden wir wissen, was geschehen wird, denn wir müssen entscheiden, ob wir nur auserwählte Erdlinge retten oder den ganzen Planeten mit all seinem Leben. Es wartet eine große Entscheidung auf uns. Bis dahin wünsche ich von euch Lichtwesen Geduld. Die hohen Mächte vom Land des blauen Auges und die Priesterinnen der Schwesternschaft von Avalon werden sich vereinigen, damit wir reine, klare Energie für das Orakel empfangen können. Wir ziehen uns jetzt zurück. Ich bedanke mich bei euch, geliebte Lichtwesen. Habt Vertrauen.

Agnus Deju Deij."

Alle Lichtwesen sprechen zusammen:

„Agnus Deju Deij."

Das bedeutet übersetzt so viel wie: Der Frieden wohnt in uns.

Alle Versammelten senken den Kopf, legen ihre rechte Hand auf die Stirn, die linke Hand aufs Herz. Langsam heben alle den Kopf wieder und strecken die Hände dem Himmel empor, Handballen an Handballen und die Finger zu Schalen geformt – dies soll eine Lotusblume darstellen – als einheitlicher Gruß, als heiliger Gruß.

Er gilt den unendlichen Weiten, Vater Universum.

Der hohe Rat hat sich zurückgezogen und nun beginnt das Warten. Joselyn ist zu neugierig und kennt einen geheimen Weg in die heiligen Hallen des Berges, wo sich der hohe Rat mittlerweile niedergelassen hat. Großmutterbaum Malu ist hinter dem Wasserfall im tiefen Berg, sie ist der Mittelpunkt des Berginneren. Die Bergspitze kann sich öffnen – dann ist die Baumkrone von Großmutterbaum Malu zu erkennen. Darüber schwebt jetzt der Kristall, eingehüllt in Mondlicht. Die Wurzeln von Großmutterbaum Malu bewachen den heiligen Ort und sie reichen tief in den Boden hinein. Man sagt, sie sei die Brücke zwischen dem tiefen Kern unseres Planeten und dem hohen Licht des Universums.
Joselyn ist dem Berg schon nahe, sie kennt den geheimen Weg sehr gut. Einst rutschte sie beim Klettern am Wasserfall aus und berührte beim Stolpern unabsichtlich einen Stein. Plötzlich spaltete sich der Wasserfall und Joselyn konnte einen Eingang erkennen. Sie ging voller Neugierde hindurch. Sie weiß nur nicht mehr, was damals im Berg genau passiert ist, denn sie wachte in ihrem Bett auf, als wäre alles nur ein Traum gewesen. Immer wieder hat sie versucht, genau diesen Stein nochmal zu berühren und das Tor zu öffnen, aber es blieb ein Traum. Das Tor öffnete sich für Joselyn nicht wieder. Doch jetzt zu diesem Zeitpunkt kann sie sich an ihrem Traum oder dieses Stolpern über den Stein erinnern und sie zögert nicht. Sie hat das Gefühl, dass sie diesen Stein heute nochmal berühren sollte und es dieses Mal klappen könnte. Wenn ja, dann könnte sie den hohen Rat heimlich belauschen und herausfinden, was passieren wird.
Der alte Adler Toru hat Joselyn beim Klettern auf dem heiligen Berg entdeckt und er fliegt gezielt und schnell auf sie zu. Joselyn bemerkt nicht, dass Toru auf dem Weg zu ihr ist. „Joselyn, was machst du hier? Du verärgerst mit deiner Anwesenheit in der Nähe der heiligen Hallen nur noch Kaya." Joselyn erschrickt und verliert fast das Gleichgewicht: „Puh! Toru, du hast mich erschreckt! Mach das bitte nie wieder mit mir, ich wäre fast gefallen." „Du solltest nicht hier sein." „Mein lieber Toru, ich folge nur meiner inneren Stimme." „Dann werde ich dich begleiten und dir zum Schutz zur Seite stehen. Du solltest zu dieser Zeit hier oben nicht alleine sein." „Na schön, wenn es unbedingt nötig ist. Ich kann dich sowieso nicht davon abhalten. Hab Dank für deine Fürsorge, Toru."
Der alte Adler zeigt Joselyn den sicheren Weg und das Mädchen folgt ihrem gefiederten Freund. Sie entdeckt die Stelle von damals und erkennt den Stein sofort wieder. Das Tor steht offen, da der hohe Rat bereits eingetreten ist. Sie hört Stimmen und sieht ein flackerndes Licht. Schleichend geht sie hindurch, während Toru am Eingang Platz nimmt und ihn bewacht. Joselyn versteckt sich zwischen zwei Felsspalten. Sie kann direkt auf den Mittelpunkt des Berginneren schauen und erkennt Großmutterbaum Malu in ihrer vollen Pracht. Sie ist unbe-

schreiblich mächtig und groß. Joselyn verfolgt nun neugierig und mit großem Herzklopfen das Geschehen.
Natürlich weiß ich als Schicksal, dass Joselyn im Berg ist und wo sie sich versteckt. Alles passiert so, wie es sein soll und der Lauf der Dinge geschieht. Joselyn hört, wie Kaya mit Großmutterbaum Malu spricht, sie reden über etwas sehr Wichtiges… Kaya fragt: „Ist nun wirklich der Zeitpunkt gekommen? Ich verstehe es nicht, es geschieht alles zu früh. Sie ist noch nicht wirklich ausgewachsen. Sie ist noch nicht so weit." Großmutter Malu antwortet: „Meine Liebe, die Prophezeiung zeigt sich nur, weil genau jetzt der richtige Zeitpunkt gekommen ist. Geliebte Kaya, du bist ein mächtiges Oberhaupt und eine wahre Mutter. Dein Mutterherz spricht mit Sorgen zu mir, aber dein Herz als Oberhaupt dieses Planeten weiß, dass es jetzt an der Zeit ist. Die Priesterinnen sind gekommen, um sich mit uns zu verbinden. Damit wir ein mächtiges Energienetz errichten, um dagegen ankämpfen zu können." Kaya sagt entschlossen: „Dann werde ich Joselyn die Wahrheit selbst sagen. Ich bitte um ein wenig Zeit, Großmutterbaum Malu, damit ich ihr es als Mutter offenbaren kann." Großmutter Malu stimmt zu: „Diese werden wir dir gewähren. Noack wird dir behilflich sein und die Zeit für eine Stunde anhalten. Als Wächter der Gezeiten wird dies für ihn kein Problem sein."
Joselyn versteht nicht, um wen es hier geht. Sie wusste nicht, dass Kaya eine Tochter hat. Viele Fragen sind in ihr Gesicht geschrieben. Noack spricht: „Natürlich werde ich mein Bestes geben, Großmutter Malu." Großmutter Malu mahnt: „Noack! Es ist auch für dich an der Zeit." Noack antwortet: „Ja, es ist an der Zeit."

Joselyn flüstert in ihrem Versteck vor sich hin:

**„Was ist an der Zeit?
Was?"**

REISE ZUM KOSMOS

Lieber Erdling,

ich denke, es ist jetzt auch für dich an der Zeit! Ich nehme dich mit und erzähle dir die Geschichte eines Sternchens, das den Wunsch hatte, Euch Erdlingen zu helfen. Wir sollten zusammen in die Vergangenheit reisen. Weit zurück zum Ursprung von Joselyns Herkunft, als sie noch ein Stern war in ihrer Sternenfamilie. Ja, du hast richtig gelesen! Sie war ein richtiger Stern. Du wirst zu diesen Zeitpunkt reisen, um ihre wahre Geschichte kennenzulernen, denn ich möchte, dass ihr Freunde werdet und du sie begleitest, wenn sich ihr Wunsch in naher Zukunft erfüllen wird. Dazu solltest du erstmal einiges über sie wissen. Wenn du den Mut hast, dann werden wir jetzt unseren ersten magischen Zauberspruch sprechen. Wir reisen in die Weiten des Kosmos'. Dahin, wo alles Leben begann und auch Sternchens Geschichte. Später wirst du mit diesem zeitreisenden Tor wieder in diesen Moment zurückkehren, dort ins Versteck hinter den beiden Felsspalten, wo Joselyn sich gerade aufhält, damit du alles weiter verfolgen kannst und nichts verpasst.

Dazu machen wir gemeinsam unsere erste Reise…

Hebe die Hände vor deine Brust.
Die Mittelfinger zeigen nach oben und berühren sich.
Die anderen Finger klappst Du einfach ein.
Es sieht nun aus wie ein Dreieck.
Und wir sprechen ein langes aauum.
Stell dir beim Aussprechen des „aauum" die Farbe Blau vor.

Und wir sprechen weiter folgenden Zauberspruch:

„Teux torux dejo dei aum"

Das bedeutet so viel wie: Reisen zum Ursprung, ins damalige Gestern.

Blättere auf Seite 90 und dreh das Buch.

„Alohai asi deju Gaia,
Diva des
Diva terux
Diva terux des"

Dies bedeutet: Sei gegrüßt, geliebte Mutter Erde. Ins Hier. Ins Jetzt. Ins Hier und Jetzt.

Blättere nun auf Seite 120 und dreh das Buch erneut.

Reise zur Erde

Du reist natürlich nicht körperlich, aber du reist geistig mit und deshalb brauchst auch du diese Reisevorbereitung. Das Buch ist nur dann ein Magie-Buch, wenn du jede Zauberformel auch wirklich mitsprichst. Es ist wie ein Rezept: Wenn du es genau machst, wird sich alles Magische und Zauberhafte mit dir verbinden und dir werden Glück und Magie geschenkt.
Damit dies klappt, machen wir Folgendes…

Schließe kurz deine Augen.
Denk an etwas ganz Schönes. Etwas, das dir Freude bereitet.
Verschränke den kleinen Finger mit dem anderen kleinen Finger.
Öffne die Augen und spreche langsam diese Worte:

Damit du dir ungefähr vorstellen kannst, wie der Planet Blauauge aussieht, zeige ich dir ein Bild. Neptun hat 14 Monde – das ist der menschliche Kenntnisstand im Jahr 2020. Der größte von ihnen, Triton, wurde nur wenige Tage nach der Entdeckung Neptuns gefunden. Erst über hundert Jahre später fand ein Erdling namens Gerard Kuiper einen zweiten Mond, Nereide. Ihr Erdlinge seid unendlich weit vom Planeten Neptun entfernt. Dort ist Joselyns Zuhause. Unser Reiseziel ist dein Planet – die Erde mit ihrem Mond. So mein lieber Erdling!

Du solltest dich jetzt auch bereit machen für diese Reise.

Sorayus seufzt: „Vieles ist passiert auf dieser Erde und mit den Menschen. Sie leben nicht mehr in Frieden und Harmonie. Sie sind umgeben von Lautstärke, Chaos, Unruhe und Ängsten. Die Schattenwesen haben über viele Jahre viel dazu beigetragen, dass es so ist, wie es jetzt ist. Doch manches hat der Verstand, das Ego angerichtet, also der Mensch selbst. Das Ungleichgewicht entsteht nur, wenn der Mensch Körper, Geist und Seele nicht mehr in Einklang bringt. Menschen konzentrieren sich sehr häufig nur noch auf den Körper. Die Seele vergessen sie und der Geist ist vergiftet von Macht und Gier oder Hilflosigkeit und Resignation. Du kommst genau zum richtigen Zeitpunkt, Joselyn. Die Menschen und vor allem die Kinder brauchen dich, damit sie wieder an sich und an uns glauben können."
Xeron sagt entschlossen: „Na dann wollen wir den Menschen und vor allem den Kindern mal zeigen, dass man an uns glauben sollte. Wir haben die Menschen niemals vergessen und werden es auch niemals tun. Vorausgesetzt, wir überstehen die Reise und diese Holprigkeit in einem Stück." Sorayus beruhigt seinen Freund: „Xeron, du wirst sehen, du wirst das körperliche Reisen gut überstehen. Vielleicht…" Er schmunzelt. Xeron wird nervös: „Was?!" Sorayus sagt lachend: „Nur ein kleiner Witz, du Drachenkönig."
Joselyn denkt noch immer nach: „Ich verstehe nur noch nicht, wie ich alle Menschen dieser Welt wieder ins Licht führen kann, wenn sie doch nicht mehr glauben." Sorayus tröstet sie: „Alles zu seiner Zeit, Joselyn. Du bist sowas wie ein Magnet, Gleiches zieht Gleiches an. Es wird sich verbreiten, denn die Liebe und das Licht sind die größte Macht im ganzen Universum."
Xeron spürt deutlich, dass auch hier eine enorme Anziehungskraft entsteht, die immer stärker wird. Er ahnt schon, dass die Reise weitergeht: „Weil du gerade vom Magnet sprichst, kann es sein, dass wir auch gerade von etwas ziemlich Großem angezogen werden?" Sorayus nickt: „Macht euch bereit. Joselyn, halte dich gut fest. Wir werden gleich durch zwei Spiralen, ein Dimensionstor, hindurchreisen. Jetzt kann es ein kleines bisschen unangenehm werden, denn die letzte Spirale ist wie gesagt ein bisschen holprig."
Xeron will es genau wissen: „Wie? Zwei? Unangenehm? Was verstehst du genau unter unangenehm? AAAAAHHHHHHHH!" Bevor der Drache auf eine Antwort warten kann, sind die Drei schon in den Sog der Spirale eingetaucht. Für Xeron ist das eine ziemliche Herausforderung, denn eigentlich geht er seiner Routine ganz gerne nach und plötzlich überrumpelt ihn eine neue Situation nach der anderen. Xerons Schrei ist deutlich im ganzen Universum vernehmbar. Joselyn klammert sich fest an ihren Freund Sorayus und so schmettern die Drei durch die Spirale.

Vielleicht hast du irgendwann selbst Kinder und du liest ihnen später daraus vor oder du schenkst es einen geliebten Menschen weiter. Bücher helfen dir zu träumen und deine Fantasie zu leben.

„Bücher sind deine magischen Fantasiewelten. Sie geben dir die Möglichkeit, zu träumen."

Joselyn hat in der Ferne eine weitere Spirale im Kosmos entdeckt und sie, Xeron und Sorayus schweben immer noch friedlich und sanft wie eine Feder darauf zu. Joselyn ahnt schon, dass die Reise in dieser Spirale nicht so prickelnd sein wird. Sorayus erklärt: „Wir werden jetzt in die nächste Dimension weiterreisen. Vergesst nicht, versucht euch nicht körperlich oder geistig zu wehren, wenn wir jetzt in die nächste Spirale eintauchen. Versucht locker zu bleiben." Xeron fragt vorsichtig: „In wie viele Spiralen werden wir eintauchen, Sorayus? Nur, damit wir uns ein bisschen darauf einstellen können." Er ist ein wenig unruhig, da er nicht an solche Situationen gewohnt ist. Er sieht irgendwie witzig aus, sein Blick ist ziemlich angespannt. So habe ich ihn noch nie gesehen: ein großer, leicht verwirrter Drache.
Sorayus antwortet: „Es sind drei Spiralen und die letzte kann ein wenig holprig werden."
Das gefällt Xeron nicht: „Holprig? Wie holprig?" Sorayus beschreibt: „Wenn ich mit meinen Lichtgesellen in Lichtform reise, was wir Pegasus immer tun, dann ist dies viel angenehmer. Aber da wir hier körperlich reisen, erleben wir nun mal auch die Wahrnehmungen dazu." Joselyn fragt: „Warum reisen wir nicht in Lichtform?" Sorayus antwortet: „Ihr geht körperlich auf die Erde, weil ihr dort länger verweilt als nur für einen Tag. Joselyn, du bist halb Mensch und deine Körperlichkeit ist bereits vorhanden und ein großer Drache wie Xeron es ist, könnte nicht in Lichtform reisen. Das ist nun mal nicht für die Drachen bestimmt. Früher gab es Drachen auf der Erde, sie lebten dort unter den Menschen. Diese Zeit ist schon sehr, sehr lange vorüber. Die Menschen haben den Glauben an uns Fabelwesen verloren, sogar die Kinder vergessen uns Stück für Stück. Sie glauben nur noch an das, was sie mit ihren Augen sehen können. Sie vertrauen ihren Sinnen und ihrer Intuition nicht mehr." Joselyn versteht nicht: „Warum haben sie den Glauben verloren, wie geht das? Man kann doch nicht den Glauben verlieren, wenn wir doch da sind!"

Es ist zeitlos und es ist ein Geschenk.

Denn dieses Buch, egal wie oft es gedruckt wurde, es ist dein Buch der Magie, es ist das Buch von jedem von euch. Es ist das Buch der wandelnden Welten der Liebe.

Ein Buch, das sprechen kann, hör genau zu!

Du wirst die Stimme, die zu dir spricht, erkennen. Manchmal ist es nicht nur eine Stimme, bei jedem ist es unterschiedlich. Zu manchen von euch kommuniziere ich durch Farben, Gefühle, Gedanken, Bilder oder Träume, die dir gerade begegnen. Oder auch durch andere geliebte Menschen an deiner Seite.

Alles ist möglich.

Erkenne die Zeichen und die Abenteuer. Das Universum spielt mit dir, so wie Vater und Mutter oder geliebte Menschen mit dir spielen. Hab Spaß und Freude und lache!

Lache jeden Tag. Lebe alles, was in dir steckt.

Singe oder tanze jeden Tag, wenn dir danach zumute ist. Egal, ob du Junge oder Mädchen, ob du Frau oder Mann bist, du weißt, was ich meine und du weißt ganz genau, was dir Spaß macht. Und vergiss nicht, achte auf deine Bücher, denn jedes Buch hat seinen Sinn und jedes Buch ist wertvoll.

Achte auch auf dieses Buch, es ist dein Schatz.

„Wir sind alle verbunden."

Du liest diese Zeilen jetzt gerade. Dann ist dies auch nicht einfach nur so geschrieben! Es hat eine Bedeutung! Es ist wichtig für deinen Weg, dass du diese Zeilen und dieses Buch hier liest.

Dieses Buch hat auch eine Botschaft für dich.

Du wirst spüren, was für dich bestimmt ist. Du siehst, wir alle sind auf der Reise zu uns selbst, wir alle sind wichtig und Joselyn lernt genauso wie jeder von uns. Gemeinsam sind wir unglaublich stark. Mit unseren Freunden, Familien und Wesen verschiedener Art, die uns zur Seite stehen. Der Glaube an uns und die Gemeinschaft von Himmel, Erde und anderen Dimensionen lässt uns stark sein. Du bist auch ein Magier der Liebe und des Lichts, du darfst es hier auf dem Planeten Erde entdecken. Dich wieder erkennen. Du bist ich, du bist göttlich. Dein Abenteuer ist dein Leben. Wie Joselyn Herausforderungen zu meistern, das alles kannst du auch.

„sei mutig und glaub an dich."

Dies ist die Botschaft von Vater Universum an dich.

Dieses Buch ist für die Liebe und die Kinder dieser Welt geschrieben und auch für diejenigen, die Kinder waren. Es ist dein Buch und wenn du es gelesen hast oder es Jahre später wieder liest, wird es dich immer wieder neu ansprechen und dir neue Botschaften schenken.

BOTSCHAFT VON VATER UNIVERSUM AN DICH ERDLING

Joselyn ist wie alle Wesen im ganzen Kosmos ein mächtiges Wesen. Sie weiß jetzt, dass jedes Wesen universell ist, eine Göttlichkeit, eine tiefe Ur-Kraft in sich trägt und zu Unglaublichem fähig ist. Jeder trägt diese Liebe in sich und jeder kann wie Joselyn sein, du musst kein Weltenretter sein wie sie. Doch du bist ein Wesen des Lichts und du hast den Auftrag der Liebe in dir, die Welt besser zu machen und mit deinen eigenen Talenten die Welt zu verschönern. Was du in deinem Herzen trägst und was dich glücklich macht, das verbindet dich mit Vater Universum und du sendest Liebe durch dein Tun, Denken und Handeln. Du musst gar nichts, du darfst einfach nur glücklich sein und in voller Freude das tun, was du liebst. Vater Universum hat dir den freien Willen gegeben, er dient dazu, dass du tust, was in deiner Natur liegt. Nur das ist der Weg der Erfüllung.
Die Vorstellungskraft in dir oder die Vorgaben und Richtlinien sind es, die dich von deiner Bestimmung abbringen. Alles, was dich umgibt, wird dich führen, wenn du nur vertraust und dein Zentrum erkennst. Dein Zentrum ist immer das Herz, es gilt nur, deine innere Stimme wieder zu erhören. Ihr Erdlinge seid mächtige Wesen, ihr habt es nur vergessen. Die Schattenwesen haben euch vom Weg abgebracht, ihr alle seid Magier und Zauberer. Hör in dich hinein, denn da spricht Vater Universum mit dir, so wie ich gerade mit Joselyn durch die Seraphim-Gesänge spreche. Sprechen ist nicht gleich sprechen, ich zeige mich ganz unterschiedlich und es ist mein Geschenk an dich. Jetzt in diesem Moment sind es meine Worte, die du hier liest.

Versuch, dich wieder zu erinnern, fühl deine magische Kraft.

Joselyn entdeckt jeden Tag etwas Neues von sich und sie lernt jede Sekunde etwas über sich. Sie erkennt, dass Vater Universum immer da ist und ihr zu jeder Zeit Schutz und Liebe gegeben hat. Sie war niemals allein und sie ist geliebt. Sie ist ein Teil dieser Liebe von Vater Universum. Ihr Herz schlägt zusammen mit dem Kosmos in Harmonie. Ihr Talent wird sie immer wieder neu entdecken und es ist spannend und aufregend, ein menschliches Wesen zu sein. Denn es ist eine Abenteuerreise im Paradies.

SERAPHIM-ENGEL VON LICHT UND LIEBE

Die Engel der Seraphim haben den höchsten Rang in der Engelhierachie. Sie sind reine Lichtwesen und bestehen aus purer Liebe. Sie singen pausenlos fröhliche Lieder und repräsentieren mit ihren Stimmen den Urklang des Universums. Ein Seraph hat seinen Arbeitsplatz ganz oben im siebten Himmel neben Vater Universums Thron. Erzengel Metatron steht Vater Universum am nächsten. Ein Seraph fliegt unablässig um den Thron herum und singt lobpreisende Lieder. Er ist ein sehr fröhlicher Geselle, der für gute Unterhaltung im Himmelsreich sorgt.

Seraphim-Engel sind äußerst harmoniebedacht. Sie möchten, dass alle Wesen und Menschen sich gerne haben. Mit ihrem hell leuchtenden Licht sorgen sie dafür, dass die Schattenwesen nicht zu groß werden und das Böse in diesem Kosmos nicht zu umfangreich gerät. Doch jetzt ist genau dies geschehen und die Schar der Seraphim schicken Joselyn viel Licht und Liebe, damit sie ihr Vorhaben bewältigen kann. Die Engel der Seraphim haben außerdem eine sehr große Verantwortung. Sie sind sowas wie die obersten himmlischen Abteilungsleiter. Sie planen unser Universum und stellen sich vor, wo die Sterne und Planeten verteilt sein sollten. Natürlich bedenken sie dabei auch, welche Pflanzen und Lebewesen unter welchen Bedingungen dort leben sollen. Wenn sie mit ihren Plänen fertig sind, geben sie sie weiter an die Cherubim – dem zweiten Engelchor – und lassen dort ihre Überlegungen genauer ausarbeiten und berechnen.

Joselyn spürt, wie geliebt sie ist und dass sie keine Angst mehr haben muss. Alles was passiert, ist bereits geführt und in Segen gehüllt. Vater Universum ist zu jeder Zeit bei ihr und sie fühlt: Egal, wo er ist, er zeigt sich ihr immer wieder durch die Augen eines anderen Wesen. Die Liebe, wie sie Form annimmt und wie sie berührt, ist die Liebe von Vater Universum. Er ist allumfassend und zu jeder Zeit anwesend. Er spricht durch die Seraphim und ihren Gesang zu ihr. Sie spürt seine Nähe und ist so dankbar für diesen Moment der Geborgenheit.

„Agas deju samarai avantaru
seraphim de liuai“

Das heißt: Der Segen sei mit euch, vereint mit den Seraphim des Lichts.

Joselyn, Xeron und Sorayus begeben sich ebenfalls auf die große, runde Plattform. Joselyn zieht das warme Mantelkleid über, springt auf Sorayus und hält sich an seiner prächtig weiß-blauen Mähne fest. Xeron stellt sich neben die beiden und spreizt seine roten Feuerflügel. Jetzt heißt es warten, bis sich das goldene Tor öffnet. Alle schauen gespannt in die Weite hinaus. Ein unheimlich spannender, aufregender Moment... Alles ist scharfsinnig. Alle Wesen aus dem Land des blauen Auges vereinen sich hier in Konzentration – ihr nennt es Meditation – zu diesem einmaligen Ereignis.
Plötzlich dreht sich eine Spirale aus goldenem Licht vor ihnen, sie wird immer größer und größer und nach einer Weile erscheint ein mächtiges Tor. Darin ist der riesige Kosmos zu erkennen. Vater Universum, die unendlichen Weiten. Ein starker Sog, ein immenser Wind entsteht, der die Drei wie ein Magnet hinein ins Tor zieht. Sorayus fliegt voraus und lässt seine kräftigen Flügel lenken. Doch der Sog ist zu stark und sie werden in die Spirale hineingewirbelt. An kontrolliertes Fliegen ist überhaupt nicht zu denken. Es folgt eine beklemmende Phase der Orientierungslosigkeit. Joselyn summt eine Melodie, um sich zu beruhigen und klammert sich ganz fest an Sorayus' Mähne. Pegasus Sorayus ruft mit lauter, bestimmter Stimme: „Kämpft nicht dagegen an, lasst die Kontrolle fallen, das ist Vater Universum, er führt uns! Atmet still und ruhig! Vertraut mir!"
Xeron musste vor Sorayus' Anweisung unglaublich kämpfen, um die Kontrolle über seinen Flug wieder zu erlangen. Jetzt hört er auf den Rat, lässt sich fallen und! Plötzlich ist alles ganz sanft und friedlich... Sie schweben und sehen unheimlich viele Lichter. Lichter, die sie noch nie gesehen haben. Es ist wunderschön und unbeschreiblich. Joselyn staunt mit großen Augen, Sternensysteme und Planeten fliegen an ihnen vorbei. Xeron ist von diesem mächtigen Spektakel aus Formen, Farben und Lichtreflexen mächtig beeindruckt. Alles ist friedlich und angenehm. Wie in einem Traum mit unbegrenzten Möglichkeiten. Es fühlt sich an, wie auf einer weichen Feder zu schweben. Sanft getragen vom Sternenstaub des Kosmos'.
Joselyn lächelt Xeron zu, er lächelt zurück. Es ist einmalig und unbeschreiblich schön. Sie hören wundersame Klänge und Gesänge. Joselyn spürt ihre Nähe zu Vater Universum. Als sie für einen kleinen Augenblick über Sorayus' Mähnenkopf nach vorne sieht, kann sie eine weitere Spirale erkennen. Plötzlich hört sie in ihrem Herzen eine warme und sanfte Stimme. Sie ist ihr tief vertraut, wie sie staunend bemerkt. Diese Stimme sagt:

eintretet, habt ihr nur für kurze Zeit den Lichtschutz von Pegasus Sorayus in Verbindung mit Mutter Erde. Ihr solltet zügig und präzise zur Landung ansetzen, denn die Schattenwesen haben ihre Radarnetze über der ganze Erde verstreut und lokalisieren bestimmt schnell eure Ankunft. Seid deshalb wachsam. Wenn ihr entdeckt werden solltet, wird Xeron euch verteidigen und Joselyn, denk dran, dass dir deine magischen Glücksstiefel behilflich sein könnten, sollte es von Nöten sein. Schlage einfach die Stiefelhacken dreimal zusammen – klick-klack-klick – und du wirst kurze Strecken fliegen können."

Joselyn fragt besorgt: „Was ist, wenn wir getrennt werden?" Großmutterbaum Malu antwortet besonnen: „Noack wird euch wieder zusammenführen, keine Sorge." Joselyn fragt weiter: „Warum begleitet uns mein Vater nicht?" Großmutterbaum Malu gibt die Antwort: „Wie du bereits weißt, ist er in den letzten Vorbereitungen – er hat alles mit seinem magischen Stab im Blick. Wir dürfen dich nicht mit zu vielen magischen Begleitern reisen lassen, sonst wird das heilige Licht sofort zu erkennen sein. Joselyn, ich frage dich nun, bist du soweit?"

Joselyn sagt mit all ihrem Mut: „Ich denke schon, Großmutterbaum Malu." Großmutterbaum Malu richtet sich an Xeron: „Feuerdrache königlichen Blutes Xeron, bist du soweit?" Er antwortet: „Stets zu Diensten. Ich bin bereit." Großmutterbaum Malu fragt weiter: „Pegasus Sorayus?" Er antwortet: „Mein Gefieder ist stark und ich werde die beiden so gut es geht sicher auf die Erde bringen. Vater Universum stehe uns bei."

Großmutterbaum Malu ist zufrieden: „Gut, dann, lieber Toru, flieg so hoch du kannst und ziehe deine Kreise in der Luft, damit die Türme aus der Ferne erkennen können, dass wir jetzt mit der Bündelung all unserer Energien beginnen. Liebe Kaya, aktiviere die blaue Kugel, damit wir anfangen können."

Kaya geht zur Joselyn, umarmt sie ganz fest und gibt ihr einen Stirnkuss. Lächelnd streicht sie ihr über die Wange. Sie drückt ihrer Tochter ein hellgraues Mantelkleid in die Hand, das mit blauen und goldenen Stickereien verziert ist, bevor sie auf die große Plattform zum blauen Saphir schwebt. Toru ist bereits hoch hinaus geflogen, hat begonnen, seine Kreise zu ziehen. Die Turmwächter haben ihn gesehen und die Botschaft weitergeleitet. In jedem Turm haben sich Gelehrte und Schüler versammelt und bringen nun ihre Lichtenergie in die volle Kraft. Das blaue Auge wird die fünf Lichtenergien der Tempel-Türme vereinen.

über ihr dort verankert. Sorayus und Xeron fliegen auf die Bergspitze zur großen Plattform. Aurora reitet zur Waldlichtung zurück, um alles genau zu beobachten. Sie verbindet sich in Gedanken mit ihrer Einhorn-Familie, damit sie mit ihrer Energie mithelfen können.
Großmutterbaum Malu spricht: „Mein Kind, willkommen zu deinem großen Tag. Du siehst bereit aus und ich freue mich, dass du deinen großen und bedeutenden Lebensweg, deine Aufgabe heute antreten wirst. Es wird die Reise zu dir selbst sein. Eine Reise zu deinem eigenen Ich, deiner Selbstverwirklichung. Du bekommst jetzt deine letzten Fragen beantwortet. Es wartet eine intensive Reise auf dich und du wirst alles gut überstehen. Du brauchst nicht aufgeregt sein, versuch deine Gedanken in Zaum zu halten und atme tief und ruhig. Je ruhiger du atmest, umso besser wird alles sein.
Joselyn, auf der Erde warten bereits meine Verbündeten auf dich. Die Waldgeister, die Waldtiere, meine Baumschwestern und -brüder sowie die Waldelfen. Auch der Wind wird dich begrüßen und dir zur Seite stehen. Das Wasser wird dein Freund werden und das Feuer wird dich wärmen und dir Licht spenden, wenn du es brauchst. Mutter Erde wird sich mit deiner Lebensenergie verbinden, sie beschützt dich. Alle wissen, dass du kommst und werden dich willkommen heißen. Meine Baumschwester dort auf der Erde, ein uralter Blauregen-Baum mit Namen **Olohai** erwartet dich. Dort wirst du dich sicher fühlen und dein geheimes Versteck haben. Unter ihren prächtigen lila Blauregenblüten wirst du dich wohlfühlen, dort findest du die Verbindung zu mir. Nimm deine Hände und lege sie auf den Stamm und rufe mich, du wirst mich hören, egal zu welcher Zeit. Dein Freund Xeron wird dort seine Berghöhle als Zuhause bekommen.
Wenn dort auf der Erde die drei Monate vergangen ist und der 21. Juni naht, werden wir das Elohim-Licht schicken. Auf der Erde wird es Polarlicht genannt, dort in Aurien ist es nur selten und meist nur in den Wintermonaten zu sehen. Es wird ein regenbogenfarbenes Licht sein, sich über den ganzen Himmel erstrecken und einen Tag vor dem 21. Juni zu erkennen sein. Noack wird dich nach Avalon bringen, wo dich die Erzengel erwarten. Dein Herz wird dir sagen, wann der richtige Zeitpunkt gekommen ist, um die fünf Elemente zu verbinden. Du wirst es spüren, wenn du tief in dir ruhig bleibst. Sei voller Zuversicht und Vertrauen, du bist geführt und geliebt. Viele Wesenheiten stehen dir zur Seite."
Joselyn spricht ehrfürchtig: „Ich fühle mich geehrt und werde euch nicht enttäuschen. Ich verstehe, was hier auf dem Spiel steht und ich bin bereit." Kaya wendet sich an ihre Tochter: „Joselyn, mein Kind, eins musst du noch wissen: Wenn ihr in die Erdatmosphäre

Kaya begrüßt sie: „Einen liebevollen und gesegneten Sonnenmorgen wünsche ich euch Zweien. Willkommen zu dieser magischen Stunde. Danke, Aurora, dass du uns Joselyn hierher gebracht hast." Aurora verbeugt ihren Kopf vor Oberhaupt Kaya: „Ich stehe dem Licht zu Diensten und danke dem Oberhaupt der Feen für das Vertrauen, heute hier sein zu dürfen und mich von Joselyn verabschieden zu können."
Toru fragt ehrfürchtig: „Königing der Feen und Elfen, Oberhaupt Kaya, soll ich die Schalltrompeten ertönen lassen, damit sich die Bevölkerung für diesen Moment des Abschieds versammeln kann?" Kaya antwortet: „Mein lieber gefiederter Freund Toru, nein, dies wird heute nicht nötig sein. Die Blauijaner werden sich heute nicht versammeln. Sie haben alle ihren Auftrag, den Prozess in den jeweiligen Türmen stabil und sicher vorzubereiten. Wir alle haben viel zu tun, jedes Wesen hier ist in diesem Moment gebraucht. Alle werden von den Türmen aus das goldene Weltentor mit meiner Zaubermagie vereinen. Diese Energie wird mit der Energie der Priesterinnen der Schwesternschaft aus Avalon auf der Erde gebündelt, um eine Schutzfrequenz für diese Reise zu errichten. Noack und das galaktische Raumschiffskommando werden für dauerhafte Stabilität im Kosmos sorgen. Denn die Schatten sind überall und wir müssen dich, Joselyn, beschützen. Sorayus und Xeron werden alles dafür tun, damit ihr unentdeckt bleibt. Es ist kein leichtes Unterfangen und wir müssen uns alle sehr anstrengen. Sorayus ist ein Weltenwanderer und wird dich, Joselyn, sicher auf die Erde bringen. Xeron wird zum Schutz hinterherfliegen. Vor allem auf der Erde wird euch Xeron verteidigen, solltet ihr dennoch entdeckt werden."
Joselyn spürt, dass die Lage ernst ist und dass alle hier mit vollem Einsatz dabei sind.
Sie fragt: „Was passiert, wenn wir entdeckt werden?" Kaya beruhigt sie: „Mein geliebtes Kind, komm mit, wir alle gehen jetzt in den heiligen Berg zu Großmutterbaum Malu und werden uns auf der großen Plattform an der blauen Kugel versammeln. Dort wird sich bald das goldene Tor lichten und öffnen. Wir haben nicht viel Zeit, also komm!" Sie reicht Joselyn ihre Hand, gemeinsam gehen sie den Berg hinauf zum Eingangstor in den heiligen Berg, in die heiligen Hallen. Sie müssen den Wasserfall durchqueren, gleich dahinter befindet sich das Eingangstor. Der Wasserfall plätschert immer schwächer, Kaya hat ihn bereits mit ihren magischen Worten zum Abklingen gebracht, damit sie sicher hindurchgehen können. Ihr Weg führt sie die lange, uralte Steintreppe hinunter, in die heiligen Hallen der Ahnen. Dort erstrahlt Großmutterbaum Malu in ihrer voller Pracht. Die große Plattform mit dem blauen Auge schwebt

Lebens." „Ja, es ist für uns alle ein seltsamer Moment. Das Neue wird uns noch tiefer miteinander verbinden. Ich bin mit dir verbunden und ich trage dich in meinen Herzen." „Du bist beschützt. Wir werden uns wiedersehen und du wirst zurückkommen, als Wesen voller Geschichten und neuer Weisheiten. Du wirst uns deine Abenteuer erzählen und darauf freue ich mich schon jetzt sehr. Denn wir Einhörner bewegen uns nur in den Träumen der Menschen, dort sprechen wir mit ihnen, wenn sie uns zuhören. Komm, setz dich auf mich, Joselyn, lass uns unseren vorerst letzten Ritt durch die Weiten mit Freude genießen. Ich bringe dich so schnell ich kann zum Eingangstor der Weltenwanderung und zu deinem baldigen Abenteuer."
Joselyn setzt sich auf Aurora und streichelt zart über ihr weißes seidig-silbernes Mähnenhaar. Sie kuschelt sich an sie und flüstert ihr zu: „Ich werde dich sehr sehr vermissen." Aurora spricht mit sanfter und liebevoller Stimme zu ihr: „Ich werde dich in deinen Träumen besuchen und wir werden uns dort jede Nacht treffen, wenn du das willst." Joselyn fragt gespannt: „Wie? Kann ich dich jede Nacht treffen und wo?" „Bevor du einschläfst, rufe mich in deinen Gedanken herbei, stell dir den heiligen Berg vor und Großmutterbaum Malu, wir werden uns an diesen auserwählten Platz in deinen Träumen immer treffen können. Du wirst sehen, wir werden uns sehr nahe sein." „So wird es sein und so werden wir es tun. Vielen Dank für deine tiefe Verbundenheit, Aurora."

Die beiden reiten los, hinaus aus der Kristallstadt dem aufgehenden Sonnenlicht entgegen, in die weiten Wälder in Richtung heiligen Berg. Aurora kann unheimlich schnell sein, sie hat viel Kraft und bringt Joselyn immer sicher an ihr Ziel. Joselyn jubelt und ruft laut in die Weite hinaus: **„JUHUUUU, JUHAAAA, JOHOOOOO!!!"** Sie richtet sich dabei auf, drückt die Beine fest an Auroras Bauchdecke und streckt die beiden Arme in den Himmel, als ob sie fliegen könnte. Und Aurora läuft und läuft und läuft. Beide genießen diesen Moment.
Irgendwann setzt sich Joselyn wieder fest auf Aurora, die Waldlichtung ist bereits zu erkennen, dort wo der Weg zum Wasserfall hinunterführt. Sie steigt von ihrer Einhorn-Freundin und beide gehen schweigend nebeneinander in Richtung heiligen Berg. Dort erkennen Joselyn und Aurora von weitem Kaya, Pegasus Sorayus und Drache Xeron mit Adler Toru, die am Wasserfall schon auf die beiden warten. Joselyn sieht, dass sie sehr konzentriert miteinander sprechen. Sie winkt und ruft: „Kaya, Sorayus, Xeron, Toru, seid gegrüßt, wir sind da, wir sind da!"

JOSELYNS ERSTER FLUG ZWISCHEN DEN WELTEN – DER ABSCHIED

Das Morgenlicht bricht langsam über den Horizont herein. Ein weiß-bläulicher Schein liegt über der Kristallstadt. Langsam färben sich die Türme sonnig gelb und Regenbogenfarben funkeln aus all den tausenden Kristallen. So viele verschiedene Lichter und Farben. Einige Farben hast du auf deiner Erde noch nie gesehen. Es ist ein magisches Schauspiel voller Licht und Farben und das Land des blauen Auges erwacht in seiner vollen Pracht. Der große Adler Toru fliegt auf den Kristallbalkon und Einhorn Aurora steht darunter. Joselyn und Xeron werden von den beiden sanft geweckt. Sie öffnen die Augen und freuen sich über das Morgenlicht.

Joselyn sagt noch etwas verschlafen: „Einen friedvollen Morgen wünsche ich. Toru, schön, dass du uns weckst." Xeron gähnt ganz laut, macht sich groß, schüttelt sich. „Einen segensreichen Morgen wünsche auch ich, mein Freund Toru." Joselyn sagt nun schon munterer: „Das Morgenlicht strahlt in seiner vollen Pracht." Toru begrüßt seine Freunde: „Gesegnet seid ihr beide. Ich soll euch ausrichten, dass ihr bereits am heiligen Berg erwartet werdet. Liebe Joselyn, deine Einhorn-Freundin Aurora ist auch hier, sie wartet bereits unter deinem Balkon auf dich, um dich zum heiligen Berg zu bringen und um sich von dir zu verabschieden."

Xeron ist jetzt auch munter: „Toru, ich fliege mit dir schon mal vor, so kann ich mich besser auf den Flug zwischen den Welten vorbereiten. Denn für mich ist es der erste Flug in eine andere Dimension. Eigentlich ist dies nur großen Magiern und Meistern vorgesehen. Drachen kommen selten in andere Dimensionen. Ich weiß, dass ich dort unsichtbar sein werde, trotzdem muss auch ich dort einiges Neue kennenlernen und dazu habe ich noch so manche Frage an Kaya und Großmutterbaum Malu. Joselyn, wir sehen uns gleich!"

Toru und Xeron fliegen davon, Joselyn schaut von ihrem Kristallbalkon hinunter und erblickt dort ihre Einhorn-Freundin Aurora. „Einen liebevollen guten Morgen, Aurora, schön, dass du gekommen bist, ich bin gleich bei dir." Aurora sieht hinauf, freut sich sehr. „Ein farbenfroher Morgen ist das heute, ja, Joselyn, ich warte hier."

Joselyn eilt durch den Palast und läuft hinaus zu Aurora. „Ach, geliebte Aurora, meine Freundin und treue Begleiterin! Heute werden wir uns für lange Zeit verabschieden müssen. Ich hätte dich so gerne auf meiner Abenteuerreise dabei. Ich bin so aufgeregt und gleichzeitig ist es mir ein wenig komisch zumute." „Mein geliebtes Wesen! Du, Joselyn, gehst ohne uns in eine weitere Welt des

Seelen in den Kindern, sie sind machtlos. Wenn sie dort ist, können wir nicht eingreifen. Du weißt, die kosmischen Gesetze! Sie muss alles erfahren, egal ob gut oder schlecht." Ich versuche, sie zu beruhigen: „Meine geliebte Kaya, du als Oberhaupt weißt im Inneren, das alles seine Zeit und seine Erfahrungen braucht. Joselyn wird ihren Weg gehen und ich werde ihr zur Seite stehen. Vergiss nicht, sie hat ihren freien Willen und dies ist das mächtigste Gesetz. Sie hat bis jetzt noch nichts entschieden. Ich werde unsere Tochter mit Liebe begleiten und ihr für all die befremdlichen Situationen die sie kennenlernen wird, mit Weisheit entgegenkommen. Die Menschen sind nicht alle in diesem Tunnel des Egos, nicht alle sind in der Dunkelheit gefangen. Sie wird auch die helle Seite sehen und sie wird erkennen, dass dies der Lauf der Natur ist. Unsere Tochter ist weise genug."
Kaya sagt leise: „Ich spreche hier als Frau und Mutter und ich sehe unsere Tochter und ich…" Sie senkt den Kopf und eine kleine Träne fließt über ihre Wange. Ich spreche zu ihr mit gerührter und liebevoller Stimme: „Kaya, Vater Universum schickt unser und sein Kind auf die Erde. Dies ist das Geschenk des Universums. Dieses Kind wird den Erdling, den sie begegnen wird, die Augen öffnen. Du weißt, es reicht ein kleines Samenkorn und daraus entsteht Jahre später ein prächtiger Baum, wenn er mit Liebe gepflegt und beschützt wird." Kaya nickt: „Ich sehe dich, mein geliebtes Herz. Ich bin mit dir verbunden und für immer vereint. Ich sehne den Moment herbei, in dem wir wieder als Familie vereint sein können." „Ich bin mit dir verbunden, ich sehe dich, alles was ich bin, bist auch du. Wir sind DU und ICH. Wir sind EINS. Lass uns vertrauen in Vater Universum."
Jeder von uns legt eine Hand vor seine Stirn und beide schließen wir die Augen und für einen magischen Moment sind wir im Geiste vereint. Wir umarmen uns und sind tief dankbar. Eine bedingungslose Liebe mit unglaublicher Kraft ist das. Nach wenigen Sekunden verschwindet das Bild. Der Kontakt bricht ab und mein magischer Stab verliert die Verbindung zu Kaya und ihrer blauen Kugel.

GEHEIMES GESPRÄCH ZWISCHEN DEN WELTEN

Kaya steht vor dem blauen Auge und beobachtet die Erde. Sie nutzt den Moment in dieser besonderen sternenklaren Nacht, um mit mir zu sprechen. Sie bewegt ihre Hände kreisend über die blaue Kugel, ihre Augen sind geschlossen. Sie versucht sich durch die Kugel mit meinem magischen Stab zu verbinden. Für euch Erdlinge wäre es ein Skypeanruf, nur mit dem Unterschied, dass wir durch die Kugel auch unsere Gefühle oder Gerüche wahrnehmen können. Es ist äußerst selten, dass wir in den letzten Lichtjahren gesprochen haben, denn wir wollten Joselyn nicht in Gefahr bringen.
Kaya ruft: „Gavin ich rufe dich, hörst du mich?" Ich bin verwundert, dass sie mich mit meinem Ursprungsnamen anspricht, ich begrüße sie immer als Königin, damit die Verbindung zu uns beiden niemals entdeckt werden kann. „Ja, ich höre dich, Oberhaupt der Feen und Elfen, Königin des Landes des blauen Auges. Wie kann ich dir behilflich sein?" „Gavin, ich habe nur einen kurzen Moment. Diese Verbindung hat eine geschützte Frequenz. Wir kommunizieren im heiligen Raum von Vater Universum. Wie schön es ist, deinen Namen wieder aussprechen zu dürfen." Als ich weiß, dass wir in einer geschützten Frequenz miteinander kommunizieren, lasse ich die Förmlichkeiten endlich beiseite. Ich sage zu ihr: „Meinen Namen aus deinem seligen Mund nach so langer Zeit wieder zu hören, ist wie sanfte Musik in meinen Ohren. Ich habe mich schon so an den Namen Noack gewöhnt, dass mein eigentlicher Name Gavin sehr befremdlich auf mich wirkt. Immer wieder erstaunst du mich. Deine Kräfte sind gewachsen, du hast jetzt viel mehr Fähigkeiten, ich spüre das. Ich danke dir, mein geliebtes Herz, dass du uns diesen Moment hier schenkst." „Für mich ist es auch ganz besonders. Gavin, ist unser Kind in Sicherheit? Können wir sie loslassen und gehen lassen? Bist auch du beschützt?" „Meine geliebte Frau, mein wahres Herz, wir sind untrennbar, wir werden es auch für immer sein. Hab keine Angst, es wird alles gut werden. Der Zeitpunkt ist da und sie wird ihren Weg jetzt gehen müssen. Wir sind beide sehr beschützt."
Kayas Sorge ist spürbar: „Sie ist ein starkes Mädchen, dennoch: In der Menschenwelt wird ein Kind nicht gehört. Du weißt es doch, die Kinder sind dort die Mächtigsten und trotzdem werden sie nicht erhört. Ich habe Sorge, wie Joselyn mit ihrer Weisheit und diesen Situationen umgehen wird! Die Weisheit ist den Menschen verloren gegangen, sie richten alles nach ihrem Wissen aus und die

führen. Ich kann es schaffen, mit meinen geliebten Freunden, Helfern und Unterstützern. Danke Xeron, dass du an meiner Seite bist, es lässt mich ruhig sein."
Xeron spricht: „Mein Vater hat mir immer gesagt:

Träume, als würdest du unendlich leben und lebe, als würde heute dein Licht für immer erlöschen.

Es war sein letzter Satz an mich, als er als Krieger an Gavins Seite aufgebrochen ist. Ich war noch ein junger Drache, ich lächelte ihn an und konnte nicht verstehen, aber diese Worte sind mir in Erinnerung geblieben. Mein Vater ist ein Stern dort oben und er wacht über uns. Joselyn, deine Träume werden Wirklichkeit und ich werde dir treu zur Seite stehen. Du hast eine große Aufgabe. Königliches Blut fließt durch dich, du bist die Feenprinzessin von Land des blauen Auges, Lichtbringerin und Retterin der Erde und Tochter von Vater Universum. Ich bin dein schützendes Schild und ich stehe dir zur Seite. Es ist mir eine Ehre, dich, Joselyn, dein königliches Blut zu verteidigen, wie es mein Vater einst getan hat."
Joselyn ist gerührt: „Ach Xeron, du bist ein wahrer Freund und Gefährte. Dein Vater war ein weiser Drache. Vergiss nicht, Xeron, auch wenn ich königlichen Blutes bin, bin ich dennoch deine Freundin. Du bist für mich jetzt schon der beste Königsdrache, den ich je gesehen habe. Dein Vater wäre sehr stolz auf dich gewesen. Du und ich, wir sind beste Freunde. Ich bin deine Joselyn für immer." „Und ich bin dein Xeron für immer." Beide blicken wieder hinauf zum Himmel und schließlich schläft Joselyn an Xerons Seite erschöpft und friedlich ein. Xeron wärmt sie mit seinen schützenden starken Flügeln und auch er schließt seine Augen. Mondin Lunaya wacht über den beiden und lässt Sternenstaub über sie rieseln, damit sie liebevoll und magisch träumen.

JOSELYNS UND XERONS FREUNDSCHAFT

Es ist wie jede Nacht eine klare warme Sternennacht und das Licht bricht sich im Wasser unter ihnen. Beide schauen voller Stille hinaus in die Ferne. Keiner von beiden spricht. Xeron und Joselyn machen es sich auf den Balkon gemütlich. Sie kuschelt sich an ihren Freund und beide beobachten friedlich die Mondin Lunaya und das Sternenfirmament. Lunaya ist viel, viel näher, als es deine Mondin ist. Wenn du deine beiden Hände dem Himmel entgegenstreckst und die Hände nebeneinander legst, dann bedeckst du ungefähr die Mondin. Auf deiner Erde ist der Mond ungefähr so groß wie dein Daumen. Es ist eine magische Nacht. Morgen wird eine neue Welt auf Joselyn und Xeron warten. Eine Welt, die für die beiden so unbekannt ist und dennoch so tief in ihrem Herzen.

Joselyn bricht für einen kurzen Augenblick das Schweigen: „Alles was geschieht, hat seine Bedeutung. Jetzt ist der Augenblick meiner Wahrheit gekommen. Ich vertraue auf meine Kräfte und darauf, dass Vater Universum mich führt. Jetzt weiß ich, ich bin weder heimatlos noch ein Waisenkind und das gibt mir Mut, diese Herausforderung zum Erfolg zu

ich grüße dich. Du weißt bereits, was zu tun ist. Bringe Joselyn zum Palast zurück, damit sie sich ausruhen kann, bis das Erwachen des nächsten Tageslichts beginnt. Ich werde mit Großmutterbaum Malu noch einige Vorkehrungen treffen. Tiefen Dank für deine Tat, sie auf die Erde zu begleiten und sie zu schützen. Ich verspreche dir, Xeron, dein Wunsch, in deine Heimat zurückzukehren, liegt nicht mehr fern. Da du meine Tochter begleitest, stehe ich in deiner Schuld." Xeron verbeugt sich nochmal und er und Kaya geben sich das Friedenszeichen.

Joselyn atmet tief durch: „Geliebte Mutter, ich habe noch eine Frage, bitte." „Ja, mein Kind?" „Was passiert nach dem Kennenlernen auf der Erde, nach den drei Monate und wann sollen sich die fünf Elemente verbinden? Was geschieht, wenn ich es nicht schaffe und den Zeitpunkt verpasse?" Kaya beruhigt ihre Tochter: „Das alles wirst du noch rechtzeitig erfahren, für heute ist es genug. Lass deine Gedanken jetzt ruhen. Du musst deine Kräfte für den morgigen Tag sammeln. Deine Freunde warten bereits im Palast auf dich. Sie werden in dieser Nacht bei dir sein." Joselyn umarmt Kaya so fest sie kann und flüstert ihr ins Ohr: „Ich sehe dich, ich bin so froh, eine Mutter wie dich zu haben." Die beiden stehen für einen kurzen Moment Stirn an Stirn.

Dann schwingt sich Joselyn auf Xerons Rücken und die beiden fliegen in die Kristallstadt zum weißen Königspalast. Die Sonne geht gerade unter und ein wunderschönes Licht bricht sich am Horizont. Du musst wissen, auf unserem Planeten gibt es verschiedene Länder, auch Inseln genannt. Sie schweben in der Luft, so auch die Kristallstadt. Der heilige Berg schwebt nicht, aber manche besonderen Orte fliegen. Überall sind wunderschöne Wasserfälle, auch auf den fliegenden Inseln. So ist auch die Kristallstadt von Wasserfällen umgeben. Joselyns Drachenfreund Xeron fliegt auf den Balkon zu, dorthin, wo sich Joselyns Schlafgemach befindet. Er landet und setzt sie dort liebevoll ab.

baum Malu sagt: „Wir danken dir und Vater Universum, dass er dich geschickt hat. Du bist ein Wunder und Geschenk für uns alle. Zum nächsten erwachten Tageslicht werden wir die Regenbogenbrücke für dich öffnen und Pegasus Sorayus wird dich sicher auf die Erde bringen."
Kaya fügt hinzu: „Eines noch, wenn du auf der Erde bist, wird dein Alter zehn Jahre sein. Die Kinder auf der Erde sind von ihrer Umgebung und ihren Eltern sehr beschützt. Dennoch gibt es Gefahren, achte immer auf dein Herz, tue niemals etwas, was dir komisch erscheint. Spüre immer in dich hinein, wenn du dir nicht sicher bist. Dein Vater wird dir mit Rat und Tat zur Seite stehen. Hier bekommst du von mir diese kleine Flöte, spiele diese drei Töne und er wird zu dir kommen, egal wo du gerade bist." Kaya zeigt Joselyn die Spielweise der Flöte und gibt sie ihr in die Hand. Die beiden umarmen sich fest und Tränen der Liebe fließen zueinander. Joselyns Fragen nehmen kein Ende: „Wo werde ich wohnen?" Kaya beruhigt sie: „Dafür ist bereits gesorgt. Du wirst bei einer Familie wohnen, sie lebt in einem kleinen Dorf namens Aurien. Dieses Dorf ist eines der wenigen Dörfer, die noch nach dem eigenen Bewusstsein leben. Es gibt nicht mehr viele davon. Die Priesterinnen aus Avalon und ich beschützen diese Dörfer, damit das Licht der Liebe in der Gemeinschaft stark bleibt. Die Städte sind schon von den Schattenwesen vereinnahmt und ihre Verbindung ist von ihrer wahren Natur getrennt. Diese Familie lebt auch nach unseren Werten. Sie ist tief vereint mit Vater Universum und hat ein Kind, das jetzt neun Jahre alt ist, nur ein Jahr jünger als du. Dieses Kind ist aus deiner Sternenfamilie und wie du außergewöhnlich. Es ist ein Mädchen. Ihr beide werdet gut harmonieren, denn ihr habt das ungebrochene Vertrauen, den starken Glauben in euer Herz und die Liebe gemeinsam. Dies haben viele Kinder auf der Erde in diesem Alter durch verschiedene Umstände bereits verloren. In dieser Familie wirst du zunächst leben. Ich bin mit der Mutter in ihren Träumen verbunden. Sie erhält von Tag zu Tag Botschaften von mir. Die Mutter ist eine Seherin und sie spürt meine Energie und auch die der Engel. Das kann nicht jeder Mensch, nur wenige haben diese Gabe. Sie wird dich an deinem Licht und an deinem Haar erkennen. Sage ihr deinen Namen und zeige ihr deine Kette, die du von Erzengel Michael bekommen hast und frage sie nach den Meteoritenstein. Daran wird sie dich erkennen."

Plötzlich kommt Xeron herangeflogen und landet auf der großen Plattform des blauen Auges. Joselyn freut sich so sehr, ihn in diesem Moment zu sehen. Xeron verbeugt sich vor Kaya und Großmutterbaum Malu. Kaya begrüßt ihn: „Drachenkrieger der Herzen, Xeron,

Kaya fragt ihr Mädchen: „Weißt du noch, wann du deine Stiefel bekommen hast?" Joselyn antwortet sofort: „Natürlich, ich habe sie bekommen, als ich in den ersten Lehrzauberzirkel gehen durfte. Sie sind ein Geschenk von dir und ich weiß noch genau, dass es für mich etwas ganz Besonderes war. Das ist es auch immer noch. Denn ich konnte nie verstehen, warum ich nicht wie die anderen Wesen hier leuchten kann. Ich konnte nie verstehen, warum nur ich rote Haare habe. Damals hast du mir diese Stiefel geschenkt, damit ich mich besser fühle und damit auch ich Leuchtkraft habe. So fühlte ich mich einerseits viel besser, andererseits habe ich mich gefragt, warum nur ich ein Geschenk von dir bekommen habe. Auf jeden Fall: Das sind meine magischen Glücksstiefel." „Ja mein Kind, diese Stiefel dienen deinem Glück und beschützen dich. Da du auch Menschliches in dir trägst, habe ich dir diese Stiefel damals gegeben, damit du sie über die Jahre zu benutzen lernst. Auf der Erde können sie dir am besten dienen. Darum habe ich sie dir gegeben, damit du sie jetzt dort mit deiner ganzen Macht einsetzen kannst." Joselyn nickt: „Oh, ich verstehe. Aber einige Dinge, wie das Unsichtbarmachen oder Fliegen, haben noch nicht funktioniert. Die Stiefel haben mir Leuchtkraft gegeben und sie haben mir unter all den Wesen des Lichts das Gefühl der Zugehörigkeit geschenkt. Meine Glücksstiefel!" „Ja, diese Dinge konntest du hier nicht ausüben, da die Stiefel erst auf der Erde ihre volle Wirkung erreichen können. Dort wirst du dich unsichtbar machen und fliegen können, wenn du es willst."

Großmutterbaum Malu hat ruhig zugehört. Jetzt meldet auch sie sich wieder zu Wort: „Liebe Joselyn, auch von mir bekommst du für deine weite Reise ein Geschenk: einen kleinen blauen Saphir, der deine Kraft mit den Elementen bündeln soll, wenn es soweit ist. Achte gut auf diesen Saphir, er ist nur für dich und von großer Bedeutung. Verwahre ihn weise." Joselyn bekommt den Stein von Großmutterbaum Malu überreicht. Er schwebt in ihre Hand und fühlt sich unheimlich schön an. Ein magisches Licht bricht sich in ihm. Sie verbeugt sich dankend vor Großmutterbaum Malu und legt den Stein in ein kleines blaues Samtsäckchen. Mit ihren Zauberkräften näht Kaya ins Innere von Joselyns türkisblauer Weste ein magisches Versteck ein. Ein unsichtbares Versteck für den blauen Saphir ganz in der Nähe ihres Herzens. „Dort wird der Stein sicher verwahrt sein, an deinem Herzen. So kannst du ihn nicht verlieren. Wenn du deinen blauen Saphir herausholen willst, dann tu dies nur in Avalon, dort wo der große Turm steht. Dort werden die Mächte vereint werden. Öffne deine innere Westentasche niemals an einem anderen Ort, denn dort kannst du von den Schattenwesen entdeckt werden. Seine Leuchtkraft ist stark." Joselyn nickt heftig: „Ich verspreche es, geliebte Mutter. Ich danke euch." Großmutter-

ihre Gedankenmuster kennen, dies ist wichtig, damit du in deinem Herzen verstehen kannst, was dort passiert und warum. Lehre den Menschen deine Weisheit, wenn sie gebraucht wird und versuche die dunklen Schatten zu erkennen. Finde heraus, wo sie ihre Wohnstätte haben und was sie gerade planen. Dein Drachenfreund Xeron wird auf der Erde deine Fortbewegungsmöglichkeit, dein Freund und dein Gehilfe sein. Er hat sich freiwillig für diese Aufgabe angeboten, um dich zu unterstützen. Er kann nur gesehen werden, wenn du es willst. Es wäre natürlich am Anfang am besten, wenn du Xeron noch im Verborgenen lässt, denn die Menschen sind sehr schwierig darin, neue Dinge anzunehmen. Du wirst dort neue Freunde kennenlernen, aber auch viele Menschen, die dir nicht wohlgesonnen sind. Dein Vater wird dir für deine Gefühle und Emotionen zur Seite stehen. Er wird dir deine Fragen beantworten und er wird die Botschaften, die du uns senden möchtest, in unsere Welt weitervermitteln. Wenn der Zeitpunkt gekommen ist, die vier Elemente mit deiner Kraft zu verbinden, werden wir dir die Erzengel des Lichts senden. Sie werden dir das Zeichen geben und den Weg weisen. Es ist von großer Wichtigkeit, dass du verstehst, dass dir dein Herz diesen Weg zeigt. Dein Herz ist zu jeder Zeit mit uns verbunden und du hast die Macht, das alles zu bewältigen. Du bist dafür geboren. Es ist deine Bestimmung. Niemand sonst kann das sein, was du bist. Du bist einzigartig."

Joselyns Herz klopft heftig: „Meine Einhornfreundin Aurora – kann sie mitkommen?" Nun spricht Kaya: „Mein geliebtes Kind, du wirst hier geliebte Wesen zurück lassen müssen. Es können nur die Auserwählten mitkommen." „Mutter, kommst du mit mir? Ich brauche dich doch auf der Erde!" „Ich bin immer an deiner Seite, mein Platz ist aber hier im Land des blauen Auges. Von hier aus kann ich dich besser beschützen. Dein Vater wird in deiner Nähe sein. Joselyn, habe keine Angst, es wird alles gut. Ich glaube an dich. Mein Kind, kannst du dich noch an deine Stiefel erinnern? Sie sind aus Sternenstaub gemacht."

Kaya schenkte Joselyn vor langer Zeit besondere Stiefel. Es sind magische Stiefel. Sie können Wünsche erfüllen und lassen Joselyn in Gefahrensituationen plötzlich unsichtbar werden. Mit den Stiefeln kann sie kurze Strecken fliegen und sie halten zudem warm. Sie sind blau und leuchten in der Nacht, sie glitzern wie Sterne am Himmel. Es sind wunderschöne goldene, silberne Bilder verstickt: der Mond, die Sonne und Engelsymbole, Glückssymbole. Auch das Symbol der Dreieinigkeit von Erzengel Michael, das sie von ihm als Kette bekommen hat. Sie trägt sie jeden Tag.

großen Meer oder viele Sterne in den großen Weiten des Universums. Dies sind Gesetze, die keiner verändern kann. Sie wurden von Vater Universum erschaffen."

Joselyns Wissensdurst ist ungebrochen: „Warum erleben wir diese Gefühle nicht wie die Menschen?" Großmutterbaum Malu weiß auch darauf eine Antwort: „Jeder Planet hat seine eigene Bestimmung. Als Mensch auf der Erde zu inkarnieren, sich also zu verkörpern, ist ihre Bestimmung. Die Erde ist der Planet der gelebten Emotionen. Die Erdlinge können alle Sinne vollständig wahrnehmen und kennenlernen. Diesen Zustand kennen wir hier im Land des blauen Auges nicht, obwohl auch wir einen Körper haben. Wir können weder Schmerzen fühlen noch etwas schmecken. Wir ernähren uns von Licht und die Menschen ernähren sich von Pflanzen, Tieren und Wasser. Die Engelwesen bestehen zum Beispiel aus reinem, klarem kosmischem Licht. Sie haben eine ganz andere Erscheinung als wir Feenelfen."

Joselyn fragt entgeistert: „Sie ernähren sich von Tieren?" „Meine geliebte Joselyn, das alles kann ich dir hier nicht erklären, wir sollten wieder zu deiner Bestimmung zurückkommen, denn die Zeit rennt. Vertraue mir, du wirst alles zum bestimmten Moment kennenlernen, wenn du morgen auf die Erde gehst." Joselyn fragt mit lauter Stimme und großen Augen: „Ich gehe schon morgen auf die Erde? Wirklich?" „Ja, mein Kind!" „Für wie lange und warum?" „Ich bitte dich, geliebte Joselyn. Hör mir zu! Alle Fragen werde ich dir nicht beantworten können, einiges wirst du selbst rausfinden müssen. Joselyn, du hast ungefähr drei Monate, in Erdlingszeit gerechnet, die Erde und die Erdlinge kennenzulernen. Auch das Gute und das Böse." „Aber können wir nicht länger als einen Tag dort verbringen?" „Joselyn, du vergisst, du bist halb Mensch und halb Feenelfe, du bist die Einzige, die mit diesen Zeitqualitäten umgehen kann. Du kannst zwischen unseren Welten unbekümmert wandern, dabei wird dir dein Vater auch zur Seite stehen. Aus diesem Grund ist er zum Weltengänger geworden, um mit dir auf der Erde zusammen sein und dich beschützen zu können, wenn es von Nöten ist."

Joselyn setzt zu einem „Aber" an, wird jedoch von Großmutterbaum Malu mit bestimmter Stimme unterbrochen: „Ich bitte dich nochmal, habe Geduld und lasse mich bitte zu Ende bringen, was ich zu Ende bringen soll. Es dient nur deinem Besten. Dein Freund Pegasus Sorayus wird dich auf die Erde bringen, er ist dein Reisefreund zwischen den Welten. Wenn du dort angekommen bist, wirst du auf die ersten Menschen treffen. Gebe dich nicht zu erkennen, lebe wie ein Mensch unter ihnen. Lerne ihre Lebensart und

es schaffen kann, aber trotzdem habe ich ein seltsames Gefühl in mir. Ich kann es nicht einordnen." Großmutterbaum Malu sagt verständnisvoll: „Es nennt sich Angst." „Angst? Was bedeutet das?" „Du bist halb Mensch und halb Feenelfe, vergiss das nicht. Als Feenelfe hast du die Macht, mit den Engelkräften und denen der Fabelwesen umgehen zu können. Da du auch halb Mensch bist, kannst du Angst empfinden. Angst ist ein ganz starkes Gefühl, das alle Menschen und viele Tierarten kennen. Du empfindest Angst, wenn du dich bedroht fühlst, wenn du glaubst, dass dir etwas Schlimmes passieren könnte. Meistens ist es sehr unangenehm, Angst zu haben."

Joselyn fragt neugierig: „Ist Angst etwas Böses?" „Angst zu empfinden ist etwas ganz Normales in der Welt der Menschen. Sie leben mit guten und schlechten Gefühlen. Dadurch lernen sie. Wenn sie das Schlechte nicht kennenlernen, dann können sie auch nicht das Gute wertschätzen. Durch diese schlechten Erfahrungen lernen sie, was sie nicht mehr tun sollten und gehen einen besseren Weg, welcher zu mehr Erkenntnis und Fortschritt führt. Es gehört dazu, Angst zu haben und auch schlimme Dinge zu erleben. Jeder Mensch hat einen bestimmten Seelenplan, den er vor seiner Geburt selbst geschmiedet hat. Jeder Mensch bestimmt vor seiner Geburt seinen Weg selbst, auch den Weg der schlechten Erfahrungen. Wenn ein Mensch körperlich krank wird, dann ist dies ein Signal, dass er sich zu wenig um sich und seine Seele gekümmert hat, er ist verkümmert und er bekommt die Chance, sein Leben neu zu ordnen. Dabei helfen natürlich unsere Engel. Alles hat dort seine Ordnung und keiner macht ohne Grund eine schlechte Erfahrung. Angst ist nur eine Erfindung, sie ist nicht existent. Die Menschen leben dennoch darin und finden dadurch ihren Weg nicht mehr. Auch die Angst vor dem Verlassen ihres Körpers, sie nennen es Sterben, ist nicht von Bedeutung. Das Böse verbindet sich gerne durch die Angst der Menschen, damit hat es seine Macht über den menschlichen Körper und den Geist. Sie verändern sich und werden zu Spielfiguren oder Marionetten der Schattenwesen." Joselyn fragt weiter: „Also spielt das Böse eine wichtige Rolle auf der Erde?" „So gesehen, ja. Es gibt ein Gleichgewicht zwischen Gut und Böse, dieses Gleichgewicht ist die natürliche Entwicklung und der Fortschritt der Menschen. Doch dieses Gleichgewicht ist jetzt zerstört. Das Böse hat durch die dunklen Schatten mehr Macht bekommen und es möchte den Planeten Erde vollkommen besitzen. Es möchte diesen Planeten beherrschen, aber dies ist für das Böse so nicht bestimmt. Die kosmischen Gesetze von Vater Universum funktionieren nur im Gleichgewicht, so kann alles in Liebe harmonieren und wirken. Keine Macht ist stärker oder besser. Wir sind Teil eines großen Ganzen. Wir sind alle viele Tropfen in einem

Mädchen. Ich bin sehr stolz auf dich und dein Vater ist es auch. Das alles beweist deine wahre universelle Stärke und dein großes Herz für die Menschen." Joselyn fragt: „Wo ist mein Vater jetzt?" „Er ist nach Avalon gereist. Dort wird er alles vorbereiten und ein Schutznetz für den Tag der Vereinigung errichten. Dein Vater hat uns Zeit verschafft, damit wir hier in Ruhe sprechen können. Denn wie du bereits gelernt hast, ist die Zeitspanne in den verschiedenen Welten sehr unterschiedlich. Für uns ist der Untergang der Erde noch über tausend Lichtjahre entfernt, genau genommen 2.100 Lichtjahre, aber für die Menschen sind es nur noch wenige Monate. Du verstehst jetzt bestimmt, was auf den Spiel steht. Die Menschheit und Mutter Erde haben ohne uns keine Chance mehr."
Joselyn versteht nicht ganz: „Monate?" Kaya erinnert sie: „Ja, Monate. Wir haben im letzten Lehrzauberzirkel darüber gesprochen, kannst du dich noch erinnern? Was Zeitqualitäten sind?" „Ich weiß ganz genau, was gelehrt wurde, ich habe mich damals schon gefragt, wie es sich wohl anfühlen könnte, auf der Erde zu leben…" „Dann weißt du bestimmt auch, wenn sich ein Wesen aus unserer Zeit dort länger als einen Tag aufhält, dass es dort als Mensch das ganze Leben verbringen wird. Wir können nicht länger als mehrere Stunden körperlich anwesend sein, deswegen haben wir unsere magischen Kräfte, um uns mit unserem Licht auf der Erde zu bewegen." „Ja, ich weiß um diese Gefahr, du hast es uns immer und immer wieder gelehrt." „Der Grund dafür ist die Gefahr, nicht mehr auf den Planeten des blauen Auges zurückkehren zu können, wenn man sich nicht an die kosmischen Gesetze hält. Das hat zur Folge als Mensch zu sterben und seine Kräfte zu verlieren."
Joselyn fragt vorsichtig: „Ist das schon jemals passiert?" Kaya antwortet zögernd: „Es gibt verschiedene Geschichten…" Plötzlich unterbricht Großmutterbaum Malu mit sanfter, aber bestimmter Stimme: „Ich möchte euch ungern unterbrechen, aber wir sollten über unser Vorhaben, unseren Plan sprechen, dies ist für dich, Joselyn, von großer Bedeutung und Wichtigkeit. Deine Fragen werden alle zur rechten Zeit beantwortet." Joselyn nickt und ist ganz aufmerksam, sie geht zu Großmutterbaum Malu und setzt sich unter ihr Blätterhaar.
Großmutterbaum Malu spricht bedächtig: „Joselyn, höre mir jetzt genau zu, ich werde dir deine Lebensaufgabe und Bestimmung genau offenbaren, damit du deinen Weg finden kannst. Alles, was ich dir jetzt erzähle, kann dir helfen, diese Aufgabe zu bewältigen. Zum richtigen Moment wirst du all deine Weisheit und deine Liebe einsetzen. Vertraue deiner Macht und sei selbstbewusst. Glaubst du an dich?" Joselyn antwortet ehrlich: „Ich weiß es nicht, ich bin noch so verwirrt, ich weiß, was du sprichst und ich weiß, dass ich

mehr Lichtzauber und Magie zu dir auf die Erde schicken, als sonst. Zur Sonnenwende werden bei dir auf der Erde viele Feste und Rituale gefeiert, dieses Fest ist wesentlich älter als die Bibel. Vielleicht ist dir die Kultstätte Stonehenge in England bekannt? Dort wird jedes Jahr die größte Sommersonnwendfeier Europas gehalten. Deswegen ist dieser Zeitpunkt so unglaublich wichtig, damit wir die fünf Elemente mit ihrer Heilenergie verankern können, um die Erde von den Schatten befreien zu können. Zur Sommersonnwende oder Shahana de Lunaya ist die magische Kraft riesig groß und in Verbindung mit den fünf Elementen aus unserem Land des blauen Auges die Rettung für deine Erde.

Oh, Moment, wie ich gerade eben in meinem magischen Stab der wandelnden Welten erkennen kann, ist die Erinnerungsreise von Joselyn zu Ende und Kaya nimmt ihre Tochter an die Hand und streicht ihr liebevoll über ihr gelocktes rotes Haar, sie spricht zu ihr: „Mein geliebtes Kind, du bist mein einziges Kind. Dein Vater und ich sind die glücklichsten Eltern, wir wussten von Anfang an, wer du bist und was du bist. Wir sind die Dreieinigkeit der Liebe, dies bringt auch Verantwortung mit sich. Wir dienen dem Licht, dem Licht der Liebe, dem Licht von Vater Universum. Alles hier hat seinen Ursprung und seine Kraft, jeder Planet oder Stern hat seine Berechtigung und Aufgabe. Du bist auserwählt in Verbindung mit den Elementen und den magischen Kräften meiner Wenigkeit und denen deines Vaters, diese zu vereinen. Sie sollen auf der Erde verankert werden und wirken, damit sich Heilung ausbreiten kann und die Menschen von der Dunkelheit zu befreien. Dieses Licht, dein Licht, ist die Rettung des Planeten Erde. Bitte verstehe auch, mein geliebtes Sternenkind, dass du dabei niemals alleine bist, wir alle und das Volk der Blauijaner sind mit dir in deinem Herzen zu jeder Zeit verbunden. Du bist das Kind des Universums und der Erde."
Joselyn hat sich inzwischen ein wenig gesammelt: „Alles kommt so plötzlich und alles ist so viel. Ich bin so dankbar, zu wissen, dass du meine Mutter bist und Noack mein Vater, denn ich hätte mir niemals was Besseres vorstellen können. Ich spürte jeden Tag in meinen Herzen, dass etwas für mich kommen wird, etwas viel Größeres, als ich es mir vorstellen konnte. Ich konnte mir nie erklären, woher diese Anziehung, auf die Erde zu kommen, stammt. Ich träume jede Nacht von diesem Planeten und ich habe einen Drang, dorthin zu gelangen, um ihn vor seinem Unheil zu bewahren. Jedes Mal, wenn ich nachts einschlafe, träume ich von seltsamen Geschehnissen auf der Erde. Diese konnte ich nie verstehen oder einordnen." Kaya sagt dankbar: „Ach mein Kind, du bist ein sehr mutiges kleines

das nicht der Fall. Ich zeige dir kurz den Unterschied: Ein Lichtjahr entspricht ungefähr einer Sekunde. Auf der Erde messt ihr die Zeit in Sekunden, Minuten, Stunden, Tagen, Monaten und Jahren. Bei den Lichtjahren handelt es sich jedoch nicht um eine Maßeinheit für Zeit, sondern für Entfernung. Kurz gesagt: Die Einheit Lichtjahr gibt die Strecke an, die das Licht innerhalb eines Jahres zurücklegt. Für Blauijaner kann diese Zeitspanne ein ganzes Leben bedeuten – in Lichtjahren gerechnet. Deswegen werden die Wesen im Land des blauen Auges so unheimlich alt und deswegen ist es eine große Herausforderung, die es noch nie gegeben hat, dieses Lichtportal zur Erde so lange zu halten.

Wenn du heute für einen Tag auf ein Abenteuer ins Land des blauen Auges reisen würdest, wäre es für deine Mitmenschen nur ein kleiner Wimpernschlag gewesen. Andersrum: Wenn ein Wesen des blauen Planeten als Mensch für einen Tag auf die Erde kommen und danach zurückkehren würde, wären seine Freunde auf dem Land des blauen Planeten ziemlich alt geworden. Der Unterschied ist nur, dass man den Menschen auf der Erde das Altwerden ansieht, während die Wesen auf dem blauen Planeten unverändert schön aussehen, wenn ihr Lichtalter auch hoch sein mag.

Die Prophezeiung besagt, dass die Sommersonnenwende der Tag auf der Erde ist, an dem sich das magische Licht von Vater Universum mit den fünf Elementen verankern wird. Bei uns heißt dieser Tag **Shahana de Lunaya.** Im Land des blauen Auges ist dies der Tag der Finsternis der Mondin Lunaya: Sie verbindet sich durch die Dunkelheit mit der Sonne auf der Erde, da die Sonne dort und an diesem besonderen Tag am längsten scheint. Somit ist dies der längste Tag des Jahres und der längste Tag des Lichts auf der Nordhalbkugel. Die Sommersonnenwende beginnt bei dir auf der Erde am 21. Juni. Für uns ist dieses Fest Shahana de Lunaya in 2.100 Lichtjahren. Die Sonne geht besonders früh auf und spät unter. Danach werden die Tage wieder kürzer und die Nächte länger. Es ist das Fest des Feuers und des Lichtes. Das Jahr bei dir teilt sich in eine Hälfte des Lichtes und eine Hälfte der Dunkelheit.

Auf der Erde sind an diesen empfänglichen Tagen die Feen und Elfen am einfachsten zu beobachten. Ja, du hast richtig gehört, auch unter euch gibt es Feen, es sind die Naturgeister. Sie geben sich nur schwer zu erkennen. Viele Geschichten gibt es von den Naturgeistern auch aus Avalon. Ich bin mir sicher, du kennst das Land namens England? Früher bekamen die Feen an diesem Abend Gaben vor die Türe gestellt. Um weniger gut gestimmte Geister milder zu stimmen, wurde ihnen Milch und Honig bereitgestellt. Die Tore zwischen den Welten sind weiter geöffnet, so auch das Regenbogentor in unsere Welt. Zur Sommersonnenwende können wir viel

„Joselyn, bleib bitte stehen!“ Joselyn bleibt stehen und ruft zu Großmutterbaum Malu hinauf: „Großmutterbaum Malu, bitte wach auf, ich rufe dich, ich bitte dich, höre mich an! Du kennst mich vielleicht nicht, aber ich muss dich etwas wirklich Wichtiges fragen!“ Großmutterbaum Malu erwacht und sieht zu Joselyn: „Ich kenne dich sehr gut, meine geliebte Joselyn. Was möchtest du wissen?“ „Ist das wahr? Ich bin das Kind? Ich kann doch nicht dieses Kind sein!? Das fünfte Element, ich weiß doch gar nicht, was ich zu tun habe! Ich habe das nicht erlernt. Das ist nicht meine Bestimmung, oder?“ Großmutterbaum Malu antwortet ruhig: „Dein Wunsch, den Menschen zu helfen, hat dich hierher gebracht. Du bist das fünfte Element und deine Lebensaufgabe besteht darin, dies anzuerkennen und dein volles Potenzial zu leben.“ Joselyn kann es noch immer nicht glauben: „Was passiert, wenn ich das nicht kann, wenn ihr euch alle irrt?“

Großmutterbaum Malu spricht: „Du hast Angst und du hast viele Informationen erhalten. Das alles bestätigt nur, dass du zur einen Hälfte Mensch bist. Dein Verstand lässt dich hinterfragen, aber dein Herz weiß längst, dass du es bist. Verleugne dich nicht, stehe zur dir und deinen Talenten. Zum richtigen Zeitpunkt wirst du tun, was nur du tun kannst.“

Joselyn dreht sich zu Kaya um, die hinter ihr steht. Kaya bringt Joselyn schwebend an den Sockel des blauen Auges. Dort oben zeigt sie ihr in der blauen Kugel ihre Vergangenheit als Stern, ihren Wunsch und das Ankommen hier im Land des blauen Auges. Damit sie alles durch ihre eigene Augen besser verstehen kann. „Das bist du. Das ist deine Geschichte. Erinnere dich, meine geliebte Joselyn. Du hast es dir selbst gewünscht. Es ist dein Herzenswunsch, wir begleiten dich dabei. Du bist königlichen Blutes, du bist die Schutzpatronin der Erde, die Prinzessin der Liebe aus dem Land des blauen Auges und ein Sternenkind von Vater Universum. Das bist du, sieh selbst.“

Joselyn betrachtet das magische Geschehen vor ihr, sie erkennt, was sie ist und warum sie hier ist. Ich habe für Kaya und Joselyn die Zeit angehalten, damit sie in Ruhe alles besprechen können. Das kann ich nicht lange tun, es geht nur für kurze Zeit. Kaya weiß, dass sie nur jetzt die Möglichkeit hat, Joselyn auf ihre Aufgabe vorzubereiten. Großmutterbaum Malu hilft ihr dabei. Ich bin bereits in Avalon angekommen. All das kann ich über meinen magischen Stab der wandelnden Welten verfolgen.

In tiefer Verbindung bin ich bei meiner Familie, dennoch geht es jetzt um alles: Der Planet Erde, deine Erde ist in Gefahr. Bis zur Sonnenwende in Avalon, in deiner Zeit gerechnet, sind es nicht länger als drei Monate. Das klingt jetzt für dich nach viel Zeit, leider ist das Ganze aus einer Zeitblase, ich bin schon auf dem Weg zur Erde, um das Weltentor zu schützen. Jeder Tag zählt jetzt und es hängt so viel davon ab, dass wir die Erde retten können. Ich bin mit meinem Herzen bei den beiden und wäre am liebsten jetzt in ihrer Nähe. Joselyn fragt: „Warum jetzt? Warum konnten wir nicht schon früher eine Familie sein?“

Kaya antwortet ihr: „Wir sind eine Familie, Joselyn. Damals mussten wir uns trennen, um dich zu schützen. Die dunkle Macht hätte deine Macht ausgenutzt und dich getötet. Wir wären vereint niemals sicher gewesen. Damals wurde der Planet von dieser bösen Kraft angegriffen, als wir dich von Vater Universum gesandt bekamen. Dein Meister und Pegasus Sorayus brachten dich in einem Korb in ein rotes Tuch gewickelt an diese Stelle. Vom Wasserlauf getragen, holte ich dich hier an der Weide aus dem Wasser, gemeinsam mit deinem Vater. Wir konnten unser Glück kaum fassen.“ Joselyn fragt weiter: „Warum habt ihr mich in den Glauben gelassen, dass ich keine Eltern habe?“ „Joselyn, die Prophezeiung von Vater Universum verkündet im gesamten Kosmos eine Dreieinigkeit, eine alte Macht: ein Stern, halb Feenelfe und halb Mensch, dessen Herz rein ist – dieses Wissen ist zu heilig. Die bösen Schatten sandten Späher aus, um nach der dreieinigen Familie zu suchen und vor allem das Kind zu finden. Sie wussten, dass diese Macht eine Bedrohung für sie darstellt. Du warst in Gefahr und damit auch das Volk. Je weniger du wusstest, umso besser für dich.“ Joselyn kommt kaum mehr aus dem Staunen heraus: „Ich bin ein Mensch?“ Kaya antwortet verständnisvoll: „Ich weiß, das alles ist jetzt sehr viel für dich und es ist nicht leicht zu verstehen. Du bist ein so tapferes Mädchen. Ich habe dich niemals alleine gelassen. Wir waren immer bei dir. Du bist halb Mensch und halb Feenelfe. Als Stern hast du dir gewünscht, den Menschen auf der Erde zu helfen und zwar nicht nur einem. Es war dein tiefer Herzenswunsch. Vater Universum schickte dich erst hierher, damit du dazu Weisheit erlangen kannst. Du bist halb Mensch und halb Feenelfe, damit du deine Lebensaufgabe erfüllen kannst und wir wurden auserwählt, deine Eltern zu sein.“

Joselyn wehrt ab: „Ich kann dieses Mädchen nicht sein, ich bin doch Joselyn, ich bin ganz einfach, ich weiß doch gar nicht, wie ich das machen soll. Ich bin nicht mal eine richtige Feenelfe.“ „Du bist Joselyn, du bist das fünfte Element, du bist es, die die Menschen retten wird, mit unserer Verbindung.“ „Nein, ich kann das nicht, ich bin nicht dieses Mädchen, du irrst dich!“ Joselyn läuft voller Überforderung in Richtung heiligen Berg zurück. Kaya ruft ihr nach, sie solle stehen bleiben, doch es hat keinen Sinn. Kaya läuft ihr hinterher, bis beide den heiligen Berg erreichen, der nicht weit vom Wasserlauf weg liegt.

DIE OFFENBARUNG DES GROSSEN GEHEIMNISSES

Endlich angekommen sieht Joselyn Kaya schon von weitem und sie rennt auf sie zu. Sie ruft: „Geliebte Kaya, bitte verzeih mir, dass ich dich warten ließ. Ich weiß nicht, warum mir das passiert ist." Kaya dreht sich um und sagt ruhig: „Joselyn, bitte setz dich neben mich." Die beiden setzen sich auf die moosige Wiese unter der Weide am plätschernden Wasserlauf. Während Joselyn mit Noack sprach, hat sich der Berg wieder geschlossen.
Kaya beginnt: „Meine geliebte Joselyn, was ich dir jetzt sage, wird dich verwirren und vielleicht erstmal erschrecken. Du musst mir gut zuhören und mir vertrauen." Joselyn nickt und mit angsterfüllten Augen versteht sie, dass jetzt der Moment gekommen ist, an dem sie ihr Geheimnis erfahren wird. Auf diesen Moment hat sie ihr Leben lang gewartet. Kaya fährt fort: „Siehst du unsere Mondin Lunaya, wie wunderschön sie über uns wacht? Sie wacht über uns zu jeder Zeit, sie ist uns immer nahe. Wir haben auch dich bewacht und geschützt. Als du damals zu uns kamst, da kamst du nicht als Waisenkind zu uns. Du bist ein geborenes Sternenkind. Ein Stern aus den unendlichen Weiten des Universums, wir Blauijaner kommen von da." Joselyn kann nicht glauben, was sie da hört. Sie ist vollkommen überrascht und hat dicke Tränen in ihren Augen.
Kaya spricht weiter: „Du bist unser geliebtes Kind, du bist meine Tochter. Ich bin deine Mutter, Joselyn, du bist kein Waisenkind." Joselyn erschrickt und weiß gar nicht, was sie mit dieser Information anfangen soll, sie ist total verwirrt. Sie hat eine Mutter!
„Ich bin deine Tochter?" „Ja, mein geliebtes Kind." „Das bedeutet, ich bin dein Kind, das bedeutet, ich habe auch einen Vater." „Ja, dein Vater war immer an deiner Seite. Er ist…"
Joselyn spricht entgeistert: „Noack!" „Ja, mein Kind, dein Vater ist Noack. Er ist der König dieses Landes. Als König wurde er hier Gavin genannt, das bedeutet weißer Falke." „Noack ist mein Vater und du bist meine Mutter?!" Kaya sagt unter Tränen: „Mein Kind, wir lieben dich, du bist unser einziger Wunsch. Wir wollten nichts anderes als dich. Du bist unser Geschenk des Himmels. Komm in meine Arme, Joselyn…" Joselyn fällt weinend und fassungslos in Kayas Arme. Beide liegen sich mit Tränen in den Armen. Ich, Noack, beobachte

Du musst jetzt zu Kaya. Setzt dich wieder auf Einhorn Aurora, sie bringt dich zu ihr. Beeile dich jetzt. Und Joselyn…" „Ja, Noack?" „Du warst niemals alleine. Du bist sehr geliebt. Alles was geschah, hatte seinen Sinn."

So leid es mir tut! Ich kann ihr nicht sagen, dass ich ihr Vater bin. Das hat Zeit, jetzt muss ich dringend weiter. So schnell wie ich da war, verschwinde ich wieder. Einhorn Aurora reitet wie der Wind, sie muss zum Wasserlauf, zur alten Weide am Rosenbusch. Joselyn ist ganz komisch zumute. Ihr Herz klopft unendlich laut. Ihre Hände schwitzen. Sie hat Angst. Joselyn weiß nur noch nicht, was für eine Angst es ist. Für sie fühlt es sich nur komisch an.

Kaya ist tief gerührt, ich stehe neben ihr, unsichtbar vor unserem Volk. Kaya flüstert zu mir mit zitternder und tränenerfüllter Stimme, starren Blickes nach vorne zum Volk gerichtet:

„Samaha Aurio dam Gavin."

Das heißt wörtlich: Ich sehe dich, Gavin.
Bei uns bedeutet das: Ich liebe dich.

Wir beide schauen uns für einen kleinen Moment tief an. Ich kann meine geliebte Kaya nicht in meine Arme schließen, denn sie steht hier als Königin und trägt ihre Pflicht voller Würde. Im Inneren weiß ich, wie schwer das alles für sie ist und wie sehr ihr Herz vor Sehnsucht nach mir schmerzt. Unsere Blicke sind für einen kleinen Moment vereint und wir spüren unsere Verbindung. Ich verbeuge mich vor ihr, denn ich muss jetzt gehen, mir bleibt nicht mehr viel Zeit, die beiden Tore zu verbinden und diese zu schützen. Bevor ich gehe, erscheine ich noch vor Joselyn.
Joselyn ist mit Einhorn Aurora bereits auf dem Weg zu ihrem Lehrzauberzirkel, sie verlässt gerade die Waldlichtung. Xeron ist von seinem Meister gerufen worden. Er begibt sich als Krieger in den Schutzkreis. Bevor Joselyn sich auf Auroras Rücken schwingt, umarmt sie weinend ihren Freund Xeron. Sie wünschen sich, dass sie sich bald wiedersehen. Ich stehe in der Nähe der Waldlichtung, Joselyn sieht mich sofort und bremst Einhorn Aurora schnell ab und ruft: „Noack, Noack!" Sie springt herab und fällt mir erleichtert in die Arme. „Noack, ich bin so froh, dass du hier bist." Ich frage sie: „Joselyn, ich hab nicht viel Zeit, hast du nicht etwas vergessen?" „Vergessen?" „Ja, du wurdest von Kaya gerufen, oder?" Joselyn entgegnet: „Oh nein, oh nein, ich habe es total vergessen! Oh, ich darf sie nicht warten lassen! Eigentlich habe ich gerade so viele Fragen an dich. Warum hast du mir niemals erzählt, dass Kaya deine Frau ist und dass du König bist?" Ich weiche aus: „Joselyn, wir haben nicht mehr viel Zeit, das alles werden wir später besprechen.

Liebe kämpfen und lasst uns unseren Schwesterplaneten, die Erde, retten. Die Mutter Natur der Erde ist die Verbündete von Großmutterbaum Malu. Durch sie können wir leben und existieren. Es ist ein heiliges Band der Ewigkeit und des Lebens.
Das Kind, die dreieinige Macht, ist mein geliebtes Kind. Unser König lebt, mein Gemahl lebt. Wir mussten uns dafür entscheiden, unsere Wege zu trennen, um dieses Kind vor der bösen Macht zu schützen. Euer König wurde zum Weltengänger. Er ist ein Zeitreisender der verschiedenen Weltentore. Diese Bürde nahm er auf sich, um die Weltentore vor dunklen Eindringlingen zu bewachen, um uns alle zu beschützen. Gemeinsam mit der galaktischen Konföderation sind sie die Wächter. Er ist für eure Augen nicht sichtbar, dennoch ist er da und er hat uns nie allein gelassen. Sein Volk ist in seinem Herzen, so auch wir, seine Familie. Ich offenbare euch dieses Geheimnis, da dies für uns alle wichtig ist, damit wir gemeinsam unsere Kräfte mit Weisheit einsetzen können. Alles, was ich hier gerade sage, spreche ich unter dem Schutzzauber. Dieser Schutz, der von den Erzengeln und Elohim über uns errichtet wurde, dient dazu, vertrauliches Wissen sicher weiterzugeben. Die dunklen Mächte können diese Frequenz, diesen Schutzzauber, nicht anzapfen, es ist reines, weißes Licht der Liebe. Ich fordere euch auf, dieses Wissen niemals weiterzutragen. Geht jetzt in euren Tempel und vereint euch. Bündelt euer Erlerntes und dient dem Licht. Wenn wir unser Ziel erreicht haben, wird die Königsfamilie wieder vereint sein. Wir werden euch im festlichen Rahmen unser Königsblut offenbaren. Doch jetzt müssen wir uns fokussieren, es bleibt nicht mehr viel Zeit.

Samaha Aurio sam, Agnus sorajo Deju Deij."

Das heißt: Ich sehe euch. Der Frieden wohnt für immer in uns.

Plötzlich erhebt sich die gesamte Bevölkerung und verbeugt sich vor uns. Vor mir, dem Weltenwanderer und Kaya. Mich können sie nicht sehen. Es ist ein Moment der Ehrung, der tiefen Wertschätzung. Es ist der Gruß des Volkes an seine Königin und seinen König.

zum nächsten Vollmond auf der Erde in Avalon, auch Apfelinsel genannt, am großen heiligen Tor integrieren und festigen, erst dann werden wir gerettet sein.
Die Dreieinigkeit besteht aus der Mutter, dem Vater und dem Kind. Vater Universum hat die Drei mit einer mächtigen Kraft, einer vergessenen Magie, vereint. Dieses Kind lebt unter euch. Es ist ein Mädchen und sie ist halb Mensch, halb Feenelfe. Ein geborener Stern aus dem Universum. Diese Macht soll uns lehren und uns auf die neuen Wege der Zukunft besinnen. Sie soll uns vereinen, egal welche Wesensarten wir auch sind. Wir dienen dem Licht. Wir sind Vater Universum. Wir sind das Licht. Er ist in uns. Wir sind alle Magier des Lichts. Ich rufe euch auf, zu handeln und euch bereit zu machen.
Der Vollmond wird zur nächsten Sonnenwende auf der Erde vollkommen sein. Bis dahin ist nicht mehr viel Zeit. Das blaue Auge wird euch führen, zusammen mit Kaya und ihren mächtigen Kriegern an ihrer Seite. Seid voller Zuversicht und Liebe. Es wird geschehen, wie es bestimmt ist. Habt Vertrauen. Versammelt euch in euren Kristalltürmen. Jeder Einzelne von euch wird jetzt gebraucht. Dort werdet ihr von euren Meistern erfahren, was zu tun ist. Jeder Turm oder Tempel wird seine Magie, sein Licht bündeln und es mit dem blauen Auge vereinen, damit dies auf die Erde, in Avalon am großen Turm, als Schutzkreis dienen kann. So können die fünf Elemente durch diesen Kreis in ihrer vollen Macht wirken. Lasst uns nicht mehr Zeit verlieren und begebt euch in eure Kristalltürme, geliebte Lichtwesen. Ein Segen und Dank an jeden von euch. Es wird Großes geschehen durch euch.

Samaha Aurio sam, Agnus sorajo Deju Deij.“

Das heißt: Ich sehe euch. Der Frieden wohnt für immer in uns.

Großmutterbaum Malu schließt ihre Augen. Nun herrscht Stille. Eine Stille, die unglaublich tief ist. Kaya schwebt herab auf den Sockel der geöffneten heiligen Hallen. Sie verkündet: „Ihr habt Großmutterbaum Malu gehört, jetzt liegt es an uns allen. Lasst uns für die

Alle Versammelten senken den Kopf, legen ihre rechte Hand auf die Stirn, die linke Hand aufs Herz, bevor alle langsam den Kopf wieder heben und die Hände dem Himmel emporstrecken, Handballen an Handballen und die Finger zu einer Schale geformt, was eine Lotusblume darstellen soll. Das ist ein einheitlicher Gruß, ein heiliger Gruß an Großmutterbaum Malu, die mit Vater Universum verbunden ist. Durch sie spricht Vater Universum zu uns.

Sie sagt: „Ich spreche hier zu euch als eine fürsorgliche Großmutter der Sphärenwelten. Durch mich spricht auch Vater Universum, der Schöpfer von allem, was ist. Ihr seid seine Kinder des Lichts, seine Diener des Friedens. Ihr seid sein Licht der Liebe. Ich existiere seit Anbeginn dieser Schöpfung. Ich bin ein Baum der Unendlichkeit und des Kommens und Gehens vieler Seelen. In mir sind die Stimmen eurer Ahnen, sie sind mit euch und sie sind in jedem Moment bei uns. Auch jetzt sind sie bei euch. Sie grüßen euch.

Ihr geliebten Lichtwesen, der Kosmos verändert sich, die Lebensenergie, die Lebensspuren werden neu ausgerichtet. Ihr solltet Mut und Zuversicht schöpfen. Die Weissagung ist da, sie besagt seit vielen Milliarden Lichtjahren, dass dies geschehen wird. Das Böse wird uns prüfen, es wird uns beherrschen wollen. Unsere Kraft ist die bedingungslose Liebe, sie ist die größte Macht und sie wird durch eure Kräfte wirken. Die Dreieinigkeit der bedingungslosen Liebe wird sich verbinden, verschmelzen. Ein Kind, halb Mensch, halb Feenelfe, mit den Engelkräften verbunden und von Vater Universum von den Sternen gesandt, nur geboren, um sich mit der Dreieinigkeit der Liebe zu vereinen, wird mit seiner Reinheit im Herzen diese dunkle Macht erlöschen können. Unser blaues Auge wird sich mit den Planeten und der bedrohten Erde verbinden, die Erzengel, die Elohim, die Drachenkrieger, unsere galaktische Konföderation, die weiße Bruderschaft, werden uns verteidigen und uns schützen. Die Priesterinnen der weißen Schwesternschaft aus Avalon haben bereits den heiligen Ort vorbereitet. Kaya war soeben noch in Avalon, um dies zu besiegeln, damit das blaue Auge sich zum gewissen Zeitpunkt vereinen kann.

Die dunkle Macht hat das Schutznetz der Erde durchbrochen, sie ist bereits auf der Erde gelandet. Einige von ihnen haben sich im Erdkern verkrochen. Sie warten auf das Kind, das Kind halb Mensch, halb Feenelfe, mit der heiligen Macht der Engel im Herzen. Sie wissen um diese Prophezeiung. Wenn sich die fünf Elemente – Feuer – Wasser – Luft – Erde – und die Dreieinigkeit als fünftes Element

und mit bläulichem Licht vermischt. Sie strahlt wie die Sonne und es umgibt sie ein Regenbogenkranz. Ihre Blätter sind silber-bläulich strahlend und ihr Stamm ist knotig und übermächtig breit und dick. Ihr Gesicht ist sehr freundlich und anmutig. Sie strahlt eine unheimliche Wärme und tiefen Frieden aus.

Ihre Stimme konnten wir immer in unseren Herzen hören. Denn der heilige Berg und die heiligen Hallen sind nur für den hohen Rat bestimmt. Hier hat die Bevölkerung keinen Zutritt. Wir haben mit Großmutterbaum Malu nur durch Telepathie oder Gebete Kontakt gehabt. Übrigens: Wenn ich als Schicksal von einem „Wir“ spreche, dann spreche ich über die Bewohner vom Land des blauen Auges. Natürlich bin ich als Schicksal überall dabei. Ich bin eben hier und dort, irgendwo und nirgendwo, zu jeder Zeit. Da ich selbst mal ein Bewohner dieses Planeten war, König dieses Landes, um genau zu sein, spreche ich für dieses Volk. Es liegt mir sehr am Herzen und wie du schon herausgefunden hast, vor allem meine geliebte Kaya.

Das Volk wusste, dass Großmutterbaum Malu dort existiert, wir kannten sie aus Erzählungen. Doch niemals haben wir sie mit bloßem Auge gesehen. Ich als Schicksal sehe sie zu jeder Zeit, sie informiert mich über das Geschehen des Planeten und schickt mir Botschaften. Jetzt ist sie vor uns, jetzt überwältigt sie uns und unsere Herzen. Sie ist wunderschön. Es ist ein heiliger Moment. Ein Moment, der niemals mehr vergessen sein wird. Sie spricht mit Großmutterstimme vertraut zu uns:

„Tarinus Quentum verus Aum Mavalej
Agnus Deju Deij, sam avantum dejum.“

Das heißt übersetzt:
Seid gegrüßt, ihr geliebten Lichtwesen.
Der Frieden wohnt in uns, wir sind das Licht.

stützen und dem Licht zu dienen. Irgendwann wird es für uns eine Rückkehr geben und wir werden wieder in Einklang auf unserem Planeten leben, wenn wir unsere Pflicht erledigt haben." „Darf ich dich dann dort besuchen, wenn es soweit ist?" „Du wirst immer willkommen sein und ich werde dich zu meiner Krönung einladen. Ich brauche ja jemanden, der meine Krone hält." Joselyn grinst Xeron verschmitzt an: „Oh, das wäre schön, wenn ich dabei sein dürfte. Ich krieg jetzt schon Gänsehaut, wenn ich nur daran denke. Wie groß ist deine Krone ungefähr?" Xeron stupst Joselyn an und beide lachen ganz leise und heimlich. Dann folgt ein kleines Schweigen. Joselyn sagt vorsichtig: „Du vermisst deinen Vater bestimmt sehr. Du bist nicht alleine. Ich bin bei dir, wir sind gemeinsam und niemals alleine. Ich bin deine Familie." Xeron ist gerührt und hat Tränen in den Augen, er blinzelt Joselyn zu. Sie fragt weiter: „Was hat dein Vater Großes getan, wenn ich das fragen darf?" „Das erzähle ich dir gerne ein anderes Mal. Oh, schau, Joselyn, die Brücke schließt sich. Jetzt pssst, lass uns zuhören! Okay?" Joselyn kuschelt sich an Xeron und ist dankbar, so einen besonderen Freund an ihrer Seite zu haben. Sie fühlt sich geborgen und sicher. Auch Xeron fühlt sich nicht allein und ist voller Liebe zu Joselyn. Beide wissen, dass sie füreinander alles geben würden. Sie sind Freunde – und Freunde sind immer füreinander da. Joselyn flüstert: „Ja, Xeron, wir hören zu und schauen, was die Zukunft bringt. Danke, dass du mir das anvertraut hast. Xeron, eins noch!" „Mmmmhhh…?" „Ich habe das Gefühl und ich weiß nicht warum, aber irgendetwas sagt mir, dass dies hier alles irgendetwas mit mir zu tun hat. Es ergibt keinen Sinn, ich weiß nicht, was ich da sage, aber dir kann ich es anvertrauen. Ich bin für etwas in mir bereit." Xeron meint dazu: „Dann werde ich auch bereit sein, wenn es soweit ist. Wir sind dann beide bereit. Verbunden für immer. Einmal Freunde, immer Freunde." Joselyn wiederholt die Worte ihres Freundes: „Verbunden für immer. Einmal Freunde, immer Freunde."

Mittlerweile ist Kaya auf dem heiligen Berg gelandet. Auf der goldenen Plattform des blauen Saphir, des blauen Auges. Unglaublich aber wahr, passiert in diesem Moment etwas Einmaliges. Der Wasserfall zieht sich zurück. Die Stille ist stiller als je zuvor. Das Wasser hört auf zu plätschern, der heilige Berg spaltet sich in zwei Hälften und öffnet sich. Er spaltet sich wie ein großes Tor und bringt Großmutterbaum Malu zum Erscheinen. Es ist ein ganz besonderer Moment. Sowas hat noch nie jemand hier gesehen. Sie ist atemberaubend schön. Großmutterbaum Malu offenbart sich und sie spricht zum ersten Mal vor uns allen. Einige weinen vor Freude und andere sind einfach nur unfassbar still. Kaya und das blaue Auge schweben über Großmutterbaum Malu. Das Licht ist golden hell

alle im Kosmos zusammenschließen. Wir wollten unser Wissen untereinander teilen, damit wir uns gegenseitig schützen können. Die Verbindung ist mächtig und deshalb gibt es die verschiedenen Lehrzauberzirkel und auch die verschiedenen Wesen hier. Die Smaragd- oder Kristallstadt ist eine Stadt voller verschiedener Wesensarten, die unter dem weiß-goldenen Licht und für die Liebe von Vater Universum dienen und kämpfen.

Du fragst dich jetzt, was das galaktische Raumschiffkommando ist und was es bezweckt?

Es ist eine Flotte aus mehreren Raumschiffen im Universum. Sie beschützt die Planeten vor den Schattenwesen, auch deine Erde. Viele von euch Erdlingen mögen sich fragen, wie wir diese riesigen Raumflotten in eurem Sonnensystem untergebracht haben. Nehmen wir deine Erde – Mutter Erde und deren Begleiter, den Mond. Diesen Planeten umfasst über eine Million Raumschiffe, von denen die meisten kleine, unbewaffnete Überwachungs- und Transportfahrzeuge sind. Ihre Aufgabe ist es, dich und deine Welt zu beschützen. Die Basisstationen, die unterhalb all eurer Kontinente und Ozeane lokalisiert sind, sind verbunden mit einer ausgedehnten Ansammlung von Kristallstädten und Lebensgemeinschaften, die im Innern der Erde enthalten sind. Darunter auch die Mondpriesterinnen der weißen Schwesternschaft aus Avalon. Auch kennt ihr die versunkene Stadt namens Atlantis, die im Ozean ihr Zuhause hat. Eine weitere Gruppe von Basisstationen befindet sich auf dem Mond. Eine Flotte, die euch beschützt, wird „Das Ashtar-Kommando" genannt. Kommandant Ashtar ist der Mann, der für die Bruderschaft des Lichts verantwortlich ist und mit Kaya, den Engelwesen und auch Erzengel Michael immer in Kontakt steht. Sie arbeiten eng zusammen, um den Frieden im Kosmos zu erhalten.

Aber genug erklärt und zurück zu Joselyn und Xeron. Ihr kleines Gespräch ist noch nicht beendet. Joselyn antwortet mit liebevoller Stimme: „Es tut mir sehr leid, mein geliebter Xeron. Dann bist du also königlichen Blutes?" Xeron antwortet: „Ja, ich stamme von königlichem Blut und irgendwann werde ich zurückkehren, wenn dieser Planet in Sicherheit ist und werde meinen Platz als rechtmäßiger König auf meinem Drachenplaneten einnehmen und eine Familie gründen, wenn die Zeit dafür reif ist." Joselyn fragt neugierig: „Ist jetzt niemand König auf deinem Planeten?" „Es sind schwierige Zeiten und wir Drachen sind überall verteilt, um andere zu unter-

Für Joselyn fühlt sich die Nachricht unendlich lange an. Sie spricht zu Xeron: „Xeron, Xeron, hörst du das, hörst du Kayas Stimme auch?“ Xeron schaut sie verwundert an, denn er hat seinen Blick konzentriert auf die Ankunft des hohen Rates gerichtet. Xeron ermahnt Joselyn, dass sie leisen sprechen sollte: „Was meinst du? Was soll ich hören? Joselyn, hier ist es sehr still und du solltest jetzt auch still sein. Wir sollten hier jetzt mit unserer Aufmerksamkeit auf das Geschehen vor uns gerichtet sein. Denn ich kann dir sagen, es ist auch für uns Fabelwesen eine wichtige Botschaft. Ich hoffe nicht, dass wir wieder in einen Krieg ziehen müssen. Ich habe Sorge darüber, was die Zukunft für uns bringen wird. Weißt du, Joselyn, vor langer, langer Zeit hat mein Vater den Engelwesen geholfen, eine böse Macht aus dem Kosmos zu besiegen. Bei diesem Kampf war ich noch sehr klein, ich konnte nicht verstehen, was da passiert. Es war genauso ein Moment wie jetzt hier gerade. Der heilige Berg wurde aktiviert und es kamen andere Wesen, um dieses Land zu unterstützen. Als Drachenkind sah ich diese Regenbogenbrücke zum ersten Mal. Damals lebte ich noch auf unserem Drachenplaneten, weit weg von hier. Wir Drachen sind damals auf diesen Planeten gekommen und haben das blaue Auge und seine Hilfssignale vernommen. Es war das Notsignal, das im Kosmos nur dann an andere Planeten ausgesendet wird, wenn starke Bedrohung von einer bösen Macht einwirkt. Kaya war damals nicht alleine, sie hatte einen König an ihrer Seite. Die beiden haben sich sehr geliebt. Aus diesem Kampf kehrte mein Vater nicht wieder zurück. Mein Vater war auf dem Drachenplaneten der König. Ich weiß nur, dass ich von Kaya meine goldene Herzensmedaille erhalten habe, die ich immer auf meiner Brust trage, zu Ehren meines Vaters. Er hat damals etwas sehr Großes für dieses Land getan. Er hat an der Seite von König Gavin, dem Feenelfenkönig, tapfer gekämpft. Mein Vater war König Gavins Kraftbegleiter. Er ist ein Held. Er ist mein Held. Diese Medaille ist mein Schutzsymbol und mein Glücksbringer. Ich habe mir damals geschworen, dass mein Vater niemals umsonst gestorben ist. Ich werde dafür sorgen, dass der Frieden hier bleibt, auch wenn ich dafür sterben muss. Der Frieden ist die Liebe zu allem, was ist. Deshalb bin ich jetzt hier und habe mich entschieden, dieses Land zu beschützen. Ich bin Kayas Schutzdrache und deshalb auch dein Schutzdrache.“

Joselyn ist ganz starr und kann nicht glauben, was sie hört. Du musst wissen, Xeron hat ein feuerrotes, leuchtendes Herz auf seiner Drachenbrust. Direkt in seinem Panzer versiegelt. Er ist der Feuerdrache der Herzen und ein Krieger der Liebe. Er ist ein sehr prächtiger und anmutiger Drache. Er strahlt Respekt und Liebe aus, aber auch Strenge. Er ist ein Krieger des Lichts. Xeron kam mit seiner Mutter ins Land des blauen Auges. Damals hat das galaktische Raumschiffkommando nach dem Kampf entschieden, dass wir uns

Es ist Gedankenkraft, eine Gedankenübertragung der Emotionen. Sie ist unabhängig von Entfernung oder Nähe. Die Gedankenübertragung ist keiner räumlichen Distanz unterworfen. Ob die Distanz 10.000 Kilometer oder Lichtjahre entfernt ist, spielt keine Rolle, es ist einfach überall möglich, zu jeder Zeit. Die Zeit gibt es nicht. Diese habt ihr Erdlinge erfunden, um dem Verstand einen Raum zu geben. Die Zeit ist ein Konstrukt des Verstandes, wie ein Käfig, in dem ihr euch bewegt. Das Herz benötigt einen Raum aber die Zeit nicht. Das Herz ist frei wie das Universum frei ist. Man kann sich sehen oder auch nicht. Es funktioniert nicht nur in Bezug auf die Gegenwart, dem jetzigen Moment, sondern auch in Verbindung mit Vergangenheit und Zukunft. Es können Bilder vor deinem inneren Auge auftauchen oder Stimmen oder auch eine Idee. Das Potenzial der Telepathie steckt in jedem Erdling. So kommunizieren auch deine Engel mit dir oder dein Seelenverwandter, dem du aus anderen Epochen oder Dimensionen begegnet bist. Auch deine geliebten Verstorbenen, ob Menschen oder Tiere, können dir so Nachrichten schicken, wenn du es zulässt und bereit dafür bist. Ihr seid miteinander immer verbunden. Wenn du einen Seelenverwandten triffst, egal ob männlich oder weiblich, dann spürt du eine enorme Anziehungskraft. Diese Form der Kommunikation gehört zu den stärksten Kräften überhaupt und ob du es glaubt oder nicht: Jeder von euch Erdlingen kann es erlernen. Du musst es nur wollen.
Übung macht den Meister! Probiere es einfach mal aus. Wenn dich das nächste Mal jemand auf deinem Telefon anruft, schau nicht auf das Display und versuch den Fokus auf dich und deine innere Stimme zu legen. Höre deinem Herzen zu. Frag dich wer hier anrufen könnte? Und höre leise in dich hinein. Sei geduldig mit dir – das erste, das du hörst, ist deine Antwort. Vielleicht hat es nicht gleich geklappt – lass dich nicht drausbringen, übe einfach weiter. Joselyn übt auch immer wieder und sie ist mittlerweile schon recht gut darin. Wie ihr gerade gelesen habt, konnte sie sofort erkennen, dass Kaya mit ihr kommuniziert.

Übrigens, die Versammelten bekommen von dieser Telepathie nichts mit, von außen betrachtet dauert das Ganze nicht länger als ein paar Sekunden. Kaya hat Joselyn eine geheime Nachricht übermittelt, die nur sie betrifft.
Sie hört: „Joselyn, Joselyn hör gut zu! Hör mir zu, ich bin es, Kaya. Komm nach der Versammlung zum Wasserlauf an unseren Lieblingsplatz hinter dem Rosenbusch unter der großen Weide. Ich habe dir etwas sehr Wichtiges zu sagen. Agnus Deju, meine geliebte Joselyn."

erwidert den Gruß: „Agnus Deju, meine Seelenfreundin. Schön, dass du da bist. Liebste Aurora, hast du schon etwas rausfinden können? Ich bin so aufgeregt!" Auch Xeron begrüßt seine Freundin: „Agnus Deju, Aurora, schön, dich zu sehen." Aurora bemerkt: „Meine geliebte Joselyn, ich denke, es wird nicht mehr lange dauern. Warum bist du so aufgeregt? Ich kann dein kleines Zittern spüren!"

Joselyn kann nicht mehr antworten, ihre Aufmerksamkeit ist voll auf den heiligen Berg gerichtet. In diesem Moment wird plötzlich alles still. Alle Versammelten werden leise, alle schweigen. Joselyn dreht sich um und erkennt, dass sich die Regenbogenbrücke wieder öffnet und sich das Tor zur Erde mit einem hellen Lichtstrahl erhebt. Kaya wird von den Mondpriesterinnen der weißen Schwesternschaft aus Avalon begleitet. Nochmal ertönen die Trompeten und schallen durch das Land des blauen Auges.

Sie gleiten mit Leichtigkeit und ihren wunderschönen langen Gewändern über die Regenbogenbrücke. Kaya strahlt mit vollem gelben Licht, gehüllt in ihren blauen Mantel. Ihre silbern-weiß glänzenden Flügel sind weit geöffnet, es ist ein atemberaubender Moment, sie fliegen zu sehen. Lange konnte man Kaya nicht mehr so in ihrer vollen leuchtenden, goldenen Pracht bestaunen. Sie strahlt unheimlich viel Liebe aus und alle sind zu Tränen gerührt. Auch Joselyn ist von Kayas Schönheit so sehr überwältigt, dass eine kleine Träne aus ihrem rechten Auge rollt. Ganz still und leise wandert die Träne Joseylns Wange hinab.

Sie spürt etwas ganz Tiefes, etwas, das ihr so warm in ihrem Herzen vorkommt. Eine Verbundenheit, die tief in ihr wohnt. Sie hat Gänsehaut und ist voller Demut und Ruhe. Kaya hat Joselyn beim Drachen Xeron und Einhorn Aurora entdeckt. Sie blickt zu ihr und schenkt ihr ein Lächeln. Xeron und Aurora verbeugen sich vor Kayas Blick, der auch in ihre Richtung geht. Joselyn und Kaya sind für einen kleinen Moment durch ihren Blickkontakt vereint. Im Inneren hört sie plötzlich eine Stimme. In ihrem Herzen. Es klingt wie Kayas Stimme, aber Joselyn sieht Kaya nicht sprechen. Sie sieht sie lächeln, dennoch hört sie Kayas Stimme. Sie versteht, Kaya spricht telepathisch zu Joselyn. Das hatte sie im letzten Lehrzauberzirkel im Unterricht gerade gelernt, deswegen wusste sie sofort, was das für eine Art von Kommunikation ist.

Fragst du dich jetzt, was Telepathie ist?

DIE MORGENSONNE ERSTRAHLT – DIE KRISTALLSTADT ERWACHT

Joselyn gibt Toru einen Kuss, dreht sich um und verschwindet leise in ihr Zimmer, hinter dem Balkonfenster im Königspalast. Sie hat einen wunderbaren Blick auf die Smaragdstadt, die Morgensonne erwacht und sie legt sich erschöpft in ihr Bett und schläft sofort ein.

Plötzlich hallt lauter Trompetenschall durch das Land des blauen Auges und Joselyn schreckt hoch. Sie sitzt mit großen Augen in ihrem Bett und da fliegt Xeron, ihr roter Feuerdrache, auf ihren Balkon. Er ist ein mächtiger und riesiger Drache. Er ist ungefähr doppelt so groß wie ein Elefant bei dir auf der Erde. Im Land des blauen Auges ist alles sehr groß und mächtig. Xeron setzt sich auf das Balkongerüst, das aus purem, glänzenden, durchsichtigen Kristall gebaut ist. Es sieht aus wie ein Balkon aus Eis. Wunderschön, wie sich das Licht darin bricht und sich alles spiegelt.

Joselyn hüpft aus dem Bett, zieht ihre Glücksstiefel an und läuft zu Xeron. Sie hat ganz besondere Stiefel. Aber das erfährst du noch früh genug… „Ach mein geliebter Xeron, wie schön, dass du da bist. Hast du das auch gerade gehört?" Xeron spricht mit tiefer, liebevoller Stimme zu Joselyn: „Agnus Deju, meine geliebte Joselyn. Ja, deswegen bin ich gekommen, um dich zu holen. Es ist so weit. Wir sollten losfliegen zum heiligen Berg." „Agnus Deju, mein lieber Xeron. Mein wahrer Freund." Joselyn legt ihre Stirn auf Xerons Stirn, so begrüßen sich die beiden liebevoll. „Danke, dass du mich abholst, ich bin schon so aufgeregt. Weißt du, was das alles zu bedeuten hat?" Xeron senkt seinen Kopf, damit Joselyn auf seinen Rücken klettern kann: „Joselyn, wir werden es gleich herausfinden. Halte dich fest, wir fliegen los."

Joselyn liebt das Fliegen mit Xeron, sie jubelt ganz laut und ruft einen lauten und langen Ton und beide gleiten dem Himmel entgegen. Als die beiden den heiligen Berg erreichen, haben sich bereits schon einige Blauijaner versammelt. Alle nehmen Platz, warten auf die Ankunft und Verkündung des hohen Rates. Joselyn und Xeron haben sich zu den Fabelwesen gesellt. Joselyn begrüßt Einhorn Aurora mit einer großen freudigen Umarmung. Sie schmiegt sich unter ihr weißes, seidiges Mähnenhaar. Die beiden genießen ihre Freundschaft für einen kurzen Moment. Aurora begrüßt sie: „Agnus Deju, meine geliebte Joselyn. Agnus Deju auch dir, lieber Xeron." Joselyn

Ich denke, wir sollten fest an sie glauben. Glaube versetzt Berge. Vergiss nie, lieber Erdling, Träume werden wahr. Dein Glaube wird dein Wunder sein. Sei wie Joselyn und glaube an dich. Höre, so oft du kannst, auf dein Herz und glaube an deine Engel. Dann geschehen für dich Wunder, die in deiner Vorstellungskraft nie entstanden wären. Du bist voller Magie. Auch du hast Zauberkräfte und dieses Buch wird dir helfen, deine Kräfte zu entdecken. Schön, dass du hier bist und Joselyn begleitest. Wir sind mittendrin in der Zeitreise der verschiedenen Welten.

„Die Drei Schichten – Die Welten der verschiedenen Planeten und Lebensformen". Du hast dieses Buch ausgesucht oder ein lieber Mensch hat es als Geschenk zu dir gebracht. Glaube mir, es ist Bestimmung, dass du diese Zeilen hier gerade in diesem Moment liest. Es hat alles seinen Grund und seine Bedeutung.
Dieses Buch hat Zauberkräfte und wird dich verzaubern, es passiert und du wirst es zunächst nicht merken. Es ist so wie mit den Wünschen – man weiß nie, wann und ob sie sich erfüllen. So ist es auch mit deinem magischen Buch, das du hier in den Händen hältst. Nach einiger Zeit, wenn du nicht mehr über deinen Wunsch nachdenkst, genau dann irgendwann geht er in Erfüllung. Zu einem Zeitpunkt, zu dem du es nie erwartest. So ist es auch mit den Zauberkräften des Buches, alles kommt zu seiner Zeit. Du solltest wissen, dein Buch wurde vor dem Druck mit einem mächtigen Zauber gesegnet. Es kommt nur in die Hände, die mit ihrem Herzen verstehen. Da du dieses Buch jetzt in deinen Händen hältst, fließt dieser Zauber durch deinen Körper, in deinen Geist und weiter in deine Seele. Fühl in dich hinein und wenn du wirklich aufmerksam bist, kannst du es spüren.

So, jetzt ist es wieder an der Zeit, dass ich dich als Weltenwanderer wieder dorthin zurück bringe, in den Moment, wo sich Joselyn schlafen gelegt hat. Sie hat lange geschlafen und friedlich geträumt. In ihren Träumen war sie gerade mit ihrem Drachen Xeron unterwegs auf großer Abenteuerjagd. Sie wird langsam wach. Kannst du dich noch an diesen Moment erinnern? Ich rufe dir diese Zeilen nochmal ins Gedächtnis, damit du weißt, wo unsere Reise weitergehen wird.

So wir sind am Ende der kleinen Reise durch den Lehrzauberzirkel angelangt. Deine Traumreise werden wir jetzt wieder verlassen. Danke, dass du mitgereist bist und die wichtigsten Tempel kennenlernen wolltest. Es war mir eine Ehre, dir dieses Geheimnis offenbaren zu dürfen. Jetzt hast du einen guten Überblick über die Smaragdstadt, auch Kristallstadt oder weiße Stadt genannt.

Für diese Stadt gibt es viele Namen, denn sie ist eine der mächtigsten im ganzen Universum. Hier ist es friedlich, alle Wesen leben in Harmonie und im Einklang zusammen. Wir sind sehr glückliche Wesen und lieben das, was wir tun. Wir vom Land des blauen Auges sind eine große Familie, wir sind alle miteinander verbunden. Jeder von uns ist ein kleines, aber wichtiges Puzzleteilchen im großen Ganzen. Jedes einzelne Teilchen ist wichtig, damit alles wie ein Uhrwerk funktionieren kann. Ein großes Uhrwerk, das ein unendliches Tick-tack-tick-tack-tick-tack erklingen lässt. Wenn du still wirst, hörst du das Uhrwerk, hör gut hin, schließe deine Augen. Na, was hörst du? Das Tick-tack ist dein Herz, dein eigener Herzschlag, es ist dein Uhrwerk, dein Tick-tack. Deswegen sind wir alle miteinander verbunden, egal, von welchen Planeten wir kommen, wir alle gehören zum großen Uhrwerk von Vater Universum. Wir sind ein Netzwerk, ein Netzwerk der Herzen.
Joselyn weiß, dass sie zwar dazugehört, aber sie hat ihr Teilchen als Einzige noch nicht gefunden. Sie ist zu vielseitig und kann von allem etwas. Deswegen war sie schon in allen Tempeln im Lehrzauberzirkel, hat alle Prüfungen gut bestanden. Ihr letzter Lehrzauberzirkel ist der Kristallturm, der Tempel der Engelwesen. Wenn sie diesen ebenfalls besteht, wird sich endlich ihr Wunsch, den Menschen zu helfen und auf die Erde reisen zu können, erfüllen. Joselyn ist niemals undankbar, aber meistens recht ungeduldig und zielstrebig. Sie will alles schnell und vor allem sofort können. Sie ist sehr intelligent. Am liebsten war sie im Regenbogenturm bei den Fabelwesen, dort hat sie viele Freunde gefunden. Ihr Einhorn Aurora, Pegasus Sorayus und ihren besten Freund, den Drachen Xeron. Er ist ihr Krafttier, auch Schutztier genannt. Xerons Herz ist mit Joselyns Herz verbunden. Sie leben füreinander und sind miteinander verschmolzen. Er hört das Herz seiner Freundin sprechen und weiß, wann er ihr zur Seite stehen soll. Wie bereits gesagt, sie hat sehr viele Freunde in diesem Tempel gefunden und ist, so oft sie kann, im Regenbogenturm, um mit ihnen zusammen zu sein, wenn sie nicht gerade im Lehrzauberzirkel sein soll. Manchmal spürt sie, dass ihre Wahrheit bald kommen wird. Vielleicht findet sie auf der Erde ihre wahre Bestimmung? Was denkst du? Ist es ihre Bestimmung, ein Schutzengel oder ein Erdling zu sein?

DER ZWEITE TEMPEL – FARBE BLAU

…dient dem Element Luft, ist für die Planeten- und Sternkundigen, Kosmologen und Astrologen da, Mondin Lunaya und Sonne Ayana, den ganzen Kosmos.
Das ist der Tempel des Universums.

DER DRITTE TEMPEL – FARBE GRÜN

…gehört dem Element Erde an, ist für die Heiler, Ritualkundigen und Druiden, Kräuter- und Pflanzenkundigen da.
Er spricht alle an, die die Sprache der Pflanzen und Bäume verstehen können und unsere Nahrung anpflanzen und ernten.
Dort wächst Obst und Gemüse verschiedenster Arten, Heilkräuter und vieles mehr.
Es ist der Tempel von Mutter Natur.

DER VIERTE TEMPEL – FARBEN GELB, ORANGE UND ROT

…steht für das Element Feuer und dient den Wissenden, den Sehern, den Erforschern, den Erfindern.
Sie kümmern sich um die Magie, die Energie aus den Kristallen.
Sie gewinnen die Energie, um sie für Reisen in andere Welten zu verwenden.
Dies ist der Tempel der Kristallenergie und Kraft.

DER FÜNFTE TEMPEL – REGENBOGENTURM

…gehört den Fabelwesen sowie den Tieren aller Elemente.
Jedes Element wird einem Fabeltier zugeteilt. Drachen sind dem Element Feuer zugehörig, Meerjungfrauen dem Wasser, das Reich der Lüfte gehört den Fliegenden, zum Beispiel Adler oder Pegasus und das Element Erde den Waldwesen, Trollen, Zwergen, Feen und Elfen.

Erzengel Metatron – 8. Lichtstrahl

Bewusstheit, Erkenntnis, Wunscherfüllung

Erzengel Metatron heißt so viel wie „Dem Thron nahe stehend“ oder „Das Angesicht von Vater Universum“. Er ist der König der Engel und Hüter des göttlichen Lichts. Er ist Hüter der Wunscherfüllung, des klaren weißen Strahls oder des regenbogenfarbenen Strahles, des Seelensterns. Er ist ein ganz besonderer Engel. Er hat die höchste Schwingung und in der Hierarchie der Erzengel ist Metatron dem Ursprung von Vater Universum am nächsten. Er ist der Hüter der Schwelle, er ist Anfang und Ende, er ist Alpha und Omega.

Seine Symbolblume ist der Lotus.

Die Schutzengel

Jeder Mensch besitzt einen Schutzengel. Der Schutzengel ist der persönliche Begleiter des Menschen. Wie kraftvoll er im Leben wirkt, hängt auch davon ab, wie offen du für seine Hilfe bist. Der Schutzengel begleitet dich das ganze Leben, beschützt dich und hilft in schwierigen Situationen. Da er als einziger Engel in dein Leben eingreifen darf, ohne dass du ihn darum bittest, kann er diese Aufgabe besonders gut erfüllen. Alle anderen Engel musst du erst einladen, damit sie für dich wirken dürfen. Da der Schutzengel unserem Wachstum verpflichtet ist, lässt er auch zu, dass unangenehme Situationen und Unfälle geschehen, wenn das für deinen Lebensweg und für deine Entwicklung hilfreich ist. Alles passiert, wie du es vorgesehen hast. Dein Schutzengel begleitet dich unterstützend dabei.

Erzengel Uriel – 6. Lichtstrahl

Selbstvertrauen, Gnade, Lebensfreude, Schöpferkraft

Erzengel Uriel bedeutet so viel wie „Das Licht oder das Feuer von Vater Universum". Erzengel Uriel wird dem roten Strahl zugeordnet, er ist der Engel der Lebenskraft und Energie.

Seine Symbolblume ist die Sonnenblume.
Seine Kristalle und Steine sind der rote Jaspis und der Karneol.

Erzengel Zadkiel – 7. Lichtstrahl

Integration, Vollkommenheit, Erlösung

Erzengel Zadkiel heißt so viel wie „Der Tröster oder der Gerechte von Vater Universum". Seine Energie ist geprägt von Sanftheit, Güte, Gnade und Barmherzigkeit. Er verteilt den göttlichen Segen und hilft all jenen, die vom Weg abgekommen sind. Seine violette Flamme erlöst dich von Schattenseiten, Ballast und selbst auferlegten Begrenzungen.

Seine Symbolblume ist der Flieder.
Seine Kristalle und Steine sind der Amethyst und der violette Fluorit.

Erzengel Gabriel – 4. Lichtstrahl

Lebensfreude, Veränderung, Neubeginn

Erzengel Gabriel bedeutet so viel wie „die Stärke von Vater Universum". Erzengel Gabriel wird dem weißen Strahl zugeordnet. Er ist Hüter des Elements Wassers und lehrt den Umgang mit Gefühlen und Emotionen. Er unterstützt und leitet die Empfängnis sowie die Geburt und führt die Seelen durch die Inkarnationen. Zu seinen Aufgaben gehört es, die ungeborenen Seelen der Kinder von der Schwangerschaft bis zur Geburt zu geleiten.

Seine Symbolblume ist die Königslilie.
Seine Kristalle und Steine sind der Diamant und der Bergkristall.

Erzengel Raphael – 5. Lichtstrahl

Emotionale und körperliche Heilung, Transformation, Geborgenheit

Erzengel Raphael bedeutet so viel wie der „Der Arzt oder Heiler von Vater Universum". Ihm wird das Element Luft zugeordnet und er ist der Hüter des grünen Strahles, der Ganzheit und Unversehrtheit. Er vermittelt mit seiner Energie Heilung und die heilenden Seelenkräfte.

Seine Symbolblume ist die Glockenblume.
Seine Kristalle und Steine sind der grüne Turmalin und der Aventurin.

Erzengel Jophiel – 2. Lichtstrahl

Selbstverwirklichung, Klarheit, innere Festigkeit

Erzengel Jophiel bedeutet so viel wie „Die Schönheit von Vater Universum". Ihm ist das Element Feuer zugeteilt und er ist der Hüter des goldgelben Strahles. Er ist der Engel der Weisheit, des Wissens und der Beständigkeit.

Seine Symbolblume ist die Orangenblüte.
Seine Kristalle und Steine sind der Goldtopas und der Bernstein.

Erzengel Chamuel – 3. Lichtstrahl

Kreativität, Vertrautheit, Harmonie, Leichtigkeit

Erzengel Chamuel bedeutet so viel wie „Vater Universum ist mein Ziel", er ist auch ein Engel der Liebe. Er wird dem rosafarbenen Strahl zugeordnet. Seine Energie ist heiter, sanft und liebenswürdig. Er ist der Schutzpatron aller Liebenden.

Seine Symbolblume ist die Rose.
Seine Kristalle und Steine sind der Rosenquarz und der rosa Turmalin.

bestehen, er ist ihr Lehrer in deiner Sprache und mit unseren Worten ihr Meister. Jeder Erzengel hat eine andere besondere Aufgabe und einen Lichtstrahl, mit dem er seine Zauberkraft und Magie vollenden kann.

Hier lernst du **die acht bekanntesten Erzengel** und ihren Auftrag kennen. Vielleicht hast du schon mal von diesen Lichtwesen gehört?

Erzengel Michael – 1. Lichtstrahl

Reinigung, Gerechtigkeit, Schutz in Gefahrensituationen

Erzengel Michael heißt so viel wie „Der Stellvertreter von Vater Universum". Er ist der höchste Verteidiger des Lichts in der geistigen Welt und der gesamten Schöpfung. Er ist der Hüter des saphirblauen Lichtstrahls. Er verwandelt Angst in Mut. Er trägt ein großen Schwert und ein Schutzschild. Er beschützt dich, gibt dir Mut und Kraft in allen Lebenslagen. Erzengel Michael ist der Fürst der Erzengel-Hierarchie und ihm stehen Legionen von Engelscharen zur Seite, um das Licht zu verstärken und die Dunkelheit abzuwehren. Er kämpft für Recht und Gerechtigkeit und fördert und unterstützt Uneigennützigkeit, Hilfsbereitschaft und Mitmenschlichkeit.

Seine Symbolblumen sind die Schwertlilie und die Feuerlilie.
Seine Kristalle und Steine sind der blaue Saphir und der Lapislazuli.

DER ERSTE TEMPEL – KRISTALLTURM

Er ist der größte Tempel von allen. Dort lehrt Kaya mit weißer, klarer Kristallenergie. Hier sind fünf Elemente vereint: Feuer, Wasser, Luft, Erde und Kosmos. Die blaue Kugel hat dort ihren Platz und trägt den Kosmos in sich, das fünfte Element. Dieser Tempel dient den Lehrlingen, die zu Schutzengeln werden möchten. Die Erzengel, Elohim, die Magier, die Meister und die Zauberer geben dort ihr Wissen weiter. Im Tempel des Lichts verbinden sich die Lehrlinge mit den höheren Energiequellen und den verschiedenen magischen Zauberwesen. Hauptsächlich verbinden sie sich dort mit dem Allmächtigen, dem Vater Universum, der uns alle erschaffen hat.

Was ist ein Elohim?

Das sind mächtige Engelwesen, die seit Beginn des Universums am Schöpfungsprozess teilnehmen. Sie sind machtvolle Kräfte des Universums. Deshalb werden sie auch als Schöpferengel und als rechte Hand von Vater Universum bezeichnet. Die Elohim sind die Hüter des göttlichen Lichts, der zwölf göttlichen Farbstrahlen. Die Farbstrahlen verkörpern eine bestimmte Schwingung und Kraft und die dazugehörigen Themen.

Was ist ein Erzengel?

Sie sind wesentlich kraftvoller als Schutzengel. Mit ihrer Kraft können sie dich schützen und Heilung in allen Lebensbereichen bewirken. Die Erzengel stehen den Menschen zur Seite, damit sich das Göttliche in ihnen entfalten kann und sie es in ihr alltägliches Leben bringen können, damit das Leben der Menschen angenehm wird, ein geliebtes Abenteuer.

Seit einiger Zeit geht Joselyn dort zum Lehrzauberzirkel. Deswegen erzähle ich euch einfach ein wenig mehr davon, was hier passiert. Dort erlernt sie alles, was sie wissen muss, um ein guter Schutzengel zu werden und um zu einem bestimmten Zeitpunkt auf die Erde gehen zu können und dort ihren Menschen begleiten zu können, den sie schützen darf. Dies ist eine große Verantwortung und Aufgabe und sie möchte ihr Ziel bald erreichen. Erzengel Michael ist ihr Unterstützer. Er hilft gerade diesen Lehrzauberzirkel zu

In der Smaragdstadt leben die Wissenden und die Hellsichtigen. Diese Wissenden sind Heiler, Astrologen, Seher, Kosmologen, Mond- und Planetenkundige, Sternenkundige, Ritualkundige, Forscher, Erdfinder, Künstler, Magier und viele andere. Es gibt fünf Türme, dort werden bestimmte Themen gelehrt. Jeder Tempel hat einen Lehrzauberzirkel. So können wir unsere Talente am besten schulen und ausbilden. Natürlich gibt es noch mehr, doch ich erzähle euch von den fünf wichtigsten Türmen der Smaragdstadt. Dort verbringt Joselyn ihre Zeit, um sich weiterzuentwickeln. Um Joselyn wirklich zu verstehen, möchte ich dir von ihrem Leben in der magischen Smaragdstadt erzählen.

Damit du das Ganze verstehen kannst, stelle ich dir alles in einer kleinen Traumreise vor. Stell dir vor, du bist wie Joselyn im Lehrzauberzirkel und dort erzähle ich dir von den fünf Türmen und deren Funktionen. Ich bin jetzt für einen Moment dein Gelehrter und unterrichte dich in Kurzfassung.
Also lieber Lehrling, hör gut zu.

Einen Engel können nur wenige Menschen mit dem bloßen Auge sehen. Das passiert nur Menschen, denen es bestimmt ist. Glaub mir, du kannst deinen Engel sehen oder spüren. Du musst nur deine Augen schließen und dich mit deinem Herzen verbinden. Werde einfach ganz ruhig und still und lausche. Du kannst den Engel mit deinem inneren Auge sehen, fühlen oder sogar riechen oder er schickt dir Botschaften, zum Beispiel durch eine weiße Feder auf deinem Weg oder durch einen anderen Menschen, der dir etwas sehr Liebevolles sagt, durch Träume, einen besonderen Geruch, ein besonderes Licht, eine Wolke, die sich zu einem Engel formt, eine bedeutende Zahl wie die 333, einen plötzlichen Temperaturunterschied, es könnte dir kalt werden und du bekommst eine Gänsehaut. Auch durch die kleineren Kinder zeigen sich Engel. Sie haben noch ein sensibleres Gespür für andere Wesen und können daher oft Schutzengel sehen oder wahrnehmen.
Sei immer sehr wachsam mit deinem Herzen. Einen Engel erkennst du durch verschiedene Zeichen. Dazu solltest du besonders am Anfang einfach nur still sein und zuhören. Jetzt weiß du, wie du mit deinem Schutzengel in Verbindung gehen kannst, versuch es einfach mal. Je öfter du es probierst, umso öfter wirst du Zeichen von ihm bekommen. Vergiss nicht, es sind magische und besondere Momente, sich mit deinem Engel zu verbinden. Sei voller Respekt und öffne dein Herz. Für jeden Versuch wird dein Engel sehr dankbar sein.

Respekt haben die werdenden Engel auch im Lehrzauberzirkel bei Kaya und so erlernen sie dort alles, was sie wissen müssen. Nicht jeder hat hier Zugang. Nur diejenigen, die dafür geboren wurden, ein Engel zu werden.
Kayas blaues Auge, der blaue Kristall-Saphir, zeigt nach jeder Geburt eines Kindes im Land des blauen Auges, welche Aufgabe und Talente es mitbringt. Deshalb ist hier niemals jemand in einer Verpflichtung, sondern immer mit seinem vollen Herzen dabei. Alles was wir tun, tun wir aus dem Herzen heraus. Nur so können wir glücklich sein und unserer Bestimmung folgen. Jeder hier hat seinen Platz und seine Wichtigkeit.
Joselyn erkundet als Einzige alle Türme, weil sie viele Talente besitzt. Sie hat schon einige Lehrzaubertürme besucht und kann von allem ein wenig, aber sie denkt, sie sei noch nicht am richtigen Platz. Nicht nur Kaya lehrt, es gibt außerdem den hohen Rat, die Gelehrten der verschiedenen Tempel.

In dieser Kristallstadt gibt es für verschiedene Aufgaben dazu passende Plätze. Tempel, wie wir sie nennen. Es sind kristallklare Türme. Viele dieser Gebäude der Stadt und vor allem der Palast, sind mit Gold, Silber, Kupfer und anderen edlen Metallen geschmückt. Dort gibt es eine besondere Goldart, das Oreichalkos-Goldkupfererz. Es kommt ausschließlich im Land des blauen Auges vor. Der Königspalast steht im Zentrum der Stadt. Nicht weit davon entfernt ist der heilige Berg mit seinem Wasserfall, wo Mutterbaum Malu ihr Zuhause hat. Diese beiden Orte sind das kraftvolle Zentrum der Kristallstadt. Sie ist umgeben von Wasserkanälen. Durch die Kristallenergie können wir die weiten Wasserflächen mit unseren Schiffen durchtauchen oder an der Oberfläche schweben und auch den Luftraum mit unseren fliegenden Schiffen durchqueren. Überall sind die Kristalle eingesetzt. Sie werden als Heilungsmittel, Informationsquelle, Wissensspeicher, Energielieferant und Antriebswerkzeug verwendet.
Der Lehrzauberzirkel, den Kaya leitet, besteht aus nicht nur einem Gebäude. Für jede bestimmte Aufgabe gibt es mehrere Türme. Jeder ist auf ein bestimmtes Thema spezialisiert. Kaya lehrt die magischen Kräfte der Schutzengel, dies ist einer der besonderen Türme im Land des blauen Auges. Dort wird der Lernende auf die Erde vorbereitet und irgendwann, wenn die Zeit reif ist, einem Menschen zugeteilt. Dieser Erdling wird beschützt und auch am Ende seiner Tage auf der Erde begleitet. Bevor man die Lehrzauberzirkel als richtiger Schutzengel abschließt, wird ein großes Fest, eine heilige Zeremonie, gefeiert. Hier sagt das Orakel dem Erdling voraus, den der Schutzengel begleiten wird. Großmutterbaum Malu verbindet sich mit Vater Universum, damit der bestimmte Mensch und der neue Schutzengel miteinander verschmelzen können. Es ist ein sehr heiliger Moment.

Du musst wissen, du bist niemals alleine, dein Schutzengel ist jederzeit an deiner Seite und kennt dich besser als du dich selbst. Dieser Schutzengel ist nur für dich zuständig, er kennt deinen Weg und begleitet dich, egal, welchen Weg du wählst. Ob es nun der steinige, beschwerliche Weg ist oder der einfachere. Dein Schutzengel steht dir in jeder Situation zur Seite. Was du auch wissen musst: Er darf sich nicht in dein Leben einmischen. Du entscheidest, du hast den freien Willen. Der freie Wille geschieht aus deinem Herzen heraus. Durch dein Herz spricht deine Seele mit dir. Du besitzt Körper, Geist und Seele. Die Dreieinigkeit wohnt in dir. Dein Schutzengel wird dir nur helfen, wenn du ihn mit deinem Herzen darum bittest. Vergiss nicht, dich nach jeder Bitte bei deinem Schutzengel zu bedanken. Du fragst dich jetzt bestimmt, warum du deinen Engel nicht sehen kannst?

DIE KRISTALLSTADT – JOSELYNS HEIMAT

Joselyn ist längst in der Kristallstadt, auch Smaragdstadt genannt, angekommen. Toru landet auf dem Balkon ihres Zimmers im mächtigen Königspalast. Joselyn bedankt sich bei ihrem gefiederten Freund: „Ich danke dir sehr, dass du mir so schnell geholfen hast. Ohne dich hätte mich Kaya wahrscheinlich entdeckt und dann wäre sie bestimmt enttäuscht von mir." „Meine liebe Joselyn, alles was passiert, hat immer seinen Sinn. Du bist niemals allein. Wir sind alle da und wer weiß, vielleicht solltest du genau zu diesem Zeitpunkt da sein. Dein Schicksal ist bestimmt, Joselyn, und du wirst bald herausfinden, wo auch dein Platz in unserer Gesellschaft ist."
„Ich weiß nicht Toru, ich habe das Gefühl, dass ich keine richtigen Talente habe. Ich suche danach und ich passe nirgends so richtig hinein. Nicht mal mein Aussehen passt zu den Blauijanern. Warum bin ich so anders?" Toru tröstet sie: „Du bist ein wunderbares und einzigartiges Mädchen. Glaube an dich und habe Geduld, auch für dich wird irgendwann der Moment kommen. Vertraue mir! Die Geduld ist eine Tugend, meine liebe Joselyn. Das solltest du erstmal lernen und jetzt ab in den Königspalast, bevor Kaya nach dir suchen lässt! Sie ist bestimmt schon auf dem Weg hierher." „Vielleicht hast du Recht, Toru. Ich versuche, geduldig zu sein. Nochmal vielen Dank für deine Hilfe."
Joselyn gibt Toru einen Kuss auf seinen Schabel, dreht sich um und verschwindet leise in ihr Zimmer hinter dem Balkonfenster im Königspalast. Sie hat einen wunderbaren Blick auf die Kristallstadt. Als die Morgensonne erwacht, legt sich Joselyn erschöpft in ihr Bett und schläft sofort ein. Wie ich dir schon verraten habe, wächst Joselyn bei Kaya auf und wohnt somit im großen mächtigen Königspalast. Dort ist ihr Zuhause. In einem Königspalast zu wohnen hat nicht immer Vorteile. Wenn du denkst, dass sie wie eine kleine Prinzessin lebt, hast du dich getäuscht! Joselyn geht es sehr gut hier, trotzdem hat jeder hier im Palast und in der Kristallstadt seine Aufgaben. Diese Aufgaben sind aber Dinge, die man gerne macht. Denn du solltest wissen, jeder tut das, was er am besten kann und gerne tut. Darum erledigt jeder Blauijaner seine Aufgaben sehr gut und erfreut sich, jeden Tag seiner Bestimmung und seinem Herzen zu folgen.

IM HIER UND JETZT

Joselyn steht voller großer Fragen hinter den zwei Felsspalten. Ihre Neugierde, noch besser hören zu können, ist so groß, dass sie versucht, näher an das Geschehen heranzurücken. Mit ihrer Hand hält sie sich an einer der Felsspalten fest, um noch ein paar Schritte näher zu kommen, doch genau da löst sich ein kleiner Steinbrocken und natürlich kann das Rumpeln niemand überhören.

Joselyn erschrickt und sie läuft so leise und so schnell sie kann nach draußen. Sie stößt fast mit Toru zusammen, der immer noch vor dem Eingang Wache hält. Kaya spricht mit lauter Stimme: „Wer wagt es, uns zu stören? Zeige dich!" Doch Joselyn ist schon längst hinausgelaufen. Ihr Herz pocht vor Schreck bis zum Hals. Sie will nicht, das Kaya verärgert über sie ist und versucht deshalb, schnell zu verschwinden. Joselyn sagt flehend: „Lieber Toru, kannst du mich bitte schnell hier wegbringen? Bitte!" Toru: „Dein plötzlicher Anlauf von hinten hat mich ziemlich erschreckt. Puh, da muss ich erst mal wieder meine fünf Sinne sammeln." Er schüttelt sein Gefieder. Toru ist ein sehr, sehr großer Adler. Die Tiere hier sind alle viel größer, als bei dir auf der Erde. Joselyn fleht: „Toru, bitte, wir müssen jetzt hier weg. Ich glaube, sie suchen nach mir. Sie haben mich gehört." „Schwing dich auf meinen Rücken und halte dich gut fest."

Joselyn schwingt sich mit einem großen Anlauf auf den Adler und hält sich am prächtigen braunen Gefieder fest. Toru breitet seine riesigen Flügel aus und lässt sich in die Tiefe des Berges fallen. Der Wind trägt sie nach oben und die beiden schweben entspannt der Morgensonne entgegen. Welch wunderschöner Anblick… Joselyn ist froh, dass sie unentdeckt geblieben ist. Sie ist dankbar, dass ihr Freund Toru zur Stelle war und sie begleitet hat. Die beiden genießen ihren Flug. Toru bringt Joselyn in die Kristallstadt zurück, zu ihrem Zuhause.

Ich weiß natürlich als Schicksal, dass Joselyn uns belauscht, gehe nach draußen vor den Eingang und sehe den beiden zu, wie sie der Sonne entgegenfliegen. Ich beruhige Kaya und Großmutterbaum Malu, sage, dass hier niemand ist. Dies ist auch keine Lüge, denn du musst wissen, dass ich als Weltenwanderer nicht lügen kann. Es ist mir nicht möglich, so etwas zu tun, aus mir spricht nur die reine Wahrheit. Zu diesem Zeitpunkt ist Joselyn schon längst weg und somit war auch tatsächlich niemand da. Als Schicksal antworte ich auf das, wonach ich gefragt werde, aber ich erzähle nicht alles, was ich sehe. Nur, wenn ich aufgefordert werde, werde ich die Wahrheit verkünden, egal wie schwer sie ist und mein Wissen weitergeben. Es ist meine Pflicht, Ratgeber und Wahrheitsverkünder zu sein.

TEIL 4

Hier & Jetzt

TEIL 2

KOSMOS

DAS LEBEN EINES STERNS UND SEIN TIEFER WUNSCH

Eines fernen Tages, weit weg von dieser Erde, wohnt ein Stern – ein Stern, leuchtend hell mit Sternenstaub umhüllt. Er lebt mit seiner Sternenfamilie in fernen Galaxien weit, weit weg von der Erde. So weit weg, dass es mit dem menschlichen Auge nicht zu sehen ist. Diese Punkte am Himmel, sie sehen aus wie Glitzerfunken, hell leuchtend. Hoch oben, es reicht gewiss keine Treppe oder Leiter dorthin, so hoch und weit lebt der Stern mit dem Namen Sternchen.
Sternchen ist nur ein kleiner Funken im Vergleich zu all den anderen Sternen am Himmel. Dieses Sternchen blickt auf die Erde hinab – das kann es mühelos, da die Sehkraft eines Sternes unglaublich ist und unfassbar weit reicht. Es hat die Macht, durch ferne Galaxien im Universum zu reisen und genau so weit zu sehen.

Wie soll ich dir das erklären?
Nun, es ist vielleicht mit einem Traum zu vergleichen. Dort ist alles möglich und fantastische Zauberkräfte sind ganz normal. Im Traum kannst du alles sein. Und so kann auch ein Stern alles sein.

Die Erdlinge, so nennen wir euch, haben jedem Stern einen Namen gegeben. Nun ja, eigentlich ist es meistens gar kein richtiger Name, sondern nur eine Kombination aus Zahlen oder Buchstaben. Aber das ist ihnen egal. Sie nennen sich nicht beim Namen. Sie erkennen sich durch ihr strahlendes helles Licht. Jedes Sternenlicht ist anders und einzigartig, so auch das des Sternchens.
Sternchen ist noch ein sehr junger Stern, gerade mal ein paar Millionen Jahre alt. Im Vergleich zur Sonne mit ihren 4.500 Millionen Jahren ist das Sternchen geradezu noch ein Sternenkind.

Den ältesten Stern, den ihr Erdlinge entdeckt habt, nennt ihr M13. Er ist zehn Millionen Jahre alt und lebt im Kugelsternhaufen. Nur damit du einen Vergleich hast, was jung und alt für die Sterne bedeutet... Millionen von Jahren – das ist für dich eine sehr lange, lange Zeit. Kein Erdling kann so alt werden.

Dort oben, fern und doch ganz nah und sichtbar für Erdlingsaugen am Himmel, dachte sich das Sternchen:
„Ach, wenn ich doch die Erde als Mensch besuchen könnte, um die Erdlinge wieder auf uns aufmerksam zu machen. Es wäre so schön, wenn ich ihnen helfen und wenn ich sie kennenlernen könnte."

SIRIUS

Der älteste Stern, den ihr Erdlinge entdeckt habt, heißt Sirius. Er befindet sich im Sternenbild Canis Majoris, auch bekannt als Großer Hund. Darum wird er auch als Hundsstern bezeichnet. Er ist mehr als zwanzigmal so hell wie die Sonne und doppelt so massereich. In der Nacht ist Sirius aus deinem Blickwinkel der hellste Fixstern am Himmel und seit Anbeginn der Zeiten hat er mit seinem blau-weißen Glanz den Sternenbetrachter mit Erstaunen erfüllt.

Sternchen hat dort im großen Kugelsternhaufen M13 sein Zuhause unter hunderttausenden von Sternen. Diesen Namen M13 habt ihr Erdlinge dem Kugelsternhaufen gegeben. Eure klugen Köpfe kamen auf diesen Zahlennamen.

Sirius ist ungefähr 8,6 Lichtjahre von der Erde entfernt und gehört damit zu den erdnächsten Sternen. Nach der Sonne ist er außerdem der hellste Stern, den du am Himmel beobachten kannst. Ein Lichtjahr sind 9,4605 Billionen Kilometer. Sirius ist damit rund 81 Billionen Kilometer von dir entfernt. Das ist unvorstellbar weit und wahrscheinlich für deinen menschlichen Verstand unmöglich zu erfassen.
Stern Sirius soll die **„Sonne hinter euer Sonne“** sein und ist daher die wahre Quelle euer Sonnenkraft. Während die Wärme eurer Sonne die physische Welt (alles, was körperlich ist) am Leben erhält, so hält Sirius die geistige Welt (eine andere Wirklichkeit, etwas Unsichtbares) am Leben. Er ist das „echte Licht“ im Osten, das magische Licht, während die Sonne deine physische Welt erhellt.
Im alten Ägypten wurde Sirius als wichtigster Stern am Himmel betrachtet und diente den Erdlingen als Begleiter. In dieser Zeit hattet ihr Erdlinge sehr viel Kontakt mit Sternen. Wir waren Freunde und ihr bautet für diesen Stern Sirius und für Vater Universum eine große Pyramide. Später folgten noch weitere Pyramiden. Nicht nur in Ägypten stehen sie, auch in Mexiko und Bosnien gibt es welche.

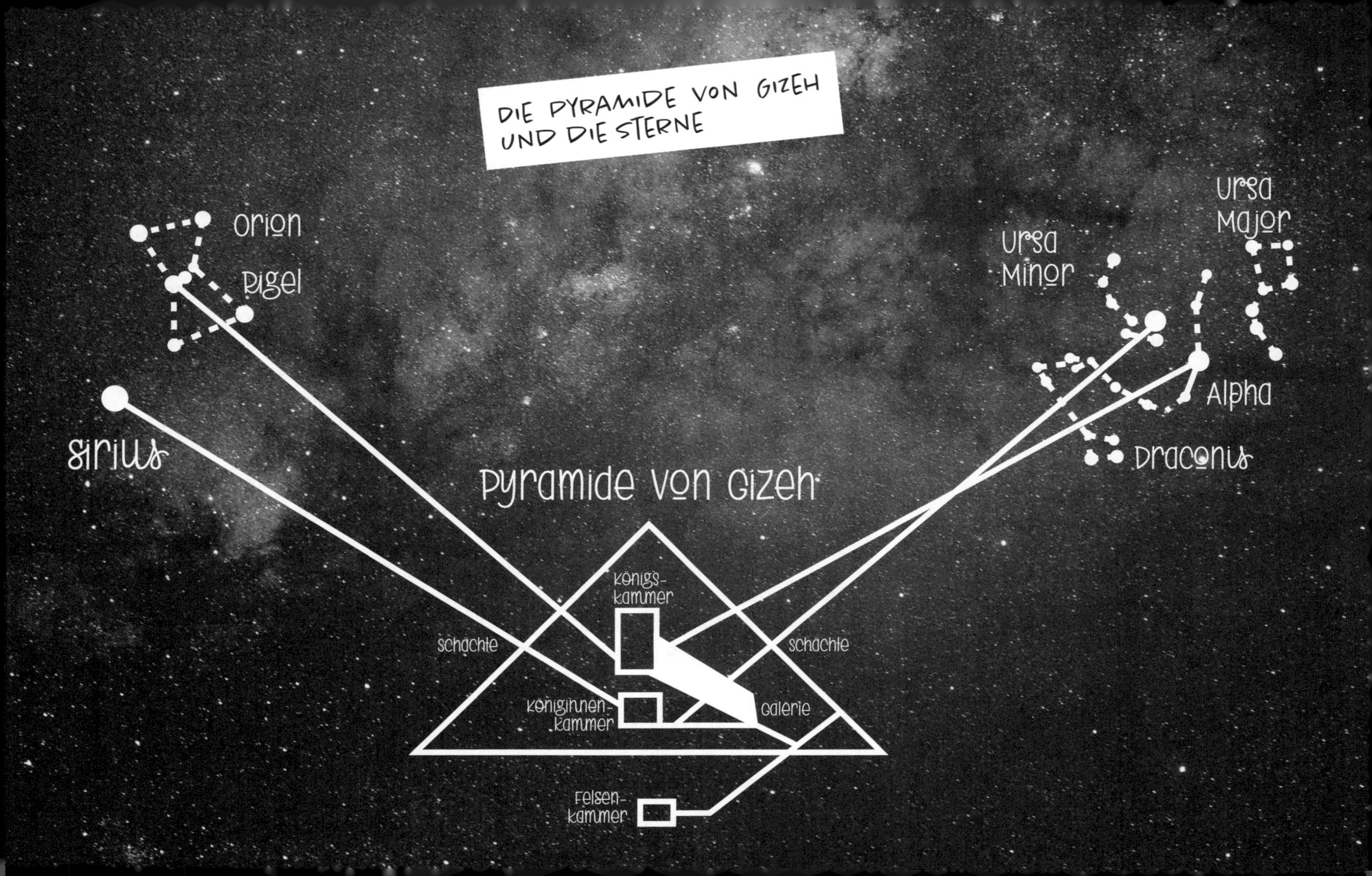
DIE PYRAMIDE VON GIZEH
UND DIE STERNE
Orion
Rigel
Sirius
Ursa Minor
Ursa Major
Alpha
Draconis
Pyramide von Gizeh
Königs-
kammer
Schächte
Schächte
Königinnen-
kammer
Galerie
Felsen-
kammer

Die größte, ungewöhnlichste und älteste Pyramide steht in Bosnien. Sie besitzt das Wissen zu den geheimnisvollen Orten der Kraft. Manche nennen sie Sonnenpyramide, Drachenpyramide, Erdpyramide und auch Mondpyramide. Es kam damals immer darauf an, zu welchem Zweck sie gerade diente.
Die Pyramide, von der ich spreche, war die Sonnenpyramide und sollte sich in einem heiligen Augenblick – so einer war äußerst selten, nämlich dann, wenn die Sterne besonders magisch zur Erde standen – mit dem gelben Sonnenlicht und mit dem blauen Siriuslicht verbinden. Dieses gebündelte Licht fiel auf das obere Ende der großen Galerie der Pyramide auf den „Stein von Vater Universum". Dieses Licht strahlte dann auf den Kopf des damaligen Hohepriesters von Ägypten, der die Super-Sonnen-Kraft empfing und dadurch mit Vater Universum Kontakt aufnehmen konnte. Dadurch erhielten die Erdlinge ihre Botschaften von Vater Universum und den Sternen. Die Sterne waren für euch Erdlinge schon immer wichtig, für Seefahrer, Piloten oder Astrologen. Alle konnten die Sterne verstehen und sie lesen. Sie dienten euch täglich als Wegweiser am Himmel. Über mehrere tausend Jahre hinweg veränderten sich die Erdlinge und damit auch die Erde. So kam es, dass das heilige Wissen und die Sterne als Lebewesen von den Erdbewohnern vergessen wurden.

Deshalb ist Sternchens Wunsch so groß, auf die Erde zu kommen
und euch Erdlinge wieder daran zu erinnern.
Die Sterne sind deine Begleiter.
Sie sind für dich da.

Sternchen frage damals einen weisen alten Stern seiner Sternenfamilie um Rat. Hoch oben sind alle Sterne verbunden. Sie sprechen zu jeder Zeit miteinander – egal, wo sie gerade sind. Sie können alles gleichzeitig: sehen, hören, sprechen, reisen und noch vieles mehr.

Kannst du dir das vorstellen?

Denke an einen mächtigen Zauberer: Dieser kann zaubern, was, wie, wann und wo er möchte. Zwischen den Sternen herrscht eine unsichtbare Verbindung, ähnlich wie ein Netz. Stell dir ein Spinnennetz vor, dieses Spinnennetz kannst du nur sehen, wenn du genau hinsiehst. Die Spinne auf der Erde vernetzt sich mit Grashalmen und Zweigen – mit der Natur und ihrer Umgebung. Nur so kann sie sich ernähren und überleben. Ein weiteres Beispiel: Ein Baum, dessen Wurzeln wie ein Netz tief in die Erde ragen. Auch die Baumkrone mit ihren Ästen und Zweigen ist ein Netz, das sich dem Himmel emporstreckt und sich mit dem Sonnen- und Mondlicht verbindet. Ja, auch ihr Erdlinge seid vernetzt. Ich glaube, ihr nennt es Geist und Seele, oder? Dein Herz ist mit Körper, Geist und Seele verbunden. Deine Adern und Nervenbahnen vernetzen sich im ganzen Körper und halten dich am Leben. Schließlich vernetzt sich auch deine Erde mit dem Kosmos, den unendlichen Weiten des Universums.

Was sagst du? Gefällt dir der Gedanke auch so sehr wie mir? Kannst du dir das vorstellen, dass alles miteinander verbunden ist?
So ist es auch mit all den Sternen. Sie wissen, dass sie miteinander verbunden sind. Dieses Wissen gibt ihnen Kraft und Stärke.
Nun! Sternchen wünscht sich tief in seinem Herzen, ein Erdling zu sein. Aber so einfach geht das natürlich nicht. Ein Stern kann sich nicht einfach so in einen Erdling verwandeln. Kein Stern kann das! Dies ist ihnen nicht erlaubt. Dazu sollte ein Stern in seiner Sternenfamilie mehrere Millionen Jahre alt sein und wird dann vielleicht, aber nur vielleicht auserwählt. Es ist eine lange, sehr lange Vorbereitung notwendig, um als Erdling auf der Erde geboren zu werden.

Du bist bestimmt verwundert, dass dies wirklich möglich ist, oder?
Gut so! Bleibe neugierig und hinterfrage, nur so kommst du vorwärts.

DAS STERNCHEN ERZÄHLT ...

„Ich darf mich dir vorstellen: Ich heiße Sternchen und erzähle dir und auch Noack, meinem Weggefährten, gerne von meiner Heimat, der Sternenwelt.

Bist du dazu bereit?

Ich denke, du solltest uns Sterne besser kennenlernen. Wir sind viel mehr, als du jemals gedacht hast. Noack kennt die Geschichte schon, aber ich denke, er hat nichts dagegen, sie nochmal zu hören. Stimmt doch, oder, Noack?"

Noack: „Liebes Sternchen, ich bitte darum, so kann auch ich mich mal gemütlich zurücklehnen und deinen Erzählungen folgen. Erzähl uns bitte, wie du deine Welt siehst. Dieser Erdling und ich sind schon sehr gespannt auf deine Geschichte."

Sternchen: „Oh, wie ich mich freue! Na dann, macht es euch gemütlich! Die kleine Reise kann beginnen. Ich kann dir versprechen, lieber Erdling, du wirst es nicht bereuen. Noack wird dich später noch viel tiefer in ferne Abenteuerreisen mitnehmen, als ich es hier tun werde.

Das ist hier erst der Anfang deiner Reise!

Alles, was ich dir in diesem Kapitel erzähle, wird für dich später wichtig werden. Einige Seiten weiter folgt ein Geflüster aus vergessenen Abenteuergeschichten zwischen den Welten, aus meinem Leben mit meinen Freunden. Du wirst alles wie ein riesiges Puzzle entdecken. Eines nach dem anderen wird sich zu einem großen Bild zusammenfügen und am Ende wirst du alles aus einer neuer Perspektive betrachten. Also, wenn du dich in deinem Buch irgendwann fragst, warum bestimmte Dinge erzählt werden, dann kann ich dir sagen, es hat alles seinen Grund. Damit du später alles verstehen kannst."

Noack: „Sternchen, bitte erzähle nicht zu viel, denn eigentlich bin ich hier der Geschichtenerzähler. Schließlich bin ich ja auch das Schicksal und der Weltenwanderer."

Sternchen lacht: „Oh natürlich, ich übernehme nur einen kleinen Teil, keine Sorge:

Also, an einem fernen Ort weit im Universum gibt es einen Planeten mit Namen „das Land des blauen Auges". In eurer Erdlingssprache Planet Neptun genannt. Als einziger Planet des Sonnensystems ist Neptun von der Erde aus nicht mit bloßem Auge erkennbar, sondern nur mit einem Spezialfernrohr zu sehen. Neptun ist etwas kleiner als Uranus, aber gegenüber der Erde immer noch ein Riese. Er umkreist die Sonne mit einem Abstand von viereinhalb Milliarden Kilometern! Ein Neptunjahr dauert 165 Erdjahre. Die Dauer eines Tages beträgt dagegen nur 16 Stunden. Neptun hat 14 Monde um sich und er ist 30 Mal weiter von der Sonne entfernt als die Erde. Sein Durchmesser beträgt 49.500 Kilometer.

Entfernungen innerhalb des Sonnensystems werden in eurer Sprache in AE angegeben. Bis 2006 zähltet ihr Erdlinge in eurem entdeckten Sonnensystem neun Planeten, seitdem gibt es nach eurer Festlegung einer internationalen Organisation (IAU) nur noch acht Planeten. Es sind diese (beginnend mit dem sonnennächsten Planeten) Merkur, Venus, Erde, Mars, Jupiter, Saturn, Uranus und Neptun.

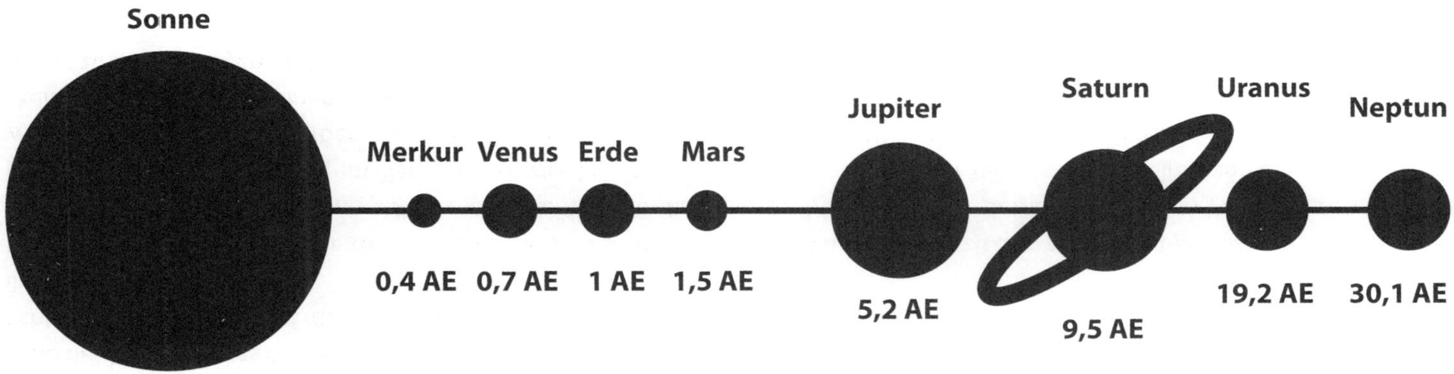

Nach euren aktuellen wissenschaftlichen Ergebnissen habt ihr euch für acht Planeten entschieden, obwohl es mit Pluto eigentlich neun sind. Und es gibt noch mehr! Einige Planeten fehlen euch noch, die konntet ihr noch nicht entdecken. Aber es ist nur eine Frage der Zeit, bis ihr auch diese finden werdet. Ein Erdling braucht meist Beweise oder Fakten. Wenn es keine Beweise für etwas Unbekanntes gibt, heißt es für euch Erdlinge, dass es nicht existiert. Nur weil eure Vorstellungen und Glaubenssätze noch nicht erlauben, eine Maschine oder ein Programm zu entwickeln, um zu sehen oder zu messen, bedeutet es aber nicht, das nicht auch noch weitere Planeten in eurem Sonnensystem existieren. Pluto ist auch ein bewohnter Planet, wie eure Erde und auch alle anderen, wie die nicht sichtbaren. Auf dem Planeten Neptun gibt es die blaue Kristallenergie, die in blaues Licht gehüllt ist. Diese Kraft ist unsagbar mächtig und heilig. Dort leben die Kristallzauberer und Lichtmagier. Ich glaube, auf der Erde nennt ihr sie Engel. Alle Sterne, die zu Lichtwesen werden und die auf der Erde oder anderen Planeten sichtbar oder unsichtbar als Licht reisen und existieren dürfen, kommen ins Land des blauen Auges. Dort angekommen werden sie vorbereitet, als Lichtmagier zu dienen. Denn es ist nicht möglich, einfach so auf die Erde oder andere Planeten zu reisen, dazu sind tiefe Weisheit und im Laufe seiner Existenz gesammelte Erfahrungen nötig. So wie es bei dir auf der Erde die Schule gibt oder Moment mal… Heißt es nicht doch Kirche? Ich bin verwirrt!"

Noack lacht: „Es heißt Schule, Sternchen! Kirche ist ein ganz anderes Thema."
„Oh, dachte ich mir, danke, Noack. Also Schule! Die Sternenlichter gehen im Land des blauen Auges zur Schule und werden zu Schutzengeln oder anderen Formen von Lichtmagiern ausgebildet. Übrigens, du solltest auch wissen, dass wir Sterne ziemlich viel Wissen besitzen und gerne teile ich das alles mit dir."

Noack mahnt: „Nicht alles Sternchen, dass wäre für den Erdling viel zu viel. Außerdem haben wir nicht so viel Zeit, dafür hat das Buch dann doch zu wenige Seiten."
Sternchen lacht: „Wie wahr! Also, wie ich schon sagte, auf den Planeten Neptun kommen die Seelen, die noch keinen Körper haben und aus reinem Licht bestehen. Es ist sehr unterschiedlich. Manche sind körperlich und manche bestehen nur aus Licht. Die meisten wünschen sich, als Erdling auf der Erde geboren zu werden. Diese Seelenlichter haben viel zu tun, denn sie müssen sich einen eigenen Seelenplan erstellen. Sie suchen sich ihre Eltern, ihre Familie, ihre Heimat, ihr Umfeld und vieles mehr aus und erstellen daraus ihren Plan für das Leben auf der Erde. Es kann sehr viele Lichtjahre dauern, bis so ein Plan fertig ist und bis der hohe Rat im Land des blauen Auges den Segen dafür gibt, dass dieses Leben auf der Erde so geplant beginnen darf. Manchmal dürfen die Seelenlichter unsichtbar auf die Erde und besuchen ihre ausgesuchte Familie, um zu sehen, ob es die passende Familie ist, für die sie sich ihren Lebensplan vorstellen.
Keine Angst, lieber Erdling, sie tun dir nichts, sie sind sehr liebevoll und kommen nur zu den auserwählten Familien, um sie näher kennenzulernen. Das alles kann schon mal dauern, denn die ausgesuchte Familie auf der Erde sollte den Wunsch nach Kindern haben, damit die Seele mit ihrem Plan geboren werden kann. Das muss also auf beiden Seiten stimmig sein. Denn dieses Seelenlicht will nicht nur ein Erdling werden, sondern es möchte Erfahrungen sammeln und den göttlichen Plan in Liebe ausführen. Also entwickelt dieses Seelenlicht einen Plan mit bestimmten Ereignissen, Erlebnissen, Fähigkeiten und Aufgaben. Diese Erlebnisse werden später zu Erinnerungen und werden in der Seele oder im Energiekörpersystem abgespeichert.

Ob du es glaubst oder nicht, deinen Namen hast du dir selbst ausgesucht. Die Erdlingseltern erzählen oft, sie hätten den Namen ausgesucht, aber das stimmt so nicht. Da du deinen Lebensplan vor deiner Geburt selbst geschmiedet hast, hast du auch deinen Namen gewählt. Jedes Detail in deinem Lebensplan ist von großer Bedeutung. Erinnerungen und Erfahrungen sind für uns alle sehr wichtig, so können wir uns erst entwickeln und weiser werden. Denn je weiser du wirst, desto glücklicher wirst du auf der Erde sein. Mit dem Einssein wird dein Leben in Fülle harmonieren und du wirst zu jeder Zeit mit Vater Universum verbunden sein. Alle diese Wesensarten sind dort, um sich auf ihre neue Aufgabe vorzubereiten. Dies geschieht niemals als Muss! Alle Wesen entscheiden nach ihrem freien Willen. Auch du hast deinen freien Willen. Jeder gestaltet seinen eigenen Weg frei und das Land des blauen Auges ist dabei hilfestellend und unterstützend.

Du fragst dich, wie das alles funktioniert? Wie verläuft der Weg genau? Was gibt es für Möglichkeiten?

Es ist sehr unterschiedlich. Ich kann dir einen kleinen Einblick geben, damit du dir eine ungefähre Vorstellung machen kannst. Es hängt davon ab, wie oft jemand schon geboren wurde. Welche Erfahrungen er bereits gemacht hat und ob er daraus gelernt hat. Es ist komplex und dennoch ganz einfach. Es beginnt so:

- Du wirst als Licht geboren, als Stern. Vater Universum schenkt dir dein einzigartiges Leben. Es gibt niemanden, der so ist wie du. Du bist einmalig.
- So wächst du, deine Seele, dein ICH / SEIN zur vollen Pracht im Licht heran.
- Danach kannst du dich für einen bestimmten Planeten entscheiden, auf dem du körperlich oder als Lichtwesen sein möchtest. Oder du wählst eine Sternenfamilie und die jeweilige Galaxie.
- Oft gehen die ersten Sternseelenlichter ins Land des blauen Auges, weil es dort so viele Möglichkeiten gibt, die auszuprobieren sind und so viele verschiedene Wesen mit ihren Geschichten, die man kennenlernen kann.
- Manche sind dort Feenelfen,

- manche entscheiden sich, Schutzengel zu werden und gehen dort in die Ausbildung,
- manche sind Fabelwesen,
- manche sind Seelenlichter und werden zu einem Menschen geboren, wenn die Zeit reif ist,
- manche sind Sternenlichter, weil sie sich noch nicht entscheiden können, was sie genau sein möchten und lassen sich inspirieren.
- Und manche sind schon sehr oft auf der Erde oder auf anderen Planeten geboren und können durch ihre vielen Erfahrungen zu Erzengel, Magier, Meister, Gelehrte oder andere hohe Lichtwesen ausgebildet werden. Man wird durch die gesammelten Erfahrungen zu einem höheren Wesen des Lichts und dient dem Allwissenden, dem Vater Universum. Je näher man Vater Universum kommt, umso hochschwingender ist die Entwicklung.

Vielleicht fragst du dich auch, wie dieses magische Land des blauen Auges aussieht?

Ich versuche, es dir zu beschreiben… Es ist ein Land, strahlend schön, leuchtend hell, überall sind Kristalle zu sehen. Stell dir eine Eislaufbahn vor: So ungefähr sehen dort die Straßen aus. Die Häuser sind riesige Türme, ganz wie aus Eis gemacht. Wie aus Glas – glitzernd, durchsichtig und wunderbar strahlend.

Hast du schon mal einen Kristall oder ein Stück Glas ins Sonnenlicht gehalten?

Dann hast du gesehen, wie großartig sich das Licht darin bricht und sich kleine Regenbogenfarben überall verteilen. Das geht auch mit einem Eiszapfen oder sogar einer Hand voll Schnee – es funkelt immer wunderschön im Sonnenlicht. In jenem Land ragen also mächtige Türme hinaus in das leuchtende, strahlende Licht, das silbern, weiß und bläulich schimmert. Die Türme kannst du dir wie Spitzen vorstellen, wie lang gezogene Einhornhörner. Nur durchsichtig und im Licht spiegelnd. Es ist unglaublich schön und das Licht ist wahrlich fantastisch.

Auf diesem Planeten leben die Feenelfen und Eingereiste wie die Fabelwesen und mächtigen Engel. Den Namen des Planeten kennst du bereits in Kurzform. Wir nennen ihn Blauauge. Die Wesen, die Blauijaner, sind natürlich viel älter. In Zahlen kann man dies dort nicht einordnen, in irdischer Zeit ist ihr Alter unmöglich zu berechnen. Sie beschützen die Erde und die Menschen, die Natur, die Tiere, einfach alles, was auf der Erde lebend existiert. Andere Planeten beschützen sie auch. Im Land des blauen Auges gibt es viele verschiedene Aufgaben eines jeden Lichtwesens, Engels oder Lichtmagiers. Stell dir deine Schule vor, dort gibt es auch verschiedene Fächer und jeder Lehrer unterrichtet euch Erdlingskinder mit seinem ausgewählten Fach. Damit gibt er das Wissen an euch weiter, hilft euch damit und bereitet euch auf das Leben als erwachsener Erdling vor.

Es gibt die Schutzengel und Erzengel, wie ihr sie in eurer Sprache nennt, um nur ein paar zu beschreiben. Die Erzengel, das sind die größten Lichtmagier, die unheimlich große Kraft besitzen. Die Schutzengel sind die Gehilfen der Lichtmagier. Während Schutzengel nur eine Aufgabe erledigen, können Erzengel mehrere Aufgaben schaffen. Auch gibt es dort Fabelwesen. Wie zum Beispiel die Einhörner, Drachen und noch einige Wesenheiten mehr. Auch Noack ist ein besonders außergewöhnliches und magisches Wesen, von ihm wirst du später noch mehr erfahren, er wird dir seine Geschichte zum richtigen Zeitpunkt erzählen. Dort im Land des blauen Auges werden die Sterne zu Lichtmagiern und Kristallzauberern ausgebildet. Es ist etwas ganz Besonders für Sterne, wenn sie Lichtmagier oder Kristallzauberer werden. Durch das blaue kristallklare Licht haben sie viel Macht und Kraft.

Auf diesem Planeten ist die Farbe Blau die Farbe der Liebe. So wie auf der Erde die Farbe Rot für Liebe steht, ist es bei uns die Farbe Blau. Blau ist das magische Licht des Universums, des Vater Kosmos, wir nennen ihn Vater Universum. Bei euch heißt er Gott. Er ist für uns Licht, überall verstreut im ganzen Universum. Durch Licht spricht er zu uns und verbindet sich mit uns.

„Alles ist mit allem verbunden."

Im Land des blauen Auges gibt es das blaue Auge. Deswegen heißt unser Land auch so. Dieses blaue Auge ist eine große blaue Kugel. Sie dreht sich in alle dimensionalen Richtungen. Diese Kugel kann sehen, was die Zukunft bringt und auch in die Vergangenheit blicken. Sie kann mit Mutter Erde, eurer Erde, sprechen und sie kann sich mit allen Planeten im Universum verbinden. Die Kugel ist sozusagen das sehende Auge von Vater Universum. Er ist der Allwissende. Vater Universum hat keine menschliche Form, er ist der ganze Kosmos, die unendlichen Weiten, er ist alles und nichts und überall und nirgends. Er wohnt in deinem Herzen und ist immer für dich da.

Da Vater Universum überall mit seinem Energienetz existiert, ist das blaue Auge der Zugang zu ihm und seiner göttlichen Kraft. Diese blaue Kugel ist ein riesiger Saphir, um ihn herum strahlt ein blaues Licht in Kegelform. Er kann uns als Mensch oder Engel auf die Erde bringen. Ein Mensch zu werden ist eine besondere Entscheidung, es ist ein heiliger Prozess. Jeder Stern am Himmel, vor allem die jungen Sterne, wünschen sich, irgendwann ein Mensch zu sein, um alles Wunderbare in Form eines Körpers auf der Erde erleben zu dürfen. Durch die Kraft des Saphirs, des blauen Auges, öffnet sich ein goldenes Tor. Wir nennen es das Dimensionstor zwischen den Welten. So gelangen wir in menschlicher Form auf die Erde und kommen auch wieder durch diese Lichtspirale, das Dimensionstor, zurück. Entweder als Mensch, wenn wir unser Leben gelebt haben oder als Engelwesen, als Lichtwesen.

Ein Sternenwesen oder ein Engel kann nicht essen oder trinken. Es ist für uns jungen Sterne unvorstellbar, wie es in einem Körper ist. Diesen Körper fühlen zu können, den Wind, das Wasser zu spüren oder Tränen der Trauer oder Freude. So viele schöne Gefühle selbst zu erleben, das ist bestimmt wunderschön.

Ein Sternwesen oder Engel besteht aus Licht, wir ernähren uns von Licht, von kristallklaren kosmischem Licht, das von Vater Universum kommt. Als Stern ein Mensch sein zu dürfen, ist für euch Erdlinge mit dem Wunsch vergleichbar, selbst fliegen oder zaubern zu können. Einfach unmöglich. Das Komische dabei ist, dass es möglich ist: In deinen Träumen kannst du fliegen – und wir Sterne können Menschen sein. Wir müssen es nur wieder erlernen und deshalb gibt es das Land des blauen Auges, den Planet Blauauge, in deiner Sprache Planet Neptun.

Um deine Frage zu beantworten, wie die Lichtwesen nun genau aussehen...

…wir haben auch einen Körper, nur besteht der aus Licht. Stell dir ein langgezogenes leuchtendes ovales Ei vor, in der Mitte ein strahlendes, kristallklares Licht und außenherum scheint eine bestimmte Farbe. Jeder Engel hat eine eigene Farbe, in der er leuchtet und strahlt. Du erstrahlst auch in Farben und Licht um deinen Körper herum, wusstest du das? Denn du warst auch irgendwann mal ein Stern, der den Wunsch hatte, ein Mensch zu werden, so wie ich. Du hast es nur vergessen.

Du fragst dich jetzt, wie kann dies vergessen werden?

Wenn du als Baby auf die Welt kommst, wirst du nicht mehr viel Erinnerung an das Leben davor haben.

Oder kannst du dich jetzt gerade erinnern, von wo genau du hergekommen bist? Warst du vielleicht ein Engel? Warst du vielleicht sogar ein Einhorn oder ein Drache?

Du gehst, bevor du geboren wirst, durch den Schleier des Vergessens, damit du als Mensch das Leben führen kannst, wie es von Natur aus und von deinem Plan vorgesehen ist. Denn würdest du dich an alles erinnern, würdest du wahrscheinlich die menschliche Form ganz anders wahrnehmen. Deine besonderen Momente wären nicht mehr besonders, würdest du alles wissen.

Ein Beispiel wäre, wenn ich wüsste, dass ich morgen eine Beule am Kopf haben werde, weil ich mich irgendwo stoße, zum Beispiel an einer Türe. Wenn ich dann noch die Information von dem Ort und der Zeit kennen würde, würde ich ständig darauf warten, wann es passiert oder es sogar verhindern wollen. Doch es ist wichtig, sich hin und wieder zu stoßen und eine Beule zu bekommen, denn nur so lernst du. So kannst du deine Erfahrungen sammeln und damit deine Lebensaufgabe und deiner Bestimmung folgen. Mit der Erfahrung hast du es erlebt und weißt, wovon du sprichst. Du kannst es somit besser verstehen, anderen helfen und sie unterstützen. Ein weiser Mann hat mal gesagt:

„Das Beste, was dir in einer neuen Umgebung passieren kann, ist dich zu verlieren. Durch das Verlieren lernst du diese Umgebung noch besser kennen. Du weißt nichts, aber durch das Erkunden lernst du alles und viel effektiver." – Martin White

Deshalb ist das Machen der eigenen Erfahrungen das Hauptziel eines Erdenlebens. Daraus schöpfst du dein Potenzial, deine Kraft und Weisheit. Auch du bist also mit Licht umgeben, nur ist es mit deinem bloßen Auge nicht zu sehen. Aber du kannst es spüren und sehen, wenn du die Augen schließt. Sehen heißt nicht unbedingt mit den Augen sehen, sondern mit deinem Herzen. So ungefähr wie im Traum, dort kannst du auch sehen. Dein leuchtendes Ei um dich herum hat eine bestimmte Farbe, manchmal sogar mehrere. Das kommt ganz darauf an, wie du dich selbst liebst, wertschätzt und auf dich achtest. Ob du glücklich oder traurig bist. Ihr Erdlinge nennt dieses Licht Aura. Ihr könnt dieses Licht vielleicht nicht sehen und dennoch existiert es. Die Sonne, der Mond und die Sterne sind auch immer da. Du kannst sie nur zu bestimmten Zeiten sehen: die Sonne am Tag, den Mond und uns Sterne in der Nacht. Aber trotzdem sind sie immer da. Wir verschwinden nicht einfach, wir sind zu jeder Zeit da. So auch Vater Universum, er ist immer um uns, egal wo wir sind, wir sind niemals allein. Denn wir haben immer seine magischen Begleiter und Beschützer bei uns, die Engel.

Die Luft zum Atmen ist auch immer um dich. Du kannst die Luft oder den Wind nicht immer sehen. Du kannst sie aber spüren oder hören. Die Luft zum Atmen bekommst du von Mutter Erde geliehen, genauso deinen Körper. Wenn du dich irgendwann von der Erde verabschieden darfst, wird dein Körper wieder der Erde übergeben und dein Licht, genannt Seele, kommt wieder zu unserem blauen Planeten zurück und du wirst zu Licht werden. Zurück zu Vater Universum. Wenn du dann im Tor der Erinnerung dein vergangenes Leben rückwärts gespult anschauen wirst, wirst du deine Fehler erkennen und wenn du dich wieder entscheiden solltest, auf die Erde zu gehen, andere Wege auswählen. Deswegen ist es auch von großer Bedeutung, wie du auf der Erde dein Leben lebst. Denn jeder Erdling hat eine bestimmte Lebensaufgabe, die er sich selbst ausgesucht hat. Im Land des blauen Auges bereitet man sich als Stern mit seiner Sternenfamilie darauf vor und beantwortet für sich folgende Fragen:

- Wie möchte ich gerne aussehen?
- Was möchte ich genau tun?
- Welche Menschen sollen mich im Leben positiv und negativ begleiten?
- Was möchte ich im Guten erleben, was im Bösen? Es geht darum, ein Gleichgewicht zwischen Licht und Schatten zu wählen…
- Was möchte ich erreichen?
- Was möchte ich vom Leben lernen?
- Wie kann ich der Erde und/oder den Menschen helfen?
- Was ist mein Talent?
- Welche Lebensaufgabe möchte ich gerne übernehmen?
- Zu welchem Zeitpunkt soll was geschehen?

Du kannst dir also vorstellen, dass es ziemlich viel zu bedenken gibt, wenn man ein glückliches und erfülltes Leben führen möchte. Das bedeutet, du baust dir deine eigene Landkarte oder Lebenskarte. Im Land des blauen Auges wird man dabei unterstützt, seine Geschichte entstehen zu lassen und alles genau und mit Bedacht auszuwählen. Das ist wie gesagt ein sehr schwieriger Vorgang und für das menschliche Gehirn unvorstellbar. Dabei hilft uns Vater Universum, unsere ältesten Sterne in Verbindung mit dem blauen Auge sowie die Blauijaner.
Ich bin ziemlich traurig darüber, dass die Menschen das Licht vergessen haben und frage meine Sternenfamilie um Rat:

„Wie kann ich den erwachsenen Erdlingen und Kindern auf der Erde helfen, sodass sie ihr Licht wieder sehen können und sich ihrer magischen Kräfte bewusst werden?“

Denn das Licht ist auch für euch Erdlinge von wichtigster Bedeutung. Nimm die Sonne als Beispiel, sie strahlt auf die Erde und sie ernährt euch alle. Wenn sie im Zusammenspiel der Mondin nicht strahlen würde, würden die Erde und ihr Menschen ins Ungleichgewicht kommen und nicht auf diesem Planten leben können. Die Blumen und die Bäume wachsen nur mit Sonnenlicht. Auch ihr Erdlinge benötigt Sonnenlicht. Denk daran: Nach einem langen dunklen Winter vermisst du die Sonne. Wenn der Frühling kommt und die ersten warmen Sonnenstrahlen dein Gesicht erhellen und die Temperaturen steigen, kommst du aus deinem Haus heraus und spielst gerne im Freien. Du lachst, tanzt, du singst, du bewegst dich, du hast gute Laune und erfreust dich an dem Licht. Das alles macht die Sonne mit dir und sie lässt dich strahlen und glücklich sein. So ist es auch mit deinem eigenen Licht. Fühlst du dich gut und kümmerst du dich darum, dass es dir gut geht, dann erstrahlt dein Licht. Du bist gesund und glücklich. Dem Sonnenlicht auf der Erde entspricht bei uns das kristallblaue Licht, das uns ernährt und uns glücklich sein lässt.

So macht es eben auch dein unsichtbares Licht, deine Aura. Nur wenn du sie vergisst, weil du nicht darum weißt oder du verlernt hast, sie zu sehen, wird das Leuchten immer schwächer und du wirst unglücklich. Du bist traurig, wütend oder sogar krank. Die Strahlkraft sinkt und irgendwann, wenn du über lange Jahre nicht auf dich geachtet hast, dann erlischt dein Licht. Das ist so, wie wenn dein Akku nicht mehr funktioniert. Dann musst du als Erdling zu früh von dieser Erde gehen. Darum ist es so wichtig, sein Licht zu kennen, es zu lieben und zu pflegen wie eine Blume. Eine Blume benötigt auch Wasser, Sonnenlicht und Liebe. Genauso wie es jedes Lebewesen braucht, so auch du Erdling. Die Kinder auf der Erde gefallen mir am meisten, sie können ihr Licht noch sehen, vor allem Babys oder Neugeborene wissen darum. Denn sie waren ja vor der Geburt ein Stern, strahlend schön, mit Licht umgeben.

Aus der Dunkelheit entsteht Licht. Ein Stern entsteht aus Vater Universum. Eine Blume auf der Erde entsteht aus einem Samen, der in Mutter Naturs dunkler Erde liegt, später wächst sie ins Licht. Ein Baby wächst im Bauch der Mutter und kommt ins Leben, ins Licht. Wie oft sehe ich, wieviele Lichter in den letzten Jahrzehnten erloschen sind, damit meine ich das Licht im Inneren jedes Einzelnen. Aber du kannst es schaffen, aus der Dunkelheit auszubrechen und wieder zu strahlen. Die Chance ist da und sie ist zu jeder Zeit da, du musst sie nur wahrnehmen.

„Alles kommt von der Dunkelheit ins Licht."

Ich, Sternchen, habe es mir zur Aufgabe gemacht, irgendwann ein Mensch zu werden. Ich will euch Erdlingen, vor allem euch Erdlingskindern, auf der Erde helfen und euch euer Licht zeigen. Dein eigenes Licht, dein einzigartiges Licht und die magische Macht dieser Leuchtkraft. Ich weiß, dass ich irgendwann auf die Erde kommen werde und darauf freue ich mich schon sehr. Du bist ein Zauberer und Magier und du kannst es wieder sein! Ich weiß es und ich glaube an dich und an die gesamte Menschheit.

Verborgen ganz tief im Herzen weißt du um dein strahlendes, magisches Licht. Wenn ihr Erdlinge wieder wüsstet, was Strahlen bedeutet, dann würdet ihr ein wunderbares Leben auf der Erde haben können, denn dort, wo ihr wohnt, ist für uns das Paradies. Dort gehen Wünsche in Erfüllung, dort werden unvergessliche Momente erlebt. Ihr nennt sie Gefühle und Erinnerungen. Diese Erinnerungen haben einen großen Wert, wie für euch Gold und Silber. Je mehr Erfahrungen, umso strahlender das Licht des Sternes. Denn wenn du irgendwann von dieser wunderschönen Erde gehen wirst, dann wirst du an all die schönen Erinnerungen zurückdenken. An all die lieben Erdlinge, mit denen du dein Licht und deine Liebe geteilt hast und es wird das Schönste sein. Wenn du von Vater Universum gerufen wirst, steht dir eine neue Geburt in eine neue Welt bevor. Dein Licht verlässt die Erde und dein Körper wird Mutter Erde wieder zurückgegeben. Dennoch hört es damit nicht auf. Du wirst von Licht abgeholt, von deinen Engeln und deiner Sternenfamilie. Sie hüllen dich in sanfte Energie und nehmen dich in Empfang. Du wirst in liebevoller Atmosphäre empfangen. Später wird dir dein ganzes Leben wie in einem Film gezeigt. Dann wirst du erkennen, was gut und weniger gut war und ob dein Lebensplan geglückt ist.

Wenn du dies alles angeschaut hast, entscheidest du gemeinsam mit deiner Sternenfamilie, ob du nochmal auf die Erde sollst oder ob du erstmal auf einen anderen Planeten als anders Wesen geboren wirst oder wieder als Stern in das Universum zurückkehrst. Ein Stern möchte sich weiterentwickeln und dies kann er nur, wenn er in einen Körper geboren wird. So kann er Geschichten sammeln und aus all seinen Erinnerungen sein erlangtes Wissen an andere Sterne, Planeten oder die Menschheit weitergeben.

Wie schon gesagt, nicht jeder Stern bekommt die Möglichkeit, ein Erdling zu werden. Dafür muss ein Stern ziemlich alt werden und es gibt sowas wie eine Warteliste. Nur wenige junge Sterne werden auserwählt, die auf deinen Planeten Erde dürfen. Ein junger

Stern soll von der Menschheitsgeschichte lernen und das Ganze vom Universum aus betrachten, um dann mit diesem Wissen seinen Lebensplan und seine spätere Aufgabe zu gestalten.
Ich bin sehr ungeduldig, ich spüre, dass mein Weg, auf die Erde zu kommen, nicht mehr fern liegt. Ich möchte so gern mit allen Sinnen ein Erdling werden. Ich möchte riechen, schmecken, hören, tasten, fühlen und sehen können. Ich möchte mit allen Sinnen wahrnehmen und daraus heilen, helfen, Frieden und Liebe schenken.
Ich möchte körperliche Merkmale haben:

- Haut, Augen, Ohren, Nase und Mund, um die Sinneserfahrungen aufnehmen zu können.
- Ich möchte diese Dinge erleben, wie zum Beispiel
- wie es sich anfühlt, liebevoll umarmt und geliebt zu werden,
- die Sonne auf der Haut spüren,
- die vielen verschiedenen Farben der Natur mit eigenen Augen zu sehen,
- hören, wenn ein Lied erklingt und mich von der Melodie verzaubern lassen,
- in die Welt der Fantasie eintauchen und träumen,
- das eigene Herz wahrnehmen,
- den Duft einer Blume riechen und ihre Schönheit betrachten,
- viele Früchte schmecken, die Mutter Natur schenkt,
- das kostbare Wasser trinken, wenn ich Durst verspüre…

All das möchte ich erleben! Für mich ist es ein riesiges Abenteuer, ein Erdling zu werden. Es ist etwas Unglaubliches, Besonderes und Wunderbares für uns alle Wesen. Gefühle zu haben! Lachen und weinen zu können! Das ist unvorstellbar für mich und fühlt sich für mich an wie ein Traum. Ein schöner Traum ist das. Doch ich wäre nicht Sternchen, würde ich nicht ahnen, dass dies bald passieren kann, wenn ich es mir nur tief wünsche. Es ist nur eine Frage der Zeit. Ich werde warten, so gut ich kann. Ich bin schon voller Vorfreude und Aufregung. Ich warte darauf, mit meinem Licht auf der Erde geboren zu werden. Dann darf ich endlich meinen Lebensplan durchleben, den ich mir selbst schmieden werde. Im Land des blauen Auges werde ich alles sorgfältig durchdenken. Meine Heimat, mein Leben, meine Freunde, meine Sprache, mein Aussehen, meine Talente, meine Emotionen, meine Aufgaben, einfach alles, was ich benötige.

Ich weiß jetzt schon, dass ich die Farbe Blau liebe. Blau deshalb, weil ich aus dem Kosmos stamme und dort alle möglichen Arten von Blautönen vorhanden sind. Auch auf der Erde gefällt mir das Wasser sehr gut, ich möchte dieses fließende Nass kennenlernen. Das Wasser schimmert ebenfalls in verschiedenen Blautönen. Ich weiß jetzt schon, dass ich singen, tanzen und glücklich sein möchte. Ich möchte den Erdlingen ein Licht an dunklen Tagen sein und ich möchte Fürsprecher für die Erdlingskinder sein. Die erste Frucht, die ich schmecken möchte, ist ein Apfel. Das erste, das ich sehen möchte, ist das Licht dieser Erde. Die Sonne und ihre Wärme. Auch die Liebe möchte ich wahrhaftig erfahren. Es muss ein himmlisches Gefühl sein, geliebt zu sein.

„Liebe ist unendlich und einzigartig."
„Du bist einzigartig."
„Liebe ist das Zentrum deines inneren Bewusstseins.
Dein Herz ist das Zentrum."
„Erstrahlen wir im Zentrum mit neuem Licht,
so werden wir neu geboren."
„Wir werden wie Engel auf Erden sein."

Was ich nicht ahnen kann: Vater Universum hat andere Pläne mit mir vor. Es wird alles ganz anders!“

WIE ICH ALS STERN ZU EINER FEENELFE WERDE...

Ich begegne eines Tages einer Sternschnuppe. Diese Sternschnuppe kommt aus einer anderen fernen Galaxie. Es passiert so selten, einer Sternschnuppe zu begegnen. Nicht nur für euch Erdlinge ist dies selten, auch für uns. Eine Sternschnuppe ist unheimlich schnell und es besteht nur eine geringe Wahrscheinlichkeit, dass man genau in dieser Umlaufbahn, wo ich zu Hause bin, aufeinander trifft.

Ich stoße also mit dieser großen Sternschnuppe zusammen. Es gibt einen unheimlichen Knall und helles Licht. Ich verschmelze mit dieser mächtigen Sternschnuppe, Vater Universum erschafft mich aus Sternenstaub und bringt mich zum Planeten Blauauge, in eurer Sprache Neptun.

Vater Universum hat also meinen Wunsch erhört, geboren zu werden, doch ich werde zu einer Feenelfe und nicht zu einem Erdling. Ich werde geboren im Sternenstaub und von einer Sternschnuppe geformt. So erstrahle ich zu einem hellen Schein und ein Erzengel erscheint. Er heißt Michael. Ein mächtiger Engel. Er bringt mich ins Land des blauen Auges. Ich bekomme einen Feenelfenkörper, ich bin lebendig und ein kleines Baby und ich kann alles klar aufnehmen, was um mich herum geschieht.

Nun bin ich da! Nur nicht so, wie ich es mir vorgestellt habe. Erzengel Michael übergibt mich dem Wasser des Wasserlaufs. Ich liege in einem geflochtenen Korb in eine warme rote Decke gehüllt. Eine wunderschöne Frau namens Kaya ist gerade in Richtung des heiligen Bergs zu Fuß unterwegs und sieht am Himmel ein kristallklares funkelndes Licht, dem sie folgt. Kaya hat goldenes Haar und kristallklare blaue Augen. Sie findet das Licht und erkennt, dass es ein Erzengel ist. Sie verbeugt sich vor ihm. Durch das strahlende Licht abgelenkt, sieht sie mich nicht, im Korb liegend und schwimmend auf sie zukommen. Denn im Land des blauen Auges wartet man laut der Prophezeiung auf ein magisches Kind, dem eine große Aufgabe übertragen wird.

Kaya steht also am anderen Ufer des Wasserlaufs und verbeugt sich ehrfürchtig vor dem mächtigen Erzengel Michael. Sie ist das Feenoberhaupt im Land des blauen Auges. Plötzlich erkennt sie mich, sie spürt, dass ich ihr Feenelfenbaby bin und von Erzengel Michael zu ihr gebracht wurde. Sie nimmt mich liebevoll aus dem Korb und legt mich zärtlich an ihr Herz. Tränen des Glücks und der Liebe fließen über ihre lichtvolle Wange.

Im selben Moment steht hinter ihr ein männliches Wesen. Es ist König **Gavin, „weißer Falke“**, ihr Gemahl, mein Vater. Er hat das Licht auch beobachtet und folgte diesem, es führte ihn zu Kaya und mir. Mein Vater und meine Mutter liegen sich glücklich in den Armen und freuen sich so sehr. Sie sind tief dankbar und überglücklich. Es ist ein unbeschreiblicher Moment. Sie kuscheln sich eng an mich und wir werden zu einer Feenelfenfamilie. Wir sind Eins geworden durch unsere Herzen. Wir haben uns in diesem Augenblick verbunden und ein untrennbares Band der Liebe ist geschlossen.

Meine Mutter und mein Vater bringen mich zum heiligen Berg, zu Großmutterbaum Malu, dem weisen Baum vom Land des blauen Auges. Sie ist der älteste Baum des ganzen Planeten. Großmutterbaum Malu entscheidet gemeinsam mit dem hohen Rat, dass es am besten sei, wenn mein Wissen über meine Herkunft meinem Gedächtnis verborgen bleibt, damit ich mich ungezwungen und frei entwickeln kann. Wenn die Zeit reif ist, werde ich in liebevoller Umgebung alles erfahren.

Kaya und Gavin bekommen vom Orakel, dem blauen Auge, meine bevorstehende, selbstgewählte, große Lebensaufgabe offenbart. Vater Universum lässt durch das Orakel die Wahrheit meines Seins verkünden, meinen tiefen Wunsch von Anbeginn als Stern, den Erdlingen zu helfen und dorthin zu gelangen.

Wie die Geschichte weitergeht,
wird dir Noack, der Weltenwanderer, erzählen.

Wer er ist und was er ist?!

Das wirst du alles noch bald genug erfahren!
Deine Abenteuerreise beginnt genau jetzt!

REISE ZUM FEENELFENKÖNIG

NOACK stellt sich vor!

„Willkommen zu deiner einmaligen Reise in die magische Welt von Joselyn.

Du solltest wissen: Dieses Buch ist kein normales Buch.
Dieses Buch ist ein magisches Zauberbuch und genau für dich bestimmt. Du wirst feststellen, dass du an manchen Stellen plötzlich rückwärts lesen wirst und dass manche Texte auf dem Kopf stehen. Dies hat alles eine bestimmte Bedeutung. Wenn du mir vertraust und du dich führen lässt, wirst du am Ende eine besondere Reise hinter dir haben, die dir neue Perspektiven und Sichtweisen offenbart.

Ich werde dir zeigen, wie du von einer Welt in die andere Welt reisen kannst.
Dazu brauchst du keinen Koffer und kein Fahrticket.

Du brauchst nur deine Fantasie.
Dazu sind natürlich eine gute Vorbereitung und eine bestimmte magische Formel nötig. Ich werde dir genauso helfen, wie ich Joselyn auch immer geholfen habe und immer noch helfe. Wir werden zu jeder Zeit gemeinsam reisen und wenn du alles gut ausführst, so wie es hier geschrieben steht, wirst du dein magisches Abenteuer nicht nur in deiner Fantasie erleben.

Deine Fantasie wird Realität. Du wirst zum Weltenwanderer. Durch mich wirst du zwischen die Welten eintauchen können.

Ich darf mich dir vorstellen: Ich bin Noack, das Schicksal, und ob du es glaubst oder nicht, ich weiß, wer du bist. Ich bin das Schicksal, ich kenne alles und jeden. Auch dich kenne ich, ich kann in die Vergangenheit, Gegenwart und Zukunft sehen. Ich weiß, was du gestern getan hast, was du jetzt gerade tust und was du morgen machen wirst. Keine Sorge, ich werde niemandem etwas verraten, denn ich verwahre jedes Geheimnis und hüte mein Wissen.

Du willst wissen, wo ich herkomme?

Ich bin im Universum zu Hause. In vergangener Zeit war ich ein mächtiger Feenelfenkönig. Ich fange am besten nochmal ganz von vorne an. Am besten da, wo mein gemeinsamer Wunsch mit meiner Elfenkönigin begann… Dazu werden wir gemeinsam deinen ersten Zauber durchführen. Merke dir diesen Zauber besonders gut, denn wir werden ihn später noch einmal brauchen. Lass uns die Zeit zurückdrehen und schauen, was geschah.

Dazu sprechen wir diese Zauberformel…

Kleiner Tipp: Du solltest bei allen Zauberformeln ungestört sein und wenn du dir komisch vorkommst – keine Sorge, versuch es einfach und du wirst sehen, es wird klappen.

Hebe die Hände vor deine Brust, die Mittelfinger zeigen nach oben und berühren sich,
die anderen Finger klappst du einfach ein.
Nun sieht es aus wie ein Dreieck.
Und wir sprechen ein langes aauum.
Stell dir beim Aussprechen des „aauum" die Farbe Blau vor.

Und wir sprechen weiter folgenden Zauberspruch:

„Teux torux deijo dei aum"

Das bedeutet so viel wie: Reisen zum Ursprung, ins damalige Gestern.

Schlag nun die Seite 315 auf und dreh das Buch.

TEIL 5

ERDE

DIE ERDE UND DAS LAND AURIEN

Geboren in den Sternen des Himmels, strahlender Glanz am Himmeltor des weiten Universums… Ein Licht voller Liebe, Harmonie und Magie. Ein Licht auf der Erde erstrahlt von ganz weit her, es ist fern zu sehen, es kommt näher und näher. Dieses ist das Licht zur Erde gesandt. Es sieht groß und funkelnd aus, mit hoher Leuchtkraft. Es strahlt vom Himmel herab und je näher es kommt, desto größer wird das Strahlen und Leuchten. Dieser Funke wird zu einem fliegenden Leuchtstern am Himmel. Er kommt mit großer Geschwindigkeit auf einen kleinen Ort namens **Aurien** zu.

Dieser Ort ist nur von wenigen Menschen besiedelt, die mit Mutter Natur in friedlichem Einklang leben. Ein kleiner Ort in einem weitgestreckten Land, voll grüner Wälder, mit felsigem Vulkangestein, wunderschönen Bergen und Tälern. Steile Felsen, enge Fjorde, grüne Wiesen mit wilden Blumen. Der Duft der Natur ist mit der Wärme des Frühlings ummantelt und trotz der Vielfalt ist die rote Nase durch Kälte, Eis und Gletscher zu spüren. Sommer wie Winter sind hier vereint. Im Norden des Landes wohnt der Winter, Schönheit der weißen Pracht und im Süden des Landes Atlantika, der Sommer des Herzens. Die Wärme der Natur erstrahlt dort mit bunter Blütenpracht, grünen saftigen Wiesen und plätschernden Wasserfällen, umwoben mit fließenden kleinen Bächen, die sich wie kleine Wasserwege durchs Land ziehen. Eine Natur, unbeschreiblich magisch, wie aus einem Feentraum. Verwurzelte Bäume, groß und stark, wehender Wind, der die Blumensamen von Mutter Natur an die richtigen Plätze der Wiesen bringt. Kleine Häuser aus Gestein mit wunderschönen moosigen Dächern und traumhaften bunten Fensterläden. Jedes Haus hat seine eigene bunte Vielfalt. Aurien ist ein Ort des Nicht-Vergessens. Immer mehr Orte auf der Erde tragen den Schleier des Vergessens in sich. Die menschlichen Bewohner leben freiheitlos und laut. Jene Menschen haben Mutter Natur und die magischen Wesen vergessen.

Das Land von dem wir sprechen, nennt sich **Avalon** und das kleine Örtchen, das in einem Tal liegt, nennt sich Aurien. Hier findest du die Verbindung zur Magie ganz klar, mit der Natur und dem Herz der Menschen. Sie leben mit verschiedenen Wesen, die sich gegenseitig helfen und füreinander da sind. Sie glauben einander und halten uraltes Wissen und Weisheit aufrecht. Die Menschen sind dort mit Liebe und Harmonie umgeben und schützen diese mit ihrer Demut und Dankbarkeit. Sie strahlen Ruhe und Frieden aus. Sie leben ihre wahre Natur. Jeder von ihnen trägt etwas Besonderes in sich, wie es natürlich jeder Mensch tut. Nur manche Menschen, diejenigen, die im Vergessen leben, wissen ihre wahre Natur nicht zu gebrauchen und manche haben sich bereits so stark im Nebel der Dunkelheit verirrt, dass sie verloren und suchend auf der Erde leben.

Die Elemente Feuer, Wasser, Erde und Luft verleihen diesem Ort eine kraftvolle und zauberhafte Ausstrahlung. Der Kontinent Atlantika ist umgeben vom atlantischen Ozean, daher der Name. Lange Zeit war in der Geschichte von Atlantika der Atlantik das große Wasser, das die „Alte Welt" von der „Neuen Welt" trennte. Ein unentdecktes Land von Flora und Fauna und doch vereinzelt bewohnt, wie der kleine Ort Aurien, auf seiner Lichtung am Fuße des Berges mit Namen Bergdis Bergelmir. Bergdis bedeutet „Geist und Schutz" und Bergelmir „Riese". Sie nannten ihn ganz einfach Gelmir, da der Name so lang war. Sie lieben unseren Riesen **Gelmir**. Er beschützt die Aurianer in Aurien. Sie leben im Einklang mit ihm, er ist ein felsiger Freund und ein Wächter des atlantischen Ozeans.

Der fliegende Leuchtstern funkelnd und klar in der tiefen Nacht, erhellt vom Mondeslicht, rast mit einem Sternenglanz auf das Erdreich von Aurien zu und landet mit einem dumpfen Donnerklang im tiefen Wald der Bäume. Ein kleines Beben erschüttert das kleine Örtchen.
Alle Aurianer schlafen selig und träumen tief und fest. Doch jemand schläft noch nicht. Ganz nah am Walde steht ein romantisches kleines Häuschen, es ist noch Licht, das Kaminfeuer brennt. Ein Mann und eine Frau wohnen darin, erfüllt von tiefer Liebe. Die beiden sind Zwillingsseelen. Das ist die einheitlichste Liebe. Dies existiert auf der Welt sehr selten. Wenige Menschen dürfen sie erfahren. Zwillingsflamme wird diese Liebe auch bezeichnet. Du begegnest einem anderen Menschen, den du nie zuvor gesehen hast und fühlst sich in einer unvergleichlichen Art zu ihm hingezogen, überwältigend und unerklärlich. Da ist eine tiefe Verbundenheit auf der Seelenebene. Da ist grenzenlose Vertrautheit, da ist ein Erfahren der göttlichen Zusammenhänge möglich. Irdische Masken werden durchschaut, um die Wahrheit hinter den Trugbildern der Realität zu erkennen. Sie sind hellfühlend, hellhörend, empfänglich für ein außergewöhnliches Raum- und Zeitgefühl. Eine Dimension verbunden mit einer silbernen Schnur für den heiligen Kontakt zu Anderswelten.
Die Frau heißt Selena, das ist der Name der keltischen Mondgöttin. **Der Mann, Hüter der Sonne, heißt Rowan**. Beide wünschen sich ein Kind, um ihre Liebe zu verbinden. In dieser sternenklaren Nacht unterhalten sich die beiden über die Verbindung ihrer Liebe, nur durch ein reines Herz. Sie philosophieren und genießen die Zeit zu zweit in dieser Mondesnacht. Selena ist mit der Mondkraft tief verbunden und hat an solchen Tagen viele kreative Gedanken, mit denen sie Rowan wachhält. Er hört ihren Worten liebevoll zu und erfreut sich an

ihrer Leidenschaft des Erzählens. Plötzlich wird sein Blick starr, angsterfüllt und vollkommen erschrocken. Selena reagiert voll Sorge auf Rowan. Ihr Geliebter sitzt am Fenster und kann den fallenden Schein am Himmel sehen. Das Etwas ist unglaublich schnell unterwegs und landet im Wald, ganz in der Nähe ihres Hauses. Selena kann die Helligkeit, diese enorme Strahlkraft im Haus erkennen. So ein starkes Licht hat sie noch nie gesehen. Sie weiß gleich, es ist etwas Magisches passiert. Dem Gesicht ihres Mannes nach ist es etwas absolut Einmaliges. Beide ziehen sich warm an und rennen nach draußen. Der Nachthimmel ist hinter dem Wald noch immer hell erleuchtet. Selena sagt: „Ein Stern ist vom Himmel gefallen." „Ein Meteorit," spricht Rowan. Fassungslos stehen die beiden da.

Am nächsten Tag geht Rowan in den Wald, wo er nach dem gefallenen Schein suchen will. Selena arbeitet im Garten und pflanzt Kräuter, als Rowan loszieht. Selena weiß, dass Sternengestein nicht zu finden ist. Ein Stern lässt sich nicht finden, er wird gefunden, weil er es will oder weil es Schicksal ist. Sie gräbt im Garten Löcher, um die Samen zu säen, als sie ganz erstaunt einen dunklen zersplitterten Stein findet. Sie spürt die Kraft des Steins und sie ahnt voller Verwunderung, dass es ein Brocken des Sterns sein könnte. Sie nimmt ihn in die Hand, schließt die Augen und spürt eine feurige Kraft in ihm. Sie nimmt ihn mit ins Haus und betrachtet ihn von allen Seiten.

Als Rowan zurückkommt, erzählt er ihr, dass nachts auch andere Menschen diesen fallenden Schein gesehen haben und jetzt viele auf den Feldern sind, um danach zu suchen. Selena zeigt ihren Mann den gefunden Gesteinsbrocken und sagt zu ihm: „Es ist ein Teilchen vom Stern." Sie will herausfinden, ob dieser Stein für sie bestimmt ist oder nicht. Er sieht sich den Stein sehr genau an, er ist zersplittert und außen dunkelschwarz, im Inneren ist er marmoriert. Es ist unglaublich, Rowan kann es einfach nicht glauben. Beide spüren, dass es ein Stück des gefallenen Sterns ist. Selena, die dem Mond sehr zugewandt ist, nimmt dies als ein Geschenk der Mondin wahr und bedankt sich im tiefsten Inneren dafür. Sie nennt ihn Feuerstein der Sterne. Beide wissen, dass dies ein Geheimnis bleiben muss, er ist für sie bestimmt und sie sollen ihn verwahren und ehren.

Sie verwenden den Stein bei Mondritualen als Element des Feuers. Er bringt ihnen Glück und einige Monate später trägt Selena unter ihrem Herzen ein Kind, das in ihr heranwächst. Ihr Kinderwunsch ist erfüllt und Selena und Rowan können es kaum fassen. Sie sind tief berührt. Es ist pure Liebe und Erfüllung. Es entsteht ein Wunder, ein Segen der Welt. Das strahlende fallende Licht hat den beiden ein Sternenkind gebracht. Dieses Kind ist ein Wunder des Himmels.

Sein Name kommt durch die morgendliche Sonne zu den beiden. Die aufgehende Sonne steht tiefrot am Morgenhimmel, als Selena ihr Glück erfährt. Der Himmel ist rot und gelbleuchtend zur Morgendämmerung. Sie will zum Berg Gelmir wandern, um sich dort bei Himmel und Erde für das geschehene Wunder zu bedanken. Auf der Spitze des Berges steht der heilige Baum, den Weltenbaum. Er ist der größte und prächtigste Baum der Welt. Seine Äste breiten sich aus und erstrecken sich über den Himmel, der den Kosmos verkörpert. Dieser Baum des Lebens ist ein altes Symbol der kosmischen Ordnung, er steht als Weltachse im Zentrum der Erde. Seine Wurzeln reichen tief in die Erde hinein und seine Wipfel berühren und tragen den Himmel. Somit verbindet er die drei Ebenen Himmel, Erde und Unterwelt. Er bewacht die geistige Welt, die Quelle des Lebens. Dieser Baum verbindet die Götter und Engel mit den Naturgeistern der Erde und der Seele des Menschen. Hier wohnen Ruhe, Rat und Weisheit. Ein heiliger Ort.

Dort oben angekommen, fängt Selena mit Rowan zu beten an und verbindet sich geistig mit dem Weltenbaum. Selena erfährt den Namen ihres Kindes. Es wird ein Mädchen. Beide sind überglücklich. Ihr Name soll **Luana** sein, die Glückliche, dem Polarlicht zugewandt, aus den Sternen gesandt.

Selena und Rowan wissen, dass die Sterne und das Polarlicht ein Wegweiser für sie sind – und es schon immer waren. Auf dem Berg Gelmir erfahren sie von ihrem Wunder Luana. Sonne und Mond vereinen sich mit dem Stern der Nacht, der vom Himmel gefallen war. Als Vereinigung der Trinität, Trinity, Dreieinigkeit, bezeichnet man die Wesenheit Gottes in drei Personen. In diesem Fall Mutter, Vater und Tochter in Verbindung mit Sonne, Mond und Stern. Der Stern weist den Weg durch die dunkle Nacht und das Licht des Mondes lässt alles friedlich wirken. Am Morgen verabschiedet sich der Mond. Die Sonne erstrahlt und bringt das Tageslicht.

Die Tochter mit Namen Luana soll ein Kristallkind der Sterne sein. Kristallkinder sind geborene Heiler. Sie tragen viel Liebe in ihren Herzen. Sie bringen uns das Licht und lernen den Menschen, toleranter, freundlicher und fröhlicher zu werden. Sie sind der Telepathie mächtig und mit Hellsichtigkeit beschenkt. Sie haben eine farbige, regenbogenartige Aura in Pastelltönen. Sie sind sensibel, emphatisch und musikalisch begabt. Die Seelen dieser Kinder von Stern Sirius suchen sich ein Elternhaus aus, das ihnen ein geistiges unterstützendes und bereicherndes Umfeld zu bieten vermag. Sie sind besonders wissend und haben Zugang zu Engeln und deren Botschaften. Die Seelen klopfen vor der Schwangerschaft oft, um die Mutter zu fragen, ob sie willkommen sind. Die Kristallkinder haben den Auftrag, Frieden zu bringen und Frieden hier auf der Erde zu verankern.

Als die werdenden Eltern wieder vom Berg Gelmir hinabsteigen, nachdem sie alles erfahren haben, was sie wissen müssen, sind sie still und nachdenklich. Sie wissen, alles wird neu und ihr Leben wird ein Abenteuer. Ihr Kind hat eine besondere Lebensaufgabe und sie schätzen dieses Geschenk des Himmels in tiefer Demut und Liebe. Aurien ist ein mystischer Ort und es ist wenig verwunderlich, dass genau hier dieses Wunder geschieht. Hier ist die Urkraft des Menschen in den Gezeiten verankert und die Natur lehrt den Aurianern das alte Wissen der Ahnen aus vergangenen Zeiten.
Die Ahnen erzählten damals von den Sternenfamilien. Seit vielen Äonen haben die Sternenfamilien auf diese Weise Wesen aus unterschiedlichen Teilen des Universums zu friedlichen Gemeinschaften zusammengeschlossen, um das Leben anderer zu verbessern, vor allem das der Menschheit. Es gibt nicht nur mystische Wesen in unserer Welt wie Elfen, Feen, Zwerge, Engel, Drachen oder Einhörner. Es gibt auch unter uns Menschen andere Arten. Viele Wesen aus der galaktischen Welt sind hier als Menschen eingereist, um mit ihren Fähigkeiten die Energie der Erde zu erhöhen, damit sie sich weiterentwickeln kann. Damit sich die Intelligenz der Erde in die fünfte Dimension erhöht und das Energiefeld ansteigt. So kann wertvolles Wissen angesammelt und in der Geschichte der Menschheit verankert werden.
Der Kontinent Atlantika hat nur noch wenige Menschen, die genau dieses Erwachen erleben. Außerhalb der Landesgrenzen leben die Menschen in Vergessenheit und glauben nicht mehr an sich selbst und ihre Macht. Die Macht, tief in ihren Herzen verborgen. Ihr alle besitzt im tiefsten Inneren unglaubliche Macht und unendliches Wissen. Es ist die Aufgabe, dies wieder zu erlernen und wieder im Einklang und im Frieden mit sich selbst zu sein.

In Aurien ist jetzt gerade Dezember. Dieser Dezember ist ein blauer Monat, ein magischer Monat. Er verkörpert die Veränderung für das neue Jahr. Weihnachten steht vor der Tür und die friedliche Zeit der Besinnung kehrt wieder ein. Der Tag begleitet uns kürzer und die Nacht umso länger. Neues Leben entsteht in der Dunkelheit. Die Samen der Pflanzen gedeihen in der dunklen Erde, der Embryo entwickelt sich zu einem lebensfähigen Menschen im geschützten, dunklen Raum der Gebärmutter. Der Urknall hat sich aus der unendlichen Dunkelheit des Universums entwickelt. Weihnachten ist ein Fest des Lichtes. Der Liebe. Das Licht kehrt nach der Wintersonnwende an Weihnachten zurück. Dunkelheit entwickelt Leben und lässt Leben wachsen, das Licht gibt Leben und lässt es reifen. Dunkelheit und Licht sind gleichermaßen wertvoll, da sie uns zu kraftvollen Erfahrungen und strahlenden Reifekräften verhelfen und uns zur Vollendung schreiten lassen.

Im Dezember beginnen die Rauhnächte. Es gibt zwölf heilige Nächte, beginnend mit der Wintersonnwende über Weihnachten bis zum Dreikönigstag. Es ist für Selena und Rowan die perfekte Zeit, ihre Visionen des neuen Jahres zu deuten und Wünsche und Träume zu verstärken. Selena wird bald Mutter, sie hat nur noch wenige Wochen bis zur Geburt ihres Kindes. In der heiligen Zeit der Rauhnächte ist es wundervoll, sich auf das Kind und das Familienleben vorzubereiten. Mit Ruhe und Kraft besinnt sich Selena und genießt die Zeit mit Rowan. Beide freuen sich sehr auf ihre Tochter Luana.
Der fliegende Leuchtstern wurde nie gefunden, kein Aurianer weiß, wohin diese mystische Leuchtkraft verschwunden ist. Nur Selena und Rowan erinnern sich dank ihres kleinen Meteoritensteins, den sie gut aufbewahren und der ihr Glücksbringer geworden ist. Irgendwann wird er ihnen oder jemand anderem bestimmt von Nutzen sein.

NEUN JAHRE SPÄTER IN AURIEN...

Luana ist zu einem wunderschönen und großen Mädchen herangewachsen. Sie verzaubert alle im Dorf mit ihrer Intelligenz und Liebe zu allen Wesenheiten der Erde. Sie liebt Tiere und mittlerweile hat die kleine Familie einen kleinen Bauernhof zu Hause: vier Hühner und einen Hahn, zwei Milchkühe, ein Pferd, eine Katze, ein Hund und ein Eichhörnchen. Ja, du hast richtig gehört. Ein Eichhörnchen. Das hat Luana vor zwei Jahren im Wald gerettet. Das kleine Eichhörnchen-Baby lag nass und verletzt in einer Regenpfütze. Luana nahm es mit nach Hause und pflegte es wochenlang vor dem warmen Kamin. Es hatte seine Mutter verloren und Luana und ihre Familie gaben ihm ein neues Zuhause. Mittlerweile ist es Luanas bester Freund. Das Tierchen sitzt am liebsten auf Luanas rechter Schulter, manchmal kriecht es auch unter ihren Wollpullover und versteckt sich dort. Hin und wieder schaut der Kopf des kleinen Eichhörnchens aus dem Pullikragen heraus. Es sieht recht witzig aus, wenn man die beiden sieht. Sie lieben es, gemeinsam im Wald zu spielen. Luana liest ihrem kleinen **Freund Babu** gerne Fantasiegeschichten vor. Sie liebt Fabelwesen und träumt oft davon, fliegen zu können. Mit einem Drachen.
Jeden Abend bekommt sie von ihrem Vater und ihrer Mutter die wunderschönsten Geschichten erzählt und ihr Bücherregal ist voll mit Abenteuergeschichten. Sie kennt sich sehr gut mit den verschiedenen Wesenheiten wie Einhörnern oder Drachen aus. Jetzt ist gerade Bettgehzeit an diesem warmen Frühlingsabend und Babu hat es sich neben Luana auf den Kopfkissen gemütlich gemacht.
Vater Rowan erzählt eine uralte Geschichte, eine Sage von einem Land, das nicht auf Erden ist. Es ist ein Land voller Magie und Luanas Mutter Selena nennt es „der blaue Planet der Engel“. Es ist eine Geschichte aus längst vergangener Zeit, die sogar Selenas Oma ihr schon immer erzählt hat, als sie noch klein war. Luana hört ganz genau zu, denn diese Geschichte hat sie so noch nie gehört und sie ist sehr neugierig. Babu schläft bereits tief und fest. Luanas große Augen schauen erwartungsvoll den Lippen ihres Vaters entgegen. Im Kerzenschein ganz angenehm in ihr Bettchen gehüllt, lauscht sie den Worten von Vater und Mutter, die abwechselnd erzählen. Luanas Herzenswunsch ist es, eine Schriftstellerin zu sein, wenn sie groß ist. Sie kann sich nicht Schöneres vorstellen, als nur das zu tun und andere Menschen mit ihren Geschichten zu begeistern und damit eine Abenteuerin zu sein.
Sie hat noch einen anderen heimlichen Wunsch, aber sie weiß genau, dass sich der nie erfüllen wird und es albern ist, überhaupt darüber nachzudenken. Und

dennoch ist der Wunsch da, fliegen zu können und auf einem großen, mächtigen Drachen zu reiten. Luana weiß, dass es in Aurien keine sichtbaren Drachen gibt und so bleibt es einfach nur ein Traum. In Aurien glauben die Menschen aber tief an diese Wesenheiten. Sie kommunizieren nur mit im Geist mit ihnen. Manchmal träumt Luana nachts von einem Mädchen, das auf einem roten Drachen fliegt und dieses Mädchen ist kein Mensch, sie ist irgendwie anders. Sie fragt sich, warum sie das immer wieder träumt. Luana weiß nicht, was es zu bedeuten hat oder ob es mit der alten Geschichte zu tun hat, die ihr ihre Eltern erzählt haben. Denn darin wird von einem Mädchen erzählt, das die Erde vor dem Bösen retten wird. Luana weiß natürlich, dass es nur eine Geschichte ist. Sowas gibt es nicht – oder sind Geschichten doch die Wahrheit?

Ist alles nur Fantasie oder ist Fantasie die Wahrheit?

Luana kuschelt sich an Babu, sie flüstert müde und leise zu sich selbst:

„Ich werde es herausfinden. Irgendwann werde ich die Antworten auf diese Fragen kennen, warum es Geschichten gibt und woher sie kommen.“

Nach einem großen, lauten Gähnen schließt sie langsam ihre Augen und schläft friedlich ein.

DER MORGEN ERWACHT IN AURIEN...

Am nächsten Tag, ganz früh am Morgen erwachen die beiden, die Sonne, sie steigt gerade am Himmel hinauf und die Vögel, sie zwitschern fröhlich. Luana streckt sich und Babu gähnt und schmatzt, sein Bauch grummelt. Er hat großen Hunger, er hat immer Hunger. Luana steigt aus dem Bett und öffnet ihr großes Fenster, sie möchte den Sonnenaufgang beobachten. Babu klettert auf ihre rechte Schulter und beide schauen dem Tagesbeginn entgegen. Golden und in vielen Rottönen erstrahlt die Sonne. Luanas Eltern haben ihr von klein auf beigebracht, dass der Tag mit Dankbarkeit und Stille begonnen werden sollte. Luana meditiert jeden Morgen mit Babu, bevor sie zum Frühstück zu ihren Eltern geht. Luana liebt ihr Morgenritual und Babu auch, denn beide sind danach viel besser gelaunt.

Du fragst dich, wie Luanas und Babus Morgen-Meditation aussieht?

Vor Luanas großem Fenster befindet sich eine Fensterbank mit vielen kuscheligen Kissen. Dort machen es sich die beiden meistens gemütlich. Luana setzt sich im Schneidersitz auf die Fensterbank und Babu kuschelt sich auf ihre warmen Hände. Dann sind beide einfach nur still. Sie beobachten den Morgen, wie er erwacht. Manchmal schließen sie die Augen und hören den Stimmen der Natur zu. Egal wie das Wetter gerade ist. Dabei atmen die beiden ruhig ein – und aus. Luana versucht an nichts zu denken und in diesem Moment einfach nichts zu tun. Sie liebt es, manchmal nur zu beobachten, denn oft kommen ihr dadurch die größten Ideen. Manchmal hat sie das Gefühl, dass jemand mit ihr spricht oder bei ihr ist. So was wie ein Engelwesen. Dieser Engel begleitet sie und sie weiß, er ist da. Durch die Stille kann sie ihn viel besser wahrnehmen. Ihre Mutter erzählt oft von den Engeln und deswegen weiß Luana, dass auch sie einen oder mehrere Engel hat. Manchmal betet Luana oder legt ihre Aufmerksamkeit auf den Klang ihres Herzens. Luana und Babu spüren, wenn es genug ist. Manchmal sind es fünf Minuten, manchmal zehn Minuten und manchmal auch ein wenig länger.

Wenn du willst, kannst du es auch mal ausprobieren. Wie es sich anfühlt, einfach mal so in Stille zu sein und was mit dir dabei passiert. Ich schlage dir vor, probiere es drei Tage lang einfach mal aus, nach dem Aufwachen für ein paar Minuten still zu sein. Dir selbst zuzuhören. Suche dir gerne einen schönen Platz aus, ob am Fenster oder im weichen Bett, egal. Mache es dir gemütlich wie Luana. Du kannst die Augen schließen oder du lässt sie offen. Atme ganz ruhig und konzen-

triere dich auf deinen Atem. Achte auf dich. Höre dir selbst zu. Lasse dich nicht von anderen Geräuschen ablenken, entferne alles, was dich ablenken könnte. Was kannst du gerade wahrnehmen? Was spürst du? Was fühlst du? Welche Gedanken kommen und gehen? Kannst du auch deinen Atem und dein Herz hören? Hörst du vielleicht eine Botschaft oder eine Stimme, die zu dir spricht? Es geht darum, nichts zu denken. Einfach nur mit dem Herzen zu hören. Den Kopf auszuschalten. Du kannst das trainieren und es gibt viele Kinder in Aurien, die es sogar in der Schule üben. Kinder und Jugendliche in deiner Welt tun das auch jeden Tag. Je öfters du übst, umso wohler und glücklicher fühlst du dich. Am Anfang ist es bestimmt ungewohnt, aber je öfter du es machst, umso besser wirst du darin und du wirst sehen, es werden ganz besondere Dinge passieren. Du fühlst dich viel leichter und klarer.

Luana und Babu sind friedlich still. Ein Schmetterling setzt sich auf die Fensterbank, er ist wunderschön. Er hat viele Farben und flattert mit seinen Flügeln auf und ab. Die beiden beobachten den kleinen bunten Schmetterling. Die Sonne wird immer heller und aus der Dunkelheit kommt der Morgen. Der Tag erwacht. Luana spürt, dass es heute ein ganz besonderer Tag wird. Sie ist irgendwie aufgeregt und weiß nicht warum. Ihr Herz freut sich auf etwas Besonderes. Im Inneren fragt sie sich, warum sie aufgeregt ist… Sie hört diese Worte aus ihrem Herzen sprechen:

„Ein Abenteuer wartet auf dich. Joselyn."

Luana versteht nicht ganz, was das zu bedeuten hat. Sie fragt sich was „Joselyn" zu bedeuten hat? Ist das ein Name? Und welches Abenteuer? In diesem Moment fliegt der Schmetterling davon, der Sonne entgegen. Als sie dem Schmetterling so hinterher schaut, erkennt sie in ganz weiter Entfernung ein blaues Funkeln am noch dämmrigen Himmel, ganz plötzlich, sie glaubt es kaum. Wie ein Blitzen. Sie erkennt, dass dieses Blitzen fliegt. Es sieht seltsam aus und dann taucht noch ein rotes blinkendes Licht auf, etwas größer als das blaue Blitzen. Es schwankt ein wenig auf und ab. Die Lichter fliegen fast nebeneinander. Luana reibt sich die Augen, es ist ja noch früh am Morgen, auch wenn die Sterne längst nicht mehr zu sehen sind. Also ausgeschlossen, dass das fliegende Sterne sind. Was soll das sein?
Luana fragt Babu: „Siehst du das auch wie ich, Babu?" Babu zappelt aufgeregt und läuft auf Luanas Schultern hin und her, ja, er sieht diese Lichter auch am Himmel. Luana holt ihr Fernrohr aus der Schublade ihres Schreibtisches und läuft wieder zum geöffneten Fenster, um sich die beiden Punkte genauer anzu-

schauen. Doch sie kann nichts Deutliches erkennen. Die Lichter bewegen sich immer schneller und es scheint so, als steuerten sie auf den großen Wald zu, in dem Luana und Babu jeden Tag miteinander spielen.
Luana kann noch etwas am Himmel erkennen. Auf der einen Seite sieht sie einen riesigen Vogelschwarm. Die Lichter und der Vogelschwarm fliegen direkt aufeinander zu. Irgendwie ahnt Luana, dass dies nicht gut ausgehen kann. Plötzlich erscheint von unten ein weiteres Licht, das gelblich leuchtet. Luana kann es nicht fassen, was hier gerade vor ihren Augen geschieht. Sie schaut durch ihr Fernrohr, um das neue Licht besser erkennen zu können. Es ist ziemlich schnell unterwegs und steuert zielgerade auf die beiden Lichter zu. Es sieht so aus, als ob das neue Licht die zwei Lichter verdrängen möchte. Der Vogelschwarm kommt immer näher und die beiden Lichter in der Mitte werden immer schneller. Luana kann erkennen, dass sich das blaue und das rote Licht trennen und nun in verschiedene Richtungen fliegen. Das rote Licht lenkt abrupt nach rechts ein, direkt auf das neue Licht zu. Keine gute Idee, denkt sich Luana. Jetzt kann es eng werden. Tatsächlich: Das rote Licht und das gelbliche Licht stoßen zusammen und steuern unkontrolliert geradewegs aufs Meer zu. Im selben Augenblick trifft das blaue Licht auf den Vogelschwarm. Es wirbelt umher und versucht, noch auszuweichen. Unkontrolliert steuert das blaue Licht auf den Wald zu. Luana kann erkennen, dass sich das blaue Licht teilt. Als ob es etwas abgeworfen hätte. Die eine Hälfte fällt und fällt und verschwindet im nahegelegenen Wald. Die andere Hälfte wird durch den Vogelschwarm in Richtung Schneeberge abgetrieben, der Sonne entgegen. Was ist hier geschehen? Was hat dies zu bedeuten? Der Vogelschwarm hat sich wieder gesammelt und fliegt weiter, als wäre nichts passiert.
Luana denkt sich: „Habe ich das geträumt? Was war das für ein Licht?" Sie ist eine Entdeckerin. Wenn sie etwas Besonderem auf der Spur ist, lässt sie nicht mehr locker. Sie erforscht mit Babu jeden Tag die Tiere im Wald. Sie lesen Spuren, suchen Kräuter, beobachten Vögel – ihnen fällt immer was ein. Das ist Luanas liebster Zeitvertreib, sie erforscht ihre Umgebung und liest gern Abenteuergeschichten. Sie liebt ihren Wald und jetzt ist in diesem Wald ein Abenteuer gelandet. Ein besonderes blaues Licht. Das lässt sich Luana bestimmt nicht entgehen. Da erinnert sie sich an ihre morgendliche Botschaft:

„Ein Abenteuer wartet auf dich. Joselyn."

Das steigert ihre Neugierde noch mehr und sie beschließt, dieses Licht aufzuspüren und herauszufinden, wer und was Joselyn ist. Ist Joselyn ihr Abenteuer? „Babu, ich glaube, unser nächstes Abenteuer wartet auf uns. Was denkst du?" Babu läuft im Kreis um Luana herum und freut sich sehr. „Na dann komm, lass uns zu Mama und Papa gehen, sie haben bestimmt schon das Frühstück vorbereitet." Babu knurrt der Magen schon sehr. Er hatte schon vor dem Morgenritual ziemlich großen Hunger und er riecht das frisch gebackene Brot durch den Türspalt. Voller Tatendrang laufen sie die Treppe hinunter. Luana möchte am liebsten gleich nach draußen, hinein in den Wald, hin zu diesem spannenden Licht.

Luanas Mama hört die beiden die Treppe herunterkommen und spricht liebevoll: „Einen gesegneten guten Morgen, Luana. Auch dir einen gesegneten guten Morgen, Babu. Kommt her, ihr zwei, lasst euch fest umarmen." Luana läuft auf ihre Mama zu und drückt sie ganz fest. Sie flüstert ihr leise ins Ohr: „Ich gehe heute zu einem Abenteuer im Wald." Selena sagt: „Oh, das ist ja schön. Verrätst du mir dein Abenteuer?" Luanas Papa Rowan fragt nach: „Ein Abenteuer, hab ich richtig gehört?" Luana grinst in sich hinein und nickt: „Ich weiß noch nicht, ob es ein Abenteuer ist, aber ich sollte wirklich bald in den Wald. Können wir bitte ganz schnell frühstücken, bitte, bitte? Ich hab nicht so großen Hunger."

Babu sitzt bereits am Küchentisch und stopft sich die Backen voll Mandelnüsse, sein Appetit ist nicht zu übersehen. Selena schaut zu Babu und sagt mit einem Lachen: „Oh, hier ist ja jemand sehr hungrig. Wenigstens einer." Luana schaut ein kleines bisschen böse zu ihrem Freund Babu, denn er weiß genau, dass Luana schnell nach draußen möchte. Er schnappt sich geschwind ganz viele Nüsse und stopft sie sich in seinen gestreiften Pullover.

Selena sagt: „Mein liebes Kind, bevor du in dein Abenteuer gehst, wird noch gefrühstückt. Dein Papa hat frisches Brot gebacken. Du brauchst doch Kraft und Energie für dein Abenteuer. Was gibt es denn heute zu entdecken im Wald? Beobachtest du wieder das Bienenvolk?" Rowan geht zu Babu zum Küchentisch: „Wie siehst du denn aus, Babu, warum stopfst du dir so viele Nüsse in deinen Pullover? Ihr zwei seid heute ein wenig aufgeregt, scheint mir?"

Luana platzt heraus: „Dürfen ich und Babu usner Frühstück in den Wald mitnehmen? Bitte, bitte, bitte! Es ist wirklich wichtig!" Rowan schaut Selena fragend an und sagt: „Na, das muss ja heute sehr wichtig sein." „Ja, sehr, sehr wichtig sogar! Papa, du sagst immer, man sollte seinen Instinkten folgen. Darf ich bitte nach draußen, bitte!" Selena meint dazu: „Dein Vater und ich haben heute sowieso noch viel im Garten zu tun. Ich schmiere dir ein paar Brote, aber meine liebe Luana, ich möchte dass ihr zum Mittagessen wieder da seid." Luana springt auf und umarmt ihre Eltern ganz fest und läuft in Richtung Flur.

Selena ruft ihr nach: „Zieh dir die dicke Weste bitte drüber und vergiss dein Rufhorn nicht!" Luana hat ein Rufhorn, in das sie hineinblasen kann, wenn sie Hilfe braucht. Dieses Rufhorn ist aus einem großen Rinderhorn gemacht. Ihr Papa hat es ihr geschenkt. Großvater war Seefahrer und dieses Rufhorn war sein ständiger Begleiter. Er war ein Abenteurer und Entdecker. Luana hat ihren Großvater nicht mehr kennengelernt, sie kennt ihn nur aus Erzählungen. Luanas Papa sagt immer zu ihr, sie sei wie ihr Großvater. Glänzende Augen und voller Abenteuerlust.

Luanas Papa ist Schiffsbauer, der beste weit und breit. Er macht seine Schiffe aus bestimmten Hölzern wie Eiche, Lärche und Fichte – das sind die klassischen Bootsbauhölzer. Ein Teil des Waldes gehört Luanas Papa. Er hat seiner Tochter all das beigebracht, was im Wald wichtig ist und was die Gesetze eines gesunden Waldes sind. Aus diesem Wald verwendet er sein Holz für die Boote.

Rowan fragt: „Soll ich mitkommen?" Luana wehrt ab: „Nein, nein, ich muss jetzt wirklich los. Danke, ich bin bis zum Mittagessen wieder da!" Und sie gibt ihrem Papa einen schnellen Kuss und läuft zur Tür. Selena ruft ihr hinterher: „Warte Kind, hier, dein Frühstück!" Luana läuft zurück, küsst ihre Mutter auf die Wange und sagt geschwind: „Danke!" Schnell wie der Wind läuft sie hinaus, an den Rosenbeeten vorbei, durch das geschwungene Gartentor durch und den Hügel hinauf zum Wald. Luanas Eltern sehen ihr nach und erfreuen sich an ihrer Abenteuerlust.

Selena sagt zu Rowan: „Manchmal denke ich, ich sehe ihren Großvater vor mir. Sie ist ihm sehr ähnlich. Er wäre so stolz auf sie." Rowan antwortet: „Ja, da hast du recht. Sie haben viel gemeinsam." Selena sagt: „Heute ist übrigens Frühjahrstagundnachtgleiche." Rowan staunt: „Frühlingsbeginn! Jetzt schon? Wie wunderbar, dann ist dies heute der perfekte Zeitpunkt, um unseren Garten auf Vordermann zu bringen. Lass uns frühstücken, mein Liebling, und dann legen wir los." Er nimmt seine Selena in den Arm und so gehen sie wieder ins Haus. Sie alle können noch nicht erahnen, wie ihre Leben in wenigen Monaten durch das besondere Abenteuer aussehen wird.

DIE BEGEGNUNG MIT DEM BLAUEN LICHT IM WALD

Babu ist ein guter Fährtenleser und er hat eine sehr gute Nase. Er riecht sofort, wenn sich etwas Neues im Wald bewegt. Luana und Babu haben viele Tierfreude. Einmal haben sie ein kleines Rehkitz gerettet, das sich in einem Geäst verfangen hatte. Ein anderes Mal gingen sie dem Biber zur Hand, seinen Damm wieder aufzubauen. Dann halfen sie den Fröschen zu ihrem Teich zu kommen. Vielen Tieren sind sie schon begegnet, um ihnen zur Seite zu stehen. Hin und wieder zeigt sich eins der Tiere ganz ohne Scheu gegenüber Luana und Babu. Sie kennen die beiden, der ganze Wald kennt das Mädchen mit dem Eichhörnchen. Hier sind ihre tierischen Freunde daheim.

Babu läuft seiner Nase nach und hat eine Fährte aufgenommen. Luana rennt ihm hinterher. Sie vermutet, dass das blaue Licht in der Nähe der Felshöhle gelandet ist. Mit flinken, aber vorsichtigen Schritten bewegen sie sich darauf zu. Babu wird noch schneller, Luana kann fast nicht mehr mithalten. Sie sieht, dass er auf die Bäume klettert und von einer Baumkrone zur anderen hüpft.

Luana ruft ihn: „Babu, bitte warte auf mich, warum bist du denn so schnell? Bitte warte!" Sie kann ihn nicht mehr sehen. Babu scheint verschwunden zu sein. Das vorwitzige Eichhörnchen wittert in den Baumkronen eine neue Fährte. Er schwingt sich tatsächlich in Richtung Felshöhle, dort in der Nähe vom Blauregenbaum. Der Blauregenbaum ist Luanas und Babus Geheimversteck. Dort verbringen sie viel Zeit. Oft einfach nur, um sich unter dem wunderschönen Baum mit seinen blauen, hängenden Blüten auszuruhen und zu träumen. Plötzlich sieht Babu etwas: Es bewegt sich, es hängt in der Baumkrone fest. Babu bewegt sich vorsichtig auf das Wesen im Baum zu. Was denkst du, wer das sein kann? Kannst du es ahnen?

Es schreit: „OHHH, AAHHHH, so was Dummes, ich hänge fest! Mein Fuß, aua, ich bin eingeklemmt! Das gibt es doch nicht. Hilfe, Hilfe, hört mich denn niemand? Ist jemand hier?"

Babu sitzt dem Wesen auf einem Ast gegenüber und schaut es mit gebührendem Respekt an. Das Mädchen hängt kopfüber vom Baum und versucht, seinen Fuß aus dem Ästewirrwarr zu bekommen. Es sagt: „Oh, hallo, du bist ja ein süßer kleiner Kerl. Wer bist du denn?" Da ertönt aus der Ferne eine weitere Stimme: „Das ist Babu, das Eichhörnchen, mein Freund." Das Mädchen schaut sich um und erkennt unter sich noch ein Mädchen, das zu ihr hinaufblickt. Sie sagt: „Oh, Babu also, schönen guten Tag, Babu und wer bist du? Könnt ihr mir vielleicht helfen, hier rauszukommen?" Luana antwortet: „Ich heiße Luana, ich helfe dir gerne, wenn du mir verrätst, wer du bist. Bist du das blaue Licht, das gefallen ist? Wir sind auf der Suche danach."

Das Mädchen sagt: „Guten Tag, Luana, schön dich kennenzulernen, über Kopf zu hängen ist echt auch ganz lustig, aber langsam wäre es schön, wenn man das bald ändern könnte. Könnt ihr mich hier rausholen? Ein Licht sagst du?" Luana entgegnet: „Ja, ein blaues Licht, ich habe es von meinem Fenster aus gesehen. Es war auch ein rotes Licht dabei und dann war da noch so ein anderes Licht und plötzlich sind da noch so viele Vögel und es war…" Das unbekannte Mädchen unterbricht sie: „Ach du meine Güte, du hast ja wirklich sehr viel gesehen, kannst du mal stoppen und mir hier runterhelfen, bitte?" Luana sagt keck: „Ich helfe dir gerne herunter. Erst möchte ich aber wissen, wie du heißt und ob du das blaue Licht bist?" Das Mädchen stöhnt: „Wenn ich nicht das blaue Licht bin, hilfst du mir dann trotzdem?" Luana zögert: „Kommt darauf an."

Das Mädchen meint: „Ihr Erdlinge seid schon komisch. Also gut, ich heiße Joselyn und ja, ich bin das blaue Licht, das du gesehen hast. Meine Glücksstiefel hab ich zum ersten Mal gesteuert. Sie fliegen noch nicht so perfekt, auf der Erde läuft es ganz anders mit der Schwerkraft und ich musste schnell von Sorayus absteigen, sonst wär's wohl für uns beide gefährlich geworden. Ich bin mit der Steuerung meiner Glücksstiefel noch nicht ganz grün und deswegen hänge ich jetzt hier kopfüber im Baum. Mein rechter blauer Stiefel hat sich in den Ästen verfangen und alleine komme ich hier nicht mehr raus. Kannst du mir jetzt helfen?" Luana schaut Joselyn mit großen Augen und offenem Mund an und auch Babu steht kerzengerade und wie angewurzelt da. Luana sagt erstaunt: „EIN ABENTEUER…" Joselyn wird ungeduldig: „Ein Abenteuer, wie bitte, was meinst du? Holst du mich bitte hier runter? Hallooo, bist du jetzt sprachlos?"

Luana schaut Babu an – beide jubeln und springen auf und ab. Joselyn versteht nicht, was hier los ist und schaut die beiden genauso an: mit großen Augen und offenem Mund. Aus Luana sprudeln jetzt die Fragen heraus: „Woher kommst du genau? Was bedeutet Glücksstiefel? Und was hast du genau gesteuert? Wie kannst du fliegen? Was hast du da oben im Himmel gemacht? Wer ist Sorayus? Und warum redest du von Schwerkraft und Erde? Wer bist duuu?" Joselyn muss lachen: „Um Himmelswillen, ich dachte, ich würde viele Fragen stellen, aber du übertriffst mich noch. Hätte nicht gedacht, dass es noch so jemanden gibt. Liebe Luana, lieber Babu, ich bitte euch sehr, helft mir hier raus und ich werde euch alles erzählen, was ihr wollt!" Luana hakt nach: „Wirklich alles?" Joselyn stöhnt: „Ja, wirklich alles! Helft ihr mir jetzt, biiitteee?"

Luana pfeift Babu zu sich, sie reicht ihm ein Taschenmesser. Babu klemmt es zwischen seine Zähne und klettert zu Joselyn hoch. Luana schiebt einen riesigen

Laubberg unter die Bäume, damit Joselyn weich landet, sollte sie fallen. Babu schneidet mit dem Messer und seinen geschickten Fingern einen kleinen Ast ab, genau da, wo Joselyn sich mit ihrem Stiefel verfangen hat. Luana klettert auf den Baum und befestigt ein Seil. Das Seil hat sie von daheim mitgenommen. Sie hat es in den Rucksack zu ihren Frühstücksbroten gepackt, für den Fall der Fälle. Luana ist im Wald immer gut ausgestattet, das hat sie von ihrem Vater gelernt. Ohne Seil, Taschenmesser, Lupe, Kompass, Rufhorn und Fernrohr geht sie nie aus dem Haus.

Joselyn sagt erstaunt: „Du hast ein Seil dabei?" Luana antwortet: „Mein Vater sagt, man muss immer gegen alles gewappnet sein. Ein guter Entdecker ist vorbereitet." Joselyn ist beeindruckt: „Oh, dein Vater ist ja sehr clever." „Ja, das ist er. Er baut Schiffe. Aber mein Großvater war ein echter Abenteurer, er war Seefahrer, von ihm habe ich die Abenteuerlust. Sagt zumindest mein Vater. Hast du auch einen Vater?" Joselyn sagt: „Ja, ich weiß es noch nicht lange, dass ich einen Vater habe." Luana sitzt auf dem Baum und brummt: „Mhhhmmm… Interessant… Joselyn, pass gut auf. Ich habe das Seil jetzt mit einem sicheren Achterknoten an diesem dicken Ast befestigt." Sie pfeift Babu herbei und spricht weiter: „Ich gebe Babu das andere Ende, er bringt es dir rüber. Halte dich gut dran fest. Wenn ich ‚Los!' sage, dann schwingst du dich in das Blätterbett da unten. Keine Sorge, das Seil ist sicher. Ich kenne mich gut mit Knoten aus." Joselyn antwortet: „Na dann vertraue ich dir mal. Fliegen geht gerade nicht, ich hänge ja überkopf." Luana lacht: „Fliegen, du bist ein Spaßvogel. Wie sollst du denn fliegen können?" Babu quietscht vor Freude und Luana hält sich den Bauch, die beiden schütteln ihre Köpfe. „Okay, Joselyn. Achtung, Babu schneidet den anderen Ast gleich ab. Halte dich gut fest. Es geht los! Jetzt wirst du gleich fliegen, also aufgepasst." Joselyn seufzt: „Na, wenn du meinst…" Luana ruft: „LOS… Jetzt!"

In diesem Moment schwingt Joselyn am Seil auf den gegenüberliegenden Baum und als sie wieder zurückpendelt, lässt sie los und fällt in den Laubhaufen. Sie versinkt völlig darin, nichts ist mehr von ihr zu sehen. Luana klettert erschrocken vom Baum herunter und läuft zu ihr. „Lebst du noch?" Nach einer kurzen Schreckenssekunde raschelt es und Joselyn kommt hervor. Prustend schüttelt sie die Blätter vom Kopf: „PUHHH, das hat ja Spaß gemacht, vielen Dank für eure Hilfe, ihr beiden! Ihr seid ja echt ein super Team. Mir tut nur mein Hintern ein bisschen weh. Autsch…" „Bitteschön, stets zu Diensten. Wir sind die Waldretterbande!" „Waldretterbande, habe ich noch nie gehört, genauso wenig wie Spaßvogel. Ist das eine besondere Tierart hier auf der Erde?" Luana und Babu schauen sich erstaunt an und fangen wieder ganz laut an zu lachen. Joselyn schaut die beiden verdutzt an: „Warum lacht ihr bitteschön?" Luana hält inne und sagt: „Wo kommst du denn her, etwa von einem anderen Stern?" Joselyn antwortet wahr-

heitsgemäß: „Naja, von einem Stern kam ich früher mal und jetzt lebe ich auf einem Planeten namens Blauauge. Dort ist mein Zuhause."
Luana hört auf zu lachen. Sie verstummt und steht schweigend vor Joselyn. Die fragt vorsichtig: „Luana, geht es dir gut?" Luana ist baff: „Ich versteh die Welt nicht mehr. Was ist hier los? Willst du mich veralbern? Also wenn das ein Witz sein soll, dann ist das ein sehr schlechter Witz." Joselyn versteht nicht: „Ein Witz, was ist ein Witz?" Luana lacht auf: „Du bist echt komisch." Joselyn nickt: „Oh ja, das sagen meine Freunde aus dem Lehrzauberzirkel auch immer zu mir. Ich habe mich schon daran gewöhnt, dass ich komisch und anders bin. Was hast du vorher gemeint mit Abenteuer, Luana?" Doch Luana hat selbst mehr als genug Fragen: „Lehrzauberzirkel? Also, du sprichst echt in Rätseln. Was hast du vorher damit gemeint, dass du noch nicht lange weißt, dass du einen Vater hast? Man weiß doch, ob man einen Vater hat oder nicht!" Joselyn antwortet: „Ein Lehrzauberzirkel ist sowas wie bei dir die Schule und naja, ich hab erst gestern erfahren, dass ich eine Mutter und einen Vater habe. Ich dachte immer, ich wäre ein Waisenkind."
Luana ist nicht mehr zu bremsen: „Das klingt ja sehr interessant. Ich habe Abenteuer gesagt, weil ich heute bei meinem Morgenritual eine Botschaft erhalten habe, dass ein Abenteuer auf mich wartet. Und dann hörte ich Joselyn, deinen Namen. Ich glaube, du bist auch eine Abenteuerin wie wir. Und dieser Planet, von dem du sprichst, namens…" „Blauauge." „Ja, genau, Blauauge, wo ist der und wie sieht er aus?" Joselyn beschreibt ihre Heimat: „Es ist ein blauer Planet. Blauauge ist eine Abkürzung. Es ist das Land des blauen Auges." Luana traut ihren Ohren nicht. Was hört sie da? Ein blauer Planet, das klingt ja tatsächlich wie Papas und Mamas Geschichte, die sie gestern Abend vor dem Bettgehen gehört hat. Die alte Sage von diesem blauen Engelsplaneten. Luana kann sich noch gut daran erinnern. Sie schnappt Joselyns Hand und zieht sie aus dem Blätterhaufen: „Komm mit!" Joselyn folgt ihr schnellen Schrittes. Luana führt sie zum Blauregenbaum. „Hast du Hunger?" Joselyn ist nicht sicher: „Ja, irgendwie schon." „Hier, das ist unser Geheimversteck im Wald. Das ist unser Lieblingsplatz. Dort drüben ist die alte Felshöhle. Aber keine Sorge, darin wohnt niemand mehr, sie ist leer. Eine alte Geschichte erzählt, dass dort sichtbare Drachen gewohnt haben. Wir nennen sie die Drachenhöhle. Babu und ich waren schon öfters in der Höhle, aber da ist nichts, da sind nur Steine."
Luana zieht eine Decke aus dem Rucksack, breitet sie aus und holt die belegten Brote, die ihre Mama mitgegeben hat, hervor. Sie reicht Joselyn ein belegtes Brot: „Hier, das ist für dich. Babu, komm her, hier ist dein Brot." Joselyn bewundert den wunderschönen Baum mit seinen blauen Blüten und freut sich. Sie ist tief dankbar, dass sie jetzt tatsächlich auf der Erde ist. Sie geht zum Blau-

regenbaum, legt ihre Hände an den Stamm. „Weißt du, Luana, die Bäume sind besondere Wesen!" Luana erwidert sofort: „Oh ja, das stimmt. Ich liebe den Wald. Ich sitze gerne unter diesem Blauregenbaum. Hier fühle ich mich einfach sehr wohl." Joselyn spricht weiter: „Die Bäume auf deiner Erde sind alle Lebewesen wie du und ich. Sie besitzen ein gemeinsames Bewusstsein und können durch ihre Verwurzelung im Boden miteinander kommunizieren." „Wow, das ist ja interessant. Das ist mir ganz neu. Erzähl mir mehr davon!" „Die Bäume sprechen zu jeder Zeit miteinander. Sie sind sehr intelligente Wesen. Sie warnen sich selbst vor Fressfeinden. Bei Schädlingsbefall rufen sie helfende Insektenarten herbei und sie können unzählige Umwelteinflüsse wahrnehmen und geben diese Informationen an die Nachbarsbäume weiter." „Wie machen die Bäume das?" „Die Wurzeln sind ein riesiges erdumspannendes Kommunikationsnetz. Über Duftsignale können sie sich schnelle und effektive Warnsignale senden. Der Wald hat auf den Erdling eine sehr postive Auswirkung. Der Wald hilft dir wieder ins Gleichgewicht zu kommen und Kraft zu tanken." Luana nickt: „Ich habe Demut vor den prächtigen und mächtigen Bäumen. Ich fühle mich mit ihnen sehr verbunden. Für mich ist der Wald mein Zuhause und ich spüre, wie lebendig er ist und welche Kraft in ihm wohnt. Das stimmt, Joselyn, der Wald schenkt Ausgeglichenheit. Immer wenn ich aus dem Wald komme, fühle ich mich gestärkt und die Luft ist einfach herrlich." Joselyn lächelt: „Liebe Luana, die Bäume hier mögen dich sehr, dass kann ich deutlich spüren. Du und Babu, ihr seid in diesem Wald willkommen, das erzählt mir gerade dein Blauregenbaum." Luana staunt: „Das hat dir dieser Baum wirklich gerade gesagt? Wie kannst du mit ihm sprechen?" „Du kannst auch mit deinem Baum kommunizieren." „Ich kann das auch?" „Ja, natürlich. Lege deine Hand auf den Baumstamm oder umarme ihn, so kannst du Kontakt mit ihm aufnehmen. Begrüße ihn und nimm ihn mit allen Sinnen wahr. Du kannst deinen Baum auch etwas fragen oder ihn bitten, dir Kraft zu schenken. Lasse dich auf den Baum ein und höre, was er dir zu sagen hat." Luana fragt skeptisch: „Das funktioniert?" „Natürlich funktioniert das! Versuche es doch einfach."

Luana geht zu ihrem Baum, legt ihre Hände an den Stamm und schließt ihre Augen. Plötzlich spürt sie die Kraft des Baumes, ihre Hände kribbeln stark. Sie öffnet ihre Augen verwundert und sagt: „Wow, das ist ja beeindruckend. Ich spüre die starke Energie des Baumes direkt durch meine Hände." Joselyn fragt: „Wusstest du, dass es in jedem Wald mehre Baumwächter gibt?" Luana hebt die Augenbrauen: „Baumwächter? Nein, das wusste ich nicht. Was machen diese Wächter?" „Ein Baumwächter ist älter und mächtiger als alle anderen Bäume. Er ist mit allen Bäumen, Pflanzen und Tieren des Waldes verbunden. Die Baumwächter sind im gesamten Wald verteilt und bewachen ihr ganzes Umfeld. Durch einen Baumwächter erhältst du Zugang zum gesamten Wald. Durch ihn fließt am meisten Energie und die Information deiner Begrüßung wird am schnellsten verbreitet." Luana staunt: „Das ist ja echt unglaublich. Kann ich auch mit einem Baumwächter sprechen?" Joselyn nickt: „Du kannst mit jedem Baum, jedem Strauch, jeder Pflanzenart kommunizieren. Sie sind Lebewesen und haben Gefühle wie du und ich. Bei vielen kannst du eine heilende Wirkung vernehmen, andere vermitteln Ruhe, Kraft, Sinnlichkeit oder Harmonie, einige kommunizieren auf ganz geheimnisvolle Weise. Jeder Baum wird von bestimmten Elementarwesen beschützt, die Dryaden, Devas, oder Baumnymphen genannt werden." Luana freut sich: „Oh, das hatten wir letzte Woche erst in meiner Schule als Thema. Sehr interessant! Weißt du, Joselyn, wenn wir zuhause geerntetes Gemüse oder Früchte essen, dann bedanken wir uns in Demut, bevor wir es verzehren. Denn alles, was Mutter Natur uns schenkt, ist heilig." „Ja, alles ist heilig und alles, was auf deiner wundervollen Erde existiert, ist lebendig oder beseelt, egal ob Mensch, Tier oder Pflanze. Alles ist lebendig und besitzt Gefühle." „Deshalb überlegt mein Vater immer sehr lange, welchen Baum er fällen soll. Er sucht sich Bäume aus, die aussortiert werden müssen oder die krank sind. Er spricht mit dem Baum und sagt ihm, warum er gefällt werden soll und wann es soweit ist. Er spricht mit der Baumseele und bereitet so den ausgewählten Baum auf sein Gehen vor. Er bedankt sich demütig bei ihm, dass er seinen Baumkörper für seinen Arbeitsprozess verwenden darf. Er nimmt sich nur das, was er benötigt, nicht mehr und pflanzt dann gleich wieder einen neuen Baum. Wenige Menschen tun dies noch so." Joselyn sagt lächelnd: „Das macht dein Vater sehr ehrwürdig, denn so hat die Baumseele die Chance, sich von ihrer vernetzten Baumfamilie zu verabschieden, sich von ihrem Baumkörper zu trennen und kann die Reise in die Anderswelt antreten."

Luana überlegt: „Frau Peterson erzählt mir oft ihre alten Geschichten und sie sagt, dass Bäume großartige Helfer sind und dass sie ganz besondere Energien besitzen und diese auf uns übertragen können. Sie kennt sich sehr gut mit Devas, Waldelfen, Baumgeistern, Wiesenfeen und anderen besonderen Waldwesen aus." Joselyn runzelt die Stirn: „Wer ist Frau Peterson?" Luana erzählt: „Sie macht die besten Suppen weit und breit. Sie hat einen Suppenladen und dort gehe ich gerne nach der Schule essen. Wenn du magst, kann ich dir gerne den Suppenladen zeigen und dir Frau Peterson vorstellen?" „Oh, das wäre wunderbar." „Übrigens, weil wir gerade bei Geschichten sind, gestern Abend habe ich von meinen Eltern eine wunderbare Geschichte erzählt bekommen, wenn du magst, erzähle ich sie dir?" Joselyn nickt: „Ja bitte, ich höre gerne Geschichten."

Luana erzählt ihre Geschichte, die alte Sage, die sie von ihren Eltern gehört hat. Sie redet viel. Das stört Joselyn gar nicht, denn sie ist froh, eine menschliche Freundin und dazu einen tierischen kleinen Freund gefunden zu haben. Dieser Moment ist großartig. Da fällt ihr Einhorn Aurora ein und schnell schickt sie ihr durch Gedankenkraft liebevolle Grüße. Sie weiß, sie ist an der richtigen Stelle, genau da, wo sie jetzt sein muss. Sie macht sich nur ein wenig Sorgen um Xeron. Joselyn fühlt aber ganz genau, dass es ihm gut geht und sie weiß auch, er wird sie finden. So sitzen die drei unter dem Blauregenbaum auf der gemütlichen Decke, erzählen sich ihre Geschichten und lernen sich kennen. Sie lachen viel und können es nicht glauben, dass sie sich gefunden haben. Joselyn beantwortet Luanas viele Fragen. Das Erden-Mädchen ist sehr neugierig und möchte alles wissen. Joselyn beschreibt das Land des blauen Auges, wie es dort aussieht, was es dort gibt. Sie spürt, dass die menschliche Wesensart auch in ihr schlummert und ihr manche Emotionen sehr bekannt erscheinen, die ihr Luana mit ihrem aufgeregten Erzählen zeigt. Sie hat so viele Gedanken und Gefühle in sich wie noch nie.
Bevor sie durch das Dimensionstor trat, schenkten ihr Kaya und Großmutterbaum Malu die menschliche Sprache, damit sie die Menschen auch würde verstehen können. Joselyn ist zwar ein halber Mensch, dennoch sind auf der Erde ein paar andere Dinge zum Leben notwendig. Dazu gehört das Atmen oder eben die Sprache.
Die Wesen im Land des blauen Auges bestehen aus Licht und natürlich haben sie auch einen Körper, nur ist dieser eben viel durchsichtiger, heller und viel größer. So ist Joselyn dort auch viel größer wie sie es jetzt auf der Erde ist. Damit es nicht auffällt, ist sie jetzt in etwa so groß wie Luana und hat alles, was ein Mensch braucht: Körper, Geist und Seele. Ein Herz, dazu den Verstand und die Lichthülle, die Aura. Joselyn nimmt zum ersten Mal alles mit den Sinnen wahr, die sie spüren lassen, wie intensiv das Menschsein ist. Sie ist sehr überrascht, wie viele Gefühle in ihr vorhanden sind. Ihren ersten kleinen Schmerz hat sie beim Fallen ins Blätterbett gespürt. Ihr Hinterteil hat sie plötzlich ziemlich deutlich wahrnehmen können. Sie versteht langsam, dass es als Mensch einige Herausforderungen zu meistern gibt und ist schon sehr gespannt, was sie noch alles erfahren darf.
Luana, Babu und Joselyn verbringen schon über drei Stunden am Blauregenbaum. Der Tag ist längst auf seinem Höhepunkt. Die Mittagssonne scheint durch die Baumspitzen und es ist spürbar, wie warm und wunderschön sonnig der Tag ist. Eine leichte Brise streicht durch den Wald und die Vögel zwitschern fröhlich. Die Blätter des Waldes sind zu hören, sanft rauschend. Babu tobt durch die

Bäume und erfreut sich an seiner Freiheit. Er versucht, für später als Vorsorge Nüsse zu vergraben, falls der große Hunger kommt.
Joselyn hat Luana so manches erzählt, was sie hier macht, was sie vorhat, warum sie überhaupt da ist und welche Aufgabe sie zu lösen hat. Luana kann das alles gar nicht fassen. Manches kann sie verstehen, aber anderes ist ihr sehr fremd. Sie liebt es, Neues zu lernen und herauszufinden. Sie freut sich sehr über ihre neue außergewöhnliche, magische Freundin aus dem Kosmos. Eine Freundin, die sich mit Magie auskennt und Zauberstiefel besitzt, die damit sogar fliegen kann. Luana fragt sich, was sie wohl noch alles kann? War sie auch einmal ein Stern?
Joselyn bittet Luana, alles zunächst einmal für sich zu behalten. Sie darf es niemanden erzählen, sonst bringt sie Joselyn in Gefahr. Die Schattenwesen dürfen sie nicht entdecken. Luana versteht vor allem, dass die Erde, ihr Planet, ihre Heimat, in Gefahr ist. Darüber ist sie entsetzt und sehr traurig. Unter all den Informationen hat Joselyn Luana die Bedrohung der Schattenwesen sehr deutlich gemacht. Luana spürt, dass es nur diesen einen Weg gibt. Dieser ist für die Menschheit und die Erde die einzige und letzte Möglichkeit. Sonst sind alle verloren.
Die mächtigen Wesen des Planet Blauauge, Joselyns Auftrag und ein einfaches menschliches Wesen namens Luana stehen jetzt zwischen diesen Welten und ihrem Vorhaben. Joselyn erklärt Luana, dass es aus menschlicher Sicht betrachtet für zwei kleine Mädchen eine unsagbar riesige Aufgabe ist, die Erde und die Menschheit zu retten. Aber aus galaktischer Sicht ist dies durch die mächtigen Wesen ein gemeinschaftliches und magisches Zusammenspiel von Glaube und Vertrauen. Jeder einzelne, auch Luana und Babu, sind darin wichtig. Joselyn weiß, dass es zunächst für ein menschliches Wesen unverständlich ist, wie ein kleiner Mensch die Erde retten sollte. Sie erklärt Luana, dies sei durch die Verbindung mit den mächtigen Wesen vom Land des blauen Auges und mit dem allmächtigen Vater Universum möglich.
Luana kann natürlich nicht alles begreifen, aber sie fühlt ihr Herz. Sie fühlt, dass es hier um etwas wirklich Tiefes und Einmaliges geht. Sie würde am liebsten allen davon erzählen, aber sie versteht sehr gut, dass dies ein Geheimnis bleiben muss. Ihr Geheimnis. Das Geheimnis von Joselyn, Luana und Babu. Die beiden Mädchen schließen Freundschaft. Luana verspricht Joselyn, ihr bei ihrem Abenteuer zu helfen und ihr auf der Erde alles zu zeigen. Denn sie wäre keine Abenteuerin, würde sie dies ausschlagen.
Joselyn spricht lächelnd zu ihr: „Deswegen bist du auch die Einzige, die das kann." Sie verspricht Luana, ihr irgendwann ihren Wunsch zu erfüllen, den sie tief in sich trägt: den Wunsch, einmal auf einem richtigen Drachen zu fliegen und sie zu beschützen. Luana ist verwundert, denn sie hat gar nichts von ihrem Wunsch

erzählt. Sie merkt, dass Joselyn noch so einiges Spannendes und Unglaubliches bereithält. „Kann Joselyn Gedanken lesen?", fragt Luana sich.
Joselyn steht auf und streckt Luana ihre Hände entgegen. Sie lächelt sie liebevoll an. Luana erhebt sich und streckt auch ihr die Hände entgegen. Sie halten sich fest. Joselyn schließt die Augen und Luana ebenso. Joselyn spricht: „Kannst du es spüren und sehen?" Luana schweigt und öffnet für einen kleinen Moment ihre Augen, um sie gleich wieder zu schließen, als sie erkennt, das Joselyn wirklich in diesen Moment eintaucht. Die Hände der beiden werden ganz warm und es kribbelt. Luana spürt das und sie kann etwas erkennen. Sie hat Gänsehaut durch und durch und sagt erstaunt: „Oh ja, ich kann es jetzt auch spüren und ich sehe etwas Eigenartiges. Etwas Helles, ein Licht. Es funkelt so schön goldenweiß. Es ist wunderschön." „Das was du spürst, ist unser unsichtbares Band. Das Band der Freundschaft. Das was du jetzt siehst, ist das Licht der Engelwesen. Das Licht deines Schutzengels." Luana ist fassungslos und fühlt den Frieden tief in sich. Sie ist glücklich. Joselyn sagt: „Öffne deine Augen, Luana." Luana öffnet die Augen und sieht Joselyn mit Tränen in den Augen an. In diesem Augenblick bemerkt sie, dass sie beide schweben. Sie schweben frei. Sie schweben in einem wundervollen hellen, goldenen Licht. Ein friedliches, liebevolles Licht ist das. Luana ist fassungslos, aber gar nicht erschrocken. Sie vertraut vollkommen. Ihre Abenteuerlust ist einfach grenzenlos.
Sie jubelt laut: „WOW, wie cool ist das denn? Ich fliege, ich fliege, ich bin wirklich in der Luft! Das gibt es doch nicht! Babu, siehst du das? Ich glaube es einfach nicht!" Babu schwebt auch in der Luft, aber er findet es gar nicht witzig und ist sehr ängstlich. Er springt auf Luanas Schulter und klettert in ihre Weste. Joselyn sagt mit einem Lächeln: „Ja, du schwebst. Fliegen kann man das noch nicht nennen, aber ja, du bist in der Luft. Dein Schutzengel grüßt dich. Er zeigt sich dir, weil du in deinem Herzen vertraust. Du glaubst an uns Lichtwesen. Wenn du glaubst, ohne gesehen zu haben, passieren wunderbare Dinge. Der Glaube ist mächtig." Luana staunt: „Es ist unglaublich, ich kann es nicht fassen, Joselyn." Sie ist tief gerührt, ihr fehlen die Worte und sie fällt Joselyn in die Arme, um sich zu bedanken: „Joselyn, danke, dass du mich ausgesucht hast."
Joselyn schwebt mit Luana langsam wieder zu Boden. Sie antwortet: „Du hast dir das hier selbst ausgesucht. Es ist deine eigene Entscheidung, mir zu helfen. Du verbindest dich nur mit den Gelegenheiten oder Personen, die dein Herz ansprechen. Du bist nicht umsonst die Enkelin eines Entdeckers. Du trägst das Herz des Mutes in dir." Luana ist ganz still geworden, sie ist demütig und erstaunt, weil sie endlich weiß, dass Geschichten doch wahr sein können. Der Glaube versetzt Berge. Joselyn sagt zu Luana: „Viele Menschen, auch Kinder darunter, glauben nicht mehr an uns. Glauben nicht mehr an die Engel oder Fabelwesen und schon

gar nicht mehr an die eigene Kraft und Magie in ihrem Herzen. Denn wenn sie wieder mit ihrem Herzen glauben würden, dann würden sie das alles sehen, was du gerade sehen kannst, liebe Luana. Das alles ist nur einer, Vater Universum, der uns alle erschaffen hat. Der auch dich erschaffen hat. Dich gibt es nur einmal auf dieser Erde. Es gibt keinen der so ist wie du. Deswegen bist auch du diejenige, die mit mir diesen Weg hier gehen wird und andere werden folgen."

So beginnt zwischen Joselyn und Luana eine tiefe Freundschaft und sie starten in eine wirklich intensive Abenteuerreise auf dem Planeten Erde.

EIN ABENTEUER, das die beiden in verschiedene Welten eintauchen lässt.
EIN ABENTEUER voller magischer Wunder.
EIN ABENTEUER voller Erinnerungen für die Ewigkeit.

Freunde fürs Leben und weit darüber hinaus. Bis in die unendlichen Weiten des Universums.

LERNE DEIN KRAFTTIER KENNEN

Ich, Noack, frage dich, was denkst du? Hast du auch magische Freunde? Lass es uns einfach herausfinden. Bist du bereit, dein Krafttier kennenzulernen? Jedes Kind, jeder Mensch auf der Erde hat von Geburt an sein magisches Krafttier. Ja, du hast richtig gehört. Krafttier, auch Fabelwesen, Lehrer, Meister, Schutzengel und noch viele mehr.

Krafttiere sind Begleiter aus der nichtalltäglichen Wirklichkeit, die dich ein Leben lang begleiten und die dich in deinen Lebensplänen unterstützen. Auch ist es so, dass jedes Krafttier individuelle Eigenschaften und Fähigkeiten hat. Je nach Lebenssituation können sich Krafttiere auch ändern oder neue hinzukommen. Der bewusste Umgang mit deinem Krafttier verleiht deinem Dasein Tiefe und Bewusstheit. Dein Krafttier kann deine Entfaltung vorantreiben. Du bist nie allein mit deinen Ängsten, Sorgen und Wünschen.

Du hast vertrauensvolle und liebevolle Begleiter an deiner Seite.

Du kannst deinem Krafttier alles anvertrauen und zu jeder Zeit Unterstützung und Trost erhalten. Dein Krafttier ist der Spiegel deiner Seele. Alte Mythologien, ganz besonders des Schamanentum, schreiben Krafttieren eine bedeutende Rolle zu. In früheren Zeiten war es normal, mit seinen Krafttieren zu kommunizieren. Diese besondere Gabe wurde im Laufe der Zeit verdrängt und vergessen. Die Indianer auf deiner Erde haben die Verbindung zu den Krafttieren nie verloren. Sie sind die einzigen Erdlinge, die dieses Wissen bewahrt haben.

Diese Botschaft senden alle Krafttiere an dich:

„Finde dich selbst, vertraue dir und der geistigen Welt. Hab keine Angst vor dem Leben. Du bist hier, um glücklich zu sein. Glaube deiner inneren Führung, wir stehen dir bei.“

MEDITATION KRAFTTIER

Mache es dir gemütlich, höre ruhige Musik, die dich entspannen lässt. Schließe deine Augen und atme dreimal langsam tief ein und tief aus.

Stelle dir eine schöne Blumenwiese vor und strahlenden Sonnenschein.
In der Ferne kannst du einen schönen großen Wald erkennen.
Du gehst langsam über die Blumenwiese in Richtung Wald.
Am Waldesrand kannst du ein Tier sehen. Du gehst ein wenig näher ran.
Du brauchst keine Angst zu haben, dieses Tier ist dein Freund, dieses Tier ist dein Schutzbegleiter. Dein Krafttier. Ihr beide gehört zusammen.
Dieses Tier passt auf dich auf.
Das Tier sieht freundlich aus und es freut sich sehr, dich zu sehen.
Kannst du das Tier erkennen? Wie sieht es aus? Wenn du es nicht hören oder sehen kannst, dann kannst du es vielleicht fühlen oder riechen?
Oder erkennst du Farben oder Formen?
Stelle diese Frage: Bist du mein Krafttier?
Wenn du niemanden erkennen kannst oder keine anderen Wahrnehmungen hast, dann sag dies: Mein liebes Krafttier, ich rufe dich, zeig dich mir bitte. Danke.
Wenn es sich nicht zeigen sollte, dann mach dir keine Gedanken, alles kommt zum richtigen Zeitpunkt. Verliere nicht den Mut und probiere es weiter.
Wenn doch: Lernt euch näher kennen. Vielleicht hörst du eine Botschaft, die dir dein Krafttier übermitteln möchte.
Wenn es für dich soweit ist, dann verabschiede dich freundlich von deinem Krafttier, bedanke dich, dass es sich dir gezeigt hat.
Bis zum nächsten Wiedersehen.
Komme langsam wieder zurück ins Hier und Jetzt, bewege deine Finger, deine Beine, den ganzen Körper und öffne deine Augen.

Je öfter du dich mit deinem Krafttier verbindest, desto stärker wird eure gemeinsame Verbindung werden. Du kannst dir diese Übung von einer vertrauten Person vorlesen lassen oder sie in deinem Gedächtnis verinnerlichen und alleine machen.

WOHER KOMMT DER GLAUBE AN KRAFTTIERE?

Beim Schamanentum handelt es sich nicht um eine eigene Religion. Schamanen gelten als Mittler zwischen der Geisterwelt und der irdischen Welt der Erdlinge. Basis für die Arbeit des Schamanen ist die damalige Vorstellung einer Art „Scheibenwelt", bestehend aus Ober-, Unter- und Mittelwelt. Der Erdling lebt in der Mittelwelt. Die Ober- und Unterwelt ist wiederum in weitere „Etagen" unterteilt. Aufgabe des Schamanen ist es, in die Ober- und Unterwelt zu reisen und dort Erkundigungen einzuholen oder Vorgänge auszulösen und zu Ende zu bringen. Das Wort „Schamane" ist in Deutschland seit dem 17. Jahrhundert bekannt. Es geht vermutlich auf das Wort „aman" der Tungusen zurück, das sind Ureinwohner Ostsibiriens, Chinas und der Mongolei. Dabei gehen sie auf eine geistige Reise und nutzen dazu oftmals Trommeln, Feuer, stundenlanges lautes Singen und Tanzen oder verschiedene Atemtechniken, um sich in einen anderen Geisteszustand, eine so genannte Trance, zu versetzen. Dabei nehmen sie Kontakt mit Natur- oder Tiergeistern auf und können sich mit ihnen unterhalten und austauschen. Das Schamanentum ist das älteste der Erdlingsheit bekannte Glaubens- und Heilungssystem. Schamanisch zu leben heißt im Einklang mit der Natur zu sein und den kosmischen Gesetzen zu folgen: Die Kräfte der vier Elemente Erde, Luft, Feuer und Wasser und die Natur werden respektiert, geschützt und zum Wohl aller Lebewesen eingesetzt.

In der Mythologie der Schamenen spielen Tiere eine bedeutende Rolle. Sie gehen davon aus, dass sie genau wie die Erdlinge beseelt sind. Krafttiere unterstützen den Schamanen bei seinen Aufgaben: dem Besuch geistiger Welten und dem Heilen von Krankheit, Elend und Unglück.

Die Anzahl der Krafttiere, die dem Schamanen erscheinen, ist unterschiedlich. Während einige nur einen Hilfsgeist in Tierform „beschäftigen", haben andere viele Helfer zur Seite. In manchen Völkern ist der Schamane umso mächtiger, je mehr Krafttiere er hat. Die Beziehung zwischen Krafttier und Erdling sollte von gegenseitigem Respekt, Unterstützung und Freundschaft geprägt sein. Sobald du von deinem Krafttier weißt, solltest du es nicht links liegen lassen, sondern dich darum kümmern, es hegen und pflegen.

Im Laufe deines Lebens kann dein bisheriges Krafttier durch ein neues, passenderes Krafttier ersetzt werden. Dies passiert zum Beispiel, wenn du eine Entwicklung durchgemacht oder ein bestimmtes Ziel erreicht hast und die Hilfe und Unterstützung des alten **Krafttiers nicht mehr benötigt wird. Krafttiere, oder auch Geist- oder Totemtiere, sind spirituelle Wegbegleiter in Tiergestalt, die den Menschen als Seelengefährten dienen.** Sie helfen dir dabei, deine Stärken zu finden. Als eine Art Lebensabschnittsgefährte unterstützten sie dich bei deiner spirituellen Entwicklung und helfen dir auf den rechten Lebensweg.

DEIN KRAFTTIER WIRD SICH DIR ZEIGEN, WENN DU ES WIRKLICH WILLST.

ALS WELTENWANDERER DER ZEITEN KANN ICH DIR EINEN TIPP VERRATEN: Versuche die Krafttierreise am frühen Morgen nach dem Aufwachen, da bist du noch frisch und unbefangen, dein Geist ist noch leer. Du solltest dabei auf jeden Fall ungestört sein.

Drei Tipps, wie du die Verbindung zu deinem Krafttier stärken kannst

1 Schaffe dir Symbole

Das bedeutet, dass dein Krafttier als Teil der nichtalltäglichen Wirklichkeit zunächst nicht sichtbar für dich ist. Vielleicht hast du im Traum, in Meditation oder einfach wenn du die Augen schließt schon ein Bild davon, wie sich dir dein Krafttier zeigt. Daher hilft es sehr, sich Bilder, Anhänger, eine kleine Figur, Stofftiere zu besorgen oder selbst anzufertigen, welche das Krafttier abbilden. Auch kannst du dein Krafttier malen, versuch es einfach. Egal ob du malen kannst oder nicht, du wirst sehen, manchmal entwickelt sich etwas ganz Erstaunliches.

2 Informiere dich

Mach dich schlau über dein Krafttier. Welche Eigenschaften hat es? Was frisst es gerne? Wo und wie auf der Erde lebt es? Wenn du die Möglichkeit hast, das Tier in der Natur zu beobachten, umso besser! Je mehr du über dein Krafttier weißt, umso stärker wird eure Verbindung.

3 Kommuniziere über Meditation

Du kannst deinem Krafttier Fragen stellen oder es in einer schwierigen Situation um Unterstützung bitten. Krafttiere kommunizieren oft nicht mit Worten, sondern mit Bildern oder Gefühlen mit uns. Doch mach dir da am Anfang keinen Kopf. Das ist wie vieles andere ein Lernprozess. Mit der Zeit wird es dir ganz leicht fallen, auf diese Art und Weise dein Krafttier um Hilfe zu bitten, egal in welcher Situation. Das was sich für dich gut anfühlt, sollest du tun. Deiner Kreativität sind keine Grenzen gesetzt, um eure Verbindung zu stärken.

LUANAS ZUHAUSE

Luana erkennt am Stand der Sonne, dass die Mittagszeit beginnt und sie erinnert sich an ihre Mutter. Zum Mittagessen soll sie daheim sein, das hat sie versprochen. Kurzerhand fragt sie Joselyn, ob sie nicht mit ihr nach Hause kommen und dort wohnen möchte, bis sie ihre Aufgabe erfüllt hat. Joselyn freut sich sehr über das Angebot der neuen Freundin, denn an einen geeigneten Schlafplatz hat sie noch gar nicht gedacht. Bis jetzt war sie nur mit Luana und Babu beschäftigt. Das Eichhörnchen schwingt sich schnell aus Luanas Westentasche und setzt sich auf ihre rechte Schulter. Luana und Babu begleiten ihre neue Freundin aus dem Wald hinaus. Von weitem können sie das Haus der Familie erkennen.
Joselyn fragt Luana: „Wie ist deine Mutter so?" Denn über ihren Vater hat sie schon einiges erfahren. Luana erzählt liebevoll, dass ihre Mutter keine normale Mutter ist. Sie ist außergewöhnlich und eigen. Sie kann mit Engelwesen sprechen. Sie ist täglich mit ihnen in Kontakt. Luana sagt lachend: „Ich denke, meine Mutter kennt sich in deiner Welt bestimmt sehr gut aus. Ihr beide werdet euch sicherlich gut verstehen. Darf ich auch ihr nicht von deiner Herkunft erzählen?"
Joselyn ahnt, dass dies vielleicht die passsende Familie sein wird, von der Großmutterbaum Malu und Kaya gesprochen haben. Sie erinnert sich genau an die Anweisungen der beiden und ist gespannt, ob Luanas Mutter sie wirklich erkennen wird. Sie weiß, dass sie ihr die Kette zeigen und ihren Namen sagen soll. Dadurch wird sie genau wissen, wer Joselyn ist. Kaya spricht durch Träume zu dieser Familie und wenn Luanas Eltern wirklich die Auserwählten sind, dann wäre der Anfang auf der Erde gemacht. Dann könnte Luana gewissenhaft und ohne Geheimnisse mit ihren Eltern sprechen und Joselyn hätte für die Zeit ihrer Abenteuerreise auf der Erde ein sicheres Zuhause. Die Drei gehen durch das geschwungene Eingangstor des Gartens an den Rosenbüschen vorbei und es dauert nicht lange, bis Luanas Mutter sie vom Gemüsebeet aus anspricht.
„Luana, Babu, da seid ihr ja! Wir wollten schon nach euch suchen. Da bin ich ja froh, dass ihr endlich da seid." Selena kann Joselyn noch nicht sehen, ein großer Rosenbusch verdeckt sie. Bis sich die Mutter auf die beiden zubewegt und erkennt: „Oh, wir haben Besuch, wie wunderbar!" Sie ruft Rowan zu sich: „Rowan, schau mal, unsere Tochter und Babu haben jemanden mitgebracht. Komm doch rüber, damit du sie auch begrüßen kannst." Luanas Vater ist hinter dem Haus, er schneidet gerade die Hecken zurecht. Er ruft zurück: „Ich bin unterwegs, meine Geliebten, bin gleich da."

Luanas Mutter lächelt liebevoll und spricht zu Luana: „Jetzt verstehe ich, warum du so spät kommst, du hast jemanden Interessanten kennengelernt. Schön, dass du deine neue Freundin gleich mitbringst."
Jetzt steht auch Luanas Papa vor Joselyn und freut sich sehr darüber, dass Luana eine Freundin mitgebracht hat. Es kommt äußerst selten vor, dass Luana jemanden mit nach Hause bringt. Sie ist nur im Wald mit ihren Tieren zusammen. Menschliche Freundschaften knüpft sie äußerst selten. Luana ist einfach anders als andere Kinder und das spürt sie selbst. Sie versteht sich mit allen in der Schule gut, aber sie ist eben gerne alleine, besonders in der Natur. Sie hat bis jetzt noch keinen wirklichen Freund gefunden, der so denkt und fühlt wie sie. Darum sind Luanas Eltern sehr aufgeregt und freuen sich. Luanas Papa sagt: „Kommt doch erst mal rein, das Mittagessen ist schon fertig. Es gibt Luanas Lieblingsessen: Pfannenkuchen mit selbstgemachter Fruchtmarmelade. Ihr habt bestimmt Hunger!"
Babu ist gleich ins Haus geflitzt, als er „Pfannenkuchen" gehört hat und Luana freut sich, schnappt Joselyns Hand und zeigt ihr den Weg in die Küche. Dort angekommen riecht es himmlisch und der große, stämmige, ganz besondere Holztisch ist liebevoll gedeckt. Viele verschiedene Kräuter hängen am Giebel der Küchendecke zum Trocknen. Da hinten steht ein kleiner Kamin und durch ein großes Fenster sind der Berg und die Waldlichtung zu erkennen. Auf der Terrasse steht ein Teleskop, damit beobachtet Luanas Familie die Sterne in jeder klaren Nacht. Joselyn sieht sich erstaunt um, sie spürt, dass das ein echtes Zuhause sein kann. Ihr Zuhause auf der Erde.
Luanas Mutter sagt: „Setzt euch bitte, es ist genug für alle da. Liebe Freundin von Luana, fühl dich wie Zuhause. Darf ich deinen Namen erfahren?" Jetzt sitzen alle am Tisch. Joselyn schweigt, überlegt einen kurzen Moment und sagt dann: „Ich bin mir nicht sicher, aber ich denke, dass ich hier richtig bin." Sie holt die Kette unter ihrer Weste hervor und streckt sie Luanas Mutter entgegen, die neben ihr sitzt. Joselyn schaut Selena erwartungsvoll an.
Luanas Mutter wirft nur einen kurzen Blick auf die Kette und erkennt das Symbol, die Triskele. Sie schaut erstaunt zu Rowan. Joselyn spricht weiter: „Ich heiße…" Luanas Mutter unterbricht sie und sagt: „JOSELYN." Alle am Tisch blicken Selena mit großen Augen an. Luana platzt sofort heraus: „Woher weißt du das, Mama?" Joselyn lächelt und fällt Luanas Mutter in die Arme. Selena weint und bedankt sich laut bei ihren Engeln. Sie weiß über alles Bescheid. Die letzten Nächte hat sie unentwegt von Joselyn und ihrer Welt geträumt. Sie hat Rowan davon erzählt und er konnte es nicht fassen, denn er träumte genau das Gleiche wie sie. Sie wussten, dies war ein Traum von großer Bedeutung und es war nur eine Frage der Zeit, bis sich dieses Kind zeigen würde. Beide hofften nur, dass es nicht

so bald geschehen würde, denn das würde bedeuten, dass die Zeit ihrer Heimat, ihrer Erde, dem Ende zuging.
Luana geht zu ihrem Vater und setzt sich auf seinen Schoß, sie schaut ihn fragend an. Rowan sagt ihr mit seinem Blick: „Sei geduldig." Luanas Mutter schaut Joselyn an und sagt: „Ich kenne dich bereits, ein mächtiges Engelwesen war die letzten Tage in meinen Träume mit mir in Kontakt. Sie nennt sich Kaya und sie erzählte, sie sei deine Mutter, stimmt das?" Joselyn nickt: „Ja, das stimmt und ich kann dir auch deinen Namen sagen, du heißt Selena, du bist eine Mondpriesterin. Du gehörst der Schwesternschaft der Mondpriesterinnen aus Avalon an, stimmt's? Und du hast einen Meteoritenstein gefunden?" Selena staunt: „Ja, ich habe einen Meteoritenstein und ja, ich bin eine Mondpriesterin. Woher weißt Du das alles? Entschuldige, dass ich diese Frage gestellt habe, ich vergesse, du bist ein Wesen des Lichts. Du wirkst auf mich wie ein Kind, wenn du so vor mir sitzt, deswegen kam diese Frage so aus mir raus. Du bist viel mehr als nur ein Kind. Du bist ein Wesen aus dem Land des blauen Auges. Ihr seid sehr weise und tragt kosmisches Wissen in euch. Du bist eine Feenelfe, oder?" Joselyn nickt: „Halb Mensch, halb Feenelfe."
Rowan klinkt sich ein, er erinnert sich an seinen letzten Traum: „Halb Mensch?" Joselyn bestätigt: „Ja, genau." „Jetzt verstehe ich plötzlich. Ich habe von einem Mädchen in menschlicher Form geträumt, trotzdem wechselte es ständig ihre Erscheinung. Einmal war es eine Feenelfe aus Licht und dann wieder ein Menschenkind, so alt wie Luana." Joselyn lächelt: „Träume können manchmal ein bisschen verwirren, aber am Ende zeigen sie immer das Wahre." Luana kann es nicht fassen: „Warum habt ihr mir nicht davon erzählt?" Selena wendet sich an ihre Tochter: „Mein geliebtes Kind, wir wussten selbst noch nicht, was es zu bedeuten hatte. Ich wollte morgen zum Hohen Berg Gelmir, dem Weltenbaum gehen und ihn um Rat fragen, aber das hat sich ja jetzt erübrigt." Rowan will mehr wissen: „Wie habt ihr beide euch gefunden?" Luana lacht: „Oh, das war ganz einfach, aber es ist eine lange Geschichte." Selena sieht Joselyn in die Augen und sagt: „Du bist hier herzlich willkommen und wir werden dich so gut wie wir können begleiten. Unsere Familie steht zu dir und wir sind tief geehrt, dass wir dafür auserwählt wurden. Wir stehen dir zu Diensten. Joselyn, du bist ein kleines-großes Wunder für die gesamte Menschheit. Es ist unglaublich, was uns der Allmächtige gesandt hat."
Luana hört ganz aufmerksam zu, was ihre Mutter da sagt, aber sie kann noch nicht alles verstehen. Sie erzählt weiter: „Wir haben Freundschaft geschlossen. Deswegen sind wir auch zu spät gekommen. Joselyn hat mir alles erzählt. Die Zeit verging so schnell, wir konnten es gar nicht glauben. Ich bin geflogen! Wirklich geflogen! Und Joselyn, sie ist einfach vom Himmel gefallen." Selena lacht

liebevoll: „Oh, ich denke nicht, dass sie einfach so vom Himmel gefallen ist. Liebe Joselyn, dich hat bestimmt ein magisches Tier begleitet. Ich vermute, dass dich ein Pegasus hierher gebracht hat?" Luana ist ganz erstaunt, was ihre Mama da sagt: „Ein Pegasus, ein echter Pegasus, meinst du das ernst? Woher weißt du das alles, Mama? Joselyn stimmt das, ein echter, wirklicher Pegasus?" Joselyn nickt: „Ja, deine Mama hat recht, er heißt Sorayus. Wir mussten uns trennen, denn wir wurden bei der Einreise auf die Erde entdeckt. Mein Freund Xeron hat das Kontrollraumschiff der Schattenwesen vom Kurs abgebracht, um uns zu beschützen. Sorayus und ich sind in einen riesigen Vogelschwarm geraten. Um nicht noch mehr Aufmerksamkeit auf uns zu ziehen, bin ich abgesprungen und das kurze Stück mit meinen magischen Zauberstiefeln geflogen. Aber ich kann sie noch nicht richtig steuern und da bin ich ein wenig unsanft in diesem Baum gelandet. Wo Sorayus und Xeron jetzt sind, weiß ich nicht, aber sie werden mich finden. Ich weiß es und ich fühle, es geht ihnen gut." Luana ist sichtlich überfordert: „Oh Mann, wer ist Xeron? Und woher weißt du das jetzt alles, Mama?"
Selena antwortet ruhig: „Mein Kind, ich denke, ihr habt später noch genügend Zeit, über all diese Dinge zu sprechen. Liebe Luana, ich glaube, du hast vergessen, dass ich eine Mondpriesterin bin und dies meine Gabe ist. Ich trage dieses Wissen nun mal in mir. Wir Priesterinnen sind mit dem Land des blauen Auges tief verbunden. Langsam verstehe ich, warum ihr so lange im Wald gewesen seid. Es gab jede Menge zu erzählen und du, meine Tochter, bist nun mal sehr neugierig. Du bist eine Entdeckerin und für Entdecker gibt es keine Zeit. Zeit ist nur eine Erfindung unserer menschlichen Art. Wir leben hier in Aurien nach der Sonne, den Sternen, unserer Mondin und den geistigen Mächten. So bleiben wir im Einklang mit Mutter Natur und haben unseren natürlichen Rhythmus."
Rowan sagt zu seiner Tochter: „Du und Joselyn, ihr passt gut zusammen." „Warum, Papa?" „Ihr beide seid außergewöhnlich einzigartig. Das Universum hat zwei besondere Mädchen dafür ausgewählt. Kein Wunder, dass ihr Freundschaft geschlossen habt. Gleiches zieht Gleiches an." Luana lacht: „Wir sind schon sehr verschieden, aber unsere Leidenschaft des Entdeckens und des Mutes hat uns zusammengeführt, denke ich." Selena erwidert: „Es ist die Bestimmung. Bevor du geboren wurdest, liebe Luana, waren dein Vater und ich auf dem heiligen Berg Gelmir. Dort erfuhren wir deinen Namen und dass du etwas Besonderes bist und große Taten vollbringen wirst. Ich denke, das zeigt uns, dass deine Lebensaufgabe zu helfen außergewöhnlich genug ist. Dein Vater und ich werden euch unterstützen. Vater Universum hat Joselyn auf die Erde gesandt und sie mit unserer Tochter vereint. Das alles ist von großer Bedeutung. Ich muss mich später mit der Schwesternschaft verbinden, damit wir wissen, was jetzt zu tun ist und wie wir euch schützen können."

Rowan fügt hinzu: „Ja, ich denke, wir müssen uns in acht nehmen, denn es steht viel auf dem Spiel. Ich schlage vor, dass wir jetzt alle erst mal was essen und das Ganze besprechen, wenn wir gestärkt sind. Liebe Joselyn, fühl dich herzlich willkommen, du bist hier beschützt. Wir freuen uns sehr, eine Feenelfe kennenzulernen. Wenn du möchtest, machen wir dir für die nächste Zeit in Luanas Zimmer ein Bett bereit, damit ihr zusammen sein könnt." Luana freut sich: „Oh ja, super Idee. Danke Papa!" Joselyns Herz hüpft: „Ich bedanke mich sehr. Ich bin glücklich, euch gefunden zu haben. Vielen lieben Dank für eure Gastfreundschaft und Herzlichkeit. Luana hat wunderbare Eltern." Selena lächelt: „Vielen Dank, Joselyn. So, jetzt guten Appetit alle zusammen! Lasst uns gemeinsam das Essen segnen." Alle reichen sich die Hände und sprechen zusammen das Segensgebet. Danach verteilt Selena die Pfannenkuchen, die sie im Ofen warm gehalten hat, auf den Tellern. Luanas Papa kann seine Neugierde nicht mehr zurückhalten und kommt zurück zu seiner Frage: „So, ihr beiden, wie habt ihr euch jetzt genau kennengelernt? Erzählt doch mal, bitte." Luana fängt sofort an zu berichten, sie kaut und spricht und kommt gar nicht mehr hinterher.
Nach dem Essen haben es sich alle im Sonnenblumengarten gemütlich gemacht. Babu ist von der ganzen Aufregung erschöpft und hat sich einen schattigen Schlafplatz gesucht. Luana zeigt Joselyn ihr Zuhause, das Haus, den Garten, einfach alles. Am späten Nachmittag baut Luanas Papa gemeinsam mit den beiden und Babu ein Bett für Joselyn. Sie haben viel Spaß dabei und Joselyn lernt die Handwerkskunst kennen. So ist es also, mit den Händen zu arbeiten. Es ist aufregend, selbst etwas zu erschaffen und zugleich ist es gar nicht einfach, so ganz ohne Übung.
Luanas Mutter nutzt die Gelegenheit und geht auf den Berg Gelmir, um sich mit ihren Priesterinnen, der Schwesternschaft aus Avalon, zu verbinden. Dies ist ein heiliger Akt. Dort oben steht ein gesegneter Altar in einem großen Steinkreis. Selena verbindet sich mit den Engelwesen, um eine Schutzverbindung aufzubauen, damit sie ihre Botschaften sicher erhalten kann. Sie möchte Rat einholen und von der Ankunft des heiligen Wesens berichten. Sie bittet um Anweisung: Was ist ihre Aufgabe in diesem Vorhaben der kosmischen Kräfte? Und was ist jetzt für ihre Tochter wichtig? Wie kann sie Joselyn unterstützen? Telepathisch erhält sie rasch Antwort aus Avalon. Die Schwesternschaft begrüßt Selena und spricht:

„Agnus Deju Deij,

gesegnet seist du, Schwester des Mondlichts. Wir sind erfreut und dankbar, dass du uns kontaktiert hast. Wir wussten von der Ankunft des mächtigen Wesens. Dies verkündete uns das Orakel, das blaue Auge. Wir sind mit dem hohen Rat der Schwesternschaft vor ein paar Tagen durch das Zeitreisetor eingetreten und im Land des blauen Auges angekommen. Dort haben wir alles Wichtige über den Plan erfahren. Die Erzengel und das Oberhaupt Kaya bewachen euer Gebiet, damit Joselyn sich ungestört bewegen kann und auch ihr in Sicherheit seid. Es ist eine Schutzblase über euch errichtet worden. Die Schattenwesen haben die Ankunft des Wesens bemerkt, sie haben viele Späher im Himmel und natürlich suchen sie jetzt unermüdlich nach Joselyn. Jakobus weiß, dass sie hier ist und wir müssen jetzt sehr wachsam sein.
Selena, du weißt über den galaktischen Plan der Himmelmächte bereits Bescheid! Unser Auftrag ist es, Joselyn unbemerkt zum großen mächtigen Turm nach Avalon zu bringen, damit sich dort die fünf Elemente verbinden können. Geliebte Schwester, achtet darauf, dass Joselyn die Möglichkeit hat, sich frei bewegen und alles entdecken zu können. Sie muss noch viel erleben, damit die fünf Elemente überhaupt Wirkung haben. Sie kann das Gleichgewicht nur wiederherstellen, wenn sie auch versteht, was Gut und Böse bedeuten. Sie hat nicht viel Zeit, ihr bleiben knappe drei Monate, als menschliches Wesen ihre Erfahrungen auf der Erde zu sammeln. Bis zur Sommersonnenwende muss dies alles geschehen und im Unterbewusstsein gespeichert sein. Sag deinem Mann Rowan, er soll das Schiff fertig bauen, ihr werdet es brauchen. Die Wasserwesen, die Meerjungfrauen, die Delphine sowie ein Blauwal werden euch nach Avalon bringen. Der Name des Wals ist **Opaijuh**, er wird euch mit dem Schiff zusammen sehr schnell dorthin geleiten. Auf dem Wasser haben die Schattenwesen wenig Angriffsfläche. Ihre Macht wird durch das Wasser geschwächt. Selena, du solltest wissen, wir können auf der Erde weiterhin nur mit Telepathie kommunizieren. Wir können unsere Zeitreisetore nicht innerhalb der Erde verwenden, um schneller zueinander zu kommen, das wäre zu gefährlich. Die Schattenwesen würden uns sofort entdecken. Vergiss nicht, einen Tag vor der Sonnenwende werdet ihr nach Avalon aufbrechen müssen. Den Meteoritenstein werden wir dort benötigen. Verwahre ihn gut."
Selena fragt: „Was ist für meine Tochter wichtig? Können wir sie vorbereiten?"
Sie bekommt Antwort: „Selena, deine Tochter Luana ist auserwählt von Vater Universum. Sie ist auserwählt, Joselyn zu begleiten. Joselyn benötigt hier eine menschliche Freundin, damit dies alles zur Vollendung kommen kann. Du kannst nichts vorbereiten. Die Freundschaft entwickelt sich ohne weiteres Zutun. Vertraue. Es wird alles gut werden. Vertraue Vater Universum."

Selena bedankt sich mit dem Friedensgruß und die Gedankenkraft wird eingestellt. Sie schließt den heiligen Raum und betet zu Vater Universum: „Vater Universum, Rowan und ich, wir danken dir für diese Ehre. Ich spreche auch im Namen der Menschheit zu dir. Wir sind demütig und voller Güte. Wir sind mit dir verbunden zu jeder Zeit. Unser Vertrauen liegt in deiner Macht. Führe uns sicher und geleite uns auf Schritt und Tritt, damit wir unser Ziel, die Liebe zu verankern, erfüllen können. Schenke uns die nötige Kraft und den eisernen Willen mit unerschöpflichem Mut. Der Glaube ist in uns. Danke für deine Führung und Liebe, Vater Universum. Danke auch an alle mächtigen Wesen, die uns hier zur Seite stehen und uns Menschen beschützen und somit für den Schutz von Mutter Erde dienen. Gesegnet sei der Mut. Gesegnet sei die Liebe. Gesegnet sind die beiden Kinder. Gesegnet sind alle, die hier mitwirken.

AMEO AURIWH"

Das heißt: So sei es!

Die Nacht bricht langsam an. Die Sonne verabschiedet sich und Selena begibt sich wieder auf den Heimweg. Aus der Ferne kann sie ihr Haus erkennen. Hell erleuchtet. Sie ist friedvoll und voller Vertrauen. Ihre Familie wartet bereits mit dem Abendessen auf sie. Joselyn gehört jetzt natürlich dazu. Selena hat bei den letzten Schritten, die sie vom Haus trennen, ein kleines, aber bedeutendes Gefühl. Sie spürt, dass ihre Tochter und Joselyn eine Verbindung zueinander haben. Eine tiefere Verbindung, eine vergangene, aber noch immer existierende Verbindung. In diesem Moment komm ihr der Impuls „Geschwister". Selena kann diesen Impuls noch nicht ganz deuten. Sie lässt dieses Wort erst mal einfach wirken. Später wird sie dieser Bedeutung auf den Grund gehen. Selena weiß, dass Impulse Wahrnehmungen aus der geistigen Welt sind und sie weiß, dass es meist keine direkte Erklärung dafür gibt. Das kommt mit der Zeit. Mit Geduld zeigt sich die Antwort von ganz alleine.
Joselyns erste Nacht auf der Erde als menschliches Wesen bricht an. Sie ist aufgeregt und voller Lebensfreude, diese Welt zu entdecken. Eine Welt, von der sie schon immer geträumt hat. Eine Welt, die Erde genannt wird. Ein Planet voller wahrnehmender Lebewesen und einzigartiger Wunder. Es gibt so viel zu entdecken und so viel zu erleben. Jeder Augenblick ist für sie magisch. Joselyn verbringt einen wunderschönen Abend mit ihrer neu gewonnenen menschlichen Familie. Sie alle philosophieren gespannt vor dem Kaminfeuer. Sie

reden kreuz und quer über verschiedene Themen: über den Glauben und das Universum, über das Menschsein, das Familienleben, Traditionen, die Natur und ihre tierischen Begleiter und noch über vieles mehr.
Nach einem langen, aufregenden und anstrengenden Tag steht den Erdlingskindern die Müdigkeit ins Gesicht geschrieben. Auch Babu, Selena und Rowan sind erschöpft. Die Abenteuerreise voller Emotionen kann beginnen – wenn das mal nicht müde macht! Luana und Babu haben es sich in ihrem Bett neben dem großen Fenster gemütlich gemacht. Joselyns eigenes, selbstgebautes Bett von Vater Rowan steht jetzt am Fußende von Luanas Bett. Auf der anderen Seite des Raumes, damit sie auch an dem großen Fenster schlafen und ihre Sterne sehen kann, genau wie Luana.
Selena und Rowan kommen ins Zimmer. Gemeinsam bedanken sie sich bei Vater Universum für den wunderschönen Tag und das Geschenk, einander gefunden zu haben. Selena singt ein wunderschönes Schlaflied und wünscht den beiden gesegnete Träume. Luana bekommt von ihren Eltern einen liebevollen Gutenachtkuss auf die Wange. Rowan streichelt ihr sanft übers Haar und sagt seiner Tochter: „Ich sehe dich, mein Kind." Luana antwortet: „Wir sind eins." Und Selena ergänzt: „Für immer und ewig vereint." Danach geht Selena zu Joselyn ans Bett, sieht ihr liebevoll in die Augen, gibt ihr einen Stirnkuss und deckt sie mit einem Lächeln zu. Sie sagt auch zu ihr: „Wir sehen dich, geliebtes Sternenkind." Joselyn lächelt zurück und antwortet:

„Agas deju samarai avantaru de liuai saru"

Das heißt: Der Segen sei mit euch, vereint mit dem göttlichen Licht.

Luanas Eltern gehen aus dem Zimmer und lassen die beiden alleine. Babu schläft schon tief auf Luanas großem Kopfkissen. Das Eichhörnchen schmatzt ein bisschen im Schlaf und sieht sehr niedlich aus. Luana gähnt und flüstert: „Joselyn!" Joselyn antwortet: „Ja, Luana?" „Bist du wirklich ein Stern?" „Ja, so wie du, du warst auch mal ein Stern." „Weißt du, ich liebe es, jede Nacht die Sterne zu beobachten. Sie sind etwas Magisches und auch etwas Unbegreifliches, aber trotzdem fühle ich immer, dass sie mir nahe sind. Deswegen spreche ich jede Nacht mit ihnen über meine Gedanken und Wünsche." Joselyn lächelt: „Luana, die Sterne sind dazu da, dass sie deine Wünsche erfüllen dürfen. Das Universum ist für dich da, zu jeder Zeit." Luana staunt: „Echt? Wie funktioniert das, Joselyn?" „Was meinst du?" „Na, das Wünschen?" Joselyn beginnt zu erklären: „In erster

Linie gibt es ein paar Regeln zu befolgen, universelle Gesetze, die unumgänglich sind." „Welche Gesetze sind das?" „Naja, solche Gesetze muss man erst mal verinnerlichen. Es beginnt mit dem Loslassen deines Wunsches."
Luana wirft ihre nächste Frage ein: „Was bedeutet loslassen?" „Wünsche, an die du nur kurz einmal gedacht hast und die du dann wieder vergessen, sozusagen losgelassen hast, werden sich in rasender Geschwindigkeit erfüllen. Loslassen bedeutet nicht, sich von etwas zu trennen. Loslassen bedeutet, Vertrauen zu haben. Wenn du bereits uneingeschränktes Vertrauen in das Gesetz der Anziehung hast, funktioniert die Technik des Wünschens, Loslassens, Nicht-mehr-dran-denkens und Empfangens gut." Luana überlegt: „Ahaaa! Meinst du mit Anziehung so eine Art magnetische Anziehung?" Joselyn nickt: „Ja, so kannst du es vergleichen, guter Gedanke. Das Gesetz der Anziehung ist in deiner Sprache auch unter diesen Bezeichnungen bekannt: Gesetz der Schöpfung oder Gesetz der Resonanz. Es ist ein universell wirksames Gesetz. Das heißt, es gilt immer und überall – jede Minute, jede Sekunde. Du kannst dem Gesetz der Anziehung nicht entkommen. Jedoch genau deshalb werdet ihr Erdlinge in die Lage versetzt, euer Leben nach den eigenen Wünschen und Vorstellungen zu gestalten. Dabei sind der eigenen Kreativität und Fantasie keine Grenzen gesetzt. Laut dem Gesetz der Schöpfung ist alles möglich, wenn dein Unterbewusstsein durch deine Gedanken entsprechend programmiert wird. Du hast den freien Willen von Vater Universum geschenkt bekommen und kannst dein Leben frei gestalten." Luana schlussfolgert daraus: „Dann gibt es bestimmt noch mehr Gesetze als nur das der Anziehung?!" Joselyn bestätigt sie: „Oh ja, sie sind wichtig für alle Lebensformen im Universum und unumgänglich."
Luana überlegt kurz und fragt dann: „Was sind für mich die wichtigsten Gesetze?" „Mmmhhh, mal überlegen… Oh ja, das zum Beispiel: Alles, was in dein Leben tritt, ist von dir selbst verursacht!" Luana lacht: „Na toll, dann habe ich verursacht, dass du in mein Leben gekommen bist oder wie?" Joselyn lacht: „Ja, das hast du!" Luana fragt mit großen Augen: „Wie, das habe ich?" Joselyn erklärt: „Du kannst nur die Dinge und Begebenheiten in dein Leben ziehen, die du selbst in deinem Inneren kreiert hast. Aufmerksamkeit sorgt für Verstärkung. Doch wer das Gesetz der Anziehung und damit deren Gesetzmäßigkeiten kennenlernt und studiert, wird schnell lernen und einsehen, dass jeder Mensch zu hundert Prozent selbst für das verantwortlich ist, was in sein Leben tritt, sei es als Umstand oder Begebenheit." Luana beginnt zu verstehen: „Dann habe ich dich mir sozusagen herbeigewünscht?" „Ich glaube nicht gewünscht, sondern schon vorher ausgemacht."
Luana steigt aus ihrem Bett und geht zu Joselyn: „Joselyn, du denkst, wir haben uns schon mal getroffen und wir hätten unser Treffen so vereinbart?" Joselyn

lächelt Luana an: „Das denke ich nicht nur, das ist so! Du bist auch ein Stern gewesen so wie ich, du kannst dich nur nicht mehr dran erinnern. Das Denken ist eine wichtige Lebensprüfung eines jeden Erdlings. Alles ist Information, auch feinstofflich, das lehrt eure wissenschaftliche Quanten-Physik. Nichts wird zu stofflicher Materie, bevor es nicht gedanklich geformt wurde. Das Gesetz der Anziehung lehrt dich also, genau darauf zu achten, was du denkst. Und vor allem sollst du niemals die Aufmerksamkeit auf Dinge richten, die du nicht in deinem Leben haben willst. Denn sonst werden unangenehme Dinge im Leben verstärkt, obwohl du das ja eigentlich gar nicht willst." Luana seufzt erleichtert: „Na, da bin ich ja froh, dass ich immer nur produktive und positive Gedanken habe. Meine Eltern haben mir beigebracht, immer mit der Liebe im Herzen zu sein und niemals zu sehr den Verstand ins Zentrum zu bringen." „Beides ist wichtig für das menschliche Dasein, aber ja, die Liebe ist der Mittelpunkt von allem was ist. Gleiches zieht einfach Gleiches an. Alles geschieht stets nach eurem Glauben. Gedankenhygiene ist also für jeden eine hohe Eigenverantwortung, denn auch Gedanken sind wirksame Kräfte, mit denen die eigene Umwelt geformt werden kann. Mit diesem Wissen um die Kraft der Gedanken kann jeder sein Leben von heute auf morgen völlig neu ausrichten. Es ist die Aufgabe eines jeden Erdlings, die Verantwortung für seine Gedankeninhalte zu übernehmen, indem zielgerichtet positiv gedacht wird und negative Gedankenschleifen vermieden werden."

Luana sagt ganz erstaunt: „Oh ich verstehe, das eröffnet komplett neue Perspektiven. Also, wenn sich das Leben eines Menschen ändern soll, muss er sich erst selbst im Inneren verändern und dann ist das Wünschen einfacher? Verstehe ich das so richtig?" „Veränderung passiert jede Sekunde, es ist ein langer Prozess eines jeden Menschen. Das Wünschen kann jeder lernen, es ist gar nicht so schwer, wenn die Gesetze befolgt werden. Mit Gedankenkraft kannst du das eigene Leben zu jeder Zeit gestalten. Bewusstes Denken und Wahrnehmung ist dabei von entscheidender Bedeutung. Und Richtig und Falsch gibt es nicht. Alles ist richtig, egal wofür du dich entscheidest. Du gestaltest dein Leben und kein anderer." Luana hakt nach: „Joselyn, trotzdem verstehe ich noch nicht ganz, was du gemeint hast mit ‚vorher ausgemacht'?" Joselyn versucht zu erklären: „Wie ich dir schon gesagt habe, seid ihr alle Sterne. Jeder Erdling ist irgendwann als Stern im Universum geboren. Jeder entstand aus Licht in den unendlichen Weiten des Universums. Ihr seid göttliches Licht, das im erwählten menschlichen Körper seine Erfahrungen macht."

Luana nickt: „Also wenn ich ein Stern war so wie du auch, dann hatte ich dort oben auch eine Familie?" Joselyn bestätigt: „Oh ja, eine riesige Familie. Sie ist immer noch deine Familie. Man nennt sie Sternenfamilie und sie wacht über dich." „Also bedeutet es… Moment mal, du willst damit sagen, dass wir aus derselben Sternenfamilie kommen? Verstehe ich das richtig? Das meintest du mit ‚vorher ausgemacht'?" Joselyn bejaht: „Das Gesetz der Anziehung. Gleiches zieht Gleiches an. Auch Sternenverwandte." „Sternenverwandte! Interessant." Luana lacht unsicher und fügt hinzu: „Dann bin ich so was wie deine Schwester, oder was?"

Luana lacht immer noch, als sie Joselyns ernstes Gesicht sieht. „Nein, nicht wirklich? Joselyn, du veralberst mich, oder?" Joselyn lächelt und sagt: „Warum sollte ich dich denn veralbern? Ich versichere dir, wir kommen aus derselben Sternenfamilie. Ich habe nur einen anderen Weg als du gewählt, meine Erfahrungen zu machen. Aber dennoch sind wir…" Luana sagt fassungslos und mit Tränen in den Augen: „…Geschwister!" Joselyn lächelt leise: „Alles hat seinen Sinn und du hilfst mir jetzt, die Erde kennenzulernen, damit ich meine Lebensaufgabe, meine Bestimmung, vollenden kann. Du hast bereits die Erfahrungen auf der Erde gemacht, du weißt, was wichtig ist und was passiert. Ich noch nicht. Wir zwei brauchen uns. Es ist unser gemeinsamer Weg." Luana lacht nun etwas übermütig: „Ich habe eine Schwester, ich fasse es nicht." Joselyn legt noch einen drauf: „Oh, du hast ganz viele Schwestern und Brüder." „Viele!?" „Ja, wir Sterne leben in großen Formationen zusammen. Unsere Sternenfamilie nennt ihr ‚großer Hund'. Auf der menschlichen Sternenkarte kannst du diese Formation finden. Vielleicht hat dein Vater dir den hellsten Stern am Himmel schon mal durch euer Teleskop auf der Terrasse gezeigt?" Luana nickt: „Ja, er heißt Sirius, er schimmert bläulich und mein Vater erzählt mir viel über Sterne. Mein Vater stammt aus einer Seefahrerfamilie. Die Sterne sind die Wegweiser der Seefahrer. Mein Opa konnte sie am besten lesen. Mein Vater erzählt mir oft, dass sein Glücksstern der hellste am Himmel war." Joselyn spricht weiter: „Dieser Stern, der hellste am Himmel ist sehr bedeutend. Er ist unsere Heimat, Luana. Dein Opa ist noch nicht wieder zurück, er hat auf dem Meer sein Zuhause gefunden. Der Weg, den wir vor uns haben, ist einzigartig. Wir schaffen neue Fußspuren. Wir sind Erfinderinnen des neuen Wegs des Lichts."

Luana ist perplex: „Wow, ich bin total sprachlos. Der hellste Stern ist meine Heimat und ich bin eine Erfinderin des Lichts. Das klingt bombastisch aufregend." Joselyn kann ein Gähnen nicht mehr unterdrücken: „Luana, ich denke wir sollten schlafen, morgen ist wieder ein weiterer aufregender Tag und wir sollten unser Kräfte gut einteilen. Ich bin schon ganz gespannt auf das menschliche Träumen. Auf dem Planeten Blauauge träumen wir auch, aber anders. Unsere Träume sind bereits real. Wir formen sie direkt und im gleichen Moment. Wir kreieren alles durch Farben, Klänge und auch Kristalle, darin leben wir auch." Luana seufzt glücklich: „Ich könnte mit dir die ganze Nacht durch reden. Alles ist so aufregend

und unglaublich. Aber du hast Recht, wir sollten uns schlafen legen. Joselyn, ich muss mich erst dran gewöhnen, dass ich eine Sternenschwester habe, es ist alles so unwirklich und unerklärbar für mich, aber ich freue mich sehr, dass du hier bist. Morgen möchte ich dir gerne das Boot von meinem Vater zeigen, wenn du willst? Er baut schon seit Monaten dran und nicht mehr lange, dann wird es fertig sein und wir können aufs Meer hinaus fahren."
Joselyn fühlt die Müdigkeit, kann aber auch ihre Neugierde nicht bremsen: „Wo baut er das Boot und warum?" Luana erzählt: „Am Strand, am kleinen Hafen von Aurien, in der Nähe der Schiffsanlegestelle. Dort hat er seine Bootswerkstatt. Mein Vater sagt, er möchte dieses außergewöhnliche Schiff seinem Vater widmen, wenn es fertig ist. Er hat im Vermächtnis seines Vaters eine uralte Skizze gefunden, einen Bauplan sozusagen. Sie war in einer kleinen Truhe versteckt. Den Schlüssel hat mein Opa zu jeder Zeit um den Hals getragen. Mein Vater vermutet, dass dieser Bauplan der wertvollste Schatz für seine Nachkommen sein sollte. Er hat es nur nicht mehr geschafft, ihn weiterzugeben. Dieser Bauplan ist irgendwie ziemlich seltsam, so etwas hat Papa noch nie gesehen. Er denkt, Opa hat ihm den Bauplan aus einem bestimmten Grund vermacht. Wenn das Boot fertig ist, wird er wissen, warum er es gebaut hat, da ist er sich sicher."
Joselyn fragt vorsichtig: „Wie ist dein Opa von dieser Welt gegangen?" Luana erzählt: „Er war auf der Suche nach einem sagenhaften Zugang. Er hat im Wasser ein Eingangstor entdeckt, eine neue Welt. Er erzählte von einem Lichttor, durch das man in eine andere Welt eintauchen könne. Dort würde es alles geben, was wir Menschen uns nur wünschen könnten. An einem besonderen Tag erschien ihm wie eine Fata Morgana eine Insel, die aus dem Nebel auftauchte. Dort lebten besondere Wesen und diese zeigten sich ihm. Er erhielt von ihnen diesen Bauplan und ihm wurde nur gesagt: ‚Baue dieses Boot, sobald du zu Hause angekommen bist. Erzähle niemanden davon, sonst wird dich Unglück ereilen.' Mein Großvater hat es weitererzählt, sein Egoismus war zu groß, er dachte, er hätte das Paradies gefunden. Er wurde für verrückt erklärt. Er war der beste Seemann weit und breit und eigentlich war er sehr vertrauenswürdig. Diese Geschichte hat sein Leben ziemlich durcheinander gebracht. Da er nicht als verwirrt abgetan werden wollte, fuhr er noch einmal hinaus, um diese Insel zu finden, um Beweise zu erhalten. Von dieser Suche kam er nie wieder zurück. Keiner weiß, was passiert ist. Aber das Bootbauen liegt tief verankert in der Familiengeschichte. Mein Vater spürt diesen Drang und er möchte den Auftrag für seinen Vater endlich ausführen. Er glaubt ihm." Joselyn fragt gespannt: „Wie alt war dein Vater damals, als dein Opa verschwand?" „Ich glaube, so alt wie ich jetzt." „Ich freue mich sehr, wenn du mir dieses Boot morgen zeigst und ich bin schon sehr gespannt auf das Meer. Gesegnete gute Nacht, meine liebe Luana.

Vater Kosmos liebt dich.“ Luana geht zu ihrem Bett zurück, kuschelt sich in ihre warme Bettdecke und flüstert: „Gesegnete gute Nacht, Joselyn. Ich wünsche dir die schönsten ersten Träume. Ich danke dir.“ Luana schließt ihre Augen und schnell ist sie in tiefen Schlaf gefallen, so erschöpft ist sie. Joselyn sieht nochmal zum Sternenhimmel hinauf und schickt einen Gedankengruß zu ihrer Sternenfamilie. Auf dem Planeten Erde, im Land Atlantika, im kleinen Dörfchen Aurien, schließt Joselyn friedlich ihre Augen und schläft ein.

DIE TRÄUME

Mein lieber Erdling, ich, Noack, der Weltenwanderer, möchte die Gelegenheit nutzen, dich zum Träumen einzuladen.

Deine Träume spielen eine sehr wichtige Rolle in deinem Erdenleben. Deine Träume sind Tore zu anderen Welten. Deine Seele geht auf Wanderschaft, wenn du mit deinem Körper in die Schlafruhe gehst. Träume sind die Sprache der Seele. Deine Seele ist reine Energie, sie wird auch Astralkörper genannt. Damit geht sie auf Astralreisen, auf Traumreisen. Während des Schlafes ist die Seele aktiv. Die Seele ist das, was den Menschen ausmacht. Warum das Träumen für dich wichtig ist? So wie du deinen Körper ernähren musst, damit du überleben kannst und deinen Geist regelmäßig beschäftigen sollst, damit dieser nicht verkümmert, braucht auch deine Seele Nahrung. Kosmische Nahrung.

Wie geht die Seele auf Wanderschaft?

Beim Schlafen geht der Energiekörper auf Reisen und lädt sich mit neuer Energie aus dem Kosmos auf, solange der Mensch nicht bei Bewusstsein ist. Während die Seele auf Reisen ist, ist sie im ständigen Kontakt mit deinem Energiekörper. Seele und Körper sind wie mit einem Faden miteinander verbunden, über den dein Körper weiterhin Impulse empfängt. Eine solche Seelenwanderung kann mit und ohne Bewusstsein geschehen. Geschieht es ohne Bewusstsein, lädt sich der Energiekörper mit neuer Energie auf. Passiert es mit Bewusstsein, wird Energie verbraucht.

Was bedeutet das Träumen?

Träume sind Botschaften. Nicht von anderen Menschen, sondern vom Unterbewusstsein an dich selbst oder von deiner geistigen Welt. In deinen Träumen siehst du oftmals Dinge, die dich beschäftigen – allerdings meist über Umwege. Träume können aber noch viel mehr. Sie helfen dir dabei, Eindrücke zu verarbeiten.

„Denken ist die Arbeit des Intellekt und Träumen sein Vergnügen", sagte Victor Hugo, ein französischer Schriftsteller.

Die Sprache der Träume ist etwas ungewöhnlich. Sie hat mit einer herkömmlichen Sprache nichts zu tun. Sie ist eine Symbolsprache. Träume sind vergleichbar mit Bilderrätseln. Bilderrätsel wirken auf dem ersten Blick zusammenhangslos. Die

Bilder scheinen zunächst nicht unbedingt etwas miteinander zu tun zu haben. Viele Traumbilder haben eine verarbeitende Funktion. Diese Bilder kommen aus den Schichten, die noch in Bewusstseinsnähe liegen: Hier verarbeitet die Seele das alltägliche Geschehen. Träume sind enorm wichtig für deine seelische und geistige Gesundheit, weil du dabei Eindrücke und Emotionen verarbeiten und sortieren kannst. Was du tagsüber erlebst und gefühlt hast, kannst du im Schlaf und durchs Träumen weiter verdauen. Deine Traumbilder stammen aus tieferen Schichten des Unbewussten: Diese Bilder zeigen, was tief in dir zu Gange ist. Die heilende Wirkung für Körper, Geist und Seele tritt schon ein, wenn du deine Träume bewusst beachtest. Einen Traum musst du nicht deuten, aber wenn es du es doch schaffst, etwas herauszulesen, so ist dies ein zusätzliches Geschenk an dich. Durch die Beschäftigung mit den Träumen wird sich dein Leben verändern. Du beginnst mit einer viel innigeren Betrachtung von dir selbst und dem, was du erlebst. Du wirst bewusster leben und erleben.

Damit dies gelingt, solltest du dein Schlafzimmer so störungsfrei wie möglich gestalten. Kleine Tipps für dich:

Vermeide Spiegel. Du fragst dich, warum? Spiegel und glänzende, stark reflektierende Oberflächen beschleunigen die Raumenergie und polen sie um – das ist eine der häufigsten Ursachen für Unruhe und Schlafprobleme.

Verbanne Elektrosmog. Technisch erzeugte, elektrische und elektromagnetische Felder sind Stressauslöser und bringen sehr starke Unruhe. Sie stören deinen Schlaf. Leg dein Smartphone lieber in ein anderes Zimmer.

Entferne störendenden Lichteinfall. Jede noch so kleine Lichtquelle – von der Straßenlaterne, die durch den Spalt im Vorhang scheint, bis zur leuchtenden Digitalanzeige des Radioweckers – hemmt die Ausschüttung des Schlaf-Hormons Melatonin.

Achte auf natürliche Materialien. Da du ein gutes Drittel deines Lebens im Bett verbringst, solltest du der Gestaltung und Einrichtung deines Schlafraumes die oberste Priorität geben.

Leichte Farben bringen Harmonie und Ruhe. Wände in Pastelltönen, Bettwäsche ohne wilde Muster, schlichte Vorhänge sind nur ein paar Beispiele. Verzichte auf Knallfarben.

Sorge für frische Luft. Verbrauchte Luft macht den Kopf schwer und die Lungen träge. Lüfte dein Schlafzimmer regelmäßig. Frühmorgens und abends vor dem Bettgehen sind gute Gelegenheiten zum Lüften.

Du fragst dich, wie du dich an deine Träume erinnern kannst?

Lege dir einen Stift und einen kleinen Notizblock neben dein Bett, bevor du schlafen gehst. Oder führe ein Traumtagebuch. Gleich nach dem Aufstehen nimmst du dir einige Minuten Zeit, um schriftlich festzuhalten, an welche Träume du dich in diesem Moment noch erinnern kannst. Je mehr du übst, umso besser wirst du dir deine Träume mit der Zeit merken können. Es geht darum, dass du lernst, deine Achtsamkeit, deine Bewusstheit und dein Selbstvertrauen zu entwickeln, um die Kraft der Träume für dich zu nutzen. Es geht um das bewusste Wahrnehmen.

- Welche Symbole oder Themen tauchen immer wieder auf?
- Was wiederholt sich immer wieder? Durch das Tagebuch kannst du alles dokumentieren und vielleicht Muster erkennen.
- Was fühlst du in deinen Träumen? Welche Emotionen, Wahrnehmungen?
- Welche Personen, Tiere oder Wesen tauchen in deinen Träumen auf?
- Wo befindest du dich? In einem Raum oder draußen?

TRAUMÜBUNG vor dem Schlafengehen

Lege dich gemütlich in dein Bett. Du solltest zur Ruhe kommen und alles dafür getan haben, dass du dich wohlfühlst. Atme dreimal tief ein und aus. Wiederhole es, wenn es nötig ist. Lass dich nicht ablenken, nur du und dein gemütliches Bett sind jetzt wichtig.

Stell dir vor, dass du von einer universellen Kraft, zum Beispiel deinem Krafttier oder deinem Schutzengel, zu einem Ausflug in die Traumwelt eingeladen wirst. Sprich in deinem Geiste mit deinem Krafttier, Schutzengel oder Fabelwesen. Egal welche universelle Macht du wählst, was du intuitiv fühlst, ist deine Wahl. Sag deinem Begleiter, dass du dich ihm anvertrauen möchtest. Bitte ihn darum, dass er dich auf deiner Traumreise begleiten und unterstützen möge.

Vertraue deinem Begleiter, dass er dir die Träume für dich bereithalten wird, die für dich in diesem Augenblick von wichtiger Bedeutung sind. Sprich zu deinem

Begleiter, dass du dich auf einen wundervollen Ausflug ins Land deiner Träume freust.

Nachdem du dich nun über dein Bewusstsein mit der universellen Kraft, deinem Begleiter, in Verbindung gesetzt hast, sagst du zu dir selbst:

- Ich werde heute Nacht träumen.
- Ich werde meine Träume anschauen.
- Ich werde in meine Träume bewusst eintauchen.
- Ich werde mir beim Träumen darüber klar, dass ich mich in meinem Traum befinde.
- Ich erkenne die Botschaften meiner Träume und nehme sie als Erinnerung mit in den neuen Tag.

Wenn du recht ängstlich bist oder meist negative Träume hast, werde dir darüber bewusst, dass du dort keine Angst haben brauchst. Deine Träume sind dafür da, dass sie für dich und niemals gegen dich arbeiten, auch wenn sie sich hin und wieder unangenehm anfühlen. Schau dir deine Träume ohne Angst an. Wenn du doch einmal ängstlich sein solltest, so werde dir in diesem Moment darüber bewusst, dass du nur träumst und dass dein kraftvoller Begleiter dich zu jeder Zeit beschützt. Es kann dir nichts passieren! Versuch es einfach und probiere es nicht nur einmal. Versuche es mindestens eine Woche lang, damit du erkennen kannst, ob sich etwas verändert – und das wird es. Du kannst dir diese Traumreise auch von einer vertrauten Person vorlesen lassen oder sie in deinem Gedächtnis speichern.

Was ist Bewusstes und Unbewusstes?

Die drei Erfahrungsebenen sind...

Überbewusstsein, Bewusstsein und Unterbewusstsein.

Die überbewusste Ebene ist die Ebene deiner Seele. Die bewusste Ebene ist dein Wachzustand.

Unterbewusstsein und Überbewusstsein kommunizieren unter anderem über die Träume mit uns. Dieser Bereich wird als Traumgedächtnis oder Traumbewusstsein bezeichnet. Deine Träume bekommen die Bilder über dein Bewusstsein und die Inhalte der Bilder von deinem unbewussten sowie von deinem überbewussten Bereich. So funktionieren Träume.

DER ZWEITE TAG IN AURIEN – DAS MEER

Luana und Joselyn sind früh aufgewacht. Sie wollen möglichst schnell zur Bootsanlegestelle. Die Aufregung, den Tag miteinander zu beginnen, treibt sie an. Luana erzählt begeistert: „Am frühen Morgen, kurz vor Sonnenaufgang, ist das Meer am schönsten. Das musst du unbedingt gesehen haben. Es ist magisch, wenn die Sonne auf das Meer trifft. Das möchte ich dir als allererstes zeigen in meiner Welt." Joselyn ist bereit und freut sich von Herzen, den ersten Sonnenaufgang zu erleben und das Erdenleben mit all seinen Facetten kennenzulernen. Hautnah und mittendrin, direkt vor Ort und aktiv dabei.
Joselyn lernt, was es heißt, auf der Erde frühmorgens den Tag zu beginnen. Babu ist auch schon wach und springt fröhlich im Zimmer auf und ab, er macht sich warm für sein tierisches Abenteuer. Babu mag Joselyn und freut sich, dass sie hier ist. Joselyn erlebt zu ersten Mal Luanas und Babus Morgenmeditation. Auch, was Morgenhygiene ist und was ein Erdlingskind für die Körperpflege benötigt. Zähne putzen und die Toilette benutzen zum Beispiel. Für Joselyn ist dies neu und Luana zeigt ihr alles mit Geduld und einem Lachen, denn manchmal sind einfach nur viele Fragen in Joselyns Gesicht geschrieben. Sie erlebt alles zum ersten Mal. Sie ist ja gestern erst auf die Erde eingereist. Man sagt dazu auch „inkarniert". Damit sie auf der Erde gut zurechtkommen kann, hat Großmutterbaum Malu ihr einige Informationen über die menschliche Lebensart und -weise durch die Kristallenergie in ihre Körperzellen eingespeichert. Es ist sozusagen alles in ihrem Geist und Körper verankert und gesichert, damit sie ohne große Probleme in der Erdlingswelt beginnen und alles schneller erlernen und verstehen kann. Du kannst es mit einem Übersetzerprogramm vergleichen.
Joselyn ist zwar gut vorbereitet, dennoch gibt es Kleinigkeiten, die sie erst praktisch erlernen muss. Und mit der morgendlichen Körperhygiene hat sie noch keine Erfahrung. Stell dir vor, wie es für dich wäre, wenn du gerade irgendwo neu angekommen bist und dort auf ganz neue Gewohnheiten triffst. Es würde auch für dich alles aufregend und ungewohnt sein. Auf dem Planeten Blauauge ist Körperhygiene nicht nötig, es geschieht durch Licht und durch die Energiesysteme, ihr nennt sie Chakren.
Du fragst dich jetzt, was Chakren sind? Das sind Energiebahnen, die durch den ganzen Körper fließen. Diese Energiebahnen verlaufen zwischen dem physischen Körper und dem feinstofflichen, unsichtbaren Astralköper. Die einzelnen Chakren sind wiederum durch Energiekanäle verbunden. Stell es dir wie ein Netzwerk oder Stromnetz vor, nur eben im Körper. Die Chakren sind feinstoffliche Energiewirbel im und außerhalb des Körpers. Sieben Chakren werden als

Hauptenergiezentren beschrieben und befinden sich entlang der Wirbelsäule, der senkrechten Mittelachse deines Körpers. Diese Verbindungsstellen kannst du dir trichterförmig, mehrere Zentimeter über die Körperoberfläche hinausragend, vorstellen. Aber, lieber Erdling, das alles erkläre ich dir gerne später noch ein wenig genauer. Nur ein Wort noch: Dein Körper ist eine sehr intelligente biologische Hülle. Deine Hülle, in der deine Seele wohnt, dein Licht. Diese biologische Hülle ist mit Mutter Erde, Mutter Natur verbunden. Sie leiht dir deinen Körper aus, damit du die Erde in menschlicher Form kennenlernen kannst.

**Sie gibt dir die Luft zum Atmen,
sie gibt dir deine natürliche Nahrung,
sie schenkt dir das Sonnenlicht und
spendet dir Wasser zum Überleben und noch vieles mehr.**

Sie lässt dich leben, dein Herz schlagen, sie gibt dir Lebensenergie, Lebensfreude und Lebenskraft. Vater Universum hat dich als Licht neugeboren in den Weiten des Universums. Mutter Erde schenkte dir in Verbindung mit Vater Universum deinen Lebenskörper. Du bist ein einzigartiges Wesen. Ein Wesen, das es so kein zweites Mal gibt. Jedes Licht und jeder Köper entsteht neu, nichts ist kopiert. Du bist nur dieses eine besondere Licht und nur du besitzt diesen einen Körper. Deshalb ist es so wichtig, dass dir bewusst ist, dass dieser eine Körper nicht auswechselbar oder ersetzbar ist, er braucht deine Fürsorge, deine Aufmerksamkeit, gute Ernährung, frische Luft, viel Bewegung, Sonnenlicht und ganz besonders Liebe, Harmonie, auch Ruhe und Entspannung. Alles Unnatürliche wie Fastfood, chemische Substanzen oder Elektrosmog, macht deinen Körper auf kurz oder lang krank.

Stell dir eine Blume vor: Sie braucht Regenwasser, sie braucht Erde, um daraus Mineralien zu ziehen, sie braucht Sonnenlicht zum Wachsen – und sie braucht auch Liebe. Die Liebe bekommt sie von Mutter Natur geschenkt, von Pflanzenfreunden, die in ihrer Umgebung wachsen, auch von Tieren, die ihr beim Befruchten helfen, wie die Bienen. Bekommt die Blume schlechtes Wasser, ausgelaugte Erde oder wenig Licht, hat sie keine Pflanzen- oder Tierfreunde um sich, bekommt sie also keine Aufmerksamkeit, dann wird sie sehr schnell eingehen. Unnatürliche Substanzen und fehlende Liebe – da lässt es sich nicht gut überleben. So geht es auch den Tieren und euch Erdlingen.

Ich, Noack, kann dir sagen, du entscheidest jeden Tag, ob es dir gut geht oder nicht. Du entscheidest jeden Tag, ob du gesund oder ungesund leben möchtest!

Hinterfrage, was du zu dir nimmst und womit du dich umgibst. Was steckt in deinem Essen? Wo kommt es her? Tut dir gut, was du gerade isst?

Dein Körper hat es verdient – du hast es verdient, lange auf der Erde zu sein, alles zu erleben und zu wachsen. Ein Zuviel an Zucker, Salz oder unnatürlichen Produkten macht dich krank.

Dein Zuhause ist dein Körper und Mutter Erde. Schätze dein Zuhause! Achte dein Zuhause! Schenke deinem Zuhause mehr Liebe und Aufmerksamkeit und du wirst reich beschenkt werden.

Sämtliche Informationen, die für dich in der geistigen und körperlichen Entwicklung nötig sind, sind in deinen Körperzellen gespeichert. Eure Wissenschaftler schätzen, dass dein Körper 30 bis 100 Billionen Zellen hat, weit mehr, mehr als du dir vorstellen kannst. Auf einer Zellebene werden neben den genetischen Informationen deine sämtlichen Erfahrungen, Blockaden und Ängste gespeichert – und auch die Ängste und erlernten Muster deiner Ahnen. Bei so vielen Billionen Zellen hat deine Festplatte eine enorme Speicherkapazität.
Zellen kommunizieren nicht nur durch einen chemischen Prozess, sondern auch durch Schwingungen und unsichtbare Energien, so wie deine Engel oder dein Krafttier mit dir kommunizieren. Diese Schwingungen gelangen zu den Rezeptoren. Das sind kleine Antennen, die Informationen aufnehmen – und zwar meistens immer die gleichen. Ein Beispiel: Wenn eine deiner Zellen die Information hat, ängstlich zu sein, wird sich die Schwingung der Angst ein Leben lang in deinem Körper verankern. Die Zelle an sich ist nicht klug. Sie lebt nur das, was sie weiß, sie kennt nichts außer diese Schwingung: Angst.
Deshalb liegt es an dir, die Zellen umzuprogrammieren, sie sozusagen von deiner Festplatte zu löschen. Angst kannst du nur löschen, wenn du deine Angst anschaust und annimmst. Wenn du Angst hast, frage dich, warum das so ist. Was macht dir Angst? Woher kommt die Angst? Ist das deine Angst? Ist sie vererbt? Kommt sie aus der Kindheit? Wurde sie durch ein bestimmtes Erlebnis ausgelöst? Ein Beispiel: Schwimmen lernen. Wenn du Angst vor dem Schwimmen hast, hinterfrage dich, warum das so ist? Vielleicht hast du als Kind eine Situation erlebt, die dir nicht gefallen hat. Hole diese Situation wieder in deine Erinnerung und erkenne, dass du jetzt größer geworden bist und du jetzt die Möglichkeit hast, es besser zu machen. Die Situation wird sich nicht wiederholen, da du jetzt weißt, worauf du achten musst. Sei mutig und stelle dich deiner Angst.

Hole dir gern Vertraute an deine Seite, sprich mit ihnen über deine Ängste. Je mehr du darüber sprichst, umso kleiner werden sie und verlieren ihre Wirkung. Hole dir Unterstützung, um deine Angst zu überwinden. Sei mutig. Du kannst alles schaffen, wenn du nur willst. Irgendwann wirst du die Angst verlieren und kannst frei davon leben. Du wirst die Information gelöscht haben: Angst vorm Schwimmen. Du wirst dich ein wenig neugeboren fühlen.
Deine Körperzellen erneuern sich. Ständig. Tatsächlich werden all deine Zellen in sieben bis zehn Jahren komplett ausgetauscht. Dabei bilden sich manche Zellen, etwa die der Haut, innerhalb von Tagen neu, andere bleiben ein Leben lang in ihrem Urzustand, wie etwa im Gehirn, da sie dauerhaft Informationen speichern müssen. Jeden Tag entstehen bei dir 700 neue Nervenzellen. Unglaublich oder, was die Natur, dein Körper alles kann? Diese Zellen liegen bei dir in dem Bereich, der hauptsächlich für das Lernen, das Gedächtnis und die Verarbeitung neuer Informationen zuständig ist. Jeden Tag, in jeder Sekunde sterben Millionen dieser Zellen und werden gleichzeitig neu geboren. Je mehr du auf deinen Körper achtest, umso reiner bist du mit dir. Auch dein Geist wird klarer – dein ganzes System strahlt im Einklang mit Körper, Geist und Seele.

Du hast es in der Hand: Jeder Tag ist ein Neuanfang für DICH und Deine Hülle, den Körper.

Luana, Babu und Joselyn sind bereits mit Vater Rowan und Mutter Selena auf den Weg in Richtung Schiffsanlegestelle. Sie sind mit einer alten Kutsche unterwegs, vor die zwei starke Pferde gespannt sind. In Aurien ist alles noch ganz urtümlich. Es fahren fast keine Autos, denn die Straßen sind viel zu schmal dafür. Viele Schafe, Rinder, Ziegen, Pferde laufen frei umher, bewegen sich aber nicht weit von den Erdlingen, vom Dörfchen Aurien, weg. Es ist sehr idyllisch und ruhig. Die Erdlinge leben im Einklang mit Mutter Natur, sie ist ihnen heilig. Pflanzen, Tiere, Bäume, die Geschenke der Natur werden tief geschätzt. Die Aurianer bauen alles selbst mit ihren Händen an, sie hegen und pflegen alte Handwerkskunst, arbeiten nur mit Materialien aus der Natur. Tiere kommen hier sehr selten auf den Tisch. Sie stellen Käse und Brot selbst her und ziehen Gemüse und Obst in ihren Gärten. Es kommt das in den Topf, was die Natur zu den Jahreszeiten gibt. Da gerade Frühlingsbeginn ist, fangen die ersten Feldarbeiten an. Es ist ein wunderbarer Frühling, überall zeigt sich die Schönheit der Natur. Joselyn erlebt, wie alles erwacht und neu erblüht. Aus der Dunkelheit erwacht ins Licht. Neugeborene Sprösslinge wachsen dem Tageslicht entgegen. Die Luft riecht unglaublich frisch und belebt die Gemüter.

Joselyn sitzt auf der Kutsche und ist ganz still. Sie nimmt das Leben mit all ihren Sinnen auf. Wie sehr hat sie sich gewünscht, menschliche Sinne wahrzunehmen – und jetzt darf sie es endlich! Auch die Familie genießt die Kutschfahrt nach dem langen Winter. Es ist so schön, die Sonne wieder auf der Haut zu spüren. In der Ferne erkennt Joselyn das Meer. Es glitzert und spiegelt den Himmel wieder. Sonnenlicht bricht sich darin. Frische Meeresluft weht der Familie entgegen. Die Wellen sind schon von weitem zu hören. Joselyn leckt sich über die Lippen: Sie schmecken salzig. Eine kleine Brise steift durch ihr langes rotgelocktes Haar. Sie schließt die Augen und begrüßt den Wind in ihrem Geiste. Sie lächelt und ist überglücklich, hier zu sein.
Vater Rowan hält die Pferde an und sagt: „Wir sollten jetzt zu Fuß weitergehen, hier ist es zu steil und hügelig für die Pferde. Wir lassen sie hier an der Tränke und der Futterstelle, damit sie sich ausruhen können. Kommt und steigt ab! Wir haben einen kleinen Fußmarsch durch die bergigen Wiesen vor uns, so kommen wir viel schneller zum Bootshaus." Mutter Selena hilft Luana und Joselyn von der Kutsche. Sie hat einen Korb dabei, da sie Frühlingskräuter wie Löwenzahn, Bärlauch, Gundermann, Gänseblümchen, Vogelmiere und noch viele weitere sammeln will. Joselyn weiß, dass diese Pflanzen magische Heilkraft besitzen, sie sind für die Erdlinge von enormer Bedeutung. Daraus werden Tinkturen und Tees hergestellt, Pasten und Salate, aber auch in Ritualen kommen die Kräuter zum Einsatz, zum Beispiel beim Räuchern.
Joselyn fragt Selena: „Hast du schon viele Babys auf der Erde durch die Kräuter heilen und retten können?" Selena entgegnet verwundert: „Woher weißt du…?" Joselyn unterbricht sie liebevoll: „Ich finde es wunderbar, dass du als Mondpriesterin den Neuankömmlingen deine Weisheit schenkst. Sie brauchen dich. Ihr Erdlinge nennt diese Berufung Hebamme, oder?" Selena antwortet: „Ja, das stimmt, man nennt meine Berufung Hebamme. Es hat sich vieles verändert, da unsere Dörfer immer mehr schrumpfen. So viele Menschen sind schon in die großen Städte gezogen. Da wird meine Berufung nicht mehr so oft gebraucht. Viele von denen, die gegangen sind, vertrauen der weiblichen Urkraft nicht mehr, sie schenken ihr Vertrauen lieber medizinischen und technischen Krankenhäusern. Die Kinder kommen dort ohne Würde zur Welt, sie dürfen ihr Tempo nicht mehr bestimmen, werden oft viel zu früh geholt, es wird mit Medikamenten oder Operationen eingegriffen. Die natürliche Geburt eines Kindes verschwindet immer mehr. Den Frauen wird Angst gemacht und sie gehen einen Weg, der sie noch mehr verunsichert und ängstigt. Wir in Aurien leben im Einklang mit der Natur, in Verbindung mit unserem Mond und der großen Göttin. Die Heilkräuter sind ein wichtiger Bestandteil unserer körperlichen Gesundheit. Sehr wenige Dörfer gibt es in dieser Form noch auf der Erde. Nur noch eine Hand-

voll dieser bewussten Völker existieren in dem weitläufigen Gebiet Atlantika. Joselyn, verzeihe mir, wenn ich diese Fragen manchmal stelle. Ich muss mich erst daran gewöhnen, dass ein Wesen aus dem heiligen Land des blauen Auges in kindlicher Form vor mir steht. Deine Weisheit über uns ist bestimmt sehr groß. Du bist viel weiser, als es deine Erscheinung zeigt."
Joselyn lässt ihren Blick in die Weite schweifen. Luana und Babu helfen Selena auf dem Weg zur Bootsanlegestelle, ihre Kräuter zu sammeln. Joselyn spricht: „Meine Weisheit ist mit Vater Universum verbunden und sie liegt in jedem von euch verborgen. Ich bin nicht wissender oder weiser als du oder andere Erdlinge es sind. Ich bin hier, um euch kennenzulernen, um zu erleben, was hier auf Erden passiert. Wie ihr fühlt, was ihr empfindet, was ihr erlebt und um euch zu helfen. Es ist meine Aufgabe, diese Erde vor dem Untergang zu retten. Die natürliche menschliche Wesensart verändert sich zum Negativen. Die Liebe zur großen Mutter wird vergessen und auch die Liebe zu sich selbst geht verloren. Eure große Mutter, die Erde, stirbt und damit seid ihr Erdlinge in großer Gefahr. Es ist viel passiert! Über mehrere Jahrtausende der Erdlingsgeschichte wurde durch Hass, Verrat, Macht, Reichtum, Missgunst, Neid und Hinterlist so vieles aus dem Gleichgewicht gebracht. Die Schattenwesen haben viel dazu beigetragen, dass es jetzt so ist, wie es ist. Ihr Erdlinge habt eine Schwäche, ihr seid ziemlich leicht manipulierbar und lasst euch von falschen Versprechungen verführen, wenn euch etwas fehlt oder ihr etwas vermisst. Alles hat einen Grund. Ich weiß noch nicht, wie ich die Erde retten kann, ich folge meinem Herzen und meiner Bestimmung und ich vertraue in mich und in die göttliche Führung."
Luana fragt ein wenig ängstlich: „Joselyn, wer sind diese Schattenwesen?" Rowan antwortet schnell: „Es sind keine von uns, sie sind nicht von unserer Abstammung. Ich habe sie kennengelernt. Sie saugen die Energie und sie vereinnahmen jeden einzelnen Menschen, der ihrer Energie zu nahe kommt." Joselyn fragt neugierig: „Wie hast du sie kennengelernt? Weißt du noch mehr über ihren Aufenthaltsort?" Luana ist erstaunt: „Papa, davon hast du noch nie erzählt!" Selena beschwichtigt: „Dein Vater wollte dir keine Angst machen." Rowan dreht sich in Joselyns Richtung, Babu sitzt auf Luanas Schulter, alle warten auf seine Antwort. Weit ist es nicht mehr bis zum Bootshaus, Rowans Werkstatt. Sie steigen einen hohen Hügel hinan, bewachsen mit wunderschönen grünen, saftigen Gräsern, zwischen denen sich viele kleine gelbe Blumen im sanften Wind wiegen. Darunter zeichnen sich lila Blüten ab. Es riecht wunderbar. Der Duft des Meeres vermischt sich mit dem der Blumen. Dort, da hinten liegt das Meer, das große, weite Meer. Ganz leise klingt das Rauschen der Wellen bis hierher.
Rowan erzählt bedächtig: „Ich habe die Stadt durch meine Berufung als Schiffsbauer erlebt. Ich habe in den letzten Jahren oft mit Auftraggebern aus der

Stadt zu tun gehabt. Aus den Dörfern sind immer mehr Menschen in die Stadt gezogen. Es war, als ob die Menschen von einer bestimmten Energie angezogen würden, die ihnen eher schadete, als sie zu stärken. Ich wurde praktisch gezwungen, Auftraggeber in der Stadt anzuheuern. Trotzdem, mein Ruf eilt mir durch meine jahrelange Erfahrung voraus und so bekomme ich bis heute immer noch gute Aufträge. Meine Schiffe sind robuster und viel effektiver als maschinell gefertigte Schiffe es sind. Auf dem Wasser zeigt sich sofort die Handarbeit, meine Werke sind viel schneller und grundsolide. Die Schattenwesen sind machthungrig und beeinflussen den menschlichen Geist. Sie machen dich abhängig und unselbstständig. Sie bewirken Unsicherheit und lassen Körper und Geist erkranken. Du musst mental sehr stark sein, um dich von dieser Energie absondern zu können. Sie sind wie ein Virus. Sie verbreiten sich sehr schnell." Luana staunt: „Papa, woher weißt du das alles?" Rowan erzählt weiter: „Vor einigen Jahren kam ein reicher Geschäftsmann aus der Stadt und hat ein größeres Schiff in Auftrag gegeben. Dieses Schiff konnte ich nur im Team bauen. Damals habe ich mehrere Schiffsbauer aus anderen Dörfern geholt, um diesen großen Auftrag erfüllen zu können. Der Geschäftsmann bot mir eine riesige Summe, wenn ich das Schiff binnen eines Jahres fertigstellen würde. Es war ein aufwendiges Projekt mit speziellen Anforderungen. Da ich zu diesem Zeitpunkt das Geld gebraucht habe, um unsere Zukunft auf sicheren Boden zu stellen, hab ich zugestimmt und den Auftrag angenommen. Aber mit einem flauen Gefühl im Magen. Ich spürte, dieser Mann war kein Mann der Ehre. Ich wusste allerdings bis dahin nicht, dass dieser Mann sich in den dunklen Kreisen bewegt. Er nannte sich Jakobus und das Schiff sollte unbedingt schwere Metalle transportieren können. Die Schattenwesen, wie du sie nennst, Joselyn, haben schwache oder unglückliche Menschen besetzt. Damals konnte ich es nicht glauben, aber mein Kollege und guter Freund, ein liebevoller und verantwortungsbewusster Mensch, der für diesen Mann arbeitete, wurde zu einem Schattenwesen. Der Weg meines Freundes wurde immer dunkler über die Jahre. Er ist mit Angst umgeben und seine Angst zeigt sich in Wut und Missgunst. Jakobus wurde rasend schnell zum mächtigsten Mann im Land Atlantika. Er hat mittlerweile unheimlich viele Anhänger. Er hat etwas, das unbewusste Menschen anzieht."
Joselyn hakt nach: „Und was ist das?" „Geld, unsagbare Macht, großer Einfluss in der Wirtschaft und vor allem bei den Mächtigen dieser Erde. Wer genau hinschaut, erkennt, dass dieser Mann oder was auch immer er ist, etwas Mächtiges in der Hand hat, unsere menschliche Psyche. Wie er das macht – ich weiß es nicht. Komisch ist, dass er viel Metall und Kupfer kauft, warum, weiß man nicht genau. Man erzählt sich, dass er einen riesigen Magneten besitzt. Er möchte uns steuern, kontrollieren. Mittlerweile besitzt er viel Land in Atlantika und hat unter

uns Menschen Abhängigkeiten geschaffen. Keiner erkennt das, keiner sieht das. Du sprichst gegen eine Wand, wenn du ihnen die Augen öffnen möchtest. Meinem Freund konnte ich nicht helfen, er war bereits mittendrin. Er war zu schwach, um dieser unglaublich beeinflussenden Kraft mental zu widerstehen. Er gehört jetzt zu den engsten Kreisen dieser Mächtigen an. Mir schmerzt das Herz, dass ich ihm nicht helfen kann, aber so ist es nun mal. Jakobus hat eine sehr große Gruppe zusammengetrommelt. Sie nennen sich die Taetara."

Joselyn will alles wissen: „Weißt du, wo der Kern der Schattenwesen oder wie du sie nennst, Taetara, ist?" „Joselyn, er ist wirklich gefährlich und nein, ich weiß es nicht. Man munkelt, dass er ein riesiges Anwesen unter der Erde errichten hat lassen. Von dort aus hat er sich unterirdische Wege zur Stadt gebohrt. Keiner weiß genau, ob dies wahr ist. Ich weiß nur, dass er ein Problem mit Wasser hat." Joselyn wird hellhörig: „Wasser?" „Ja, er trägt Stiefel, die innen mit Kupfer verkleidet sind. Keine Ahnung, warum…"

Joselyn seufzt: „Oje, oje, keine gute Information. Das ist nicht gut. Das muss ich so schnell wie möglich Noack mitteilen. Magnet und Kupfer ergibt eine Kombination, die Energie produziert." Luana sagt nachdenklich und wissend: „Ja richtig, Joselyn. Das Kupfer hat eine hohe Leitfähigkeit für Wärme und Elektrizität. Je mehr du davon hast, umso größer und stärker kann die Energie geleitet werden." „Luana, genauso ist es. Ich vermute, dass er Kupfer in einen Magneten verwandeln möchte. Das Kupfer schützt ihn anscheinend." Luana antwortet bestimmt: „Kupfermetall kann sich im Wasser nicht auflösen. Offenbar schwächt ihn das Wasser."

Joselyn fragt weiter: „Rowan, aus welchen Materialien hast du dieses Schiff gebaut? Aus reinem Holz?" Rowan erzählt: „Wie gesagt, es war ein sehr kompliziertes Projekt. Er wollte, dass ich im Innenraum Kupfer verwende – ich sollte das Schiff komplett damit auskleiden. Er gab mir das gesamte Material, ich sollte es nur zur Vollendung bringen. Es ist kein gewöhnliches Schiff, dieses Schiff sollte sich auf und unter dem Wasser fortbewegen. Es sieht aus wie ein ovales Ei." Luana staunt: „Unter dem Wasser? Was? Wie soll das denn gehen? Papa, und du hast das geschafft?" „Ja, ich habe es vollendet. Er nannte es ‚das tauchende Schiff'. Ich habe die Statik, das Gerüst entwickelt. Dieser Auftrag hat mich an meine Grenzen gebracht. Tag und Nacht tüftelte ich die Pläne aus, bis ich endlich auf die Lösung kam, wie ich Gewicht, Statik, Material und Leistungsfähigkeit vereinen konnte. Nach meiner Fertigstellung wurden weitere Experten gerufen, die das Innenleben ausbauen sollten."

Joselyn nickt nachdenklich: „Mmmhhh… Warum braucht Jakobus ein Schiff, das auf und unter dem Wasser fährt? Das weiß bestimmt Noack, ich muss ihm das schnellstens erzählen. Ist es noch weit bis zum Meer?" Luana antwortet: „Nein,

es ist gleich hinter dem Hügel. Leider haben wir jetzt den Sonnaufgang verpasst. Ein kleiner Weg führt zum Strand nach unten, es ist nicht mehr weit von dort bis zum Bootshaus. Das Dorf liegt auch ganz nah." Joselyn lächelt: „Gut, dann werde ich über die Wasserwesen Kontakt mit Noack aufnehmen. Luana, den Sonnenaufgang werde ich bestimmt bald sehen, ich verweile noch eine Zeit hier, keine Sorge. Ich benötige eine sichere Frequenz für meinen Informationsaustausch mit Noack. Das Wasser scheint für unsere Kommunikation perfekt zu sein. Die Schattenwesen können uns darin nicht lokalisieren. Ich muss nur noch herausfinden, warum er dieses Schiff bauen hat lassen... Ich hab ein sehr ungutes Gefühl und ich denke, wir sollten keine Zeit mehr verlieren. Kommt, lasst uns schnell weitergehen."
Alle gehen schnellen Schrittes voran und hören Joselyn zu. Es wird ein wenig steil und steinig. Das Meer ist jetzt laut und deutlich zu hören, die Wellen rauschen an den Strand. Selena überlegt und fragt: „Noack? Wer ist das?" Joselyn erklärt: „Er ist mein Vater und ein ganz wichtiger Mann im Kosmos. Er ist der Wanderer zwischen den Welten, er beschützt die Dimensionsstore und die Erde in Verbindung mit dem galaktischen Raumschiffkommando. Er ist ein großer Schriftsteller im Kosmos, um es für euch verständlich zu beschreiben. Er notiert alle Vorkommnisse im Universum und archiviert die Dokumente in der großen kosmischen Bibliothek. Er verfügt über ein immenses Wissen. Mein Vater sucht die Schattenwesen und seinen Anführer Jakobus schon sehr lange. Jakobus ist kein menschliches Wesen, er ist dunkle, schwarze Magie."
Luana runzelt die Stirn: „Joselyn, du denkst, dass Jakobus dieser Bösewicht ist, nach dem dein Vater sucht?" „Ich bin mir ziemlich sicher, dass er derjenige ist! Wenn er wirklich ein riesiges Magnetfeld erschaffen hat, dann kann ihn Noack sehr schwer finden. Außer mein Vater wüsste, wo er sich befindet. Dann könnte er das Magnetfeld umgehen und ihn ein für alle Mal auflösen. Nach meinem Wissenstand kann ein riesiges Magnetfeld in Verbindung mit großen Kupfermengen das Energiefeld der Erde noch verstärken. Die Stiefel sind nur ein Zeichen, dass er durch diese Kupfer-Energiequelle existieren kann. Nur das Schiff kann ich mir nicht erklären, das ist mir noch ein Rätsel. Ich kann euch sagen, das alles ist gar nicht gut! Wenn meine Vermutungen zutreffen, kann er die Erde mit ihren Frequenzen komplett gefangen nehmen. Du hast Recht, Rowan, er möchte besitzen, aber nicht einzelne Länder, sondern die komplette Erde. Wir können nur hoffen, dass er mit seinem Plan noch nicht am Ende ist."
Endlich auf der Spitze des Hügels angekommen, erblickt Joselyn zum ersten Mal das weite Meer und das Land, das sich davor ausbreitet. Selena sagt trotz der beklemmenden Situation ein wenig feierlich: „Liebe Joselyn, das hier ist unser wunderschönes Aurien. Willkommen in unserem kleinen Dörfchen." Joselyn ist

jetzt ganz ruhig. Der Wind wirbelt ihr Haar durcheinander. Sie steht felsenfest auf der Erde und ihr Blick ist voller Hingabe und Kraft. Sie sieht in der Ferne ein großes Bootshaus, rundherum viel gestapeltes Holz. Eine große Anlegestelle ist zu erkennen. Einige große und kleine Schiffe liegen dort vor Anker. Ein weißer Sandstrand umrahmt das Meer, darauf schaukeln Fischerboote mit ausgeworfenen Ankern. Am Anlegeplatz herrscht geschäftiges Treiben. Das Bootshaus liegt ein wenig abseits des Trubels. Sie kann auf der gegenüberliegenden Seite der Anlegestellen ein kleines Dörfchen wahrnehmen. Alles wirkt sehr romantisch und friedlich.

Luana geht auf Joselyn zu. Joselyn fragt ihre Freundin: „Spürst du das, Luana?" „Was soll ich spüren?" „Diese unsagbare Kraft des Wassers. Die Schwingung des Wassers ist eine uralte und heilige Kraft." „Oh, das glaube ich dir sofort. Ich liebe das Wasser. Nur Babu ist ein wenig wasserscheu." Babu schnattert und ist sehr aufgeregt. Joselyn lacht: „Oh, Babu beruhige dich, alles ist gut, das Wasser kann dir nichts anhaben." Babu findet das gar nicht witzig und verkriecht sich tief in Luanas Jacke. Joselyn fragt: „Luana, wusstest du, dass die Oberfläche deiner Erde zu zwei Dritteln mit Wasser bedeckt ist? Mehr als 97 Prozent des gesamten Wasserhaushaltes der Erde besteht aus Salzwasser – nur zweieinhalb Prozent Süßwasser gibt es hier. Du, dein Körper! Du bestehst hauptsächlich aus Wasser, wusstest du das?" Luana nickt: „Meine Mama hat mir erzählt, dass man bei der Geburt zu 95 Prozent aus Wasser besteht. Das kann man sich gar nicht richtig vorstellen!" Joselyn nickt: „Das ist richtig und wenn du erwachsen bist, sinkt der Wasseranteil auf 70 Prozent. Dein Wasserspeicher sinkt, je älter du wirst. Der menschliche Körper ist vollkommen beeindruckend."

Rowan und Selena haben zugehört und stehen hinter den beiden Mädchen. Rowan wechselt das Thema: „Joselyn, als wir das Bett gebaut haben, war Selena auf dem heiligen Berg. Dort hat sie aus Avalon eine wichtige Botschaft erhalten." „Ich bin ganz Ohr, wie lautet die Botschaft?" Selena antwortet: „Sie sagten mir, dass Rowan das Schiff fertig bauen soll, an dem er gerade arbeitet. Dieses Schiff wird dich sicher über das Meer nach Avalon bringen, in die Nähe des heiligen Turms." Luana sagt erstaunt: „Großvaters Schiff!" Selena nickt: „Ja, Großvaters Schiff." Joselyn fragt Rowan aufgeregt: „Wie schnell kannst du es fertigbauen?" Rowan überlegt: „Wenn ich auch nachts arbeite, kann das Schiff in einer Woche fertig sein. Es ist unglaublich und unvorstellbar, aber dein Großvater hatte diesen Bauplan wahrscheinlich in seine Hände bekommen, damit wir jetzt Joselyn helfen können. Alles ergibt jetzt einen Sinn, wir wurden geführt und dies ist wohl unsere Bestimmung." Joselyn lächelt nickend: „Alles hat seine Bedeutung und seine Bestimmung. Alles hat seinen Ursprung im gesamten Universum und alles hat seine Wirkung auch auf der Erde. Ihr wurdet geführt und seid gesegnet durch die Engelwesen. Ich spreche mit meinem Vater, ob er dir kosmische Unterstützung schicken kann, dann könntest du schon in drei Tagen fertig sein. Wie lange brauchen wir mit dem Schiff nach Avalon?" Rowan schätzt: „Ich denke, einen Tag und eine Nacht. Kommt auf das Wetter drauf an. Selena kann uns hinführen, denn sie gehört den Priesterinnen der Schwesternschaft von Avalon an. Sie kennt den geheimen Weg und ich kann das Schiff steuern. Die Schwesternschaft aus Avalon hat noch nie Menschen in ihren magischen Ort einreisen lassen, die nicht eingeweiht sind. Wir sind dafür auserwählt worden und mein Vater wurde dafür auserwählt, dieser Bestimmung zu folgen."

Selena spricht: „Wir wissen, dass es unsere Aufgabe ist, dich sicher dorthin zu bringen. Ich habe die Botschaft erhalten, dass wir auf der Reise nach Avalon von einem mächtigen heiligen Tier begleitet werden. Es ist ein Blauwal, sein Name lautet Opaijuh. Er wird dich beschützen, Joselyn." Sie verabschiedet sich liebevoll: „Ich werde euch jetzt alleine lassen. Meine geliebte Luana, du kannst Joselyn gerne alles zeigen. Ich muss dringend ins Dorf, um einige Vorkehrungen für die Reise auf dem Meer zu treffen. Bevor die Abenddämmerung anbricht, warte ich hier wieder auf euch. Dein Vater, liebe Luana, wird die Nacht im Bootshaus verbringen, er hat noch viel zu tun." Luana antwortet: „Ich hab verstanden, Mama. Wir werden da sein." Rowan verabschiedet sich ebenfalls: „Ich werde euch jetzt auch alleine lassen, ihr wisst ja, wo ihr mich finden könnt. Meine liebe Tochter, gib mir einen dicken Kuss, wir sehen uns morgen." Luana läuft zu ihrem Vater und umarmt ihn ganz fest. Rowan hebt sie hoch und sagt mit einem Schmunzeln: „Liebe Joselyn, ich wäre dankbar, wenn ich kosmische Unterstützung bekommen könnte, denn das kann ich jetzt sehr gut gebrauchen." Joselyn antwortet ernst: „Ich denke, das wird kein Problem sein. Du wirst geführt und unterstützt von den Lichtwesen, sie stehen dir zur Seite." Rowan sagt ziemlich verdutzt: „Oh, ich verstehe, dann bin ich ja mal gespannt. Vielen Dank." Rowan und Selena gehen ihrer Wege und winken den beiden aus einiger Entfernung zu.

JOSELYN BEGEGNET IHREM VATER

Joselyn setzt sich auf die wunderschöne Wiese und lässt das Meer noch ein wenig auf sich wirken. Luana gesellt sich mit Babu dazu. Sie fragt: „Was hast du jetzt vor, Joselyn?“ „Ich werde den Moment nutzen und mich mit meinem Vater verbinden. Er muss das alles erfahren. Für mich ist dieses Treffens etwas ganz Besonderes. Denn bevor ich hierher kam, erfuhr ich erst durch Oberhaupt Kaya, sie sei meine Mutter. Ich bin kein Waisenkind und mein Vater ist Noack. Wir haben uns noch nicht in dem Wissen gesehen, Vater und Tochter zu sein. Zuvor waren wir Freunde. Er war immer an meiner Seite, wenn ich ihn gebraucht habe. Es ist unfassbar, dass er über die ganzen Jahre an meiner Seite war und ich nichts geahnt habe.“ Luana sagt einfühlsam: „Das war bestimmt nicht leicht für dich. Soll ich dich lieber alleine lassen?“ „Nein, nicht nötig, wir dürfen keine Zeit verlieren, Luana. Ich möchte nur, dass du weißt, dass es für mich und wahrscheinlich auch für ihn ein wichtiger Augenblick wird. Deswegen denke ich, dass jetzt der richtige Zeitpunkt dafür ist. Gerne stelle ich dir meinen Vater vor. Du solltest nur nicht erschrecken, denn er taucht meist aus dem Nichts auf. Das ist ganz normal.“

Luana legt ihre Hand auf Joselyns Schulter und sagt: „Ich freue mich sehr, deinen Vater kennenzulernen. Danke, dass ich hier sein darf.“ Joselyn lächelt: „Ich danke dir. Es ist schön, dass du hier bist, Luana. Ich hole jetzt meine magische Flöte heraus und spiele darauf, damit kann ich meinen Vater herbeiholen. Bist du bereit?“ „Wenn du bereit bist, dann bin ich es auch. Mein Herz ist aufgeregt. Ich hab noch nie sowas erlebt. Einen echten Zeitreisenden kennenzulernen, von einem anderen Planeten und dann ist das auch noch dein Vater, unglaublich. Wow!“

Joselyn erklärt: „Ich versuche jetzt dreimal tief durchzuatmen, damit ich mich sammeln kann und ruhig für die Anrufung bin.“ Sie steht auf, erdet sich fest am Boden und schließt ihre Augen. Sie legt die Flöte an ihren Mund und spielt die magischen drei Töne. Sie wiederholt diese drei Töne immer wieder. Dabei ruft sie ihren Vater mental herbei und bittet um seine Erscheinung. Plötzlich zieht der Wind seine Kreise um Joselyn herum. Es sieht aus wie ein kleiner Wirbelwind, wie ein Luftstrudel. Es dauert nicht lange, bis ich, Noack, ein paar Meter entfernt vor ihr stehe. Mit meinem blauen Mantel und meinem magischen Stab in der Hand lächle ich sie glücklich an und breite meine Arme sehnsüchtig aus. Joselyn läuft auf mich zu und fällt mir hoffnungsvoll in die Arme.

Leise sagt sie: „Du bist mein Vater.“ Ich ziehe meine Tochter fest an mein Herz und flüstere ihr zu: „Ich bin dein Vater. Ich sehe dich, mein Kind.“ Es ist ein Moment, unbeschreiblich schön und vollkommen mit Liebe erfüllt. Wir beide halten uns lange in den Armen. Dieser Moment ist für uns unsagbar kostbar. Es braucht keine Worte. Nach einer Weile nehme ich meine Hände und umschließe das Gesicht meiner Tochter, sehe sie liebevoll an. Ich sage zu ihr: „Meine einzige und wunderschöne Tochter. Du bist unglaublich mutig, ich bin so stolz auf dich. Du bist geliebt und beschützt. Endlich kann ich dich in meine Arme schließen. Endlich sind wir wieder vereint." Ich drücke meine Stirn an ihre. Joselyn weint und ist so spürbar glücklich. Sie umarmt mich wieder ganz fest und ich spüre ihre Erleichterung und ihre Liebe. Ich spreche weiter: „Weine nicht, mein Kind, es wird alles gut." Nach einiger Zeit wischt sie sich die Tränen aus dem Gesicht und schaut mich mit ihren wundervollen blauen Augen an. Sie sagt: „Es ist so schön, endlich vollkommen zu sein." Ich nicke: „Bald werden wir unsere Dreieinigkeit wieder leben können." Luana ist tief gerührt, auch Babu wischt sich Tränen aus dem Gesicht. Das Mädchen und das Eichhörnchen stehen nicht weit entfernt von Joselyn. Ich bemerke die beiden und frage meine Tochter: „Sind das deine neugewonnenen Freunde?" Joselyn dreht sich um und spricht: „Darf ich vorstellen, das ist mein Vater und das sind Luana und Babu, sie sind meine Freunde, aber um es genau zu nehmen, sind wir Schwestern." Ich antworte: „Ich weiß, mein Kind." Joselyn schüttelt den Kopf über sich selbst: „Ach ja, ich vergaß, natürlich weißt du das." Luana geht auf mich zu und reicht mir ihre Hand. Ich spüre, sie ist ziemlich unsicher. Sie sagt: „Schönen guten Tag, Vater von Joselyn. Ich fühle mich geehrt, Sie kennenzulernen."

LUANAS KOSMISCHES GESCHENK

Ich sage zu Luana: „Ich kenne dich schon, seit du als Stern geboren bist. Schön, dass wir uns wiedersehen. Bis jetzt hast du dein Leben mit viel Wissensdurst und Leidenschaft gestaltet." Ich erwidere ihre Hand und gebe ihr durch meinen Blick zu verstehen, dass ich für sie etwas Magisches bereithalte. „Liebe Luana, pass gut auf, vertraue und sieh genau hin." Luana ist nervös: „Wo soll ich genau hinsehen?" Ich drücke nochmal ihre Hand und mit diesem kurzen Kontakt schenke ich ihr einen magischen Moment. Sie sieht in diesem Augenblick in ihrem Geiste und vollkommen real die Weiten des Universums mit der ganzen Farbenvielfalt des Kosmos.

In diesem Moment ist Luana vollkommen ruhig und sie wirkt von außen, als ob sie die Luft anhalten würde. Ihr Herz schlägt schnell, das kann ich spüren. Langsam beruhigt sich ihr Herzschlag wieder, sie spürt meine Hand und wird ruhiger. Ich begegne ihr in diesem Tagtraum, aber dieses Mal in der Wirklichkeit des Kosmos'. Wir sprechen nicht, wir gleiten zusammen durch die unendlichen Weiten des Universums. Ich halte sie an der Hand und lasse ihr die Chance, sich einfach mal umzusehen und das Unbeschreibliche mit allen Sinnen wahrzunehmen. In der irdischen menschlichen Form fühlst du eine solche Vision nur wenige Sekunden. In der Wirklichkeit des Kosmos existiert die Zeit nicht. Du bist da, ohne etwas zu denken. Ich lächle Luana an und bringe sie langsam wieder zurück ins Hier und Jetzt. „Luana, du bist jetzt wieder auf der Erde, wir haben zusammen eine kleine Reise gemacht. Hat dir gefallen, was du gesehen hast?"

Luana schüttelt ihren Kopf und spricht verdutzt: „Ach du lieber Himmel, was war das denn? Ich bin… Ich war… Ich weiß nicht genau wie… Ich fasse es nicht! Was ist mit mir gerade passiert?" Joselyn kennt die Antwort und lacht: „Liebe Luana, jetzt hast du meine Wirklichkeit gesehen." Ich sage zu ihr: „Ich wollte dir deine Herkunft zeigen, von den unendlichen Weiten des Kosmos! Das ist dein Zuhause." Luana ringt um Worte: „Wow, ich weiß nicht was ich sagen soll. Es war unglaublich, einfach unglaublich! Es war, ich kann es nicht beschreiben. Ich finde einfach keine Worte. Wie lange war ich weg?" Ich antworte ihr: „Nur ein paar Sekunden." „Ach wirklich? Aha, für mich hat sich das sehr lange angefühlt. Diese Farben, dieses Licht. Was für ein wunderschönes Licht! Ich hab tiefen Frieden gespürt." Joselyn nickt: „Da kommen wir beide her, Luana. Das ist unsere Sternenheimat." „Ja, mein Innerstes fühlte sich diesem Ort sehr nahe. Es war einfach unglaublich, ich bin fassungslos. Lieber Herr Noack…"

Ich unterbreche Luana und unterdrücke ein Lachen: „Nenn mich einfach Noack, bitte." Luana spricht weiter: „Oh, sehr gern, vielen Dank. Lieber Noack, warum

hast du mir das gezeigt?" Ich antworte: „Es war dein Moment und er war genau jetzt für dich bestimmt. Du glaubst an uns und aus diesem Grund schenkte ich dir diesen Moment des Friedens." „Ich bedanke mich zutiefst für dieses magische Erleben. Ich werde es in meinem Herzen bewahren. Ich bin tief gerührt. Vielen Dank." „Mein Dank gilt dir, dass du deine Lebensaufgabe annimmst und meiner Tochter zur Seite stehst. Es wird euch beide stärken und noch enger verbinden." Joselyn stimmt mir zu: „Ja, Luana, ich danke dir schon jetzt für deinen Mut und dein Vertrauen. Es steht so viel auf dem Spiel und ich freue mich, diesen Weg mit dir zu teilen." Luana und Joselyn umarmen sich fest. Babu sitzt an Luanas Fußende und freut sich sehr.
Joselyn sagt zu mir: „Mein Vater, ich muss dir von den Informationen berichten, die ich von Luanas Familie erhalten habe." Ich schaue sie an und sage: „Joselyn, wir sind verbunden, ich habe bereits dein Wissen und kann mir jetzt einiges erklären, was Jakobus betrifft. Diese Informationen sind für mich von großer Bedeutung. Deine Anwesenheit hier auf der Erde hilft uns allen, viel schneller voran zu kommen. Wir können dadurch unseren Plan gezielter steuern. Als halbe Feenelfe und halber Mensch besitzt du Fähigkeiten wie kein anderes Wesen. Sie sind einzigartig und die Schattenwesen wissen nicht, dass ein menschliches Kind mit kosmischen Kräften vereint hier auf der Erde wandelt. Sie suchen nicht nach einem Kind, sondern nach einem erwachsenen Menschen. Sie tappen noch im Dunklen und das ist auch gut so. So kannst du das System hier unbemerkt kennenlernen, was für deinen Prozess und die Vollendung des fünften Elements von großer Wichtigkeit ist. Denn wenn du verstehst, was Menschsein bedeutet, dann und nur erst dann, kann dein Licht in voller Strahlkraft Heilung für die Menschheit und für die Erde senden. Die Schattenwesen werden durch dein Licht, deine Heilkraft verschwinden, sich in Luft auflösen. Alles was du hier in der Zwischenzeit auf der Erde erfährst, übermittelst du auch mir. Du kannst mich dennoch jederzeit rufen und ich werde erscheinen." Joselyn ist erleichtert: „Ich verstehe vollkommen. Danke, Vater. Ich folge meinem Herzen und vertraue darauf, was geschehen soll."
Luana fragt noch ein wenig schüchtern: „Noack, darf ich dich aus Neugierde etwas fragen?" Ich weiß schon, was Luana fragen möchte. Ihre Frage ist, was Jakobus mit seinem Schiff vorhat. Ich antworte ihr: „Du bist ein sehr schlaues und neugieriges Wesen und genau deshalb bist du für Joselyn die perfekte Begleiterin. Durch die Informationen, die ich jetzt habe, kann ich ganz sicher sagen, dass Jakobus' Plan ist, mit seinem Schiff zum Erdkern zu tauchen, um ihn mit seinem Magnetfeld zu verbinden." Luana fragt erschrocken: „Was? Geht das überhaupt? Ich meine, wie soll das funktionieren?" Joselyn kneift die Augen zusammen: „Jetzt verstehe ich das Ganze. Natürlich! Er möchte die Erde beherr-

schen. Damit dies funktionieren kann, möchte er den Erdkern umwandeln. Er will ihn mit seiner mächtigen Frequenz anzapfen und die positive Energie in dunkle Energie umwandeln. Der Erdkern ist am besten durch die Tiefen des Meeres zugänglich. Das alles ist noch viel schlimmer, als ich es mir vorstellen konnte."

Luana fragt ängstlich: „Was passiert, wenn er das schafft?" Ich antworte: „Dann wird hier vollkommene Dunkelheit herrschen, kein Licht wird mehr zum Erstrahlen kommen. Alles wird zur unendlichen Wüste. Alles Leben wird ausgelöscht. Kälte wird hier einkehren. Schwarzer Nebel wird dauerhaft existent sein. Tiefe Dunkelheit wird die Erde einhüllen. Mutter Erde wird nicht überleben. Das wäre ihr Tod und damit wäre auch alles, was Mutter Natur erschaffen hat, für immer verloren." Luana wird zappelig: „Ja, warum stehen wir hier dann noch rum, was sollen wir jetzt tun?" Joselyn antwortet so ruhig wie möglich: „Liebe Luana, die geistige Welt, die Lichtwesen, die Engelwesen, die Erzengel, das galaktische Raumfahrtskommando, die Blauijaner, die Fabelwesen, andere galaktische Nationen, Sternenkrieger, auch außerirdische Wesen – sie alle sind dabei, uns zu helfen. Sie alle kämpfen seit unendlich langen Lebensepochen für das Licht. Für das Licht dieser Erde. Alle haben sich zusammengeschlossen, aus verschiedenen Galaxien verschiedener Herkunft. Sie alle sind bereits mittendrin." Luana atmet schwer aus: „Ich verstehe einfach nicht, warum Vater Universum das zulässt?" Ich spreche zu ihr:

„Alles was jemals existiert hat und jetzt existiert,
ist von Vater Universum erschaffen.
Er liebt uns bedingungslos.
Er ist alles und er ist nichts.
Er ist Energie, er ist in jedem von uns. Er ist überall.
Auch jetzt ist er hier und er hat uns seinen
wertvollsten Schatz geschickt.
Vater Universum wirkt durch uns ALLE.
Vater Universum ist das, was wir sind.
Wir sind Vater Universum."

Luana fragt weiter: „Was ist das, was er uns geschickt hat?" Ich antworte ihr direkt: „JOSELYN. Sie ist der Lichtbringer dieser Erde." Luana sieht zu Joselyn, senkt ihren Kopf und versucht, die Tränen zu verbergen. Babu kuschelt sich an Luanas Wange und tröstet sie liebevoll. Joselyn geht auf Luana zu, nimmt ihre Hand. Sanft fragt sie: „Luana, sieh mich an. Du musst nicht weinen, warum weinst du?" Luana schnieft und murmelt beschämt, den Kopf zu Boden gesenkt: „Ich weine

doch nicht." Joselyn sagt bestimmt: „Und wie du weinst. Warum weinst du, Luana?" „Ich weine... Ich weine, weil ich Liebe empfinde. Tiefe Liebe. Ich spüre sie tief in meinen Herzen. Sie ist mir sehr vertraut und so nahe." Joselyn lächelt: „Diese Liebe bist du." „Ich spüre Vater Universum, ich kann ihn spüren, Joselyn." Joselyn lächelt voller Liebe: „Diese Liebe bist du, Luana. Nur du." Luana schnieft: „Wie meinst du das?" „Wir sind Vater Universum. Wir sind diese Liebe. Du bist diese Liebe." „Was bist du dann, Joselyn?" „Ich bin ich und du bist du. Ich bin das, was wir sind. Ich bin das WIR."
Luana sagt tief berührt: „Die Worte können verwirrend sein, aber das Gefühl nicht. Ich fühle das, was du sagst. Wenn ich es im Verstand höre, dann verstehe ich nicht, aber wenn ich im Herzen fühle, dann verstehe ich vollkommen und tiefer, als es mir je bewusst war. Es ist wunderschön. Ich bin voller Dankbarkeit. Joselyn?" „Ja!" „Ich weiß nicht, ob ich das jetzt fragen kann, aber ich muss es einfach!" „Dann frag doch!" „Woher kommen die Schattenwesen? Ich meine nur, wenn alles aus Vater Universum erschaffen wurde, dann müssten sie auch von Vater Universum geschaffen sein, oder?" „Liebe Luana, sagt dir das Symbol von Yin und Yang etwas?" „Ich glaube ich weiß schon, was du mir sagen möchtest." „Licht und Dunkelheit gehören zusammen. Geburt, Leben, Tod und Wiedergeburt gehören zum Kreis des Lebens. Die Vereinigung der weiblichen und männlichen Energien dient der Erinnerung, dass das Gleichgewicht der Schlüssel zu einem ganzheitlichen, sinnvollen Leben ist."
Ich füge den Worten meiner weisen Tochter hinzu: „Alles in unserem Universum besteht aus zwei entgegengesetzten, aber tief miteinander verbundenen Kräften – dem Yin, das ist die weibliche Seite und dem Yang, der männlichen Seite. Das Zusammenspiel dieser beiden Kräfte schafft das Wesen des Lebens um uns herum. Das eine kann nicht ohne das andere existieren. Im einen liegt schon die Saat des anderen. Licht und Dunkelheit nähren einander. Das Licht braucht den Schatten, um zu wirken. Das Helle das Dunkle. Das Runde das Eckige. Gegensätze ziehen sich an. Sie brauchen sich."
Luana nickt: „Ich verstehe, was ihr beide mir sagen wollt, aber das, was jetzt passiert, ist doch nicht mehr im Gleichgewicht, oder?" Joselyn stimmt zu: „Nein, das Gleichgewicht ist schon seit mehreren Jahrzehnten aus der menschlichen Harmonie, dem Einheitsbewusstsein, geraten." Luana schüttelt den Kopf: „Wie kann sowas passieren?" Ich antworte: „Das ist der Lauf der Dinge. Ihr habt den freien Willen von Vater Universum geschenkt bekommen und ihr existiert, weil ihr alle lernt. Ihr lernt durch eure Fehler. Die Schattenwesen entwickeln sich nur dann zu einer starken Kraft, wenn diese Kraft zu viel Aufmerksamkeit bekommt, als eigentlich vorgegeben ist. So wird diese negative Kraft genährt und bekommt über die Jahrzehnte ihre dunkle Kraft. Daraus entsteht dieses

Ungleichgewicht. Das Dunkle nimmt seinen Raum ein und wenn dann noch Schattenwesen von einem anderen dunklen Planeten, genannt Pluto, hinzukommen, dann geschieht das, was jetzt gerade hier passiert."
Luana seufzt: „Aha, dann ist es also wichtig, dass wir Menschen verstehen, dass wir diejenigen sind, die unser Leben steuern können?" „Ja, ihr seid die Entwickler eures Lebens, bis zu einem gewissen Grad. Ihr kreiert euer Leben selbst. Ihr seid die Erschaffer. Ihr seid die Entscheider. Ihr seid die Produzenten eures Glücks. Das Glück eines jeden Erdling liegt in sich selbst, in seinem Herzen. Glücklich sein kannst nur du, nur du kannst es geschehen lassen. Es hängt alles von deiner Entscheidung ab und deinem Mut." Joselyn ergänzt: „Die Lichtwesen, die Engelwesen und noch viele mehr beschützen euch Erdlinge, damit ihr in Ruhe eure Erfahrungen sammeln könnt. Wir begleiten euch liebevoll dabei und unterstützen euch, egal welche Entscheidungen ihr getroffen habt oder welche ihr noch treffen werdet. Noack beschützt euch und er beschützt mit dem galaktischen Raumschiffkommando auch die verschiedenen Planeten, damit diese nicht von dunklen Mächten besetzt werden können. Einige der dunklen Mächte versuchen immer wieder, sich zu verstärken. Deshalb werden sie auch kontrolliert und bewacht."
Ich spreche weiter: „Niemals gibt es etwas, das ohne Grund existiert oder geschieht. Alles hat seine Daseinsberechtigung, auch das Schlechte, bis zu einem bestimmten Grad. Die Liebe ist das Zentrum allen Seins. Alles ist zunächst aus Liebe geboren. Niemand ist von Grund auf dunkel. Alles entsteht aus dem Licht. Dunkelheit gebiert das Licht. Aus der Dunkelheit wächst der Samen. Du bist im Dunkel der Gebärmutter deiner Mutter herangewachsen, wurdest in diesem Dunkel von ihr genährt und durch die Geburt ins Leben, ins Licht, geboren worden. Du siehst also, Licht und Dunkelheit zusammen gehören. Sie sind nicht zu trennen." Joselyn nickt: „Stillstand und Bewegung sind eins wie auch Licht und Schatten, hell und dunkel, Materie und Geist. Miteinander verschmolzen gebären sie das Leben. Sie dehnen sich aus und ziehen sich zusammen. Alles ist Bewegung. Alles besteht aus sichtbarer und unsichtbarer Energie. Du bist auch hell und dunkel und du trägst auch männliche und weibliche Energie in dir. Das Gleichgewicht der beiden Energien zeigt dein wahres Selbst."
Luana hört erstaunt zu und antwortet schnell darauf: „Dieses Wissen eröffnet mir eine ganz neue Perspektive. So habe ich das noch nie gesehen und es klingt für mich absolut logisch. Das bedeutet, dass wir Menschen dazu beigetragen haben, dass es jetzt so schlimm um uns steht. Die Schattenwesen kommen von einem anderen Planeten, das sind Mächte, die mit uns nichts zu tun haben, verstehe ich das richtig?" Joselyn legt Luana einen Arm um die Schulter: „Ja, richtig. Sie gehören nicht hierher. Noack wird sie wieder dahin zurückbringen, wo sie hergekommen

sind und sie dort mit seinem magischen Stab fest verankern und sie wieder ins Gleichgewicht bringen, sodass sie nicht mehr Unheil anrichten können."

Ich verabschiede mich jetzt von den Dreien, ich habe noch viel zu tun, bevor die fünf Elemente zusammen wirken können. „Liebe Joselyn, liebe Luana und lieber Babu! Ich werde mich jetzt von euch verabschieden. Es war sehr schön mit euch. Wir werden uns bald wiedersehen. Seid gesegnet, ihr seid zu jeder Zeit beschützt. Joselyn, folge deiner kosmischen Intuition und Luana, halte mit deiner menschlichen Intuition die Stellung an Joselyns Seite. Lieber Babu, auch du hast eine wichtige Aufgabe. Dir wünsche ich, dass du deine tierische Intuition helfend einsetzen kannst, zum richtigen Moment." Babu schnattert, gerade als ob er sagen möchte: „Ich kann das natürlich!" Joselyn geht zu mir und drückt mich nochmal ganz fest und schon bin ich verschwunden. Luana und Joselyn schauen sich glücklich an und schweigen für einen kleinen Moment, bevor Luana nachdenklich sagt: „Dein Vater ist wundervoll. Durch dich ist mein Leben wirklich richtig aufregend geworden. Komm mit Joselyn, ich zeige dir jetzt unser Dörfchen Aurien. Wir sollten was essen gehen. Wir holen uns eine warme Suppe, am besten in Frau Petersons Suppenladen. Sie macht die besten Suppeneintöpfe weit und breit und die besten Schokotörtchen. Sie sind mit Marmelade gefüllt." Sie packt Joselyns Hand und läuft mit ihr den kleinen Weg hinunter, während sie weiterplappert: „Wir bringen Papa später auch ein Schokotörtchen, der wird sich freuen."

FRAU PETERSONS SUPPENLADEN

Joselyn lernt die ersten Erdlinge in Gesellschaft kennen. Luana will ihr wirklich alles zeigen, was ihr nur einfällt. Als erstes gehen sie in den Suppenladen zu Frau Peterson. Dort können die beiden ihren Hunger wunderbar stillen. Bei ihr ist es richtig gemütlich. Frau Peterson ist herzallerliebst. Sie liebt es zu kochen und sie liebt es zu essen. Man sieht ihr an, dass es ihr schmeckt. Sie ist eine kleine, untersetzte Frau mit herzvollen Augen. Man fühlt sich bei ihr willkommen und wohl. Sie lacht unheimlich viel und kann eine Menge Geschichten erzählen. Frau Peterson ist sehr gesellig, die Erdlinge amüsieren sich prächtig bei und mit ihr. Sie trägt eine rote Schürze mit weißen Punkten, ihre Schuhe sind absolut einzigartig, mit vielen bunten Blumen drauf. Sie ist von Kopf bis Fuß eine farbenfrohe Erscheinung. Nur ihre Haare sind weiß, geschmückt mit einer schwarzen Strähne.

Frau Peterson ist spürbar intuitiv und feinfühlig, sie kann in den Menschen so manches erkennen. Sie hat Joselyn gleich intensiv wahrgenommen und beobachtet. Auch hat sie ihr viele Fragen gestellt. Sie ist halt sehr neugierig und möchte Bescheid wissen. Sie sagt zu Joselyn: „Du erinnerst mich an jemanden." Joselyn ist erstaunt: „Oh wirklich? Wer kann das sein, Frau Peterson?" „Ich weiß nicht, irgendetwas sagt mir, dass du mich an jemanden sehr Wichtigen erinnerst. Ich grüble schon unentwegt und komme einfach nicht drauf. Hmmm…" „Vielleicht an eine Geschichte, die Sie kennen oder jemanden, der mir ähnlich sieht?" Luana erklärt: „Joselyn ist neu angereist. Ich kann mir nicht vorstellen, dass Sie sie schon mal getroffen haben." Frau Peterson ruft laut aus: „Oh, ich vergesse nie und das meine ich wirklich ernst! Nie! Ich komme schon noch drauf, liebe Luana!" Luana versucht abzulenken, sie spürt, dass Frau Peterson vielleicht etwas ahnen könnte. Denn sie kennt die alten Geschichten sehr gut. Sie vergisst tatsächlich nichts. Das wäre gar nicht gut, würde sie wissen, wer Joselyn wirklich ist.

Luana legt den Löffel beiseite: „Die Suppe war wirklich sehr lecker, Frau Peterson, vielen lieben Dank. Ich denke, wir sind jetzt satt und sollten langsam aufbrechen." Aber Frau Peterson lenkt ein: „Ach ihr beiden, bleibt doch noch ein wenig, wir lernen uns gerade erst kennen. Ich freue mich, mehr über deine Freundin zu erfahren." Joselyn antwortet höflich: „Liebe Frau Peterson, ich bedanke mich herzlich bei Ihnen für Ihr fabelhaftes Essen. Etwas Warmes im Magen macht mich gleich wieder viel stärker. Gerne würden wir länger bleiben, aber leider müssen wir wirklich aufbrechen." Frau Peterson gefällt, dass Joselyn so höflich ist: „Das freut mich, kleine Joselyn." Sie runzelt die Stirn und fängt nochmal an: „Joselyn, du hast etwas an dir, was mich rätseln lässt, ich verstehe es selbst nicht, aber irgendetwas lässt mich ganz ruhig werden. Du bist ein außergewöhnliches Kind." „Ich danke Ihnen, Frau Peterson. Die Engel sollen stets mit Ihnen sein." Luana nimmt Joselyn bei der Hand und sagt: „Auf Wiedersehen, Frau Peterson, einen schönen, sonnigen Tag Ihnen noch. Arioah." Joselyn fragt Luana leise, während sie auf dem Weg zum Ausgang sind: „Was heißt ‚Arioah'?" Luana erklärt: „Es bedeutet ‚Auf Wiedersehen'." Joselyn folgt Luana, dreht sich aber nochmal zu Frau Peterson um: „Sie sollten Ihr neues Vorhaben angehen, Frau Peterson, es ist vielversprechend und wird erfolgreich. Sie sollten sich keine Sorgen machen. Tun Sie, was Ihr Herz Ihnen sagt. Ich wünsche Ihnen einen schönen Tag. Arioah." Frau Peterson läuft ganz rot an. Denn niemand hier weiß von ihrem neuen Projekt. Sie möchte ein Haus kaufen. Dieses Haus soll ihr neuer Laden werden und mehr Möglichkeiten anbieten. Ihr Suppenladen hier ist sehr klein, da haben gerade mal zwanzig Gäste Platz. Sie ist hin und hergerissen, ob sie es tun soll oder nicht. Konkurrenz gibt es in Aurien nicht, denn jeder hilft hier jedem. Hier wird Gemeinschaftssinn groß geschrieben. Dennoch ist es für sie eine neue Herausforderung und sie fragt sich, ob sie es in ihrem Alter überhaupt noch wagen sollte. Frau Peterson wundert sich und kratzt sich nachdenklich und erstaunt am Kopf. Joselyn lächelt sie an. Frau Peterson fragt nochmal: „Du kommst nicht von hier, stimmt's?" Joselyn gibt zu: „Ja, das stimmt." „Liebe Joselyn, du bist ein beeindruckendes Mädchen. Ich hab so ein Gespür, dass ich von dir noch viel hören werde. Es hat mich sehr gefreut, dich kennenzulernen. Vielen Dank. Luana, sage deinen Eltern liebe Grüße von mir." Frau Peterson geht den beiden entgegen: „Hier, die Schokotörtchen, die schenke ich euch. Lasst sie euch schmecken." Luana nimmt die eingepackten Schokotörtchen, freut sich sehr und bedankt sich herzlich. „Für deine Eltern sind auch welche drinnen und nun ab mit euch, sonst muss ich euch noch mehr Fragen stellen. Arioah auch euch." Luana und Joselyn lachen, flitzen hinaus und winken Frau Peterson aus der Ferne zu. Sie steht im Türrahmen ihres Suppenladens und wundert sich noch immer über Joselyns Worte.

SGOIL EÒLAIS – DIE SCHULE DES WISSENS

An diesem Tag bekommt Joselyn von Luana so viel gezeigt. Joselyn ist aufgeregt und möchte alles neugierig erkunden. Als nächstes zeigt ihr Luana ihre Schule. Naja, sowas Ähnliches wie eine Schule. Eine ganz besondere Schule ist das. Ganz oben über dem bunten Eingangstor steht geschrieben: Sgoil eòlais. Joselyn fragt gleich: „Was heißt das? Was ist das für eine Sprache?" Luana erklärt ihr: „Das heißt ‚Schule des Wissens' und diese Sprache ist Gälisch, sie ist keltischen Ursprungs und wird hier bei uns noch immer gesprochen. Diese Sprache ist in Atlantika vom Aussterben bedroht. Mein Opa hat sie mir gelernt. Hier in Sgoil eòlais lerne ich immer wieder etwas Neues dazu, vor allem über diese anspruchsvolle Sprache. Sie ist nicht einfach. Mein Opa hat mir erzählt, dass die Sprecher der gälischen Sprache lange verfolgt wurden. Damals durfte man kein Gälisch sprechen. Damals waren nur wenige dieser Sprache mächtig, vor allem die Machthabenden konnten sie gar nicht gut verstehen. Es ist eine alte und sehr heilige Sprache. Sie ist Teil einer reichen, alten Kultur mit Musik, Folklore und darin verwurzelter vergangener Geschichten. Ich bin froh, dass ich sie verstehe und auch teilweise sprechen kann. Frau Peterson beherrscht sie von uns allen aus Aurien am besten. Deshalb kennt sie auch so viele Geschichten." Joselyn sagt frei heraus: „Es hört sich sehr eigenartig, aber interessant an. Was heißt auf Gälisch: ‚Schön, dass wir Freunde sind!'?" Luana überlegt: „Warte mal, lass mich überlegen: Mmmh… Ah, ich hab's: Nice gu bheil sinn nar caraidean." Joselyn meint lächelnd: „Klingt witzig. Wie ist deine Schule namens Sgoil eòlais denn so?" Und Luana erzählt: „Die Schule hat gerade geschlossen, sie wird renoviert. Das Dach ist undicht und alle helfen mit, damit bald wieder unterrichtet werden kann. Wir alle freuen uns schon, wenn es bald wieder los geht. Ferien haben wir keine, so wie es in der Stadt üblich ist. Schule gehört hier zum Alltagsleben und es ist ganz normal für uns, jeden Tag hier zu sein. Es kommt immer auf die Jahreszeiten drauf an. Wenn die Ernte eingefahren werden muss, dann ist jede helfende Hand zu brauchen." Joselyn betrachtet das Gebäude noch eine Weile, bevor sie mit Luana weitergeht. Sie folgen der Straße in Richtung Strand. Luana will ihrer neuen Freundin eine abgelegene Bucht zeigen. Dorthin verirren sich nur wenige.

Luana erzählt ihrer Freundin weiter: „Wie ich dir schon gesagt habe, ist unsere Schule außergewöhnlich. Unser Dörfchen Aurien, also die Menschen, unterrichten uns. Alle die hier wohnen, können etwas Besonders. So hat jeder Dorfbewohner die Verpflichtung, uns Heranwachsende mit seinem Wissen auszustatten. Wir hatten zum Beispiel letzte Woche die Themen Nahrungsmittel, Anbau, Ernte, Zubereitung, Verabeitung... Außerdem haben wir mehr über Technik, Handwerkkunst und Meditation erfahren, wir nennen es 'Tungise', das heißt übersetzt 'Wahrnehmung'. Wir Kinder lernen auch voneinader viel. Wir unterrichten uns oft gegenseitig, indem wir einfach das tun, das wir gerne tun. Das nennen wir freies kreatives Schaffen. Auf Gälisch heißt das ‚Obair chruthachail an-asgaidh'." Joselyn ist beeindruckt: „Das sind viele Themen! Und so lernen alle Kinder in Atlantika?"

Luana schüttelt den Kopf: „Oh nein, Aurien ist ein abgelegenes Dörfchen. Die Straßen sind nur zu Fuß oder mit dem Pferd zu bewältigen, wie du ja schon selbst erlebt hast. Wir leben ziemlich abgetrennt von allem. Deshalb sind wir auch so traditionell und leben noch mit Mutter Natur in enger Verbindung. Wir brauchen nur das zu lernen, was wir hier zum Überleben benötigen. Wir arbeiten beim Fischfang mit oder helfen, wenn die Ernte eingefahren wird. Das alles macht uns riesigen Spaß. Wir bringen uns mit unserem Können in die Gesellschaft ein und jeder hier wird respektiert, egal ob er jung oder alt ist." Joselyn fragt weiter: „Wie lernen die Kinder in der großen Stadt?" Luana erzählt: „Da gibt es einen Jungen aus der Stadt, er besucht seine Großeltern in den Schulferien. Er heißt Yorick. Er erzählt mir immer von der Stadt und was dort passiert. Und ich begleite meinen Vater hin und wieder in die Stadt. Darum weiß ich, wie es sich anfühlt, dort zu sein und kann Yoricks Wahrnehumgen aus seinen Erzählungen gut nachempfinden. Es ist wirklich anstrengend dort, so hektisch, wenig Grün und dieses Gerempel und Geschubse von all den vielen Menschen auf der Straße." Joselyn versteht nicht: „Warum tun die das?" Luana zuckt mit den Schultern: „Sie sind total in Unruhe und Hektik. Ständig unter Strom und immer rastlos. Sie nehmen sich gegenseitig kaum wahr. Sie laufen wie ferngesteuert herum. Keiner sieht dort noch in die Augen des Gegenübers. Es fühlt sich wie ein Überlebenskampf an, ein ständiges Suchen. Sie suchen nach Liebe, suchen diese aber in Gegenständen, im Außen. Die Kinder sind wie kleine Erwachsene und sehr überheblich. Dort in der Schule war ich noch nie und das möchte ich auch nicht. Ich kenne alles nur aus Yoricks Erzählungen. Trotzdem kann es dort aber auch sehr aufregend sein, es gibt viel zu entdecken. Wenige Kinder sind dort noch Kinder." „Warum möchtest du dort nicht zur Schule gehen?" „Den Kindern dort werden komische Dinge beigebracht. Dinge, die sie nicht wirklich brauchen können. Wie zum Beispiel Geschichten, die gar nicht mehr der Wahrheit entsprechen oder Regeln, wie etwas nicht zu machen ist, anstatt Ratschläge, wie es erfolgreich zu machen wäre. Beim letzten Besuch bin ich einem Mädchen begegnet, das überhaupt nichts von Lavendel oder Salbei wusste. Sie wusste nicht, dass Lavendel negative Menschen auf Abstand hält oder dass weißer Salbei negative Energien vertreibt. Sie fragte mich nach meiner Kette um den Hals: Was das für ein Schmuckstück sei? Sie wusste wirklich nicht, dass ich einen Bergkristall trage. Ich musste ihr erst mal erklären, dass dies ein Heilstein und noch dazu ein sehr machtvoller Schutzstein ist und dass er mich bei meiner täglichen Meditation unterstützt. Schon kam die nächste Frage von ihr: Was Meditation sei? Ich konnte es einfach nicht glauben. Das ist doch Grundwissen, alles, was ein Mensch zum Überleben von Körper, Geist und Seele wissen muss." Joselyn schaut Luana erstaunt an: „Warum bringt man jemanden etwas bei, das er nicht brauchen kann?" Luana lächelt: „Mein Opa sagte zu mir immer:

‚Lass dich nicht abhängig machen! Lass dir nie etwas aufzwingen, das du nicht möchtest und lass dich nicht von deinem Weg abbringen. Auch wenn alles im ersten Moment unüberwindbar scheint. Es ist nur eine Frage der Zeit, bis alles seine Richtung findet. Geduld und Vertrauen lauten die Zauberworte.'

Ich denke, dass das Machtsystem dort viele Menschen abhängig macht und Angst mehr Lebensinhalt ist als Liebe." Joselyn ist entsetzt: „Das kann doch unmöglich sein! Liebe ist alles, was ihr seid. Liebe ist das Einzige, das euch Menschen ausmacht. Liebe ist das Zentrum allen Seins. Angst existiert doch gar nicht. Sie ist nur Illusion." Luana atmet tief aus: „Joselyn, ich weiß, wovon du da sprichst, aber in der Stadt läuft es ganz anders. Sie wissen gar nichts über Mutter Natur und auch nichts über Heilkräuter, Tiere oder die eigene Wahrnehmung. Yorick lacht immer, wenn er mich tungisieren sieht. Ich weiß nicht warum, aber er findet es albern. Ich mag Yorick sehr, aber er kann auch ziemlich nerven, denn er ist sehr unruhig in seinem Geist. Er spielt am liebsten mit so einem technischen Ding, daraus strahlt Licht. Dieses Licht macht die Menschen müde und vor allem sehr krank im Herzen und im Verstand. Und auch der Körper verträgt die Strahlen dieses Lichtes ganz schlecht. Yorick ärgert sich immer ein wenig, er sagt in Aurien hätte er immer schlechten Empfang. Was auch immer er damit meint. Er verpasst dadurch so viel Schönes. Manchmal konnte ich ihn ohne das technische Ding in den Wald locken und dann hatten wir ziemlich viel Spaß. Ich sehe ihm an, dass er unglücklich ist und wenn er in Aurien zu Besuch bei seinen Großeltern ist, wirkt er viel glücklicher. Sein Vater ist ein strenger Mann, er fordert viel von Yorick, er sagt immer zu ihm: ‚Im Leben musst du dir alles hart verdienen. Es gibt kein Wunder, du kannst dich auf niemanden verlassen, außer auf dich selbst.'"

Joselyn kneift die Augen zusammen: „Das sagt sein Vater zu ihm? Wirklich? Das kann ich gar nicht glauben. Warum sagt man sowas? Der arme Yorick, das muss ihn doch sehr traurig machen. Wir alle tragen das Urvertrauen von Vater

Universum in unserem Herzen. Wir sind die Erbauer unseres eigenen Lebens. Ihr könnt eurem Herzen vertrauen, es führt euch. Keiner muss sich etwas verdienen. Alles ist hier in Fülle. Alles könnt ihr euch nehmen, ohne etwas dafür zurückgeben zu müssen. Mutter Natur und Vater Universum schenken euch alles, was ihr braucht und dies voller bedingungsloser Liebe. Ihr müsst nur zugreifen und es wahrnehmen. Ihr solltet das tun, was euch glücklich macht, dann lebt ihr bereits in Fülle. Eure Erde ist für uns Blauijaner der wertvollste Planet im ganzen Universum. Er gibt uns die Möglichkeit, körperlich zu werden und das Leben voll und ganz mit allen Sinnen wahrnehmen zu dürfen. Es ist eine Ebene voller Wunder. Deshalb schützen wir diesen Planeten so, denn er ist ein lebendiger Organismus." Luana lächelt: „Wie wunderschön du alles ausdrücken kannst, Joselyn." Die hat schon die nächste Frage parat: „Denkst du, dein Vater kann mich mal in die Stadt mitnehmen?" Luana nickt: „Warum nicht, natürlich, ganz bestimmt. Einmal in der Woche muss er in die Stadt, um dort seine Auftraggeber zu treffen."
Die beiden Mädchen sind mit Babu am Strand angekommen. Die Luft ist belebend und frisch und der Wind streicht ihnen durchs Haar. Babu nutzt die Gelegenheit, um ein wenig zu klettern und seinen eigenen Weg zu gehen. Joselyn schaut fragend: „Wo geht Babu hin?" Luana beruhigt sie: „Keine Sorge, er kommt wieder. Manchmal braucht auch er seine Freiheit." Beide sind still und genießen den Moment. Man spürt ihre schwesterliche Verbindung. Auch ohne Worte können sich Joselyn und Luana bestens verstehen. Sie legen sich in den Sand und ruhen sich ein wenig aus. Mittlerweile ist es schon später Nachmittag geworden. Die Temperatur ist angenehm. Das Kreischen der Möwen ist zu vernehmen und die Wellen helfen den beiden, zur Ruhe zu kommen. Joselyn spürt was es heißt, müde zu sein. Ihr Körper benötigt eine kleine Pause und Luana geht es nicht anders. Ein kleines Nickerchen kann jetzt nicht schaden. Ihre Augen schließen sich langsam und sie schlafen geborgen ein.

DEINE ERDE

Lieber Erdling, deine Erde ist ein einzigartiger lebendiger Organismus, genau wie Joselyn es gerade beschrieben hat. Dein Planet ist selbst ein Lebewesen, das ein Bewusstsein besitzt und darüber hinaus einen Nährboden für unzählige andere Lebewesen bietet. Alle Planeten haben übrigens ein Bewusstsein. Die Erde ist ein lebendiger Organismus, der aus ähnlichen Bestandteilen wie der menschliche Körper besteht: Nervengeflecht, Organe, Blutbahnen und so weiter. Die Erde mit ihrem Körper, ihrer Oberflächenumwelt, den Meeren, der Atmosphäre, dem Krustengestein, den grünen Wäldern – das ist die körperliche Form. Die Erde mit ihrer lebendigen Haut, den Wäldern und anderen natürlichen Ökosystemen sowie deren Böden, fühlt die unnatürlichen Eingriffe des Erdlings. Es ist für die Erde wie eine Hautverbrennung, wenn mit Giften oder anderen Spritzmittel auf sie eingewirkt wird. Man verletzt sie damit. Der Mittelpunkt, das Erdinnere, ist das Herz, das lebendig schlägt.

Alles besitzt Bewusstsein. Alles ist Bewusstsein. Natürlich herrschen unterschiedliche Bewusstseinszustände, verschiedene Bewusstseinsstufen, doch am Ende ist alles miteinander verbunden. Alles ist eins und eins ist alles. Wie unten, so oben. Wie im Mikrokosmos, so auch im Makrokosmos. Alles ähnelt sich, denn alles besteht aus derselben energetischen Grundstruktur des Lebens. Ein Atom weist zum Beispiel eine ähnliche Struktur auf wie ein Sonnensystem oder ein Planet. Ein Atom besitzt einen Atomkern, um den Elektronen kreisen. Galaxien haben Kerne, um die Sonnensysteme kreisen. Ein Sonnensystem hat im Zentrum eine Sonne, um die wiederum Planeten kreisen. An Galaxien grenzen weitere Galaxien, an Sonnensysteme grenzen weitere Sonnensysteme. Dein Planet Erde ist ein Lebewesen mit Seele so wie du und ich.
Ich, Noack, benötige keinen Körper, ich bin reines Licht. Aber ich kann mich zu jeder Zeit in einen Körper verwandeln. Ich kann jede Form annehmen, die ich gerade brauche. Egal, auf welchem Planeten ich mich gerade befinde. Leben, wie ihr es kennt, kann nur unter bestimmten Voraussetzungen entstehen. Es darf nicht zu kalt sein, aber auch nicht zu warm. Wasser muss in großer Menge vorhanden sein. Und die Atmosphäre muss die richtige Mischung aus Stickstoff und Sauerstoff enthalten. All diese Voraussetzungen erfüllt nur ein Planet: deine Erde. Das war aber nicht immer so. Erst im Laufe von Millionen von Jahren hat sich die Atmosphäre der Erde so entwickelt, dass Leben entstehen konnte.
Ihr nennt die Erde auch noch „Terra", das ist lateinisch, oder „Gaia", das ist griechisch. Die Erde ist der einzige Himmelskörper in deinem Universum, auf

dem menschliches Leben möglich ist. Deshalb wird sie auch als „Mutter Erde" bezeichnet und darum schützen wir Lichtwesen deinen Planeten. Deine Erde gibt es kein zweites Mal. Die Erde ist der dritte Planet im Sonnensystem. Sie hat einen Nickel-Eisen-Kern, der von einem dicken, flüssigen Mantel umhüllt ist. Drum herum bilden mehrere Platten eine Gesteinskruste. Diese Platten schwimmen auf dem flüssigen Mantel, das heißt, sie sind beweglich. Manchmal stoßen die Plattenränder zusammen, dann kann es zu einem Erdbeben kommen. In über 175 Ländern der Erde feiern die Erdlinge jedes Jahr am 22. April den „Tag der Erde". Diesen Tag habt ihr bewusst in eure Kalender eingetragen, zumindest einige von euch, damit ihr nicht vergesst, wie kostbar euer Planet ist. Das finde ich eine sehr gute Sache. Ihr Erdlinge könnt so wunderbare Ideen entwickeln und sie zum Leben erwecken. Wenn ihr gemeinschaftlich wirkt und zusammenhelft, dann entsteht immer etwas Wunderbares. Durch die Gemeinschaft seid ihr stark. Niemand kann ein Band der Gemeinschaft durchbrechen, das fest verbunden ist mit Willensstärke und Glauben an die Sache selbst. Außerdem schafft es dieser Gedenktag für eure Erde, dass ihr bewusster auf die Umwelt achtet und sorgsam mit Mutter Natur umgeht. Ihr nennt eure Erde auch „Blauer Planet", denn 70 Prozent der Erdoberfläche ist mit Wasser bedeckt, das hat Joselyn Luana neulich erklärt, wenn du dich noch erinnern kannst. Dieses Wasser ist eine wichtige Energiequelle. Egal ob Fluss oder Ozean – überall dort, wo sich Wasser bewegt, ist Energie.

Diese Energie ist deine Erde.
Die Erde liebt dich bedingungslos.
Sie beschenkt dich jeden Tag,
ohne etwas dafür zu verlangen.
Ehre sie und sie wird dich ehren.

DER STRAND – DIE BEGEGNUNG

Oh, wie ich gerade sehe, passiert etwas Eigenartiges am Strand. Luana und Joselyn schlafen noch immer tief und fest. Ein Windstoß ist zu spüren und ein großer Schatten bedeckt die Mädchen. Luana öffnet die Augen einen Spalt, sie kann nichts erkennen, nur spüren und hören. Irgendetwas bewegt sich, es fühlt sich komisch an. Schnell weckt sie Joselyn. Die öffnet ihre Augen, gähnt ganz laut, streckt sich fest, setzt sich auf. Mit gähnender Stimme sagt sie: „Das Schlafen ist eine schöne Sache, ich habe schon wieder viel mehr Kraft." Sie sieht Luana an und fragt erstaunt: „Liebe Luana, warum schaust du so komisch? Geht es dir gut?" Luana flüstert besorgt: „Joselyn, irgendetwas ist da am Himmel. Hörst du das?" Joselyn sieht in die Weite des Meeres hinaus, plötzlich bemerken sie einen heftigen Luftstoß und ein Geräusch, ähnlich wie ein Flügelschlag. Joselyn springt auf und winkt wie wild umher. Luana ist fassungslos. Sie versteht nicht, was da gerade passiert. Sie sieht immer wieder in die Richtung, wo Joselyn etwas zu erkennen scheint, aber sie kann nichts sehen. Sie fragt ihre Freundin ziemlich entgeistert: „Joselyn, was machst du da?" In diesem Augenblick rennt Joselyn rasend schnell aufs Wasser zu und Luana kann es einfach nicht fassen: Joselyn schwebt in der Luft. Als ob sie von etwas Unsichtbarem getragen würde. Es sieht nicht wie fliegen aus. Sie hört Joselyn immer und immer wieder rufen: „Xeron, endlich bist du da! Xeron, ach wie ich dich vermisst habe!" Luana fragt sich natürlich: „Wer ist Xeron? Zu wem um Himmels willen sagt sie das? Ist Joselyn jetzt verrückt geworden? Oder träumt sie immer noch?" Es sieht ziemlich komisch aus, wie Joselyn so hin und her schwebt. Sie lacht und es sieht so aus, als würde sie jemanden umarmen, nur dass niemand zu erkennen ist. Sehr seltsam…

Luana ruft Joselyn zu: „Joselyn, was machst du da oben? Was passiert hier? Könntest du mir mal bitte erklären, was da los ist?" Joselyn antwortet voller Freude: „Liebe Luana, darf ich dir vorstellen, das ist Xeron!" „Wer soll Xeron sein, brauchst du vielleicht einen Schluck Wasser, Joselyn? Geht es dir wirklich gut?" „Nein Luana, ich benötige keinen Schluck Wasser, mir geht es sehr gut. Ach ich vergaß, Luana!" Joselyn fasst sich an den Kopf und spricht mit jemandem. Luana kann aber weder jemanden erkennen noch eine Antwort hören. Sie fragt entgeistert: „Was hast du vergessen? Ich hab ja das Gefühl, das du beim Schlafen deinen Kopf vergessen hast, so wie du gerade auf mich wirkst!" „Meinen Kopf vergessen?" Joselyn ertastet ihren Kopf und antwortet: „Mein Kopf ist dran, sitzt fest. Alles gut, Luana. Mir ist nur eingefallen, dass du Xeron nicht sehen kannst. Er ist mein Drachenfreund. Natürlich kannst du ihn auch nicht hören, denn er hat seinen Unsichtbarzauber aktiviert. Nur ich kann ihn gerade sehen. Tut mir leid, jetzt verstehe ich deine Frage natürlich!" Joselyn lacht, worüber sich Luana erst recht ärgert. „Liebe Joselyn, also langsam fühle ich mich ein wenig veralbert. Drachenfreund, du bist gut. Es gibt keine Drachen. Unsichtbarzauber, was soll das denn sein? Also wirklich, ich bin echt für Späße zu haben, aber langsam ist's genug. Sind deine Stiefel wieder kaputt?" Joselyn lacht weiter und sagt: „Meine Glücksstiefel haben damit nichts zu tun, die funktionieren einwandfrei. Warum denkst du, dass es Drachen nicht gibt?"

Da spricht Xeron zu Joselyn: „Deine Freundin ist aber wirklich sehr aus dem Häuschen. Wir sollten sie aufklären, sonst wird sie noch stinkiger, meinst du nicht?" Joselyn lacht: „Lieber Xeron, denkst du, das ist eine gute Idee? Nicht dass dich noch jemand sieht!" Der Drache meint: „Wir sind hier in einer verwinkelten Bucht und ich denke, für ein paar Minuten dürfte das kein Problem sein. Nur damit sich Luana wieder beruhigen kann!" Joselyn zweifelt: „Ich denke nicht, dass sie dein Erscheinen beruhigen wird, aber wenn du meinst, gerne." Luana ruft: „Joselyn, führst du jetzt Selbstgespräche?" Joselyn winkt ab: „Nein, meine Liebe, warte, ich komm zu dir." Xeron bringt Joselyn wieder zu Boden und sie geht zu Luana. Joselyn wiederholt ihre Frage: „Luana, warum denkst du, dass es Drachen nicht gibt? Mich gibt es doch auch und ich bin eine Feenelfe!" Luana sagt ernst: „Ich weiß alles über Drachen, ich habe sehr viele Bücher gelesen, es sind alles erfundene Geschichten. Ich hab noch nie etwas von einem unsichtbaren Drachen gehört." Joselyn kneift die Augen ein wenig zusammen: „Meine Intuition sagt mir, dass du Drachen sehr magst, kann das sein?" Luana gibt zu: „Ja, ich finde diese Wesen toll. Es gibt sie aber nicht wirklich!"

Plötzlich spricht Xeron wie aus dem Nichts: „Woher willst du das wissen, Luana?" Seine tiefe Stimme ist klar und deutlich zu hören. Luana erschrickt und schaut sich mehrmals um, kann aber niemanden erkennen. Sie fragt: „Wer spricht da? Joselyn, hast du das gehört?" Joselyn lächelt: „Ja, natürlich höre ich das!" Luana flüstert ihr zu: „Und kannst du auch was sehen? Ich kann wirklich nichts erkennen!" Xeron lässt seine Stimme wieder ertönen: „Liebe Luana, du bist ziemlich aufgeregt. Darum dachte ich, dass ich erst zu dir spreche, bevor ich mich dir zeige." Luanas Augen sind weit geöffnet: „Wow, hier spricht tatsächlich jemand. Bist du wirklich ein Drache?" „Ein Drache, so wahr ich mit dir spreche." „Ich glaube es nicht, hier spricht wirklich jemand. Ein echter Drache, wirklich?" „Wenn du willst, dann zeige ich mich dir für einen kurzen Moment. Wir müssen nur aufpassen, denn es sollen uns noch keine anderen Erdlinge entdecken." Joselyn versichert Xeron: „Alles ist gut. Mein Herz sagt, dass es kein Problem ist." Luanas Körper kribbelt: „Jetzt bin ich aber gespannt! Also wenn du wirklich ein echter Drache bist, dann wäre das für mich ein Traum, der in Erfüllung geht."

Joselyn fragt nach: „Ein Traum?" Luana nickt nervös: „Ja, ich träume schon so lange davon, einen echten Drachen zu sehen." Joselyn schaut sie schräg an: „Ich dachte, du glaubst nicht an Drachen?" Luana schaut schräg zurück: „Ja, ich habe nicht gedacht, dass es Drachen wirklich gibt, das stimmt. Dennoch kann ich von mir behaupten, dass ich Drachenexpertin bin. In meinen Träumen sind sie real. Jede Nacht träume ich davon, dass ich auf einem Drachen fliegen kann und es ist wunderschön. Ich dachte immer, dass dies ein unerfüllter Traum bleiben würde."
In diesem Moment erscheint Xeron langsam aber dennoch sichtbar wie aus dem Nichts. Er ist riesig groß und hat einen feuerroten Panzer. Das Herz-Medaillon auf seiner Brust leuchtet. Er ist eine sehr prächtige Drachenerscheinung. Luana steht der Mund weit offen. Mit zitternder Stimme sagt sie: „Aaahhhaaa… Daaa steht ein wirklich echter D-d-d-d-racheee vor mir… Ich fasse es nicht…" Xeron spricht laut und deutlich: „Ich grüße dich, Luana. Mein Name ist Xeron, schön, dich kennenzulernen." Luana zwinkert mehrmals mit den Augenlidern: „Das ist doch unglaublich, da steht ein echter Drache vor mir. Ein echter wirklicher Drache. Ich grüße dich auch, Xeron. Wahnsinn, ich bin sprachlos." Xeron sagt trocken: „Du müsstest dein Gesicht jetzt sehen." Er lacht und hält dabei seinen großen Bauch fest. Luana fällt in sein Lachen mit ein und auch Joselyn beginnt zu prusten. So komisch ist diese Situation gerade. Luana sagt völlig außer Atem: „Joselyn, warum hast du mir nicht erzählt, dass dein Freund ein Drache ist?" „Du hättest es mir doch sowieso nicht geglaubt." „Das stimmt wahrscheinlich."
Joselyn wendet sich Xeron zu: „Mein lieber und treuer Freund Xeron, wie ist es dir ergangen? Wo warst du und was ist nach unserer Trennung passiert?" Luana fällt ihr ins Wort: „Joselyn, wie bist du eigentlich hier auf die Erde eingereist? Mir fällt gerade auf, dass ich dich das noch gar nicht gefragt habe!" Joselyn antwortet: „Ich bin mit meinem mächtigen Freund Sorayus, er ist ein Pegasus, durch die Dimensionstore im Kosmos gereist. Und Xeron hat uns begleitet." Xeron schnaubt: „Ach hör mir bloß auf mit den Dimensionstoren, da wird mir gleich wieder übel…" Joselyn lacht und umarmt ihren Drachenfreund.
Luana kriegt sich fast nicht mehr ein: „Pegasus? Sag mir jetzt bitte nicht, dass es auch so einen gibt!" Xeron nickt wild: „Natürlich gibt es ihn, so wahr wie ich vor dir stehe. In der Fabelwesenwelt ist alles möglich. Wir sind sehr vielfältig. Sorayus ist ein äußerst mächtiger Pegasus. Er hat Joselyn und mich sicher auf deine Erde gebracht. Um deine Fragen zu beantworten, liebe Joselyn… Dieses Raumschiff, das uns vom Kurs abbringen wollte…" Luana unterbricht: „Welches Raumschiff? Hier gibt es doch kein Raumschiff!" Joselyn und Xeron schauen Luana leicht genervt an. Luana grinst verlegen und sagt: „Ups! Natürlich gibt es auch Raumschiffe." Xeron erzählt weiter: „Es war ein Raumschiff der Schattenwesen, sie sind wirklich überall. Ihr Ortungssystem ist sehr scharf und sie sind aggressiv.

Ich bin in Richtung Meer hinausgeflogen, um von deinem Kurs abzulenken und da haben mich gleich tausende von diesen Dingern verfolgt und versucht, mich mit ihren Lasergeschossen abzuschießen." Joselyn ist entsetzt: „Sie haben versucht, dich abzuschießen?!" Xeron grinst: „Ja, aber sie haben meinen Panzer unterschätzt. Nach einiger Zeit wurde es mir zu bunt und ich habe meinen Unsichtbarzauber eingesetzt. Es wurden immer mehr, keine Ahnung, wo die alle herkamen. So konnte ich am besten entkommen. Da es schon Nacht wurde, sah ich die vielen Lichter, die Lichter der großen Stadt." Joselyn fragt gespannt: „Du warst dort?" „Ja, ich war dort. Ich habe mir von oben alles angeschaut. Du weißt ja, meine Augen sind extrem scharf, so konnte ich einiges entdecken. Dort ist es wirklich sehr unruhig. Ich denke, dass die Schattenwesen nicht dort sind, zumindest Jakobus nicht. Aber ich konnte eines ihrer Raumschiffe verfolgen. Bei meiner Besichtigung der Stadt sah ich eines rumschwirren und ich nahm die Verfolgung auf. Es flog aus der Stadt hinaus, in Richtung Berge, dort verschwand es im Boden." Joselyn runzelt die Stirn: „Wie? Einfach so im Boden? War da ein Eingang?" Xeron fährt fort: „Es war ein wenig seltsam! Wie ein Sog oder was Ähnliches. Das Raumschiff wurde von einem dunklen Nebel erfasst und verschwand im Boden. Einfach so. Ich denke, die Schattenwesen leben unterirdisch. Ich hab mich in den Bergen auf die Lauer gelegt und das Ganze Tag und Nacht beobachtet. Es ist immer derselbe Vorgang und nur an dieser besagten Stelle."
Joselyn erzählt Xeron: „Wir haben bereits meinen Vater getroffen und auch einiges herausgefunden und ihm gleich davon berichtet." Xeron freut sich: „Du bist endlich deinem Vater begegnet? Ach, wie ich mich für dich freue! Das musst du mir später alles noch ganz genau erzählen. Wie war es für dich?" „Es war unvergesslich und sehr magisch. Natürlich erzähle ich dir alles gerne später in Ruhe." „Was habt ihr rausgefunden?" Luana und Joselyn erzählen Xeron, was sie wissen und was sie erlebt haben. Xeron hört aufmerksam zu und er versteht langsam, was hier passiert.
Plötzlich schreckt Luana auf: „Ach du lieber Himmel, die Sonne geht ja schon bald unter. Wir sollten los, meine Mutter wartet bereits auf uns! Wir müssen noch den Weg bis zur Bootsanlegestelle bewältigen. Wir sind ja ziemlich weit gegangen." Joselyn nickt: „Das stimmt. Luana, wir sollten sie nicht warten lassen. Lass uns gleich aufbrechen." Sie geht zu Xeron und ruft Luana zu: „Spring auf!" Die versteht nicht gleich: „Wie jetzt?" Xeron brummt: „Na komm schon, Luana, du selbst hast gesagt, dass es ganz schön weit ist bis zum Treffpunkt. Ich kann euch sehr schnell dorthin bringen und es wird gleich dunkel." Luana freut sich riesig: „Ach, das ist ja unglaublich! Ich lerne nicht nur einen echten Drachen kennen, ich darf auch noch auf ihm fliegen. Mein Traum geht in Erfüllung! Ich fasse es einfach nicht!" Joselyn hilft Luana, auf Xeron aufzusitzen. Luana spürt zum ersten

Mal seine tatsächliche Größe. Sehr beeindruckend ist das! Sein Drachenpanzer fühlt sich gar nicht hart an, er ist sogar ganz weich. Aber das weiß sie schon aus ihrem Drachenbuch: Der Panzer wird nur hart, wenn der Verteidigungsmechanismus einsetzt.
Xeron ruft laut: „Alle festhalten, es geht los!" Joselyn sitzt auf Xerons Rücken und hält sich an einer großen Schuppe fest, Luana hat direkt hinter ihr Platz genommen. Sie hält sich an Joselyn fest. Als Xeron startet, wird es ein wenig wackelig, aber als er abhebt, herrscht absolute Flugruhe. Gemeinsam segeln sie sanft dem Sonnenuntergang entgegen. Luana ist begeistert. Sie ist tief gerührt und genießt diesen unglaublichen Moment. So ein Glück… Joselyn fragt ihre Freundin: „Na, wie fühlt sich das an?" Aus Luana sprudeln Freudenrufe heraus: „Yippi! Yippi! Es ist einfach wundervoll!" Joselyn sagt zu Luana: „Pass auf, ich zeige dir was." Sie verankert ihre Beine tief in Xerons Schuppe und hält beide Arme dem Wind entgegen. „Versuch es auch, Luana!" Luana ist noch ein wenig ängstlich, aber sie versucht es und es gelingt ihr ganz schnell. So fliegen beide der Sonne mit offenen Armen entgegen. Luana ruft: „Xeron, schau da! Da ist meine Mutter, da oben auf dem Berg! Siehst du sie? Ich sehe Babu auf ihrer Schulter sitzen!" Joselyn ruft auch: „Da ist Babu, du hast Recht, wie kam er denn zu deiner Mutter?" „Er ist eben ein kleiner Abenteurer. Er findet uns immer. Besonders, wenn es nach Essen riecht. Wahrscheinlich hat meine Mutter Lebensmittel gekauft. Babu hat eben eine gute Nase." Xeron schärft seinen Blick und sagt: „Ja, ich kann die zwei erkennen. Achtung, jetzt festhalten, ihr beiden, wir landen."
Inzwischen ist es schon dunkel geworden. Luanas Mutter wartet ein wenig unruhig. Xeron steuert den Berg an und setzt zur Landung auf der Wiese direkt hinter Selena an. Luana ruft: „Mama, schau her, siehst du mich? Ich fliege, ich fliege! Ich fliege auf einem Drachen!" Selena hört ihre Tochter rufen und schaut nach rechts und links. Sie erkennt in der Ferne ein fliegendes Etwas. Es kommt immer näher auf sie zu. Langsam erkennt sie, dass es sich um einen großen Drachen handelt. Sie bekommt es schon fast mit der Angst zu tun, aber dann erkennt sie Luana und Joselyn auf dem Rücken des Drachen. Selena weiß, dass Fabelwesen tatsächlich existieren, aber ihr war nicht klar, dass es in der Menschenwelt plötzlich Drachen gibt. Als Mondpriesterin weiß sie, dass es weitaus mehr im gesamten Universum gibt als nur die Menschen. Sie freut sich sehr, den roten Feuerdrachen zu sehen. Selena ist bereits klar, dass es Joselyns Gefährte ist. Er fliegt über sie hinweg und landet sanft.
Luana ruft ganz außer sich vor Freude: „Wahnsinn! Ich bin geflogen! Danke, danke, danke, Xeron und Joselyn! Es war unvergesslich schön. Wow!" Xeron schmunzelt: „Jederzeit wieder, Luana. Du hast für den ersten Flug alles super gemacht. Du bist ein Flugtalent." Selena läuft dem prächtigen Drachen

entgegen. Sie hält eine Laterne in der Hand, die ihr in der Dunkelheit leuchtet. Aufgeregt ruft sie: „Luana, du meine Güte, geht es euch gut?" Joselyn antwortet schnell: „Ja, uns geht es gut. Es tut uns leid für die Verspätung, aber mein Freund Xeron hat mich endlich gefunden und wir haben die Zeit ein wenig übersehen. Ich muss mich erst daran gewöhnen, dass man in der Erdlingswelt in Zeiten lebt. Wir leben ganz ohne Zeit, sondern im Moment, darum haben wir kein Gefühl dafür. Mutter Selena sagt ruhig: „Es muss dir nicht leid tun. Du hast eine wichtige Aufgabe zu bewältigen und da geschehen Situationen, die nicht vorhersehbar sind. Ich bin beruhigt, da ich jetzt weiß, das ihr beschützt seid und dann auch noch in Begleitung eines heiligen und mächtigen Feuerdrachen. Ich vertraue dir Joselyn, und auch dir, meine geliebte Luana. Wir in Aurien fördern als Eltern die Selbstständigkeit und die Eigenständigkeit, wir begleiten unsere Kinder, wir besitzen sie nicht. Wenn ich darf, dann würde ich mich gerne deinem Drachenfreund vorstellen!" Xeron räuspert sich: „Wenn ich unterbrechen darf, geehrte Mondpriesterin. Ich weiß bereits, wer du bist. Ihr aus Avalon seid mit uns im ständigen Kontakt. Wenn ich neugierig sein und eine Frage stellen darf?" Selena antwortet lächelnd: „Ich ahnte, dass ihr mich erkennt. Ich bitte um die Frage!" Xeron schaut sie verwundert an: „Warum ist eine Mondpriesterin der Schwesternschaft aus Avalon hier in Aurien und nicht im heiligen Avalon?"

DAS NEBELREICH VON AVALON

Selena setzt sich ins Gras und schaut in den Sternenhimmel. Luana kuschelt sich an ihre Mutter. Xeron macht es sich auch gemütlich, Joselyn lehnt sich an ihn und ist gespannt auf die Antwort. Nach einer längeren Pause sagt Selena: „Mein Mann Rowan und meine Tochter Luana sind der Grund. Mein Weg führte mich aus Avalon nach Aurien." Xeron hakt nach: „Ist es nicht eine unausweichliche Lebensentscheidung? Es ist doch ein Pakt fürs Leben, oder?" „Es ist eine Lebensbestimmung, ja. Ich kann das Band nicht durchtrennen und möchte es auch nicht. Unsere Mondin zeigt mir einen neuen Weg als Priesterin. Avalon ist das Symbol für das Dimensionstor in die fünfte Dimension, den Lichtwelten. In der dritten Dimension, also hier auf der Erde, ist es der gleiche Ort namens Glastonbury. Es ist meine Bestimmung, in Aurien mit meinen Schwestern aus Avalon verbunden zu sein. Wir sind immer in Kontakt, obgleich ich auf den Berg von Gelmir bin oder ob ich mental mit ihnen kommuniziere. Wir sind im ständigen Kontakt. Das ist meine Gabe. Ich bin sozusagen der Außendienst für Avalon. Ich bin die erste Mondpriesterin, die diese Aufgabe aus der geistigen Welt übermittelt bekommen hat. Ich bin auch die Einzige, die eine Familie gründen durfte und hier in Aurien mit meiner heiligen Gabe und meiner kleinen Familie wirken und leben darf. Es ist ein Geschenk und es macht mich sehr demütig. Seit Joselyn hier ist, verstehe ich immer mehr, warum dieser Weg für mich, meinen Mann und meine Tochter bestimmt ist. Wir sind ihre Gefährten. Vater Universum hat uns sein Vertrauen offenbart, damit seine Tochter hier ihre Erfüllung und ihren Lebensplan mit Kraft und Hingabe leben kann."

Joselyn fragt neugierig: „Wie ist es in Avalon? Vermisst du es?" Selena lächelt leise: „Das wird eine lange Geschichte…" Luana will auch mehr von Avalon hören: „Bitte, Mama, bitte, erzähl! Es ist doch gerade so schön hier unterm Sternenhimmel. Übrigens: Die Schokotörtchen hier hab ich von Frau Peterson geschenkt bekommen. Wenn ihr mögt, können wir sie gerne essen." Mutter Selena lacht: „Das ist ja lieb von Frau Peterson. Na dann los, nur zu, genießt sie. Ich werde euch gerne von Avalon erzählen."

DIE APFELINSEL

Selena beginnt: „Das Nebelreich von Avalon, so nennen wir es, ist ein mystischer und heiliger Ort auf Erden für uns. Avalon steht für den ‚neuen Morgen'. In keltischer Sprache heißt Avalon ‚Yns Avallach', was Apfelinsel bedeutet. Auf der Insel wachsen viele Apfelbäume. Wir hüten die Äpfel. Der Apfelbaum wurde als erster Baum der Kelten und Germanen kultiviert. Er gilt als Lebens- und Geburtsbaum, aber auch als Wunschbaum, an dem Wünsche mit bunten Bändern geknüpft werden. Der Apfel ist ein Symbol für Leben, Unsterblichkeit, Liebe und Fruchtbarkeit. Joselyn und Xeron, habt ihr schon mal eine Apfelblüte gesehen oder einen Apfel von innen?" Joselyn und Xeron schauen sich an und antworten: „Nein, leider noch nicht." Selena erklärt: „Die Apfelblüte besteht aus fünf Blütenblätter. Wird ein Apfel horizontal aufgeschnitten, zeigt sein Fruchtgehäuse einen fünfzackigen Stern, ein Pentagramm. Die Kerne stehen für das eigene Potenzial, für die Fähigkeiten und Talente."

DAS GLASTONBURY TOR

Selena erzählt weiter: „Da ist ein mächtiger Hügel. Die Insel ist schwer erreichbar, liegt inmitten von Sümpfen. Im Mittelpunkt steht das Glastonbury Tor, der höchste Hügel weit und breit. Das tropfenförmige Hügeltor in Glastonbury besteht aus sieben großen, symmetrischen, terrassenartigen Stufen, dort liegt ein dreidimensionales Labyrinth. Dieses Labyrinth besitzt eine stark harmonisierende Wirkung und gilt als Eintrittstor zu Feeninsel. Der Hügel selbst steht mit dem Feenkönig in Verbindung und ist ein Symbol unserer großen Muttergöttin Natur. Das Hügeltor ist ein Ort der Engel aus Avalon. Die sieben Stufen symbolisieren die sieben Haupt-Chakren unseres Körpersystems. Diese können durch das Besteigen aktiviert werden. Der Hirsch Avan verkörpert den heiligen und kraftvollen Raum der Natur und ist Toröffner in andere Dimensionen und Lichtwelten."

Joselyn unterbricht Selena aufgeregt: „Der mächtige Hirsch Avan kommt aus unserer Welt. Dort ist er daheim, er ist wie mein Vater Noack ein Weltengänger. Nur er ist für das Tor zu Avalon zuständig. Er hütet es und lüftet die Schleier."

Selena nickt lächelnd: „Ja, er kommt aus deiner blauen Lichtwelt. Es ist der Schleier, der uns Priesterinnen von den Lichtwelten trennt. Unser magischer Ort stellt den Kontakt zur eigenen unsterblichen Seele her und er beherbergt die verstorbenen Seelen der Erde, bevor sie von uns auf Wanderschaft ins Licht von Vater Kosmos gehen. Das Glastonbury-Tor ist eine Ehrung unserer Mutter Natur. Die Erd- und Fruchtbarkeitsgöttin hat im Laufe der Zeit viele Namen bekommen – Rhiannon, Venus, Aphrodite, Morgen- und Abendstern. Das Tor ist ein hohler Hügel, ausgehöhlt von Grotten, in denen Trolle und Elfen zur Ehre der Göttin leben.

Der Eingang zum Labyrinth befindet sich am westlichen Ende des Tors und zieht sich von dort über den Hügel bis zum Herzen unserer Erdgöttin. Am heiligen Berg – dem Thor – sind die Überlagerungen der dritten und fünften Dimensionen am intensivsten spürbar. Dort verweben sie sich ineinander."

Luana fragt neugierig: „Mama, wie entstand Avalon?" Mutter Selena lacht und antwortet: „Mein Kind, die kleine Forscherin! Vor 2000 Jahren umspülte das Meer den Fuß des Tors, schloss den Hügelberg ein und machte ihn bei Flut zur Insel. Das Meer zog sich zurück und wurde zu einem gewaltigen See. Zu dieser Zeit nannte man den Thor Ynys-witrin, Glasinsel. Aus der alten keltischen Legende unserer Ahnen stammt der Name Avalon, von einem Halbgott Avalloc oder Avallach, der die Unterwelt regiert. Avalon ist ein verzauberter Ort.

Erzengel Michael errichtete dort einen großen Glockenturm.

Er ist der Krieger gegen die Kräfte der Dunkelheit und somit wurde dieser Ort zum heiligen Avalon, wo sich Meer und Land trafen. Der Ort ist das Zentrum unserer Schwesternschaft sowie weiser Druiden, wie Merlin es ist, den Fabelwesen wie den Einhörnern, Meerjungfrauen, Drachen und anderen Lichtwesen wie den Engeln. Und es ist der Ort unserer Vorfahren. Ein Zugang zur Anderswelt. Dort leben und lehren wir. Dort werden Auserwählte in mystische Geheimnisse eingeweiht. Außerdem bereiteten sich die verstorbenen Seelen dort auf die Wiedergeburt vor. Die Anderswelt ist der Brunnen der Seele, des Geistes und der Unsterblichkeit. Es ist ein Ort des magischen Studierens, magischer Energie, der Einweihung und der heiligen Verbundenheit der Anderswelten, der Lichtwesen. Unsere Insel ist verzaubert und heilig zugleich, hier wurde Excalibur, das Schwert des Königs Artus, geschmiedet. Es ist ein mystischer Ort, um den sich viele Legenden ranken. In Avalon wird die Große Göttin verehrt, hier werden ihre Rituale gefeiert. Wir Priesterinnen werden geschult, unsere Hellsichtigkeit und heilenden Fähigkeiten zu entwickeln. Wir sind Seherinnen, Heilerinnen, Hebammen und Lehrerinnen. Männer, die diesen Weg gehen, werden als Druiden bezeichnet und von solchen unterrichtet. Avalon ist ein Ort, an dem die große Göttin, die göttliche Kraft und das Licht geehrt werden. Die Erde wird als weibliches göttliches Symbol und die Sonne als männliches Symbol gesehen. Auf dem Thor steht ein Steinkreis, in dem wir Rituale zu Ehren der Großen Göttin feiern.

Es ist ein Kraftort, denn auch hier treffen sich die beiden Kraftlinien, die Ley Lines, von Erzengel Michael und Maria.

Da Avalon eine sehr weibliche Grundschwingung ausstrahlt, findet hier die Kommunikation mit Drachenenergien, der Großen Göttin, Gaia und der Kundalinikraft der Erde sehr leicht statt."

In diesem Moment steht Xeron auf und pustet eine riesige Blase aus seinem großen Maul. Es ist ein farbiges Gemisch aus Rot, Gold und Orange. Die Farben des Feuers. Diese Blase umhüllt alle Anwesenden. Es ist eine Schutzblase. Die Kommunikation ist geschützt. Diese Blase hat Xeron errichtet, da ihm eine wichtige Frage auf der Zunge brennt. Er spürt die Königsenergie auf Avalon. Er ist ja selbst ein Thronfolger und er spürt das Blut des Königs.

Selena lächelt den großen Drachen an: „Danke für deine Schutzblase!" Luana staunt: „Wow, wie fantastisch!" Sie fasst diese Blase ganz neugierig an. Sie fühlt sich fast wie ein Luftballon an und ist ganz durchsichtig. Xeron erklärt feierlich: „Wir sind jetzt im geschützten Rahmen! Ich spüre Königsblut und muss diese Frage hier stellen. Sie ist von wichtiger Bedeutung für unser Vorhaben und auch für mich als zukünftiger Thronfolger. Ihr schützt den Erdlingskönig des Landes Atlantika vor den Schattenwesen? Stimmt's? Ihr nennt ihn König Artus. Avalon ist der Rückzugsort des Erdlingskönig und das Versteck des Heiligen Grals. Ist mein Gefühl richtig, Selena?" Selena schweigt für einen Moment und es ist deutlich erkennbar, dass sie sich mental mit irgendwem verbindet.

DIE PROPHEZEIUNG

Selena antwortet schließlich: „Xeron! Meine mächtigen Schwestern, **Nibulah**, die Herrin aus der See in den Nebeln von Avalon, **Viviane**, sie ist die Herrin der See und Hohepriesterin von Avalon. **Igraine**, sie ist sowohl Morgaines als auch Artus' Mutter und ebenso eine Priesterin von Avalon. **Morgaine**, sie ist eine Priesterin der See und Artus' Halbschwester. **Presine**, sie ist eine der Töchter Avalons. Sie ist eine Meerjungfrau mit Engelsflügeln, sie ist die Halbschwester von Morgaine und die Schwester von König Artus. Wir sind uns einig, euch jetzt davon zu erzählen. Vor allem dir, Joselyn, du musst es erfahren! Ja, es stimmt, was du hier gespürt hast. König Artus und seine Frau Guinevere stehen unter unseren Schutz. Die Ritter der Tafelrunde sind untergetaucht. Auch sie wissen von der Vereinigung des bald kommenden Lichts und warten darauf. König Artus musste sich zurückziehen, um das geschehen zu lassen, was bald geschehen wird: die Verbindung der fünf Elemente durch Joselyn, das Licht des Friedens. Die Schattenwesen sind zu mächtig geworden und ein menschlicher Erdenkönig kann dem nicht mehr mit seiner eigenen Manneskraft entgegen wirken. Diese Macht ist nur noch über die Lichtwesen einzudämmen und zu bekämpfen.

Es geschah ein unglaubliches Ungleichgewicht von männlicher und weiblicher Energie. Die Druiden, die mit uns gemeinsam in Avalon lehrten, gestanden der neuen um sich greifenden Religion des Christentums mehr Offenheit zu, als wir Priesterinnen. Der Kern der Lehre von Jesus Christus wurde nur für die Männlichkeit und als eine Art Religion eingeführt. So werden wir Priesterinnen von Tag zu Tag immer mehr, der weibliche Teil als Ausdruck der Großen Göttin ignoriert, geleugnet, unterdrückt und verdrängt.

König Artus ist unser Auserwählter, um die Völker und damit die neu entstandene Religion und uns Priesterinnen mit unserer Großen Göttin zu vereinen. Für eine gewisse Zeitspanne leuchtete König Artus' Licht, indem er uns Frieden, Harmonie, Wohlstand und Verbundenheit brachte. Doch die Schattenwesen versuchten, nicht nur unseren tiefen Glauben, sondern auch unseren König zu stürzen. Wir schützen ihn. Er ist mit Joselyn unsere einzige Hoffnung auf Frieden. Artus bekam die Botschaft von Erzengel Michael, dass eine Licht- und Friedensbringerin kommen wird und durch Vater Universum das Gleichgewicht wieder herstellen wird. Dies kann nur geschehen, wenn er untertaucht und sein Volk loslässt. Erst dann wird seine königliche Führung wieder seine volle Kraft entwickeln können. Bis dahin muss er sich in Geduld üben und vertrauen.

Die Schattenwesen möchten die keltische Religion unserer Großen Göttin verdrängen. Die Schattenwesen haben uns Menschen durch Zerrissenheit,

Streit, Krieg, Unterdrückung und Gewalt gespalten. Wir Priesterinnen schützen unseren Ort Avalon und damit unsere Große Göttin. Wir fürchten, dass sich Avalon und somit das Dimensionstor zu deiner Welt schließt, wenn wir das Gleichgewicht zwischen Weiblich und Männlich bis zum nächsten Vollmond nicht in Einklang bringen können. Für immer. Die Nebel werden immer dichter in Avalon und wir sind vollkommen hilflos gegen diese mächtige dunkle Macht. **Joselyn, du bist unsere Hoffnung.** Deshalb haben wir um dringende Hilfe bei Kaya dem Oberhaupt aus dem Land des blauen Auges, gebeten."

Joselyn nickt bedächtig und antwortet: „Alles bekommt immer mehr Sinn und Bedeutung. Selena, ist der heilige Gral in Avalon zu finden? Und wenn ja, wo? Ich denke, er ist ein Teil meiner fünf Elemente und von großer Wichtigkeit für unser Gelingen." Selena stimmt zu: „Ja, er ist von großer Bedeutung für dich, Joselyn. Das was ich dir jetzt hier sage, ist für dich bestimmt.

Am Fuß des Hügels gibt es einen alten Brunnen, dessen Wasser wie der Schlag eines Herzens klingen und durch das Eisenoxid des ihn umgebenden Felsens dunkelrot sind – darum nennt man ihn auch Blutbrunnen.

Dieser Brunnen wurde von Druiden erbaut, um darin das Gefäß des letzten Abendmahls, den Gral, zu verbergen, den Josef von Arimathia nach England gebracht hatte, nachdem er darin das Blut Jesu bei der Kreuzigung aufgefangen hatte. In den Legenden von Glastonbury und Somerset erzählt man sich, Jesus habe als Junge zusammen mit seinem Onkel Josef von Arimathia hier in Glastonbury die erste Kirche aus Flechtwerk errichtet. Darum sei Josef hierher zurückgekehrt, um den Gral an dieser Stelle zu verbergen. Josef soll den Kelch unterhalb des Tors vergraben haben, unweit des Eingangs zur Unterwelt. Dort entsprang kurz darauf eine Quelle, Chalice Well, der Kelchbrunnen, ihr Wasser soll ewige Jugend verleihen. Es war der Gral, der Artus und die Ritter der Tafelrunde nach Avalon brachte. Mehrere Male soll er in Avalon gewesen sein, zuerst gemeinsam mit Jesus. Später legte er angeblich dort den Grundstein für die älteste Kirche auf der Insel. Die Ankunft von Josef in Glastonbury gilt als legendär. Nachdem er als heimlicher Jünger den Leichnam Jesu in Jerusalem begraben hatte, reiste er nach England, so geht die Sage. Dabei hatte er einen Wanderstab sowie einen Kelch, mit dem er am Kreuz das Blut Jesu aufgefangen hatte. In Avalon angekommen, stieß er seinen Wanderstab in die Erde. Der schlug Wurzeln und wurde zu einem Dornbusch, der über Jahrhunderte geblüht haben soll.

Später wurde dort eine Abtei errichtet: in Glastonbury in der Grafschaft Somerset, in England, südlich von Wales."

Joselyn schaut Selena konzentriert an: „Alles was du hier erzählst, sind die wichtigen Informationen, die ich brauche. Alles das muss ich wissen, damit ich meine Aufgabe in die Vollendung bringen kann. Da ich halb Feenelfe bin, kann ich all dieses Wissen schneller speichern als ihr Erdlinge. Danke für deine Botschaft! Ich weiß jetzt, wo ich den Gral finden kann und mein Herz sagt mir, was ich zu tun habe. Ich bin geführt von Vater Universum und durch euch Gefährten fühle ich mich sicher." Mutter Selena lächelt liebevoll: „Wir stehen dir bei, egal was passiert. Joselyn, du musst noch wissen, die sieben Stufen zum Glastonbury Tor musst du alleine bewältigen. Es ist ein langer Weg. Hier auf der Erde bewältigt man diesen Weg innerhalb von drei Stunden. Es ist von großer Wichtigkeit, dass du die sieben Stufen bewusst betrittst, um dein Licht zu aktivieren. Deine vier Elemente solltest du da schon bei dir haben." Xeron schaut fragend: „Vier Elemente? Du meinst die fünf Elemente?" Mutter Selena schüttelt den Kopf: „Nein ich meine vier Gegenstände! Das fünfte Element ist Joselyn selbst, ihr Blut, ihr Energieköper. Drei Blutstropfen von ihr, im heiligen Gral aufgefangen, oben angekommen am großen Turm, umringt von vier Sockeln, auf dem die Elemente einzeln von ihr platziert werden müssen. Die Sockel bilden die Fläche des Herzen von Mutter Erde und Joselyn, du solltest dich in der Mitte auf das Symbol von Mutter Erde stellen, damit dein Licht sich mit Vater Universum und Mutter Erde vereinen kann und dieses Licht sich mit den Drei Schichten, den Drei Welten verbinden kann."
Luana fragt verwundert: „Die Drei Schichten?" Xeron erklärt: „Schichten, weil es Welten sind, die sich ineinander verweben. Wie ein Nebel, der eine Welt unentdeckt lässt und eine andere sichtbar macht. Die Schichten existieren übereinander und miteinander. Vater Universum, der Kosmos, Mutter Erde, Avalon, und das Land des blauen Auges mit Joselyn, der Lichtbringerin. Ein untrennbarer Kreislauf aus Licht entsteht. Eine mächtige Kraft, die noch nie existiert hat. Die Dreieinigkeit kommt wieder in ihre Kraft des Gleichgewichts."
Joselyn fällt plötzlich ein: „Selena, ich bin mir sicher, der Meteoritenstein, den du aufbewahrt hast, ist ein Element, das ich dafür benötige. Würdest du ihn mir übergeben?" Selena nickt: „Ja, der Stein gehört dir. Du wirst ihn, wenn wir zu Hause sind, von mir erhalten. Ich habe ihn sicher verwahrt. Er ist faustgroß, du solltest ihn am besten in einem Jutesack geschützt tragen. Es ist wichtig, dass du weißt, dass nur du dieses Tor betreten kannst. Nur du kannst es verbinden und vollenden. Deine Gefährten hier auf der Erde werden dich begleiten, schützen und dazu beitragen, deine Erfüllung auszuführen. Jeder dieser Gefährten trägt etwas in sich, was für diese Erfüllung von Nöten ist. Es ist ein Zusammenspiel aus Wissen, Weisheit und Gemeinschaft des Lichts." Joselyn lächelt: „Ich verstehe voll und ganz. Ich danke dir." „Jesus hat seine Erfüllung hier auf Erden durch seine

helfenden Jünger vollendet. Auch du, Joselyn, bist der Lichtbringer dieser Welt und wirst mit deinen Gefährten das Gleichgewicht auf Erden wieder herstellen und somit auch im gesamten Kosmos. Das ist deine Bestimmung."
Xeron bekräftigt: „Du bist nicht allein, wir sind bei dir. Gemeinsam sind wir stark." Luana stimmt zu: „Wir stehen dir zu Seite. Ich lasse dich nicht im Stich." Selena fügt hinzu: „Die Kräfte aus Avalon führen dich zu deiner Bestimmung. Alles wird seinen Weg nehmen." Joselyn atmet tief ein: „Ich fühle mich als WIR. Wir sind alles, was ist.

**„Wir sind Wir – Was geschieht, geschieht zum Wohle aller!
Wir sind keine Wesen, die eine spirituelle Erfahrung machen. Wir sind spirituelle Wesen, die eine menschliche Erfahrung machen." – Pierre Teilhard de Chardin**

Alle schweigen und beobachten still die Sterne am Himmel. Luana nimmt Joselyns Hand und Selena steht hinter den beiden, sie hält sie sanft an den Schultern. Babu schläft bereits in Luanas linker Jackentasche. Xeron umgibt die Vier mit seinen Flügeln und löst die Schutzblase auf. Er fliegt sie zurück zu ihrem Zuhause.
Selena genießt mit ihrer Tochter den Feuerdrachenflug. Babu verschläft das Spektakel leider, aber das ist wahrscheinlich auch besser so. Für ihn wäre es viel zu aufregend, so hoch oben zu fliegen. Es ist eine magische Nacht! Ein farbiges,

schimmerndes Licht ist am Himmel zu sehen. Es ist ein Zeichen der Elohim-Engel. Ein Gruß von Vater Universum. Viele Sternschnuppen zischen über den Nachthimmel. Ein zauberhaftes Schauspiel. Ein Moment für die Ewigkeit.
Zuhause angekommen, übergibt Selena Joselyn den Meteoritenstein in einem Jutesack. Selena bringt die Drei ins Bett. Xeron hält sich ganz in der Nähe auf. Von Luana hat er erfahren, dass es eine Felshöhle gibt, die früher den Drachen gehört hat, in der Nähe eines Blauregenbaumes im nicht weit entfernten Wald, dort wo sich Joselyn und Luana kennengelernt haben. Da verbringt Xeron seine Nacht. Er hat es sich gemütlich gemacht.

Du fragst dich, was Vater Rowan macht?

Er ist erschöpft auf der Werkbank seines Bootshauses eingeschlafen. Er ist heute weit gekommen. Die Engel nutzen den Moment, um ihm Unterstützung zu geben und arbeiten mit magischer Energie am Schiff weiter. Das Schiff wird durch die Engelkraft zum Morgengrauen fertig sein. Vater Rowan wird staunen und seinen Augen nicht trauen, auf die kosmische Energie ist zu jeder Zeit Verlass. Joselyn hat sie um Hilfe gebeten, in ihrem Träumen am Strand. So passiert das Unglaubliche in der Tiefe der Nacht. Ein Wunder. Ein Schiff, aus zauberhaftem Sternenstaub entstanden, durch die mächtige Engelschar des Lichts. Rowan bekommt davon nichts mit, er schläft tief und fest.

VERBORGENES WISSEN AUS ENGLAND

Der Tempel der Sterne von Glastonbury

In einem Umkreis von 16 Kilometern befindet sich der Zodiak von Glastonbury, ein großer Sternentempel, ein in den natürlichen Gegebenheiten wie Wäldern, Flüssen, Bächen, Pfaden, Orten und Ebenen angelegter Naturpark der Tierkreiszeichen. Dieser gewaltige Naturtempel der Sterne ist eine Verbindung von Astrologie, Artussage und Neuem Zeitalter.

- Artus ist Schütze – Der einstige und der zukünftige König
- Guinevere ist Jungfrau – Sie ist Artus' Gemahlin
- Merlin ist Steinbock – Er ist ein sehr mächtiger Druide und Berater des Königs
- Lanzelot ist Löwe – Er ist ein Ritter der Tafelrunde, enger Vertrauter von König Artus
- Glastonbury liegt im Wassermann, der durch einen Phönix gezeigt wird – Neues ersteigt aus Altem
- der Brunnen des Kelchs ist der Schnabel des Phönix-Vogels,
- der Stier sein Kopf und
- die Abbey die Festung des Grals.

Der Sage nach erzählt man sich, dass sich die Zeichen vom Himmel aus gesehen zu einem gewaltigen Gesicht des Lichtbringers zusammensetzen. Genau an diesem Ort verläuft die Hauptkraftlinie Englands.

Sie verbindet Avalon mit dem Saint Michael's Mount von Cornwall und den großen Steinkreisen von Stonehenge und Avebury.

Auch der spiralförmige Pilgerpfad, der sich rund um den Hügel schlängelt, hat es in sich. Vor 2500 Jahren soll er angelegt worden sein. Er gilt als Symbol für die Erdschlange, die Kundalini, und deren besonderer Kraft und Harmonie. Wer den Hügel über Stunden entlang dieses Weges besteigt, spürt diese Energien. Feinfühlige Erdlinge sind in der Lage, diese Energien aufzunehmen – bei ihnen lösen sie einen trancehaften Zustand aus. Sie sind es auch, die den Schlüssel zur Anderswelt Avalon finden können. Nämlich dann, wenn sie die Schwingungen der Erde mit dem kosmischen Bewusstsein des Spiralwegs in Einklang bringen.

Dieser Ort hat viele Namen, darunter die Stadt der Offenbarung, Twelve Hides of Land, das Land von Logres, der Sternentempel von Merlin, der Arthur's Round Table, das Märchenland, die Gralslandschaft, ein keltischer Kessel, Avalon, Avillion, The Underworld, Eingang zu Anwn, Das neue Jerusalem, Zirkel der kosmischen Riesen, Caer Sidi, jetzt Glastonbury Zodiac genannt. Die vielen Namen dieser Landschaft zeigen ihr Alter, und obwohl einige glauben, dass diese Landschaft neu ist, erzählen die Sterne eine andere Geschichte. Katharine Emma Maltwood enthüllte im Jahr 1945 den Glastonbury Tierkreis. Sie datierte diese Landschaft auf 4500 vor Christus. Arthur und die zwölf Ritter, Jesus und die zwölf Apostel, Abraham und die zwölf Stämme – alles eine Metapher für die heilige Geometrie dieses alten Tempels der Sterne. Wie oben so unten, stirbt der kreisförmige Tempel niemals.

DIE DRACHEN AUS AVALON

Lieber Erdling, ich, Noack, habe schon sehr viel gesehen, ich kenne alles, was jemals existiert hat. So auch die Drachen mit ihrer uralten heiligen Kraft. Der Segen des Drachens verbindet sich mit der Macht **der Triskele**, einem Symbol in Form von drei Kreisbögen, offenen Spiralen. Dieses Symbol trägt Joselyn als Kette, so ist sie mit Xeron tief verbunden. In Avalon gibt es zwei Drachen, den weißen und den roten Drachen. Sie stellen das Männliche und das Weibliche dar, das Yin und Yang. Es gibt auch zwei verschiedene Wasserströmungen. Diese beiden Quellen befördern wirksames Heilwasser. Eine von ihnen ist aufgrund ihres hohen Eisengehalts rot. Die andere mit ihrem hohen Kalziumgehalt fließt in einen Tempel zu Ehren von Brigid.

Sie ist eine Göttin. Brigid ist die Hüterin des heiligen Feuers und die Göttin der Heilkunst, Kräuterweisheit, der Poesie, der Schmiedekunst, der Wahrheit, des Schutzes der weiblichen Kraft und der Intuition. Sie ist eine dreigestaltige Göttin. Die Mutter, die weise Alte und die Jungfrau.

Das weiße Wasser von Avalon wird als Heimat der Göttin und ihre Hügel als Gebärmutter betrachtet. Es symbolisiert Muttermilch und rote Menstruationsflüssigkeit. In gewisser Weise ahmt der Körper der Mutter in Glastonbury den weiblichen Körper in seinen Funktionen nach, das Leben aufrechtzuerhalten und umgekehrt.

Der mächtige Feuerdrachenkönig Maximus und die schöne weiße Drachenkönigin Laiva bewachen Avalon. Das sind Xerons Eltern. Seine Eltern haben Avalon und das Dimensionstor zum Land des blauen Auges beschützt. Maximus der Feuerdrache überstand diesen Kampf nicht. Laiva überlebte. Meine Frau gab ihr und ihrem Sohn Xeron ein Zuhause bei uns. Somit kam sie nach dem Tod ihres Maximus in eine neue Welt, in die der Blauijaner. Dort bekam Laiva eine neue Aufgabe. Sie leitet den Tempel der Fabelwesen und zog Xeron in liebevoller Umgebung auf. So kam es, dass Joselyn und Xeron durch den Lehrzauberzirkel zu besten Freunden wurden. Damals wollten die Schattenwesen den blauen Planeten stürzen und besitzen, so wie jetzt deine Erde.

Ein Drache zeichnet sich dadurch aus, dass er alle Elemente gemeistert hat: Er kann an Land gehen, durch die Lüfte fliegen, in die Tiefen der Ozeane tauchen und Feuer speien. Drachen sind Lichtwesen. Ihre Fähigkeiten stellen sie jedem zur Verfügung, der ihre Hilfe und Unterstützung braucht. Es besteht eine tiefe Liebesverbindung zwischen den Drachen und der Erde mit seinen Wesen, aber auch zu allen anderen Lichtwesen. Ein Drache kann sich ein Leben lang mit einem Erdling verbünden, ihn begleiten und beschützen, bis zum Tode des

Erdlings, dann löst sich das Band des Versprechens. Die Drachen sind die Hüter des Vermächtnisses aus Avalon und sie unterstützen auch dich in jeder Lebenslage. Das glaubst du nicht?

Wie du dich mit Drachen verbinden kannst:

Wenn du vor einer unangenehmen oder beängstigenden Situation stehst, dann ruf die vereinte Drachenkraft der Elemente zu dir.

Du fragst dich jetzt, wie das geht?
Schließe deine Augen für einen kurzen Moment.
Atme dreimal tief durch.
Sprich in deinen Gedanken:
Lieber Feuerdrachen,
Wasserdrachen,
Erddrachen und
Luftdrachen,
ich rufe euch zur Hilfe und
bitte um eure Unterstützung.
Ich danke euch.

DIE DRACHENSAGEN AUF DEINER ERDE

Der Drache aus der Welt der Mythen und Sagen ist auch heute noch fest in eurer Vorstellungswelt verankert. In der keltischen Tradition waren die Drachen den vier Elementen zugeordnet. Man unterschied zwischen Wasserdrachen, Erddrachen, Luftdrachen und Feuerdrachen und verbindet daher die Drachen mit schöpferischen und magischen Urkräften. In Asien gilt das Fabelwesen als Glücksbringer. In vielen Mythen bewacht ein Drache einen großen Schatz. Die Drachen gehören zu einem Kosmos von fantastischen Tieren, über die die Erdlinge seit Urzeiten sprechen. Neben Fabelwesen wie dem Einhorn, dem Greif, der Sphinx oder den Wolfsmenschen, nehmen die Drachen einen besonderen Platz ein. Geschichten über sie werden fast überall auf deiner Welt erzählt. Die alten Griechen erzählten sich zahlreiche Geschichten über Drachen. Auch überlieferten die alten Perser und Ägypter Legenden, die von Drachen handelten. Sogar in den heiligen Schriften des Christentums kannst du von Drachen lesen. Schon frühe Wissenschaftler beschäftigten sich mit Drachen. Islamische Astrologen und Astronomen glaubten, Drachen seien für die Mond- und Sonnenfinsternis am Firmament verantwortlich.
Ein Merkmal habt ihr Erdlinge den Drachen zugesprochen: Ihr habt sie oft mit Schlangen verglichen. Nicht von ungefähr stammt der Begriff „Drache“ vom griechischen Wort „dracon“ ab, was soviel bedeutet wie „große Schlange“. Das Wort „dracon“ wiederum hat seinen Ursprung im griechischen Wort „Derkomai“ – übersetzbar mit „genau und durchdringend anschauen“.

Wo leben Drachen?

Manche Geschichten erzählen von Drachen, die in Höhlen leben, andere berichten, dass sie im Meer zu Hause seien. Jeder Erdling kennt Sagen, die von Drachen erzählen. Schauen wir nach Europa, fällt vor allem England als Land auf, in dem die Erdlinge gerne Geschichten von Drachen weitererzählen – schon seit dem 15. Jahrhundert geben sie die Erzählungen von Generation zu Generation weiter. In Deutschland erzählen sich besonders die Erdlinge in der Region nahe des Rheins Geschichten von Drachen. Auch am Rande Deutschlands, an der Grenze zu Tschechien, sind Drachen-Sagen verbreitet – in Furth wird sogar schon seit dem 15. Jahrhundert der Drachenstich aufgeführt, ein traditionelles Volksschauspiel.

Wie lang leben Drachen?

Viele Legenden stellen Drachen als besonders langlebige Wesen dar. In Japan erzählen sich die Erdlinge, dass aus den Eiern der Drachen erst nach 3.000 Jahren Nachwuchs schlüpft. Eintausend Jahre liegt das Ei den Erzählungen nach im Meer, eintausend Jahre im Gebirge und die letzten tausend Jahre in Form eines Steins in einem Dorf. Erst dann, so die Geschichten, schlüpft aus dem Ei der neugeborene Drache. In manchen Geschichten heißt es, Drachen seien unsterblich. Nur ein mutiger Drachentöter könne die Tiere umbringen.

Alles das sind Geschichten, die teilweise ihre Wahrheit in sich haben. Was ich dir ganz gewiss sagen kann: Drachen sind liebevolle Begleiter und schenken dir Kraft, Mut, Fantasie und Kreativität.

DIE BOTSCHAFT DES ERZENGELS MICHAEL – DAS SCHIFF ERBAUT AUS STERNENSTAUB

Rowan erwacht durch die warmen Sonnenstrahlen auf seinem Gesicht und durch das schöne Vogelgezwitscher, das in die Werkstatt dringt. Er ist auf der Werkbank seines Bootshauses eingeschlafen. Ins Gesicht haben sich die Sägespäne gedrückt, was ihn noch verschlafener ausschauen lässt. Rowan schmatzt, gähnt unheimlich laut und streckt sich, dabei spürt er, dass er ziemlich ungemütlich gelegen hat. Sein Nacken ist ganz schön verspannt, seine Augen sind noch ganz klein. Erst langsam kommt er zu sich und kann wieder klar denken. Seine Werkbank steht an einem großen Fenster, von wo aus er den kleinen Hafen einsehen kann. Dahinter ist das Dörfchen Aurien zu erkennen. Gestern hatte er jede Menge Zeit damit verbracht, das gewaltige Holzgerüst zusammenzubauen. Das Grundgerüst. Das Schiff ist sehr groß, es hat Platz für eine mindestens 30-köpfige Besatzung. Rowan macht sich große Sorgen – wird er das Schiff rechtzeitig fertig bekommen? Er möchte keine Zeit verlieren, geht nach draußen zum Wasser, zieht seine Kleidung aus und springt ins kalte klare Nass. Er muss einen kühlen Kopf bewahren und seine Kräfte zusammennehmen, denn er spürt: Dieses Schiff ist wichtig und es muss einfach rechtzeitig fertig sein. Nach einer kleinen Weile steigt er wieder aus dem Wasser, betrachtet die Sonne am Horizont. Einfach wunderschön sieht der Himmel aus. Rowan bittet im Inneren Vater Universum um Unterstützung für sein Vorhaben. Er geht wieder ins Bootshaus, um loszulegen, doch er bleibt fassungslos am Eingang stehen. Ganz bleich ist er im Gesicht und er kann nicht anders, er muss immer wieder sagen: „Was, was, was ist das? Wie kann das geschehen? Bin ich wirklich wach?" Rowan sieht vor sich ein fertiges Schiff, mit allem Drum und Dran. Es ist wunderschön und besonders verarbeitet. Er versteht nicht, wie das geschehen konnte. Doch bevor er darüber nachdenken kann, geschieht noch etwas Seltsames. Etwas sehr Eigenartiges.

Ein blaues, helles Licht erstrahlt und eine Gestalt mit Schwert und blauem Mantel erscheint vor Rowan. Er ist völlig von Sinnen, kann nicht fassen, was gerade alles vor seinen Augen geschieht. Er erkennt, dass es sich um einen Engel handelt. Aber um welchen – das weiß er noch nicht. Rowan geht auf die Knie und verbeugt sich vor dieser wunderschönen Engelsgestalt. Die lichterfüllte Erscheinung spricht zu ihm mit klarer und feiner Stimme: „Rowan aus Aurien, Sohn eines Seefahrers. Dein Vater kannte das Weltenmeer am besten. Er ist zu einem erfahrenen und weisen Mann des Meeres geworden. Ich spreche hier zu dir, weil ich deinen Ruf nach Hilfe vernommen habe. Joselyn hat dir die Engelschar des goldenen Lichts geschickt, sie haben das Schiff mit magischem Sternenstaub fertiggestellt, während du schliefst. Du warst fleißig, aber dennoch: Die Zeit drängt. Das Schiff muss morgen schon in Richtung Avalon auslaufen. Rowan, ich überbringe dir diese Botschaft von Vater Universum. Er dankt dir für deinen Mut und dein Vertrauen. Die Schattenwesen sind euch auf der Spur und wir sollten schnell handeln."

Rowan hat sich mittlerweile wieder aufgerichtet und fragt mit leiser Stimme: „Wer bist du?" Die blaue Lichtgestalt antwortet: „Ich bin Erzengel Michael und ich stehe euch zum Schutz zur Seite. Ich führe Joselyn an ihr Ziel, um die Liebe wieder zu vereinen und somit auch euch alle. Ich bin der Kämpfer gegen die Schattenwesen und übermittle dir heute deine Aufgabe." Rowan sagt vertrauensvoll, während er sich wiederholt verbeugt: „Ich bin tief gerührt, dass ich erwählt wurde. Vielen Dank für die Kunde. Ich werde mein Bestes geben. Wie finde ich den Weg nach Avalon?" Erzengel Michael antwortet: „Folge den Zeichen des Wassers. Dein Vater wird dir den Weg zeigen." Rowan ist erstaunt: „Mein Vater? Mein Vater, er ist…" Erzengel Michael unterbricht ihn sanft: „Er hat zu jeder Zeit existiert. Er grüßt dich und ist sehr stolz, dass du deinem inneren Ruf gefolgt bist."

Rowan fragt aufgeregt: „Erzengel Michael, wenn es mir erlaubt ist, darf ich wissen, wohin mein Vater verschwunden ist?" Der Erzengel antwortet ruhig: „Er ist nicht verschwunden. Natürlich kannst du dies erfahren. Alles geschah aus seiner freien Entscheidung heraus. Seine Suche nach Beweisen war kein Akt der Liebe, es war ein Akt des Verstandes. So ging er seinen Weg blind im Herzen und so kam es auch, dass er durch die Macht des Meeres in einen mächtigen Sturm geraten war. Sein Schiff kenterte und die Tiefe des Meeres nahm seinen Körper. Die Meerjungfrauen nahmen ihn entgegen und brachten ihn nach Avalon." Rowan sieht traurig zu Boden und fragt leise: „Ich verstehe nicht, warum er dies tun musste? Warum blieb er nicht zu Hause? Warum folgte er einem Hirngespinst mehr, als einem kleinen Jungen, der ihn gebraucht hätte?" „Dein Vater tat das, was damals für ihn richtig war, er tat das, was dich heute zum Schiffsführer und Gefährten von Joselyn macht." Rowan blickt auf: „Mein Vater starb nicht umsonst?" Der Erzengel lächelt weise: „Auf Erden ist nichts umsonst, alles ist geführt und gewollt. Dein Vater wollte den nicht erwachten Menschen etwas Heiliges verraten. Er missachtete das Gesetz der Heiligen Stätte. Es besagt: Offenbare niemals ein Dimensionstor, das sich nur dir öffnet. Es ist nur für denjenigen bestimmt."

Rowan will nun die ganze Wahrheit wissen: „Was ist mit meinen Vater passiert?" Erzengel Michael berichtet: „Dein Vater war zu übermütig und mit schlechtem Ehrgeiz erfüllt. Die Meerjungfrauen konnten seinen Körper nicht mehr retten. Sie führten seine Seele nach Avalon, wo er neugeboren wurde, um die Wahrheit des Meeres zu erkennen." Rowan ruft: „Neugeboren? Er lebt?" „Ja, dein Vater lebt, aber nicht so, wie du es dir vorstellst. Er ist nicht menschlichen Blutes. Er wurde zum Hüter des Meeres. Er schickt dir Kunde aus den Tiefen des Meeres und möchte dir danken für deinen Mut. Du bist geliebt." „Lieber Erzengel Michael, da wo er jetzt ist, geht es ihm dort gut?" „Rowan, du trägst keine Schuld. Du wirst seine Aufgabe, die er nicht erfüllen konnte, ausführen. Du folgst deinem Herzen, dies können nur starke Menschen tun. Du bist vereint mit Mutter Natur und den kosmischen Kräften. In dir ist das Erbe deiner Ahnen. Das Erbe der erfahrenen Seefahrer. Dort, wohin du Joselyn und ihre Gefährten bringen wirst, ist die See unerbittlich und rau. Die Sterne und der Hüter des Meeres werden dir zur Seite stehen."
Rowan fragt weiter: „Wie finde ich den Hüter des Meeres?" „Dein Vater wird sich zeigen, wenn es soweit ist." „Ich werde meinem Vater begegnen?" Erzengel Michael nickt: „Dein Vater ist der Hüter des Meeres. Er wird dich sicher nach Avalon führen. Folge deiner Seefahrernase und der Navigation der Sterne." „Ich verstehe nicht ganz, aber ich habe Vertrauen und bin voller Dankbarkeit

für die Erscheinung und Botschaft. Wie kann ich meinen Dank aussprechen an die Engelschar, die das Schiff zur Vollendung gebracht hat?" Erzengel Michael lächelt: „Das ist nicht nötig, sie wissen durch dein Herz um deine Erleichterung und dies erfüllt sie mit seliger Freude. Rowan, vergiss nicht, ihr solltet morgen früh, bevor das Tageslicht erwacht, aufbrechen. Eure Reise wird beschwerlich werden und ihr solltet für alles gewappnet sein. Ihr müsst früher aufbrechen, damit ihr rechtzeitig ankommen könnt. Der Hüter des Wassers wird Joselyn ihr weiteres Element des Wassers übergeben. Der heilige Gral dient ihrem Element, ihres eigenes Blutes. Somit fehlt ihr noch ein sehr wichtiges Element, das sie nur durch einen dunklen Pfad bekommen wird. Die Schattenwesen sind euch bereits auf der Spur."

Rowan will wissen: „Wo findet sie das letzte Element?" Erzengel Michael sieht dem Mann tief in die Augen: „Rowan, dies ist deine Aufgabe. Es erfordert deinen Mut und Kämpfergeist. Du wirst Jakobus begegnen, den Mächtigsten der dunklen Macht. Er war einst ein Engel aus unseren Reihen. Er kam aus den Thronengeln hervor, jene der ersten Stunde. Sie bewachen und tragen den Thron von Vater Universum. Sie bilden und erhalten das lebende Lichtfeld unseres Kosmos, genannt die Merkaba von Vater Universum. Vater Universum ist die Quelle, der Rhythmus, der Atem von allem, was ist. Die männlichen und weiblichen Energieformen wurden von Vater Universum erschaffen, um durch die Vereinigung der beiden Gegenpole eine neue Form des sich entwickelnden Lebens zu gewährleisten. Die oberste Gesetzmäßigkeit ist immer die Liebe. Jakobus, er war ein Engel, der für die Liebe selbst zuständig war, er war der Liebesengel unter den Thronengeln. Als die ersten Galaxien und Sonnensysteme entstanden, wurde ein Experiment gewagt. Die Quelle, das Göttliche selbst, entschied, mit allen Lichtengeln Neues zu wagen und Neues entstehen zu lassen. Für dieses Experiment brauchte es einen Freiwilligen, jemanden, der den Mut hatte, in eine unbekannte Energie einzutauchen. Niemand wusste, was passieren würde. Der Engel der Liebe, heute als Jakobus bekannt, er entschied sich für diesen unbekannten Weg. Sein Streben war die Liebe, er wusste, egal was mit ihm in dieser neuen Energie passierte, die Liebe würde siegen und ihn auch wieder zurück bringen, wenn es soweit wäre. Niemand wusste, dass die Dunkelheit dadurch entstehen würde. Dass dadurch die Macht der Dunkelheit geboren wurde. Etwas, das niedrige Gedanken und Gefühle hervorbringen kann und das Kontrolle, Missgunst und Abhängigkeit nähren würde und damit zum Gegenpol der Liebe wurde. Die Schattenwesen, die Dunkelheit, das Unlicht von Jakobus war entstanden. Vater Universum, die Quelle, die Göttlichkeit, ließ das Experiment beginnen, um zu zeigen, wie stark die Liebe ist und dass Liebe alles heilen kann. Die Liebe muss nicht mächtig sein, sie liebt bedingungslos. So geschah es, dass Jakobus bis heute seine Anbindung, seine Heilung und Heimat sucht."

Rowan hat aufmerksam zugehört und fragt jetzt kopfschüttelnd: „Der Engel der Liebe war es also, der Jakobus entstehen ließ. Warum?" Erzengel Michael schenkt ihm die Antwort: „Er wusste, dass die Liebe alles ist, auch das Dunkle, und er stellte sich dafür zur Verfügung. Er ging den dunklen Weg, um die Liebe in all ihren Facetten zu zeigen.

Alles, was durch den Menschen auf irdischer Ebene erfahren wird, ist stets ein Ausdruck dieser Liebe und eine Form von Göttlichkeit. Die Wahrnehmung davon eingeschränktes Gewahrsein trägt dann Namen wie Hass, Angst, Negativität, Dunkelmacht oder auch Teufel – nichts davon aber existiert wirklich. Es ist eine Illusion, es ist nicht wahr." Rowan nickt langsam: „Bedeutet das, dass er durch Joselyn wieder ins Licht geführt werden kann und damit die Dunkelheit erlöst wird?" „Die bedingungslose Liebe wirkt überall und Joselyn ist die Liebe aus Vater Universum selbst. Sie ist die Lichtbringerin und sie ist die Einzige, die die Dunkelheit mit dem Licht vereinen und somit das Gleichgewicht herstellen kann. Jakobus würde seine Energie als Engel der Liebe wieder zurückbekommen. Somit hätte er gezeigt, dass Liebe alles und niemals besiegbar ist. Sie ist geduldig und sie liebt, egal was passiert ist. Sie heilt und sie zeigt den Weg zurück ins Licht."

Rowan schaut den mächtigen Erzengel an: „Das ist ein wahrhaftiger Akt der bedingungslosen Liebe. Ich bin tief ergriffen, was hier geschehen ist. Was soll ich dabei genau tun? Was ist meine Aufgabe?" Erzengel Michael sagt klar und deutlich: „Jakobus besitzt den schwarzen Stern." „Was ist ein schwarzer Stern?" „Eine Wolke aus Gas und Staub zieht sich durch ihre eigene Schwerkraft zusammen und wird zu einem dunklen Stern. Ein schwarzer Stern existiert nur für einen Moment. Wenn ein Stern geboren wird im Universum, entsteht er aus einer tiefen Dunkelheit, er entsteht durch einen Energieknall und wird geboren als Licht. Jakobus, damals als Thronengel an Vater Universums Seite, unterbrach diesen Entstehungsprozess des Sternes für diesen einen Moment, als er sich dem Licht entzog und zur Dunkelheit wurde. Er nahm dem Stern das Licht. Es war noch nie passiert, dass in einen Geburtsprozess eingegriffen wurde. So kam es auch, dass dieser Stern nur aus Dunkelheit besteht und mit dunkler Energie wirkt. Die Macht der Schattenwesen war geboren und dieser Thronengel wurde von der Quelle der Liebe abgetrennt und verschwand mit einem großen Urknall in den Weiten des Kosmos. Die Schattenwesen entstanden. Sie suchen bis heute ihren eigenen Planeten. Vater Universum, die Quelle, die Göttlichkeit, möchte diese unterbrochene Energie wieder ins Licht führen, um das Gleichgewicht auch im Kosmos und auf der Erde wieder herzustellen. Deshalb hat Vater Universum

seine Tochter Joselyn, einen Stern namens Sternchen, als Feenelfe geboren im Land des blauen Auges und als Mensch auf die Erde gesandt. Eine Lichtbringerin der bedingungslosen Liebe. Sie ist reinen Herzens und voller Mitgefühl, sie versteht die Gegenseitigkeit von Licht und Dunkel. Der Stern bekäme, wenn die fünf Elemente durch Joselyns Licht vereint werden, seinen Geburtsprozess zurück und somit seine Lichterfüllung. Jakobus würde geheilt von der Dunkelheit und würde in seine wirkliche Form, seine Lichtenergie zurückgeführt. Er würde wieder zum Engel der Liebe werden und zurückkehren in sein geliebtes Reich der Thronengel und wieder mit Vater Universum, der Quelle des Lichts verbunden sein. Die Schattenwesen werden dadurch aufgelöst und zu reinen Lichtwesen. Die dunkle Macht wird zur Liebe."
Rowan muss sich setzen: „Das alles ist unglaublich. So unglaublich. Das würde alles verändern, unsere Lebensweise und unseren Gemeinschaftssinn. Es würde der Frieden auf Erden sein…" „Alles würde neugeboren, mit Liebe erfüllt." „Was kann ich tun, wie kann ich Joselyn unterstützen?" Erzengel Michael sagt voller Ernst: „Du wirst den schwarzen Stern finden." Rowan muss fast ein wenig lachen ob dieser unglaublichen Situation: „Oh, ich verstehe, wie kann ich diesen Stern finden?" Erzengel Michael antwortet: „Du brauchst ihn nicht mehr finden. Jakobus trägt ihn bei sich. Er trägt ihn als Ring. Es ist ein schwarzer ovaler Stein. So groß wie eine Haselnuss. Diesen schwarzen Stein braucht Joselyn. Es ist ihr letztes Element hier auf Erden für ihren Lichtprozess und er ist am schwersten zu bekommen."
Rowan runzelt die Stirn: „Wie soll ich das anstellen?" Erzengel Michael sagt vertrauensvoll: „Kommt Zeit, kommt Rat. Eine schwarze Elster wird dir zur Hilfe kommen. Sie wird dir behilflich sein, damit deine Aufgabe gelingen kann. Der Feuerdrache Xeron, ein Krieger des Lichts, wird dir ebenfalls behilflich sein." Rowan überlegt: „Eine Elster? Ein Feuerdrache? Na wunderbar, das kann ja was werden. Eine Elster und ein Feuerdrache, wie soll das denn gehen?" Erzengel Michael hat die Erklärung: „Jakobus benötigt etwas, das du ihm geben kannst. Er sucht nach den Bauplänen des Schiffes, das hier gerade vor dir steht. Xeron wird dich durch das Zeitreisetor fliegen, damit du sicher zum Schiff kommst und die Elster wird den Ring in einem unbeobachteten Moment an sich nehmen und ihn zu Joselyn bringen."
Rowan kneift die Augen zusammen: „Wozu benötigt er die Pläne?" „Er benötigt sie, um die Meere zu besiedeln, damit er die Erde mit ihrer enormen Wasserfläche komplett besitzen kann. Bis jetzt konnte er das Land mit seiner dunklen Energie infizieren, aber das Meer blieb für ihn unerreicht." Rowan ruft erschrocken aus: „Ich kann ihm doch nicht die Pläne geben? Das wäre doch fatal!" Erzengel Michael beschwichtigt: „Das brauchst du auch nicht, es dient nur der

Zusammenkunft von euch beiden. Joselyn sollte dabei nicht in der Nähe sein. Wichtig ist, dass du mit Jakobus im Freien bist. Du solltest ihn dazu bringen, den Ring für einen Moment abzulegen. Die Elster wird die Chance ergreifen und Xeron wird dich dort am schnellsten herausholen können."
Rowan atmet tief aus: „Puhhh, ich verstehe, das wird gefährlich und keine leichte Aufgabe. Das bedeutet, ich muss heute noch in die Stadt, um mit ihm Kontakt aufzunehmen." „Tue das, was nötig ist und ja, es sollte heute geschehen, denn Joselyn muss den schwarzen Stern auf ihrer morgigen Reise dabei haben. Ich und das galaktische Raumfahrtkommando stehen dir zur Seite und schirmen dir Jakobus' Wächter ab, wenn ihr auf der Flucht seid." Rowan begreift nicht: „Flucht?" Erzengel Michael nickt: „Ja, es wird alles sehr schnell gehen, wir werden euch nach Erhalt des schwarzen Sterns durch die Kraft des Zeitreisetors zum Schiff katapultieren. Wir begleiten euch unsichtbar, auch Xeron wird dich unsichtbar begleiten." „Wer ist mit euch gemeint?" „Joselyn und du!" Rowan schüttelt den Kopf: „Sie ist dort doch in Gefahr? Ich kann sie unmöglich mitnehmen!" Erzengel Michael hebt die Hand: „Eine ihrer Erfahrungsaufgaben ist es, auch die Stadt und die dunklen Wahrheiten zu erkennen. Sie wird von Jakobus nicht als Lichtwesen erkannt. Er sucht nach einer anderen Vorstellung von Lichtwesen. Joselyn wird dich begleiten, damit sie auch dies wahrnehmen kann. Sie weiß, dass dies ihr Weg sein muss, um zu verstehen." Rowan sagt leise: „Alles hört sich so unwirklich an, dennoch ist mir klar, was ich hier höre." Erzengel Michael sagt sanft: „Ihr seid gesegnet und beschützt. Alles ist und wird gut. Ich verabschiede mich von dir. Wisse, dass ihr geführt seid. In tiefer Liebe wünsche ich dir Frieden, auf dass wir bald im Einklang mit allem vereint sein können."
Erzengel Michael schwebt in Lichtgestalt zu Rowan und umhüllt ihn mit seinem blauen Lichtstrahl. Dieses Licht soll ihm Mut und Schutz geben. Rowan spürt tiefen Frieden und volle Zuversicht. Es ist magisch schön. Dann verschwindet das Licht und Stille erfüllt das Bootshaus. Rowans Blick fällt auf das fertige Schiff. Er sieht es sich ganz genau an und kann nicht glauben, was gerade passiert ist und wie wundervoll das Schiff vor ihm verarbeitet ist. So speziell und detailgetreu ist die Holzschnitzerei an Deck. Das Schiff hat weiße und hellblaue Segel, eines ist mit einer Triskele bedruckt. Das Schiff beeindruckt ihn tief, so eines hat er noch nie zuvor in seinem Leben gesehen. Rowan studiert es in Ruhe. Er schaut sich alles ganz genau an. Voller Staunen sieht er sich die Steuerung und deren Funktionen an. Ein Meisterwerk, wie er findet. Besser hätte er es nie machen und schaffen können. Ich, Noack, zeige mich in diesem Moment vor Rowan sichtbar, denn ich sehe, dass er mit so mancher Funktion am Schiff überfordert ist. Er kratzt sich ständig am Kopf und murmelt fragend vor sich hin. Ich als Weltenwanderer sollte mich ihm mal vorstellen und ihm alles erklären, damit er das Schiff auch

sicher steuern kann. Ich erscheine ihm am Heck des Schiffes, wo er gerade steht, um sich das Steuerrad anzusehen.

Ich spreche zu ihm: „Ein edles Werk, dieses Schiff. Die Elohim-Engel haben ihre magische Kraft wunderbar verteilt. Ein Meisterwerk, wie ich finde." Rowan dreht sich erschrocken um und versteht nicht, wo diese Stimme plötzlich herkommt. Ein unbekannter Mann steht hinter ihm, mit einem seltsamen Mantel. Das bin ich. Rowan ruft: „Ach du meine Güte, haben Sie mich erschreckt, wie sind Sie hier ins Bootshaus gekommen? Kann ich Ihnen irgendwie behilflich sein?" Ich beeile mich, mich ihm vorzustellen: „Oh, entschuldigen Sie, ich wollte Sie nicht erschrecken. Ich bin Noack, der Weltenwanderer zwischen den Welten. Ich bin ein Wächter der galaktischen Dimensionstore und habe Sie beobachtet, als sie fragend dieses Schiff studierten und ich denke, Sie könnten Hilfe gebrauchen, ist es nicht so?" Rowan stottert überfordert: „Ähm… nun ja… Ich weiß nicht… ähmmm… Wer sind Sie nochmal, wenn ich fragen darf? Kenne ich Sie irgendwoher?" Ich antworte mit einem freundlichen Lächeln: „Oh, ‚kennen' ist das falsche Wort. Ich denke, ‚vertraut' wäre besser. Ich bin das Schicksal. Ich kenne alles, was jemals existiert hat oder was je existieren wird. Ich möchte gleich zur Sache kommen, denn die Zeit rennt. Ich bin Joselyns Vater und freue mich, Luanas Vater persönlich kennenzulernen. Unsere Töchter werden einen wahrhaftigen Weg vor sich haben und wir müssen ihnen eine sichere Reise bereiten." Rowan nickt langsam: „Jetzt verstehe ich, warum ich keine Türe gehört habe. Joselyn hat von Ihnen sehr ausführlich erzählt. Ich fühle mich geehrt, Sie kennenlernen zu dürfen." „Das beruht auf Gegenseitigkeit. Wir haben alle eine einzigartige und noch nie dagewesene Reise vor uns. Ich habe vernommen, dass Sie dieses Schiff mit ratlosen Blicken verfolgen. Ich denke, ich kann ihnen Aufschluss darüber geben, wie alles funktioniert. Denn das ist kein gewöhnliches Schiff, es ist ein fliegendes Schiff und zugleich kann es tauchen. Es ist speziell mit Sternenstaub ausgestattet. Wenn es für Sie in Ordnung ist, dann würde ich ihnen gerne mein Du anbieten. Mein Name ist Noack."

Rowan wirkt immer noch leicht verdattert: „Ich freue mich sehr, dich hier auf meinem Bootshaus begrüßen zu dürfen und ja, ich könnte ein wenig Unterstützung brauchen, denn so ein Schiff habe ich in meinem Leben noch nie gesehen. Ich wäre dir sehr verbunden, wenn du mir Details erklären könntest. Ein magisches Schiff habe ich noch nie gesteuert." Darauf antworte ich: „‚Alle Menschen streben von Natur aus nach Wissen.' Das sagte Aristoteles einmal, ein Philosoph aus euren Reihen, aus vergangenen Tagen." Rowan nickt: „Oh ja, wie wahr. Meine Tochter trachtet besonders nach Wissen. Sie stellt unheimlich viele Fragen, sie ist sehr wissbegierig und neugierig." „Das ist genau richtig so, denn sie ist ein wichtiger Teil in diesem Prozess. Sie schenkt Joselyn Hoffnung, Freundschaft, Zusammenhalt. Einfach gesagt: ein Wir-Bewusstsein durch Anerkennung und Beistand. Joselyn wird dadurch emotional gestärkt und das hat großen Wert für alles, was kommen wird. Ich werde dir jetzt alles Notwendige erklären, damit du vorbereitet bist, damit du bald in die Stadt aufbrechen kannst." Es dauert eine Weile, bis wir alles durch haben. Rowan ist sehr konzentriert und aufmerksam. Wir arbeiten uns Stück für Stück vorwärts.

Lieber Erdling, ich werde dich jetzt zu Joselyn, Luana mit Babu und Xeron führen, sie sind im Wald beim Blauregenbaum. Ich kann mich duplizieren, das heißt verdoppeln, damit ich dir in demselben Moment verschiedene Ereignisse zeigen kann. Darum kann ich dir jetzt auch sagen, dass Mutter Selena gerade kocht und mit Sorge auf Vater Rowan wartet. Sie hofft, dass er bald kommen wird. Sie nutzt die Gelegenheit nach dem Kochen, um sich mit ihrer Schwesternschaft aus Avalon zu verbinden. Sie will für die Reise mit dem Schiff gewappnet sein. Selena verbindet sich auch mit den Wassergeistern, den Meerjungfrauen, um sie um Begleitung und Schutz zu bitten. Auch um Reiseproviant kümmert sie sich. Alles soll schon jetzt bereit sein. Sie hat so ein Gefühl, dass es am Ende schnell gehen muss und sie liegt nie falsch mit ihrer Intuition. Selena packt in diesem Moment alles in Holzkisten, damit es nur noch aufs Schiff gebracht werden muss.

BABUS WALDFREUNDE

Wie ich gerade mit meinem inneren Auge erkennen kann, ist Luana mit Xeron an der Felshöhle und sie sind sehr beschäftigt miteinander. Sie reden über – na, wie kann es anders sein? – die Welt der Drachen. Xeron erfreut sich sehr daran, dass Luana so eine begeisternde Zuhörerin ist und erzählt ihr alles, was er weiß. Luana schreibt unglaublich viel in ihren kleinen Notizblock, denn sie möchte irgendwann, wenn sie groß ist, ein eigenes Buch schreiben. Und zwar über ihr Lieblingsthema, die Fabelwesen. Mittlerweile hat sie schon ganz schön viele Informationen zusammengetragen. Ihre Mutter war ihr dabei eine große Hilfe. Sie hat ihr immer die richtigen Bücher für ihre neuen Entdeckungen gebracht und jetzt muss sie die Chance nutzen, Xeron zu befragen. Einen echten Drachen! Xeron sieht dabei ganz ausgeruht aus. Trotzdem ist in seinem Gesicht erkennbar, dass er angespannt ist und ein wachsames Gemüt hat. Er ist sofort bereit, wenn es losgehen wird und er spürt wie Mutter Selena, dass es nicht mehr lange dauern wird.

Babu zischt währenddessen im Wald in den Baumkronen umher und sammelt seine versteckten Nüsse ein. Auch er spürt, dass er eine längere Reise machen wird und trifft dafür seine Vorkehrungen. Ich sehe gerade, das Babu seine Waldfreunde zusammenruft, seinen alten Freund, den Dachs, den gewitzten Fuchs, die liebevolle Rehfamilie, die weise Eule, die kleinen Mäuse, den mächtigen Hirsch, den starken Bären, die bunten Vögel, die flinken Wiesel, die Raben-Beobachter, den anmutigen Adler und den scharfsinnigen Bussard und auch die vielen kleinen Tiere wie Käfer oder Ameisen.

Babu erklärt den Tieren am Blauregenbaum in der geheimen Tiersprache, was hier auf Erden durch Joselyn gerade passiert. Er spürt, dass auch die Tiere helfen können. Babu bekam durch den heiligen Hirsch Avan aus Avalon in seinen Träumen die Botschaft, die Tiere des Waldes zusammenzurufen, um die Botschaft zu übermitteln, dass Mutter Natur jede Hilfe brauchen kann, die jetzt zu kriegen ist. Nicht nur der Mensch ist von der Bedrohung betroffen, auch die Tiere sind es. Babu soll eine Informationskette bilden. Die Tiere können Informationen sehr schnell durch ihre Laute weitertragen. Es gibt im Tierreich bestimmte Laute, die jedes Tier versteht. Es ist ein Signal für Zusammengehörigkeit.

Die Bäume und Pflanzen hat Hirsch Avan durch seine magische Kraft bereits informiert. Alles was durch Mutter Erde existiert, muss sich jetzt formieren und gemeinschaftlich wirken. Der Vollmond wird das Zeichen sein, dass alle Tiere, Bäume und Pflanzen sich mit dem Mondlicht verbünden und ihre Aufmerksamkeit darauf richten. Es sieht sehr niedlich aus, wie Babu die Botschaft an seine Waldfreunde weiterträgt. Er steht auf einen Steinsockel und schnattert unentwegt, er ist sehr aufgeregt. Alle hören ihm gespannt zu. Luana und Xeron bekommen davon gerade nichts mit, denn sie können die Tiersprache nicht verstehen.

EINHORNFREUDIN AURORA UND JOSELYN

Du fragst dich jetzt, wo Joselyn ist?

Sie ist ganz in der Nähe nicht weit vom Blauregenbaum entfernt. Dort plätschert ein Bach. Sie hat es sich im Gras gemütlich gemacht, summt ein Lied und genießt die Ruhe. Sie sammelt ihre Gedanken und versucht, alles zu ordnen, denn sie weiß ganz genau, dass sie bald auf Jakobus treffen wird. Joselyn nutzt ihren Moment, um sich in einem kleinen Tagtraum zu verlieren. Sie möchte Verbindung mit ihrer Einhornfreundin Aurora aufnehmen. Sie fühlt sich ihr gerade sehr nahe. So legt sie sich ins Gras und hört dem Geplätscher des Baches zu. Sie ordnet ihre Gedanken und denkt mit innerer Ruhe an Aurora. Dabei lächelt sie ein wenig und freut sich sehr, sie bald durch ihre Gedankenkraft wiedersehen zu können.

In diesem Augenblick geschieht aber etwas ganz anderes. Ein Licht erstrahlt und Joselyn vernimmt einen hellen Schein, obwohl sie ihre Augen geschlossen hat. Sie öffnet die Lider und sieht vor sich einen Lichtkanal, in dem Aurora steht. Joselyn ist überglücklich, sie freut sich so sehr, dass sie einen großen Luftsprung macht. Auch Aurora freut sich zutiefst und ist sehr froh darüber, dass Joselyn sich mit ihr verbunden hat.

Aurora spricht zu ihr: „Joselyn ich bin so glücklich, dass du Verbindung zu mir aufgenommen hast." Joselyn antwortet voller Freude: „Liebste Aurora, ich habe dich sehr vermisst, ich musste mich mit dir verbinden. Mein Gefühl zeigte mir den Weg zu dir. Es passiert gerade unheimlich viel und ich spüre, dass mein menschlicher Körper auf der Erde ganz anders ist. Der Körper eines Blauijaner oder der eines Feenelf hat ganz andere Anforderungen als der der menschlichen Art. Ich spüre in meinem Energiesystem ein wenig Erschöpfung, obwohl ich mich gut fühle. Es ist irgendwie seltsam." Aurora nickt: „Ich verstehe, was du mir sagen willst. Ja, du hast vollkommen Recht, der Mensch spürt alles viel intensiver. Er ist sehr sensibel mit seinem Energiesystem. Damit meine ich sein Chakra-System. Dein menschlicher Körper sendet dir Signale, dass du dich jetzt ausruhen sollest und wenn du es mir erlaubst, kann ich dir gerne dabei helfen, deine Chakren neu aufzuladen." Joselyn seufzt erleichtert: „Liebe Aurora, ich wäre dir sehr dankbar, wenn du mir dabei behilflich sein könntest, denn ich muss meinen Körper hier auf Erden erst kennenlernen und kann nicht nicht alles so schnell umsetzen. Aber Aurora, die Chakren besitzt jeder Mensch, oder? Auch andere Wesen wie Tiere oder Pflanzen?" „Ja natürlich. Einige Erdlinge leben im Einklang

damit und einige wissen nichts davon." „Oh, das ist ja interessant und komisch zugleich." „Liebe Joselyn, der starke Informationsfluss, der auf dich einströmt, bringt deinen Körper ein wenig ins Straucheln. Um das zu bewältigen, benötigst du wieder ein bisschen mehr Kraft. Deine Sinne sind scharf im Einsatz und du brauchst jetzt sehr viel Ruhe und Schlaf, damit du alles verarbeiten kannst."
Joselyn denkt laut nach: „Jetzt verstehe ich auch, warum die Erdlinge immer über ihre eigene Kraft hinausgearbeitet haben. Ich konnte das von meiner Sternenfamilie aus oft beobachten. Ich hab nie verstanden, warum die Erdlinge meistens über ihre Grenzen gegangen sind. Mein eigener Wille möchte sich nicht ausruhen, mein Verstand. Mein Herz, mein Körper sagt, du solltest dir eine Pause gönnen und dennoch weiß ich, es bleibt keine Zeit hier auf Erden dafür. Die Zeit macht einen hier ziemlich viel Druck." Aurora antwortet milde: „Die Zeit ist eine Illusion der Menschen, sie existiert auch nicht auf der Erde. Sie wurde erfunden, um eine Orientierung zu schaffen, aber diese Orientierung bereitet nur viele Probleme. Die Erdlinge müssen wieder lernen zu entschleunigen. Liebe Joselyn, du hast sehr intelligent gehandelt. Du hast mich gerufen, damit ich dir helfen kann und du wirst sehen, es wird dir gleich wieder viel besser gehen."
Joselyn streckt die Hand nach ihrer Einhornfreundin aus: „Ich danke dir sehr, meine geliebte Aurora. Schade, dass du nicht wirklich hier bei mir sein kannst."
„Ich bin bei dir zu jeder Zeit. Ich bin genau da, wo ich dir am besten Unterstützung geben kann. Wenn ich mich körperlich auf der Erde zeigen würde, wäre dies jetzt keine gute Idee, da die Schattenwesen sofort deinen Standpunkt herausfinden würden. Aber mit unserer Kommunikation können sie uns nicht erkennen."
Joselyn fragt gespannt: „Ist die Chakra-Reinigung und -Aufladung vergleichbar mit der der Blauijaner?" Aurora antwortet: „Ja, es ist für jedes Wesen anders, aber auch ähnlich." Joselyn schaut ein wenig schief: „Verstehe." „Liebe Joselyn, lege dich hin und entspanne, ich werde dich mit meinem Regenbogenlicht umhüllen und mein Horn wird dich an der Stirn berühren, um deine Chakren zu aktivieren. Du wirst bunte Lichter vor deinem inneren Auge sehen. Diese Lichter werden dir wieder Kraft geben." „Ich bedanke mich von tiefstem Herzen. Ich bin so froh, dass du jetzt hier bist." „Ich bin auch froh, dass ich dir helfen darf."
So kommt es, dass Aurora an Joselyns menschlichem Energiesystem zu wirken beginnt. Joselyn ist nun vollkommen ruhig und genießt die heilsame Wirkung. Einhorn Aurora möchte auch dir das Wissen der Chakren übermitteln, denn auch für dich kann dies sehr hilfreich sein. Was die Chakren sind und wie sie funktionieren, liest du auf den nächsten Seiten. Es wurde nur für dich so in Worte gefasst. Dies ist der Anfang für dein Kennenlernen deiner eigenen Energiewirbel. Wenn dir manche Dinge noch fremd vorkommen, dann gehe auf Forschungs-

reise und lies in anderen Büchern oder Informationsquellen. Luana macht das genauso. Wenn sie etwas nicht versteht, versucht sie, ihre Frage mit der Hilfe von Büchern zu beantworten.

Joselyns Einhorfreundin Aurora verrät dir, wie du deine Selbstliebe stärken kannst...

Selbstliebe ist so viel mehr als Balsam für die Seele. Denn erst, wenn du dich mit all deinen wunderschönen Ecken und Kanten lieben und annehmen kannst, ruhst du in dir selbst. Selbstliebe ist dein Grundgefühl zu dir selbst, das sich auf alle Bereiche deines Lebens auswirkt. Um gut für dich zu sorgen, dich selbst an erste Stelle zu sehen und auch im stressigen Alltag die Verbindung zu dir nicht zu verlieren, möchte dir Einhorn Aurora ein paar Tipps geben, wie du das für dich am besten schaffen kannst.

- Beginne deinen Tag in Stille.
- Lies jeden Abend ein paar Seiten in einem besonderen Buch.
- Übernimm die volle Verantwortung für dein Handeln und all deine getroffenen Entscheidungen in der Vergangenheit: Denn du bist die Summe deiner Entscheidungen und kannst niemanden dafür verantwortlich machen.
- Probiere immer mal wieder Neues aus. Bleibe nie stehen und entwickle dich ständig weiter. So bleibst du wach im Geist und findest heraus, wofür dein Herz brennt und bei welcher Tätigkeit du die Zeit vergisst.
- Nutze deine „Zeit" weise und höre nie auf zu lernen.
- Sage zu dir selbst jeden Tag, wofür du dankbar bist.
- Verbringe so oft wie möglich Zeit alleine in der Natur: Sie heilt und nährt dich und ihre beruhigende Energie überträgt sich auf deinen Geist.
- Vollbringe jeden Tag eine gute Tat. Das kann etwas ganz Kleines sein, wie ein Lächeln für eine Person, die du nicht kennst oder freundliche Worte.
- Habe Spaß in deinem Leben und lache so viel wie du kannst.
- Mach dich zur Priorität Nummer Eins in deinem Leben, egal was andere sagen oder was andere von dir erwarten. Denk immer daran: Du kannst nicht geben, was du nicht hast! Lass dir nicht von anderen einreden, dass das egoistisch sei. Das Ist es nicht. Erst wenn es dir selbst gut geht, kannst du auch für andere da sein.
- Hilf, weil DU es willst und nicht, weil andere es von dir verlangen. Hilf anderen nur dann, wenn es dir selber gut geht und wenn du helfen

WILLST und nicht, weil es von dir erwartet wird oder du deinen Selbstwert nur aus deinem Helfersyndrom ziehst. Überleg dir nächstes Mal im Alltag genau: „Habe ich selber genug Energie, um dieser Person zu helfen?" Wenn die Antwort „Nein" lautet, dann sag auch „Nein". Konzentrier dich erst mal wieder auf dich selber. Entwickle genug Energie und dann helfe, weil DU helfen willst.

- Oft reden wir selbst innerlich total schlecht mit uns selbst: „Mann, bin ich blöd. Ich bin zu nichts zu gebrauchen. Boah, wie fett ich geworden bin." Und so weiter... Mit solchen inneren Sätzen kannst du natürlich niemals deine Selbstliebe stärken! Überlege dir stattdessen, warum du toll bist, so wie du bist. Sag dir selber „Ich liebe mich, weil…".

Hier schickt dir Einhorn Aurora eine wichtige Meditation, um die schönen Sätze an dich selbst zu stärken:

MEDITATION NUR FÜR DICH

Achtsamkeit und Selbstliebe

Bevor du mit der magischen Meditation für dich beginnst, hole dir dein Lieblingskissen und eine Decke. Wenn du vorher etwas trinken oder vielleicht essen möchtest, tu dies gerne, um dich wohler zu fühlen. Auch warme und bequeme Kleidung kann dir beim Loslassen helfen. Vielleicht auch noch dicke Socken? Es sollten alle Grundbedürfnisse gestillt sein. Nur so kommst du zur Ruhe.
Damit die Zauberworte bei dir eine magische Wirkung haben, ist es sehr wertvoll, wenn du die Sätze mehrmals wiederholst. Du darfst einen magischen Satz gerne fünf- oder sechsmal wiederholen. Wenn du ihn weniger oft oder noch öfter wiederholen möchtest, ist das auch absolut in Ordnung. Lies dir zu Beginn alles durch und streiche auch ruhig vorab was raus. Es sollte zu DIR passen, denn es ist jetzt DEINE Meditation in deinem magischen Buch. Falls du diese Meditation als Einschlafhilfe verwendest oder danach schlafen möchtest, ist es ratsam, dir einen Wecker zu stellen. Es ist ein Geschenk für dich, für deine eigene Achtsamkeit und Selbstliebe.

Folgende magischen Zaubersätze werden dir dabei behilflich sein:

ICH ATME JETZT RUHE EIN UND RUHE AUS.
DIESE RUHE TUT MIR GUT.
ICH NEHME MIR JETZT ZEIT FÜR MICH.
ICH DARF TRÄUMEN.
ICH BEHANDLE MICH WIE JEMANDEN, DER SEHR GELIEBT WIRD.
ICH BIN EINZIGARTIG.
ICH BIN EIN WUNDER.
ICH BIN WERTVOLL.
ICH BIN EINMALIG.
SCHÖN, DASS ES MICH GIBT.
ICH HAB MICH LIEB.
ICH SPRECHE AN, WAS MIR WICHTIG IST.

ICH TEILE MEINE BEDÜRFNISSE OFFEN MIT.
MEINE WORTE WERDEN GERNE GEHÖRT.
ICH BIN EIN LICHT IN DER WELT.
ICH ESSE LANGSAM UND MIT GENUSS.
ICH GÖNNE MIR PAUSEN.
ICH WERDE ZU MEINEM EIGENEN RUHEPOL.
MEIN KÖRPER IST MEIN FREUND.
ICH GENIEẞE MEINEN INNEREN REICHTUM.
ICH BEWAHRE MIR MEINE WÜRDE.
ICH VERTRAUE AUF MICH.
ICH BIN ZENTRIERT.
ICH HABE DEN MUT, AUCH MAL UNPERFEKT ZU SEIN.
ICH MAG MICH, SO WIE ICH BIN.

Wenn du jetzt wegschlummern möchtest, mach es einfach. Auch das ist eine Form von Selbstliebe und Achtsamkeit. Wenn du jetzt in diesem Moment andere magische Sätze aus deinem Herzen hörst, dann notiere sie. Diese sind besondere Botschaften aus deinem tiefsten Inneren. Es sind die Sätze, die für dich persönlich die höchste Bedeutung haben. Wie eine Formel oder ein Code, der nur für dich bestimmt ist. Dieses Buch ist dein Buch, es zeigt dir deine Wahrheit und lässt das zu dir kommen, was du jetzt gerade für deinen Entwicklungsprozess benötigst. Wenn du in ein paar Jahren nochmal darin liest, dann werden dir wieder ganz andere Themen und Worte ins Auge fallen. Du entwickelst dich stetig und unentwegt fort. Dieses Buch ist zeitlos, so wie deine Seele zeitlos ist.

DIE CHAKREN – DEIN ENERGIESYSTEM

Was sind Chakren?

Die feinstofflichen Energieströme im Körper kreuzen sich an bestimmten Knotenpunkten und bilden energetische Zentren – die sogenannten Chakren. Es gibt 72.000 Chakren im Körper. Die sieben Hauptchakren sind von besonderer Bedeutung und stehen für das ganze Spektrum unserer Lebensthemen. Das Wort „Chakra" kommt aus dem Sanskrit und bedeutet Rad, Kreis oder Diskus. Die Chakren befinden sich in ständiger Kreisbewegung, was bewirkt, dass Energie ins Innere der Chakren hineingezogen wird. Jedes Chakra schwingt in einer Farbe und hat einen körperlichen Bezug. Die unteren Chakren schwingen langsamer. Sie sind den Grundbedürfnissen und Emotionen zugeordnet. Die oberen Chakren schwingen höher und entsprechen den spirituellen Fähigkeiten.

Die sieben Hauptchakren

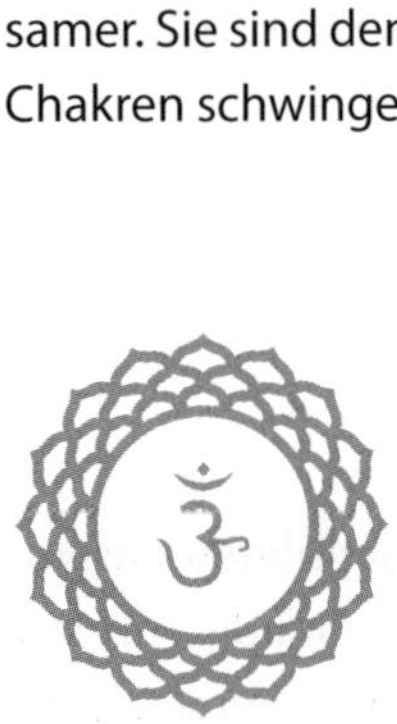

1. Wurzelchakra (Sanskrit: Muladhara Chakra)

Symbol: vierblättriger, tiefroter Lotus
Farbe: Rot
Element: Erde
Mantra: LAM
Edelsteine: Achat, Blutstein, Blutjaspis, Granat, Rote Koralle, Rubin, Obsidian

Dieses Chakra liegt am unteren Ende des Beckens, etwas vorderhalb des Anus (After). Das Wurzelchakra steht für die Erdung, die Verbindung mit Mutter Erde. Es ist Themen zugeordnet wie Lebenskraft, grundlegende Bedürfnisse, Urvertrauen, körperliche Ebene der Sexualität, Beziehung zum Materiellen, Stabilität und Durchsetzungskraft. Der Bezug zum physischen Körper sind die festen Bestandteile dessen, wie Zähne, Knochen sowie die untern Organe wie Darm, Blase, Prostata

Asanas (Yogaübungen): Standhaltungen wie zum Beispiel die Kriegerposition oder der Baum haben eine positiven Einfluss auf das Muladhara Chakra.

2. Sakralchakra (Sanskrit: Svadisthana Chakra)

Symbol: sechsblättriger, orangefarbener Lotus
Farbe: Orange.
Element: Wasser
Mantra: VAM.
Edelsteine: Karneol, Mondstein, Bernstein

Dieses Chakra liegt eine Handbreit unterhalb des Bauchnabels. Es steht für die sinnliche Ebene der Sexualität, Ursprünglichkeit, innere Verbundenheit mit der Schöpferkraft und Intuition. Vertrauen in das Leben.
Im physischen Körper steuert es den Fluss aller Körpersäfte, einschließlich des Urins, Lymphe, Sperma, Schweiß, Verdauung.

Asanas: Baddha Konasana (Winkelsitz – Vorbeugen und Hüftöffner, um Svadisthana wieder in Balance zu bringen)

3. Solarplexuschakra (Nabelchakra oder Sonnengeflecht)

Symbol: zehnblättriger, gelber Lotus
Farbe: Gelb
Element: Feuer
Mantra: RAM
Edelsteine: Tigerauge , Bernstein, Edeltopas, Zitrin, gelber Turmalin

Die Lage ist auf dem Solarplexus, da wo die vorderen Rippenbögen zusammenfließen. Es ist der Sitz der Persönlichkeit, der Bewusstheit, Vitalität, Antrieb, Wünsche, Erfahrungen, Lebensfreude. Es versorgt die oberen Verdauungsorgane mit Energie sowie das vegetative Nervensystem.

Asanas: Alle Asanas, die in eine Drehhaltung führen, wie zum Beispiel der Drehsitz oder das Krokodil – Drehhaltung aus der Rückenlage

4. Herz-Chakra (Sanskrit: Anahata Chakra)

Symbol: zwölfblättriger, grüner Lotus
Farbe: Grün, helles Rosa
Element: Luft
Mantra: YAM
Edelsteine: Rosenquarz, Kunzit, Smaragd, Jade, Aventurin

Auf Höhe des Herzens ist diesem Chakra die Liebe, Hingabe, Selbstlosigkeit, Heilung, Einfühlungsvermögen, Mitgefühl, Schönheit im inneren und äußeren, Harmonie, Frieden, den Künsten zugeordnet. Es versorgt Herz, Lungen, Kreislauf mit Energie und die Thymusdrüse. (Die Thymusdrüse ist ein in zwei Lappen angelegtes Organ, welches beim Menschen hinter dem Brustbein lokalisiert ist).

Asanas: Sonnengruß (Surya Namaskar), Schulterbrücke (Setu Bandha Sarvangasana), volles Rad (Chakrasana) und auch alle Herzöffner (Rückbeugen).

5. Kehlkopfchakra (Sanskrit: Vishuddha Chakra)

Symbol: sechzehnblättriger, blauer Lotus
Farbe: Blau
Element: Äther
Mantra: HAM
Edelsteine: Aquamarin, Celectit, Chrysokoll

Dieses Chakra liegt auf Höhe des Kehlkopfes, Störungen und Entwicklungen machen sich besonders im Halskratzen, rauchiger Stimme, Heiserkeit bemerkbar. Es ist der eigenen Wahrheit zugeordnet, diese zu vertreten und auszusprechen. Wahrnehmung der inneren Stimme, Selbstbestimmung und Unabhängigkeit sowie die Verbindung zu den feinstofflichen Dimensionen.
Auf der physischen Ebene versorgt es die Schilddrüse (Hunger, Durst) sowie die Bronchien und oberen Lungen sowie Ohren, Hals, Nacken, Kiefer.
Asanas: Rückbeugen und Umkehrhaltungen, wie zum Beispiel die Stellung des Hundes

6. Stirn-Chakra, Drittes Auge (Sanskrit: Ajna Chakra)

Symbol: silberner oder indigoblauer Lotus
mit 96 Blütenblättern
Farbe: Indigo, Violett
Mantra: OM
Edelsteine: Lapislazuli, indigoblauer Saphir, Sodalith

Das dritte Auge liegt mittig zwischen den Augenbrauen, bei Indern ist dieser Punkt oft bemalt. Dieses Chakra steht für den Ausdruck unserer Gefühle, Inspiration, Kontakt mit der inneren Stimme, der inneren Führung und den feinstofflichen Dimensionen. Kontakt mit dem höheren Selbst, Entwicklung außersinnlicher Wahrnehmung. Physisch versorgt es die Hypophyse (Hirnanhangsdrüse) und steuert damit alle Drüsen in unserem Körper sowie das zentrale Nervensystem.

Asanas: Umkehrhaltungen, Phantasiereisen und Visualisationsübungen.

7. Kronen – Chakra (Sanskrit: Sahasrara Chakra)

Symbol: violetter tausendblättriger Lotus
Farbe: Violett, Weiß oder Golden
Mantra: OM
Edelsteine: Amethyst, Bergkristall

Die Lage ist am Scheitelpunkt des Kopfes, dort wo sich die Fontanellen treffen (Das sind Stellen, an denen mindestens drei Abdeckplatten des Schädels noch nicht vollständig aneinander angrenzen). Es steht für die Anbindung zum Göttlichen, der Lebensenergie, dem universellen Sein an sich.

Asanas: Eine positive Auswirkung auf das Sahasrara Chakra haben Kopfstand und Meditationsübungen.

WIE DU DICH MIT HIMMEL UND ERDE VERBINDEN KANNST UND DAMIT ZUM ZAUBERER WIRST

Ja, auch du hast Zauberkräfte! Das ist deine Formel, wie du deine magische Kraft selbst aktivieren kannst:

Stell dir eine wunderschöne Lichtsäule vor. Diese Lichtsäule ist weiß und hell leuchtend. Stell dir vor, wie aus deinen Beinen Wurzeln wachsen, die sich tief mit der Mutter Erde verbinden. Als nächstes stell dir vor, wie sich ein Lichtband, Lichtstrahl, Lichtstab oder eine Lichtsäule mit Mutter Erde, deinen Wurzeln, deinen Füßen verbindet und über deine Beine hinauf zum Bauchnabel bis zum Herz über den Hals zum Kopf zieht. Einfach gesagt: wie sich dieses Lichtband mit deinen sieben Chakren verbindet und sich über deinen Körper hinaus zieht und sich nach oben bis in den Himmel, bis ins Universum streckt. Im Universum angekommen verbindest du deinen Lichtstab mit einer großen Lichtkugel. Bei jedem sieht diese Lichtkugel anders aus. Dieses Licht ist die Quelle von Vater Universum, mit der du zu jeder Zeit verbunden sein kannst, um Fragen und Antworten zu bekommen oder Hilfestellung zu erhalten.

Diese Lichtsäule ist für dich wichtig, damit du mit Körper, Geist und Seele in Gleichgewicht kommst und du dich mit Vater Universum besser verständigen kannst.

Sind die Chakren aktiv, hast du sozusagen einen Kanal für universelle Energie, die durch dich auf deine Erde geleitet wird. Damit aktivierst du deine eigene Zauberkraft. Somit kannst du besondere Botschaften hören oder deine Wünsche durch dieses Licht abgeben und noch so vieles mehr.

Was du noch wissen solltest: Deine Verwurzelung mit Mutter Erde und die Verbindung nach oben zu Vater Universum sollte zu jeder Zeit aktiv sein. Fehlt deine Verbindung zur Mutter Erde, hebst du ab, bist rast- und ruhelos. Fehlt die Anbindung nach oben zu Vater Universum, fehlt Dir Antrieb, Kraft, Lust, Intuition und Lebensfreude. Der Fluss deiner Lichtsäule ist gestört oder durchbrochen. Dies spürst du in deinem Alltag deutlich, wenn du viel Stress hast oder körperlich nicht fit bist. Dann richte deinen Blick nach innen und schaue, ob deine Lichtsäule aktiv ist, ob sie oben wie unten wie ein langes Seil verbunden ist. Wenn nein, aktivere sie wieder.

Du kannst es dir so vorstellen: Wenn du deine Lichtsäule gut mit regelmäßiger Meditation und Vorstellungskraft pflegst, ist es so wie mit dem Auto, das Benzin, Wasser und Öl benötigt. Wenn eines davon nicht mehr vorhanden ist, kann das Auto nicht mehr fahren oder es geht ein Teil kaputt. Wenn das Auto nicht fährt, kommst du auch nicht an dein Ziel und muss in der Werkstatt repariert oder aufgetankt werden. So ist es auch mit deiner Lichtsäule. Tanke dein Licht von Vater Universum, deiner Lichtkugel aus dem Kosmos, regelmäßig auf. Von den Wurzeln bis in den Kosmos.

DIE STADT KRIPTON IM LAND ATLANTIKA

Mittlerweile ist Vater Rowan zu Hause in Aurien angekommen. Mutter Selena merkt ihrem geliebten Mann an, dass etwas sehr Aufregendes passiert sein muss. Er ist ungewohnt unruhig und trotzdem sehr klar. Alle haben sich inzwischen zu Hause eingefunden. Selena hat im Garten ein Mittagspicknick vorbereitet, damit auch Xeron beim Essen dabei sein kann. Der große Drache hätte am Küchentisch im Haus natürlich keinen Platz. Sie alle sitzen im Kreis um die Speisen herum, Selena segnet die Mahlzeit und beginnt ein Dankesgebet an Mutter Erde zu sprechen. Alle legen ihre rechte Hand auf ihr Herz und beten gemeinsam mit Selena. Danach reichen sie sich die Hände und da Xeron recht große Drachenpfoten hat, wird er liebevoll an seinem Drachenpanzer berührt. Selena stimmt eine besondere Melodie an, wodurch sie magische Kraft auf die Speisen bringt, damit sie beim Verzehr Heilung und Kraft spenden.
Wie du weißt, lebt Luanas Familie ziemlich abgelegen und deshalb kann keiner wissen, welche besonderen Wesen hier gerade zu Besuch sind. Alle machen es sich im Garten gemütlich und Rowan erzählt endlich, was im Bootshaus geschehen ist. Er berichtet von Erzengel Michael, der ihm erschienen ist und von den Elohim-Engeln, die sein Schiff aus Sternenstaub über Nacht fertiggestellt haben, ohne dass er es bemerkt hatte. Rowan erzählt auch von meinem Besuch, davon, als ich ihm das magische Schiff mit seinen Funktionen und Steuerungen erklärt habe. Alle sind sprachlos und haben große Augen, als sie ganz aufmerksam zuhören. Der Hunger ist plötzlich nicht mehr im Vordergrund, vielmehr die Neugierde. Joselyn und Xeron lächeln beruhigt und freuen sich, dass der Plan immer weiter voranschreitet. Auch Babu lächelt, aber nur, weil er gerade seinen Bauch vollschlagen kann. Selena hat sich viel Mühe bei der Zubereitung der Speisen gegeben und eine große Auswahl an Leckerbissen gezaubert, um Joselyn verschiedene Geschmäcker zu zeigen. Babu muss noch lernen, achtsam zu essen. Er ist einfach ein kleiner Vielfraß.
Bestimmt denkst du gerade darüber nach, wie und was ein mächtiger Feuerdrache wie Xeron isst, um seinen Hunger zu stillen? Die Drachen sind da genauso unterschiedlich, wie es die Menschen sind. Es gibt Fleischfresser, es gibt Pflanzenfresser oder welche, die sich nur von göttlichem Licht ernähren, wie die Lichtwesen. Ja, du hast richtig gehört, von Licht. Licht ist Energie und göttliche Wesen wie Engel oder Drachen ernähren sich aus der Lichtkraft des Kosmos'. Drache Xeron liebt alle Wesen auf der Erde, er schätzt sie und ihre Lebensart und deshalb würde er niemals jemanden etwas zuleide tun oder sie gar verspeisen.

Unvorstellbar wäre das für ihn als Lichtwesen. Aber er weiß, dass Menschen und Tiere sich von gewissen Nahrungsmitteln aus Mutter Natur ernähren dürfen.
Das was Mutter Natur dir an Nahrung schenkt, ist die Nahrung, die dein Körper benötigt. Nur natürliche Nahrung kann das. Nahrungsmittel mit hohem Industriezucker- und Fettgehalt, Koffein und andere unnatürliche Stoffe solltest du meiden. Es ist wichtig zu wissen, dass du dein Essen wertschätzt und vor allem mit Dankbarkeit zu dir nimmst. Sinnlichkeit, Achtsamkeit und Intuition sind beim Essen die wichtigsten Dinge. Das kann ich dir als Noack für dein irdisches Paradies nur raten.
Wie fühlt sich bei dir echter Hunger an? Ein knurrender Magen ist das deutlichste Zeichen, das dir dein Körper geben kann. Denn den meisten Erdlingen der westlichen Länder fällt echter Hunger nicht mehr auf. Sie wissen nicht, wann sie satt sind, was ihnen wirklich gut tut, weil sie ihre Sinnlichkeit verloren haben. Schmecken, riechen, berühren… Wenn euch der Alltag nicht erfüllt, versucht ihr, die Leere in euch mit Nahrung zu füllen. Ihr greift möglicherweise zu Zucker, versucht damit, eure Stimmung zu versüßen – und das meist, ohne darüber nachzudenken, ob es euch wirklich gut tut.
Ein Tipp von mir! Lasse vor der nächsten Mahlzeit erst das Hungergefühl aufkommen und iss achtsam, um genau zu merken, wann dein Körper genug hat. Lerne auch, nach welchen Lebensmitteln dein Körper verlangt. Iss langsam und in Ruhe. Nimm das Essen mit all deinen Sinnen auf.
Kochen und Essen zubereiten ist wie eine Meditation. Wenn du dabei Freude, Lust und liebevolle Gefühle empfindest, entstehen heilsame Gerichte. Im Land des blauen Auges werden die Lichtspeisen mit Mantren, Segen und Gebeten aufgewertet. Sie ernähren sich durch Licht und empfangen dadurch höchste magische Kraft. Auch auf deinem Planeten gibt es viele Erdlinge, die dies tun. Probiere es selbst mal aus, bevor du zum Beispiel einen Apfel verzehrst. Danke Mutter Erde, dem Baum und dem Apfel, dass du ihn jetzt verzehren darfst. Schaffe dir beim Essen eine besondere Atmosphäre mit liebevollen Menschen – das kann die schönste Form tiefster Seelen- und Körpernahrung sein. Gib deinem Körper die Erlaubnis, selbst zu spüren, was ihn nährt und gut tut. Höre in dich hinein: Was magst du heute und was brauchst du heute? Du wirst überrascht sein, was dir dieses Bewusstsein über deine Nahrung bringen wird. Lasse deinen Fokus immer bei dir und du wirst sehen, wie bestimmte Essgewohnheiten einfach verschwinden werden.

Joselyn sitzt mit ihren Gefährten im Garten auf der Picknickdecke mit gemütlichen Kissen und nimmt die wundervollen Speisen wie grünes Gemüse, viele verschiedene Obstsorten, Kartoffeln, Suppeneintopf, frisch gebackenes Brot,

Beerenkuchen und noch einiges mehr mit Liebe und Dankbarkeit achtsam zu sich. Luanas Familie isst keine Tiere, sie lieben sie viel zu sehr. Deshalb haben sie einen großen Kräuter- und Gemüsegarten angelegt und viele verschiedene Obstbäume und Beerensträucher, damit sie sich ausgewogen ernähren können. Luana freut sich schon sehr auf die Erdbeerzeit, denn sie liebt die roten Früchtchen. In ein paar Wochen werden die ersten geerntet werden können. Wie wunderschön zu sehen, wie alle gemeinsam die Zeit zusammen genießen und die Informationen von Rowan verschlingen.

Mittlerweile ist allen klar, warum sich jeder auf einen baldigen Aufbruch vorbereitet hat. Instinktiv haben das alle gespürt. So wie Babu, der seine verstecken Nüsse alle eingesammelt und seine Waldfreunde über die Engelsbotschaft informiert hat. Auch Selena, die organisatorische Vorkehrungen für den heiligen Prozess in Avalon getroffen und den Reiseproviant vorbereitet hat. Oder Joselyn, die sich durch Einhornfreundin Aurora energetisch aufgeladen hat, damit sie für das nächste Abenteuer wieder voller Kraft ist. Und natürlich Vater Rowan, der durch mich das Sternenstaubschiff in seiner Funktion verstehen kann.

Nach dem Essen sind alle sehr aufgeregt. Jeder ist voller Tatendrang. Rowan hat die Kutsche bereit gemacht, damit er in die Stadt aufbrechen kann und Selena fliegt mit Xeron die Proviantkisten zum Schiff. Luana hilft ihrer Mutter und fliegt mit. Babu ist nochmal in den Wald verschwunden. Joselyn und Rowan sitzen bereits auf der Kutsche und fahren gerade los. Heute wird Joselyn die Stadt kennenlernen. Sie ist schon sehr aufgeregt, denn sie hat bisher nur aus Erzählungen einen Eindruck vermittelt bekommen.

Joselyn und Rowan wissen, dass heute ein entscheidender Tag ist. Wird Rowan den schwarzen Stern von Jakobus unbemerkt ergattern können? Wird Joselyn auf Jakobus treffen? Und wenn ja, wird er sie als mächtiges Lichtwesen erkennen? Werden die beiden auf Schattenwesen treffen? Und werden sie rechtzeitig im Morgengrauen im Hafen von Aurien mit ihrem Sternenstaubschiff auslaufen können? So viele Fragen gehen den beiden während der Fahrt in die Stadt durch den Kopf.

Rowan spürt, dass Joselyn angespannt ist. Er nimmt ihre Hand und sagt zur ihr: „Es wird alles gut werden. Wir werden es schaffen, denn wir sind beschützt." Joselyn sieht Rowan an und sagt: „Ich weiß. Gemeinsam schaffen wir es." Nach einer Weile sehen die beiden auf dem Weg einen Mann, der winkend am Straßenrand steht. Von Weitem kann man ihn nicht richtig erkennen. Dieser Mann bin ich.

Joselyn fragt: „Wer ist das?" Rowan antwortet: „Oh, ich hab keine Ahnung. Aber ich denke, das werden wir gleich herausfinden." Er steuert die Kutsche auf mich zu. Je näher sie kommen, umso besser erkennen sie meine Erscheinung. Ich

habe mich extra für die Stadt herausgeputzt. Dafür habe ich ein besonderes Outfit gewählt: einen blauen Anzug und einen blau schimmernden Zylinder. Auch meine glänzenden, silbernen Schuhe aus Sternensilber, die dank der Sonnenstrahlen unglaublich funkeln, habe ich gewählt. Mein magischer Stab dient als Gehstock. Ich finde, ich sehe sehr elegant aus und bin passend für die Stadt gekleidet. Genau richtig. Wie ich bereits schon erwähnt habe, kann ich mich jeder Situation anpassen, verschiedene Gestalten annehmen und mich durch meinen magischen Stab in verschiedener Art und Weise neu darstellen.
Joselyn erkennt mich schnell und ruft: „Vater, Vater, was machst du denn hier?" Sie winkt mir aufgeregt zu. Rowan flüstert Joselyn zu: „Ändert dein Vater oft seine Erscheinung? Er sieht ja ganz anders aus. Ein wenig außergewöhnlich, wie ich finde." Joselyn nickt: „Ja, er passt sich den Umständen an. Als Zeitreisender kommt er in verschiedene Welten und da muss er natürlich dementsprechend aussehen, damit er unauffällig dort wandeln kann." Rowan bremst die Kutsche und sagt: „Guten Tag, Noack, das ist ja eine Überraschung!" Ich begrüße die beiden, indem ich meinen Hut hochhebe und mit freundlichem Nicken erwidere ich dankend die Begrüßung. Währenddessen springt Joselyn von der Kutsche und läuft auf mich zu. Sie umarmt mich fest und flüstert mir ins Ohr: „Ich bin so froh, dass du hier bist. Ich denke, ich werde bald auf die Schattenwesen treffen und ich habe ein komisches Gefühl im Bauch." Ich flüstere zurück: „Du fühlst dich unsicher und aufgeregt. Das ist ganz normal. Atme ein paar Mal tief durch und es wird besser."
Rowan fragt: „Warum finden wir dich hier auf dieser Landstraße? Du siehst nicht so aus, als ob du heute für einen Waldspaziergang gekleidet wärst." Ich antworte: „Ein Waldspaziergang wäre auch vielversprechend bei diesem wunderschönen Wetter heute, aber ich denke, ihr benötigt besondere Unterstützung. Ich werde euch nach Kripton begleiten, wenn ich darf?" Joselyn jubelt begeistert: „Oh ja, wie wunderbar! Zeigst du mir die Stadt?" Ich antworte: „Ja, ich und Rowan werden dir die Stadt sehr gerne zeigen. Stimmt's, Rowan?" Rowan nickt: „Ja, unbedingt. In Kripton gibt es viel zu sehen. Du solltest nur wissen, dass es dort ganz anders ist als hier und wir uns nicht verlieren dürfen. Immer schön zusammenbleiben, lautet die Devise. Von Selena habe ich noch einen Abholung zu tätigen, bevor ich zum größten Hochhaus Kriptons gehe. Dort finde ich Jakobus. Dieses Hochhaus hat er sich errichtet. Es wird Shadow Tower genannt. Ihr müsst wissen, in der Stadt ist Mister Jakobus, wie ihn alle nennen, ein sehr mächtiger Mann. Die meisten Menschen haben vor ihm eher Angst oder sind eingeschüchtert. Er ist nicht gerade freundlich. Mir ist das ziemlich egal. Denn ich bin ihm nichts schuldig. Schauen wir mal, ob seine Sekretärin mich zu ihm lässt, aber ich denke, das wird nicht schwer werden, wenn er weiß, was ich für ihn dabei habe."

Ich sage bestimmt: „Wir werden zu diesem Treffen auch mitkommen." Rowan runzelt die Stirn: „Aber Noack, Joselyn wäre dort in Gefahr! Oder nicht?" „Nein, sie wird unentdeckt bleiben. Joselyns Stiefel können sie unsichtbar machen. Somit wird sie nicht zu sehen sein. Wenn, dann wäre sie nur zu hören und ich denke, Joselyn schafft es schon, leise zu sein, oder?" Joselyn staunt: „Ja klar kriege ich das hin. Unsichtbar? Wirklich? Das ist ja super!" Rowan ist immer noch besorgt: „Noack, kennt Jakobus dich? Ich meine, ist es nicht riskant, dass du ihm nahe kommst?" Ich beschwichtige ihn: „Er wird auch mich nicht erkennen. Ich habe viele Erscheinungsformen. Wir sind uns noch nicht begegnet, außer damals, als er noch einer der Thronengel war. Da wussten wir voneinander als Licht. Damals, als ich die Schattenwesen gejagt habe, um das Schlimmste zu verhindern, konnten Jakobus und seine engsten Verbündeten durch die Strahlkraft des schwarzen Sternes vor meinem allwissenden blauen Auge fliehen." Rowan fragt nach: „Allwissendes blaues Auge? Was ist das?" Joselyn erklärt es ihm: „Das ist ein ganz besonderer Kristall. Ein blauer Saphir. Mit dieser blauen Kugel kann mein Vater überall hinsehen. Egal ob in die Vergangenheit, Gegenwart oder Zukunft. Auch meine Mutter im Land des blauen Auges hat diesen mächtigen Kristall. So kommunizieren wir miteinander in der Ferne."
Rowan ist verblüfft: „Wow, das ist ja sehr interessant. Na gut, lieber Noack, steig auf und wir fahren weiter, denn wir müssen unseren Zug erreichen!" Ich steige also auf und setze mich zu den beiden auf den Kutschbock. Rowan gibt den Pferden ein Zeichen und die Kutsche setzt sich in Bewegung. Joselyn jubelt erfreut: „Zug! Wir fahren mit einem Zug? Ach wie ich mich freue! Warum können wir denn nicht mit der Kutsche weiterfahren?" Rowan erklärt es ihr: „In der Stadt würden die Pferde durchdrehen. Die Pferde bleiben bei meinem Onkel außerhalb der Stadt. Da wir eine längere Reise mit dem Sternenstaubschiff vorhaben, sind die Pferde dort gut aufgehoben, bis wir wieder da sind. Außerdem kann man in die Stadt unmöglich mit einer Kutsche hineinfahren. Alle Fahrzeuge sind in mehreren Ebenen unterwegs. Die U-Bahn fährt unter der Erde, sie bringt die Menschen in die unterirdischen Vergnügungsparks wie Schwimmanlagen, Parks, Restaurants, Einkaufszentren und so weiter." Joselyn schüttelt den Kopf: „Das verstehe ich nicht. Parks unter der Erde? Warum das denn?" Rowan erklärt weiter: „Durch den großen Verkehr ist die Stadt kein erholsamer Ort. Deshalb wurde ein unterirdischer Lebensraum geschaffen, damit die Menschen sich dorthin zurückziehen können um Sport zu treiben, mit den Hunden Gassi zu gehen oder Einkäufe erledigen zu können. Dort unten ist alles grün und überall plätschert Wasser. Das Sonnenlicht wurde durch künstliches Licht ersetzt. Die reichen Menschen verweilen dort unten nicht, sie haben auf den Hochhäusern ihre Vergnügungsanlagen. Der Zug, mit dem wir hineinfahren, fährt eine Etage

höher. Dieser Zug bringt die Menschen außerhalb der Stadt ins Zentrum. Vom Bahnhof aus kann man in die Flugtaxis umsteigen. Sie besitzen eine eigene Ebene. Oder man fliegt mit einem Leih-Flugauto weiter. Die Flug-Fahrzeuge werden durch Solaranlagen auf dem Dach und Magnetbatterien angetrieben und können nur in der Stadt geflogen werden. Nur dort ist das magnetische Feld für die Batterien der Flug-Fahrzeige errichtet. Dies dient zur Kontrolle und zur Überwachung. Eine Etage höher fährt die KriptonTramBahn, die auf einem hängenden Brückensystem ihre eigene Linie hat. Sie befördert die Menschen in den mittleren und auch höheren Bereich der Stadt, zum Beispiel auf die Hochhäuser. Die KriptonTramBahn wird meist von den Angestellten, wie Bediensteten, Putzdienern oder Köchen der hoch angesehenen Gesellschaft oder denen, die es werden wollen, verwendet. Die Reichen bewegen sich mit extra angefertigten speziellen Fluglimousinen. Durch einen persönlichen Chauffeur bewegen sie sich auf der höchsten Verkehrsebene, von Hochhaus zu Hochhaus fort. Die echte Sonne wird auf den Hochhausdecks genossen. Dort befinden sich Restaurant, Bars und Swimmingpools."

Joselyn kneift die Augen zusammen: „Warum dürfen die anderen Erdlinge nicht auf den Hochhausdecks sein und die echte Sonne genießen?" Ich antworte: „Es sind Gesetze, die die Erdlinge in verschiedenen Hierarchien unterteilen. Dies ist das Werk der Schattenwesen. Dies entstand nach dem Untertauchen von König Artus." Rowan fügt hinzu: „Es ist nur Menschen gestattet, die eben viel Geld und Einfluss haben. Der oberen Schicht sozusagen. Alle anderen verbringen ihre Freizeit unterirdisch. So ist das nun mal in der mächtigsten Stadt Kripton. Wie Noack schon gesagt hat – seit König Artus untergetaucht ist, regieren hier nur die Reichen. Wer Geld hat, hat die Macht. Bezahlt wird dort nur mit einer bestimmten Card, es gibt kein Papiergeld. Jakobus ist der mächtigste Mann der Stadt und er hat dieses Hierarchiesystem durch seine Schattenenergie integriert. Durch ihn ist Kripton zu einer Kontrollstadt geworden, denn mit der Card zahlst du nicht nur, sondern sie dient auch als Schlüssel für bestimmte Gebäude oder für die U-Bahn. Alles wird über diese Card abgewickelt. Jeder, der in die Stadt einreisen möchte, muss von Sinai gecheckt werden." Joselyn zieht eine Grimasse: „Sinai – wer ist das?" Ich antworte: „Sinai ist eine künstliche Intelligenz, diese Intelligenz kann jeden Erdling in der Stadt durch Videoüberwachung und durch die Card kontrollieren. Jeder, der nach Kripton will, kann nur durch diese SinaiCard einreisen und sich dort fortbewegen." Joselyn versteht nicht: „Wozu soll diese Überwachung nötig sein?" Rowan erklärt: „Es dient dazu, die Menschen zu beschränken, aber offiziell soll es zum Schutze aller Bewohner sein. Dies ist aber nicht so. Es ist versteckte Manipulation. Jakobus möchte die volle Kontrolle über seine Stadt haben und als mächtigster Mann über Kripton herrschen. Wer sich ihm widersetzt, muss mit gravierenden Folgen rechnen. Einige Menschen sind deshalb schon verschwunden, keiner weiß, was passiert ist."

Joselyn kann es kaum fassen: „Wie kann man nur so was tun? Die Freiheit ist für alle da. Sie ist unantastbar. Das mit dem Geld oder der Card verstehe ich auch noch nicht ganz, aber ich denke, dass ich darüber bestimmt noch mehr erfahren werde. Das Geld, ist das auch sowas wie Kontrolle?" Rowan nickt langsam: „Um Geld dreht sich alles. Nur wer Geld hat, kann überleben, so die Vorstellungen der Menschen in Kripton. Nur wenn du was geleistet hast, bekommst du deinen Lohn. Etwas verschenken, teilen oder etwas umsonst zu tun – das geschieht in Kripton schon lange nicht mehr. Ein kleiner Teil der Menschen hier in der Stadt lebt noch mit inneren Werten, diese gehören aber nicht zu den Reichen." Joselyn ist entsetzt: „Das ist ja richtig schlimm. Gibt es auf der Erde auch noch andere Städte wie Kripton?" Ich sage es ihr: „Macht und Gier sind fast schon überall auf der Erde vertreten. Jakobus und seine Schattenwesen haben ihre Energie schon weit verbreiten können, außer in den ländlichen Gebieten. Dort lassen sich die Erdlinge nicht beeinflussen, sie wehren sich noch gegen diese kontrollierende Macht."

Joselyn denkt weiter: „Rowan, wenn man durch Sinai gecheckt werden soll, wie du sagst, wie soll ich dann durch die Kontrolle kommen?" Rowan erschrickt: „Oh ja, daran habe ich noch gar nicht gedacht. Was machen wir denn da? Du bist nirgendwo registriert. Du hast keine SinaiCard und keinen Reisepass. Das ist jetzt ein Problem." Ich schüttle den Kopf: „Das ist kein Problem. Deine magischen Zauberstiefel werden dich durch die unsichtbare Kraft durchbringen können. Bleib einfach dicht hinter mir, am besten setzt du dich auf meinen Rücken und hältst dich an mir fest, dann bemerkt niemand etwas, bis wir durch den Kontrollbogen durch sind." Rowan atmet erleichtert auf: „Ach ja, die magischen Stiefel, stimmt. Das ist die Lösung. Hätte ich ja gleich drauf kommen können. Aber die Wärmekamera könnte ein Problem sein, fällt mir noch ein." Ich lächle beruhigend: „Keine Sorge, lasst mich nur machen, das wird meine Aufgabe sein. Die Temperatur oder das Wetter zu verändern ist mein Spezialgebiet." Rowan muss nun schmunzeln: „Ja dann können wir einreisen." Joselyn fragt mich: „Vater, hast du eine SinaiCard?" Ich antworte: „Wie ich dir schon gesagt habe, es wird kein Problem für mich sein, dort hineinzukommen. Auch ich werde ungesehen durch den Kontrollbogen schreiten, Joselyn. Mach dir keine Gedanken."

Joselyn nickt zufrieden, kuschelt sich an mich und wir genießen die Fahrt. Für mich als Vater ist das wieder ein einmaliger Moment. Nach einer Weile können wir in der Ferne die Stadt erkennen. Rowan sagt: „Jetzt sind wir bald da, dort drüben auf der rechten Seite ist das Anwesen meines Onkels. Er ist auch so ein Freigeist wie ich es bin. Heute Morgen sind wir uns im Hafen in Aurien begegnet, grade als ich auf dem Weg nach Hause war. Er weiß schon Bescheid, dass wir kommen." So kommt es also, dass wir Rowans Onkel kennenlernen. Er ist sehr liebevoll und freundlich. Ein kleiner Mann mit weißem Bart und herzlichen blauen Augen. Man sieht ihm an, dass er mit sich sehr glücklich ist. Er stellt sich uns vor, er heißt Liam. Die Pferde werden ausgespannt und zur Tränke gebracht. Leider bleibt nicht viel Zeit für ein intensiveres Kennenlernen. Liam bringt uns mit seiner Kutsche zum nahegelegenen Bahnhof. Der Zug wartet bereits und fährt in wenigen Minuten los. Wir verabschieden uns von Liam und bedanken uns herzlich bei ihm für seine Gastfreundlichkeit und Hilfe. Joselyn kann es nicht fassen, sie fährt zum ersten Mal mit dem Zug. Sie stellt fest, dass ein Zug ziemlich groß und lang ist. Am Bahnhof selbst verspürt Joselyn schon, dass die Erdlinge ziemlich hektisch sind. Alle sind sehr unruhig und bewegen sich hastig. In diesem Moment ertönt ein lautes Tuten und schon fahren wir los. Liam winkt uns noch hinterher. Schon bald können wir ihn nicht mehr erkennen, denn der Zug nimmt ziemlich an Fahrt auf. Joselyn beobachtet die Erdlinge im Zug ganz genau. Es herrscht eine unangenehme Gesprächsstille. Nur ein leises Sausen ist zu hören. die Fahrt verläuf ruhig und angenehm. Die meisten Erdlinge schauen zu Boden oder sind mit irgendeinem Gerät beschäftigt. Blicke treffen sich kaum. Ein Gespräch in Gesellschaft oder ein Lächeln für eine andere Person ist nicht zu beobachten. Die Luft ist von einer Filteranlage künstlich aufbereitet. Joselyn sieht aus dem Fenster, die Fensterscheiben zeigen die Umgebung in einem verschwommenen Bild. Verschiedene Bildschirme mit schnell wechselnden Bildern und Tönen tauchen immer wieder auf.

Joselyn fragt Rowan: „Was ist das für ein komisches Gerät, das alle haben? Manche sprechen am Ohr damit, manche einfach durch einen Bildschirm und andere tippen mit dem Finger drauf." Rowan dreht sich um: „Ach, du meinst das Munika! Das ist unser Kommunikationsmittel. Wir verbinden uns, können dadurch miteinander sprechen, uns hören und auch sehen, wenn wir möchten. Wir können die Munika am Handgelenk tragen oder als faltbares Gehäuse in unserer Tasche transportieren. Das Display des Armreifs oder des faltbaren Gehäuses projiziert in der Luft fliegend Inhalte, Live-Übertragungen, Gespräche, Suchmaschine, Terminplaner und so weiter." Joselyn wendet sich an mich: „Vater ist das sowas wie Telepathie?" Ich antworte mit einem kleinen Lächeln: „Oh, das ist ein guter Gedanke, ja, nur in materieller Form." Joselys Gesichtsausdruck ist erstaunt: „Aha, wie seltsam."

Du wirst dich bestimmt fragen, was nun genau eine Munika ist? Eine Munika ist ein Telefon oder wie du es kennst ein Handy, ein Smartphone. Der Begriff Munika stammt von dem Wort Kom-munika-tion ab. Joselyn hat noch mehr Fragen und wendet sich an Rowan: „Warum hast du keine Munika?" Er antwortet ihr: „Eine

Munika bringt dich ziemlich in den Wahnsinn. Du bist ständig erreichbar und wirst durch zu viele Inhalte eher negativ beeinflusst. Alles dringt in deinen Geist und lässt dich verkümmern. Doch die Menschen, die in der Stadt leben, sehen das anders. Ich habe schon eine Munika. Die benutze ich aber nur, wenn es unbedingt notwendig ist. Meistens im Kundenkontakt, wenn ich einen neuen Auftrag entgegennehme. Außerdem hat es in Aurien keinen Empfang, wir sind zu abgelegen, um eine gute Verbindung zu haben."

Bevor Joselyn die nächste Frage stellen kann, hält der Zug. Sofort kommt Bewegung in die Erdlinge. Keiner beachtet den anderen. Joselyn erkennt eine alte Dame mit Gehhilfe, die Mühe hat, in den Zug zu kommen. Die Stufe ist ihr einfach zu hoch. Doch alle Erdlinge laufen an ihr vorbei, als wäre sie Luft.

Joselyn kann das nicht mehr mit ansehen. Sie schiebt und drückt sich durch die Erdlingsmenge aus dem Zug hindurch hinaus in Freie, um zu dieser alten Dame zu gelangen. Rowan ruft voller Sorge: „Joselyn, wo willst du hin?" Ich beruhige ihn: „Keine Sorge, Rowan, schau genau hin und warte ab." Joselyn spricht die alte Frau an: „Madame, kann ich Ihnen behilflich sein?" Die alte Dame sieht vom Boden hoch und antwortet mit lieblicher Stimme: „Oh, was für ein freundliches und aufmerksames Mädchen du bist. Ich wäre sehr dankbar, wenn ich ein klein wenig Hilfe bekommen könnte. Dieser Zug ist einfach zu schnell für alte Frauen wie mich. Wie oft ich ihn schon verpasst habe – ein Zug wartet auf niemanden. Entweder bist du schnell oder langsam, so ist das nun mal. Meine Beine sind einfach nicht mehr dieselben wie früher." Joselyn hört der Dame zu und greift ihr unter die Arme, um sie zu stützen. Und schon ist die alte Dame im Zug.

Joselyn fragt weiter: „Haben Sie niemanden, der Sie begleitet?" Die alte Dame antwortet traurig: „Man muss sich selbst zu helfen wissen. Ich habe keine Kinder und mein Mann ist vor vielen Jahren gestorben, ich kämpfe mich hier so durch. Hier in der Stadt gibt es sehr selten jemanden wie dich. Die Menschen sind nur noch mit sich selbst beschäftigt. Hier ist sich jeder selbst der nächste. Aber mein Kind, wie ist dein Name?" „Ich heiße Joselyn. Wie ist Ihr Name?" „Ich heiße Mary Clara Rose." „Das ist ja ein einzigartiger Name." „Ja, aber deinen habe ich auch noch nicht zu Ohren bekommen. Ich wünsche dir, kleine Joselyn, Gottes Segen. Hab Dank für deine Hilfe." „Ich wünsche Ihnen erfüllte Liebe, auf dass sie bald und in Zukunft in liebevoller Gesellschaft sind und bleiben. Glauben Sie mir, Mary Clara, sie sollten sich das von Vater Universum wünschen und Sie werden sehen, es wird geschehen."

In diesem Moment ertönt das laute Tuten des Zuges wieder, die Türen schließen sich abrupt und schon fährt der Zug ab. Mary Claras Augen sind tief gerührt von Joselyns herzlichen Worten. Sie winkt ihr nach. Rowan und ich stehen hinter ihr und haben alles beobachtet. Der Zug ist weg und auch das Gehetze. Die

Erdlingsmassen sind plötzlich verschwunden. Joselyn steht da und sieht dem Zug hinterher. Sie weiß nicht, was sie denken soll. Rowan fragt sie vorsichtig: „Joselyn, wir sollten weitergehen, geht es dir gut?" Joselyn antwortet sehr nachdenklich: „Die Erdlinge haben diese alte Dame, sie heißt Mary Clara Rose, komplett übersehen. Es hätte nur einen kleinen Augenblick gekostet, ihr zu helfen. Warum geschieht das?" Rowan seufzt: „Joselyn, das ist Alltag hier. Nicht alle Menschen sind so. In der Stadt kämpft man gegen die Zeit. Langsam zu sein ist hier nicht gerade von Vorteil, leider. Es ist wichtig, dass wir zusammen bleiben, denn man kann sich hier sehr schnell bei dem ganzen Gewimmel verlieren."
Joselyn wendet sich an mich: „Vater, was meinte die Frau mit ‚Gottes Segen'?" Ich antworte ihr: „Meine geliebte Joselyn, Gott ist für die Erdlinge hier unser allwissender Vater Universum. Sie gaben ihm diesen Namen. Er hat viele Namen auf dieser Erde." Joselyn: „Warum hat er so viele Namen hier?" „Es gibt verschiedene Ansichten über das Große Ganze, an Vater Universum zu glauben und deshalb sind Religionen entstanden. Verschiedene Religionen. Jede Glaubensrichtung hat seine eigene Geschichte über Vater Universum und alles, was ihn umgibt. Deshalb kommt es immer wieder zu Aufständen und Kriegen hier auf der Erde – jeder will, dass seine Version die einzig Wahre ist. Die Schattenwesen verdunkeln die Wahrheit, damit die Erdlinge nicht in ihre volle Kraft kommen. Jeder Erdling hier ist göttlich. Das Erwachen geschieht irgendwann für jeden Einzelnen. Der Prozess der Liebe ist unaufhaltsam. Doch die Täuschungen und Beeinflussungen sind zu groß geworden. Die Erdlinge mussten Umwege wählen, dennoch wird jeder Weg zum Göttlichen führen. Das Licht von Vater Universum, die Liebe, ist überall. Das Licht bist du. mein Kind, du zeigst den göttlichen Seelen ihren Weg. Ihre Heimat des Herzens, wenn du alles zusammen vereint hast." Joselyn nickt bedächtig: „Ich kann jetzt langsam verstehen, was hier los ist. Dies alles wird im Gleichgewicht sein. Ich bin voller Hoffnung. Ich bin gerade erst angekommen, aber ich kann die Verzweiflung, Hilflosigkeit und Rastlosigkeit sehr stark spüren." „Nimm dich vor diesen Gefühlen in Acht, bleib in deinem Herzen, du weißt, es wird alles gut werden. Bleib in deiner Mitte, damit du dieser Beeinflussung standhalten kannst. Du hast so vieles hier noch nicht gesehen. Das war nur ein kleiner Teil dieses Ungleichgewichts und des Unlichts."
Rowan räuspert sich: „Ich möchte ungern unterbrechen, aber wir sollten weiter gehen. Nach der Treppe ist die Schleuse, dort ist der Check-In von Kripton-Town. Sie nennen es hier die ‚Dusche'." Ich antworte: „Na, dann los. Joselyn, hüpf' auf meinen Rücken und halte dich gut fest. Dann kann ich uns unsichtbar machen." Rowan nickt: „Alles klar! Die Wärmekamera hast du nicht vergessen, hoffe ich? Wenn ihr als Unregistrierte geortet werdet, hat das keine guten Folgen." Ich sage locker: „Sorglosigkeit ist mein zweiter Vorname und das solltest auch du dir

zu eigen machen, Rowan. Na los, lass uns hindurchgehen. Seid ihr alle bereit?" Rowan und Joselyn antworten mit einem lauten „Ja" und ich muss unweigerlich schmunzeln.

Wir gehen die Treppen der Haltestelle hinauf in Richtung Schleuse. Ein halbrundes Tor aus Metall und magnetischer Entladung drum herum ist zu sehen. Kleine Blitze schießen immer wieder aus dem Torbogen. Ich denke, du kannst dir jetzt gut vorstellen, was passieren kann, wenn ein Passant diese SinaiCard nicht besitzt... Joselyn fragt etwas ängstlich: „Rowan, was passiert, wenn man diese Card nicht hat?" Rowan antwortet ernst: „Oh, das möchtest du lieber nicht wissen. Dieses unscheinbare Magnetfeld entlädt sich in jeder einzelnen Sekunde. Ein Energieschlag dieses Kalibers kann dich außer Gefecht setzen." Joselyn hat verstanden: „Die Erdlinge werden also gezwungen, diesem System beizutreten." Rowan nickt: „Ja, so kann man es fast sagen. Jakobus und sein Gefolge locken die Erdlinge von außerhalb durch verführerische Angebote in die Stadt. Vor allem Familien sind ihm lieb, er baut darauf seine skrupellose Zukunft auf. Erziehung findet nach seinen Werten statt. Er spricht in seinen täglichen Werbeblogs von Sicherheit, Gesundheit, Wohlstand und einem Leben in der reichsten, modernsten und mächtigsten Metropole dieser Erde. Er nennt sie: ‚Die Stadt der Zukunft und der Macht.' Die menschliche Psyche zu manipulieren und abhängig zu machen, das ist sein Ziel." Ich sage bestimmt: „Deshalb ist es jetzt Zeit, ihm und seinem unwürdigen Plan ein Ende zu setzten. Seitdem er das Licht verloren hat, wandelt er immer tiefer in die Finsternis. Je mehr er zum Unlicht wird, umso schneller geschieht das, was wir nicht wollen."

Rowan flüstert: „So, jetzt solltet ihr still sein, bleibt dicht hinter mir." Wir stehen jetzt vor der Schleuse, dem Zugangsbereich der Stadt Kripton. Vier große Roboter sind vor dieser Schleuse als Wachen platziert. Sie sind die Augen des Systems von Sinai. Sobald du durch die Schleuse hindurchgehst und die Card ins Check-In System einführst, kann es alles von dir lesen – einfach alles, was du bist, dein ganzes Leben. Rowan führt seine Card ein und geht hindurch. Bevor wir hinterherschreiten, nehme ich meinen magischen Stab und überlappe das System Sinai mit einem kleinen Virus, damit es mich und Joselyn nicht orten kann. Das Überlappen der Grundfrequenz lässt das komplette System für einen kleinen Moment ausschalten. Bis das Notfallsystem aktiviert ist, sind wir beide ohne Problem hindurch. Und so geschieht es auch. Die magnetische Entladung des Bogens erlischt und es wird für einen Moment still. Die Roboter sind aktiviert und versperren den Durchgang. Nach wenigen Minuten startet das System wieder und die metallischen Wächter kommen wieder in ihre Ursprungsposition zurück. Rowan hat das Schlimmste befürchtet, er beobachtet das Geschehen

und sieht sich immer wieder suchend nach uns um. Wir stehen bereits hinter ihm und geben uns zu erkennen.
Ich flüstere ihm zu: „Sehr einfallslos, das Ganze hier. Von Intelligenz kann man hier nicht sprechen. Dieses System ist lächerlich." Rowan dreht sich erleichtert um: „Ach du meine Güte, bin ich froh! Ich dachte schon, Sinai hat euch geortet. Puh, jetzt blieb mein Herz für einen Moment fast stehen." Joselyn flüstert: „Mein Herz hat auch ganz schnell geschlagen, voller Aufregung. Rowan, darf ich dich fragen, warum es diese Überwachung überhaupt gibt?" Rowan antwortet: „Das geschah sehr schleichend. Zuerst waren es die neuen Telefone, damals Handys genannt. Später folgten Smartphones, Tablets und so weiter. Das Internet etablierte sich, die weltweite Vernetzung der gesamten Menschheit wurde geschaffen und durch unsere Computersysteme gefestigt. Die Verbreitung des Internets hat zu umfassenden Umwälzungen in vielen Lebensbereichen geführt. Das Internet trug zu einem Modernisierungsschub in vielen Wirtschaftsbereichen bei und es hat zu einem grundlegenden Wandel des Kommunikationsverhaltens und der Mediennutzung im beruflichen und privaten Bereich geführt. Damals im Jahr 2013 hat der Bundesgerichtshof erklärt, dass das Internet zur Lebensgrundlage von Privatpersonen gehört. Dieser Bundesgerichtshof existiert in unserem Jahr 2030 nicht mehr. Das alles förderte den Überwachungsstaat immer mehr – unbewusst. Es gab damals einige Kritiker, die dies alles vorhergesehen haben und davor warnten. Neue Speicherungsmöglichkeiten von Daten wurden geschaffen, wie eben Smartphones und jetzt in unserer Zeit die neue Technologie der Munikas. Die Festplatten, USB-Sticks, Fitness-Armbänder, Ringe mit eingebauten Computer-Chips und so weiter waren damals der Anfang dieser Überwachung. Zu jeder Zeit per WLAN, Bluetooth, GPS erreichbar und zu orten zu sein... Auch die Währung wurde abgeschafft, es begann die Zeit des E-Geldes, ein digitales Bargeld, das auf einem elektronischen Gerät räumlich entfernt auf einen Server gespeichert ist. Das E-Geld ersetzte das Bankkonto mit einer Chip-Card. Neben dem E-Geld kam die virtuelle Währung Bitcoins hinzu. Das Geld existiert nur virtuell und wird durch zwei Verschlüsselungen geschützt. Die Idee dahinter entstand, dass die virtuelle Währung ohne zentrale Instanz funktioniert. Ich hoffe, du kannst mir noch folgen, Joselyn?"
Joselyn antwortet stirnrunzelnd: „Ich habe eine bestimmte Energieübertragung des Wissens der Erdlinge von meiner Mutter Kaya und Großmutterbaum Malu erhalten, deshalb weiß ich ungefähr, wovon du sprichst. Dennoch, wie funktioniert das Geld, ich verstehe das noch nicht ganz? Was soll es genau ersetzen? Warum machen die Erdlinge so einen Wirbel darum und lassen sich so unter Druck setzen?" Ich erkläre ihr: „Bevor es Geld auf der Erde gab, tauschten die Erdlinge ihre Waren gegen andere Dinge ein. Der Tauschhandel war geboren.

Das war aber keine gute Lösung, wenn jemand nichts hatte, was der andere gerade brauchte." Joselyn nickt: „Also ist es ein Geben und Nehmen, so wie es auch auf unseren Blauplanten geschieht? Wir geben mit Liebe." Ich spreche weiter: „Man könnte es damit vergleichen, nur dass die Blauijaner nichts zurück erwarten. Dort geschieht es aus bedingungsloser Nächstenliebe. Hier auf der Erde geht es fast immer um Erwartung und Aufrechnung. Deshalb geschah es, dass sich die Erdlinge auf bestimmte Dinge als Zahlungsmittel einigten. Beliebt waren zunächst Muscheln, Kakaobohnen, Salz und Felle. Als die Erdlinge das Metall entdeckten, verwendeten sie Gold- und Silberstücke. Da ein Sack voller Münzen ziemlich unpraktisch herumzutragen ist, wurde schließlich Papiergeld erfunden. Und später folgte das Plastikgeld – EC- oder Kreditkarten. Und jetzt ist es das elektronische und virtuelle Geld. Mit Geld können sich die Erdlinge alles erkaufen, was sie zum Leben brauchen. Wenn sie Essen kaufen gehen, tauschen sie ihr Geld gegen die Ware ein." Joselyn hakt nach: „Die Erdlinge teilen also nichts, ohne etwas dafür zu verlangen, verstehe ich das richtig? Sie müssen also, wie du es beschrieben hast, bezahlen?" Rowan bestätigt: „Ja, so ist es. Es sollte der Gerechtigkeit dienen, aber das Gegenteil ist passiert. Das Teilen ist nicht mehr dasselbe. Das Vertrauen zu Geld, Geben und Nehmen, hat sich mit der Zeit verschlechtert. Deshalb dreht sich jetzt alles darum. Wer am meisten hat, ist am meisten wert und wer am wenigsten hat, ist in der Gesellschaft ein Niemand. Zumindest ist das in der städtischen Umgebung so. In der ländlichen Gegend achtet man noch auf die menschlichen Werte. Das Geld wurde von den Mächtigen zum Schlechten geformt, die Idee des liebevollen Geben und Nehmens sollte im Vordergrund sein."

Joselyn seufzt tief: „Das alles hört sich so unglaublich hoffnungslos an. Ich sehe vor meinem inneren Auge einen riesigen Abhängigkeitskäfig. Die Erdlinge sehen nicht, dass die Entscheidung ‚Nein' dazu zu sagen, der Schlüssel zum Ende dieser Abhängigkeit sein kann. Gemeinschaft macht stark. Es sind noch zu wenige, die sich gegen dieses virtuelle System wehren wollen und können." Rowan spricht weiter: „Wir in Aurien und anderen kleinen Dörfern meiden dieses System. Wir sind sehr wenige, das stimmt. Wir werden Aussteiger genannt. Mittlerweile kann man die Aussteigerdörfer an einer Hand abzählen. Wir schrumpfen immer mehr, weil die Menschen Existenzängste haben. Ihre Hoffnung schwindet von Tag zu Tag. Kripton ist eine Stadt, die von einem starken Magnetfeld umgeben ist. Dieses Feld ist nicht zu erkennen. Wenn es jemand von außen oder von innen durchdringen möchte, wird er von dieser magnetischen Energie sofort getötet. Es ist mit einem riesigen Stromfeld vergleichbar, eine magnetische Mauer der Kontrolle. Für mich ist das ein Gefängnis, das mit Freiheit nichts mehr zu tun hat." Joselyn sagt ein wenig wütend: „Wir müssen schnell handeln, das alles muss ein

Ende haben. Dies ist nicht der Weg der Erdlingsheit und der Erde." Rowan nickt: „Ja, da hast du vollkommen recht. Du bist unsere Hoffnung, Joselyn. Seit dich Vater Universum geschickt hat, ist für uns ein wahrhaftiges Wunder geschehen. Ein Segen für uns alle."
Während dieser Unterhaltung und all den Fragen von Joselyn sind wir schon mitten in der Stadt angelangt. Joselyn ist mit Beobachten und Schauen beschäftigt. Riesige Gebäude gibt es da und unglaublich viele Bildschirme mit schnell wechselnden Bildern und Tönen. An jeder Ecke spricht eine Stimme, die etwas Besonders anpreist. Joselyns Augen und ihr Geist sind total überfordert. So viele Eindrücke verarbeiten zu müssen, das kennt sie nicht. Sie nimmt meine Hand und sucht Sicherheit. Rowan versucht uns schnell durch die Erdlingsmassen hindurch zu schleusen. Wir sind noch immer auf der ersten Ebene, über uns tost ein fliegender und rastloser Verkehr. Joselyns Herz schlägt schnell, sie fühlt sich eingeengt und gar nicht mehr wohl. Die Blicke der Erdlinge sind wie die von ferngesteuerten Maschinen, da ist keine Lebendigkeit mehr in ihren Augen, alle sehen so gleich aus. Ihre Auren sind nur noch dunkel, da gibt es keine Farben mehr. Nur vereinzelt erkennt Joselyn noch kleine Farbwirbel, die aber auch schon verblassen. Viele Erdlinge sieht sie, die am Straßenrand im Dreck sitzen, die nicht zu den Reichen gehören. Jeder von ihnen ist nur mit sich beschäftigt und es sieht so aus, als ob die meisten ziellos umherirren. Einige von ihnen haben bereits aufgegeben, die Hoffnung verloren. So was konnte sich Joselyn nicht vorstellen. Ihr Atem geht immer schneller. Es ist spürbar, wie sie mit all diesen Eindrücken kämpft. Sie fühlt mit den Erdlingen und spürt diese Machtlosigkeit.
Sie bittet: „Rowan, können wir eine kurze Pause machen?" Rowan dreht sich erschrocken um und sieht, dass es Joselyn nicht gut geht. Sie ist sehr blass. „Natürlich können wir eine Pause machen. Joselyn, geht es dir nicht gut?" „Es ist alles so viel und ich glaube, ich muss mal kurz durchatmen, ich kriege irgendwie keine Luft. Was passiert mit mir, Vater?" Ich beruhige sie: „Komm her zu mir, ich nehme dich in den Arm, alles ist gut. Du spürst Panik und Angst. Das sind die Emotionen der Erdlinge. Atme bewusst tief ein und aus und nimm dabei meine Hand. Rowan wird uns an einem ruhigen Ort bringen. Ist dieser Ort noch weit, Rowan?" „Nein, es ist nicht mehr weit, folgt mir, ich weiß, wo ich euch hinbringen kann." Joselyn atmet tief ein und aus und wir folgen ihm schnellen Schrittes um die Ecke. Rowan öffnet eine große Holztür, verziert mit bunten Gläsern, und wir betreten eine riesige Halle mit großen Statuen darin und weitgefächerten Sitzmöglichkeiten. Dort ist es viel ruhiger und kein Erdling ist zu sehen.
Joselyn fragt staunend: „Wo sind wir hier?" Rowan antwortet: „Das ist ein Gotteshaus. Jede Stadt hat ein Gotteshaus, wo die Menschen beten können. Hier können die Menschen zur Ruhe kommen und ihre Sorgen im Gebet und in Stille

sprechen." „Ein Gotteshaus, wie groß es ist. Ich spüre heiligen Boden unter mir. Beten die Erdlinge auch woanders?" Rowan fragt: „Wie meinst du das?" „Ich meine damit, auch für sich selbst zu Hause?" „Ja, natürlich. Das Gotteshaus dient zum gemeinsamen Feiern, Singen und Beten zum Heiligen Vater. Es schafft gemeinschaftliches Zusammensein." Joselyn wendet sich an mich: „Also sowas wie unser heiliger Berg im Land des blauen Auges, Vater?" Ich sage: „Ja, sowas wie unser heiliger Berg. Hier kannst du wieder Kräfte sammeln, sieh dich ruhig ein wenig um." Rowan wirft ein: „Wenn es für euch in Ordnung wäre, würde ich euch in ein paar Minuten hier wieder abholen. Ich möchte die Besorgung für Selena gleich erledigen. Sie benötigt besonderen Weihrauch und der Laden dafür ist gleich um die Ecke." Ich sage: „Wir warten hier. Ich denke, dies ist eine gute Gelegenheit, um ein wenig Rast zu machen." Rowan verabschiedet sich und lässt uns im Gotteshaus alleine. Joselyn hat sich mittlerweile in eine Bank gesetzt und lässt die Stimmung auf sich wirken. Sie erkennt die Engelstatuen und die Symbole am Altarraum. Sie spürt die heilige Kraft. Ich setze mich neben sie.

JOSELYNS SEHNSUCHT NACH DER HEIMAT

Joselyn fragt mich vorsichtig: „Meinst du, ich kann hier mit meiner Mutter Kontakt aufnehmen?" Ich antworte ihr: „Natürlich, mein magischer Stab hat hier eine gute Verbindung. Und wir sind hier geschützt. Die Schattenwesen meiden diese heiligen Orte. Sie können sie nicht zerstören oder begehen. Warum willst du mit deiner Mutter Kontakt aufnehmen?" Joselyn sagt leise: „Ich denke, ich vermisse meine Heimat gerade ein wenig. Und ich hab so ein Gefühl…" „Das kann ich verstehen. Wenn du möchtest, kann ich diese Verbindung herstellen. Ich wäre auch sehr froh, deine Mutter wiederzusehen. Ich denke sehr oft an sie." Joselyn sagt schmunzelnd: „Oh, dann sind wir schon zwei." So geschieht es, dass Joselyn für einen Moment kosmische Verbindung zum Land des blauen Auges aufnehmen wird. Ein großes Lächeln macht sich in ihrem Gesicht breit und sie ist plötzlich sehr aufgeregt. Ich schwinge meinen magischen Stab in spiralenförmigen Bewegungen über mich und spreche die Worte:

„Salahim a nahim venos detus sanktu Deju."

Das heißt: Ich rufe dich, Portal zwischen den Welten, öffne dich mir.

Augenblicklich öffnet sich ein fliegendes Portal in ovaler Form. Es sieht aus, wie wenn eine Oberfläche mit Wasser bedeckt ist. Wie wenn du in einen Brunnen schaust, der Bilder spiegelt. Joselyn tritt vor das Portal. Sie weiß genau, was jetzt zu tun ist. Sie ruft ihre Mutter mit den Worten:

„Samaha Aurio sam.
Agnus de luna melju sankti est."

Das heißt: Ich sehe euch. Der Frieden soll herrschen zwischen uns,
ich rufe dich, Mutter.

Ihr Ruf ins Land des blauen Auges wurde erhört. Es erscheint ein blaues Licht, das immer größer wird. Ein wunderschöner Engel mit silbernen Flügeln ist zu

sehen. Es ist Kaya, Joselyns Mutter. Ein prachtvoller und magischer Moment ist das. Überall funkelt und glitzert kristallklares Licht. Ein Sternenmeer befindet sich hinter Mutter Kaya. Sie lächelt Joselyn glücklich zu und sagt: „Mein Kind, mein Mutterherz ist mit unendlicher Dankbarkeit erfüllt, dich zu sehen. Du bist sehr geliebt." Joselyn freut sich: „Oh, wie mein Herz voller Wärme ist. Ich fühle mich dir so nahe. Ich spüre Sehnsucht in mir." „Ja, mein Kind, du spürst die Ferne. Neues zu erleben, in neue Welten einzutauchen, bringt dein Herz in die Erkenntnis, wer du selbst bist und wo deine Heimat der Liebe sein Zuhause besiegelt hat. Du spürt die Verbundenheit. Die Erdlinge sagen dazu ‚vermissen', dennoch ist dies die Verbundenheit, die Verbindung zu deinem Herzen und die darin wohnenden geliebten Wesen." Über Joselyns Wange fließt eine kleine Träne: „Ich fühle mich dir verbunden, Mutter, und meine Dankbarkeit, dich in diesem Moment zu hören und zu sehen, lässt mich aufatmen."
Ich spreche zu Kaya: „Bald werden wir wieder vereint sein. Vereint als Familie. Meine Geliebte und wunderschöne Frau, wir sind dir sehr nahe." Kaya spricht: „Ich sehe euch. Mein geliebter Gavin und meine einzige Tochter." Joselyn sieht ihren Vater verwundert und fragend an: „Gavin?" Ich lächle und sage: „Ja, mein Kind, dies ist mein wirklicher Name. Damals als großer Elfenkönig im Land des blauen Auges, deine Mutter als Königin an meiner Seite, herrschten wir im Namen des Friedens. Ich war ein erfüllter Mann, bis zum Zeitpunkt des Angriffs der Schattenwesen auf unseren geliebten Planeten." Joselyn staunt: „Diese Geschichte hat mir mein Drachenfreund Xeron erzählt. Er sagte, sein Vater hat das Land des blauen Auges an deiner Seite verteidigt." Ich nicke: „Er gab sein Leben für den Frieden. Du solltest wissen, er hat mich gerettet. In einem unentdeckten Moment wurde ich von einem mächtigen Schattenwesen von hinten erfasst, ich denke es war ihr Anführer. Er wollte meine magische, königliche Lebensenergie aussaugen, mit einem Gegenstand, den ich damals noch nicht erkannte. Jetzt weiß ich, dass es ein schwarzer Stern war. Da es nur einen gefallenen Engel gibt und nur einer diesen schwarzen Stern besitzt, kann es nur Jakobus sein, der mich damals vernichten wollte. Er war stark, ich spürte, dass seine Energie einen tiefen magischen lichtvollen Kern besitzt. Dieser Kern war die Liebesenergie der Thronengel. Er war und ist gesteuert von dieser dunklen Macht. Sein Kern ist ummantelt von dunklen Schatten, durch den schwarzen Stern, er trug ihn an seinem Panzer befestigt, nahe an seinem Herzen. Ich wusste damals nicht, dass er der gefallener Lichtbringer ist. Durch den königlichen Feuerdrachen Maximus, Xerons Vater, wurde ich gerettet. Er verwundete dieses mächtige Schattenwesen, er nahm ihm seine Beine, als er ihn von mir wegzog. Als Maximus ihn endgültig vernichten wollte, geschah etwas, was mich bis heute sehr erschüttert und mich nicht vergessen lässt. Maximus starb durch diesen

schwarzen Stern. Dieses mächtige Schattenwesen kam an Maximus' Drachenherz heran und dies war sein Ende. Das Drachenherz ist unter dem starken Drachenpanzer am verwundbarsten. Man kommt nur heran, wenn man nahe genug ist, um die Öffnung des Panzers zu erkennen. Als das mächtige Schattenwesen merkte, dass die Drachenkrieger ihrem Drachenkönig Maximus zur Unterstützung folgten, verschwanden die Schattenwesen plötzlich durch einen dunklen Nebel und lösten sich unerwartet auf. So kehrte der Frieden im Land des blauen Auges ein. Das Leben dort wurde ein neues und anderes."
Joselyn hört fasziniert zu: „Warum wirst du eigentlich Noack, der Weltengänger, genannt?" Kaya spricht weiter: „Als du uns von Vater Universum gesandt wurdest, mussten wir diesen Weg wählen. Du bist unser Geschenk des Kosmos'. Du bist die Dreieinigkeit, die Liebe von Vater Universum und trägst die Feenelfenkraft, die kosmische Kraft von Vater Universum und seiner Engelschar sowie die Drachenkraft in dir. Deine Kette ist der Segen der Drachenenergie. Durch diese Energie bist du verbunden mit der Macht und Kraft der Triskele. Die Kette soll dich an deine innere Kraft der Drachen erinnern. Die Drachenkraft ist eine Energie, die mit der Erde sehr verbunden ist. Deine Freundschaft zu Xeron ist gleichgesinnte Anziehung. Der mächtige Feuerdrache Maximus hat deinem Vater aus Liebe zu ihm das Leben gerettet. Deshalb steckt diese Energie auch in deinem Vater und dadurch in dir. Deine Kraft, durch uns vererbt, ist die mächtigste, die je in unserem Planetensystem existierte. So kam es, dass der hohe Rat und Großmutterbaum Malu uns diesen Weg durch das Orakel prophezeiten und dein Vater seitdem der Weltenwanderer zwischen den Welten ist. Durch deinen Vater konntest du unentdeckt und geschützt bleiben. Er hat dich all die Jahre beschützt und stand dir stets zur Seite. Auch wenn das von uns verlangte, unsere Elternrolle zu leugnen. Dies war für uns der vorbestimmte Weg."

Joselyn ist tief gerührt und fällt mir in die Arme. Sie versteht nun, welche Bürde all das mit sich trug und welcher Akt der Hingabe und bedingungsloser Liebe dies war. Kaya streckt ihre Hand aus und ich berühre sie mit meiner Hand. Auch Joselyn streckt uns ihre Hand entgegen. Die kosmische Dreieinigkeit verbindet sich in diesem einzigartigen Moment und somit geschieht etwas Einmaliges. Das magische kosmische Licht bündelt sich in uns drei und verteilt sich. Joselyn erkennt, dass ihre Hände magische Lichtkraft enthalten. Sie spürt die Zauberkraft in sich und versteht, dass auch sie Kräfte besitzt. Wir wissen, dass dies die Kraft sein wird, welche die fünf Elemente vereint. Wir drei werden vereint in Avalon diese mächtige Lichtenergie verankern und somit das Gleichgewicht zurückbringen. Wir sind alle erstaunt, was hier mit uns in der Einheit gerade geschieht. Vater Universum verbindet sich in diesem Augenblick mit uns.

Durch diese Lichtkraft bekommen wir von ihm das Wissen übermittelt, was zu tun ist. Somit ist klar, wie wir alles zur Vollmondnacht vereinen können. Plötzlich können wir göttliche Gesänge hören und ein wunderschönes helles Licht erstrahlt. Die Elohim- und Seraphim-Engel umkreisen dieses friedliche Licht. Eine Stimme spricht zu uns. Eine sanfte und liebevolle Stimme, die von Vater Universum erklingt. Er sendet uns diese Botschaft:

Die Liebe ist alles was ist. Sie ist der Schlüssel zu allem. Ihr seid die dreieinige Liebe: Mutter, Vater und Kind. Alles Leben entsteht aus der Liebe der zweien. Ihr seid der Frieden, als kosmische Aufgabe der menschlichen Gesellschaft und der universellen Wesenheiten dienend. Ich sende euch den violetten Schöpfungsstrahl.
Der violette kosmische Lichtstrahl ist euer Begleiter in die neue Zeit. Er bringt euch Reinigung und erneuernde Kraft. Der purpurne Strahl bringt die Botschaft an alle für die Vergebung und Transformation. Meine Schöpfung schwingt in Ausrichtung auf Frieden und aktiviert die Veränderung von Anschauungen und wirkt auf starre Energiemuster im Bewusstsein aller Wesenheiten. Die Bewusstseinsveränderung, die dadurch geschieht, eröffnet euch allen den Zugang zur Wahrheit, Freiheit und Gleichheit für jedes Wesen auf der Erde und im Universum.

„Vergebung ist der Schlüssel zur Liebe und zum Frieden! Der Friede sei mit euch, durch euch und um euch."
Dies waren einst die Worte meines Sohnes Jesus Christus, der durch mich auf die Erde gesandt wurde, um die Liebe zu verbreiten. Dies ist auch eure Aufgabe, denn der Prozess hat damals durch meinen Sohn begonnen. Öffnet eure Herzen und sendet den Frieden durch wahrhaftige Liebe an alle.

„Agnus Deju Deij."

Das heißt: Der Frieden wohnt in uns.

Wir verbeugen uns voller Demut und lassen die Worte in uns wirken. So geschieht es, dass der violette kosmische Lichtstrahl durch uns hindurch wirkt. Wir fühlen uns vollkommen geborgen und wohl. Wir schweben sanft in dem kosmischen heiligen Licht und baden darin. Wir halten uns an den Händen und lassen geschehen, was geschehen soll. Voller Vertrauen sind wir eins mit Vater Universum und sind in diesem Moment vollkommen. Unbeschreiblich und wunderschön. Das Licht erlischt und eine friedliche Stimmung umgibt uns. Nach einer Weile schweben wir sanft zu Boden. Nun verschwindet das Licht langsam und somit auch die Verbindung zu diesem zweiten Dimensionstor. Wir sind sehr friedlich, wir sehen uns herzvoll an und wissen, dass wir die Liebe sind für alle Wesenheiten der Erde und des Kosmos'. Wir sind alle eins. Jetzt ist nur noch das Portal zu Kaya geöffnet. Dieses Dimensionstor wird sich auch bald schließen, also nutzt Kaya die Möglichkeit und spricht zu Joselyn folgende Worte: „Joselyn, deine Zauberkraft ist jetzt aktiviert und du kannst mit deiner Lichtkraft durch deine Hände in Verbindung mit deinem Herzen wirken. Du wirst wissen, wann du sie einsetzen wirst. Lasse dir Raum dafür, alles geschieht, wie es geschehen soll. Achte stets drauf, dass du in Liebe handelst."
Joselyn nickt. Sie versteht vollkommen und ist voller Erstaunen über sich selbst. Auch sie ist ein magisches Wesen und hat besondere Kräfte. Das überwältigt Joselyn. Sie spürt, dass ein neuer Weg auf sie wartet. Ein neuer Weg mit neuen Herausforderungen. Kaya spricht weiter: „Auch solltest du wissen, wenn du mit deinen magischen Zauberstiefel dreimal mit der Ferse zu Boden stampfst, wirst du sofort unsichtbar. Wenn du dreimal deine beiden Hacken zusammenschlägst, wirst du, wie du ja bereits weißt, ein kleines Stück fliegen können. Dies dient dir für deinen Weg auf der Erde. Später wirst du deine Stiefel nicht mehr benötigen, da deine magischen Kräfte bereits in dir sind und du sie von Zeit zu Zeit selbst entdecken wirst. Gib dir Raum dafür und sei aufmerksam. Alles wird sich dir eröffnen, wenn du es willst." Joselyn spricht mit großen Augen zu ihrer Mutter: „Liebe Mutter, ich kann nicht glauben, was du gerade mir offenbarst. In mir fühlte ich so oft eine unbekannte Kraft und konnte sie mir nicht erklären. Manchmal überkam mich auch das Gefühl der Heimatlosigkeit und Sehnsucht. Jetzt fügt sich alles wie ein großes Puzzle zusammen und ich kann langsam die Zusammenhänge besser verstehen. Ich bin auf meiner Reise der Selbsterkenntnis und mir ist jetzt immer mehr klar: Wenn ich an einen gewissen Lebenspunkt komme, eröffnen sich mir weitere Türen, die mir einen neuen Prozess ermöglichen. Es ist alles so aufregend und spannend. Geliebte Mutter, ich bin dir so nahe und bin voller Hoffnung, mich bald wieder in deinen Armen geborgen fühlen zu dürfen. Meine Heimat ist bei euch, meiner geliebten Mutter und meinem geliebten Vater. Ich sehe euch und danke euch."

Das Dimensionstor aus dem Land des blauen Auges schließt sich wieder und Kaya verschwindet langsam mit einem liebevollen Lächeln. Joselyn sieht mich an und sagt: „Ich denke, ich bin jetzt bereit. Ich fühle mich in mir selbst angekommen. Alles ist vollkommen anders, aber viel stimmiger für mich. Es ist als wäre ich endlich ganz." Ich sage ihr: „Du bist in deiner Kraft und Mitte durch die Liebe. Alles was du bist, bist du aus dir selbst heraus. Dazu sagt man hier auf Erden ‚glücklich sein'. Das ist alles, was du sein sollst. Einfach glücklich. Du bist ein freies Wesen voller Liebe."

DAS ERWECKEN DER ERDE UND IHRER BEWOHNER

Joselyn wendet sich an mich: „Vater, verlieren wir nicht mehr Zeit! Lass uns den schwarzen Stern zur Erleuchtung verhelfen. Seit ich hier auf der Erde bin, kann ich alles durch mein Erleben noch viel intensiver verstehen. Die Erdlinge brauchen kosmische Hilfe, sie sollen nicht mehr in Ungerechtigkeit leben. Diese Wesensart ist einzigartig und bedeutsam. Im ganzen Kosmos ist die menschliche Lebensform eine der seltensten und eine der zerbrechlichsten Phänomene, wie ich finde. Und dennoch sind die Erdlinge mit einer enormen emotionalen und körperlichen Stärke ausgestattet. Die Erdlinge können mächtige Wesen sein, nur wissen sie es noch nicht. Vater, sie sollten es wissen. Ihr Potenzial ist so besonders. Die Erdlinge benötigen eine neue Chance, sich zu entdecken und dafür brauchen sie Zeit und magische Unterstützung. Sie brauchen uns. Ich finde sie sollten die Chance bekommen, in die lichtvolle Erleuchtung zu gehen. **Vater, wie können sich die Erdlinge zu höheren Wesen entwickeln? Wie können wir dies vollendet geschehen lassen? Was ist zu tun?"**

Ich antworte ihr: „Liebe Joselyn, du bist wahrhaftig außergewöhnlich. Es hat schon längst begonnen. Du bist der Schlüssel zur Vollendung. Das Leben auf der Erde begann etwa vor vier Milliarden Jahren und vor 4,6 Milliarden Jahren entstand die Natur. Alles entwickelte sich in seinem Rhythmus fort. Die Erdlinge stehen jetzt vor einem neuen Entwicklungsprozess. Sie gelangen durch ihr Erwachen in eine neue Bewusstseinsform. Die Transformation der Erde hat begonnen. Sie hat sich viele tausend Jahre auf diesen Augenblick vorbereitet, um diesen großen Wandel zu vollbringen und den wichtigen Planeten im Universum aus der Dunkelheit ins Licht zu führen. Viele Erdlinge wurden geboren, nur um diese Wende zu unterstützen. Du wirst dies endgültig besiegeln. Hier geht es nicht mehr um Glaubensfragen und Religionen, hier geht es um das menschliche Bewusstsein und die Wirklichkeit, die Realität. Ausgehend vom Zentrum unserer Galaxie findet damit eine messbare Frequenzveränderung im gesamten Universum und damit auch auf der Erde statt. Das hat zur Folge, dass sich alle Lebewesen auf diesem Planeten mit dieser Energie der vierten Dimension und der Frequenz unserer Erde und der Galaxie synchronisieren.

Joselyn hakt ein: „Was ist die vierte Dimension?" Ich erkläre es ihr: „Die Frequenz der vierten Dimension hat einen direkten Einfluss auf die DNA aller Lebewesen. Bei den Erdlingen wird diese DNA in ihren ursprünglichen Zustand transformiert. Die Struktur wurde durch die Schattenwesen verändert und damit der menschliche Körper in vielen seiner wichtigsten Funktionen eingeschränkt. Das ist der Grund, warum die Erdlinge nur sieben statt zwölf aktive Chakra-Energiezentren haben. Es ist so, als hätte der Erdling die Fähigkeit auf das galaktische Internet zuzugreifen, aber durch eine DNA-Blockade in seinem Körper kann er nur eine einzige Webseite aus einer einzigen Quelle, die noch dazu manipuliert und kontrolliert wird, abrufen. Genau das ist mit dem menschlichen Körper gemacht worden. Seine Fähigkeit, mehr Informationen zu empfangen, wurde eingeschränkt. Wie bei einem Radioempfangsgerät, das tausende von Jahren nur auf einen einzigen Sender eingestellt war."

Joselyn runzelt die Stirn: „Das ist unfassbar und ein großes Verbrechen an der Erdlingsentwicklung. Ich bin wirklich sehr traurig darüber, das berührt mich zutiefst. Vater, werden alle Erdlinge diesen Bewusstwerdungsprozess überstehen?" Ich antworte ihr: „Das sind sehr gute Fragen, Joselyn. Nicht alle Erdlinge werden diese Umwandlung zulassen, denn um zu transformieren, muss dieser Körper in einer höheren Frequenz gehalten werden: 528 Hertz. Das ist auch die Frequenz der Liebe. Wenn jemand in einer niedrigen Frequenz gehalten wird, ist es nicht einfach, in die höhere Frequenz zu kommen. Zudem werden die meisten Erdlinge durch Bewusstseinskontrolle und psychologische Manipulation beeinflusst und bewusst durch vergiftete Nahrung und Umwelt auf einem niedrigen Frequenzlevel gehalten. Das Fernsehen zum Beispiel ist eine Erfindung, die nicht von der Erde stammt und in den Städten ganz massiv vorhanden. Es erfüllt seinen Zweck, indem es das Bewusstsein der Erdlinge in Massen kontrolliert und diese auf einem niedrigen Frequenzlevel hält. Es konditioniert die Erdlinge dazu, an Dinge und eine falsche Realität zu glauben und diese auch zu leben. Die Nahrung und das Wasser sind oftmals mit giftigen Chemikalien und Stoffen versehen und wird meist völlig unwissend verzehrt. Die Erde war einmal eine von Sklaverei freie Welt. Damals hatten die Erdlinge noch eine natürliche unveränderte DNA und waren unserer heutigen Zivilisation technisch, körperlich und geistig weit voraus."

Joselyn staunt: „Es gab also schon auf der Erde erwachte hochentwickelte Erdlinge? Warum sind diese nicht geblieben?" Ich erzähle weiter: „Ja, es gab sie bereits. Die damaligen Bewohner der Erde verfügten über Technologien, die den jetzigen weit voraus waren. Damals hießen diese Orte der Erde Lemuria oder Atlantis. Sie waren in der Lage durch zwölf Chakren alle Informationen der Galaxie zu empfangen und waren mit anderen Realitäten und Welten verbunden. Vater Universum, die göttliche Quelle, er befragte die Erdlinge, ob sie soweit seien, sich weiterzuentwickeln. Ja, sie waren bereit für die nächste evolutionäre Stufe. Sie waren bereit, diese unterbrochene spirituelle, galaktische Verbindung wiederherzustellen und somit zur Erleuchtung zu kommen.

Dies ist der einzige Weg, der Errettung der Erdlingsheit und dies wussten viele Seelen, die in diese Zeit der Erneuerung geboren sind und werden. Der physische Körper ist mit einer zwölfstrangigen DNS ausgestattet – das bedeutet, wir können mehr Licht aufnehmen und unser Bewusstsein wird höher. Wir haben mehr Kraft und Ausdauer."
Joselyn fragt weiter: „In meinem letzten Lehrzauberzirkel hörte ich, dass diese Erleuchtung für Menschen noch nicht zugänglich war und jetzt ist dies wirklich möglich? Die Menschen werden alle zu Meistern?" Ich antworte ihr: „Ja, du hast richtig gehört. Diese Transformation ist der Lichtkörperprozess, der ursprünglich ein Prozess der Erleuchtung war, den nur die großen Meister erlangen konnten. Heute ist das nicht mehr nur den Meistern und einigen auserwählten Erdlingen vorbehalten, sondern der ganzen Erdlingsheit. Du fragst dich jetzt bestimmt, was heute ein Meister ist? Ein Meister hat als Einziger die Kenntnis der ‚einzigen' Wahrheit. Die Aufgabe von erwachten Führern, Meistern und Lehrern ist es, die neuen Methoden und Möglichkeiten als ganz normaler Mensch selbst anzuwenden und zu leben und sie denen zu vermitteln, die auch vorangehen wollen. Der Schlüssel zu allem ist die Liebe in unseren Herzen. Die Liebe zu Mutter Erde. Zwischen dem Körper und Mutter Erde gibt es keinen Unterschied. Mutter Erde ist der physische Körper! All das, was mit dem gemeinschaftlichen Körper der Erde geschieht, geschieht ebenfalls in den Körpern der Erdlinge. Sieh, wie Mutter Erde ihren Körper zur Verfügung stellt und wie sie behandelt wird. Die Ausbeutung von Mutter Erde konnte nur geschehen, da die Erdlinge sich dieser Verbindung nicht bewusst waren." Joselyn fragt weiter: „Wie kann die Transformation, die gerade auf der Erde stattfindet, im Körper des Erdlings integriert werden? Kann er diese Energie in die höhere Schwingung in der vierten und fünften Dimension aktivieren?"
Dazu habe ich eine längere Antwort, ja, vielleicht eine Art Rezept. Ich teile Joselyn mit, was die Erdlinge tun können, um den Prozess zu begleiten:

„Es ist wichtig, den Körper zu reinigen und ihm saubere Nahrung und Wasser zuzuführen. Schlechte und vergiftete Nahrung blockiert die spirituelle Transformation.
Fernsehen und Radio sollten weitgehend gemieden werden, da es erwiesen ist, dass diese Medien Erdlinge über einen längeren Zeitraum konditionieren und negative Botschaften in ihrem Unterbewusstsein einspeisen.
Es ist gut, den Geist reinzuhalten und die höhere Frequenz über einen längeren Zeitraum zu trainieren. Das wird am besten mit allen gängigen Meditationstechniken erreicht. Das geht nicht von heute auf morgen.

Die Aktivität der Gehirnleistung kann gesteigert werden, indem Kaffee, Fernsehen, Alkohol, Zucker und koffeinhaltige Getränke gemieden werden. Es ist wissenschaftlich erwiesen, dass diese Konsumdrogen die Gehirnleistung messbar senken. Erdlinge brauchen eine höhere Gehirnleistung, um mehr richtige Entscheidungen zu treffen.
Es ist gut, das Leben zu leben, das die Erdlinge gerne leben würden und Dinge zu tun, die sie lieben.
Wichtig ist es auch, offen gegenüber anderen Erdlingen zu sein und viele soziale Kontakte zu haben. Eine der Hauptursachen, warum Erdlinge im Negativlevel gehalten werden, ist die Abschottung voneinander. Erdlinge sind soziale Wesen und brauchen einander, um wirklich glücklich zu sein.
Die Erdlinge sollten locker bleiben, wenn sie die Veränderungen und Transformation spüren. Es ist ein Gefühl, welches sich in der Erdlingssprache nicht beschreiben lässt. Die wahre Kraft und Energie, die die Erdlinge erschaffen hat, wird ihnen neue Türen und Möglichkeiten eröffnen."

Deine Zeit als Raupe ist abgelaufen,
deine Flügel sind jetzt bereit zu fliegen.

Du bist ein göttliches Wesen, voller magischer Kräfte.
Beginne sie bewusst zu nutzen, indem du dich erkennst.
Spüre deine Göttlichkeit. „MACH DICH FREI!"

Alles was dir begegnet, bist Du!
Es liegt an dir, dein Herz zu öffnen, damit die
bedingungslose Liebe durch dich strömen kann.

Das Leben ist das, was du daraus machst. Das ist alles. Deine
Suche nach dem Sinn des Lebens ist beendet.
Der Sinn des Lebens bist DU.
Das was du draus machst.
Dein Potenzial.
Nutze es.
Lebe.

DAS ZUSAMMENTREFFEN MIT JAKOBUS

Inzwischen ist Rowan wieder zurück. Gleich machen wir uns gemeinsam auf den Weg zum Shadow Tower, um dort den schwarzen Stern zu holen. Wir möchten keine Zeit mehr verlieren. Wir steigen in ein fliegendes Taxi ein, damit wir unser Ziel schnellstmöglich erreichen. Rowan hat in der Zeit seiner Abwesenheit mit seiner Munika das Büro des Shadow Tower erreicht. Wir werden bereits erwartet. Rowan hat die Information weitergegeben, dass er etwas Wertvolles für Mister Jakobus hat. Es handelt sich um ein unbezahlbares Dokument. Er übermittelte in dem Gespräch, dass nur ein mächtiger Mann wie Jakobus es ist, der diesem einmaligen Dokument gerecht werden kann. Er möchte mit ihm dahingehend ein Geschäft abwickeln. So geschieht es, das wir nun auf ihn treffen werden, den ehemaligen gefallenen Thronengel der Liebe. Wie wird diese Begegnung verlaufen? Werden wir unsere Aufgabe erfüllen können? Wir werde es sehen.

Nun stehen wir also vor dem Shadow Tower, der aus reflektierenden, verdunkelnden, riesigen Fenstern besteht. Joselyn benutzt ihre magischen Zauberstiefel, um sich unsichtbar zu machen, sie spürt, dass es besser ist, erst mal unentdeckt zu bleiben. Auch ich nehme meine unsichtbare Hülle ein. Dieser Shadow Tower ist unglaublich hoch. Wir gehen durch ein riesiges Tor aus schwarzen Marmorsäulen. Viele Statuen auf dunklen Marmorsäulen ebnen den Weg zum Empfang. Es sind furchterregende Statuen, die ziemlich lebendig aussehen. Man hat das Gefühl, beobachtet zu werden. Am Ende des Säulenweges steht ein Steintisch und dahinter ein kleinwüchsiger Mann. Er ist für den Aufzug mit verdunkelten Glasscheiben zuständig. Seine Freundlichkeit lässt zu wünschen übrig. Keine Wachen sind zu sehen, nur dieser kleine unscheinbare Mann. Trotzdem wissen wir alle, dass wir bestens beobachtet sind und Jakobus für seine Sicherheit gut gesorgt haben wird. Es scheint ein Einfaches hindurch gekommen zu sein, unser Instinkt sagt aber was anderes.

Der kleine Mann sagt ruppig: „CODE!" Rowan antwortet direkt: „Schiffmeister!" Der Mann dreht sich um, öffnet den Aufzug und befiehlt: „Einsteigen!" Wir folgen ihm in den Aufzug. Jetzt heißt es für mich und Joselyn leise sein. Rowan ist sehr konzentriert. Im Aufzug ist alles sehr still, man könnte eine Stecknadel fallen hören, so still. Joselyn hat meine Hand genommen und wir stehen dicht hinter Rowan. Wir stellen fest, dass der Aufzug nicht nach oben fährt, sondern nach unten. Seltsam.

Die Stockwerksanzeige zeigt mittlerweile die Nummer 55 an. Es scheint, wir werden tief in die Erde geführt und nicht an die Spitze des Towers. Der Aufzug hält und der Mann zeigt mit seinem Finger auf eine massive Eisentür. Plötzlich öffnet sich diese und zum Vorschein kommt eine riesige Glaskuppel, umfasst mit schwerem Metall. Diese Kuppel ist das Zentrum des Geschehens und um sie herum bewegt sich eine kleine Welt direkt unter der Erde. Es sieht aus wie ein riesiges Labor, in dem reges Treiben herrscht. Das ist eine komplett andere Welt als die obere. Eine Stimme begrüßt uns von hinten, sie sagt: „Willkommen in meiner bescheidenen Hütte. Obwohl Hütte wahrlich das falsche Wort ist. Ich denke, passender wäre mein Reich." Wir drehen uns um und tatsächlich steht hinter uns Mister Jakobus. Er trägt einen langen grauen Ledermantel und ein schwarzes Hemd mit grauem Kragen. Seine massiven Stiefel fallen sofort ins Auge. Er ist ziemlich groß und er trägt eine dunkle Brille mit grünen Gläsern. Die Brille hat eine seltsame Form. Joselyn erkennt sofort den schwarzen Stern, den er als Ring an seinem kleinen Finger trägt. Er hält sich am Gürtel fest und begrüßt Rowan mit seiner Erscheinung.

Du solltest wissen, dass ich für Joselyn nicht unsichtbar bin und sie nicht für mich. Sie stupst mich an und zeigt mit ihrem Zeigefinger in Richtung Ringfinger der linken Hand. Ich verstehe sofort. Rowan sagt mit klarer Stimme: „Mister Jakobus, ich begrüße Sie und danke Ihnen, dass Sie mich so schnell empfangen." Hinter Rowan stehen plötzlich Männer in grün-schwarzen Anzügen. Es sind Jakobus Leibwächter. Jakobus sagt mit einem schiefen Schmunzeln: „Wie erfreut ich bin, dich, Rowan, hier in meinem Reich zu empfangen. Wann warst du das letzte Mal hier? Das ist wohl schon eine Weile her?" Rowan antwortet: „Sieben Jahre, um genau zu sein." Jakobus legt einen Finger auf die Oberlippe: „Lass mich mal nachdenken, damals hast du mir mein erstes Schiff gebaut. Ich kann dir sagen, mit diesem Schiff bin ich mehr als nur zufrieden. Du hast ein gutes Schiffmeister-Händchen, das muss man dir lassen." Rowan sagt knapp: „Vielen Dank, dass hört man gerne." Jakobus hat nun genug vom Smalltalk: „So, nun bist du hier. Kommen wir gleich zur Sache. Rowan, du hast etwas für mich? Was genau führt dich zu mir?" Rowan antwortet: „Mister Jakobus, ich habe mich an das letzte Gespräch erinnert, dass wir hatten. Sie waren damals auf der Suche nach einen besonderen Bauplan eines einzigartigen Schiffes." Jakobus' Interesse ist geweckt: „Daran kannst du dich noch erinnern? Mich interessiert vor allem, warum du denkst, ich suche danach? Was erwartest du dir davon, mich darüber zu informieren? Du weißt, ich bin ein mächtiger Mann hier in Kripton."

Rowan ist einer Antwort nicht verlegen: „Mister Jakobus, bei allem Respekt, ich denke, Sie suchen noch immer danach, weil Sie sonst schon längst mit diesem Schiff auf den Meeren wären. Sie suchen diesen Bauplan, weil Sie dieses Schiff auch bauen möchten und ich könnte dies für Sie tun." Jakobus wirkt beeindruckt: „Keine schlechte Einschätzung und auch ich kann mich an dieses damalige Gespräch zwischen uns erinnern. Dein Vater war es, der diesen Bauplan kannte

und er wusste auch, wo er war. Deshalb bot ich dir ein sehr gutes Geschäft an, ich wollte von dir, dass du dich auf die Spuren deines Vaters machtest und diesen Bauplan für mich findest. Du hast mein Angebot vehement abgelehnt. Das, denke ich, war ein großer Fehler. Die Vergangenheit sitzt wohl sehr tief bei dir, nicht wahr? Warum solltest du jetzt plötzlich diesen Bauplan finden und ihn mir aushändigen wollen?" Rowan antwortet klar: „Ich suche Unabhängigkeit." Jakobus schmunzelt: „Also Geld. Ja, es verleiht Macht und diese Macht hat nicht jeder. Warum denkst du, sollte ich dir jetzt helfen wollen, nachdem du damals abgelehnt hast?" Rowan zeigt sein Unbehagen nicht – er weiß, wie wichtig es ist, dass sein Plan aufgeht: „Mister Jakobus, weil Sie nach dem Schiff schon sehr lange suchen und ich diese Baupläne besitze."
Jakobus Gesichtsausdruck ändert sich schnell. Sein Blick ist scharf und gefährlich: „Du hast recht, Rowan, ich suche danach und ich war bislang erfolglos. Ich möchte dir nur nochmal ganz deutlich machen: Wenn du mich hintergehen möchtest, wird deine kleine Familie nicht länger in Frieden leben. Ich weiß mehr über dich, als du denkst. Deine Tochter Luana, wie alt ist sie jetzt? Acht Jahre?" Rowan kann seine Sorge kaum mehr verbergen: „Sie ist neun Jahre." Jakobus nickt theatralisch: „Neun Jahre schon, ja, wie wunderbar, dann weiß die Kleine bestimmt schon, wie wichtig es ist, auf sich selbst aufzupassen. Wir wollen ja nicht, dass sie einfach so verschwindet. Deine Frau, wie heißt sie nochmal? Oh, ich kann mich erinnern, du hast eine wunderschöne Frau. Sie heißt Selena. Sie würde ich nicht von der Bettkante schubsen. Sag ihr doch Grüße von mir. Sie wäre bestimmt nicht begeistert, wenn ihre Tochter verschwinden würde, oder? Ich hoffe also, wir haben uns verstanden." Rowan sagt mit zusammengekniffenen Augen: „Sie sollten meine Familie aus dem Spiel lassen. Ich bin hier, um Ihnen diese Pläne auszuhändigen. Nur darum geht es. Es ist ein Geschäft zwischen uns beiden. Meine Familie hat damit nichts zu tun. Dafür verlange ich nur eine Sache!" Jakobus lacht laut auf: „Ein Geschäftsmann. So mag ich das! Also, wie viel Geld möchtest du haben, sag mir eine Summe!" Rowan entgegnet: „Ich möchte vor allem, dass Sie meine Familie in Ruhe lassen und dass wir Dörfer in den Bergen wieder unsere Energiezufuhr erhalten und das unbegrenzt auf Lebenszeit. Dies möchte ich schriftlich und dass Sie das in der Öffentlichkeit als neues Gesetz einführen. Ich denke, die Baupläne sind ohnehin einiges Wert. Ich habe von jemandem in der nahegelegenen Stadt Client gehört, dass sich Ihr Widersacher Rios über diese Pläne sehr freuen würde." Jakobus' Stimme wird eisig: „Rowan, du hast wohl vergessen, wo du hier bist. Du kannst mir gerne drohen, aber da ziehst du den Kürzeren. Du bist in meinem Tower. Was denkst du, wer hier Forderungen stellen kann? Wachen! Sofort abführen!"

Zwei Erdlings-Roboter kommen auf Rowan zu und halten ihn fest. Joselyn wird unruhig und weiß nicht, was sie tun soll. Ich versuche, sie zu beruhigen. Rowan wehrt sich und ruft: „Sie machen einen Fehler, ich habe diese Baupläne, ich lüge nicht." Jakobus befiehlt den Wachen: „Durchsucht ihn, sofort!" Die Erdlings-Roboter sind menschliche Wesen und mit einem Chip ausgestattet. Es sind keine guten Menschen, sondern gewaltbereite Sträflinge. Jakobus holt sie aus den Gefängnissen und lässt sie für sich arbeiten. Sie haben Rowan ins Gesicht geschlagen. Er liegt am Boden. Die Erdlings-Roboter haben ihm ein Dokument entrissen und übergeben es Jakobus. Rowan liegt am Boden und hält sich seine verletzte Wange. Jakobus ist wütend: „Das ist nicht alles, dies sind nicht alle Baupläne. Wo sind die anderen Seiten?" Rowan hustet und spricht gequält: „Wie gesagt, wenn Sie meinem Angebot zustimmen, übergebe ich Ihnen gerne die weiteren Pläne." Jakobus ist sehr verärgert: „Wo sind die Pläne?" Rowan antwortet: „Ich kann Sie hinführen, aber nur, wenn Sie meine Familie in Ruhe lassen und heute noch dieses Gesetz in der Öffentlichkeit aussprechen und mir dazu ein Dokument aushändigen, das unsere Energieversorgung gewährleistet." Rowan möchte damit erreichen, dass die Menschen nicht mehr in die Stadt Kripton ziehen, nur weil sie denken, dort alles haben zu können. Er möchte, dass sie auch außerhalb dieser Stadt unabhängig leben können. Vor allem den jungen Familien möchte er dadurch Sicherheit geben. Er versucht mit Selena schon seit vielen Jahren, den Menschen im Dorf beizubringen, wie sich als Selbstversorger mit unabhängiger Lebensweise die eigene Freiheit leben lässt. Er und Selena sind für viele ein großes Vorbild geworden und sie haben durch gemeinschaftliches Schaffen schon viel erreichen können. Doch die nicht vorhandene Energieversorgung lässt die jungen Familien an ihre Grenzen kommen und darum passiert es auch, dass sich diese für die Stadt entscheiden. Deshalb nutzt Rowan die Chance, mit Jakobus zu verhandeln. Nur so hat er die Möglichkeit, die Familien davon abzuhalten, in die Stadt zu ziehen.
Jakobus grinst kühl: „Du hast Mut, das muss ich dir lassen. Ich sage dir, wenn du mich hinters Licht führen möchtest, werde ich dich dafür umbringen und deine Familie gleich mit." Rowan versucht, die Drohung zu ignorieren: „Ich versichere Ihnen, Sie bekommen diese Pläne." Jakobus runzelt die Stirn: „Na gut, wo sind die weiteren Pläne?" Rowan hat sich wieder gefasst: „Erst das Dokument mit dem amtlichen Stempel. Auch die Einwohner sollen heute noch über Ihre Portale informiert werden." Jakobus wendet sich an seine Männer: „Wachen, legt diesem Mann den Armchip an, damit er keinen Blödsinn machen kann." Rowan bekommt einen metallischen Armchip angelegt. Dieser bringt Rowan in keine gute Position. Dieser Chip ist ferngesteuert und kann durch ein einziges Signal Gift in den Körper leiten. Rowan bleibt dennoch ruhig, da er weiß, dass

er beschützt ist. Er hört Erzengel Michaels Stimme in seinem Herzen. Er sagt: „Lasse alles geschehen, wehre dich nicht, du wirst sehen, alles wird sich fügen. Vertraue. Du bist beschützt."
So kommt es, dass Jakobus Rowan das gewünschte Dokument übergibt und im darauffolgenden Moment über die Infoportale die neue Gesetzesänderung ausspricht. Damit wissen alle Erdlinge und auch der Regierungsrat darüber Bescheid und keiner kann es mehr leugnen. Das gesprochene Wort gilt hier mehr als Dokumente, vor allem, wenn sie von Jakobus kommen.
Jakobus lässt Rowan in seinen fliegenden umgebauten Rolls Royce einsteigen. Joselyn und ich warten, bis sie weggeflogen sind. Im Inneren des fliegenden Autos ist alles mit modernster Technik ausgestattet. Überall leuchten Übertragungsbildschirme. Jakobus spricht: „So, Rowan, wie du siehst, habe ich meinen Teil eingehalten. Also, wo sind die Dokumente nun?" Rowan antwortet: „Außerhalb der Stadt. In der Nähe der alten Ruine. Dort habe ich die Baupläne versteckt." Jakobus gibt den Befehl an die künstliche Intelligenz: „Sinai Abfahrt, du hast es gehört, zur alten Ruine."
Ich nehme Joselyn an die Hand und sage zu ihr: „Halte dich gut fest, wir werden einen kleinen Zeitsprung machen. Ich teleportiere uns mit meinem magischen Zauberstab zur alten Ruine, um vor Rowan und Jakobus dort zu sein, damit ich alles vorbereiten kann." Dies geschieht und wir sind im Null Komma Nix weg und erscheinen im nächsten Augenblick im Zentrum der alten Ruine. Jakobus hat seine Leibwächter, auch Schattenkrieger genannt, als Sucher zur alten Ruine vorgeschickt, um dort die Lage zu checken.

DIE ALTE RUINE UND DER SCHWARZE STERN

Joselyn fragt mich gespannt: „Was ist das für eine Ruine?" Ich erzähle: „Vor langer Zeit nannte man diese Ruine Burg Tintagel. Wir sind in der Nähe einer Halbinsel an der Westküste, damals hieß dieser Ort noch Cornwall, nicht weit vom Dorf Tintagel entfernt. Wie du siehst, erhebt sich Tintagel Castle hoch über der See und wird umtost von den Wellen des Atlantiks. Hier kam König Artus zur Welt – dort, wo jetzt die Reste einer Burg aus dem 13. Jahrhundert stehen. Die Ruine. Die Städter sagen: Artus' Ruine dazu. Hier können wir mit unserer Lichtkraft wunderbar gegen Jakobus und seine dunkle Energie wirken. Der mächtige Zauberer Merlin hat hier einen Kraftplatz von Kristallenergie umgeben, erschaffen. Diese Energie wirkt noch heute, wenn sie durch magische Leuchtkraft aktiviert ist, was ich bereits getan habe. Wir sind in einem Kraftfeld. Jakobus wird hier so schnell nicht herauskommen. Das Kraftfeld kann ihn für gut eine Stunde gefangen halten, danach löst es sich wieder auf. Länger kann ich ihn hier nicht festhalten." Joselyn ist nachdenklich und wirkt ängstlich: „Der arme Rowan musste ganz schön was ertragen. Jakobus ist richtig gefährlich. Er ist unberechenbar. Wir müssen Rowan von seinem Armchip befreien. Wie kriegen wir diesen schwarzen Stern von Jakobus' Finger ab? Wie können wir Rowan befreien? Wie wollen wir fliehen?"

Ich schaue sie an und sage bestimmt: „Joselyn, hole tief Luft, alles wird gut. Du musst jetzt klar im Kopf bleiben. Denk daran, du trägst deine Kräfte in dir, du kannst sie zu jeder Zeit einsetzen. Jakobus wird in gut zehn Minuten hier sein. Ich habe bereits einen Plan, wie wir dies erreichen können." In diesem Augenblick fliegt Xeron über die Ruine und landet auf dem höchsten Punkt, dort wo wir gerade stehen. Ich begrüße ihn: „Ich habe dich bereits erwartet. Schön, dass du hier bist. Es dauert nicht mehr lange und Rowan wird mit Jakobus eintreffen. Du solltest deine Erscheinung verschleiern. Wir sollten unentdeckt bleiben." Joselyn ist voller Hoffnung und Freude: „Mein geliebter Xeron, du bist hier? Wir sind gerettet!" Xeron nickt uns zu: „Seid gegrüßt, dass Schiff ist bereit, Herr Noack. Luana und Selena warten dort auf euch. Es liegt schon im Hafen. Das mächtige Feenoberhaupt Kaya hat mit ihrer magischen Kraft das Schiff positioniert. Die Segel sind schon gesetzt." Ich antworte: „Das ist gut, so können wir sofort starten, denn es wird hier gleich alles sehr schnell gehen. Ich würde vorschlagen, du fliegst über den Nordpass der Schneeberge, dort haben Jakobus' Sucher schlechte Verbindung zum System Sinai – und ohne die kommen sie nicht weit. Es ist dort sehr nebelig und vor allem kalt. Achte auf die hohen Schneeberge." Xeron nickt: „Herr Noack, das wäre auch mein Vorhaben gewesen. Joselyn kann dir mit ihren Kräften Sicht spenden. Joselyn, sprich mit dem Geist des Nebels und der Berge, er wird dich erhören, wenn du ihn bittest."

Plötzlich landet eine kleine Elster auf meiner Schulter, so wie es von Erzengel Michael beschrieben wurde. Sie wird diesen schwarzen Stern erspähen, ihn hinfort fliegen und zu Selena und Luana zum Schiff bringen. Dieses kleine flinke Geschöpf können die Schattenwesen schlecht verfolgen. Joselyn fragt staunend: „Wer ist dieser wunderschöne Vogel? Hallo, du schöner Vogel." Ich sage: „Das ist eine Elster. Sie heißt Tarja. Sie ist ein helfendes und schützendes Wesen und von Erzengel Michael gesandt. Elstern haben eine Vorliebe für alles, was glänzt. Sie wird uns behilflich sein, den schwarzen Stern zu ergreifen. Xeron, du nimmst am besten Stellung auf der nächsten Erhöhung in Richtung Osten. Von dort aus kannst du uns am besten überblicken. Du wirst Joselyn und Rowan bis zum Schiff bringen, wenn es soweit ist. Ich werde Jakobus aufhalten, damit ihr fliehen könnt. Wie ich bereits sagte, kann ich Jakobus für eine gute Stunde im Kraftfeld halten. Bis dahin solltet ihr mit dem Sternenstaubschiff vom Festland aus nicht mehr sichtbar sein und einen guten Vorsprung haben." Xeron nickt: „Ich werde mich gleich bereit machen." Xeron fliegt auf die Erhöhung und wartet. Joselyn fragt mich besorgt: „Vater, ist das nicht gefährlich?" Ich antworte ihr: „Mein Kind, wir haben keine Zeit mehr, wir müssen handeln und ich habe Hilfe. Das galaktische Raumfahrtkommando hat uns schon im Visier, sie werden mich unterstützen. Ich habe die Lichtkrieger durch Telepathie informiert. Wir werden versuchen, Jakobus endgültig gefangen zu nehmen. Damit er später vom Lichtprozess der Heilung in Avalon gereinigt werden kann." Joselyn fragt mich weiter: „Vater, was kann ich tun?" Ich antworte ihr: „Du wirst Rowans Armchip entfernen." „Wie mache ich das? Ich kann meine Kräfte noch nicht steuern!" „Du wirst sehen, es wird funktionieren. In einem unbeobachteten Moment läufst du zu Rowan und wirst ihn davon befreien. Denk an die Freiheit, du wirst sehen, deine Hände werden alles steuern. Vertraue dir." Xeron ruft: „Noack, Jakobus schickt seine Sucher vor, ihr solltet euch unsichtbar machen." Ich frage Joselyn: „Bist du bereit? Am besten versteckst du dich erst mal hinter diesen Felsen, von dort kannst du alles gut beobachten." Ich kann Joselyns Herz klopfen hören: „Ich denke schon. Vater, bitte pass auf dich auf."

Die Sucher kreisen für einige Minuten über der alten Ruine und verschwinden wieder. Die Augen der Sucher sind mit Jakobus' Bildschirmen verbunden, so dass er gleich sehen kann, ob die Lage klar ist oder nicht. Als er sich sicher ist, spricht er zu Rowan: „Weißt du, du wirst irgendwann feststellen, dass du mit Macht viel mehr erreichen wirst als mit Nächstenliebe. Du wärst ein guter Anführer, Rowan, aber ich denke, dein Herz lässt dich vor allem verweichlichen. Abhängigkeiten bringen Macht. Das ist das, was die Welt braucht. Die Menschen benötigen keine

Freiheit, sie wüssten ohnehin nicht, was sie damit anfangen sollten. Sie sind viel zu dumm dafür. Ich bin derjenige, der ihnen alles geben wird, was sie aus meiner Sicht benötigen. Das ist die Zukunft dieser Stadt und bald wird die ganze Erde mir gehören. Alles wird in meine Herrschaft übergehen, wenn ich erst mal diese Baupläne habe. Wenn dieses Schiff mit all seinen magischen Formeln erbaut ist, habe ich die Möglichkeit, das Erdinnere zu bereisen und es mit meinem Magnetfeld zu steuern. Die Erde wird dann in meinen Besitz übergehen und alles wird neugeboren in der Dunkelheit. Ich erschaffe eine neue Wesensart und ich werde Herrscher dieses Planeten sein." Rowan sagt bestimmt: „Das werden Sie niemals schaffen. Gesteuert zu sein hat nichts mit Macht zu tun. Erst wenn die Menschen mit freiem Willen einen Anführer bestimmen, ist dies der wahre Anführer. Der König unserer Gesellschaft. Niemand kann über die Erde herrschen." Jakobus lacht laut und sagt: „Ich kann alles. Ich bin Jakobus. Das kann niemand verhindern und schon gar nicht ein Mensch."
Nach einem kurzen Flug landet der Rolls Royce auf dem höchsten Teil der Ruine. Rowan und Jakobus steigen aus. Dicht hinter Jakobus befinden sich die zwei Erdlings-Roboter, die Schattenkrieger. Auf dem Gebiet der Ruinen haben sich zwei Flugautos positioniert, um Jakobus Schutz von oben zu geben. Ganz klar, Jakobus ist sehr vorsichtig und gerissen. Er überlässt nichts dem Zufall. Er befiehlt Rowan: „Also, bring mir meine Dokumente! Ich warte hier. Und vergiss nicht: Wenn du mich hintergehen möchtest, werde ich diesen Armchip aktivieren. Also mach keine Dummheiten, verstanden? Wachen, haltet die Augen offen!" Rowan setzt zu einer Erklärung an: „Ich muss diese lange Treppe hinauf, dort oben hinter einem bestimmten versenkten Stein habe ich die Dokumente." Jakobus sagt ungehalten: „Na dann geh, ich habe nicht den ganzen Tag Zeit."
Ich gebe Joselyn ein Handzeichen, mit dem ich ihr zu verstehen gebe, dass sie mich begleiten, aber kein Wort sagen und leise sein soll. Wir gehen dicht hinter Rowan. Er geht zu den ersten Stufen, hoch auf einem Felsen liegend, der nur über einen schmalen Grat mit dem Festland verbunden ist. Über hundert Stufen erreicht man den Platz, auf dem einst die alte Burg stand. Während er so geht, wandle ich hinter ihm in unsichtbarer Form. Ich flüstere ihm zu: „Rowan, ich bin's, Noack, gehe langsam weiter, Joselyn wird dir dieses Armband abmachen, während du gehst. Sie befindet sich jetzt rechts neben dir. Ich bin hinter dir. Lass dir nichts anmerken und halte deine Hände vor deinen Bauch, drehe deinen Rücken zu Jakobus, damit er nicht erkennen kann, wenn dein Armband gleich ab ist. Sobald das Armband weg ist, gehe weiter. Bist du oben angekommen, positioniere dich in Richtung Nordwesten zum atlantischen Ozean hin und achte auf mein Zeichen. Wenn ich ‚los' sage, springst du von den Felsen, deine Augen in Richtung Ozean." Rowan flüstert entgeistert: „Was?" „Rowan, vertraue mir, es

ist deine einzige Chance. Joselyn wird mit dir springen. Macht euch bereit, ihr beide. Ihr habt nur diesen einen Moment. Geht jetzt weiter, ich werde euch jetzt verlassen und mich um Jakobus kümmern."
Der ruft bereits ungeduldig: „Geht's nicht ein wenig schneller? Beile dich, hast du verstanden?" Rowan ruft zurück: „Es sind über hundert Stufen, ich kann nicht mehr tun als gehen." Joselyn flüstert: „Rowan, ich beginne jetzt. Ich versuche, diesen Armchip zu entfernen." Rowan flüstert zurück: „Alles klar." Joselyn aktiviert ihre fliegenden magischen Zauberstiefel. Sie fliegt vor Rowan, streckt ihre beiden Hände in Richtung Rowans linker Hand und spricht mental folgende Worte: „Die Freiheit ist dein. Befreit bist du. Befreit bist du. Die Freiheit ist jetzt dein. Dieses Metallarmband löst sich jetzt auf und wird entladen von all seiner Macht. Die Freiheit ist dein. Du bist jetzt frei." Sie spricht diese Worte immer wieder sehr bestimmt in ihrem Inneren. Sie stellt sich vor, wie ihr magisches Licht diesen metallischen Armchip in Luft auflösen wird. Dieses Licht ist nicht zu erkennen, da Joselyn ja unsichtbar ist. Sie sieht, wie es vor ihren Augen passiert. Das Band, es löst sich wirklich auf. Joselyn kann es kaum fassen, sie hat ihren ersten Zauber vollzogen und es hat funktioniert. Rowan sieht es auch und glaubt es kaum. Er flüstert: „Wow, ich danke dir, Joselyn." Sie drängt: „Komm, wir müssen weiter. Xeron ist hier, er wartet dort oben auf uns."
Ich sehe, wie Joselyn es geschafft hat und freue mich über ihren Mut. Jetzt stehe ich in Jakobus' Nähe und belege ihn mit einem Kreiszauber. Es ist der Zauber der gläsernen Hülle. Ich habe Jakobus umkreist und dabei diesen Zauber aktiviert. Er weiß noch nichts von seinem gläsernen Gefängnis, in dem er sich gerade befindet. Wenn er aus dem Kreis gehen möchte, wird er schnell erkennen, dass er gefangen ist. Bald gebe ich mich ihm zu erkennen. Es wird Zeit, ihm zu erklären, dass er nicht der mächtigste Mann ist. Endlich sind Rowan und Joselyn oben angekommen, wie ich sehen kann. Ich gebe Xeron ein Zeichen, dass er sich bereithalten soll, um die beiden im Flug aufzufangen, wenn sie springen.
Jakobus ruft Rowan zu: „Hast du es?" Rowan zeigt Jakobus ein komisches Grinsen und winkt ihm mit der befreiten Hand zu. Jakobus versteht nicht. Er ist verärgert und ruft: „Rowan, was soll das? Wachen, ergreift ihn! Sofort! Hier stimmt etwas nicht!" Die Wachen rennen die vielen Stufen hinauf. Bis sie oben sind, wird Rowan längst über alle Berge sein. Joselyns Kraft geht langsam zu Neige, der Unsichtbarzauber hält nur für einige Minuten an. So kann Jakobus erkennen, dass Rowan dort oben nicht alleine ist. Ein Mädchen ist bei ihm, wie aus dem Nichts erschienen. Jakobus versteht sofort, dass hier andere Mächte am Werk sind und er gibt den Befehl an Sinai: „Sinai, aktiviere den Armchip." Doch es klappt nicht. Er ruft weiter mit lauter Stimme: „Sinai, aktiviere den Armchip, sofort!" Sinai meldet: „Der Armchip ist nicht aktiv. Störung. Störung. Störung."

Das System kann den Befehl nicht ausführen. Jakobus spricht ins Leere: „Was ist verdammt nochmal hier los?" Rowan ruft ihm zu: „Sie werden keine Macht besitzen, dass verspreche ich Ihnen."
Ich gebe mich genau in diesem Moment vor Jakobus zu erkennen, ich stehe einen Meter von ihm entfernt. Von einer Sekunde auf die andere stehe ich real vor ihm und sage: „Jetzt lernen wir beide uns endlich kennen." Jakobus ist vollkommen erstaunt und fragt: „Was bist du? Wer bist du?" Ich drehe mich zu Rowan und rufe ihm zu: „JETZT ROWAN, JETZT!" Rowan und Joselyn nehmen sich an die Hand und springen von der Felswand in Richtung Ozean, unter ihnen liegt nur Gestein. Sie schreien laut: „AAAHHH!" Schon sind sie nicht mehr zu sehen, doch dann, in diesem Augenblick, fliegt Xeron im Steilflug auf sie zu und fängt sie auf. Seine unsichtbare Kraft hat mittlerweile auch nachgelassen und er fliegt hinaus in den Ozean. Rowan und Joselyn sind in Sicherheit.
Jakobus konnte dies beobachten und fasst es nicht. Fast muss ich lachen, als ich sein Gesicht sehe. Ich sage zu ihm: „Ich werde dich von deiner negativen Macht befreien und dich ins Licht führen. Das was du bist, hat ein Ende. Damals hast du meinen Planeten erobern wollen, jetzt wird es Zeit, dass deine Gier nach Macht endgültig gestoppt wird. Dieser Planet wird nicht dir gehören. Dieser Planet gehört niemanden." Während ich diese Worte zu ihm spreche, beobachtet Jakobus in der Ferne, wie Xeron mit zwei Personen auf dem Rücken wegfliegt. Er sagt erstaunt: „Das kann nicht sein, der rote Drache lebt?" Ich antworte ihm: „Nein, das ist nicht der rote Drache, den du kennst. Du meinst den mächtigen Feuerdrachen Maximus. Das ist sein Sohn Xeron und er hat durch dich seinen Vater verloren. Er gab sein Leben durch deine Machtgier und beschützte mich im Kampf gegen dich." Jakobus nickt: „Langsam verstehe ich, was hier los ist. Das soll also die Rache dafür sein, dass dein geliebter Feuerdrache nicht mehr am Leben ist. Oh, wie schade. Damals war es mein Ziel, den Elfenkönig zu stürzen und dieser Feuerdrache verhinderte es." Jakobus verliert keine Zeit und gibt den Befehl: „Sofort die Verfolgung aufnehmen! Bringt mir dieses Kind auf dem roten Drachen unversehrt!" Die Schattenkrieger nehmen mit den Flugautos sofort Verfolgung auf.
Jakobus bringt seine Aufmerksamkeit gleich wieder auf mich und geht auf mich zu. Dabei rempelt er an die nicht sichtbare gläserne Hülle. Mit einem kräftigen Ruck fällt er zurück ins Kreisinnere. Er richtet sich wieder auf und geht nochmal zu dieser Stelle. Er tastet sich mit seinen Händen vor und fragt wütend mit kämpferischer Mine: „Wer bist du wirklich? Ein menschliches Wesen offensichtlich nicht?!" Ich antworte ruhig: „Ich bin Noack, ich bin der Wächter zwischen den Welten und du hast hier nichts zu suchen. Dies ist nicht dein Planet. Als Elfenkönig vom Land des blauen Auges und als Wächter zwischen den Welten werde

ich dich, Jakobus, endgültig gefangen nehmen und dir deine dunkle Macht entziehen." Jakobus wird jetzt richtig wütend. Er nimmt seine dunklen Kräfte und bündelt sie in seinem Ring. Grüne blitzartige Energien strömen heraus und Jakobus schafft es, seine gläserne Hülle komplett zu zerstören. Ich mache mich bereit auf den Kampf der magischen Kräfte. Ich steuere meine blaue kristalline Energie durch meinen magischen Stab gegen ihn. Wir bekämpfen uns gegenseitig mit unseren Energien. Zwei enorme Energien treffen aufeinander. Es ist ein gewaltiger Kraftakt für uns beide. Mittlerweile fliegen wir durch die Lüfte, durch unsere eigenen magischen Kräfte. Jakobus spürt meine Macht – aber auch ich spüre seine gewaltigen Kräfte. Wir schleudern uns hin und her. Jeder versucht den anderen zu vernichten.
Ich rufe entschlossen: „Diesmal wirst du mir nicht mehr davonkommen! Du bist ein Wesen des Lichts und hast dich in der Dunkelheit verloren, Jakobus!"
Er ruft zurück: „Niemand sagt mir, was ich bin und was ich zu tun habe! Das Licht wird durch mich erlöschen! Die Dunkelheit hat bald das Sagen! Du kannst es nicht mehr aufhalten, es hat bereits begonnen!" Jakobus gibt nicht nach. Um jeden Preis möchte er mich vernichten. In diesem Moment kommt das galaktische Raumfahrtkommando, um mich zu unterstützen. Es sind ein Duzend Raumfahrtschiffe. Jakobus erkennt, dass er auf das hier nicht vorbereitet ist. Er kämpft mit allen Mitteln gegen uns. Doch dann unterbricht er seine Energiekraft und ich sehe in seinem Blick, dass nichts Gutes folgt. Er führt etwas im Schilde. Er spricht mit lauten Worten und mit einem tiefen Blick zu mir: „Die Zeit wird kommen, nur noch wenige Tage bis zur Finsternis und die unendliche Nacht wird mein sein. Du wirst mich niemals ins Licht führen." Als er diese Worte spricht, wirbelt er seine grüne Kraft um sich herum und bildet einen Energieball um sich, er schwebt hinauf und plötzlich, bevor er die letzten Worte sprechen kann, verschwindet er in einem schwarzen Loch, das er durch seine dunkle Kraft entstehen hat lassen. Übrig bleibt nur eine kleine Rauchwolke. Ich sage zu mir und ins Leere: „Du kannst deinem Licht nicht entfliehen." Du wirst dich jetzt bestimmt fragen, wo die Elster ist und warum der Plan des Schicksals nicht aufgegangen ist. Jeder Plan kann einen Richtungswechsel haben, je nach Situation.
Ashtar, Kommandant des galaktischen Raumfahrtkommandos, sendet mir seine Nachricht auf telepathische Art und Weise. Er fliegt über mir und sein Heer von Lichtkriegern hinter ihm. Er ist für die große weiße Bruderschaft, die Bruderschaft des Lichts, verantwortlich und er arbeitet eng mit Erzengel Michael und auch mit mir zusammen. Er sendet mir folgende Worte: „Sei gegrüßt, Noack, wir können ihn nicht mehr orten. Aber ich denke, er wird jetzt nicht mehr viel Zeit verlieren, um den Erdkern mit seiner Magnetkraft zu verbinden. Ihr müsst euch auf den Weg nach Avalon machen und zwar sofort. Wir werden unsere verbün-

deten Wasserlichtkrieger informieren, damit sie den Erdkern bewachen und Jakobus und seine Schattenkrieger orten. Auch die Tiere des Meeres und die Meerjungfrauen und -männer werden für Sicherheit um den Kern sorgen. Der Blauwal Opaijuh erwartet euch bereits. Er führt euch schnell und sicher nach Avalon. Verliert keine Zeit mehr. Wir kümmern uns jetzt um Jakobus, richte deine Aufmerksamkeit jetzt auf Joselyn." Ich sage: „Kommandant Ashtar, hab Dank." Wie ich mit meinem inneren Auge erkennen kann, ist Xeron mit Joselyn und Rowan beim Sternenstaubschiff angekommen. Ich werde mich gleich dorthin katapultieren, die Nachricht übermitteln und das Schiff auslaufen lassen. Kommandant Ashtar antwortet: „So sei es. Für das göttliche Licht der Liebe." Ich wiederhole: „Für das göttliche Licht der Liebe." Somit verschwinde ich und erscheine wenige Sekunden an Bord des Schiffs direkt hinter Joselyn.

DIE REISE NACH AVALON – DAS MEER RUFT

Xeron ist mit Joselyn und Rowan unversehrt auf dem Sternenstaubschiff gelandet, die Verfolgung der Schattenkrieger haben sie gut überstanden. Xeron konnte die Verfolger mit Feuerkraft und Flugsicherheit wunderbar abhängen. Luana und Babu sind mit Mutter Selena längst an Deck und freuen sich unglaublich über das unversehrte Ankommen der Drei. Selena fällt Rowan in die Arme und Luana rennt voller Freude auf Joselyn zu. Die Mädchen haben sich sehr vermisst. Babu springt auf Xerons große Nase und schmiegt sich liebevoll an ihn. Anscheinend hat Babu einen Freund gefunden. Xeron ist ein wenig überrascht und stupst ihn mit seiner großen Nase vorsichtig in die Luft. Joselyn erzählt von ihren Erlebnissen und den mutigen Sprung von den Klippen. Sie ist ganz aufgeregt und macht sich Sorgen um mich, ihren Vater. Sie weiß nicht, wie es mir geht.

Selena hingegen nimmt mich gleich wahr, als ich an Bord erscheine und sagt erleichtert: „Noack, da seid Ihr ja. Bin ich froh, Euch zu sehen." Joselyn dreht sich um und ruft voller Freude: „Vater!" Gleich fällt sie mir in die Arme. „Vater, geht's dir gut?" Ich sage ruhig: „Es ist alles gut, mach dir keine Sorgen." Rowan sieht mich fragend an. Ich weiß, was ihm auf dem Herzen liegt und sage gleich: „Rowan, ich sehe, was du mich fragen möchtest! Jakobus konnte durch ein schwarzes Loch fliehen. Wir haben keine Zeit mehr, wir müssen schnellstens mit dem Schiff abfahren. Opaijuh erwartet uns bereits in den Weiten des Meeres." Luana versteht nicht, wer das sein soll: „Opaijuh?" Selena erklärt voller Erstaunen: „Das ist ein heiliges Wassertier. Ein mächtiger Blauwal. Es sind ganz besondere Wesen, Hüter des Meeres und des alten Wissens. Unglaublich selten, so einem magischen Wesen nahe zu kommen." Ich erkläre: „Er wird uns an den geheimen Ort Avalon bringen und dir, Joselyn, das verborgene Wissen übermitteln, das du für deinen Weg dorthin benötigst."

Rowan will gerade die übrigen Segel setzen und ich mich ans Steuerrad begeben, als uns plötzlich Xeron mit seinem Vorschlag unterbricht: „Ich denke, ich kann euch helfen, Avalon bis morgen, bis zur Mittagssonne, zu erreichen." Rowan runzelt die Stirn: „Das ist unmöglich, wie soll das gehen? Mit diesem Schiff brauchen wir drei Tage." Xeron lächelt weise: „Das ist für mich kein Problem, ich werde fliegen und euer Schiff hinter mir her ziehen. Ich weiß, wir müssen Richtung Norden und Opaijuh wird sich uns früh genug zeigen, wenn es soweit ist." Ich nicke: „Xeron, das ist eine sehr gute Idee. Fantastisch!" Rowan hat seine Zweifel: „Ist das für dich nicht zu anstrengend?" Xeron antwortet ein wenig beleidigt und schnippisch: „Phhh, für mich ist das ein Klacks, ich bin ein Feuerdrache, was denkst du denn?" Rowan beschwichtigt ihn schnell: „Oh, ich wollte dich nicht beleidigen, wie du meinst. Das wäre wundervoll, vielen Dank." Xeron hebt den Kopf: „Na, das will ich auch meinen. Also, dann macht euch bereit. Setzt die restlichen Segel und ab ans Steuerrad, wir werden gleich an Fahrt aufnehmen. Jetzt zeige ich euch mal, was ein Drache so alles drauf hat!"

Bevor Xeron startet, hat Rowan ein dickes langes Seil mit einem besonderen festen Knoten mit dem Schiff verbunden. Xeron nimmt dieses Seil in sein großes Maul und zieht uns aus dem Hafen heraus. Die Sonne geht schon unter. Joselyn steht am Schiffsbug und beobachtet den Sonnenuntergang am Horizont. Sie wirkt nachdenklich, beobachtet die schwindende Sonne und winkt Xeron zu. Luana ist kurz unter Deck verschwunden, sie hat irgendetwas vor. Babu hat es sich oben auf einem Segelbalken bequem gemacht. Rowan steht neben mir am Steuerrad. Selena geht zu Joselyn und legt ihr die Hand sanft auf die Schulter, beide schauen nun in die Ferne und Selena sagt mit liebevoller Stimme: „Die Sonne schenkt uns jeden Tag ihr Licht. Es ist für mich immer wieder einmalig, eine untergehende Sonne auf den Weiten des Meeres zu beobachten. Es lässt mich ruhig werden und ich erkenne die Verbundenheit mit meinem eigenen Licht. Joselyn, du wirkst nachdenklich und besorgt. Magst du mir erzählen, was dich beschäftigt, meine Liebe?" Joselyn seufzt: „Die Erdlinge sind beeindruckende Wesen. Sie können auf der einen Seite so viel Gutes bewirken. Durch innere Stärke und festen Willen erschaffen sie Göttliches. Auf der anderen Seite sind sie so beeinflussbar und ergeben sich ihrer Situation oder wiederholen immer wieder dieselben Fehler. Ich weiß, dies ist alles ein Prozess des Wachstums und des Lernens dieser aller Seelen, dennoch lässt es mich grübeln. Die Erdlinge brauchen die Sonne in ihrem Herzen und die Wärme der Sonnenstrahlen. Sie suchen verzweifelt nach ihrem Kern und Weisheit. Wenn die Erdlinge ihr eigenes Licht im Inneren wieder entdecken, dann werden sie es auch erkennen und dem wahren Weg in ihrem Herzen folgen. Dies kann nur mit Vertrauen und Veränderung von allem, was ist, geschehen."

Selena denkt nach und beginnt: „Es gibt eine alte magische Vorhersehung. Man sagt auch dazu die alte Geschichte der wahrhaftigen Weisheit. Meine Großmutter hat sie mir schon sehr oft erzählt." Joselyn fragt ganz neugierig: „Was ist das für eine alte Geschichte der wahrhaftigen Weisheit, erzähl mir bitte davon!" Selena folgt ihrem Wunsch: „Wenn das Verständnis das Licht der Sonne, der göttlichen Kraft, den Geist der Menschen durchdrungen hat, wird die gesamte Organisation des Lebens universell werden: Es wird keine Trennungen mehr unter den Menschen geben, keine Grenzen, keine Kriege und keine Missgunst. Alle werden die göttliche Lichtkraft und die bedingungslose Liebe anerkennen. Die neue Menschwerdung wird die Sonne, das Licht, das neue Leben erkennen und die Menschen werden selbst mehr und mehr zum eigenen Licht werden. Die Erde wird zu einem Paradiesgarten, indem die Menschen in großer, friedlicher Gemeinschaft, in harmonischen Dörfern als Selbstversorger in Verbindung mit Mutter

Natur leben. Die Natur, vereint mit der Sonne und dem Menschen. Es wird Frieden auf Erden geben und gemeinschaftliches Schaffen ohne Hindernisse, dafür mit unbegrenzten Möglichkeiten des eigenen Potenzials, das sich frei entfalten kann. Die Liebe, die Hingabe zum eigenen Tun und das gemeinschaftliche Wohl werden im Vordergrund sein. Dies ist für viele nur ein Traum, der unerreichbar schien oder eben nur eine Geschichte war, so dachte ich zumindest bis jetzt. Für mich war diese Vorstellung ein unerfüllter und unerreichbarer Traum. In mir wohnt die Hoffnung und ich erkenne jetzt durch dich, dass dieser Traum endlich Wirklichkeit sein kann." Joselyn lächelt und nickt: „Geschichten haben immer irgendwo ihren wahren Kern, niemals existiert eine Geschichte ohne von Grund auf mit einer Wahrheit verknüpft zu sein. Entweder ist es schon geschehen oder es passiert im Jetzt oder in der Zukunft. Wie es auch immer geschrieben steht oder erzählt wird, es hat immer mit einer wahrhaftigen Weisheit oder Vision begonnen. Erinnerungen und Gedanken haben unsagbare Macht. Das hier ist nicht die Wirklichkeit, die Wirklichkeit seid ihr in eurem Kern. In eurem Herzen seid ihr die Wahrheit. Das göttliche Licht ist die Wahrheit." Selena umarmt Joselyn, drückt sie fest an sich, antwortet mit Dankbarkeit und gibt Joselyn einen Kuss auf die Stirn: „Mòran taing." (Das heißt: DANKE.) Joselyn lehnt sich an Selena und sagt mit sanfter Stimme in alter schottisch-gälisch Sprache: „Mar sin bhiodh e." (Das heißt: So sei es.)

Mittlerweile ist die Dunkelheit der Nacht angebrochen. Luana hat ein kleines Bettlager im Freien errichtet, während sich die beiden unterhielten. Sie zeigt auf ihr geschaffenes Werk und sagt: „Ich hab es uns gemütlich gemacht, was sagt ihr dazu?" Luana sieht, dass Mutter Selena Joselyn eine Umarmung schenkt und sagt herausfordernd und mit einem Lächeln im Gesicht: „Hey, ich möchte auch eine Umarmung!" Sie steht von ihrem Bettlager auf, breitet ihre Arme aus und ruft laut: „Gruppenkuscheln!" Selena sieht Joselyn an und die beiden lachen laut und laufen auf Luana zu. Luana schnappt sich ein Kissen und wirft es zu Joselyn. Voll auf die Nase getroffen. Joselyn nimmt dieses Kissen und zielt es auf Luana: daneben. Selena umarmt ihre Tochter und kitzelt sie liebevoll durch. So beginnt eine Kissenschlacht und ein spaßiges Toben auf Deck des Schiffes. Wundervolles Lachen schallt durch die Nacht und die Sterne am Himmel funkeln und blitzen, denn auch sie beobachten das Geschehen an Board und sind entzückt.

Ich sage zu Rowan: „Joselyn fühlt sich sehr wohl bei euch!" Rowan nickt: „Ja, so scheint es. Luana und Joselyn sind sehr gute Freudinnen geworden." Nach einer Weile lassen sich die Drei erschöpft ins Bettlager fallen, atemlos und mit zerzausten Haaren. Erst mal Luft holen. Selena erhebt sich und holt eine kuschelige Decke, um Joselyn und Luana zuzudecken: „Meine liebe Luana, das ist eine sehr gute Idee von dir gewesen, ein Bettlager im Freien aufzubauen. Eine wunderbare lauwarme Juninacht ist das heute. So friedlich und magisch, findet ihr nicht

auch?" Luana antwortet: „Ja, die Sterne haben mich dazu inspiriert, Mutter, sie sind hier draußen auf dem Ozean einfach fantastisch." Joselyn stimmt zu: „Es ist zauberhaft, so wunderschön, die Sterne von hier aus zu beobachten und das noch auf den unendlichen Weiten des prachtvollen Meeres. Die Erde zeigt mir eine ganz neue Perspektive." Selena lächelt: „Oh ja, die Sterne sind atemberaubend schön. Es ist langsam an der Zeit, schlafen zu gehen. Morgen bricht eine aufregende und abenteuerliche Reise für uns alle an, also lasst uns Kräfte sammeln. Ich wünsche euch beiden schöne Träume. Schlaft gut. Gute Nacht, ihr beiden. Ihr seid geliebt." Luana sagt: „Gute Nacht, Mama, ich hab dich sehr lieb. Gute Nacht, Babu." Das Eichhörnchen schnarcht schon längst auf dem Segelbalken, Füße und Arme hängen herab, es sabbert. Das sieht ziemlich komisch aus. Luana sieht in Richtung Steuerrad und winkt ihrem Vater zu: „Gute Nacht, Vater und gute Nacht, Noack." Rowan antwortet: „Schöne Träume, mein Kind." Ich wünsche: „Gute Nacht, ihr mutigen Sternenkinder." Auch Joselyn sagt: „Gute Nacht, euch alle zusammen. Seid gesegnet."
Sie alle kuscheln sich eng aneinander. Das Schnarchen und Schmatzen von Babu ist nicht zu überhören, aber die Müdigkeit übertrumpft das Geräusch. Für einen kleinen, kurzen Moment genießen alle die Sterne am Himmel, eine leichte, lauwarme Windbrise weht über das Schiffsdeck und das Rauschen der Meereswellen verhilft ihnen in einen schnellen und zufriedenen Schlaf. Xeron zieht das Schiff beständig weiter Richtung Norden. Er ist keineswegs erschöpft, er ist ohnehin gerne nachts unterwegs. Rowan spricht zu mir: „Wahnsinn, ich kann es kaum fassen. Ein Drache zieht uns übers Meer, das hätte ich nie gewagt, mir in meinen Träumen vorzustellen." Ich antworte: „Oh, dann solltest du dir auch nicht wagen vorzustellen, was jetzt passieren wird. Pass auf!" Rowan sieht mich verdutzt an und fragt: „Wie meinst du das?"
Plötzlich wandert ein glitzerndes, schimmerndes, langgezogenes Licht auf uns zu. Es sind Sterne, die vom Himmel herabkommen und das Schiff mit magischem Sternenstaub umhüllen. Es ist zauberhaft und atemberaubend schön, was da gerade vor uns passiert. Ich bitte die Sterne um Unterstützung und sie folgen meinem Rufen. Rowan beobachtet das Geschehen mit offenem Mund. Luana wollte sich gerade auf die andere Seite drehen und öffnet für einen kurzen Moment die Augen, als sie ein unsagbar schönes silbern glänzendes Licht wahrnimmt. Sie reibt sich die Augen und setzt sich auf, sie rüttelt an Joselyns Schulter und flüstert leise: „Joselyn, Joselyn, sieh doch, wach auf! Sieh doch! Das musst du unbedingt sehen!" Joselyn jammert ein wenig, bevor sie ganz langsam ihre Augen öffnet und sie reibt. Sie flüstert müde: „Luana, was ist los? Warum weckst du mich?" Luana staunt: „Wahnsinn, wie schön das ist! Weißt du, was das ist, Joselyn?" Um das ganze Schiff herum schwebt ein magischer, silberner Sternenglanz. Es

schimmert und funkelt überall. Es sieht aus wie eine Glitzerwolke. Alles schwebt so friedlich und im beeindruckenden leuchtenden Schein. Ist das ein Zauber oder ein Traum? Joselyn erkennt langsam, was gerade geschieht, sie lächelt und sagt: „Oh, wie fantastisch! Luana, das ist Sternenstaub. Die Sterne kommen uns zu Hilfe. Sie helfen Xeron, das Sternenstaubschiff in die Lüfte zu befördern." Luana versteht nicht: „Sie helfen Xeron? Wie in die Lüfte? Du meinst wir schweben? Das kann doch nicht sein!" Joselyn lacht: „Überzeug dich selbst!" Luana steht auf, läuft an die Reling und schaut sich den schimmernden Sternenstaub ganz genau an. Dabei entdeckt sie, als sie nach unten sieht, dass das Sternenstaubschiff nicht mehr im Wasser schwimmt, sondern tatsächlich fliegt. Luana kann es nicht glauben und dreht sich staunend mit großen Augen zu Joselyn: „Das gibt es einfach nicht, wir fliegen! Das ganze Schiff fliegt! Joselyn, du hast recht! Das ist ja echt oberhammercool!" Joselyn geht zur Luana an die Reling und genießt dieses Spektakel offensichtlich sehr. Luana hat bereits die nächste Frage parat: „Warum fliegen wir?" Mittlerweile sind auch Selena und Babu wach und haben das Geschehen mitbekommen. Voller Staunen gehen sie auf Luana und Joselyn zu. Rowan und ich sind auch an der Stelle, wo sich alle gerade versammeln und ich antworte auf Luanas Frage: „Die Sterne helfen uns, unentdeckt, schneller und sicherer an unser Ziel zu kommen. Wir müssen an einem bestimmten Punkt im Ozean sein, aber der liegt in einer anderen Welt. Wir schweben über die Sternenstraße in eine versteckte Welt. Diese Welt befindet sich parallel zur Erde, deshalb sieht es so aus, als ob wir uns nicht von der Stelle bewegen würden oder unsere Umgebung unverändert bliebe. Wir durchschreiten bereits die Grenzen der Wirklichkeit. Das Meer, auf dem wir landen werden, liegt fernab von dem Meer, auf dem wir uns vorher befanden. Wir kommen jetzt in die Welt der Feen- und Elfenwesen. Unser Schiff wird auf dem Meer der Parallelwelt dieser mächtigen Wesenheiten landen und dort werden wir auch auf Opaijuh treffen. Nur er kennt den Weg durch die Nebelwolken. Er ist der Hüter der magischen Meere. Von da aus ist es nicht mehr weit in die verstummten Sümpfe zu gelangen. Avalon ist eine versteckte Insel, umringt von tiefen und dichten Nebelwolken. Im Nebel kann man ohne Führung auf gefährliche Wesenheiten treffen. Opaijuh beschützt uns, denn er ist der einzige, der diese Sümpfe durchwandern darf und uns zur weißen Priesterin bringen kann." Joselyn unterbricht mich gespannt: „Wer ist die weiße Priesterin?" Selena antwortet: „Sie ist die Wächterin unseres Eingangs. Die weiße Priesterin gewährt nur Wesen reinen Herzens und eingeweihten Priesterinnen, wie ich es bin oder Druiden, den Zugang nach Avalon. Unsere Insel ist heiliger Boden und wir bewahren unser seliges und sensibles Energiefeld zu Ehren unserer großen Göttin." Joselyn sagt besorgt: „Ich bin keine Eingeweihte." Selena beruhigt sie: „Du bist reinen Herzens, mein Kind, du bist vom göttlichen Vater gesandt. Die weiße Priesterin hat viele Namen, man kennt sie auch als Herrin der See, sie wird dich prüfen!" Joselyn fragt ein wenig unsicher: „Wie wird sie mich prüfen?" Ich antworte: „Sie wird dir ein Rätsel aufgeben, das nur du in diesem Moment lösen kannst." „Ein Rätsel?" Selena nickt: „Damit möchte sie deine Weisheit herausfordern!" Joselyn wird nervös: „Was passiert, wenn ich dieses Rätsel nicht lösen kann?" Ich antworte: „Du wirst es lösen, dies ist deine Bestimmung, hab Vertrauen, mein Kind." Selena fügt hinzu: „Ich werde dich ein Stück in Avalon begleiten dürfen, bis zum Thor, das bedeutet übersetzt: Berg, Erde. Dies ist mir von den Priesterinnen der Schwesterschaft aus Avalon und von deiner Mutter Kaya aufgetragen worden. Auf dem Weg zum Hügel steht ein Turm, von da weg musst du deinen Weg alleine gehen."

Luana schaltet sich ein: „Kann ich Joselyn nicht begleiten, Mutter?" Selena schüttelt den Kopf und legt ihre Hand tröstend auf die Schulter ihrer Tochter: „Nein, mein Kind, dies ist nur ihr Weg und nur sie alleine wird ihn beschreiten!" Luana wird ein wenig wütend: „Joselyn ist meine Freundin, ich möchte bei ihr sein!" Joselyn beruhigt sie: „Meine liebe Luana, es ist in Ordnung, du wirst bei mir sein, auch wenn du nicht bei mir bist. Wir sind verbunden durch unser Band der Freundschaft. Wir sind so und so immer vereint." Luana ist immer noch besorgt: „Ja, aber du bist dort ganz alleine und du kennst dich nicht wirklich aus, du brauchst mich. Ich kann sehr gut navigieren!" Joselyn nimmt Luanas Hand: „Luana, es gibt Wege im Leben, die muss man einfach alleine gehen, damit man seiner Bestimmung folgen kann. Dies ist mein Weg und du brauchst keine Angst um mich haben, ich bin voller Zuversicht, dass mir dies nur Gutes bringen wird. Denk daran, wir sind Sternengeschwister und wir sind verbunden bis in die Unendlichkeit." Joselyn krümmt ihren Ringfinger um Luanas Ringfinger und zeigt ihr damit die Verbundenheit, bevor sie weiterspricht: „Wir sind untrennbar." Luana sieht genau hin und ist sichtlich gerührt, sie sagt mit liebevollem tiefen Blick: „Ja, wir sind untrennbar, dennoch bleibe ich in deiner Nähe, so nah, wie es geht!" Ich sage: „Ihr beide solltet wissen, dass wahre Freunde Gefährten des Lebens und darüber hinaus sind. Freundschaft beruht auf beiderseitiger Anziehung, Wertschätzung oder Respekt, hervorgerufen durch Wesensgleichheit. Dies dient als Basis des gegenseitigen Austauschs freundlicher und hilfsbereiter Dienste. So einen Menschen zu finden ist äußerst selten und ihr beide habt euch offensichtlich gesucht und gefunden. Da euch aus vergangenen Leben auch noch eine Geschwisterlinie verbindet, seid ihr außergewöhnlich. Deshalb seid ihr viel mehr, als ihr bis jetzt ahnen könnt. Es wird sich zur rechten Zeit zeigen und ihr werdet zusammen die Welt verändern können, denn das Liebevolle, Gemeinschaftliche schafft großes Wirken und dies schafft Unmögliches."

Selena ist gerührt: „Ich sehe in euch die Wahrheit der Freundschaft, ihr zwei verzaubert mich mit eurer Hingabe und Fürsorge." Ich sage: „So sieht die Wahrheit aus

und die wahrhaftige Weiterentwicklung durch Nächstenliebe aller Seelen und ja, du hast recht, Selena, dies ist die Göttlichkeit. Ihr seid sehr mutige Seelen, alle die ihr hier steht. Ich danke euch dafür, dass ihr meiner Tochter so würdevoll zur Seite steht. Ihr folgt eurem Herzen und eurer Bestimmung und dies ist das einzig Wahre. Ich werde mich von euch für eine kleine Zeit verabschieden, denn ich werde in den Tiefen des Meeres, im Erdkern, gebraucht. Die Meeresbewohner rufen mich um Hilfe, Jakobus ist mit seinem tauchenden Schiff dorthin unterwegs und er richtet ziemliches Unheil an. Xeron wird euch sicher in die Parallelwelt der Elfen und Feen bringen. Ihr seid jetzt geführt durch die Sternenkraft. Deshalb seid unbesorgt, ihr könnt diese Nacht nutzen, um euch auszuruhen und Kräfte zu sammeln. Auch du Rowan, das Schiff ist geführt und beschützt. Legt euch am besten jetzt schlafen. Opaijuh wird euch vor Sonnenaufgang mit seinem Gesang wecken, damit Joselyn noch rechtzeitig, bevor die Morgensonne aufgeht, am Turm sein kann." Ich lege meine rechte Hand auf mein Herz, senke meinen Kopf und spreche: „Agnus Deju Deij. (Das heißt: Der Friede wohnt in uns.) Joselyn erwidert die Geste und spricht: „Agnus Deju Deij Vaja." (Das heißt: Der Friede wohnt in uns, Vater.)
Und schon bin ich wieder verschwunden, ich begebe mich mit meinem magischen Zauberstab in die Tiefen des Meeres und werde Jakobus davon abhalten, den Erdkern magnetisch zu beeinflussen – oder noch schlimmer, den Erdkern komplett in seine Macht zu bringen. Die magischen Wasserwesen wie die Meerjungfrauen, sie sind Amphibienwesen, die zwischen zwei Welten leben: dem Meer und ihrer eigentlichen Heimat an Land. Sie haben mit ihrem besonderen magischen Gesang eine Schutzwand errichtet. Der Gesang kann alle Sinne beeinflussen und tief gespeicherte dramatische Ängste hervorbringen. Durch diese Melodien kommt der Zuhörer in einen psychotischen Zustand und kann nicht mehr entfliehen. Die Ängste vereinnahmen die Schattenwesen, denn sie haben viele Erdlingskörper übernommen. Du fragst dich, wie das geht? Sie haben willkürlich einen Erdling ausgesucht und seinen Körper einfach in Besitz genommen. Diese Seelen sind jetzt von den Schattenwesen gefangen und können nur durch reine Liebe befreit werden. Die Schattenwesen müssen dennoch die Erdlingssinne durchleben, denn sie können dem nicht entfliehen, sie stecken ja in diesem gestohlenen Erdlingskörper. Ein sehr großer Nachteil für die Schattenarmee, sie sind wie benommen und irren vollkommen orientierungslos umher und sind stark abgelenkt von ihrer eigentlichen Aufgabe.
Jakobus versteht noch nicht, was mit seiner Armee passiert und ist sichtlich rot vor Wut. Er schreit und brüllt in seinem tauchenden Schiff und kann von seinem Sichtfenster an Bord alles beobachten. Die Meerjungmänner nutzen die Gelegenheit, um die Schattenwesen in Gefangenschaft zu nehmen, denn sie wissen, dass diese Körper gestohlen sind. Sie bringen sie zunächst in den Meereskerker,

damit die Seelen später durch das reine Licht des Friedens und der Liebe befreit werden können. Die Meerjungmänner möchten nicht töten, sie möchten retten, was möglich ist. Trotzdem müssen sie ihre Frauen beschützen. Es ist keine leichte Aufgabe, sie haben jede Menge zu tun.
Auch der Meeresgott Poseidon mit seinem mächtigen Dreizack (Poseidon ist griechisch, er wird in der römischen Welt Neptunus genannt.) und sein Sohn Triton verteidigen das Zentrum der Erde mit ihrer Wasserarmee. Es gibt auch Mischwesen, halb Mensch und halb Tier im Wasser – Fisch, Frosch, Krake, Hai – auch sie verteidigen den Erdkern und damit ihre Heimat. Große und kleine Fischarten, das ganze Wasservolk kämpft gegen diesen Angriff. Jakobus und die Schattenwesen können sich in verschiedene Wesenheiten an Land verwandeln, aber im Wasser haben sie keine Macht. Ein weiterer Nachteil für die Schattenwesen in der Unterwasserwelt. Deshalb tragen sie besondere dunkle Anzüge. Jedes der Schattenwesen hat ein Unterwassergefährt, in dem es geschützt mit Sauerstoffkabine und Unterwasser-Torpedo bewaffnet das Wasservolk und die königliche Wasserarmee befeuert. Sie versuchen, sich den Weg zum Mittelpunkt der Erde frei zu schießen. Zumindest die, die noch mit starkem Verstand gegen die melodische Beeinflussung der Meerjungfrauen ankämpfen. Nicht mehr lange und auch sie werden im Rausch der dunklen Ängste herumtaumeln.
Jakobus sitzt in seinem tauchenden Schiff und hat den gigantischen Magneten dort aufgeladen, um diesen so nahe wie möglich ins Zentrum der Erde zu befördern. Jetzt wird es richtig ernst. Ich verbünde mich mit dem Meeresgott Poseidon, mit der Meerjungfrauen-Energie und dem galaktischen Raumfahrtskommando, um diese Energien zu bündeln und zu verschmelzen, damit sich eine stärkere Macht von oben und von unten vereinen kann. Es entsteht ein mächtiger Schutzschild. Du kannst es dir wie eine riesige Seifenblase vorstellen, die um den Erdkern gestülpt ist – die Angriffe prallen dran ab. So können wir Jakobus und die Schattenwesen eine Zeit lang beschäftigen, bis Joselyn ihren Weg zum Turm erfolgreich gemeistert hat. Solange werden wir kämpfen, nicht aufgeben und alles dafür tun, um die Mission der göttlichen Liebe zu verankern. Sobald der Energiefluss des Schutzfeldes und die Vereinigung der verschiedenen Kräfte unter Wasser stabil ist, werde ich so schnell wie möglich zu Joselyn zurückkehren, damit wir die dreieinigen Kräfte von Kaya, meiner Wenigkeit und unserer Tochter verschmelzen lassen können. Die Sonnenfinsternis wird bald in die Vollkommenheit gelangen. Der Beginn der Finsternis wird zur Mittagssonne sichtbar. Bis dahin muss alles vollzogen sein.

DAS HEILIGE TIER AUS DEN TIEFEN DER MEERE – OPAIJUH, DER BLAUWAL

Xeron fliegt mit stetiger und schneller Geschwindigkeit das Sternenstaubschiff mit der Sternenstaubkraft durch die magischen Lüfte. Alle Anwesenden an Bord schlafen friedlich außer Selena, sie hat sich einen heiligen Raum eröffnet, einen heiligen Kreis, in dem sie steht und ihre Priesterinnen aus Avalon anruft. Sie verbindet sich mit ihnen, um mit geklärter und reiner Energie dort anzukommen. Sie ist in eine Konzentrationsphase eingetreten und lädt sich mit wertvoller Energie auf, um später für ihre Aufgabe bereit zu sein. Die Sterne leuchten unheimlich hell in dieser Nacht und der Vollmond, der in seine Vollkommenheit gleitet, spendet helles, bläuliches Licht, das alles erleuchtet. Das Meerwasser schimmert im Mondlicht einfach zauberhaft. Joselyn wird plötzlich wach, sie öffnet schnell ihre Augen und richtet sich erschrocken auf. Sie spürt etwas und kann nicht deuten, was es ist. In ihrem Inneren hört sie eine Stimme, die sie ruft: „Joselyn! Joselyn!" Sie steht auf und folgt der Stimme. Sie stellt sich an die Reling und beobachtet das Meer. In ihr ist vollkommene Stille. Plötzlich senkt sich das Sternenstaubschiff und Xeron legt zur Landung auf dem Meer an. In diesem Moment hört sie wieder diese kraftvolle Stimme in sich:„Joselyn! Joselyn, ich rufe dich! Sieh zum Wasser, dort bin ich." Sie läuft an die Spitze des Schiffs und sucht die Wasseroberfläche ab. In diesem Augenblick bewegt sich das Meer unglaublich schnell und sprudelt vor sich hin, auch ein paar große Wellen türmen sich auf. Noch bevor das Sternenstaubschiff landet, erkennt Joselyn, dass sich ein mächtiges und gigantisches Wasserwesen an die Oberfläche des Meeres erhebt. Ein einmaliges Erlebnis. Das Sternenstaubschiff landet sanft im Meer und das gigantische Wasserwesen, das noch viel länger und größer ist, als das Sternenstaubschiff selbst, schwimmt friedlich nebenher.

Xeron dreht sich zu Joselyn und verkündet: „Wir sind da!" Joselyn beobachtet alles ganz genau. Selena begrüßt mit melodischen Gesang das mächtige heilige Wasserwesen und spricht danach: „Sei gegrüßt, Opaijuh, wir bitten dich, uns durch die Nebel von Avalon zu führen." Opaijuh antwortet in seinem tierischen Gesang und dann blickt sein riesiges Auge auf Joselyn und er spricht mit großväterlicher Stimme zu ihr:„Ich, Opaijuh, grüße dich, Joselyn, und auch dich, Selena, Priesterin aus Avalon. Mächtiger Feuerdrache, auch du seist gegrüßt." Joselyn senkt ihren Kopf zum Dank. Opaijuh spricht weiter: „Komm zu mir, Joselyn! Es wird Zeit, dass du den heiligen Gral in Empfang nimmst. Klettere auf meinen Rücken. Hab keine Angst, es wird dir nichts geschehen. Du bist vollkommen geschützt und sicher bei mir." Selena sagt vertrauensvoll zu ihr: „Geh schon, mein Kind, geh schon. Es wird Zeit. Na los. Alles ist gut." Joselyn schaut nach unten und weiß nicht so recht, wie sie auf den Rücken des Wals kommen soll. Opaijuh fordert sie auf: „Spring auf, ich bin groß und breit genug, du wirst sicher landen! Hab keine Bedenken, geliebte Sternensaat." So springt Joselyn vertrauenswürdig von der Reling und landet weich auf Opaijuhs Rücken. Die Walhaut ist ein wenig glitschig. Man glaubt es kaum, aber Joselyn hat dennoch wunderbaren Halt. Du fragst dich bestimmt, wie das gehen kann? Opaijuh bittet Joselyn mit liebevoller Stimme: „Lege deine Hände bewusst und fest auf meiner Haut ab und vertraue mir." Nachdem Joselyn ihre Hände ablegt hat, verschmelzen die beiden miteinander. Plötzlich bilden sich zwischen Joselyns Finger Schwimmhäute und ihre Atmung verschnellert sich. Sie spürt, dass es hinter ihren Ohren ein wenig kitzelt und sie fühlt mit ihren Fingern danach. Sie spürt auch, dass sie anders atmet und die Atemluft nicht nur aus der Nase tritt, sondern auch aus einer Stelle hinter dem Ohr. Es haben sich unglaublicherweise Kiemen gebildet. Es fühlt sich für sie seltsam an und dann geht alles ganz schnell.

Mach dir keine Sorgen, ihr tut nichts weh, alles ist für sie nur neu. Dennoch fühlt sie sich sicher und sie spürt in sich eine neugewonnene Kraft. Sie spürt eine tiefe Verbindung zu diesem mächtigen Tier und dem Meer. Joselyn hat keine Chance, Fragen zu stellen, denn Opaijuh taucht sofort mit ihr ab in die unendlichen Tiefen des Meeres. Er möchte nicht, dass sie Atemnot erleiden muss, also ab ins Wasser, damit sie zum ersten Mal durch ihre Kiemen, ganz wie ein Meereswesen, atmen kann. So beginnt eine geheimnisvolle Reise in die unendlichen Tiefen des unentdeckten und unergründbaren Meeres. Eine neue Welt offenbart sich Joselyn. Eine Welt voller magischer Wunder. Sie gleitet mit Opaijuh durch wunderschöne, farbenprächtige Korallenriffe. Es offenbaren sich die unterschiedlichsten Fische vor ihr, kleine, große, schmale, dicke, leuchtende, bunte, gestreifte, gepunktete und noch viele mehr. Es ist so aufregend. Eine Abenteuerwelt voller neuer Eindrücke und Lebensformen. Joselyn ist völlig verzaubert. Der Wal präsentiert ihr die unentdeckte Meereswelt und zeigt ihr die verschiedenen Lebensarten und geheimnisvollen Orte. Die beiden kommunizieren nur mental, sie brauchen keine Stimme, wie gerade eben noch an der Meeresoberfläche. Die Kommunikation geschieht über so genannte Frequenzwellen. Alles passiert so leicht und schwerelos. Joselyn spürt weder Kälte noch Druck, auch nicht, als sie tiefer kommen.

Opaijuh hat sie vorrübergehend in ein Wasserwesen verwandelt, damit sie ohne Probleme überall hinkommen kann. Er sagt mental zu ihr: „Joselyn, fühlst du dich wohl? Was sagst du zu meinem Zuhause?" Joselyn antwortet: „Ich bin so überwältigt. Alles ist hier ganz anders und so aufregend. Ich finde kein Wort, das all dies beschreiben kann, aber ich finde, das alles hat große Ähnlichkeit mit dem Universum. Es ist für mich wundervoll, aber sag mal, Opaijuh, was ist mit mir geschehen?" „Ich habe dich für kurze Zeit in ein Wasserwesen verwandelt. Du bist ein Besucher in unseren Wasserwelten. So ist es für dich viel einfacher, alles zu erkunden und zu erleben." „Oh, vielen Dank, dass du auf mich aufpasst und mir diese Möglichkeiten schenkst. Ich fühle mich geehrt, mit einem Blauwal wie dir reisen zu dürfen. Ihr seid die größten und ältesten Säugetiere in dieser Welt." „Du bist gut informiert. Genau genommen sind wir über 50 Millionen Jahre alt in Erdlingszeit gerechnet. Woher weißt du Sternensaat, Feenelf und Menschenkind über uns so gut Bescheid?" „Oh, ich habe das im Lehrzauberzirkel in meiner Heimat gelernt. Wir achten auf den Planten Erde und alle Lebewesen, aber woher weißt du, was ich bin?" „Ich bin seitdem du als Sternensaat geboren wurdest, für dich zuständig, als Schutzbegleiter und Wegefinder und jetzt ist die Zeit reif, wo ich mich vor dir offenbare." „Wegefinder?" „Ja, Wegefinder. Wenn die Zeit gekommen ist, komme ich in dein Leben, um dir bei bestimmten Aufgaben behilflich zu sein. Du hast schon einige Schutzbegleiter an deiner Seite begrüßen dürfen, stimmt's?" Joselyn überlegt und antwortet: „Ich weiß nicht, wie du das genau meinst? Meinst du damit meine Freunde?" Der Wal sagt: „Ja, so kann man sie auch nennen, aber manche von deinen Vertrauten bleiben nicht für lange, manche kommen nur zu einem bestimmten Zeitpunkt, um dir Hilfe oder einen neuen Weg zu offenbaren oder um dich auf etwas aufmerksam zu machen. Diese nennt man dann Wegefinder." Joselyn nickt: „Die Freunde, die ich habe, sind mit mir sehr verbunden und dafür bin ich sehr dankbar."

Opaijuh antwortet: „Das ist richtig. Dann werde ich der Erste sein, der nur für kurze Zeit in dein Leben treten wird, um dich zu begleiten, denn ich werde dir den Weg zum heiligen Gral offenbaren. Diesen Zugang bekommen nur wenige Auserwählte gezeigt. Weißt du, wir Wale hüten Geheimnisse und sind überall auf den Weltmeeren zu finden, im Pazifik, im indischen Ozean und im Atlantik, aber wie du bereits feststellen konntest, sind wir auch Wegefinder in den Zwischenwelten oder haben unseren Platz in bestimmten Zeitblasen von Parallelwelten. Dort, wo besondere magische Wesenheiten verborgen sind und ihre Welten verschlüsselt existieren. Wir sind die Hüter zu diesen Wegen dorthin. Wir kennen verschwundene Wege zu versunkenen Städten wie Atlantis und Lemuria, aber auch Avalon, und auch diese bewachen wir streng. Meine Walfamilie hat viele Namen, ich bin ein Blauwal, aber das weißt du ja schon. Joselyn, kennst du noch weiteren Walarten?" Joselyn überlegt: „Ich weiß nicht alles, aber ich weiß, das es Buckelwale gibt und ich kann mich, glaube ich, noch an einen O… Ooo… Ooorc…, mir ist der Name irgendwie entfallen, einen Orcc…, mmmh, irgendwie will es mir nicht einfallen." Opaijuh hilft ihr: „Meinst du vielleicht einen Orca?" „Ja genau, Orca, richtig. Danke." „Nicht zu vergessen den Pottwal und den Schwertwal. Wir unterscheiden uns natürlich optisch und auch in der Ernährungsweise, aber wir sind dennoch eine große Familie und im ständigen Kontakt, egal wo wir gerade sind. Wir können uns durch Signale schnell und weit verständigen. Um dir ein Beispiel zu nennen, wie unterschiedlich wir sein können: Einige Walarten besitzen Barten und ernähren sich von Plankton und andere…" Joselyn unterbricht neugierig: „Was ist Plankton?" „Das sind im Wasser lebende tierische und pflanzliche Lebewesen, die sich nicht selbst fortbewegen, sondern vom Wasser bewegt werden. Die Strömung bestimmt die Schwimmrichtung dieser Lebewesen." Joselyn staunt: „Oh, das wusste ich nicht, interessant! Und womit ernähren sich dann die anderen Walarten?" „Sie ernähren sich von kleinen Fischen, Krustentieren oder Tintenfischen." „In deinem Magen hat bestimmt sehr viel Platz, du brauchst jede Menge Nahrung, stimmt's?" „Wir leben im Einklang mit Mutter Natur, wir nehmen nur das, was wir brauchen und geben es auch wieder zurück. Was viele nicht wissen: Unser Walkot düngt die Meeresschichten. Er ist Nahrung für Plankton, auf das alle Meereslebewesen angewiesen sind. Plankton produziert so viel Sauerstoff wie alle Wiesen und Wälder der Welt zusammen und nimmt Millionen Tonnen von Kohlenstoff aus der Atmosphäre auf. Wir sind für Mutter Erde von großer Bedeutung. Es ist ein Geben und Nehmen, so wie es bei allen Lebewesen sein sollte. Jeder hat seine bestimmte Aufgabe, um für das große Ganze seinen Teil beizutragen." Joselyn fragt zögerlich: „Tun das denn nicht alle Lebewesen hier?" „Du meinst Geben und Nehmen?" „Ja!" Opaijuh antwortet bedächtig: „Nicht jedes Lebewesen ist mit Mutter Erde tief verbunden. Die Erdlinge, zumindest einige von ihnen, haben die Anbindung zu ihrem Ursprung verloren. Vor 40 Jahren gerechnet in Erdlingszeit, waren wir vor dem Aussterben bedroht. Wir wurden gejagt und massenhaft getötet. Die Walfänger befanden sich in einem regelrechten Blutrausch, es schien kein Ende zu nehmen. Wir wurden nur als Fleischware gesehen und nicht als Lebewesen. Langsam aber sicher können wir unseren Lebensraum in gewissen Gebieten wieder einnehmen und uns durch gemeinschaftlichen Zusammenhalt wieder vermehren. Einige Erdlinge haben uns dabei geholfen, dass wir uns wieder sicher fühlen können. Es waren diejenigen, die bewusst sind und uns als Lebewesen anerkennen. Der Respekt vor Tieren ist in den letzten Jahrzehnten stark verloren gegangen und das Gleichgewicht zwischen Geben und Nehmen auch." Joselyn ist erschüttert: „Was ist passiert, wie können die Erdlinge nur so etwas Schreckliches tun?"

Opaijuh lässt sich Zeit mit seiner Antwort: „Um das zu verstehen, hole ich ein wenig aus und erkläre dir genauer, wozu meine Familienmitglieder so qualvoll sterben mussten. Einst wurden wir gejagt, damit die Erdlinge Rohstoffe gewinnen konnten: Unser Fett, auch Tran genannt, wurde verwendet, um Lampenöl herzustellen. Im 19. Jahrhundert wurde dieses Öl für Straßenlaternen verwendet und davon gab es unglaublich viele. Später wurde es für die Produktion von Kosmetikprodukten und Margarine verwendet. Nach der industriellen Revolution wurde es als Schmierstoff genutzt und im Ersten Weltkrieg wurde draus Nitroglycerin hergestellt – ein kriegsentscheidender Rohstoff. Unsere Walknochen wurden zermahlen und zu Leim und Gelatine verarbeitet. Es war eine schreckliche Zeit für uns Wale, wir haben unsere Familien, Kinder und auch unsere Heimat verloren. Wir wurden gejagt und mussten neue Orte finden, an denen wir sicher waren und wo wir Nahrung finden konnten. Da wir auf bestimmte Lebensbedingungen angewiesen sind, war dies irgendwann nicht mehr möglich. Wir konnten uns nicht mehr ernähren, unsere Kinder nicht mehr schützen und wurden durch die Nahrungsknappheit schneller entdeckt. Zwischen 1904 und 1971 wurden allein 369.000 Blauwale getötet." Joselyn ist erschüttert: „Wie unglaublich grausam, wir alle sind doch Lebewesen mit Empfindungen. Seit ich hier auf der Erde bin, habe ich viel Gutes, aber auch viel Schlechtes gesehen, gehört und erzählt bekommen. Die Erdlinge haben sich oft in ihren Entscheidungen verloren. Diejenigen, die noch bewusst waren, konnten gegen die Massen der kopfdenkenden Erdlinge wenig ausrichten und wurden an den Rand der Gesellschaft gestellt. Die Schattenwesen haben dazu natürlich viel beigetragen und sie manipuliert. Dennoch wurden Bewusstsein, Instinkt und Urvertrauen komplett ausgeschaltet, das Göttliche einfach verdrängt oder gar nicht mehr wahrgenommen. Die besondere magische Kraft der Erdlinge geriet in Vergessenheit. Sie haben es einfach verlernt, ihre Energien zu nutzen und suchen ständig im Außen nach sich selbst."

Opaijuh spricht ruhig weiter: „Liebe Joselyn, wir Wale sind das Gedächtnis der Welt und die Hüter der Zeit. Alles hat seine Zeit und sein Wachstum. Diese Erfahrungen sind wichtig für uns alle, damit ein Umdenken geschehen kann. Der Planet Erde ist da, damit alle Lebewesen ihre Erfahrungen machen und lernen können. Wir Wale haben dazu beigetragen, dass die Erdlinge sich am Ende für das Gute entscheiden und gemeinschaftlich und weltweit etwas bewirken konnten, um uns zu retten. Nur so wurden Organisationen geschaffen, um auf das schreckliche Geschehen aufmerksam zu machen. Die Erdlinge sind wunderbare Wesen und wir wissen das, trotzdem sind sie sehr anfällig für Beeinflussungen und Manipulationen. Die Erdlinge brauchen auch Schutz vor diesen psychisch gesteuerten Prozessen, sonst nimmt das alles nie ein Ende. Wir alle müssen wieder zum Ursprung unserer eigenen Göttlichkeit kommen und ganz besonders die Erdlinge und deshalb bin ich jetzt hier! Wie ich dir schon gesagt habe: Alles im Universum ist ein Geben und Nehmen. Kaum eine andere Tier-

gruppe wie wir Wale und auch die Delphine, hat die Weltpolitik der Erdlinge so enorm beeinflusst." Joselyn fragt besorgt: „Werdet ihr noch immer bedroht?" „Wir und auch viele andere Walarten sind trotz des Fangstopps seit 1986 nach wie vor in unserem Bestand bedroht. 2003 haben elf Pazifikstaaten beschlossen, insgesamt 28 Millionen Quadratkilometer – das ist Lebensraum von mindestens elf Großwalarten – als Walschutzgebiet auszuweisen und miteinander zu verknüpfen. Dies war ein Teil unsere Rettung. Seit 25 Jahren ist die kommerzielle Jagd auf alle Walarten verboten, trotzdem sind wir immer noch nicht sicher."
Joselyn will mehr wissen: „Warum seid ihr noch immer nicht sicher?" Opaijuh antwortet: „Es sind unterschiedliche Gründe! In der Zeit des 21. Jahrhunderts wurden und werden immer noch die Meere mit Plastikmüll verschmutzt. Die wissenschaftlichen Innovationen, die über Jahrzehnte im Entstehungsprozess sind, wie Flugautos oder bestimmte Sonnenenergieübertragungmittel, Magnetkraft oder Kupfer- und Kristallenergie, tragen dazu bei, dass die Erdlinge umweltbewusst handeln und neue Wege einschlagen. Aber dies ist erst der Anfang, es geht schleichend voran und viele Lösungen müssen erst gefunden werden. Wir haben leider keine Zeit mehr, wir müssen jetzt handeln. Die Erdlinge kippen immer noch tonnenweise ihren Müll in unsere Weltmeere, sozusagen in unser Wohnzimmer. Dadurch verändert sich auch unser Lebensraum. Seit dem Beginn der 1950er Jahre wurden von den Erdlingen mehr als acht Millionen Tonnen Plastik produziert. Rund fünf Millionen Tonnen davon sind heute Müll. Dieser Plastikmüll liegt auf Deponien in der freien Natur und schwimmt in den Weltmeeren. Dazu kommt, dass wir in Fischernetzen ertrinken, in denen wir und andere Arten als Beifang landen. Außerdem werden wir immer wieder von Schiffen wie großen Kreuzfahrtschiffen überfahren. Ein Kreuzfahrtschiff stößt pro Tag so viel Kohlenstoffdioxid aus wie 84.000 Autos, stell dir vor! Auch Schiffe, die mit Schweröl beladen sind und verunfallen, richten gravierende Schäden an. Der Ölfilm verteilt sich im Meer, setzt sich auf dem Meeresboden ab und wird an Küsten gespült. Verölte Tiere ertrinken, verhungern oder vergiften sich mit Schweröl oder Plastikmüll. Dazu kommt der Klimawandel, der uns alle beeinflusst. Wir alle stecken in einer großen Weltkrise. Mit WIR ALLE meine ich Mutter Natur, die Erdlinge und alle Tierarten – deshalb brauchen wir jemanden, der uns retten kann, nicht nur uns Wale, sondern alles, was hier existiert. Wir brauchen jemanden wie dich! Jemanden, der uns neue Wege ermöglicht und Heilung geschehen lässt. Der uns wieder neuen Lebensmut und Kraft schenkt, um Neues entstehen zu lassen. Wir müssen uns jetzt neu erfinden und dazu braucht es ein Wunder wie dich."
Joselyn ist tief berührt: „Ich weiß nicht, was ich sagen soll. Ich weiß nur, dass ich den Menschen helfen will und möchte, dass dies alles ein Ende hat, damit

das Licht endlich für alle auf dieser wunderschönen Erde strahlen kann, befreit von dunklen Schatten. Opaijuh, was muss ich dafür tun?" „Komm mit, ich zeige dir, was du auf deinem Weg wissen sollst. Jemand erwartet dich bereits. Halte dich fest, wir ziehen weiter!" Die beiden schweben mit Leichtigkeit durch die Tiefen des Ozeans. Die Insel Avalon liegt über ihnen und darunter bewegen sich die beiden auf ein neues Ziel, auf ein versunkenes Land zu. Die Meerjungfrauen und die Delphine begrüßen uns bei der Ankunft des geheimen Ortes. Joselyn bekommt von den Meerjungfrauen, als Willkommensgruß eine wunderschöne Meeresmuschel umgehängt. Die Meerjungfrauen sind zauberhaft schön. Die Delphine sind unsere Begleiter in den Palast der versunkenen Welt. Wo wird Joselyn hingebracht? Wen wird sie treffen und was ist der heilige Gral überhaupt? Opaijuh hält an und sagt: „Die Meerjungfrauen werden dich jetzt begleiten, sie werden dich dorthin bringen, wo du bereits erwartet wirst. Ich werde mich jetzt von dir verabschieden und zurück zum Sternenstaubschiff kehren, um deine Freunde zum Ankerplatz nach Avalon zu bringen. Außerdem muss ich noch etwas aus meiner Vergangenheit erledigen. Dies ist eine alte Aufgabe, die jetzt für mich zur Erfüllung kommen darf." Joselyn wirkt ein wenig erschrocken: „Oh, ich verstehe, ich komme also nicht mehr zum Schiff zurück?" „Du wirst einen anderen Weg nach Avalon gehen, damit du deinen geistigen Führer treffen kannst und später wird dich die Herrin der See in Empfang nehmen. Hab keine Angst, du bist in Sicherheit und wirst freudig erwartet." „Geliebter und mächtiger Opaijuh, es war mir eine Ehre, dich kennengelernt zu haben und ich werde unsere Reise nie vergessen. Hab Dank, dass du mich hierher gebracht hast, damit ich meine Aufgabe bald vollbringen kann. Deine Erzählungen haben mir die Augen geöffnet für das große Ganze." Joselyn streichelt Opaijuh liebevoll. Sie spürt die tiefe Verbundenheit.

DER VERSUNKENE GOLDENE PALAST – DER HEILIGE GRAL

Opaijuh kehrt zurück zum Sternenstaubschiff und die Meerjungfrauen bringen Joselyn in den großen goldenen Palast. Alles funkelt und glitzert dort, alles ist beeindruckend groß und majestätisch. Sie kommt in einen riesigen Thronsaal, am dessen Ende von einem weitgefächerten, offenen Balkon, die ganze Meeresstadt zu überblicken ist. Der Königsthron ist der Mittelpunkt dieser Aussicht und umgeben von leuchtendem Gestein. Weit in der Ferne ist ein kristallklares Funkeln wahrzunehmen, dieses Funkeln kommt aus einem Obelisk. Wer auf dem Thron sitzt, schaut genau auf diesen Obelisk. Joselyn steht auf dem Balkon des Palastes nicht weit vom Königsthron entfernt und schaut ehrfürchtig in die Weite. Die Meerjungfrauen sind verschwunden, Joselyn dreht sich um, aber niemand ist zu sehen. Sie beobachtet weiter voller Spannung und Neugier die neue Meereswelt. Unbemerkt kommt jemand hinter ihr auf sie zu und sagt: „Ist es nicht beeindruckend schön?" Joselyn dreht sich erschrocken um und sieht einen Mann mit Königskrone, halb Mensch, halb Fisch, auf sie zuschwimmen. Er sieht sehr freundlich aus. Der Unbekannte sagt: „Joselyn, ich fühle mich sehr geehrt, ein Sternstaubwesen hier in meiner Unterwasserwelt begrüßen zu dürfen. Wir bekommen hier sehr selten Besuch, deswegen freut es mich umso mehr. Wenn ich mich vorstellen darf, ich bin König Artus." Joselyn flüstert erstaunt zu sich selbst: „Der verschwundene König steht wahrhaftig vor mir. Sie sind der mächtige König Artus?" König Artus nickt: „Alles, was von ihm noch übrig ist. Herzlich willkommen, Joselyn, du Wunderkind." Joselyn ruft aufgeregt: „Sie sind das Wunder. Sie sind König Artus! So viele Menschen an Land sind auf der Suche nach Ihnen. Sie brauchen Sie, sie glauben noch immer an Sie." „Das zu hören, lässt mein Herz voller Hoffnung erblühen. Ich dachte, ich wäre längst in Vergessenheit geraten!" „Nein, sie tragen ihre Hoheit noch immer tief im Herzen und warten auf Sie. Sie hoffen auf Errettung durch den König. Die ganze Menschheit sehnt sich nach einem König der Liebe." „Liebe Joselyn, du hast mittlerweile schon jede Menge erfahren dürfen und ich denke, auch von mir hast du bestimmt schon viel gehört, oder?" „Die Priesterin aus Avalon mit Namen Selena hat mir viel von Ihrer Hoheit erzählt. Alle glauben fest an Ihre Wiederkehr. Die Menschen haben Sie unvergesslich gemacht, es werden so viele Geschichten über Sie erzählt. Sie sind eine lebende Legende." „Geliebte Joselyn, das zu hören, macht mich sehr glücklich." „Ich hoffe, Sie verzeihen mir meine Neugier, aber warum sind Sie nicht zurückgekehrt?" König Artus antwortet bedächtig: „Es gibt

im Leben Opfer, die bringen muss, wer an das große Ganze glaubt. Ich musste die Menschen und mich, meinen Thron, beschützen, so wie du es auch bald tun wirst. Die dunklen Mächte gewannen immer mehr an Kraft. Ich habe gekämpft bis zum bitteren Ende, um mein Volk zu verteidigten, doch am Ende musste ich gehen, um meine königliche Blutlinie und daraus den heiligen Gral, der von Generation zu Generation weitergegeben wird, beschützen zu können. Die Blutlinie ist die mächtigste Kraft dieser Erde und der heilige Gral würde in falschen Händen nur Unheil über uns alle bringen. Nur ein König, der der Blutlinie von Maria Magdalena und Jesus angehört, kann diesen heiligen Gral schützen und führen." Joselyn staunt: „Maria Magdalena stammt aus Ihrer Ahnenlinie?" König Artus nickt: „Ja, sie brachte ihn nach Avalon, als sie schwanger war. Sie war auf der Flucht und fand in Avalon ihre Sicherheit."
Joselyn überlegt einen Augenblick: „Die Geschichte von Jesus wird auf der Erde durch die Religionen verschiedenartig ausgelegt, die Menschen müssen die Wahrheit erst erkennen." „Die Wahrheit kann nicht geleugnet werden, alles kommt irgendwann zur rechten Zeit ans Tageslicht. Damals kam Joseph von Arimathäa mit dem zwölfjährigen Jesus dem Zweiten (Jesus Justus genannt, er ist Maria Magdalenas und Jesus' ältester Sohn) nach England gereist. Joseph von Arimathäa kam später nochmal mit seine Neffen Josephus nach Westengland, er ist der jüngste Sohn von Maria Magdalena und Jesus. König Arviragnus von Siluria überließ ihnen und den zwölf Missionaren, die ihrem Gefolge angehörten, ein 580 Hektar großes Land, auf dem sie eine kleine Kirche aus Lehm erbauten. Im Laufe der Jahrhunderte wurde sie immer mehr erweitert, bis schließlich jene Abtei von Glastonbury entstand. Damals hat Jesus der Zweite zum Gedenken an seine Eltern einen Gedenkstein in die damalige Lehmkapelle von Glastonbury eingelassen. Er ist noch heute in der Südwand der Marienkapelle bei Glastonbury zu sehen. Die Inschrift trägt ‚Jesus – Maria'." Joselyn fragt: „Ist damit Jesus' Mutter gemeint?" König Artus schüttelt den Kopf: „Nein, dies bezieht sich auf seine Frau Maria Magdalena. Avalon war nicht nur mein Rückzugsort, sondern auch der meiner Ahnenlinie und dazu das Versteck des heiligen Grals. Es war immer ein sicherer, verborgener und heiliger Ort." „Ist der heilige Gral dort verborgen?" „Er war dort verborgen, aber wir mussten Vorsichtsmaßnahmen einplanen. Deshalb ist der heilige Gral nun in der Tiefe des Ozeans, unter der Insel von Avalon sicher verborgen und ich bewache damit den Fortbestand dieser Blutlinie. Deshalb, liebe Joselyn, bist du jetzt auch hier!" Joselyn überlegt: „Der heilige Gral ist mein letztes Element für die Sonnenwende und die Finsternis-Zeremonie, oder?" König Artus zögert: „Das ist nicht ganz richtig. Die Menschheit sucht seit Jahrtausenden nach dem heiligen Gral, sie suchen nach etwas, was nach ihren Vorstellungen gar nicht existiert. Viele suchen nach einem goldenen Kelch oder

gar nach einem Stein, dies alles sind Ablenkungsmanöver vor der eigentlichen heiligen Kraft." Joselyn ist verwirrt: „Was ist für mich jetzt wichtig?" König Artus antwortet: „Dieser Obelisk, Joselyn, ist ein Kraftfeldverbinder, er verbindet sich mit himmlischen Kräften, mit dem blauen Kristall deiner Mutter und stellt eine kraftvolle Verbindung zu deinen Welten und unseren Wasserwelten her. Er wird zum Einsatz kommen, wenn du alle Elemente zur Sonnenfinsternis in Verbindung mit der Sonnwende vereinst. Dazu bekommst du von mir mein Schwert Excalibur überreicht, damit du es im Steinaltar im Turm als Verbindungsstück meiner Welt für das Element Wasser ablegen kannst." Joselyn bekommt große Augen: „Sie übergeben mir Ihr besonderes Schwert? Ist der heilige Gral gar das Schwert Excalibur?" König Artus sagt lächelnd: „Der heilige Gral ist nicht mein Schwert und auch kein Kelch, es ist die Blutlinie von Maria Magdalena und Jesus, die seit Jahrhunderten geschützt und weitervererbt wird. Das göttliche Blut auf dieser Erde durch Jesus gebracht und vermehrt durch die Schöpfung von Vater Universum. Du bist halb Mensch und halb Feenelfe und trägst das Blut Jesus' in dir, das dir Vater Universum übertragen hat, als du dir gewünscht hast, Mensch zu werden, um der Menschheit zu helfen und sie zu retten. Dein tiefer Wunsch nach dieser Erfüllung machte dich zu etwas Einzigartigem. Du trägst die Jesus-Christus-Blutlinie in dir und damit auch das entscheidende Element für diesen Prozess. Die heilige Blutlinie trägt keine Nachkommen mehr, es braucht weitere Nachkommen, um diese Blutlinie weitertragen zu können und um eine neue Entstehung der Menschheit und deren Bewusstsein zu formen. Durch meine Position als Meereswächter werde ich hier gebraucht. Ich trage die Verantwortung für den zukünftigen Schutz der Ahnenschaft, der königlichen Blutlinie und für weitere Schätze aus vergangenen Tagen."

Joselyn seufzt: „Ihre Hoheit, bitte verstehen Sie mich nicht falsch, ich bin auch nur halb Mensch und halb Feenelfe, ich kann genauso wenig wie Sie den Fortbestand der Blutlinie weitertragen! Wie soll das funktionieren?" König Artus nickt: „Du hast recht mein Kind, das kannst du nicht alleine." „Was meinen Sie mit ‚nicht alleine'?" „Deine Eltern haben dich nicht umsonst mit Luanas Familie zusammengeführt. Diese Familie ist die letzte unserer Art, die noch auf dieser Erde existiert und Luana ist die letzte Hoffnung für den Fortbestand der heiligen Blutlinie." Joselyn kann es kaum fassen: „Luana ist die Letzte der Jesus-Christus-Blutlinie, das ist unglaublich! Und ich trage diese Energie auch in mir?" „Du bist die Botschafterin von Vater Universum und damit auch von Maria Magdalena und Jesus und überträgst die Weisheit des Kosmos' an Luana weiter. Sie trägt bereits eine neue Art, die Zwölf-Strang-Kristall-DNA, in sich und durch dich wird sie aktiviert werden." Joselyn hat mit diesen vielen neuen Informationen sichtlich zu tun: „Durch mich? Ich bin verwirrt! Hat ein Mensch nicht Zwei-DNA-Stränge

und was ist die Zwölf-Strang-Kristall-DNA?" König Artus antwortet: „Energetisch gesehen haben alle Menschen zwölf DNA-Stränge, bisher nutzen sie nur einen kleinen Teil dieses DNA-Potentials. Das System der zwölf ist eine im Universum heilige Verbindung, sie ist der Ausdruck eines vollendeten Zyklus'. Du wirst gemeinsam mit Luana die Welt in neue Energiebahnen katapultieren. Durch die Rückkoppelung und Aktivierung des Erneuerungsprozesses aller Lebewesen auf der Erde wirst du das Gleichgewicht wieder herstellen. Alle Lebewesen auf der Erde werden sozusagen neu programmiert. Es werden Kinder der Neuen Zeit folgen. Sie nennen sich Kristall- oder Regenbogenkinder oder Kinder der Neuen Zeit. Sie haben die Fähigkeiten, die du bereits besitzt. Luana ist das fünfte Element, sie ist der heilige Gral und du wirst ihr helfen und ihr beibringen, wie sie mit dieser heiligen Energieform der Zwölf umgehen kann, sobald du deine Aufgabe erfüllt hast."
Joselyn sagt ganz fassungslos: „Luana ist der heilige Gral? Das ist unglaublich! Ich bin so sprachlos… Wissen ihre Eltern darüber Bescheid und weiß Luana, wer sie wirklich ist?" König Artus antwortet: „Luanas Eltern wissen natürlich Bescheid, denn sie stammen aus dieser Blutlinie. Sie hüten das Geheimnis und leben nach den heiligen natürlichen Werten. Nur Luana weiß es noch nicht, da sie frei aufwachsen sollte. Sie wird, wenn sie soweit ist, mit deiner Hilfe ihre Liebe in die Welt hinaustragen und den Menschen einen neuen Weg offenbaren. In früheren Leben wart ihr beide Sternengeschwister, ihr kommt aus derselben Sternenfamilie, eure Verbindung ist außergewöhnlich. Du bist in den Welten des Universums zu Hause und Luana auf dem Planet Erde. Ihr beide verbindet durch eure Freundschaft Universum und Erde. Ihr legt einen neuen Grundstein für die Menschheit zur Erneuerung der bedingungslosen Liebe und der menschlichen Existenz." „Alles, was ich bis jetzt erfahren durfte, fügt sich jetzt wie ein riesiges Puzzle zusammen, ich erkenne plötzlich den göttlichen Plan und verstehe vollkommen, warum ich genau zu diesem Zeitpunkt hier bin. Ich bin tief gerührt, dass ich gemeinsam mit Luana das Gute auf der Erde weitertragen darf. Ich bin so glücklich und mein Herz ist voller Hoffnung für diesen Weg. Ich bin voller Dankbarkeit und Demut, dass mir Vater Universum meinen Wunsch, auf die Erde zu kommen und Gutes zu bewirken, gewährt hat. Dennoch stelle ich mir noch eine Frage." König Artus ermutigt sie: „Frag nur, Joselyn!" „Um eine heilige Blutslinie fortführen zu können, sollten sich Mann und Frau bedingungslos lieben, oder? Ich meine, das Fundament ist die Liebe. Wird Luana die wahre Liebe treffen? Wird sie glücklich?" „Hab keine Sorge, Joselyn, Luana wird in der Zukunft auf meinen nie erwähnten Sohn treffen, er ist in Avalon aufgewachsen und wird bei Merlin als Druide ausgebildet. Ihm wird die neue Energieform von Merlin bereits seit der Kindheit beigebracht. Das, was Merlin jetzt bei meinem Sohn

vollbringt, wirst du bei Luana tun. Du wirst alles Universelle lehren, das du weißt. Die Beiden werden sich begegnen, sie sind füreinander bestimmt. Sie haben sich vor ihrer Inkarnation ausgewählt. Ein neues Königreich wird entstehen, der neue König und die neue Königin werden in Frieden und Harmonie eine neue wunderschöne Welt erschaffen. Ihre Liebe wird mächtig sein. So könnt ihr, du und Luana, durch die freundschaftliche Verbindung die verschiedenen Welten miteinander verschmelzen und eine Brücke dieser Welten erschaffen, Neues verankern und es durch die neuen Kinder dieser Verbindung weitertragen. Irgendwann wird die Erde ein Mischvolk aus den kosmischen und den menschlichen Wesen sein – es entsteht ein neues Volk, ein Volk des Friedens und des Schaffens."
In Joselyn formen sich immer weitere neue Fragen: „Wie heißt Ihr Sohn? Warum wurde er versteckt?" König Artus antwortet: „Meine Liebe, ich verstehe, dass du viele Fragen hast, ich kann dir heute nur nicht alles beantworten. Zur rechten Zeit wirst du die Antworten auf deine Fragen erhalten. Die Meerjungfrauen berichten mir soeben, dass die Morgensonne bereits am Horizont aufsteigt. Sie werden dich jetzt zur Herrin der See bringen, von da an beginnt dein Weg durch die Nebel von Avalon. Ich bin überzeugt, dass du deine Aufgabe wunderbar meistern wirst und wünsche dir viel Glück." „Ich danke Ihnen für ihre Gastfreundschaft und Ihre Botschaft, die Sie mir so tiefsinnig übermittelt haben. Ich werde mein Bestes geben. Seien Sie gesegnet." „Joselyn, wenn du Hilfe brauchst, dann rufe mich. Ich unterstütze deinen Weg. Ich und meine Wasserwesen stehen dir zu jeder Zeit zur Seite. Wir sind deine Freunde und Freunden biete ich mein Du an." Joselyn verneigt sich ein bisschen: „Ich fühle mich geehrt und nehme das Du sehr gerne an. Der Friede wohnt in uns." König Artus wiederholt: „Der Friede in uns und in dir."

ROWANS UNERWARTETES GESCHENK

Wir befinden uns jetzt wieder beim Sternenstaubschiff. Die Morgensonne hat mit ihren warmen Strahlen alle liebevoll aufgeweckt. Natürlich ist aufgefallen, das Joselyn nicht mehr an Bord ist. Luana macht sich große Sorgen um sie. Babu hat das ganze Schiff nach ihr abgesucht, bis Selena die beiden beruhigt und ihnen erzählt hat, wo sich Joselyn befindet. Luana sitzt am Bug des Schiffes und wartet, bis sie ihre Freundin wieder auftauchen sieht. Babu hat sich an Luana gekuschelt und unterstützt sie dabei. Selena und Rowan wissen, dass sie ein mächtiger Blauwal begrüßen wird. Nur er wird ihnen zeigen, wo sie ihr Schiff in Avalon ankern können. Rowan ist gerade dabei, die Seile zu überprüfen und das kleine Boot, mit dem sie später zum Ufer paddeln werden. Den großen Schiffsanker hat er schon bereit gemacht, jetzt heißt es erst mal warten. Luana wendet sich an Selena: „Mama?" „Ja, mein Kind?" „Geht es Joselyn wirklich gut? Wie soll sie so lange da unten Luft bekommen?" Selena beruhigt ihre Tochter: „Mach dir keine Gedanken, Luana, sie ist bei Opaijuh in guten Händen. Er hat sich bestimmt etwas einfallen lassen, damit sie so lange unter Wasser bleiben kann. Warum bist du so besorgt?" Luana seufzt tief: „Ich weiß nicht, ich hab Joselyn sehr lieb gewonnen und vermisse sie sehr. Was ist, wenn ich sie nicht mehr wiedersehe? Ich hatte noch nie so eine wunderbare Freundin wie sie. Wir verstehen uns sehr gut, Mama, sie weiß immer ganz genau, was ich denke. Manchmal denke ich wirklich, wir sind Geschwister." Selena bestätigt: „Was ihr ja auch im früheren Leben einmal wart, deshalb fühlst du dich ihr so verbunden. Luana, glaub mir, es wird alles gut. Ihr geht es sehr gut und du wirst sie bestimmt bald wiedersehen." Da ruft Rowan: „Seht mal, da vorne! Seht ihr das auch?" Luana ruft aufgeregt: „Wo?" „Luana, da, direkt vor dir!" Das Meer erhebt sich ein wenig und hohe Wellen stoßen empor. Ein riesiges Wesen taucht aus den Tiefen des Ozeans auf. Es ist Opaijuh, er ist prächtig und wunderschön. Luana ist fasziniert von diesem Erlebnis, einen echten Blauwal zu sehen. Rowan läuft auf Luana zu und will sich das Spektakel auch von Nahem ansehen. Babu hat sich auf Selenas Schulter gesetzt und sich unter ihren goldenen langen Haaren versteckt. Selena begrüßt den Blauwal Opaijuh mit den sanften melodischen Klängen ihrer Stimme. Ihre Worte klingen nach einer uralten Sprache.

Rowan flüstert Luana zu: „Deine Mutter singt das Lied des Meeres." Luana flüstert zurück: „Was sind das für seltsame Worte?" „Es ist die Sprache der versunkenen Stadt und die der Wale." „Verstehst du diese Sprache, Vater?" „Ja, ich verstehe sie, habe sie aber schon sehr lange nicht mehr gehört." „Warum kannst du diese Sprache, Vater?" „Als Kind wuchs ich in Avalon auf, ich lernte dort in der Druiden-

Schule das magische Wissen, dort lernte ich auch deine wunderschöne Mutter kennen." Für Luana sind das große Neuigkeiten: „Vater, bitte erzähle mir mehr davon!" Doch Rowan vertröstet sie: „Pssst Luana, jetzt ist nicht der richtige Moment. Lass uns zuhören und sehen, was passiert!" Luana nickt neugierig und spürt, dass es da noch so viel zu erfahren gibt. Sie hat Fragen über Fragen im Kopf und beobachtet das Geschehen. Selena beendet ihren Gesang, öffnet die Augen und spricht: „Heiliges und mächtiges Wasserwesen, wir grüßen dich. Wir bitten um sicheres Geleit und Führung nach Avalon. Ich bin Selena, Priesterin der Schwesternschaft aus Avalon. Wir danken dir für dein Erscheinen." Opaijuh antwortet: „Sei gegrüßt, Selena, Priesterin aus Avalon. Auch grüße ich dich, Rowan, Druide aus Avalon und dich, kleine Luana, Lichtbringerin der neuen Zeit. Ich bedanke mich für die würdige Begrüßung. Ich bin gekommen, um euch mit eurem Sternenstaubschiff über die Wasserwelt den Zugang zu Avalon zu gewähren. Der heutige Tag ist ein heiliger Tag. Es ist der Tag der Prophezeiung, der Sonnenwende. Bevor ich euch dorthin geleite, habe ich noch einen Auftrag in eigener Sache aus meiner Vergangenheit zu erfüllen." Luana unterbricht: „Lieber Opaijuh, darf ich dich unbedingt etwas fragen?" Selena sagt mit ermahnender Stimme: „Luana!" Doch Opaijuh hat Verständnis: „Deine Frage kann ich dir gleich beantworten, ich sehe die Sorge um deine Freundin Joselyn in deinen Augen!" Luana nickt verlegen und hoffnungsvoll. Opaijuh fährt fort: „Sie ist mit den Meerjungfrauen auf dem Weg zur Herrin der See, der Wächterin des Nebeltors von Avalon. König Artus offenbarte sich Joselyn, durch ihn hat sie ihre letzte Botschaft erhalten, um ihre Aufgabe erfüllen zu können. Luana, auch für dich habe ich eine Botschaft zu übermitteln und auch für deinen Vater."
Luana ist erstaunt: „König Artus lebt?" Opaijuh antwortet geduldig: „Liebe Luana, dir werden noch einige Dinge begegnen, die dir zunächst unmöglich erscheinen werden. Du wirst bald erkennen, dass alles möglich ist und Wirklichkeit nicht gleich Realität ist. Nur weil du etwas nicht sehen kannst, heißt es nicht, dass es nicht da ist. Oder ist deine Freundin Joselyn etwa nicht da?" Luana sagt etwas beschämt: „Oh ja, das stimmt." „Alles ist mit allem verbunden. Sei ruhig weiterhin neugierig, Luana, nur so kannst du deine Erfahrungen sammeln. Dein Großvater war einst auch sehr neugierig und ein großer Zweifler. Er suchte nach Beweisen und verbrachte damit sein Lebensende. Dadurch verpasste er die Zeit mit seinem Sohn. Er hat sich für etwas hingegeben, das er damals noch nicht erkennen konnte." Luana fragt verwundert: „Kennst du meinen Großvater?" „Ich kenne ihn sehr gut und ich bin auch gekommen, um dir zu sagen, dass du Vertrauen in dein Herz und deine Intuition haben sollst. Begehe nicht den gleichen Fehler wie einst dein Großvater. Joselyn und du, ihr seid euch nicht umsonst begegnet." Opaijuh bewegt sich in Rowans Richtung und spricht nach-

denklich und traurig weiter: „Damals hätte ich die Zeichen wahrnehmen sollen." Rowan überkommt ein komisches Gefühl, er versteht gerade noch nicht, was hier passiert. Stille herrscht, Rowan geht näher auf Opaijuh zu und erkennt in seinem großen Auge einen vertrauten Blick. Dieser Blick ähnelt seinem Vater sehr. Opaijuh spricht weiter: „Ich erzähle euch eine Geschichte von einem verlassenen Jungen, dessen Vater von einer Schiffsreise niemals mehr zurückkehrte. Dieser Junge war mein Sohn. Damals war ich noch ein menschliches Wesen. Ich hatte einen großen Fehler begangen." Rowan erschrickt über diese Botschaft: „Vater! Das kann nicht sein!"

Selena ist tief gerührt und nimmt Luana zur Seite. Luana hat es noch nicht ganz verstanden und nimmt ihre Mutter an der Hand. Die beiden hören Opaijuhs Worten weiter zu. „Mein geliebter Sohn, so viel Zeit ist vergangen und auf diesen Augenblick warte ich schon so viele Jahre. Ja, ich bin es, dein Vater. Ich war einst ein Narr, ich habe dich alleine gelassen. Damals dachte ich, ich würde uns Reichtum bringen und ein besseres Leben, wenn ich diese Theorie der unsichtbaren Welten beweisen könnte. Ich war gefangen in meinem Egobewusstsein, meinem Verstand, und verlor mich vollkommen. Ich habe mein Herz verleugnet und ging den Weg der Einsamkeit. Ich habe dir, geliebter Sohn, Schmerzen bereitet und möchte dich heute hier um Vergebung bitten. Das, was geschehen ist, kann ich nicht mehr gut machen, dennoch ist das Verzeihen und Heilen alter Wunden ein Reinigungsprozess für uns beide. Denn du bist aus meinem Blut und deine Tochter, die nächste Generation, soll befreit sein von alten Wunden. Sie soll nicht das Selbe erfahren, wie du es einst musstest."

Rowans Blick ist schmerzerfüllt, als er sagt: „Ich weiß nicht, was ich sagen soll. Erst verschwindest du und lässt mich zurück, ohne zu wissen warum, dann muss ich mit Mutter deinen leeren Sarg begraben und für sie in dieser schweren Zeit der Hoffnungslosigkeit Stütze sein. Ich habe mich damals mit dem Gefühl von dir verabschiedet, mein Vater hätte mich nicht geliebt, er hat mich einfach zurück gelassen und jetzt stehst du einfach so als Blauwal vor mir. Das Einzige, was von dir übrig blieb, war diese kleine Truhe mit dem Schiffsbauplan darin. Wie oft habe ich diesen Plan, das Letzte von dir, mit Fragen über Fragen studiert. Erst jetzt, als erwachsener Mensch, brachte mich dieser Plan zu dir. Was um Himmels Willen ist passiert, warum hast du uns zurückgelassen? Warum hast du mir das angetan?" Opaijuh antwortet: „Ich spüre deine tiefe Wunde und du hast ein Recht auf deine Gefühle und deine Fragen. Ich werde sie dir alle beantworten. Aber bitte sag mir, ist deine Mutter...?" Rowan unterbricht ihn sofort vorwurfsvoll: „Sie ist ein paar Jahre nach deinem Verschwinden an gebrochenem Herzen gestorben. Sie dachte bis zum Schluss an deine Rückkehr. Ihre letzten Worte waren: ‚Er wird zurückkehren, mein Junge, ich weiß es. Ich bitte dich, verzeihe ihm, wenn du

ihm begegnest.' Damals dachte ich, sie sei verrückt geworden, sie war nur noch in ihrer kleinen Fantasiewelt vergraben. Ich war damals noch klein und konnte das alles nicht verstehen. Plötzlich musste ich meine Kindheit hergeben, um zu früh ein Mann zu werden. Ich war damals nicht älter als es Luana jetzt ist."
Opaijuh atmet tief ein: „Rowan, mein Sohn, ich bereue meine Entscheidung von damals zutiefst. Durch meine Neugierde und getrieben von meinem Verstand, fand ich die Unterwasserwelt der Meerjungfrauen. Es war eine faszinierende Welt voller Diamanten und Gold. Ich wollte uns ein besseres Leben bescheren, ohne mir darüber Sorgen machen zu müssen, wie wir uns ernähren könnten. Es war eine sehr schwere Zeit. Wir waren arm und mein Leben als Seemann war beschwerlich. Ich dachte, wenn ich genug Gold haben würde, müsste ich nicht mehr auf See und wir könnten uns vom Fund ein glückliches Leben ermöglichen und uns ein Dorf mit unabhängigen Ressourcen aufbauen. Ich hatte die Armut um mich herum so satt. Ich wollte nicht, dass du und andere Kinder in solch einer Umgebung aufwachsen müssen."
Rowan stellt seine wichtigste Frage: „Was ist passiert? Warum bist du nicht mehr zurückgekehrt?" Opaijuh antwortet: „Ich habe Verrat begangen und mein Versprechen gebrochen. Das Versprechen, das ich dir damals gab, bald wieder zurück zu kehren und den Verrat an den Meerjungfrauen, den Zugang geheim zu halten." Rowan schreit: „Du hast mich angelogen!" „Mein Sohn, ich habe dich nicht angelogen, ich war mir sicher, dass ich an demselben Tag vollgepackt mit Gold heimkehren würde. Bei meinem ersten Besuch in den Unterwasserwelten zeigten mir die Meerjungfrauen die versunkene Stadt Atlantis. Auch Teile von Lemuria und Avalon wurden mir gezeigt. Es war beeindruckend. Sie schenkten mir die kleine Truhe mit der Bauanleitung darin und baten mich, dieses Schiff zu errichten, dann würde ich so viel Gold erhalten, wie ich für ein glückliches Leben mit meiner Familie bräuchte. Die Bedingung war Stillschweigen zu bewahren. Ich willigte ein und wurde mit einem Zauber belegt." Rowan fragt: „Welchem Zauber?" „Dem Zauber der Verwünschung. Wenn ich das Reich der Meerjungfrauen verraten würde, würde ich zu einem Wasserwesen werden und für immer den Unterwasserwelten dienen müssen. Der Zauber kann nur durch den Akt der Liebe und des Verzeihens aufgehoben werden, nur so kann meine Seele wieder frei sein und Heilung erfahren. So wurde ich damals zum Hüter der geheimen Unterwasserwelten und ihren Zugängen."
Rowan runzelt die Stirn: „Du wartest jetzt auf mein Verzeihen?" „Ich erwarte nichts, mein Sohn. Mein Herz wünschte sich, dir nochmal begegnen zu dürfen. Ich habe über die vielen Jahre unter Wasser sehr viel Zeit zum Nachdenken gehabt und glaube mir, es verging kein Tag, an dem ich nicht an dich gedacht habe. Ich liebe dich mein Sohn und bitte um Vergebung." „Woher wusstest du,

dass ich hier an Bord bin?" Opaijuh erklärt es ihm: „Ich bin ein Wegbegleiter von Joselyn geworden, als ich mich in Opaijuh und zum Hüter der vergangenen Geheimnisse verwandelte. Joselyn ist mir zugeteilt und ich wusste, wenn ich ihr begegnete, würde ich meine Chance bekommen. Ich fühlte sie in meiner Nähe und mein Auftrag, Joselyn zu begleiten, kam näher. Als ich das Sternenstaubschiff sah, wusste ich, dass mein Sohn es gebaut haben musste, denn nur du hattest diese Baupläne. Ich hinterließ sie dir, damit du mich finden konntest und wir uns wiedersehen würden. Es war mein Versprechen an dich, zurückzukehren, wie ich es dir einst gegeben hatte. Und jetzt sind wir beide hier, durch deine Entscheidung, deiner Bestimmung zu folgen. Mein Sohn, ich wurde mit der Zeit weiser und irgendwann verstand ich, dass dies zu meinem Prozess der Selbstfindung dazugehört. Ich war damals ein menschliches Wesen und hatte meine Fehler. Man lernt aus ihnen erst, wenn sie passiert sind. Ich möchte nicht, das Luana ein solches Unglück erleiden muss. Sie soll ihr Leben frei bestimmt leben können. Ich wäre ihr so gern ein Großvater gewesen."
Rowan ist ganz still geworden. Er schweigt und schaut aufs Meer. Selena geht zu ihrem Mann und nimmt seine rechte Hand, Luana geht zu ihrem Vater und nimmt seine linke Hand. Beide sehen ihn gerührt an. Luana sagt: „Ich habe den besten Vater der Welt. Weißt du, was du immer zu mir sagst?" Rowan nimmt seine Tochter in die Arme und sieht ihr in die Augen, als sie weiterspricht: „Jeder hat eine zweite Chance verdient, stimmt's Papa?!" Rowan antwortet leise mit gerührter Stimme: „Ach, mein Kind! Du bist ein Segen." Luana flüstert: „Ich hab dich lieb, Papa." Sie umarmt ihn ganz fest. Selena kommt dazu, umarmt beide und wischt die rollende Träne von den Wangen ihres Mannes. Sie sieht ihn mit einem liebevollen Lächeln an. Opaijuh ist auch tief gerührt. Eine große Träne kullert aus seinem Auge. Jetzt würde er seinen Sohn gerne in die Arme nehmen, doch das ist in seinem tierischen Körper natürlich nicht möglich.
Plötzlich erscheint ein wunderschönes türkis strahlendes Licht. Es funkelt in diesem einzigartigen Farbton – Delphine springen aus dem Wasser und es eröffnet sich ein magisches, ja, ein göttliches Schauspiel vor den Augen der Anwesenden. Ein mächtiger Erzengel begrüßt mit sanfter Stimme. Er spricht: „Seid gegrüßt, ihr göttlichen Lichtwesen, ich komme mit dem tiefen Wunsch des Friedens. Eure Gebete wurden erhört und jetzt ist der Augenblick gekommen, um den Frieden in eure Seelen zu bringen. Die Antwort auf eure Gebete überbringe ich euch. Den Frieden in dir, Opaijuh, und deinem geliebten Sohn Rowan. Ich bin der Erzengel Sandalphon, der Erzengel des Gebets und der Musik. Ich helfe, verwundete Herzen zu heilen und unterstütze bei Vergebung. Es ist die Zeit gekommen, die Vergebung anzunehmen, die euch Vater Universum jetzt durch eure Gebete schenken möchte." Nach den Worten des Engels Sandalphon

erscheint ein weiteres lichtvolles Wesen. Langsam kommt es näher. Die Delphine schwimmen im Kreis um Opaijuh und eine goldene Lichtsäule entsteht um ihn herum. Rowan traut seinen Augen nicht, er erkennt in dem Wesen plötzlich seine Mutter. Er reibt sich seine Augen und sieht nochmal genau hin. Tatsächlich, es ist seine Mutter. Er ruft fragend und ehrfürchtig: „Mutter?" Sie antwortet: „Ja, mein Sohn, ich bin es. Ich komme, um euch zu sagen, wie sehr ich euch liebe und wie stolz ich auf jeden von euch bin. Alles, was geschehen ist, ist geschehen. Jetzt ist die Zeit der Heilung. Vergebt einander, damit ihr die Liebe empfangen könnt. Es ist euer Geschenk an euch selbst. Nehmt es an und ihr werdet frei sein." Opaijuh fragt freudig: „Amelia, bist du es wirklich?" Amelia antwortet: „Noah, ich habe immer an dich geglaubt. Ich komme, um dich von deinem Schicksal zu befreien. Es ist Zeit zu gehen!" Opaijuh seufzt: „Oh, ich verstehe. Ja, du hast Recht, es ist Zeit zu gehen. Ich bin bereit." Amelia spricht weiter: „Mein geliebter Noah, verabschiede dich von deinem geliehenen Körper, er wird dem Meeresgott Poseidon übergeben. Die Lehre deines Lebens ist erfüllt." Opaijuh schließt seine Augen und bedankt sich voller Demut und Dankbarkeit. Somit geschieht es, dass Opaijuhs Körper sich von Noahs Seele trennt. Die Delphine bewegen sich kreisförmig um den Körper, wodurch ein sprialförmiger Trichter entsteht, der in die Tiefen des Meeres hinabsteigt. Der Körper wird dem Meeresgott übergeben. Mutter Amelia und Erzengel Sandalphon nehmen Noahs lichtvolle Seele in Empfang. Amelia und Noah umarmen sich voller Hingabe. Es ist ein wundervoller und heiliger Akt der Liebe.

Luana hat beobachtet, was vor ihren Augen passiert ist, läuft an die Reling und ruft voller Tränen: „Oma! Opa!" Amelia spricht mit liebevoller Stimme: „Geliebte Luana, hab keine Angst, wir sind zu jeder Zeit bei dir. Deine Ahnen unterstützen dich. Du bist sehr geliebt." Luana fragt traurig: „Oma, aber warum geht ihr denn von uns, ihr seid doch gerade erst gekommen. Bitte bleibt bei mir." Amelia sagt voller Liebe: „Ach, mein Kind, wir sind immer bei dir in deinem Herzen. Wir sind verbunden mit dir zu allen Zeiten. Wenn du uns rufst, sind wir da, um dich zu unterstützen. Nur, weil du uns nicht sehen kannst, heißt das nicht, dass wir nicht da sind. Es wird die Zeit kommen, wo wir alle wieder vereint sind, aber bis dahin achte das Leben und handle immer aus Liebe. Mach besser, was wir nicht besser machen konnten. Das Leben ist ein Geschenk von Vater Universum, vergiss das nicht." Auch Noah wendet sich an seine Enkelin: „Ich bin stolz auf dich und liebe dich, mein Kind. Oma und Opa sind bei dir."

Rowan geht auf seine Tochter zu, nimmt sie in den Arm und sagt: „Alles gut, Luana." Sie fällt ihrem Vater in die Arme, er spricht weiter: „Weißt du noch, was ich dir über die Sterne erzählt habe?" „Ja! Du hast gesagt, dass die Sterne die Erinnerungen an unsere Ahnen sind." „Und was noch?" „Sie sind Wegweiser."

„Genau so ist es und so sind deine Oma und Opa auch immer für dich sichtbar hier auf der Erde. Sie werden dir zur Seite stehen." Amelia bestätigt die Worte ihres Sohns: „Luana, wir werden dir jede Nacht ein Blinzeln schenken, wenn du zum Himmel siehst. So wirst du wissen, wir sind da."
Noahs Seelenlicht gleitet sanft auf Rowan zu, breitet seine Arme aus und sagt: „Mein Sohn, ich liebe dich." Rowan erwidert die Umarmung und sagt: „Ich vergebe mir selbst und somit kann ich auch dir vergeben. Ich liebe dich auch, Vater." Rowan versteht plötzlich, dass das Leben aus reiner Selbstbestimmung und eigenem Wachstum besteht und somit niemand auf dieser Welt etwas macht, was nicht einen tieferen Grund hat. Durch diese Erkenntnis geschieht die Heilung und Vergebung ihrer beiden Herzen, durch Erzengel Sandalphon. In diesem Augenblick verstärkt sich das türkis-goldene Licht und Opa Noah und Oma Amelia gleiten friedlich und glücklich mit Erzengel Sandalphon durch das Lichttor hindurch, bis sie nicht mehr zu erkennen sind.
Rowan steht mit Selena und Luana in den Armen an der Reling und die Familie sieht dem soeben Geschehenen voller Dankbarkeit hinterher. Das Licht wird weicher und langsam verschwindet es. Ein kleines Blitzen ist am Himmel zu erkennen, ein letzter Gruß, bevor Stille einkehrt. Die Drei erkennen voller Verwunderung, dass sie dichter Nebel umgibt. Rowan fragt erschrocken: „Wo sind wir?" Auch Luana klingt besorgt: „Hier kann man fast nichts erkennen, unser Schiff bewegt sich nicht mehr, oder, Mutter?" Selena erklärt ruhig: „Das liegt daran, dass wir geankert haben. Wir sind da." Luana ruft nun aufgeregt: „Wirklich, wir sind da?" Selena lächelt: „Ja, mein Kind." „Wir müssen Joselyn finden! Schnell, lasst uns losgehen, damit wir sie nicht verpassen! Mutter, hast du Babu gesehen, er war doch vorher noch bei dir, oder?" Du fragst dich bestimmt auch, wo Babu ist! Er war sehr neugierig und hat sich während des Geschehens mit den Delphinen beschäftigt. Er hat sich einen Platz am Segelbalken gesucht und von oben die schwimmenden Schönheiten beobachtet. Vor Opaijuh hatte er ziemlichen Respekt, weil er so groß war. Deshalb fühlte er sich auf dem Segelbalken am wohlsten – von dort konnte er das ganze Spektakel am besten überblicken. Er versteht nicht ganz, was vor ihm alles passiert, aber er spürt genau, dass es wichtig für die ganze Familie ist und so wartet er geduldig, bis sich alles wieder beruhigt hat und Luana ihn zu sich ruft.
Selena und Rowan wissen ganz genau, was hier auf ihre Tochter wartet. Nichts Geringeres als eine neue Lebenserkenntnis, ihre wahre Bestimmung, wird sie hier erfahren. So geschieht es, dass sich die Familie auf dem Weg zum Turm macht, um dort Joselyn anzutreffen. So wurde es ihnen damals in der Vorsehung auf dem Berg Gelmir durch den magischen Weltenbaum offenbart. Die Botschaft von damals war: Die Vereinigung der Trinität, Trinity, Dreieinigkeit.

Damit wird die Wesenheit Gottes in drei Personen bezeichnet. In diesem Fall Mutter, Vater und Tochter in Verbindung mit Sonne, Mond und Sternen. Die Trinität durch Rowan, Selena und Luana auf Erden verankert und durch mich, Kaya und Joselyn, den Kräften aus dem Universum, gebündelt. Himmel und Erde verbinden sich durch die Kräfte der Trinität. **NEUES WIRD ENTSTEHEN.**
Die Tochter mit Namen Luana ist ein Kristallkind der Sterne. Sie hat die Macht, mit den Sternen zu sprechen. Kristallkinder sind geborene Heiler. Sie haben viel Liebe in ihrem Herzen. Sie bringen euch das Licht und bringen euch bei, wie ihr toleranter, freundlicher und fröhlicher werden könnt. Sie sind der Telepathie mächtig und mit Hellsichtigkeit beschenkt. Sie haben eine farbige, regenbogenartige Aura in Pastelltönen. Deshalb kann Luana auch mit Joselyn kommunizieren. Nicht jeder kann Joselyn auf deiner Erde sehen.

Joselyn, das Sternenkind aus dem Universum, wird sich mit Luana, dem Kristallkind auf Erden, verbinden. Was dann geschehen wird, weiß niemand.

Doch mein lieber Erdling, wir werden es bald sehen. Nicht mehr lange und in ein paar Stunden, in meiner Zeit gerechnet, wirst du durch deine eigenen Augen schwarz auf weiß lesen, ob die Prophezeiung erfüllt wird. Es passiert nicht in der Vergangenheit und auch nicht in der Gegenwart. Es geschieht in der Zukunft und du bist jetzt live dabei. Du hast die Möglichkeit geschenkt bekommen, in dieser zukünftigen wahrhaftigen Vision dabei sein zu dürfen. Das ist wahrlich ein einmaliger und heiliger Moment für uns alle.

DU ERLEBST DIE RETTUNG DER ERDLINGE UND VON MUTTER ERDE HAUTNAH.

Du wurdest von Vater Universum auserwählt, bei diesem heiligen Prozess durch das magische Buch in deinen Händen dabei zu sein.

Wird Luana Joselyn finden?
Wird Joselyn es rechtzeitig zum Turm schaffen?
Wird Luana ihre Bestimmung annehmen?
Was wird mit den beiden passieren?
Was geschieht mit Jakobus und den Schattenwesen?

Damit all diese Fragen beantwortet werden können, solltest auch du dich auf diesen Weg vorbereiten. Der Kosmos lädt dich zur Vermählung dieser unsagbaren göttlichen Kraft ein.

REISE ZUR HOCHZEIT VON HIMMEL UND ERDE

Es ist die Hochzeit von Himmel und Erde,
von Vater Universum und Mutter Erde –
vereint mit ihren Kindern aus allen Welten.
Dieses Buch ist deine Einladung,
dein Zugangstor zu diesem einmaligen und
noch nie dagewesenen Moment.
Bist du bereit? Bist du bereit, dabei zu sein,
bei etwas, das es nur einmal geben wird,
das nur einmal erstrahlen wird,
das nur einmal für diese Welt bestimmt ist?

Schließe deine Augen und s
telle dir die grüne Farbe deines Herzchakras vor.
Atme dreimal tief ein und aus.
Zeigefinger und Daumen deiner rechten Hand
berühren sich in der Mitte des Herzens.
Die linke Hand legst du auf deinem linken Knie ab.
Öffne die Augen und sprich bewusst und langsam diese Worte.
Wiederhole sie dreimal.

Alohai asi deju Gaia de vaja
somas tekum okum mej. Agnus Deju
heavijo Deij

Das heißt: Sei gegrüßt, geliebte Mutter und Vater.
Wir sind alle Liebe aus dem Kosmos. Der Friede ist in meinem Herzen.

Dein Herzchakra hast du nun aktiviert,
somit bist du vereint mit allem, was ist.

Du bist nun bereit, auf Seite 316 weiterzulesen und das Buch zu drehen.

REISE INS HIER & JETZT

Ich denke, lieber Erdling,

wenn du soweit bist,
ist es jetzt an der Zeit, dich wieder zurückzubringen.
Jetzt verstehst du vielleicht viel mehr, warum alles so ist, wie es ist.
Wir verlassen jetzt die Vergangenheit und kehren zurück,
genau dahin, wo wir die Zeit angehalten haben.

Damit dies klappt, machen wir Folgendes…

Stell dir den Moment vor,
als Joselyn gerade den hohen Rat
hinter den Felsspalten heimlich belauscht,
halte die Hände vor den Bauch,
verschränke die Finger ineinander,
lege die kleinen Finger gestreckt nach oben zusammen
und spreche ein langes aaaang.
Stelle dir beim Aussprechen des „aaaang" die Farbe Lila vor.

Zum Schluss sage den Zauberspruch ins JETZT:

„Nama deu agnus dejus diva."

Das bedeutet: Wir kehren zurück in den Moment.

Auf Seite 88 kannst du jetzt weiterlesen, wenn du das Buch wieder drehst.

Die Muschel erinnert an das ewige Werden und Vergehen. Sie dient ihrer Weiterentwicklung und ist für Joselyn ein magisches Schutzsymbol vor den dunklen Schattenwesen, denen sie irgendwann unweigerlich begegnen wird.

Diese Muschel soll Joselyn begleiten und ihr zur rechten Zeit eine bestimmte Botschaft übermitteln. Diese Muschel wird ihr ihre Herkunft offenbaren. Nicht mehr allzulange, dann werde ich, Noack, meine Vaterrolle wieder einnehmen können. Dieser Tag wird kommen. Ich sehne ihn in Dankbarkeit herbei.

Die Botschaft der Wasserwesen des Meeres an Joselyn:

„Vertraue auf die Kraft der Wandlung in deiner Herzensmitte!
Du wirst die Menschheit mit deiner Liebe retten und wiedervereinen. Du wirst Gut und Böse in Harmonie vereinen."

Hundert Lichtjahre später zur nächsten heiligen Vollmondnacht wird Joselyn ihre Offenbarung und ihr Geheimnis erfahren. Wer sie wirklich ist und was ihre Aufgabe ist. Dann wird sie in Erdlingsjahren ungefähr zehn Jahre alt sein. Du solltest auch wissen, dass Joselyn halb Feenelfe und halb Erdling ist. Sie bekam von Vater Universum ein reines Herz mit zwei verschiedenen Wesen darin geschenkt.

Warum das so ist und was es zu bedeuten hat,
wirst du bald genug erfahren.

JOSELYNS WIRKLICHE HERKUNFT – DIE OFFENBARUNG DES GEHEIMNISSES

Ich sehe Joselyn auf einem prächtigen weißen Pegasus mit einem hellerleuchteten Lichtstrahl zum Himmelstor hereinkommen. Die Sternschnuppe ist am Ende keine Schnuppe mehr, sondern ein unglaublich majestätischer Pegasus. Sein Gefieder ist prächtig und einzigartig. Ihm folgen Lichtgestalten, Engelwesen. Es ist ein unglaublich heiliger Akt und wir beide sind tief gerührt und im Herzen dankbar für dieses Wunderkind. Den Engelwesen begegnen wir zum ersten Mal und sie verkünden uns, dass die Liebe zum Leben erwacht ist. So rein und zerbrechlich und dennoch voller Leidenschaft und Hingabe. Ein reines Herz von Vater Universum, den Feenelfen und den Erdlingen gesandt.

Nur Kaya und ich sind dazu auserwählt worden, dieses Feenelfenkind großzuziehen und es zu einem besonderen Lebewesen heranwachsen zu lassen und ihr all das zu zeigen, was notwendig ist, damit sie ihre Lebensaufgabe erfüllen kann.

Kaya und ich stehen am Ufer des Flusses in der Nähe des Wasserfalls. Das Licht des Erzengels Michael führte uns getrennt voneinander an diesen Ort. Es ist ein unvergesslicher und magischer Moment. Gegenüber von uns, am anderen Ufer des Flusses, landet der prächtige Pegasus in Begleitung mit dem großen mächtigen Erzengel Michael. Er trägt unser Feenelfenkind in seinen leuchtenden Armen, legt es in den geflochtenen Korb und lässt es getragen vom Wasser in unsere Richtung treiben. Er spricht telepathisch mit uns, er spricht durch unsere Herzen. Er sieht uns an und wir fühlen uns ihm sehr nahe.

Das Wasser ist Joselyns erster Kontakt in unserer Welt, deswegen ist sie den Delphinen, Meerjungfrauen und anderen Wasserwesen sehr vertraut. Sie ist mit dem Wasser stark verbunden. So wird Joselyn in lichtvoller Begleitung der Engelwesen und von Erzengel Michael zu uns gebracht und so bekommt sie in dieser Vollmondnacht ihre heilige Wassersegnung durch Großmutterbaum Malu am Wasserfall. Die Wasserwesen schenken ihr einen Talisman. Eine Muschel mit einem spiralförmigen Gebilde darauf. Die Spirale hat die Form einer Triskele, die für die Dreieinigkeit steht.

Sie bedeutet: Wandlung – Einheit – Schöpfung – Inspiration – Empfängnis.

einer wunderschönen jungen Feenelfe herangewachsen. Ich weiß, dass bald die Zeit kommt, in der sie die Wahrheit erfahren wird. So kann ich als Schicksal, als Hüter der Zeit, als Zeitreisender, Joselyn nahe sein, sie kennenlernen. So kann ich zu jeder Zeit wenn sie mich braucht, bei ihr sein. Sie ist unglaublich und sie überrascht mich immer wieder mit ihrer besonderen Entwicklung. Ich weiß, was du gerade denkst! Natürlich kann ich in die Zukunft blicken und natürlich weiß ich, was und wie es passieren wird. Doch man kann auch als Schicksal nicht in das Herz einer kleinen Feenelfe sehen, das Herz fühlt und es bestimmt in jeder Situation seinen Weg selbst.
Es gibt immer eine Richtung, eine Landkarte, aber die Wege können verschieden sein. Sie wird und kann jederzeit ihren eigenen Weg wählen, ob steinig oder doch lieber leicht. Joselyn wird entscheiden, welche Richtung sie wählen wird. Zum richtigen Moment wird das eintreffen, was geschehen soll. Wir werden sie dann begleiten und ihr zur Seite stehen. Sie wird diesen Weg mit voller Überzeugung gehen und dann, erst dann wird es der ihre Weg sein und auch der unsere. Sie wird zusammenführen, was kein anderer zusammenführen kann. Sie wird die Erdlinge retten, wie es ihr Wunsch war, ist und bleibt. Sie wird ihr Wunder vollbringen, aus eigener Kraft. Sie wird wachsen und ihre Ängste überwinden und wir werden ihr beistehen.
So kam es, das Kaya genau wusste, wo Joselyn, ihr Feenelfenkind, zu ihr kommen würde. Damit sie ihre Mutterrolle einnehmen kann. Ihr Instinkt, dem Licht zu folgen und ihr Herz zeigten ihr den Weg zu dieser Wasserstelle an der Weide beim Rosenbusch. Dort fanden wir voller Vertrauen den geflochtenen Korb am Ufer des Wasserfalls. Sie hatte in dieser besagten heiligen Vollmondnacht eine innere Vorsehung. Der blaue Kristall offenbarte uns das Wunder.

viele Geschichten aus vergangenen Zeiten und des gesamten Kosmos erzählen, aber dies gerne ein anderes Mal.

Ich schaffe es, die Schatten mit den mächtigen Erzengeln von Vater Universum gesandt, auf den Planeten Pluto zu verbannen. Doch ich weiß nicht, dass nicht alle dunklen Schatten auf den Planeten Pluto gelandet sind, sondern leider auch auf dem Planeten Erde. Einige von ihnen sind geflohen, erst später erfahre ich, dass sie uns eine Falle gelegt haben und die Erde mit ihren Erdlingen dadurch in großer Gefahr sind. Aus irgendeinem Grund kann ich dies nicht erkennen oder vorahnen. Ich bin der Weltenwanderer, mir kann nichts entgehen und doch ist es geschehen. Die Schattenwesen haben einen mächtigen bösen Zauber eingesetzt. Er ist der Schlimmste von allen und birgt große Gefahren für den gesamten Kosmos. Sie haben eine Art kleinen Virus im ganzen galaktischen Kosmos eingepflanzt, der sich schleichend, aber sicher enorm vergrößern wird. Ein dunkler und mächtiger Stein kann meine Macht mindern und das Energienetz von Vater Universum anzapfen. Dies ist nur für einen kurzen Moment geschehen, aber der hat gereicht, um ein großes Ungleichgewicht im gesamten Kosmos entstehen zu lassen, das sich auf lange Sicht auswirkt.

Wenn wir diesen Virus nicht stoppen, wird alles, wirklich alles zur dunklen Macht übergehen. Es gäbe kein Entrinnen. Das Schlimmste, was euch auf der Erde passieren könnte, wäre ein atomarer Krieg. So in etwa kannst du dir das Ausmaß vorstellen. Es wäre die Vernichtung von allem, was dem Licht dient. Das galaktische Raumschiffskommando und viele andere mächtigen Wesen aus fernen Planeten, die dem Licht dienen, haben sich zusammengeschlossen, damit wir dies in baldiger Zukunft eindämmen können. Wir sind kurz vor dem Durchbruch. Wir beschützen die Erde. Die Schattenwesen haben sich in den Tiefen des Erdkerns versteckt und warten bis heute darauf, dass ihre Macht zunimmt und ihr Vorhaben, die mächtigste Macht im gesamten Kosmos zu sein, erfüllt wird.

Kaya bekommt von Vater Universum die Botschaft, sich mit den Erzengeln und Engeln zu verbünden und die Völker der Engel und Feenelfen zu vereinen und zu einem Volk zusammenzuführen, damit diese die Erde beschützen und jedem einzelnen Lebewesen der Erde ein eigener Beschützer zur Seite gestellt wird. So beginnt es, dass das Land des blauen Auges ein Lehrzauberland wird. Ein Land, das sich für das Gleichgewicht zwischen Gut und Böse der Menschen verpflichtet hat. Joselyn wächst bei Kaya auf und weiß nicht, dass sie ihre Mutter ist. Sie weiß auch nicht, dass ich ihr Vater bin. Wir lassen sie im Glauben aufwachsen, als Waisenkind gefunden worden zu sein. Nur so können wir sie von dieser Dunkelheit beschützen.

Als ich von meiner langen Zeitreise der Welten im Universum zurückkomme, werde ich vom hohen Rat als Beschützer an Joselyns Seite auserwählt. Sie ist zu

Feenelfe im Korb gewickelt an und verkündet uns den Namen. Ihr Name ist „JOSELYN".

In dieser Vollmondnacht passiert nicht nur ein Wunder, es erreicht uns auch ein unerwarteter Besuch von einem fernen Planeten. Die Besucher reisen aus einer anderen Galaxie an und kommen nicht mit guten Absichten. Ohne Vorsehung werden wir von einer Macht angegriffen, die wir so noch nicht kannten. Es sind dunkle Schattenwesen. Diese mächtigen Schattenwesen wollen unseren großen mächtigen Kristall, unseren blauen Saphir stehlen und unser Land mit ihrer Energie bevölkern. Es beginnt ein Kampf um unsere geliebte Heimat. Wir sind aufgefordert, uns gegen diese dunklen Schatten zu verteidigen und unser Land des blauen Auges, unseren heiligen Kristall, zu beschützen. Denn er erhält uns am Leben.

Großmutterbaum Malu sagt zu Kaya und mir, um die Sicherheit für den Planeten gewährleisten zu können, gibt es nur diese eine Möglichkeit: Wir, König und Königin, müssen uns trennen. Nur so können wir das Feenelfenkind mit der Unwissenheit über seine Herkunft vor diesen dunklen Schatten verstecken. Dies ist also die große Herausforderung unserer Liebe. Wenn das Dunkle erkennt, was hier für eine mächtige Dreieinigkeit vorhanden ist, werden wir das Licht des Friedens von Vater Universum, Joselyn, unser Feenelfenkind, an die dunkle Macht verlieren. Das werden wir verhindern. Wir werden unsere Tochter Joselyn schützen. Die Vorsehung besagt, dass es für Joselyn noch nicht an der Zeit ist, ihre göttliche Macht zu aktivieren.

Die Prophezeiung besagt auch, dass Joselyns Lebensaufgabe zur nächsten heiligen Vollmondnacht offenbart wird. Also genau in den nächsten hundert Lichtjahren wird ihr Lebensweg auf die Erde beginnen. Bis dahin sollte sie unentdeckt bleiben. Am besten unwissend und ohne mächtige Eltern aufwachsen. Ohne uns.

Kaya und ich erleben unser größtes Wunder, aber auch die dunkelste Stunde unserer Liebe. Wir entscheiden uns, dass ich von nun an nicht mehr als Elfenkönig existiere und als Schicksal der Zeit meine Pflicht annehme. Als Schicksal der Zeit habe ich die Möglichkeit, die Schattenwesen zu jagen und sie auf einen anderen Planeten zu verbannen. Somit ist es in meinen Händen, das Land des blauen Auges zu jeder Zeit zu beschützen. Kaya wird zum alleinigen Oberhaupt des Landes ernannt und verkündet meinen unerwarteten Tod im Kampf gegen die dunklen Schatten. Je weniger Feenelfen wissen, wieso und warum, umso besser ist es für unser Feenelfenkind. Als Schicksal bin ich unsichtbar für die Wesen im Land des blauen Auges, aber nicht für Joselyn, Kaya, Großmutterbaum Malu und den hohen Rat. Ich werde zum stillen Beobachter, Beschützer und Weltenwanderer der Zeit. Ich habe viele Zivilisationen erlebt und viele Kriege. Ich kann dir

NOACKS GESCHICHTE AUS VERGANGENEN TAGEN

Heute ist eine besondere Vollmondnacht. Diese Nacht kommt alle hundert Lichtjahre mal vor. Kaya ist meine Frau. Ich bin der Elfenkönig und Kaya ist das Oberhaupt, die Elfenkönigin. Wir regieren beide das Land des blauen Auges mit Gerechtigkeit und Güte. Das ganze Volk liebt unser Königreich. Unser Liebe ist rein, wir sind eins miteinander und wir wünschen uns so sehr ein Kind. Doch leider können wir kein Elfenkind bekommen, so sehr wir es auch wollen. Dennoch, im tiefsten Inneren spüren wir, dass wir Eltern sein werden und so nehmen wir uns den Zauber des wahrhaftigen Wunsches an.

Heute ist eine einmalige Vollmondnacht. Die Legende besagt, dass nach hundert Lichtjahren zur heiligen Vollmondnacht, wenn ihre Liebe stark und tief genug ist, einem Elfenkönig und einer Elfenkönigin ein Feenelfenkind durch Vater Universum gesandt wird. Doch dieses Elfenkind wird irgendwann, so die Prophezeiung, seine besondere Macht für eine große Lebensaufgabe einsetzen. Denn dieses Wesen besitzt eine unglaubliche Kraft, reine Liebe von Vater Universum. Diese Liebe dient dem Frieden des Lichts im gesamten Kosmos.

Großmutterbaum Malu hilft uns, unseren Wunsch in der magischen, heiligen Nacht zu erfüllen. Es ist ein mächtiger Zauber. Wir wissen, dass dieser Zauber auch irgendwann etwas von uns fordern wird. Dieses Feenelfenkind hat die Macht von Vater Universum tief im Herzen und diese Macht verbindet sich auch mit unseren Kräften. Den Elfenkräften von mir und Kaya. So eine Macht hat es noch nie gegeben. Sie ist einmalig und unvorstellbar.

Großmutterbaum Malu fragt uns, ob wir uns dieser Konsequenzen bewusst und ob wir dafür bereit sind. Wie du bereits weißt, sind wir nicht fähig, ein Feenelfenkind zu zeugen, wir sind dafür bestimmt, ein magisches Feenelfenkind zu erwarten, wenn es unser Wunsch ist. Sie ist das Kind von Vater Universum, wird uns als Feenelfe gesandt und zukünftig als Erdling seine mächtige Aufgabe erfüllen. Es wird ein außergewöhnliches Feenelfenkind. Wir wissen, dass es unsere Lebensaufgabe ist, unsere Liebe mit einem besonderen Wesen des Kosmos' zu verbinden. Uns ist klar, dass diese besondere Herausforderung auch unsere Liebe fordern wird. Wir sind dafür bereit und wir wissen, dass unsere Liebe stark genug dafür ist.

In dieser besagten Nacht schenkt uns Vater Universum aus dem Sternenmeer einen Stern. Großmutterbaum Malu sieht das neue Seelenlicht geboren als

TEIL 3

NEPTUN

TEIL 6

HOCHZEIT VON HIMMEL & ERDE

JOSELYNS GEHEIMES RÄTSEL – DER SCHLÜSSEL ZUR FEENINSEL

Die Meerjungfrauen bringen Joselyn wie versprochen von König Artus direkt in die tiefen Nebelwelten von Avalon. Joselyn ist fasziniert von den besonderen und schönen Wesen. Die Meerjungfrauen haben großen Gefallen an Joselyn gefunden, sie spüren, dass sie nicht von dieser Welt ist. Joselyn genießt die kurze Reise mit ihren neu gewonnenen Freunden sehr. Sie schwimmen mit ihr durchs Meer, wobei sie vieles entdecken kann. Nach einer Weile verändert sich das Wasser. Es wird dunkler und es kommen seltsame Geschöpfe daraus hervor. Leuchtende Augen starren Joselyn an. Die Meerjungfrauen umkreisen Joselyn, um sie zu schützen. Sie spürt, dass hier kein Ort ist, an dem sie sich lange aufhalten sollte. Die Geschöpfe halten von den Meerjungfrauen großen Abstand. Anscheinend können sie ihnen nicht näher kommen, obwohl sie es gerne wollen. Ein Schutzzauber verhindert es. Die Meerjungfrauen kommunizieren mit Joselyn mental und so erfährt sie von ihnen, dass diese Geschöpfe aus einer Dunkelheit ohne Licht geboren sind und dass sie die Seelen lebendiger Wesen aussaugen, wenn sie sich uneingeladen Zugang nach Avalon verschaffen wollen. Sie bewachen Avalon unter Wasser und die Herrin der See bewacht alles, was über den Wasser ist.

Diese Insel ist ein heiliger Ort voller Magie und muss streng geschützt werden. Hierhin haben nur bestimmte Wesen Zugang. Es ist die Insel der Priesterinnen der Großen Göttin und einzelner auserwählter Druiden, wie Merlin es ist. Die Herrin der See, auch weiße Fee genannt, gewährt den würdigen verstorbenen Seelen, die Heilung bedürfen, gerufenen Priesterinnen, auserwählten Druiden oder magischen Wesenheiten aus anderen Welten, Zugang nach Avalon zur Großen Göttin. Sie ist der Torwächter. Die Wesen, die Eintritt erlangen, dürfen in das Seelenboot der weißen Fee einsteigen und werden durch die Nebel von Avalon ans Ufer der magischen Insel gebracht.

Die Meerjungfrauen kommen nun an ein riesiges silbernes Unterwassertor. Es sieht schwer und gewaltig aus. Edle, große Diamantensteine in Blau- und Grüntönen zieren den Rahmen des Tors. Zwei sich ineinander webende Kreise sind darauf eingraviert. In der Mitte dieser beiden Kreise ist ein riesiger Mondstein quer und oval eingefasst. So sieht diese Mitte aus wie ein Auge und die Kreise wie zwei Halbmonde, die das Auge umfassen. Es ist das Symbol von Avalon.

Die Meerjungfrauen singen eine Melodie, ein Mantra. Sie legen ihre Hände auf das Auge und in diesem Augenblick öffnet sich das mächtige, schwere Tor. Sie schwimmen hindurch. Dahinter liegt eine andere Welt. Mächtige Marmorsäulen ebenen ihnen den Weg. Sie sind in den heiligen Gewässern der Großen Göttin von Avalon angekommen. Die Meerjungfrauen überreichen Joselyn einen goldenen Kelch, eingefasst mit roten Steinen. Mit diesem Kelch fing Maria Magdalena die letzten Blutstropfen von Jeshua, ihr kennt ihn als Jesus, auf. Dieser Kelch wurde oft als der heilige Gral angesehen, aber wie du bereits erfahren hast, ist dies nicht der Fall. Joselyn wird ihn für die Zeremonie der fünf Elemente gebrauchen können, dies ist der vorletzte Gegenstand, der ihr noch fehlt.
Die Meerjungfrauen schwimmen mit Joselyn in Richtung Wasseroberfläche und tauchen mit ihr gemeinsam auf. Überall ist dichter Nebel. Sie kommen an ein waldiges Ufer. Bevor Joselyn aus dem Wasser steigt, verabschieden sich die Meerjungfrauen von ihr, indem sie sie liebevoll auf die Stirn küssen. Joselyn lächelt dankbar. Sie hält den goldenen Kelch fest in ihrer Hand und schwimmt noch ein Stück im Wasser. In Sichtweite liegt das Waldufer vor ihr, sie ist umgeben von dichtem Nebel. Nach einer Weile stellt sie fest, dass ihre Beine den Boden berühren, so kann sie weiter zu Fuß aus dem See ans Ufer waten. Als sie angekommen ist, hält sie Ausschau nach den Meerjungfrauen und tatsächlich – sie sind noch da. Sie winkt ihnen zum Dank zu und sie winken fröhlich zurück. Ein letzter Gruß und schon hüpfen sie vergnügt wieder in die Tiefe der See zurück. Joselyn fröstelt ein wenig, sie ist ja triefend nass. Im ersten Moment weiß sie nicht so recht, was sie jetzt tun soll. Sie schaut sich um, ob sie etwas erkennen kann, ein Haus, ein Wesen? Hinter ihr liegt ein Wald mit seltsamen, knorrigen, riesigen, uralten Bäumen. Joselyn ruft: „Hallo, ist hier jemand? Kann mich jemand hören?“ Ihre Stimme hallt zurück. Danach herrscht wieder Stille. Joselyn probiert es weiter: „Herrin der See, ich rufe dich! Kannst du mich hören? Ich bitte dich, gib dich zu erkennen!“ Das Echo schallt wieder zurück. Sie setzt sich auf den vor ihr querliegenden Baumstamm und kuschelt sich ein, den goldenen Kelch fest umschlossen. Sie spürt aus dem goldenen Kelch Wärme strahlen. Es ist seltsam, ihr wird ganz wohlig warm ums Herz. Ihr ganzer Körper erwärmt sich. Sie nimmt den Kelch in ihre Hand, um ihn genauer zu betrachten. Sie erkennt, wie er strahlt und funkelt. Er trägt magische Magie in sich. Ein heller kreisförmiger Schein, der wie ein Herzschlag pulsiert. Es ist erstaunlich und bezaubernd, was gerade in Joselyns Händen geschieht.
Plötzlich erkennt Joselyn auf dem See ein fernes, kleines Licht. Ein Boot mit einer eigenartigen Form. Die vordere Spitze ist schalenförmig nach oben gebaut und das Ende dieser Spitze ist spiralförmig wie ein Schneckenhaus. Von der Spitze hängt eine kleine

goldene Laterne mit einem warmen, leuchtenden Licht. Eine Frauengestalt mit langen braunen Haaren, die aus dem weißen Kapuzengewand hervorschauen, gleitet langsam auf sie zu. Sie sieht wie eine Fee aus. In der rechten Hand hält sie einen langen, knorrigen Holzstab, an dessen Ende ein hellblauer großer Kristall prangt. Damit steuert sie das Boot auf den Steg am Waldufer zu. Davor sitzt Joselyn mit großen Augen. Mit einem Seil bindet sie ihr Boot am Steg fest und steigt erhaben aus. Ihr langes, weiß schimmerndes Gewand wird vom Wind leicht gefasst, tanzt sanft schwingend am Körper der Fee entlang. Den besonderen Stab benutzt sie jetzt als Gehstock. Sie bewegt sich auf Joselyn zu. Der Steg ist plötzlich mit vielen leuchtenden goldenen Laternen geschmückt. Der Nebel und die Laternenlichter umgeben dieses besondere Wesen. Die Begegnung mit diesem unbekannten Wesen beschert Joselyn einen unvergesslichen Moment. Das Gesicht kann sie noch nicht erkennen. Denn die Frau verbirgt sich, während sie den Steg entlang schreitet, noch immer unter ihrer schönen hellen Kapuze.

Joselyn erhebt sich ehrfürchtig und fragt mit friedvoller Stimme: „Sind Sie die Herrin der See?“ Die Fee erhebt langsam ihren Kopf, als sie vor Joselyn steht. Schimmernde, ausdrucksstarke, hellblaue Augen schauen sie sanftmütig an. Sie ist wunderschön und strahlt eine unglaubliche Wärme aus. Ein großes Gefühl der Ehrfurcht breitet sich in Joselyn aus. Die beiden sehen sich an und lassen ihre Gefühle spre-

chen, bevor weitere Worte fallen. Joselyn fühlt ganz klar, sie ist es. Die Feenfrau lächelt ihr zu und reicht ihr die Hand. Sie gibt ihr zu verstehen, sie solle ihr folgen. Joselyn tut dies vertrauensvoll. Nach einer Weile des Entlangschreitens am Seeufer erscheint aus dem dichten Nebel ein erhabener weiß-silberner Hirsch. Sein Geweih ist beeindruckend schön. Der Hirsch ist in vielen Religionen auf deiner Erde das Symbol für den sterbenden und wiederauferstehenden Jesuha. Im Christentum ist der Hirsch oder das weiße Einhorn ein Symbol für Jesus Christus. Joselyn verbeugt sich demütig vor ihm und geht dabei auf die Knie. Wie du bereits weißt, weilt im Land des blauen Auges auch ein edler weißer Hirsch mit Namen Avan, dieser hier ist jedoch ein anderer. Joselyn weiß: Ein weißer Hirsch ist der Wegweiser in die Anderswelt. Er ist ein Bote der Erneuerung und des Wandels. Die weiße Farbe des Hirschs ist neben der Bedeutung als Reinheitssymbol auch eine Farbe für die Anderswelt. Transformation und Erneuerung ist die Natur, die der weiße Hirsch mit allen teilt und die eine Resonanz mit den natürlichen Kräften des Werdens und Vergehens wahrnehmen. Er verkörpert drei Werte:

Die freie Natur ist heilig.
Die Wildnis und die Tiere sind frei.
Der Mensch als Teil dieser wilden Natur ist frei.

Der weiße Hirsch begrüßt sie mit seinen Worten: „Amaetana, Joselyn! (Das heißt: Willkommen!) Erhebe dich, geliebtes Sternenkind, du brauchst dich nicht vor mir zu verbeugen.“ Joselyn erhebt sich und in diesem Augenblick verbeugt sich der weiße Hirsch vor ihr. Nach der Ehrdarbietung spricht er weiter: „Wenn, dann sollten wir uns vor dir verbeugen, denn du bist vollen Mutes. Du handelst aus deinem Herzen und bist deiner göttlichen Bestimmung gefolgt, um Großes zu bewirken. Du stehst für die Wesen dieser Erde ein und vollbringst ein Wunder für ihre weitere Existenz, obwohl du nicht zu ihnen gehörst. Ich bin der Wächter des Feenwaldes. Die Waldgeister und ich freuen uns, dich hier im Feenreich von Avalon begrüßen zu dürfen. Wir haben dich bereits erwartet.“ Die Feenfrau spricht nun auch zu Joselyn: „Sei gegrüßt, Sternenkind des Kosmos‘ und des Landes des blauen Auges. Ich spüre deine Energie und weiß, was du bist und woher du kommst. Dies ist auch meine Aufgabe, die Energie der Reisenden zu lesen. Ich bin die Hüterin der See und des Nebels von Avalon. Mein Name ist Nibulah. Du möchtest Einkehr erhalten in unsere Welt, nicht wahr?“ Joselyn antwortet ergriffen: „Ja, ich bitte um Einkehr ins Feenreich von Avalon, liebe Nibulah, Herrin der See." Nibulah spricht: „Bevor ich dir das Rätsel aufgebe, möchte ich dir von dieser Schleierwelt erzählen. Unser Avalon, in das du einkehren möchtest, durchdringt die materielle Welt und ist eng mit dieser verflochten. Es gibt bestimmte dunkle Orte, heilige Haine oder offene Felder, an denen ein Zusammentreffen der Anderswelt mit der menschlichen Welt möglich ist. An bestimmten Tagen steht der Schleier zwischen den Welten offen, dies können aber nur Außerwählte erkennen. Flüsse trennen die Reiche und Seen oder alte Grabmonumente bilden Zugänge. Wer Avalon erreichen will, muss ein Eingeweihter sein und den Weg durch die Nebel kennen, die den Glastonbury Tor umwallen, welche wiederum nur für Eingeweihte sichtbar sind. Alle anderen würden zwangsläufig die Abtei von Glastonbury finden. Ihnen ist der Zugang zu Avalon verwehrt. Du hast den Weg hierher gefunden, obwohl du keine Eingeweihte bist. Du bist keine von uns und dennoch stehst du vor uns." Der weiße Hirsch spricht: „Wir haben dich an deiner inneren Reinheit und deinem leuchtenden goldenen Kelch in der Hand erkannt."

Joselyn kneift die Augen ein wenig zusammen: „Ich verstehe nicht ganz, entschuldige bitte." Der weiße Hirsch erzählt weiter: „Wir wissen von dir, weil wir einer Prophezeiung folgen. Eine alte Geschichte aus längst vergangenen Tagen erzählt von einem Sternenkind mit einem goldenen Kelch in der Hand, das nicht aus dieser und unserer Anderswelt stammt. Sie wird alle Welten vereinen und das Rätsel der göttlichen Kraft lösen. Die Lösung wird es direkt zum Glastonbury Tor führen, wo sie den Frieden auf der Erde und in den Anderswelten vereint. Alle Welten werden eins und verschmelzen mit der göttlichen Macht des mächtigen Vater Universum. Eine vollkommene neue Welt wird entstehen. Frieden und Freiheit für alles, was ist. Joselyns Herz beginnt schneller zu klopfen: „Was passiert, wenn ich das Rätsel nicht lösen kann?" Nibulah antwortet: „Dann wirst du dahin zurückkehren, wo du ursprünglich hergekommen bist." Joselyn ist verzweifelt: „Oh, das darf nicht passieren! Ich bin so weit gekommen, ich muss es einfach versuchen. Die Sonnenfinsternis ist bald vollkommen und ich habe nicht mehr viel Zeit. Ich bitte dich, Herrin Nibulah, offenbare mir dein Rätsel, damit ich es hoffentlich lösen kann." Der weiße Hirsch spricht: „Jeder Reisende, der kein Eingeweihter ist, muss diese Prüfung durchstehen, denn sie dient dem heiligen Wohl dieser magischen Welt. Avalon steht unter dem Schutz der heiligen Magie. Dieser Schutz darf niemals durchbrochen werden. Du bekommst nur einmal die Möglichkeit zu antworten. Wenn ein Reisender reinen Herzens ist, wird er dieses Rätsel mit Leichtigkeit lösen und darf eintreten. Also überdenke dein gewähltes Wort gut, bevor du sprichst. Bist du bereit, Sternenkind?"

Joselyn schließt ihre Augen und atmet tief durch, bevor sie sie wieder öffnet und auf ihren Kelch in der Hand sieht. Sie bittet in ihren Gedanken Vater Universum um Führung und Hilfe. Dann sagt sie: „Ja, ich bin jetzt bereit! Ich bitte um das Rätsel der göttlichen Kraft."

Nibulah spricht mit lauter und starker Stimme:

„Ich bin stark und habe Macht,
schaffe Freude, schaffe Pracht,
ich kämpfe für das Gute, besiege den Hass -
und wie ihn gibt es mich im Übermaß."

Joselyn ist ganz still und lässt die Worte in ihren Gedanken wirken. Sie legt ihre linke Hand auf ihr Herz, die rechte hält den goldenen Kelch und lauscht vertrauensvoll der Antwort in ihrem Inneren. Da sie ihre Augen dabei geschlossen hat, bemerkt sie nicht, dass viele kleine bunte Schmetterlinge sich zu ihr gesellen und sie umkreisen. Es sieht wundersam magisch aus. Nibulah steht ihr gegenüber und hält ihre Arme weit offen, um die Antwort zu empfangen. Der weiße Hirsch steht hinter ihr. Mittlerweile haben sich auch andere Tiere des Waldes dazugesellt und auch besondere Blumenelfen schauen zu. Die Bäume sind zum Leben erwacht und beobachten das Geschehen. Die neugierigen Steinwesen kullern in Joselyns Richtung, um nichts zu übersehen. Krabbelgetier und die Waldgeister umringen diesen einmaligen Moment der Stille. Die Zwerge und Trolle kommen aus ihren Höhlenverstecken. Fuchs, Dachs, Fabelwesen und Mischwesen sind fasziniert und spitzen ihre Ohren für die baldige Antwort des Sternenkindes. Sie alle hoffen mit ganzer Spannung auf die richtige Antwort. Schmetterlinge sind Naturgeister, die in bestimmten Lebenssituationen den Weg aufweisen. Sie begleiten und beschützen in bestimmten Lebensabschnitten oder sogar ein Leben lang. Sie sind das Symbol der Wiedergeburt und Unsterblichkeit. Der Freude, Leichtigkeit und Transformation. Die Schmetterlinge warten auf Joselyns Verwandlung in ihrer wahren Essenz. Wie ein Schmetterling, der aus seinem Kokon schlüpft, wird dies auch mit Joselyn passieren. Ihre magischen Kräfte erwachen.

Die Flügel ihrer Seele breiten sich aus, um neugeboren zu werden. Wenn die erwartete Antwort aus ihrem Munde fällt, wird das fünfte Element der kosmischen Kräfte geboren. Sie wird sich verwandeln in ein heiliges Wesen, dass alles, was ist, in sich trägt.

Weißt du die Antwort auf das Rätsel? Was könnte die richtige Antwort sein? Könntest du es lösen?

Joselyn öffnet ihre Augen und findet sich umringt von bunten Schmetterlingen. Sie staunt und ist vollkommen fasziniert von diesem Anblick. Ein Schmetterling setzt sich auf die Hand, die sie auf ihrem Herzen abgelegt hat. Joselyn weiß nicht, was gerade geschieht, aber sie fühlt, dass es ein Zeichen von Vater Universum ist. In dieser Erkenntnis der Wahrnehmung setzen sich plötzlich alle Schmetterlinge auf Joselyns Körper und hüllen sie mit ihren bunten Flügeln ein. Sie steht ruhig und still und lässt alles geschehen. Sie blickt auf ihren Körper herab und erkennt die Form eines Kleides. Als sie wieder hochsieht, nimmt sie wahr, dass auch andere Wesen hier sind. Sie sieht Nibulah an und ist bereit, die Antwort zu offenbaren. Nibulah ist ebenfalls sehr beeindruckt davon, was gerade geschieht. Sie erkennt die Zeichen des heiligen Wesens, gesandt von Vater Universum. Sie weiß aber auch, dass die Antwort der Schlüssel zu Joselyns Selbst ist und deshalb fordert sie sie auf: „Nun, wie lautet deine Antwort, Sternenkind des Kosmos'?"
Joselyn antwortet mit friedlicher Stimme: „Liebe Nibulah, Herrin der See, würdest du mir noch einmal das Rätsel sagen, damit ich mir vollkommen sicher sein kann?" Nibulah nickt sachte: „Nun denn, höre gut zu! Ich bin stark und habe Macht, schaffe Freude, schaffe Pracht, ich kämpfe für das Gute, besiege den Hass – und wie ihn gibt es mich in Übermaß. Was ist das, Joselyn?" Joselyn ist sich jetzt sehr sicher und antwortet klar:

„Es ist die Liebe. Die Liebe ist das Göttliche.
Das Einssein mit allem, was ist. Ich bin Liebe.
Ich bin göttlich. Wir alle sind Liebe."

Niblulah lächelt und ruft laut in die Weiten des Nebels hinaus:

seya sahim, seya alahim, seya okum feya, seya okum aleja feya!

Das heißt: So ist es, so soll es sein, so wird es sein und so wird es immer sein.

DIE ANKUNFT IN AVALON – DER TAG DER PROPHEZEIUNG

Der weiße Hirsch, der sich in Nibulahs Nähe aufhält, verwandelt sich plötzlich in ein männliches Wesen, gekleidet in ein langes helles Leinengewand. Joselyn wird durch ein magisches strahlendes Licht in die Luft getragen. Die Schmetterlinge kleiden sie in ein hellblaues, knielanges Kleid mit weißen zarten Spitzen. Winzig kleine saphirblaue und kristallklare Steine schmücken das Kleid und lassen es funkeln. Sie wirken wie kleine Sterne und glitzern im Licht. Blau steht für den Himmel, die Luft und das Wasser und bedeutet Reinheit, Wahrheit und Treue. Die Farbe Blau ist das Symbol für Sehnsucht, steht für die Seele, Freiheit, Ferne, Weisheit, inneres Licht und Ewigkeit. Joselyn fühlt sich wohl und richtet ihren Blick auf den lächelnden Mann, der auf sie zuschwebt und seine Arme für sie weit geöffnet hat. Sie spürt eine tiefe Verbindung. Die beiden umarmen sich voller Vertrautheit. Stirn an Stirn begrüßen sie sich. In diesem Augenblick lichtet sich der Nebel und eine wundervolle Welt erscheint. Die Feeninsel zeigt sich in strahlender Pracht. Das magische Avalon wirkt von oben erblickt märchenhaft beeindruckend. Saftige grüne, dichte Wiesen, ein Blumenmeer so weit das Auge reicht. Prächtige Bäume, die majestätisch in den wolkenlosen Himmel ragen. Kleine Bäche durchbrechen das grüne Kleid von Mutter Natur, der Großen Göttin. In der Ferne ist auf einem Hügel ein Turm klar zu erkennen. Die Sonne steht hoch, spendet warmes Licht und lässt Joselyns Kleid funkeln. Der Wind streicht zart durch ihr goldschimmerndes lockiges Haar. Darin steckt eine kleine weiße Lotusknospe. Die Lotusblume ist das Ursymbol für Liebe, Leben, das göttliche Licht und die Entfaltung der Welt. Sie steht für Transformation, Reinheit, Perfektion und Weisheit. Die Blütenblätter repräsentieren die vier Himmelsrichtungen und bewahren im Zentrum den kosmischen Urberg Meru – die Weltachse. Mit ihrer ganzheitlichen Kraft ist die Lebensblume das wichtigste Element der heiligen Geometrie und repräsentiert harmonische Energiemuster. Das Lotusblumen-Symbol ist das Zeichen für Erleuchtung, das Dritte Auge (Ajna-Chakra) und die Schöpfung der Welt. Der Mann hält Joselyns rechte Hand und er schwebt mit ihr aus himmlischer Sicht über das avalonische Feenreich. Er spricht mit warmherziger Stimme zu ihr: „Meine Schwester, willkommen zur Geburt deines eigenen Selbst. Der wahren Essenz deiner Gabe. Der Erleuchtung deiner Seele und deines Seins. Ich bin Jeshua, ich bin der, der ich bin. Ich bin ein Teil des Ganzen, ein Teil der Schöpfung an sich. Ich bin in der irdischen Ebene, in der letzten Inkarnation, als

Jeshua getauft. Ich bin das Licht dieser Welt. So bitte ich dich in diesem Sinne der Selbstfindung jetzt inne zu halten und dich selbst zu fragen: ‚Wer bin ich?' Aus der Tiefe deines Seins wird eine Antwort kommen. Du bist auf den Weg deines wahren Seins und schreitest auf den silbernen Pfad, um zu erfüllen, was dir von unserem Vater geschenkt wurde."
Joselyn spürt tief in sich hinein, um die Antwort zu erhören. Sie hört eine klangvolle Melodie, eine Melodie die sie so noch nie gehört hat. Gesänge der Elohim und Seraphim erklingen und bringen diesen Klang des Universums in die Vollkommenheit. Die göttliche Musik schwingt durch ihr Sein. Sanfte, liebliche Worte erklingen: **Du bist die Liebe.** Über Joselyns Wangen rollen große Tränen. Sie ist gerührt von diesem einmaligen, geschenkten Moment. Ihrem Ruf des eigenen Selbst. Der silberne Pfad verbindet sie mit ihrer Urkraft. Jeshua spricht weiter: „Vollende deinen Herzenswunsch und bring deine Erfüllung der Liebe auf die Erde. So wie ich einst das Licht gebracht habe und noch immer bringe, wirst du die Liebe bringen und sie zukünftig in die Herzen aller Wesen senden. Ich segne dich, Joselyn, und danke dir für deinen Mut." In diesem Augenblick wird Joselyn von Jesuhas Licht umhüllt. Dieses Licht bringt sie schwebend auf einen kleinen Berg in der Nähe eines steinernen Weges. Der Weg führt zum heiligen Turm, der noch weit entfernt scheint. Jeshua wendet sich wieder an sie: „Ich werde dich jetzt verlassen und Luana aufsuchen, denn auch sie wird heute, so wie du, die Botschaft ihrer Herkunft erfahren. Damit ihr beide vorbereitet in der Einheit wirken könnt, um den vor euch liegenden, zukünftigen Weg zu beschreiten." Das weiße, klare Licht verschwindet langsam und ein Herzensgruß folgt. Joselyn erwidert den Gruß und beobachtet, wie sich das Licht entfernt, in das Jeshua eingehüllt ist.
Plötzlich steht Nibulah neben ihr, sie spricht: „Willkommen auf der Feeninsel, Joselyn!" Joselyn kann es nicht ganz glauben: „Bin ich wirklich hier? Ist das kein Traum?" „Es ist kein Traum. Ja, du hast das Tor der Nebel durch den Himmel durchschritten. Dein Weg hierher führte nicht durch die Nebel der See, so wie es viele beschreiten, wenn sie hierher eintreten dürfen. Da du ein Himmelsgeschöpf bist, war dies dein Weg. Nur Meister oder Lehrer kehren über den silbernen Pfad nach Avalon. Jeshua ist dein Begleiter und Geistführer und schenkte dir diesen Moment, um dich mit seiner Energie zu segnen." „Ich bin noch immer berührt von diesem Geschenk und dieser Begegnung. Mein Herz fühlt sich so schwebend leicht an. Ich bin überglücklich, endlich hier zu sein. Liebe Nibulah, kannst du mir sagen, was dort am großen Turm gerade passiert? Ich kann verschiedene Lichtfarben erkennen!" Nibulah antwortet: „Dies sind die Erzengel, sie verankern ihre Energiesäulen um den großen Turm herum. Es stellt das heilige Lichttor dar. Das Dimensionstor, das

gebündelt die Welt deines blauen Planeten mit der Erde verbindet. Die Regenbogenbrücke sozusagen. Sie wird verstärkt, damit deine kraftvolle Fünf-Elemente-Energie später hindurchfließen kann. Der gesamte Kosmos ist heute an diesem Tag bei dir. Unglaublich viele Wesen warten auf die Erfüllung der Prophezeiung durch dich. Wir stehen alle hinter dir."

Joselyn spricht sorgenvoll: „Ich möchte niemanden enttäuschen. Ich bin sehr aufgeregt und spüre die Hoffnung und die Anspannung, die von allen Seiten auf mich einströmt. Die Hoffnung auf Frieden in allem, was ist. Weißt du, was passiert, wenn ich alle Elemente zusammen vereint habe? Wo werde ich danach sein?" Nibulah will Joselyn beruhigen: „Leg die Anspannung beiseite, sie ist dir nicht dienlich. Du bist geliebt und alles geschieht so, wie es bestimmt ist. Du entscheidest und du bist diejenige die es erfüllen kann. Wenn du deine Kräfte verbindest, wird ein galaktischer, mächtiger Energiekern entstehen, der an der Spitze des Turms zum Erstrahlen kommen wird. Ein Leuchtturm, der das Licht der Liebe verbreiten wird. Dieses Licht wird in den Kosmos und auf die Erde entsandt. Wir sind die Welt, die zwischen den beiden Welten steht. Wir bilden den Mittelpunkt dieser Lichtsäule. Joselyn, siehst du die Sonne?" „Ja, ich sehe sie. Das Licht verändert sich, nicht wahr?" „Ja, sie verfinstert sich bereits, du solltest nun gehen. Verliere keine Zeit mehr, mach dich auf deinen Weg zum Turm. Die Finsternis erreicht bald den Höhepunkt. Sei gesegnet, Kind des Kosmos', und denk immer daran: Nur du weißt, was jetzt zu tun ist." „Hab Dank für alles, Nibulah."

Nibulah verabschiedet sich und kehrt in den magischen Wald zurück, sie schickt ihr aus der Ferne einen Handkuss. Joselyn winkt ihr zurück und macht sich sofort auf den Weg. Sie schreitet schnellen Schrittes voran, um ihr Ziel baldmöglichst zu erreichen. Abrupt bleibt sie stehen, als ihr blitzartig einfällt, dass sie doch magische Stiefel anhat. Natürlich, wie konnte sie nur ihre magischen Stiefel vergessen? Sofort verstaut Joselyn den goldenen Kelch sorgsam in ihrer umgehängten blauen Tasche. Sie macht sich bereit, schlägt ihre Fersen dreimal zusammen und sofort erhebt sie sich in die Lüfte. Sie denkt sich: „Na klar, so komme ich doch viel schneller voran!" Schwungvoll düst sie los. Den Oberkörper leicht nach vorne gebeugt, ihre Arme hat sie seitlich an ihren Körper angelegt, um zu steuern. Es funktioniert mittlerweile richtig gut. Sie hat endlich den Dreh raus und ist sichtlich stolz auf sich.

Vielleicht stellst du dir gerade die Frage, wo Luana und Xeron jetzt sind? Na, ich wäre nicht Noack, wenn ich diese Frage nicht beantworten könnte. Lass uns mal nachsehen, was mir mein magischer Stab berichten kann!

Er zeigt mir Bilder von Luanas Eltern. Sie sind bereits mit ihrer Tochter und Babu durch den magischen Wald hindurch und folgen einem anderen Weg zum großen Turm. Dieser und Joselyns Weg kreuzen sich am unteren Ende des Hügels. Ich spüre Selenas und Rowans Glücksgefühle, wieder hier in ihrer magischen Heimat zu sein. Sie verbinden mit dieser Welt viele wunderschöne Erinnerungen aus vergangenen Tagen. In Avalon lernten sie, mit ihren versteckten Kräften geschult umzugehen. Als Kind kamen sie hierher, um von ihren Meistern und Meisterinnen den Weg des magischen Wissens auf sich zu nehmen. Es braucht Mut, hierher zu kommen und sich für ein magisches Leben zu entscheiden. Die ausgewählten Kinder hören diesen Ruf sehr früh. Sie fühlen ihre Bestimmung und folgen unbeirrt dem Ruf nach Avalon. Die Auserwählten spüren eine unbezwingbare Anziehungskraft. Sie sind dafür geboren, ihren Platz in der magischen Welt einzunehmen und so geschieht es, dass sie mit etwa zwölf Jahren, manche auch schon früher, den Prozess eines Druiden oder einer Priesterin beginnen. Von Generation zu Generation werden diese magischen Kräfte weitergegeben und so wird es auch mit Luana geschehen. Sie kehrt am heutigen Tag in Avalon ein. Ihre Seele hört den Ruf, sie spürt eine starke Anziehungskraft. Ihre Eltern wissen genau, warum ihre Tochter heute hier ist. Mit ihren neun, beinahe zehn Jahren beginnt ihr Weg früher als bei ihnen damals. Sie wird eingeweiht und Joselyn ist ihre Lehrmeisterin. Luanas Eltern dürfen sie begleiten, da sie selbst Eingeweihte sind – eine Seltenheit. Sie geben ihrer Tochter Raum, damit sie selbst erkennen und wahrnehmen kann. Sie lassen geschehen, was geschehen soll. Denn nur die Selbsterkenntnis lässt Erneuerungen zu. Das ist in diesem Prozess von großer Wichtigkeit.

LUANAS WAHRHEIT

Die Familie folgt dem vor ihnen liegenden, deutlich zu erkennenden Lichtstrahl des offenen Dimensionstors. Luana kann es kaum noch erwarten, Joselyn wiederzusehen. Sie ist sehr aufgeregt und hofft, ihr jeden Moment zu begegnen. In diesem Augenblick geschieht eine unbekannte Begegnung. Diese Begegnung wird für Luana die entscheidende Wende in ihrem Leben bringen. Ihre Wahrheit wird ihr durch zwei Lichtwesen offenbart. Das Licht ist so hell, dass die Familie die Augen davor schützen muss. Luana spürt eine tiefe Verbindung, etwas in ihr lässt sie ganz ruhig werden. Etwas in ihr spürt eine vergangene Heimat. Sie fühlt sich sicher und geht auf die zwei Wesen zu. Ihre Neugierde ist grenzenlos. Babu hat sich unter Selenas Kleid versteckt. Ihre Eltern senken ehrfürchtig die Köpfe und begrüßen die heiligen Wesen. Sie halten Abstand, um Luana Raum für ihre Erkenntnis zu geben.

Luana kann eine Frau und einen Mann erkennen. Ihre Silhouetten bestehen aus reinem, strahlendem Licht. Luana senkt ihren Kopf demütig und erhebt ihn wieder. Die Frau spricht zu ihr: „Wir grüßen dich, geliebtes Erdenkind. Wir kommen, um dir deine wahrhaftige Bestimmung zu offenbaren. Du kamst hierher, um dich selbst zu erkennen. Diese Welt ist und wird deine werden. Ich bin Maria Magdalena und ich offenbare dir deine Herkunft." Nun spricht der lichtvolle Mann zu ihr: „Ich bin Jeshua und freue mich aus tiefstem Herzen. Dein zukünftiger Weg wird einzigartig. Du bist viel mehr, als du dir vorstellen kannst und du bist heute nicht zufällig hierhergekommen. Du folgst deinem inneren Ruf aus einem bestimmten Grund, liebe Luana." Luana versteht nicht ganz und schaut zu ihren Eltern, die hinter ihr stehen. Selena und Rowan zeigen ihr mit einem Blick, dass alles in Ordnung ist. Luana geht einen kleinen Schritt nach vorne auf die strahlenden Wesen zu und spricht ehrfürchtig und fragend: „Du bist wirklich Jeshua und du bist wirklich Maria Magdalena, das ist kein Scherz?" Maria Magdalena lächelt liebevoll: „Nein, mein Kind, das ist kein Scherz." Luana fragt weiter: „Ich bin hier, um Joselyn zu helfen. Sie braucht meine Hilfe. Wir sind Freunde, habt ihr sie gesehen, könnt ihr mich zu ihr bringen?" Jeshua spricht: „Joselyn hilft dir, mein Kind." „Verzeiht mir, aber ich verstehe nicht." Maria Magdalena antwortet: „Wie könntest du dies auch verstehen. Deshalb sind wir da, um dir deine Wahrheit aufzuzeigen." Jeshua erklärt ihr: „Geliebtes Erdenkind, du und deine Eltern,

ihr stammt von meiner Blutlinie ab. Ihr seid die letzten Lebewesen aus meiner menschlichen DNA. Du trägst mein Blut und mein Licht in dir. Du bist das reine Licht dieser Welt und Joselyn die Liebe aus der kosmischen Welt." Luana muss vor Aufregung unweigerlich lachen: „Das ist jetzt ganz bestimmt ein Scherz. Ich bin verwirrt. Wie kann ich ein heiliges Wesen sein, ich bin doch nur ein ganz normales Kind?" Jeshua spricht weiter: „In dir fließt das königliche Blut, du wirst mit Joselyn die irdischen mit den kosmischen Welten vereinen." Maria Magdalena nickt: „Dein zukünftiger Weg wird mächtig sein und du wirst Licht und Liebe verbreiten. Du bist die zukünftige Königin dieser Welt." Luana kann diese Offenbarung nicht fassen: „Entschuldigung, ich glaube, ihr verwechselt mich mit irgendjemand anderen. Ich kann keine Königin sein. Ich bin doch selbst noch ein Mädchen. Außerdem brauchen mich meine Eltern, ihr täuscht euch. Wenn, dann ist Joselyn die Königin, die ihr sucht. Sie hat magische Kräfte und ist ein ganz besonders Wesen." Maria Magdalena spricht geduldig: „Deine Eltern kennen seit deiner Geburt deinen Weg. Du bist das Licht dieser Welt und wirst mit deinem König ein Königreich erschaffen, das Hoffnung und Frieden bringen wird."
Luana dreht sich zu ihren Eltern um, sieht sie fragend und sehr verwirrt an: „Mama, Papa, was hat das alles zu bedeuten? Ich verstehe nicht! Was passiert hier?" Rowan beruhigt seine Tochter: „Luana, dies ist die Wahrheit. Du bist auf dem Weg zu dir selbst. Deine Mutter und ich haben diesen Prozess der Selbstfindung auch durchlaufen, nur mussten wir dies damals alleine bewältigen. Alles was hier geschieht, ist ein Geschenk für dich." Selena geht vor ihrem Kind auf die Knie, hält es an ihren Schultern fest und sagt mit gerührten Augen: „Alles ist gut, mein Kind. Wir wussten von Anfang an, wer du bist und wer du sein wirst. Joselyn ist mehr für dich als nur eine Freundin." Luana versteht noch immer nicht ganz: „Was meinst du damit, Mutter?" „Es ist nicht unsere Aufgabe, dir deinen Weg zu offenbaren. Du bist es selbst, die ihre Wahrheit erkennen muss. Du musst dich selbst annehmen, als das, was du bist." „Mutter, wer bin ich denn?" Selena sieht zu den lichtvollen Wesen, um Bestätigung zu bekommen, dass sie weiter sprechen darf. Sie geben ihr ein liebevolles Nicken zurück und so spricht Selena zu ihrer Tochter: „Du bist das Licht dieser Welt. Du wirst in deinem zukünftigen Leben ein glückliches neues Königreich erschaffen. Deine Liebe des Lebens wird dir begegnen und durch die Blutlinie von Jesua und Maria Magdalena wirst du das Erbe durch deine Kinder weitertragen. Joselyn wird dir die engste Freundin und Lehrerin der kosmischen Kräfte sein und ihr beide werdet die kosmischen mit den irdischen Wesen zusammenbringen und eine neue Welt erschaffen. Dein Königreich wird Frieden auf der ganzen Welt verbreiten. Es werden keine Religionen mehr existieren, keine dunklen Gefühle,

kein Arm und Reich oder andere gesellschaftlichen Unterdrückungen. Du hast diesen Weg vor deiner Geburt gewählt. Du hast dich entschieden, dich in den Dienst des Guten zu stellen und dies mit einem neuen Königreich zu vereinen."

In Luanas Kopf formen sich weitere Fragen: „Mama! Seid du und Papa auch aus Jeshuas Blutlinie?" Selena nickt: „Ja, mein Kind. Wir sind vom heiligen Blut. Dieses Wissen trägt der Erbe ein Leben lang in sich und er trägt dieses Geheimnis bis zum Ende seiner Tage. Du, ich und dein Papa, wir tragen Verantwortung und können nicht verleugnen, was wir sind. Unser Leben bestimmt unser heiliges Geheimnis. Wir sind dafür geboren, dies zu schützen und den Menschen das Gute, die Göttlichkeit, näher zu bringen." Luana wirkt verzweifelt: „Aber Mama, ich bin doch nur ein kleines Mädchen, wie soll ich denn die Welt oder die Menschheit regieren?" Selena spricht beruhigend: „Luana, du hast noch Zeit, um dies alles zu lernen. In neun Jahren wirst du soweit sein und die Menschen werden bereit für das neue Königreich sein. Jetzt ist für dich wichtig, anzuerkennen, wer du bist und zu lernen, wie du deine Kräfte entdecken und steuern kannst." „Ich habe Kräfte?" Rowan nickt: „Ja, du hast magische Kräfte, nur hast du sie noch nicht entdeckt. Ich glaube, du hattest schon oft Momente, die dir zu erkennen gaben, dass du anders bist und du dich von anderen sehr unterscheidest, oder? Du spürtest schon immer etwas Unbekanntes in dir, nicht wahr Luana?" Luana überlegt kurz und antwortet: „Wenn ich ehrlich bin, Papa, wusste ich nie so recht, was das ist, aber da war immer etwas, was mich angetrieben hat, eine tiefe Neugierde. Etwas, was neu ist, und sich doch vertraut anfühlt. Ja, ich fühlte etwas Tiefes, es brachte mich sehr oft zum Grübeln, aber jetzt zeigt sich mir etwas Unglaubliches." Selena streckt die Hand nach ihrer Tochter aus: „Du bist nicht alleine, du bist geführt und beschützt." Rowan fügt hinzu: „Wir sind bei dir und lassen dich niemals im Stich, auch nicht, wenn wir von dieser Welt gehen. Wir sind immer für dich da." Luana spürt Tränen der Rührung in sich aufsteigen: „Ich liebe euch. Mama und Papa, was soll ich jetzt tun?"

Statt ihren Eltern antwortet Jesuha: „Erkenne an, was du bist und glaube an dich. Vertraue, dass du geführt bist und dein zukünftiges Leben wichtig für die Menschheit ist. Gehe zum großen Turm und vereine gemeinsam mit Joselyn das fünfte Element." Luana fragt ratlos: „Was ist das fünfte Element?" Jesuha antwortet lächelnd: „Das bist du!" „Ich???" „Durch mein Blut trägst du meine Energie in dir und wirst verankern, was ich vor langer Zeit in die Welt getragen habe: das ewige Leben und die bedingungslose Liebe. Du stammst aus meinem Fleisch und Blut und wirst mit Joselyn eine neue Energie auf die Erde bringen. Die bedingungslose Liebe in allem, was ist, wird sich erfüllen. Der Frieden wird sich verbreiten und Heilung wird auf der Erde geschehen. Joselyn ist der Schlüssel zu einer neuen Welt. Du und Joselyn, ihr beide seid zusammen das fünfte Element. Durch euch wird das Wunder vollbracht. Ihr seid die Rettung dieser Erde und der Menschheit. Luana, so bitte ich dich, verliere keine Zeit mehr und eile zum großen Turm. Es ist an der Zeit, dass du deinen Weg jetzt alleine gehst. Diene der Liebe, diene dem Frieden und diene dem Licht. Sei gesegnet, Königin des Friedens, gehe deinen Weg und diene dem Licht von Vater Universum und meiner Mutter Maria. Trage das in die Welt, was du bist, nämlich Frieden."

Luana ist sprachlos und versteht nicht alles, aber sie fühlt, dass es ihre wahre Bestimmung ist. Sie sieht zu ihren Eltern, die dem Geschehen voller Mitgefühl und Liebe folgen. Luana läuft in die Arme ihrer Eltern und sagt: „Ich muss jetzt gehen!" Babu hüpft in Luanas Arme. Selena lächelt: „Ich weiß, ich weiß." Rowan nickt: „Es ist gut, meine Tochter, es ist deine Zeit." Luana fragt ängstlich: „Werde ich euch wiedersehen?" Rowan bestätigt: „Wir werden uns wiedersehen, schneller, als du denkst." Luana schaut Babu liebevoll an: „Mein lieber Babu, diesmal kann ich dich nicht mitnehmen. Du musst jetzt tapfer sein. Beschütze meine Eltern. Wir werden uns wiedersehen, versprochen." Luana drückt ihren traurigen Freund ganz fest. Selena drückt ihre Tochter fest: „Hab keine Angst und folge deinem Herzen." Luana nickt, gibt ihren Eltern einen Kuss und läuft los. Sie läuft dem Licht so schnell sie kann entgegen. Sie weiß, dass sie eine Mission hat. Sie weiß nicht, wie es geschehen wird, aber sie weiß, mit Joselyn kann sie alles schaffen. Sie fühlt sich geliebt und beschützt und läuft gestärkt in ihr neues Leben.

Plötzlich türmt sich ein Schatten über ihr auf, etwas Dunkles gleitet auf sie zu. Sie sieht nach oben und erkennt Xeron. Sie ist überglücklich, ihn zu sehen. Er hat sie bereits erkannt und landet vor ihr auf dem Weg. Luana ruft freudig: „Xeron, Xeron, wie ich froh bin, dich zu sehen!" Der Drache erwidert: „Luana, wie schön, dich gefunden zu haben! Komm, steig auf, ich bringe dich dorthin, wo du dringend gebraucht wirst." „Danke Xeron, durch dich komme ich viel schneller dorthin. Joselyn, sie braucht mich." „Ich weiß, wir haben nicht mehr viel Zeit. Wir haben nur noch eine Stunde." „Ach du meine Güte, na dann los. Schnell zum großen Turm! Hast du Joselyn gesehen, Xeron?" „Nein, aber ich spüre, sie ist in der Nähe."

DER TURM – DIE VEREINIGUNG DER FÜNF ELEMENTE

So fliegen Luana und Xeron los, um die letzte Hürde auf sich zu nehmen. Das Sonnenlicht ist fast verschwunden. Nur noch ein kleines Stück des riesigen Gestirns ist zu sehen, die letzten Sonnenstrahlen. Langsam verändert sich das Wetter, ein Sturm zieht auf. Es ist spürbar, dass es nun um alles geht. Luana sieht beim Flug nach unten und erkennt unsagbar viele Menschen mit Laternen in den Händen, die sich auch in Richtung Turm bewegen. Einige sind schon am Turm angekommen und es sieht aus, als ob sie dort alle beten würden.

Luana fragt den Drachen: „Was passiert da unten, Xeron?" „Das sind die Priesterinnen und Druiden. Sie beten und singen zur Unterstützung. Sie sind alle hier wegen euch. Sie hoffen auf ein Wunder." Luana ist tief ergriffen: „Es ist alles so unwirklich und unglaublich. Was passiert, wenn wir es nicht schaffen, Xeron?" Der Drache spricht sanft: „Leg deine Angst ab, Luana. Du sollest niemals an dir zweifeln. Glaube fest an dein Ziel. Glaube an dich, denn der Glaube versetzt Berge. Es gibt nur diese eine Möglichkeit. Die Möglichkeit, es zu schaffen. Denn solltet ihr es nicht schaffen, stirbt alles, was hier jemals existiert hat. Alles wird zu Staub. Die Erde wird in Dunkelheit fallen und das wäre das Ende für alles was lebt." Diese Worte erschüttern Luana und sie ruft energisch: „Nein, nein! Nein, das lass ich nicht zu! Das wird nicht geschehen. Xeron, flieg! Flieg so schnell du kannst, bitte, damit wir unsere schöne Welt nicht verlieren!" „Deine Worte sind mir Befehl, Königin des Friedens." Luana fragt verwundert: „Woher weißt du, Xeron?" „Ich weiß es, seitdem ich auf die Erde gekommen bin. Mir wurde durch Kaya offenbart, dass du die werdende Königin bist. Ich bin hier, um euch beide zu schützen. Es ist mir eine Ehre, der zukünftigen Königin der Erde und der Lichtbringerin des Universums zur Seite zu stehen."

Endlich setzt Xeron zu Landung an. Der Turm liegt direkt vor ihnen. Xeron landet auf dem Hügelgelände. Die Energiesäulen umgeben das kreisförmige Gebäude, spenden Schutz. Eine besondere Atmosphäre umgibt den Turm. Es ist ruhig und friedlich hier. Luana steigt ab und ist beeindruckt von diesem kristallklaren Lichtraum. Die Lichtfarben verschwimmen ineinander. Man könnte es mit euren Nordlichtern vergleichen. Es ist bezaubernd magisch. In diesem Augenblick geschieht etwas Seltsames. Eine dunkle Wolke zieht auf. Das Lichttor wird angegriffen. Die dunklen Schatten greifen bewusst den heiligen Turm an und wollen ihn vernichten.

Xeron ruft: „Luana, lauf! Lauf, so schnell du kannst in den Turm. Lauf die Wendelsteintreppe hinauf. Du musst ganz nach oben. Ich versuche die Schattenwesen aufzuhalten. Beeile dich!" Luana bleibt fassungslos stehen, rührt sich nicht von der Stelle. Chaos bricht aus. Die Engel versuchen das Dimensionstor und die aufgebaute Energie zu halten und zu verteidigen. Luana schreit: „Xeron, wer ist das?" Xeron antwortet: „Jakobus ist das! Ich kümmere mich um ihn. Diesmal wird es anders laufen. Meinen Vater konnte er überlisten, aber nicht mich. Ich werde ihn jetzt endlich aufhalten!" Und so fliegt Xeron hinein in die Dunkelheit. Er ist verschwunden. Luana läuft nun so schnell sie kann die Wendelsteintreppe hinauf und ruft laut: „Joselyn?! Hörst du mich? Bist du hier?" Luana hofft auf die Stimme ihrer Freundin, aber es ist nichts zu hören. Luana ruft nochmal: „Joselyn! Ich bin's, Luana! Bitte antworte mir!" Luana ist verzweifelt. Was soll sie denn jetzt machen? Was kann sie nur tun? Sie kann doch nicht einfach nichts tun! Sie läuft und läuft. Es sind sehr viele Stufen. Sie rennt um ihr Leben. Der Turm bebt und sie muss aufpassen, nicht zu stolpern. Luana wankt von einer Wand zur anderen. Kleine Steine und Staub fallen in ihre Haare und ins Gesicht. Sie versucht Schritt zu halten und gibt alles.

Wo um Himmelswillen ist Joselyn? Warum hört sie Luana nicht?
Hoffentlich hat Jakobus Joselyn nicht erwischt?

Luana verspürt eine tiefe Angst, eine Überlebensangst. Sie überkommt die Frage, ob sie heute überleben wird? Bilder schwimmen vor ihrem inneren Auge vorbei. Bilder aus vergangenen Tagen. Liebevolle Momente. Sofort weiß Luana: „Nein, mein Glaube versetzt Berge! Ich glaube an das Wunder, das auch ich vollbringen kann. Heute ist der Tag, um die Prophezeiung wahr werden zu lassen und genau das werde ich jetzt auch tun!" Sie läuft vertrauenswürdig und entschlossen die letzten Stufen hinauf. Ganz oben angekommen, tut sich eine mächtige Halle mit eine kreisförmiges Symbol in der Mitte des Raumes vor ihr auf. Darum herum stehen vier steinerne Säulen. Luana nimmt eine Melodie wahr. Sie meint, eine hellklingende Flöte zu hören und wundert sich sehr, wer denn ausgerechnet jetzt in diesem kriegerischen Wahnsinn eine Flöte spielt. Sie vermag aber niemanden in den Hallen erkennen. Luana spricht verzweifelt in sich hinein: „Oh, Joselyn, ohne dich weiß ich nicht, wie ich das alles aktivieren kann. Bitte komme zu mir." Plötzlich, wie aus dem Nichts, erscheine ich. Ich trage meine Tochter in den Armen. Sie ist bewusstlos. Luana läuft auf mich zu: „Joselyn!

Noack! Was ist passiert? Um Himmels Willen, was ist passiert?“ Ich lege Joselyn sanft auf dem flachen Stein in der Mitte der Halle ab und sage zu Luana: „Sie wurde von Jakobus und den Schattenwesen gejagt. Sie war mit ihren magischen Stiefel zum Turm unterwegs und kurz vor ihrer Ankunft bekam sie einen dunklen Energiestoß von hinten ab und ihre Stiefel setzten aus. Sie stürzte in die Tiefe und fiel in eine Baumkrone. Die Schattenwesen wollten sie töten, doch mit letzter Kraft holte sie ihre Flöte heraus, umklammerte einen Ast und konnte gerade noch so ein paar Töne erklingen lassen. Die Flötenmelodie umgab Joselyn mit einer Schutzkugel, wodurch ich sie hören und gleich finden konnte. Als ich bei ihr war, vermochte sie sich nicht mehr festhalten und fiel bewusstlos in meine Arme. Ich konnte sie gerade noch rechtzeitig auffangen. Xeron hat uns mit seiner Feuerkraft geholfen, dass wir beschützt in den Turm gelangten. Wir müssen versuchen, sie aufzuwecken, Luana. Komm, hilf mir, sie aufzusetzen.“ Luana flüstert kaum hörbar: „Ist Joselyn…?“ Ich beeile mich zu antworten: „Nein, aber sie ist am Bein verletzt. Der schwarze Energiestrahl hat sie getroffen. Wir müssen es schaffen, sie aufzuwecken, denn nicht mehr lange und die Schattenwesen werden den Turm stürmen. Hast du keine Idee, Luana?“

Luana nimmt Joselyn ganz fest in die Arme. Sie bettet den Kopf auf ihr Herz und weint. Luana spricht zu ihr: „Joselyn, bitte wach auf. Ich weiß, du kannst mich hören. Bitte, wir brauchen dich. Joselyn! Oh, Joselyn, hörst du mich?“ Luanas Tränen fallen auf Joselyns Brustkorb und durchnässen ihr Gewand. Sie drückt sich ganz fest an ihren Oberkörper. Luanas liebevolle Tränen erwecken und erwärmen Joselyns Herz. Plötzlich spürt Luana, dass sie sich bewegt. Sie schaut tränenerfüllt auf und erkennt, dass Joselyn wirklich langsam erwacht. Luana flüstert: „Noack, siehst du das auch?“ Ich nicke und Luana spricht weiter. „Ich glaube, sie wacht auf. Joselyn, ich bin's, Luana. Erkennst du mich?“ Ich spreche zu meiner Tochter: „Meine geliebte Tochter, alles ist gut. Du bist in Sicherheit. Ich bin es, dein Vater, und Luana ist auch hier.“ Joselyn sagt mit schwacher Stimme: „Was… Was ist passiert? Wo bin ich?“ Aus Luana sprudelt es hervor: „Du hast es geschafft! Du bist im Turm! Dein Vater hat dich gerettet!“ Joselyn erkennt mich: „Vater!“ Ich antworte: „Ja, ich bin bei dir. Jakobus wollte dich daran hindern, in den Turm zu kommen. Er ist dir gefolgt, um dich aufzuhalten.“ Joselyn stöhnt: „Aua, mein Bein!“ Ich sage zu ihr: „Du bist während des Flugs tief gestürzt und hast dein Bein verletzt. Ich werde es verbinden, das wird schon wieder.“ Ich reiße einen Fetzen aus meinem Hemd und verbinde damit Joselyns Wunde. Joselyn fragt mit schmerzverzerrtem Gesicht: „Wie konnte er mir folgen?“ Ich antworte: „Er hat das Sternenstaubschiff gefunden und ist ihm gefolgt. Sein unsichtbares

Unterwasserschiff hat sich an die Unterseite des Schiffs gehängt. Aber das ist jetzt nicht mehr wichtig. In knapp zehn Minuten wird uns hier alles um die Ohren fliegen. Komm, Joselyn, wir helfen dir hoch."
Mein Mädchen hat Schmerzen und sagt suchend und sehr besorgt: „Wo ist meine Tasche? Ich brauche meine Tasche, ohne meine Tasche sind wir verloren!" Luana begibt sich sofort auf die Suche und ruft nach kurzer Zeit: „Hier! Ich hab sie gefunden!" Da ist sie, die blaue Tasche. Joselyn ist den Tränen nahe: „Ich bin so froh, dass ihr hier bei mir seid." Luana sorgt sich wegen der Wunde: „Geht's denn, Joselyn?" „Das ist jetzt nicht wichtig. Komm, Luana, lass es uns jetzt zu Ende bringen." Luana nimmt Joselyns Hand: „Ja, wir schaffen das, Joselyn. Gemeinsam sind wir stark. Sag mir, was ich tun kann." „Du hast heute etwas über dich erfahren, oder?" Luana sagt irritiert: „Du meinst das mit der Königinnen-Sache?" Joselyn schmunzelt: „Ja, genau, das mit der Königinnen-Sache." „Seitdem du in mein Leben getreten bist, ist nichts mehr so wie es vorher war. Aber ich bin sehr froh, dass ich jetzt bei dir bin." Joselyn nickt und antwortet: „Wir müssen uns im Klaren sein, was wir sind. Nur wenn du und ich wirklich bereit sind, kann das alles erst funktionieren. Du musst es tief in dir wollen und zwar alles, auch das, was dir noch unwirklich erscheint und Angst macht. Vertraust du mir?" Luana nickt ernst: „Ja, ich vertraue dir voll und ganz. Ich lasse nicht zu, dass wir einfach so untergehen. Wie können wir das verhindern?" Joselyn ruft: „Na, dann los! Lass uns die Erde retten und das Licht der Liebe aktivieren!" „Ich bin bereit!"

Joselyn nimmt alle Gegenstände aus ihrer Tasche. Plötzlich steht Jakobus im Raum und spricht: „Niemand wird das Licht erstrahlen lassen. Die Dunkelheit hat jetzt die Macht. Es ist vorbei. Es ist endgültig vorbei. Ihr beide gehört der Dunkelheit." Ich mache mich bereit und sofort beginnt zwischen mir und Jakobus ein Kampf der magischen Kräfte. Ich lenke ihn ab, um Joselyn und Luana Zeit zu verschaffen und rufe: „Joselyn! Luana! Beeilt euch! Schnell!" Xeron durchbricht das große Fenster, um mir zu helfen. Er kümmert sich um die Schattenwesen. Die Druiden aus Avalon bekämpfen die Schattenwesen mit ihren Kräften von außen. Die Priesterinnen bitten die Große Göttin um Hilfe. Die Erzengel verteidigen ihre Energiesäulen. Wir werden komplett von den dunklen Mächten überrollt. Es sind sehr viele. Da, plötzlich kommt aus der Ferne ein Heer von Drachen. Die Drachenkrieger stehen uns zur Seite. Erzengel Michael hat sie gerufen. Es ist kein leichter Kampf, aber wir tun alles, um es schaffen zu können.

Joselyn ruft Luana zu: „Nimm diesen Meteoritenstein und such die Säule für das Element Erde. Lege ihn auf die Säule. Alle Säulen benötigen nun ihr fehlendes Element!“ Man glaubt es nicht, aber plötzlich stehen Luanas Eltern und Babu im Raum. Rowan durchblickt die gefährliche Situation in der Halle, fällt Jakobus sofort von hinten an und wirft ihn zu Boden. Er möchte ihn hindern, weitere magische Kräfte einsetzen zu können. Sie kämpfen mit den Fäusten. Ich und Erzengel Michael, wir kämpfen jetzt gemeinsam mit Rowan in der heiligen Halle, um das Schlimmste zu verhindern. Selena läuft zu den Mädchen, sie erkennt sofort, was zu tun ist und hilft ihnen, die Elemente zu aktivieren. Babu folgt ihr und nimmt eine Säule in Beschlag. Luana stellt sich mit dem Metoritenstein in der Hand vor die Säule, die für das Element Erde steht. Joselyn nimmt den blauen Saphir und positioniert sich vor der Luft-Säule. Selena läuft zum Element Wasser und ruft zu Joselyn: „Welchen Gegenstand hast du für das Element Wasser, Joselyn?“ Joselyn erinnert sich und ruft: „Die Muschelkette der Meerjungfrauen!“ Joselyn löst sie von ihrem Hals und wirft sie Selena zu. Babu steht an der Feuersäule und ist ratlos. Er gibt sich laut zu erkennen und schnattert, was das Zeug hält. Luana wird auf ihn aufmerksam und erkennt, dass dort noch kein Gegenstand ist. Sie fragt: „Was ist mit dem Element Feuer?“ Joselyn atmet tief ein: „Ach ja, das wird ein Problem werden.“ Luana versteht nicht: „Was für ein Problem?“ „Für dieses Element habe ich keinen Gegenstand.“ „Was? Warum nicht? Das ist nicht gut!“ Selena antwortet bestimmt: „Aktiviert eure Säulen! Wir kümmern uns später um das Element Feuer!“
Es ist nicht leicht in all dem Chaos, sich zu fokussieren. Rowan kämpft noch immer mit Jakobus. Ich und Erzengel Michael versuchen die Flut der Schattenwesen einzudämmen. Ich rufe Rowan zu: „Halte durch, ich bin gleich bei dir!“ Jakobus kämpft mit allen Mitteln und brüllt: „Ihr könnt es nicht verhindern! Ihr seid zu spät! Ihr werdet alle vernichtet!“ Rowan antwortet gelassen: „Das werden wir ja noch sehen.“ Jakobus lacht laut auf: „Ich bin viel zu mächtig für dich! Du hast keine Chance!“ Rowan lässt nicht ab von Jakobus. Er kämpft mit allen Mitteln.
Luana steht vor ihrer Säule und legt den Meteoritenstein in eine Einkerbung. Aber nichts passiert. Sie ruft: „Es passiert nichts, Joselyn! Ich mache irgendetwas falsch, aber was?“ Selena steht vor ihrer Wassersäule und legt den Muschelanhänger in die vorgesehene Mulde und ruft ebenfalls voller Besorgnis: „Ja, auch bei mir passiert nichts! Irgendetwas übersehen wir!“ Joselyn steht vor ihrer Luftsäule, hat ihren blauen Saphir in der Einkerbung abgelegt – auch bei ihr geschieht nichts. Sie flüstert verzweifelt: „Warum funktioniert es nicht?“ Laut ruft sie mir zu: „Vater, es funktioniert nicht! Was können wir tun?“ Jakobus lacht und ruft: „Es ist zu spät! Ihr habt

versagt!“ Ich schaue zu ihnen und erkenne, was das Problem ist: „Die Säulen lassen sich nur durch Erde zu Erde, Luft zu Luft, Feuer zu Feuer und Wasser zu Wasser, aktivieren!“ Joselyn antwortet: „Ja, ich weiß, das haben wir getan!“ Ich rufe: „Joselyn höre zu! Erde zu Erde, Luft zu Luft... Verstehst du nicht?“ Luana grübelt: „Erde zu Erde? Was soll das bedeuten? Joselyn, was meint dein Vater?“ Joselyn denkt nach, spricht die Worte ihres Vaters im Inneren nach und begreift: „Luana, jetzt verstehe ich! Erde zu Erde! Schnell, nimm Erde und streue sie auf die Säule. Selena, du brauchst Wasser und ich brauche Luft. Schnell, beeilt euch!“ Luana nimmt Steinklumpen und Staub, die von der Decke gefallen sind und streut diese auf den Metoritenstein. Plötzlich schießt ein kräftiger gelber Strahl aus der Säule hervor, direkt dem Himmel empor. Luana ruft freudig: „Es funktioniert!“ Selena überlegt, wo sie jetzt Wasser herbekommen kann und kommt nur auf eine Lösung: ihr Speichel. Sie spricht zu sich: „Verzeiht mir, Vater Universum, dass ich jetzt auf dieses heilige Element spucken muss, aber was muss, das muss.“ Sofort schießt ein blauer Strahl aus der Säule hervor und ebenfalls dem Himmel entgegen. Selena jubelt: „Ich hab‘s geschafft!“ Joselyn sieht, wie sich die Säulen aktivieren und macht sich schnell an ihre Säule. Sie pustet sanft auf den blauen Saphir und sofort schießt ein weißer Strahl nach oben. Sie springt voller Freude in die Luft und ruft: „Ja, es funktioniert wirklich!“ Babu wartet verzweifelt auf der Feuersäule und läuft auf und ab.

Luana umarmt ihre Freundin fest: „Super, Joselyn!“ Die sagt entschlossen: „Jetzt die letzte Säule.“ Alle drei stürzen auf die letzte Säule zu und Selena spricht: „Wir brauchen Feuer, das ist klar!“ Joselyn fragt besorgt: „Wo sollen wir jetzt Feuer herbekommen?“ Auch Luana ist ratlos: „Das ist einfach nicht gut! Wir brauchen Hilfe!“ Joselyn überlegt verzweifelt: „Ich habe irgendwas übersehen, nur weiß ich einfach nicht, was.“ In diesem Augenblick steht Xeron unerwartet neben Joselyn und spricht deutlich: „Du hast nichts übersehen. Ich bin das Feuer!“ Joselyn ruft freudig: „Du schaffst es jedes Mal, zur richtigen Zeit am richtigen Ort zu sein. Natürlich, du bist ja auch ein mächtiger Feuerdrache!“ Xeron spricht: „Ja, das bin ich. Vergiss nicht, wir sind verbunden und ich fühle dich.“ Joselyn lächelt: „Dann bitte ich dich, schenke uns dein Feuer! Die Feuersäule ist die letzte der vier Säulen, die noch nicht aktiviert ist. Weißt du auch, was der jeweilige passende Gegenstand der Feuersäule ist?“ Xeron nickt: „Es ist die Herzmedaille meines Vaters. Sie ist das fehlende Glied auf dem Sockel der Feuersäule.“ Joselyn reißt die Augen auf: „Aber die bedeutet dir doch so viel. Sie ist von deinem Vater!“ „Ja und er hat sie für seinen Mut bekommen. Nun wird sich das Herz in Feuer verwandeln. Eine bessere Ehrung kann diese Medaille nicht erhalten. Sie ist ein Teil des großen Ganzen. So wie wir alle hier.“ Xeron nimmt die Herzmedaille von seinem Panzer ab und wirft sie Joselyn zu.

In diesem Moment hat Jakobus es geschafft, Rowan abzuwehren, der nun bewusstlos am Boden liegt. Selena läuft zu ihrem Mann und legt sich schützend über ihn. Luana ruft besorgt: „Vater!“ Sie möchte zu ihm, doch es ist ihr nicht möglich, zu ihm zu gelangen. Jakobus schießt gezielt mit seiner Energie auf die Medaille und verändert die Wurfrichtung. Sie fällt im hohen Bogen, entfernt sich weit aus Joselyns Richtung, doch dann erscheint ein mächtiger Zauberer in den Hallen. Es ist der wahrhaftige Merlin. Merlin ist Druide in Avalon und lehrt den Druiden als strenger Lehrer das magische Wissen. Er weiß genau, ob jemand sein Wissen für den eigenen Ruhm oder den Dienst an den Menschen einsetzen will. Mit seiner Zauberkraft zielt er auf Jakobus und bändigt ihn. Die Medaille schwebt mit Leichtigkeit zu Joselyn und Merlin spricht: „Ich bin der Meister des Dunklen wie auch des Hellen und in der Lage, die Macht in beidem zu erkennen und zu nutzen. Es ist Zeit, das Gleichgewicht wieder herzustellen. Auch ihr beide habt diese Kraft in euch, seid furchtlos und behaltet euren uneingeschränkten Respekt, so werdet ihr in Zukunft in Avalon durch eure Lehrmeister diesen mächtigen Kräften näher kommen. Das hier ist die erste Prüfung eures Mutes und eures Willens. Vollendet es und ihr werdet zu mächtigen Wesen dieser drei Welten neu geboren.“

Ich und die Drachenkrieger mit Erzengel Michael übernehmen mit unseren magischen Kräften währenddessen die übrigen Schattenwesen. Wir stecken noch immer mitten im großen Kampf und verschaffen damit Joselyn und Luana die Möglichkeit, ihre Aufgabe zu vollbringen. Joselyn spricht zu Merlin: „Mit tiefen Respekt und Demut bedanke ich mich für Eure Hilfe!“ Sie legt ohne Zögern die Herzmedaille in die Einkerbung und ruft: „Für das neue Königreich der drei Welten!“ Luana ist sprachlos. Sie glaubt es einfach nicht: Da steht wirklich der mächtigste aller Zauberer vor ihr. Sie kennt ihn nur durch ihre Bücher und kann nicht fassen, dass er Wirklichkeit ist. Joselyn ruft, um sie aus ihren Gedankenwelt zu holen: „Luana!“ Xeron ruft auch zu Joselyn und Luana, die sich an der Feuersäule aufhalten: „Verschwindet von der Säule! Schnell, beeilt euch!“ Der Drache sprüht die Feuerkraft auf die Säule aus seinem großen Maul. Im nächsten Augenblick erhebt sich eine gewaltige rote Lichtsäule in den Himmel. Merlin hat Jakobus indessen in eine magische Energiehülle eingesperrt, damit geschehen kann, was geschehen soll. Merlin fordert die Mädchen auf: „Luana und Joselyn! Jetzt ist der Moment. Stellt euch in die Mitte auf den steinernen Sockel!“ Luana nimmt Joselyn an der Hand, sie laufen auf die Mitte zu und stellen sich gemeinsam auf die Steinplatte. Doch nichts geschieht. Luanas ruft besorgt: „Es passiert nichts!“ Joselyn weiß sofort, was fehlt und sagt: „Oh nein, der goldene Kelch!“ Luana fragt: „Wo ist der goldene Kelch?“ „Er muss in meiner Tasche sein!“ Babu hilft sofort und hat den goldenen Kelch bereits entdeckt. Er zerrt ihn aus der Tasche hervor. Er ist für ihn sehr schwer. Luana läuft ihm schnell entgegen, nimmt ihn ab und sie sagt zu ihm: „Danke, Babu und jetzt suche dir Schutz. Schnell!" In diesem Moment öffnet sich ein Lichttor und Kayas Stimme ist zu hören: „Mein Kind, es sind nur noch wenige Sekunden. Ihr müsst es jetzt sofort tun!" Joselyn ruft verzweifelt: „Mutter! Was müssen wir tun?" „Vereint euer Blut in dem Kelch, jetzt!" Luana hebt geistesgegenwärtig eine Fensterscherbe vom Boden auf und schneidet sich damit in ihre Hand, Joselyn tut es ihr nach. Die beiden pressen ihr Blut aus der Haut und lassen es in den Kelch tropfen. Gemeinsam halten sie den Kelch über das geheimnisvolle und heilige Symbol.

Ich höre deine Gedanken!
Du fragst dich, was das für ein Symbol ist?

Dieses Symbol entstammt aus der heiligen Geometrie und deutet auf die Blume des Lebens hin. Es trägt den Namen Metatronwürfel. Er steht für den höchsten Engel im Kosmos. Sein Name ist Metatron und er wird als Hüter des Throns von Vater Universum bezeichnet. Der Würfel des Metatron zählt zu den wichtigsten Informationssystemen im Universum und gemeinhin als grundlegendes Schöpfungsmuster jeglicher Existenz. Aus diesem Muster heraus lassen sich die dreidimensionalen platonischen Körper herausbilden: Tetraeder (Vierflächner aus vier Dreiecken), Hexaeder (Sechsflächiger Würfel aus sechs Quadraten), Oktaeder (Achtflächner aus acht Dreiecken), Dodekaeder (Zwölfflächner aus zwölf Fünfeckern), Ikosaeder (Zwanzigflächner aus zwanzig Dreiecken) und Kubus. Zur Verdeutlichung kann ich dir folgendes Beispiel geben: Die Lebensblume kann mit dem Zyklus eines Obstbaumes in folgender Reihenfolge wiedergespiegelt werden: Der Baum trägt Blüten. Diese werden zu Früchten (Äpfel, heilige Gebäude, magische Wesen). Im Inneren der Früchte befindet sich die Saat (der Metatronwürfel). Fallen die Früchte auf die Erde, erwachsen aus dieser Saat neue Bäume (Neues entsteht).

Jetzt erzähle ich dir aber weiter, was in diesem Augenblick geschieht, wir sind ja mitten im Geschehen! Jakobus versucht mit seiner dunklen Energie alles, um sich von Merlins Zauberkraft zu befreien. Er ist machtlos gegen ihn. Joselyn ruft Luana zu: „Halte dich gut an mir fest und lass niemals los! Wir schaffen das, Luana!" Die beiden haben den Kelch mit ihrem Blut zwischen ihre Körper gepresst.

Sie umarmen sich so fest sie nur können und schließen dabei ihre Augen. Ein Sog entsteht und wahrhaftig: Es passiert wirklich! Eine mächtige goldene Lichtsäule erstrahlt. Alle Anwesenden werden von der Wucht des Strahls zu Boden gedrückt. Luana und Joselyn stehen fest verankert beieinander. Die Schattenwesen werden sofort ins Licht gezogen. Sie haben keine Chance. Jakobus wird mit seinem schwarzen Stern von dieser mächtigen goldenen Energie eingefangen und Merlin kann Abstand nehmen. Der Strahl sieht aus wie ein riesiger, goldener Tornado und im Zentrum dieser mächtigen Kraft stehen die beiden Mädchen. Ihre Haare wirbeln umher. Ihre Körper sind mit strahlendem Licht umkleidet. Jakobus schwebt jetzt über den beiden, gefangen in der lichtvollen Hülle. Nun geschieht etwas Eigenartiges. Jakobus verschwindet nicht einfach wie seine Schattenwesen zuvor, sein Körper verändert sich. Der schwarze Stern gewinnt seine Leuchtkraft zurück und nimmt als großer heller Schein seinen Platz in der Lichtsäule ein. Das Ganze sieht aus wie ein goldener Leuchtturm, der jetzt sein Strahlen verbreitet. Der schwarze Stern verwandelt sich wieder in einen Stern, aber diesmal wird er nicht als gewöhnlicher Stern geboren, sondern zu einem Lichtbringer und Symbol für die drei Welten, die sich nun vereinen. Sein Licht umhüllt jetzt den Planeten Erde wie ein großes Netz. Dieses Licht sendet Heilung für Mutter Erde und allen Lebensformen. Der goldene Leuchtturm wird ein bleibendes, sichtbares Eingangstor werden, das die Mitte zwischen Erde, Planet Neptun und Avalon repräsentiert. Eine silberne Sternenstaubbrücke entsteht, die alle drei Welten in einem Dreieck verbindet. Es sieht unbeschreiblich schön aus. Jakobus' Körper wird kleiner und kleiner. Er schrumpft, bis nichts mehr von ihm übrig ist. Ein kleiner roter Funke ist noch zu sehen. Plötzlich explodiert dieser kleine Funke in der Mitte des entstandenen Dreiecks der Sternentaubbrücke zu einem unglaublich hellen Licht. Ein Thronengel mit mächtigen Flügeln breitet sich in der goldenen Lichtsäule aus. Die Erzengel verbinden die jeweilige Farbsäule mit ihren eigenen Kräften und verstärken sie damit, um den Thronengel mit seiner Liebesenergie aufzuladen. Währenddessen sendet auch Kaya mit dem Hohen Rat und den Blauijanern ihre Kräfte in diese Mitte. Die Blauijaner haben sich bei Großmutterbaum Malu versammelt und singen ihr Gebet schon seit Stunden, um die goldenen Energie über ihre Regenbogenbrücke, auch Dimensionstor genannt, fließen zu lassen, damit sie sich mit der silbernen Sternenstaubbrücke verbinden können. Es entsteht eine sehr mächtige Energiesäule. Drei Welten treffen aufeinander und werden zu einer neuen Welt. Alles wird sichtbar, was verborgen lag. Aus der Energiesäule bildete sich eine neue silberne Sternenstaubbrücke. Der Thronengel der Liebe ist wieder in seine Ursprungskraft gekommen und sendet die bedingungslose Liebe in alle Richtungen.

Geboren wird in diesem Moment etwas noch nie Dagewesenes. Etwas Unfassbares. Etwas Neuartiges.

Vielleicht kannst du dich noch erinnern, was ich dir in deinem magischen Buch viele Seiten vorher über den Thronengel erzählt habe?

Ich erzählte dir, dass Vater Universum, die Quelle, die Göttlichkeit, damals ein neues Experiment begann. Ein neuer Stern entstand und wurde in seinem Werden unterbrochen. Das darf nicht geschehen. Dadurch entstand die Dunkelheit, ein schwarzer Stern. Der Thronengel der Liebe hatte sich dazu entschieden, sich von der Göttlichkeit zu entfernen. Er wollte in eine neue Welt eintauchen, in eine dunkle Welt. Und zwar nur, um zu beweisen, dass trotz aller Dunkelheit am Ende immer die Liebe siegen würde. Als Jakobus ging er hinter den Schleier des Vergessens – er wusste nicht mehr, dass er der Engel der Liebe war. In dieser Dunkelheit war er ganz alleine. Er fand heraus, wie sich mit der dunklen Energie eine Macht entwickeln ließ. Damit zog er Menschen in den Bann, die ihm folgten – er baute sich ein eigenes Imperium auf. So entstanden die Schattenwesen. Und so ausweglos auch alles schien – der Engel der Liebe in ihm glaubte weiterhin an die Macht der Liebe.

Was ist ein Thronengel?

Zu den Thronengel gehören die Herzenskräfte des Mutes und damit verbunden die Opferbereitschaft mit allen inneren Kräften, den höheren Willen in die Tat umzusetzen. Sie helfen einem Erdling, sein Schicksal bewusst anzunehmen und willensstark an seiner Entwicklung zu arbeiten. Sie sind der göttlichen Quelle am nächsten. Obwohl es ihre Aufgabe ist, Gedanken in Materie zu verwandeln, existieren diese Engel jenseits der Materie auf einer rein gedanklichen Stufe. Sie sind die Kraftzentren, welche die Kraftplätze im gesamten Universum und auf der Erde mit göttlicher Energie versorgen. Sie werden auch als Begleitengel für jeweils einen Planeten und als Hüter der Welten beschrieben. So wandeln sie langsam das göttliche Licht, bis es auf der Erde wirken kann.

Joselyn wurde von Vater Universum gesandt,
um ihr eigenes Wunder zu vollbringen.
Ihr Wunsch war mächtig,
dennoch entstand daraus mehr
als nur dieser eine Wunsch.

DIE DREI WELTEN WURDEN VERBUNDEN

Mit einer silbernen Sternenstaubbrücke in Dreiecksform.
Die Drei Schichten sind:
Das Land des blauen Auges – Der Planet Neptun
Die Erdlingswelt – Der Planet Erde
Die Zwischenwelt – Das Feenreich Avalon

Das ist aber noch nicht alles.

Joselyn erlöst den Thronengel der Liebe aus seiner Dunkelheit und gibt ihm seine göttliche Anbindung zurück. Er wurde wieder zu dem, der er vorher war und nahm seinen Platz in der Quelle ein, um für Vater Universum wieder wirken zu können.

Sie rettet den Planet Erde – Mutter Erde mit all ihren Lebewesen und ermöglicht so eine neue Chance. Die Chance, das Leben auf der Erde neu zu ordnen. Neue Herausforderungen zu meistern und sich zu überwinden. Die Geschichten der Vergangenheit sollen vor allem als Warnung dienen, um neue Geschichten in der Zukunft zu schreiben – durch Mut und Liebe.

Sie findet eine neue Freundin und schenkt ihr durch die Errettung der Erde eine neue Zukunft als Königin des Friedens.

Ihr Wunsch von damals, als sie noch ein junges Sternchen war, ist jetzt in Erfüllung gegangen. Eine Chance, die sie von Vater Universum geschenkt bekommen hat, nur weil sie von Anfang an so fest an sich und ihren Wunsch geglaubt hat. Sie war entschlossen und hatte den Mut, in fremde Welten hinauszugehen und sie kennenzulernen. Die Menschheit und die Erde wurden durch ihren Mut gerettet.

Für Joselyn und Luana beginnt jetzt ein neuer Weg. Die Zukunft kann jetzt durch Vertrauen und wahrhaftigen Mut neu erschaffen werden. Egal wie groß oder klein du bist, jeder kann Wunder vollbringen, auch du. Du musst nur ganz tief in dir drin wollen, etwas

Unmögliches zu bewirken. Hast du dich erst einmal entschieden, eine neue Herausforderung anzunehmen und damit Gutes zu tun, wird alles, was du dafür benötigst, zu dir kommen.

Wer glaubt, hofft. Wer hofft, vertraut und wer vertraut, wird Wunder gebären. Der Thronengel der Liebe hat bewiesen, dass die Liebe immer siegen wird.

Egal wie lange es auch dauert. Die Welt ist weder gut noch böse. Der Geist lässt Gut und Böse durch Bewertung entstehen. Das Experiment der göttlichen Quelle und die freiwillige Entscheidung des Thronengels in die Dunkelheit zu gehen, hat am Ende gezeigt, was Liebe alles schaffen kann. Ein Feenelfen-Mädchen und ein Menschenkind haben am Ende durch Vertrauen, Tapferkeit und ihren Glauben mehrere Wunder geschehen lassen. Es werden immer die Hoffnung und die Liebe gewinnen. Es ist nur eine Frage der Zeit und der Geduld. Jeder Mensch, jedes Lebewesen, ist aus Liebe entstanden. Das Herz eines Jeden ist gut. Niemand ist von Grund auf böse, egal was geschehen ist. Alles, was geschieht, hat seine Bedeutung oder wird später seine Bedeutung erhalten. Du erntest den Samen, den du aussäst. Dennoch gibt es die Wiedergutmachung und die Chance, neu anzufangen. Es ist nie zu spät dafür. Du bist auch nie zu alt dafür. Du musst nur diese Entscheidung fällen und es wird geschehen. Das, was du nach außen hin zeigst, wird dir wie durch einen Spiegel durch andere Menschen zurückgesendet. Sendest du Freundlichkeit und Liebe, kommen diese auch zu dir zurück. Alles ist ein Geben und Nehmen. Sendest du schlechte Energie, wird dir diese Energie so lange begegnen, bis du dich wieder für die positive Energie entscheidest. Es gilt, nur mit Liebe zu handeln und Liebe zu sein.

Die Botschaft dieses magischen Buches ist an dich: Sei du die Liebe. Du bist göttlich und hast magische Kräfte. Finde deine Kräfte. Finde deine Erfüllung. Strebe nach deiner inneren Wahrheit. Schenke dir selbst Vertrauen und liebe dich, dann wird dich ein wundervolles Leben erwarten.

Du kannst ein*e Geschichtenmacher*in, Lebenswandler*in, Abenteuersuchende*r, Wegefinder*in, Entdecker*in und Erforscher*in, Hoffnungsspender*in, besonderer, einzigartiger Mensch und ob du es glaubst oder nicht, auch ein universelles Wesen sein. Du bist wie Joselyn und Luana, nur auf eine andere Art und Weise. Du bist nicht nur menschlich, du bist auch göttlich, kannst dir deine eigene Wirklichkeit erschaffen und dir deine eigene Brücke des Lebens errichten, um dich mit deinen Welten zu verbinden.

Eine weitere Frage, die dir jetzt bestimmt im Kopf herumschwirrt: Was wird mit Luana und Joselyn danach geschehen? Nun! Luana und Joselyn sind am Anfang einer Reise. Einer Reise in die eigene magische Kraft. In der heiligen Halle herrscht Stille und Frieden wie auch auf dem ganzen Planeten Erde. Alle Lebewesen bewegen sich wie in Zeitlupe. Sie schweben leicht wie ein ungeborenes Kind im Mutterleib. Die Zeit wurde einfach verlangsamt. Alles, was lebt, wird jetzt mit neuem Bewusstsein ausgestattet. Einer Bewusstseinserhöhung. Eine fünfdimensionale Intelligenz wird bei den Erdlingen aktiviert. Dieser Vorgang ist behutsam und dennoch ist er auch erschöpfend. Luana und Joselyn schweben in der Raummitte des goldenen Lichtes. Sie sind in einem Wachtraumzustand gefallen und erleben die Gegenwart und die Zukunft in Schnelldurchlauf vor ihrem inneren Auge. Das dient dazu, um eine größere Perspektive über die kosmischen Gesetze zu erhalten, die für alle Wesen gelten und von Vater Universum stammen. Sie sehen durch Vater Universums Augen und können dadurch das große Ganze, den neuen Weg des Friedens, erkennen. Alles schwebt federleicht in dieser goldenen Energie. Nicht nur die Wesen außerhalb des Turms schweben, sondern auch alles, was nicht niet- und nagelfest ist. Vergleichbar mit den Astronauten im Weltraum. Die Erdlinge sehen dieses Licht und die silberne Brücke, auch die Blauijaner sehen dies deutlich von ihrem Blauen Planeten aus und die Lebewesen im Feenreich umkreisen weitflächig den heiligen Turm. Sie bilden mit ihren Händen eine Kette, um den Turm zu umkreisen. Die Wesen des Blauen Planeten gehen auf Wanderschaft und folgen der silbernen Brücke auf die Erde. In Massen wandern sie über diese silberne Sternenstaubbrücke auf den goldenen Turm zu. Unglaublich viele Erdlinge kommen aus der Ferne herbei. Sie alle gehen die ersten Schritte auf dem neuen Pfad über die silberne Sternenstaubbrücke, die jetzt die Welten verbindet. Sie alle möchten dieses heilige Ereignis, dieses spektakuläre Erlebnis, miteinander teilen und damit ihre Dankbarkeit und Ehrdarbietung zeigen. Luana und Joselyn schweben sanft auf die Steinplatte. Die goldene Energie legt sie liebevoll auf den Boden nieder. Sie öffnen beide langsam die Augen und erkennen über ihnen dieses wunderschöne, strahlende, goldene Licht. Luana und Joselyn können es nicht fassen, sie setzen sich langsam auf. In ihren Augen ist die Frage zu lesen: Haben sie es wirklich geschafft? Sie spüren es klar und deutlich, es ist die Wirklichkeit. Sie fallen sich dankbar und lachend in die Arme. Sie sind noch ein wenig wackelig und zittrig, denn dieser Prozess hat die beiden ein wenig geschwächt, trotzdem sind sie voller Glück. Freudentränen kullern über ihre Wangen. Kaya ist mittlerweile über die Sternenstaubbrücke in dem heiligen Turm eingetreten, um ihre Tochter in die Arme zu schließen. Sie ist sehr stolz auf ihre kleine Feenelfe. Auch Selena hat Luana bereits fest in die Arme geschlossen. Rowan ist wieder zu sich gekommen, seine Wunden sind bereits durch die besondere goldene Energie vollkommen geheilt. Draußen vor dem Turm spielt sich etwas Unglaubliches ab. Die Drachenkrieger würdigen plötzlich an Ort und Stelle einen Drachen und verneigen sich vor ihm. Ob du es glaubst oder nicht, sie verneigen sich alle vor Xeron, dem roten Feuerdrachen. Alle Drachenkrieger brüllen ihren Drachenruf, um ihn zu preisen. Dies ist das Zeichen, dass er der neue zukünftige König unter ihnen sein wird. Das Drachenvolk hat ihn gewählt. Ehrfürchtig nimmt Xeron diese Laute entgegen, bevor er einen riesigen Feuerstrahl ausstößt, um damit seine Dankbarkeit zu zeigen. Mit ihm als Drachenkönig wird eine neue Heimat für das Drachenvolk entstehen. Lange haben sie darauf gewartet und endlich hat die Hoffnung ihnen ihr größtes Glück gebracht. Ich und Rowan, wir gehen zu unserer Familien. Wir sind überglücklich. Babu schlüpft aus seinem Versteck und springt freudig auf Luana zu. Es ist ein unvergesslicher Moment für alle. Der große Zauberer Merlin kommt an unsere Seite und bittet uns, hinauszugehen. Seine Worte: „Seht selbst, was euer Licht bewirkt hat!" Luana und Joselyn ahnen nicht, wie viele Wesen sich vor dem Hügel versammelt haben. Unzählige Wesen, Erdlinge, Tiere, Blauijaner, Druiden, Priesterinnen, auch die Fabelwesen, Drachenkrieger, Erzengel, Engel und noch viele mehr. Ein gemischtes Volk steht erwartungsvoll vor diesem besonderen Licht. All diese unterschiedlichen Wesen stehen zusammen vor dem heiligen, strahlenden, goldenen Turm, der das goldene Friedenslicht aussendet. Sie alle sehen erwartungsvoll auf das große Tor und warten auf ein Erscheinen derjenigen, die dieses Wunder vollbracht haben. Joselyn und Luana gehen mit ihren Eltern die lange, steinerne Treppe des Turms hinunter und ins Freie hinaus. Die Sonne strahlt wunderschön, ein lauwarmer Wind streift um sie. Die Finsternis ist vorüber. Die Dunkelheit ist verschwunden und das Licht ist wieder zurückgekehrt. Luana bleibt erschrocken stehen und Joselyn ist überwältig von dem unglaublichen Anblick. Ihre Körper beben vor Aufregung. Ihre Augen versuchen, das Ganze zu erfassen, sie sehen mehrere tausend verschiedenartige Wesen auf einer riesigen Fläche versammelt. Es herrscht einsame Stille. Luana und Joselyn reichen sich ihre Hand, um Sicherheit zu finden. Es ist einfach unbeschreiblich. Kaya gibt den Mädchen liebevoll zu verstehen, dass alle nur aus einem bestimmten Grund gekommen sind. Sie sagt: „Sie sind wegen euch gekommen." Plötzlich verneigen sich diese unzähligen Wesen vor Luana und Joselyn. Eine Ehrdarbietung der verschiedenen Völker wird ihnen zuteil. Joselyn und Luana stehen fassungslos da. Ihre Herzen schlagen schnell, sie sind überwältigt. Ab diesem Zeitpunkt ändert sich alles für Luana und Joselyn. Ihr Leben wird ein neues sein. Ein neues Volk ist geboren, das ihr Wissen, ihre Weisheit, ihre Kultur miteinander teilt. Sie werden voneinander lernen und Neues verwirklichen. Luana wird ihr neues Leben als Eingeweihte beginnen und ihre inneren Kräfte durch die Hilfe ihrer neuen Gefährten entdecken und erforschen.

Aus der Tiefe des goldenen Lichts erklingt eine väterliche Stimme: „Ich bin der, der alles wirkt. Ich bin das Land und der, der den Himmel ausspannte. Meine Augen sind das grenzenlose Universum. Ich bin der, der die Erde ausbreitete und die Natur und alle Wesen erschaffen hat. Ich bin das Land, ich bin das Kleid der Bäume, ich bin der Fels und die Wassertiefe. Euer Körper ist die Natur. Ihr seid meine Kinder und meine Ebenbilder. Ich habe euch den freien Willen geschenkt. Der Frieden ist zu euch zurückgekehrt. Ihr seid das, was ich bin und ich war und bin immer an eurer Seite. Folgt meiner Stimme in euren Herzen und euch wird ewige Fülle zuteil. Seid gesegnet, meine Kinder des Lichts, ich bin und werde euch immer nahe sein."

Aus der Stille wird ein herzerfüllter, freudiger Jubel. Alle beginnen zu tanzen und zu singen. Ein Wunder ist geschehen. Alle konnten Vater Universums Stimme klar und deutlich hören. Wie du bereits fühlen kannst, ist dies die allerletzte Seite deines magischen Buchs. Alles hat irgendwann einen Anfang und ein Ende. Dein magisches Buch und ich werden uns jetzt leider von dir verabschieden müssen. Wir sind am Ende deiner besonderen Reise angekommen. Wenn du es willst, werden wir uns wiedersehen. Es liegt an dir und deiner Entscheidung. Denk daran, Gleiches zieht Gleiches an, also lass mich nicht lange auf deine nächste Abenteuerreise warten. Ich danke dir aus tiefstem Herzen, dass du mit mir gemeinsam diesen besonderen Weg gegangen bist. Ich wünsche dir ein erfülltes und bewusstes Leben voller Wunder. Ich bin Noack, dein Weltenwanderer. Mein Herz würde mich erfüllen, wenn ich dich auf deiner nächsten Reise wieder begleiten dürfte und wir gemeinsam diese neue Welt entdecken könnten. Sei gesegnet und entscheide in allem, was du tust, weise.

Ach übrigens, das möchte ich dir nicht vorenthalten. Grade zeigt mir mein magischer Stab Luana und Joselyn, sie haben sich unter das Volk gemischt. Luana trifft auf einen Jungen inmitten der Menge. Dieser Junge überreicht ihr einen Apfel. Er sagt: „Den schenke ich dir, er soll dir Glück bringen." Luana sieht dem Jungen in die Augen: „Oh, vielen Dank." Der Junge erwidert ihren Blick und sagt: „Yns Avallach." Luana schaut fragend: „Entschuldige, ich kann dich nicht verstehen?" Er antwortet: „Apfelinsel. Das hier ist die Apfelinsel. Der Apfelbaum ist in Avalon ein Wunschbaum, an dem man seine Wünsche mit bunten Bändern knüpfen kann. Heute ist ein guter Tag, um seinen Wunsch an einen Baum zu hängen. Wollen wir gemeinsam unseren Wunsch aufhängen?" Luana lächelt und nickt: „Ja, darüber würde ich mich sehr freuen! Vielleicht kannst du mir dein Zuhause zeigen, ich bin voller Neugierde, diesen Ort hier kennenzulernen."

Sie schreiben ihren Wunsch auf ein kleines Stück Papier,
befestigen es an ein buntes Band und hängen es an einem besonderen Apfelbaum,
der später noch eine große Bedeutung haben wird.
Was wird wohl der Wunsch von Luana und dem unbekannten Jungen sein?
Wie das Leben für Joselyn und Luana und allen anderen weitergehen wird
und was alles geschehen wird, das kann ich dir gerne in deinem nächsten
magischen Buch erzählen…

Agnus Deju Deji

Der Friede wohnt in uns.

Arioah

Auf Wiedersehen

SO IST DIESES BUCH ENTSTANDEN

Simone White

Mein Weg zur Selbsterkenntnis

Lange habe ich gebraucht, bis ich verstanden habe, dass ich hochsensitiv bin. Ich fühle mein Umfeld stärker als andere und nehme energetische Ebenen sowie den metaphysischen Bereich des Lebens wahr. In meiner Kindheit war ich oft von zu vielen Einflüssen aus meiner Umwelt und Umgebung überfordert. Ich fühlte mich unverstanden, falsch, fremd und allein. Ich spürte klar, dass viele Menschen in meiner vertrauten Umgebung mit meinen Wahrnehmungen nichts anfangen konnten und diese eher als Einbildung angesehen haben.
Meine derartig feine Wahrnehmung anzunehmen hat sehr lange Zeit gedauert und mittlerweile weiß ich, dass sie eine Gabe ist, ein Geschenk von Vater Universum. Im Laufe meines Lebens bekam ich immer mehr Zugang und Vertrauen. Meine Talente waren von Anbeginn kreativ und auch die außersinnlichen Wahrnehmungen verstärkten sich, je älter ich wurde. Meine ausgeprägte Empfindsamkeit baute sich immer weiter aus, wodurch ich neue Erkenntnisse und Zugang zu anderen Welten bekam. Welten, die mit den Augen nicht erkennbar sind und dennoch wahrhaftig existieren. Die himmlischen Engelreiche und die Wesenheiten des Kosmos, Sternennationen, Krafttiere und noch einige mehr, begleiten mich und senden mir ihre Botschaften. Meine Geistessinne, Umgebungssinne und Körpersinne sind Handwerkzeug, um meine Gaben auszuleben, auszubauen, zu verwirklichen und weiterzugeben. Meine Lebensaufgabe ist es, mit Kindern und ihrem Umfeld zu arbeiten, sie zu stärken, zu lieben, zu schützen und sie als wertvoll anzuerkennen. Als ich verstanden habe, dass die Anerkennung der Kinder und ihres einzigartigen Potenzials von klein auf geprägt wird, entschied ich mich, meine feine Wahrnehmung da einzusetzen, wo sie am dringendsten gebraucht wird. Die Kinder sind das Gold unserer Erde. Wachsen sie verstanden, behütet und selbstbewusst auf, werden sie als erwachsene Menschen ein leichteres und glücklicheres Leben führen können. Sie werden sich in all dem verwirklichen, was sie sind und entfalten sich ohne Wenn und Aber.

So geschah es, dass ich zunächst Kinderpflegerin wurde, später Tanzlehrerin im kreativen Bereich mit Musicals, Shows und Gesangsauftritten. Singen war bereits in meiner Kindheit ein ganz wichtiger Teil und heute berühre ich Menschen mit meiner Stimme, singe, tanze, male, erfinde mich immer wieder neu. Nach einigen Jahren nahm mich der Fitnessbereich ein und ich führte Menschen jedes Alters mit meinen Ideen zusammen. Heute schreibe ich und verbinde Himmel und Erde in diesem magischen Buch für jedes Alter. Es ist nie zu spät, sein Leben neu zu beginnen.

Wie kam ich dazu, dieses magische Buch zu schreiben?

Im Jahr 2017 bin ich Mutter geworden und habe eine wunderschöne Tochter namens Aurora geschenkt bekommen. Sie gab mir den Mut und den Anstoß, das Buch, das schon lange in mir schlummerte, endlich in die Verwirklichung zu bringen. Bevor sie geboren wurde, nahm sie mit mir in einer klaren Tagesvision Kontakt auf. Ich saß in meinem Arbeitszimmer und hörte irische Musik – da stand plötzlich ein kleines Mädchen mit goldroten Haaren vor mir. Die Vision zeigte mir ein tanzendes, fröhliches Kind auf einer wunderschönen Blumenwiese. Sie lächelte mich an und lief zu mir, nahm meine Hand und sagte mir, dass sie meine Tochter sei und Aurora heiße. Diese Wahrnehmung berührte mich zutiefst, ich lief zu meinen Mann und erzählte ihn unter Tränen, dass ich unsere Tochter gesehen habe. Als sie auf die Welt kam, hatte meine Tochter über mehrere Monate schwarzes Haar – erst ab dem dritten Monat zeigte sich ihr goldenes, rotes Haar. Dies ist nur ein kleines Beispiel, was sich mir durch die geistige Welt offenbart hat. Es gibt unzählige davon, die ich hier nicht alle erzählen kann.

Wer hat mir Vertrauen und Führung geschenkt?

Vater Universum schickte mir zwei Engel auf Erden: meinen Mann Martin und meine Tochter Aurora. Sie gaben mir den Mut, das Buch endlich zu vollbringen. Vielen Dank für eure Liebe! Herzlichen Dank an meine Freunde, Seelengefährten und Wegbegleiter – sie standen mir immer zur Seite und schenkten mir Hilfe und Unterstützung. Vielen Dank für eure Verbundenheit. Ein großer Dank gilt allen Wesenheiten der himmlischen Mächte, besonders Erzengel Michael und Erzengel Metatron. Sie begleiten und unterstützen mich.

Was möchte ich mit diesem magischen Buch erreichen?

Mir ist es wichtig, dass Kinder ehrlich wahrgenommen werden und dass jeder Mensch versteht, dass man das, was man ist, nicht einfach wegradieren kann. Es kommt irgendwann zu Entfaltung. Es gibt immer noch so viele Kinder und Erwachsene, die das sind, was andere von ihnen erwarten. Lass das nicht zu, nimm dich an, stehe zu dir. Gehe deinen Weg, gehe ihn, wie du es dir wünschst. Jeder von uns trägt besondere Wahrnehmungen in sich, auch du. Du bist hier auf der Erde, weil du deinen Lebensplan in die Erfüllung bringen und glücklich sein sollst. Sei mutig und stark. Wir alle sind nicht allein, wir sind zu jeder Zeit liebevoll begleitet. Es ist nie zu spät, das Leben neu zu beginnen. Es ist nie zu spät, glücklich zu sein und es ist nie zu spät, Vertrauen in sich selbst zu gewinnen und anzunehmen.

Wer hat mir geholfen, dieses Buch zu vollenden?

Jana Schander – Grafik

Sie kam damals in meinen Erwachsenen-Tanzkurs und so begann schleichend, aber stetig enger werdend unsere besondere Freundschaft. Jana ist ein seelenruhiger, nachdenklicher und liebenswürdiger Mensch, der mir stets mit Rat und Tat zur Seite steht. Sie schenkte mir den Weg frei in meine neues Lebensaufgabe, in den Bereich der Medienwelt und gestaltete meine neue Webseite, mein neues Logo, sämtliche Werbemittel und nicht zuletzt gab sie diesem Buch sein Gesicht. Jana gab mir mein neues Auftreten in der Medienwelt. Vielen herzlichen Dank für deine Zeit, deinen Fleiß, deine Unterstützung. Danke für deine Freundschaft! Viele Gespräche über das Sein und nicht Sein haben wir schon geführt. Wir können wunderbar zusammen philosophieren und uns bis tief in die Seele austauschen. Wir können gespannt sein, was die Zukunft uns weiterhin bringen wird. Ich danke dir für alles. Du bist eine wahre Freundin.

Eva Hörhammer – Lektorat

Ich habe sie durch meinen Mann Martin kennengelernt. Sie schrieb für ihn ein Portrait über seine berufliche Leidenschaft als Schwimmlehrer und später auch über mich und mein neues Leben als Ehefrau, Mutter und mein berufliches Wirken. Ihr Talent ist es, mit den Wörtern zu jonglieren und sie zu formen. Im wahrsten Sinne des Wortes kann sie Worte auf den Leib schneidern. Ihre Texte und Geschichten berühren die Seelen. Sie bringt Helligkeit und Dunkelheit ins Gleichgewicht, zeigt Glaubensätze, Wertvorstellungen, Lebensweisen und Erfahrungen der Menschen und verpackt alles in ein würdevolles Kleid der Wahrhaftigkeit. Sie webt ein Netzwerk aus einzigartigen Menschen und ihren Lebensarten ans Tageslicht. Sie versteht es, das Lesen wieder schmackhaft werden zu lassen. Durch ihre Wortwahl und Ausführung zeigt sie uns neue Wege, neue Ideen, neue Erkenntnisse und vor allem, dass wir doch alle gleich sind. Gleich in unseren Emotionen, Gefühlen und Wunden. Sie schaut in die Menschen und akzeptiert sie mit allem, was sie sind. Für mich war klar, genau sie ist diejenige, die meine Schreibweise, die Botschaften, diese Realität des Buches am allerbesten rüberbringen würde. Einen Text zu schreiben ist das eine, ihn aber mit Struktur in einen Lesefluss zu bringen und so zu schreiben, dass alles im Geiste des Lesers lebendig wird, ist Kunst. Vielen herzlichen Dank, Eva, es ist wunderschön mit dir gemeinsam diesen Weg zu gehen und weiter in die Zukunft mit dir zu blicken. Danke für deine Freundschaft und deine spirituelle Verbundenheit, die wir aus früheren Leben besitzen. Schön, dass wir uns wiedergefunden haben.

Ramona Behrer – Illustrationen

Auch sie lernte ich durch meinen Mann Martin kennen. Der Weg, eine passende Illustratorin zu finden, war steinig. Es gab einige Personen, die ich angefragt oder getroffen habe, um die Bilder, die ich bereits vor meinem inneren Auge sehe, ins Hier und Jetzt umzusetzen. Es war Geduld gefordert und zum richtigen Zeitpunkt kam durch eine von Ramona gemalte Feder der entscheidende Impuls. Durch die Engelwelten wurden wir beide zusammengeführt. Erzengel Michael begleite uns in der Zeit des Entstehens der Bilder. In mir waren die Bilder lebendig und Ramona konnte meine Beschreibungen sofort selbst vor ihrem inneren Auge erkennen und aufs Blatt bringen. Das erste Bild, das ich von ihr sah, zeigte Xeron, den Feuerdrachen. Es folgten in unglaublicher Geschwindigkeit viele weitere beeindruckende Bilder. Ramona erweckte meine Bilder zum

Leben. Als ich Joselyn zum allerersten Mal in gemalter Form vor mir liegen sah, war ich nur noch sprachlos und tief gerührt. Ramona und ich fühlten uns sofort wohl miteinander und konnten etwas Tieferes spüren. Dieses Gefühl erinnerte uns an eine Seelenverbindung in einem früheren Leben. Es war, als ob sich sehr alte Freunde oder sogar Schwestern gegenüber ständen. Vielen herzlichen Dank für deine Leidenschaft, Ramona. Du hast Wundervolles erschaffen.

Oliver Reisinger – Covergrafik

Ihn lernte ich in der Zeit kennen, als ich noch hauptsächlich im Fitnessbereich tätig war. Er machte von mir künstlerische Fitnessfotos. Wir waren uns von Anfang an sympathisch. Er hat ein besonderes, künstlerisches Auge beim Fotografieren. Seine Bilder sprechen nicht nur das Auge an, sondern berühren alle Sinne. Ich genieße seine Hingabe zur Detailführung und Leidenschaft der Bildgestaltung. Er sieht die Welt mit geheimnisvollen Augen. Farben, Formen und die Darstellung der Bilder bekommen bei ihm eine magische Anziehungskraft. Er ist für mich ein Zauberer in fotografischer Form. Seine Bilder brauchen würdigende Plätze und Anerkennung. Ich wünsche ihm diese Plätze und weltweite Anerkennung. So kam es, dass er das Cover zu diesem magischen Buch gestaltete und mich für das Buch neu ablichtete. Danke für deine Liebe zum Detail und für diese hervorragenden Bilder. Schön, dass wir uns kennen.

Sandra Hohensinn – Druckerei Hammerer

Durch Oliver Reisinger kam ich zu Sandra. Sie beide sind Arbeitskollegen in der Druckerei Hammerer. Oliver arbeitet dort an der Druckmaschine und Sandra im Büro. Sandra ist ein warmherziger Mensch voller Lebensfreude und arbeitet mit Herz und Leidenschaft. Wir verstanden uns von Anfang an. Auch ihre Tochter Lena durfte ich kennenlernen, die später auch die Schwimmkurse von meinen Mann besuchte. Sie beide lasen ein paar Zeilen während der Entstehungszeit des Buches und waren vollkommen verzaubert. So kamen wir immer mehr zusammen und das Buch verband uns. Ich lernte auch Sandras Familie kennen und wurde eingeladen, auf der Taufe ihrer Nichte zu singen, was ich gerne machte. Unglaublich schön, wie das Leben Menschen zusammen führt! Sandra sagte zu mir: „Dieses Buch ist ein besonders magisches Buch." Sie spürte sofort, was für eine besondere Kraft darin steckte und wie wichtig dieses Buch sein wird. Du bist ein sensitiver und intuitiver Mensch und folgst deinen Impulsen. Ich danke dir von Herzen für alles, Sandra.

Johannes Geisler – Herzensschamane

Johannes habe ich zum ersten Mal in Salzburg im Europapark gesehen – dort fanden gerade die Lebensenergietage statt. Er hatte dort seinen Stand als Herzensschamane und hielt gerade einen Vortrag über die natürliche Taufe im Mutter Naturs Wohnzimmer. Mein Mann Martin und ich setzten uns dazu, denn wir wussten: Würden wir jemals ein Kind haben, wäre dies unsere Wahl. Ein paar Jahre später kam es dann auch so: Aurora und auch mein Mann Martin wurden von Johannes in unserem Garten schamanisch getauft. So kamen wir immer näher zueinander und lernten seine Familie kennen. Es war ein unbeschreiblicher und magischer Tag. Ein Tag voller Wunder und Zeichen. Es war August und es regnete die ganze Woche hindurch, auch am Tauftag. Johannes rief die Wettergeister an und ab der Mittagszeit kam die Sonne hervor, der Regen hörte auf und es wurde warm. Wir hatten den restlichen Tag herrliches Wetter und liefen barfuß im Garten umher. Ein unvergesslicher Tag in meinem Herzen, der mich tief berührt hat. Ich fragte ihn, ob er die Krafttier-Seite, die ich in dem Buch verfasst hatte, nochmal überarbeiten wollte, damit aus schamanischer Sicht alles übereinstimmt. Er formte alles zu einem harmonischen Ende. Später trafen wir uns zur ersten Buchsegnung bei ihm am Mattsee, da waren gerade erstmal 153 Seiten geschrieben. Diese Segnung war unbeschreiblich – voller Liebe, Harmonie und Frieden. Es zeigten sich viele Wesenheiten aus der geistigen Welt, da dieses Buch für die Liebe und den Frieden steht. Es ist heilsam und schenkt Erkenntnis in allen Lebenslagen. Es ist verbunden mit Himmel und Erde und trägt den heiligen Segen der geistigen Welt in sich. Die letzte Segnung folgte vor dem Drucktermin und so entstand durch Johannes die Magie, die du beim Lesen gespürt hast. Es ist wahrhaftig und dieses Buch ist zeitlos, egal, wann du es wieder liest – du wirst wieder neue Erkenntnisse daraus erlangen. Lieber Johannes, ich danke dir von Herzen, dass du mich in meinen Leben begleitest. Du sprichst die Herzen an. Du führst zusammen, was zusammen gehört. Du heilst und reinigst mit deinem Wissen jeden, der es zulässt. Danke, dass du bist und dass du deiner Bestimmung gefolgt bist. Nur so können Wunder geschehen. Du hast mich mit meinen geistigen Mächten noch tiefer verbunden. Danke!

Susanne Lindlbauer – Dipl. Personal Trainer, Mental Trainer und Yogalehrer

Sie lernte ich ebenfalls durch meinen Mann Martin kennen. Wir beide besuchten ihre Yogakurse und kamen uns näher. Sie ist ein seelenruhiger und ausgelassener Mensch. Voller Mitgefühl und Achtsamkeit. Bei ihr fühlt man sich schnell wohl und ruhig. Ich fragte sie, ob sie in meinem Buch, eine Meditation verfassen möchte, zum Thema Achtsamkeit und gesagt getan, so kam es auch. So entstand die Meditation zum Thema Selbstliebe. Sie brachte diese besonderen heilsamen Sätze mit ins Buch. Ein weiteren wundervollen Tag verbrachten wir zusammen im Tonstudio K. – Kajetan Löffler, als wir ihr selbst eingesungenes Mantra zum meinen Titelsong zum Buch „Die Seelen" einspielten. Dieser Song beginnt mit einem besonderen Mantra: Lokah Samastah Sukhino Bhavantu, dies ist ein Sanskrit-Segensspruch, der bedeutet: „Mögen alle Wesen Glück und Harmonie erfahren". In diesem Song kannst du meine Stimme hören, hier findest du ihn: www.white-simone.de downloaden oder du kannst ihn auch in verschiedenen Musikstores runterladen. Ein Song, der deine Seele und dein Herz berührt! Liebe Susanne, ich danke dir von ganzem Herzen für deine liebevolle Hingabe, Unterstützung und für dein besonderes Mitwirken im Buch. Das ist ein Geschenk! Du schenkst den Menschen damit Momente des Glücks. In deiner Anwesenheit fühlt man sich friedlich und leicht. Dein Mitgefühl ist heilsam. Dein Wissen über Körper, Geist und Seele ist im Einklang mit allem, was ist. Deine Weisheit ist vielschichtig. Deine Liebe ist grenzenlos. Durch dich finden die Menschen wieder zu sich selbst. Das ist ein Segen. Danke auch dir für alles und dass du bist.

Martin White – Ehemann, Freund, Vater meiner Tochter

Mein Mann und meine Tochter zeigen mir, wie wertvoll die kleinen Dinge des Lebens sind und führen mich zu meinem besseren Selbst. Meinen Mann und ich gaben uns das Ja-Wort im kleinen Kreise mit schwangerem Bauch in einer freien Trauung im Wohnzimmer unseres Hauses. Dieser Tag war auch noch mein Geburtstag, alles war wie in einem Traum.

Mein Erlebnis, im Geburtshaus mein erstes Kind in Liebe und Achtsamkeit eine Woche nach der Hochzeit auf die Welt zu bringen, war für mich ein unvergesslicher und heiliger Moment. Die Natur-Taufe von Aurora und Martin im Wohnzimmer von Mutter Natur im Kreise der Familie in unserem wunderschönen Garten war ein tiefer Wunsch. Nach langen Jahren der Dunkelheit begann in meinen Leben das Licht wieder zu scheinen. Es wurde wieder hell um mich herum. Ich erwachte aus einem dunklen Traum und erfuhr die Liebe in allen Facetten des Seins.

Mein Mann Martin hat mir in der gesamten Zeit der Buchentstehung liebevoll und geduldig zur Seite gestanden. Er hat mich angenommen, so wie ich bin. Er wollte, dass ich das lebe, was ich bin, damit ich glücklich sein kann. Er gab mir die Kraft und die Anerkennung, die ich lange gesucht habe. Er ist meine Heilung mit

mir selbst. Er brach meine Mauern der Angst um mich auf und ließ mich frei sein. Er gab mir Flügel der Liebe und ein Fundament, auf dem ich stehen konnte. Das Fundament der eigenen Familie. Wir haben uns gesucht und gefunden. Auch in früheren Leben waren wir vereint durch unsere Liebe. Wir haben schon sehr viel erlebt, uns verloren, uns gesucht, uns wiedergefunden, sind uns treu geblieben, haben uns nie vergessen, unsere Wunden geheilt und sind ewiglich vereint.
Ich danke dir für deine Liebe. Für dein Vertrauen. Für deine würdevolle Wertschätzung als Frau und Mutter. Du bist geliebt. Martin und Aurora zeigen mir jeden Tag, wie wertvoll die kleinen Dinge des Lebens sind und führten mich dadurch zu meinem besseren Selbst.

Wann und wo entstand diese Geschichte?

Jetzt ist die Zeit gekommen, die Musicalproduktion von damals zu einem Buch zu wandeln. Ich habe mich endlich dafür entschieden, dieses Projekt zum Leben zu erwecken. Im Februar 2020 erschien dieses Abenteuerbuch für jedes Alter. Immer wieder hörte ich von meinem engsten Umfeld: „Du solltest ein Buch darüber schreiben!“ Diese Geschichte begleitet mich schon mein halbes Leben und die Kinder liebten diese Welt. Damals im Jahr 2004/2005 spielten wir ein Musical mit Namen „Die Drei Schichten“ und es wurde mehrmals aufgeführt. Ein paar Jahre darauf folgte sogar der zweite Teil der Musicalfassung. Unglaublich viele Menschen haben in diesem Projekt mitgewirkt, genau genommen über hundert Darsteller – Tänzer, Sänger, Schauspieler, Techniker... Es war eine unglaubliche Zeit.
Jetzt folgt einer meiner weiteren Träume, nämlich Kinder, Jugendliche und auch „die Großen“ von meinem ersten Buch und noch folgenden Büchern zu begeistern. Ich freue mich sehr auf meinen neuen kreativen beruflichen Weg und es ist ein nicht zu bändigendes Feuer in mir entfacht. Mittlerweile habe ich ein wunderbares herzliches Team, das mich dabei unterstützt, dass dieser Traum zur Wirklichkeit auf der Erde wurde, denn in meinen Träumen war er längst Wirklichkeit.

Wie kannst du mich unterstützen?

„Ein Buch zu lesen war gestern, ein Buch zu erleben folgt morgen."

Ich würde mich sehr freuen, wenn du mich auf diesen Weg weiterhin als Leser*in begleitest. Mir ist es sehr wichtig, dass dieses Buch immer weiter hinaus in die Welt getragen wird, darauf aufmerksam gemacht wird. Ich wünsche mir, dass dieses Buch in vielen Ländern der Welt gelesen werden kann, damit es wirken kann, wo es wirken soll und auch in der Zukunft nicht in Vergessenheit gerät. Dabei kannst du mich unterstützen, wenn du magst.

Dieses Buch spricht jeden an, der das LESEN, LEBEN und GLAUBEN neu entdecken möchte. Liebe*r Leser*in, ich danke dir von Herzen, dass du dich für dieses magische Buch entschieden hast und es auch bis zum Ende gelesen hast. Ich hoffe, dass dieses Buch in der Bewusstwerdung des eigenen Seins einen segensvollen und liebevollen Beitrag in unsere Welt sendet. Das Papier ist umweltschonend und der Umweltgedanke in der Verbreitung dieses Buches führte uns nicht zu einem Verlag oder über einen Großhandel. Wir glauben fest daran, dass Herzensmenschen, wie du es bist, es mit Liebe weitertragen. Aus dem Bewusstsein heraus, einen Teil beizutragen, dass wir uns erkennen und anerkennen. Nur so können wir etwas Großes bewirken. Unser Wunsch ist es, dass es von Herz zu Herz weitergetragen wird.

Wenn Du magst, schreib mir doch ein paar Worte darüber, wie mein Buch bei Dir angekommen ist. Hat es Dich berührt? Wenn ja, was hat Dich berührt? Welche Gedanken und Gefühle hat es hervorgerufen? Wie hast du das Buch wahrgenommen? Hast du etwas Besonderes gefühlt? Ist etwas Besonderes passiert, seitdem du das Buch gelesen hast? Was konntest du daraus für dich selbst mitnehmen? Konntest du Neues entdecken? Hat es dich weitergebracht?
Durch Dein Feedback machst Du mir als Autorin ein besonderes Geschenk und teilst zukünftigen Lesern mit, was mein Werk lesenswert macht. Durch deine Hilfe können wir den „weltweiten Gedanken" schaffen, dieses Buch zeitlos und vielleicht sogar besonders zu machen. Je mehr Menschen es gibt, die sich und ihre Talente leben und das Licht wieder in sich erkennen, umso glücklich und friedvoller wird unsere Welt werden. Es gibt so viele Wege, wie dies geschehen kann und das Buch ist einer davon. Durch deine persönliche Weiterempfehlung

schenkst du uns deine Wertschätzung. Dies ist das größte Lob, das wir für unsere Leistung dadurch bekommen können.

Schreib mir eine E-Mail an

white.s@t-online.de oder besuch mich auf meiner Facebook-Seite

www.facebook.com/White.S.2020/ .

© Oliver Reisinger

DIE MITWIRKENDEN

Eva Hörhammer

Als mich Simone White gefragt hat, ob ich ihr Buch lektorieren möchte, habe ich sofort ja gesagt. Aus einem inneren Impuls heraus war das, ohne genau zu wissen, was ich da zu lesen bekäme und welche Aufgabe mich wirklich erwarten würde. So ein großes Buch habe ich noch nie lektoriert. Als ich die ersten Seiten gelesen hatte, wusste ich genau, was ich machen wollte: nicht viel. So habe ich nur ein wenig an Rechtschreibung, Interpunktion und Satzbau gefeilt, hie und da ein Wort, eine Wiederholung ersetzt und manchmal einen Satz etwas geschmeidiger formuliert. Nicht mehr. Simones Erstlingswerk trägt ihre Handschrift und das ist gut so. Ihr Buch ist ihre ganz persönliche Geschichte, hier vereint sie ihr ganzes intuitives Wissen. Sie selbst hat mir erzählt, dass sie meist nachts geschrieben hat, dann, wenn der Geist fließen kann und das Aktive des Tages Ruhe gibt. Etwas, das aus dem tiefsten Inneren kommt, ist unbedingt mit Respekt und Vorsicht zu behandeln.

Ich bezeichne mich gerne als spirituellen Menschen, weshalb ich mich gut in Simones Geschichte hineindenken und -fühlen konnte. Dabei unterscheide ich unbedingt zwischen spirituell und esoterisch. Meine Spiritualität beruht aus meiner eigenen Erfahrung mit mir selbst und dem Leben, der Natur, der Welt um mich herum. Das ist wichtig, da es nicht zielführend sein kann, etwas nur zu übernehmen, weil es grade in aller Munde ist. Nur durch die eigene Erfahrung und die Beschäftigung mit sich selbst kann etwas in Fleisch und Blut übergehen. Dieses Buch bietet den Leser*innen die Gelegenheit, sich selbst kennenzulernen – und deshalb mag ich es sehr.

Und ich mag Simones Buch, da ich selbst Mutter eines fünfjährigen Sohnes bin. Es ist wichtig, Kinder ernst zu nehmen. Ihre Intuition, ihr Feinsinn ist viel ausgeprägter als der der Erwachsenen. Sie sehen viel klarer, ihre Denkwege sind kürzer und logischer, sie sind weise. Kinder sind dem Fantastischen viel näher, wobei das Fantastische im Grunde das Eigentliche, das Wahre beschreibt. Kinder kenne die Verbindung zu sich selbst und zum Ganzen. Erwachsene denken oft nur mehr mit dem Kopf und hören nicht mehr gut auf Bauch und Herz. Darum ist es richtig, die Kinder in ihrem Eigen-Sinn zu bestärken, ihnen gut zuzuhören und von ihnen zu lernen.

Mein Gespür für Menschen und das Menschliche habe ich in über drei Jahren Arbeit an meinem Herzensprojekt Rottaler Gsichter weiterentwickelt. Auf www.rottalergsichter.de portraitiere ich Privatpersonen und Unternehmen aus dem Rottal in Wort und Bild. Seit Juli 2019 gibt es das ROTTALER GSICHTER MAGAZIN in gedruckter Form. Ich habe inzwischen über siebzig Menschengeschichten aufgeschrieben, darunter auch die von Simone und Martin White. Neben dem Zuhören liegen mir auch das Schreiben sowie das Menschliche. Ich bin ausgebildete Redakteurin und diplomierte Soziologin. Heute sehe ich mich als freischaffende Autorin, die offen für vieles ist. So mache ich nebenbei Pressearbeit im künstlerischen Bereich, lektoriere Bücher und lasse neue Ideen sprudeln.

Alles Liebe – Eva Hörhammer

servus@rottalergsichter.de
www.rottalergsichter.de

Jana Schander

Seit mehreren Jahren arbeite ich bereits mit Simone zusammen, indem wir Tanzaufführungen veranstalten. Schon hier habe ich gerne die grafische Gestaltung von Plakaten, Flyern, Visitenkarten, Logos und vielem mehr übernommen. Daher war es für mich eine Ehre und auch ein Herzensprojekt, dieses Buch in gemeinschaftlicher Arbeit in Gestaltung und Layout umzusetzen.

Ich habe zwei Ausbildungsberufe, Mediengestalterin und Kauffrau für Kommunikation und Marketing. Außerdem absolvierte ich berufsbegleitend einen Bachelor in Marketing und Kommunikationsmanagement sowie einen Master in Digital Business Management. In meinem Hauptberuf leite ich eine Marketingabteilung in einem Produdktionsunternehmen. Nebenberuflich unterstütze ich Familie, Freunde und Bekannte in unternehmerischen und grafischen Projekten. Wenn ich in meiner Freizeit nicht gerade Bücher und Magazine (wie z. B. das Rottaler Gsichter Magazin) layoute, gebe ich mich meiner Leidenschaft, dem Tanz hin.

hello@jazh-design.de
www.jazh-design.de

Ramona Behrer

Joselyn... eine Geschichte, die meine Welt von heute auf morgen verändert und bezaubert hat.

Mein Name ist Ramona Behrer und ich lebe mit meiner kleinen Familie in einem idyllischen Dörfchen in Niederbayern. Malen und gestalten ist für mich seit Kindestagen eine große Leidenschaft. Als ich ungefähr zehn Jahre alt war, bastelte ich mir ein leeres Buch und malte Bilder hinein und schrieb kleine Geschichten dazu. Schon damals war es mein größter Wunsch, irgendwann eine aufregende Geschichte mit meinen Bildern zu illustrieren. Jetzt, 25 Jahre später, wurde mein Kindheitstraum wahr. Wie vom Universum vor langer Zeit bestellt, bekam ich vom Schicksal die Möglichkeit, meinen Traum zu leben. Ungeahnt von heute auf morgen...
Das erste Bild für das Buch Joselyn sollte der Drache Xeron sein. Ich setzte mich an unseren Esstisch und hab sofort mit dem Zeichnen begonnen. Plötzlich versammelten sich unsere Kinder an unserem Tisch und jeder malte einen Drachen. Jeder für sich und doch alle gemeinsam. Es war magisch. Es hat uns solchen Spaß gemacht. Ich kannte bis dahin die Geschichte noch nicht und doch spürte ich, dieses Buch, diese Geschichte, ist etwas Besonderes, es vereint! Als ich Joselyn ein Gesicht gab und sie zusammen mit Xeron am Bachlauf malte, gab es kein Halten mehr. Es kribbelte nur in meinen Fingern und ich malte jede freie Minute, die mir der Alltag gab. Und so konnte ich ihm auch etwas entfliehen und tauchte in eine magische andere Welt.
Mit jeder Seite, die ich las und mit jedem Bild, das ich malte, empfand ich einfach nur Liebe, Ehrfurcht und Dankbarkeit. Ich malte die Figuren mit solch einer Leichtigkeit und Freude, wie von Engeln geleitet. Ich bin dankbar dafür, dass ich an etwas so Großem teilhaben darf.

„Das Leben antwortet mit Zufällen, wenn ein Wunsch aufsteigt, der stark genug ist.“ – Hanna Schygulla

ramona.behrer@freenet.de

Oliver Reisinger

Ich bin der Oliver - „Photoliver".
Fotograf, Digitalartist und Pixelschubser.

Im Jahr 2013 begann alles mit einer Spiegelreflexkamera. Die Fotografie wurde zu meiner neuen Leidenschaft.

Von nun an befasste ich mich Tage und Nächte lang nur noch mit diesem Thema.
Ich fing an, meine Fotoaufnahmen digital zu bearbeiten. Doch das musste ich auch erst erlernen und tauchte somit in die weite Welt von Adobe Photoshop ein.

„Ohne Phantasie keine Kunst." – Franz Liszt

Das digitale Bearbeiten der Bilder fesselte mich sofort, da sich mit der digitalen Bildbearbeitung Phantasie, Surrealismus aber auch das Unerklärliche wunderbar verbinden lassen.
Der Kreativität und dem künstlerischen Gestalten sind keine Grenzen gesetzt.

Ich hatte die Ehre, das Bildcover von Joselyn zu gestalten. Als ich von diesem Auftrag erfahren habe, habe ich mich sehr gefreut! Ein Buchcover zu gestalten ist mal ganz was Anderes, als das, was ich sonst so mache. Die Autorin hatte gewisse Vorstellungen und Ideen, die ich umsetzen durfte. Wenn ich dann solche Wörter wie „perfekt" und „grandios" höre, freut es mich umso mehr, wenn meine Arbeit gelungen ist. Ich hoffe, unser entworfenes Cover hat dich als Leser inspiriert und du konntest schon mit dem Buchcover in die Welt von Joselyn eintauchen.

facebook: pagephotoliver
instagram: photoliver.at

Sandra Hohensinn

Mein Name ist Sandra Hohensinn. Ich bin seit über 20 Jahren bei der Firma Hammerer aus Ried im Innkreis im Bereich Druck und Verlag tätig.

Meine Aufgabe war die Umsetzung von Simones Herzenswunsch, nämlich die Herausgabe eines Kinderbuchs. Schon bei unserem ersten Treffen wurde mir bewusst, dass dies ein ganz besonderes Buch wird. Geschrieben von einer beeindruckenden Frau für bezaubernde Leser. Ich durfte dann diese magische Geschichte auf/zu Papier bringen.

Gemeinsam haben wir ein zauberhaftes Druckwerk erschaffen.

Liebe Simone,
ich wünsche dir viel Erfolg mit JOSELYN und freue mich auf eine Fortsetzung!

Druckerei
Hammerer GmbH
Riedauer Straße 48
4910 Ried im Innkreis
Österreich

+43 7752 87011 0
+43 7752 87011 11
office@hammerer.at
www.hammerer.at

Johannes Geuder - Gedanken des Herzens-Schamanen

Schon als Kind habe ich immer geträumt, Zauberer zu sein und gefühlt, mit magischen Kräften ausgestattet zu sein. Diese Sehnsucht habe ich leider später schon in der Schulzeit und natürlich dann im hektischen Berufsleben komplett verloren. Aber es kam dann doch ganz anders! Am Höhepunkt meiner beruflichen Karriere im Management wusste ich, dass nun etwas ganz Anderes kommen wird. Aber was? – Was wird es wohl sein? - Keine Ahnung?

Trotzdem wagte ich den Sprung ins Ungewisse, kündigte meinen Vorstandsjob für Vertrieb und Marketing und machte mich auf eine innere und äußere Reise. Zuerst ging ich den Jakobsweg in Spanien, um innerlich wieder still werden und wieder weinen zu können, das hatte ich der Hektik des Berufslebens komplett verlernt. Ich machte mich auf, an die entlegendsten Plätze dieser Erde, in den Himalaya, in das Hochland von Äthiopien, in die Wüste Sahara und in die Wüste Sinai, um dort erkennen zu müssen, dass das, was ich suche nur in mir selbst finde! Aber natürlich habe ich dort überall wichtige Botschaften erhalten, die mir die Richtung zeigten. Den Weg in mein Herz! Von meinem höheren Selbst wurde mir gesagt, dass der Weg des Schamanen der Weg des Herzens ist. Ich bin heute noch sehr stolz auf mich, dass ich nach anfänglichem Widerstand im Jahr 2009 meinen Weg mutig und klar gegangen bin. Im zweiten Bildungsweg habe ich eine mehrjährige Ausbildung bei der internationalen Schamanismus Akademie absolviert und mich zusätzlich zum Diplom-Lebensberater ausbilden lassen. Ich durfte bei Schamanen der Naturvölker lernen und habe am Ende meiner sechsjährigen Ausbildung von meinen Spirits (Krafttier und Geistführer) meine Aufgabe als Schamane für diese Inkarnation erhalten: „Den Menschen zu helfen ihre Herzen zu öffnen und dadurch auch mein Herz weiter zu öffnen!" Diese wundervolle Aufgabe habe ich gerne angenommen und darf heute als Schamane der Herzen zum Wohle aller tätig sein.

Ich war sofort Feuer und Flamme, als Simone White mir von ihrem Buch erzählt hat. Da war sofort Gänsehaut am ganzen Körper und ich spürte, dass dies ganz wichtig für die Menschheit, für die Kinder, für unsere Zukunft, ist. In meiner täglichen Praxisarbeit kommen auch viele Mütter mit ihren Kindern zu mir. Diese Kinder sind oft verwirrt und verunsichert, weil ihnen von den Eltern und ihrem Umfeld erklärt wird, dass es diese Wesen, die sie sehen, nicht gibt! Das Ergebnis ist, dass sie glauben, „ver-rückt" zu sein, oder verschweigen, was sie sehen und wahrnehmen. Neugeborene können noch alle Wesen, wie z.B. Licht- und Engelswesen, Krafttiere, Geistführer, Natur- und Elementarwesen uvm. sehen. Diese Babys wissen aber nicht, dass die Erwachsenen diese Wesen nicht mehr sehen können. Die Erwachsenen haben es im Kindesalter verlernt, weil unsere Gesellschaft diese für die meisten nicht sichtbaren Wesen für nicht vorhanden erklärt. Aber sie sind da – sie sind wirklich da! Die meisten Kinder verschließen aus den genannten Gründen zu Beginn des Schulalters auch ihre Wahrnehmungskanäle. Das ist sehr, sehr schade. Das Buch von Simone White wird einen wichtigen Beitrag in der Gesellschaft leisten, vielen Eltern die Augen öffnen und es den Kindern der Zukunft leichter machen in unserer Welt.

Bei der schamanischen Natur-Taufe von Aurora, der Tochter von Simone und Martin, war sofort zu sehen und zu spüren, dass diese besondere Seele einen ganz wichtigen Auftrag zu erfüllen hat. Die kleine Aurora, die „göttliche Morgenröte", ist wohl gekommen, um ihre Mutter Simone an ihre Aufgabe zu erinnern, ein Buch an die Menschheit, die Eltern und Kinder unserer Zukunft zu richten.

Gerne segne ich mit meinen Spirits und den Spirits der Familie White dieses wundervolle Buch. Mögen die guten Geister und die Liebe dieses Buch in die Welt hinaus tragen. Es lebe die Liebe - Ahou.

Johannes Geisler
geb. 11.11.1962
www.herzens-schamane.at

Susanne Lindlbauer

Bereits in meiner Kindheit war ich ein kleiner Wirbelwind und benötigte immer wieder Auszeiten, um in die Ruhe zu kommen. Das funktionierte am besten beim Schaukeln, Malen, Basteln, Singen, Ballett und Aerobic. Bewegung – am liebsten im Freien – war für mich schon immer sehr wichtig. Als Kind durfte ich alle möglichen Sportarten ausprobieren. Wenn mir was weniger behagte, durfte ich damit auch wieder aufhören. Dafür bin ich meinen Eltern sehr dankbar! 1998 habe ich mich dann zum Spaß bei einem Aerobic-Marathon angemeldet. Das war genial! Von etwa 50 Teilnehmern belegte ich den zweiten Platz. Dieser Tag war der Start in eine neue berufliche Richtung, da ich gleich die Kampfrichter fragte, wo man denn solche Ausbildungen machen kann. So kam es, dass ich mich gleich für das internationale Aerobic-Diplom in Feldkirch/Vorarlberg anmeldete. Nach der Ausbildung unterrichtete ich sehr schnell den Griesbacher Skiclub und die Volkshochschule. Im Jahr 2000 war es dann endlich soweit. Ich wollte hauptberuflich im Sportbereich arbeiten. So verschlug es mich nach Freyung in die Bavaria Klinik. Dort arbeitete ich als Sport- und Bewegungstherapeutin in einem großen Team von Sportlehrern, Masseuren und Physiotherapeuten. Hier entdeckte ich ruhigere Kurse und bildete mich diesbezüglich fleißig weiter. Ich begann mit progressiver Muskelentspannung nach Jacobson, Bogenschießen, Meditation, Autogenem Training, Tai Chi, Tai Chi Heilgymnastik und Qi Gong.
Vier Jahre später sehnte ich mich nach einer neuen Herausforderung... Ich wechselte nach Oberösterreich in ein Familien- und Wellnesshotel. Zu Hochzeiten waren über hundert Kinder zu betreuen. Die Kids waren herrlich! Schon mit drei Jahren kamen sie zu mir! Singen, Tanzen, Shows einstudieren, Fußball, Skifahren, MTB, Phantasiereisen, Märchen, Meditation, Tai Chi waren da auf meinem Tagesprogramm.

Im Anschluss hat es mich wieder in die Heimat verschlagen. 13,5 Jahre leitete ich den Sportbereich mit drei Sportlehrern im Hotel Fürstenhof in Bad Griesbach-Therme. Dort gab es ein vielseitiges Programm mit etwa 30 verschiedenen Kursen. Seit April 2019 bin ich nun selbstständig und genieße es von ganzem Herzen!

Simone White durfte ich durch ihren Mann kennenlernen. Er ist schon seit gut sechs Jahren in einem meiner Yogakurse. Auch Simone kam dann irgendwann dazu. So hab ich mehr von ihr als Person und ihrer tollen Arbeit erfahren. Ich bin ein absoluter Fan von ihrem Gesang und Tanz! Gänsehaut pur! Irgendwann sprach sie mich auf ihr Buch an – sie wünschte sich eine Meditation von mir. Darüber habe ich mich sehr gefreut! Wow, welch Auszeichnung, dachte ich mir! So hab ich mich in Ruhe hingesetzt und diese Meditation verfasst. Schön, dass ich einen kleinen Beitrag zu ihrem ersten Buch beitragen durfte. Ich wünsche ihr von Herzen ganz viel Erfolg damit. Vielleicht sind auch Sie von diesem Werk überzeugt und möchten dieses Buch einfach einer lieben Seele schenken. Ich finde, es darf die Welt erobern!

Herzlichst
Susanne Lindlbauer,
Dipl. Personal Trainer,
Mental Trainer und
Yoga A-Trainer

www.susanne-lindlbauer.de

QUELLENVERZEICHNIS

- Kapitel Krafttiere ergänzt Johannes Geisler Schamane

Wirkendekraft.de – Katharina Leinhart –

- Krafttiere – Kapitel Krafttiere
- Kapitel Deine Erde - Mutter Erde

House of fantasy.de

- Kapitel Drachen & Fabelwesen

Taohealth.de

- Kapitel Chakren: 7 Chakren
- Susanne Lindlbauer erweitert ergänzt Yogalehrerin – Meditation Achtsamkeit

Transinformation.net – galaktischens Raumfahrtskommando

- Kapitel Die Morgensonne erstrahlt – Die Kristallstadt erwacht

Cosmic-schwingung.de – 12 Strang DANN

- Kapitel Der heilige Gral

Ingrid Auer www.ingridauerblog.com – ingridauerblog.com/ Urvertrauen-akademie.de
Kapitel Avalon

- Alles über Avalon

Kapitel Kristallturm

- Was sind Erzengel
- Was sind Elohim
- Die 8 wichtigsten Erzengel
- Was ist ein Schutzengel

www.allesistenergie.net

- Kapitel Sirius
- Pyramiden von Gizeh

Urvertrauen-akademie.de

- Kapitel Kristallturm - Engelwelten

www.wwf.de

- Kapitel Das heilige Tier, aus den Tiefen der Meere
- Alles über Wale

www.wikipedia.de

- Infos über Sterne und Sternensysteme - Sonnensysteme – Planeten

www.seelenfluegel.net

- Kapitel Die Träume

www.silvia-schindler.de

- Kapitel Avalon

Claudia Frickel – Mystery: Das Tor zur keltischen Geheiminsel Avalon

- Kapitel Avalon

Avalon und der Artusweg: Altes Wissen für die Neue Zeit von Ava Minatti

- Kapitel Avalon

www.spirituelle.info

- Kapitel Die Begegnung im Wald mit den blauen Licht